Lady Cartier

Micheline Lachance

Lady Cartier

www.quebecloisirs.com

UNE ÉDITION DU CLUB QUÉBEC LOISIRS INC.
Avec l'autorisation des Éditions Québec Amérique.
© 2004, Les Éditions Québec Amérique inc.
Dépôt légal – Bibliothèque nationale du Québec, 2005
ISBN Q.L. 2-89430-679-2
(publié précédemment sous ISBN 2-7644-0338-0)

Imprimé au Canada par Friesens

À la mémoire de ma mère,
Gabrielle Lalonde,
que j'ai tant aimée.

À ma tribu qui,
malheureusement,
ne l'a pas connue,
Marie-Josée,
Bruno et Béata,
Renaud et Antoine.
Enfin Pierre Godin,
mon premier,
mon irremplaçable lecteur.

Note de l'auteure

L'idée de ce roman m'est venue au Manoir Montebello. Sur un banc de bois, devant l'Outaouais, je répétais mon boniment avant le lancement du Roman de Julie Papineau. Je ressentais un pincement au cœur à l'idée de me séparer de mon héroïne. J'éprouvais aussi une certaine anxiété. Qui allait désormais occuper mes pensées ? mes jours ?

Tout à coup, j'ai vu, comme si la scène se déroulait réellement sous mes yeux, un vapeur passer sur la rivière avec, à son bord, le prince Édouard, fils aîné de la reine Victoria. À côté de lui, George-Étienne Cartier et sa femme, Hortense, qui l'accompagnaient à Ottawa. Le bateau s'arrêtait devant le manoir de Papineau pavoisé de drapeaux anglais et Julie faisait porter un bouquet de ses plus belles roses au prince de Galles.

Cet épisode, je l'avais relaté dans Le Roman de Julie Papineau. Or, curieusement, ce n'était déjà plus Julie qui occupait mes pensées mais Hortense. Intuition de romancière ? J'ai imaginé dans son regard une ombre, comme un chagrin. Et j'ai pensé : qu'est-ce qui la rend triste ? Ce jour-là, un magnifique samedi de juin 1998, Hortense Cartier entrait dans ma vie.

Lady Cartier est un roman. Il faut le lire comme tel, même s'il est le fruit d'un long travail de recherche aux archives et dans les ouvrages d'histoire. Hantée par le mystérieux destin de cette grande bourgeoise ayant vécu au dix-neuvième siècle, j'ai lu et relu la correspondance de son père, le libraire Fabre, et celle de son frère, monseigneur Édouard-Charles Fabre. J'ai recopié et décrypté le journal intime de ses filles Joséphine et Marie-Hortense. J'ai épluché les écrits du journaliste Hector Fabre et *les confidences de nombreux amis des Cartier dont celles, colorées, d'Adolphe-Basile Routhier. Enfin, j'ai noté les réactions de sir John A. Macdonald aux faits et gestes de son frère siamois, sir George-Étienne Cartier. Bien entendu, j'ai potassé je ne sais plus combien d'ouvrages consacrés à ce dernier.*

J'ignorais tout du drame que je pressentais. Et pour cause ! Soucieux de redorer le blason de cet ardent défenseur de la Confédération, traité de tourne-jaquette par ses contemporains et jugé sévèrement par l'Histoire, les biographes de Cartier ont plus ou moins ignoré sa femme. Entre les lignes, on devine cependant que le couple battait de l'aile, déchiré par ses opinions politiques incompatibles.

Mais, au-delà des passions politiques, il y avait les sentiments. Je dois à Gérard Parizeau, cet assureur bien connu, père de l'ex-premier ministre Jacques Parizeau, qui nous a laissé l'histoire de plusieurs familles bourgeoises du dix-neuvième siècle, de m'avoir mise sur la piste du triangle amoureux. Dans La Chronique des Fabre, *il évoque discrètement, par petites touches, les déchirements du couple Cartier et effleure les raisons de la séparation. Tout cela me semblait bien intrigant. Qui donc était cette autre femme qu'il présentait peut-être trop sobrement comme l'égérie de Cartier ?*

Certains documents ont piqué ma curiosité, notamment en ce qui concerne les mœurs politiques à l'heure de la Confédération. J'ai retrouvé chez les bleus et les rouges de l'époque des ressemblances insoupçonnées avec les partisans enflammés d'aujourd'hui. Les chicanes de famille, chez les Fabre et les Cartier, n'ont rien à envier à celles qui animent leurs descendants québécois, à la veille des élections ou d'un référendum.

Côté cœur, forcément, j'ai pris quelques libertés, puisque, à sa demande, la correspondance d'Hortense a disparu à jamais.

Si vous saviez, chère lady Cartier, à quel point votre décision de biffer des pans entiers de votre vie a compliqué la mienne !

Cannes, été 1919

Mon arrière-grand-père s'est tranché la gorge avec son rasoir. Ses proches l'ont retrouvé recroquevillé sur sa paillasse ensanglantée. Il tenait dans sa main gauche la lame d'acier bien affilée.

À Saint-Antoine, les bonnes gens ont fait courir le bruit qu'il n'était pas sain d'esprit. En vérité, ils ont invoqué cette excuse pour lui éviter la honte posthume, car le curé aurait refusé la sépulture chrétienne à un paroissien qui s'était donné la mort. Depuis la fuite de sa fille Louise, partie en pleine nuit rejoindre son amoureux anglais, il vivait en grand désarroi, oscillant entre le chagrin de l'avoir perdue et le remords de n'avoir pas su la retenir. Elle avait dix-sept ans et il ne l'avait plus revue. Cela s'était passé des années auparavant, mais le malheureux ne s'en était jamais remis tout à fait.

Je n'ai pas connu mon aïeul, mais je pense souvent à lui. Et pour cause! Toute petite, dans la maison aux sept cheminées, je dormais dans le lit où il a mis fin à ses jours. Les liens du sang, c'est le cas de le dire, nous rapprochent terriblement, même si un demi-siècle sépare son suicide de mon arrivée en ce bas monde.

Je m'appelle Marie-Hortense comme ma mère, en souvenir d'Hortense de Beauharnais, mère de Napoléon III. Ce vieux fond de bonapartisme incita aussi mes parents à prénommer ma sœur aînée Joséphine, en hommage à l'épouse répudiée de l'empereur des Français. Étant donné les idées de grandeur de Jos, et son goût prononcé pour le luxe, il n'y a rien d'étonnant à ce que nous l'ayons surnommée l'impératrice.

Preuve que les influences agissaient sur mes parents de façon imprévisible, leur troisième fille, de quatre ans ma cadette, a été baptisée Reine-Victoria. Une idée de mon père, George-Étienne Cartier, qui, un beau jour, a troqué son allégeance à la *doulce* France et aux idées révolutionnaires de celle-ci contre un attachement viscéral à la Couronne britannique, incarnée alors par Victoria première. Au point d'effacer le *s* final de son prénom qui à l'anglaise s'écrit *George*.

Pourquoi est-ce que je remonte aussi loin dans le passé? Avant que s'achève l'été de 1919, je quitterai ma villa de Cannes enveloppée dans les palmiers et je m'embarquerai à bord du paquebot *France* pour New York. De là, les chemins de fer, ceux-là mêmes que mon père a fait construire il y a une soixantaine d'années, me ramèneront au Canada que j'ai fui et où je m'étais juré de ne jamais remettre les pieds. Il aura fallu cette invitation à assister au dévoilement d'un monument à la mémoire de sir George-Étienne Cartier, qui fut l'un des Pères de la Confédération, pour que je me décide à faire le voyage.

Seule survivante de cette époque lointaine, je n'ai pas à redouter les retrouvailles. Ce qui me bouleverse, cependant, c'est l'idée de revoir Montréal et la rue Notre-Dame de mon enfance, avec son cortège de réminiscences. Notre maison a changé de vocation, paraît-il. Elle serait devenue un hôtel bon marché.

Je me risquerai peut-être au cimetière de la Côte-des-Neiges. Au hasard d'une allée bordée de marguerites, au pied d'une tombe qui me sera étrangère mais néanmoins chevillée à l'âme, le capitaine (c'est ainsi que j'appelais mon père), l'impératrice et ma chère maman renaîtront de leurs cendres. Je ne pourrai pas non plus ignorer la Cuvillier qui repose tout près du tombeau familial. Alors le drame que je me suis efforcée d'oublier ressurgira, les haines passées s'attiseront et les cicatrices lâcheront. Je pesterai contre l'aberrante décision que j'ai prise de laisser mes vieux squelettes sortir du placard, malgré le serment fait à ma mère sur son lit de mort.

Maman, mon infortunée maman, qui a brûlé jusqu'au dernier bout de papier noirci de la plume de son mari, comme si la moindre lettre, le plus petit billet portant sa signature devaient disparaître avec lui.

Oserai-je aller jusqu'à Saint-Antoine où me ramènent mes plus lointains souvenirs ? La maison aux sept cheminées qui se dressait fièrement au bord de la rivière Richelieu a disparu, à ce qu'on m'a raconté. Dommage ! J'aurais aimé revoir la chambre macabre de mon aïeul Joseph Paradis qu'on m'avait attribuée alors que j'étais encore aux couches. J'ai toujours pensé que la peur maladive des morts, que j'ai traînée tout au long de ma vie, tirait son origine de cette pièce où mon arrière-grand-père s'est ouvert la gorge.

Ma mère, lady Cartier, avançait une autre explication. Si je claquais des dents pour un rien, c'était plutôt à cause d'elle, d'une ancienne frayeur qu'elle avait éprouvée peu après ma naissance, en 1849. J'avais trois mois quand le parlement du Canada-Uni a flambé à Montréal. Mes parents venaient d'emménager rue Notre-Dame, à petite distance du marché Sainte-Anne où siégeait l'Assemblée législative. Ce jour-là, les élus avaient voté une loi pour indemniser les victimes de la rébellion de 1837 au Bas-Canada. Le soulèvement raté des patriotes contre les abus de l'Angleterre avait engendré de cruelles représailles. Des innocents avaient vu leurs maisons pillées. Il était juste de les dédommager.

Or les orangistes du Haut-Canada, qui n'avaient pas poussé les hauts cris quand une loi semblable avait été votée chez eux, n'admettaient pas que des *frenchies* ayant défié la Couronne britannique reçoivent un seul écu. Entre chien et loup, ils avaient mis le feu au parlement qui avait brûlé comme du papier journal. Mon père, fraîchement élu député, se trouvait dans l'édifice en flammes. Maman se faisait du mauvais sang à son sujet lorsque tout à coup un épouvantable fracas avait retenti. Une nuée de pierres venaient d'atterrir dans les fenêtres de notre salon.

Hortense me donnait le sein quand cette canaille avait commis son méfait en vociférant. Jusqu'à la fin de ses jours, elle est demeurée convaincue de m'avoir communiqué sa terreur.

Pauvre maman ! Toujours prête à porter le blâme. Ses jolis yeux bleus s'embuaient de larmes pour un rien. Elle était gaie pourtant, mutine et attendrissante, avec ses airs de petite fille de bonne famille. Tout le contraire de son bagarreur de mari qui l'effrayait lorsqu'il piquait une colère. Fâché, il est vrai, mon père faisait peur. Dans ces moments-là, Hortense retenait son souffle.

Dans un coffret de bois des Indes qu'elle fermait à clé, j'ai retrouvé son éventail en ivoire, cadeau de son père, le libraire Fabre. Il y avait aussi l'invitation au bal du prince Édouard donné lors de l'inauguration du pont Victoria à Montréal et, gravé sur de la soie, le menu du grand dîner qui suivit.

Cette éblouissante soirée a marqué la fin de mon enfance. Après, maman n'a plus jamais été la même. De son piano qu'elle touchait avec grâce ne montèrent plus que des notes mélancoliques.

Allez savoir pourquoi j'ai éprouvé, ces derniers jours avant mon départ pour le Canada, le besoin de raconter mon histoire, sans rien déguiser, sans rien embellir. J'ai vérifié les dates, reconstitué les rencontres, les moments charnières. J'ai ri et j'ai pleuré en renouant avec ce passé endormi. Jusqu'à la carrière politique de mon père dont j'ai relaté les prouesses et les échecs, sans complaisance ni parti pris. Je me suis érigée en narratrice pour faire le récit des épisodes que j'ai vécus. Pour témoigner des événements auxquels je n'ai pas assisté personnellement, j'ai laissé la parole au capitaine, à Hortense, à Joséphine et à Luce Cuvillier.

Marie-Hortense Cartier

I

Reine-Victoria

5 juin 1853

Dans mes plus lointains souvenirs, ma mère enceinte de neuf mois avait le ventre gros comme un melon. Elle était belle à faire damner un saint. De magnifiques yeux bleu océan qui s'écarquillaient sous l'émotion, un petit nez impertinent et des cheveux châtain clair naturellement bouclés.

Je venais d'avoir quatre ans et j'étais haute comme trois pommes. On m'appelait Marie tout court, même si au baptême j'avais reçu le prénom de ma mère, car dans la famille, Hortense, c'était elle. Ce matin-là, tout indiquait qu'elle arrivait à son terme. On m'avait interdit l'accès à sa chambre. L'oreille contre la porte, je l'entendais se plaindre.

«Courez chercher Petit Georges, gémissait-elle. Faites vite, je vous en prie...»

Le Petit Georges dont Hortense se languissait, c'était mon père, ainsi surnommé à cause de sa taille trapue. Il avait promis d'accourir à temps pour la naissance du bébé. «Tu n'auras qu'à prévenir Maurice, il saura où me trouver», lui avait-il dit pour la rassurer, avant de filer à l'anglaise. Ma mère s'était donc résignée à attendre seule la venue de son troisième enfant. Quand celui-ci commença à manifester des signes d'impatience dans son ventre, elle s'affola. Ce n'était plus qu'une question de minutes, pensait-elle. Mais le message qu'elle fit livrer à son cousin Maurice demeura sans réponse. Et le domestique qui se présenta peu après au bureau de maître Cartier revint bredouille.

Où diable était passé mon père, ce 5 juin 1853? Mystère! À ce jour, je ne l'ai jamais su avec certitude. Il s'était tout bonnement évaporé.

Si j'en crois la légende entretenue par ses frères et sœurs pour faire oublier son impardonnable absence au chevet de sa femme en couches, Cartier se battait alors en duel dans les collines de Chambly. La famille de ma mère, elle, n'a jamais gobé cette version héroïque des faits. C'était là pure vantardise prétendaient les Fabre qui insinuaient, plutôt malicieusement d'ailleurs, qu'au moment même où Hortense accouchait dans la douleur, son mari se languissait d'amour dans les bras d'une cocotte. J'entends encore ma colorée grand-mère, madame Raymond – ainsi nommée d'après le prénom de son mari –, ronchonner contre son gendre, «un chaud lapin de la pire espèce».

Je n'ai jamais eu la preuve que ce duel avait eu lieu au moment de la naissance de Reine-Victoria. Je sais cependant que mon père a bel et bien défendu son honneur au pistolet. Une quinzaine d'années s'étaient écoulées depuis la rébellion, mais il ne se passait pas un jour sans que l'un ou l'autre des acteurs de cette révolte réprimée dans le sang lançât des accusations de lâcheté contre ses frères d'armes. N'est-ce pas le comportement typique des vaincus?

L'ex-patriote Cartier était alors une cible de choix car, peu après les troubles, il avait tourné jaquette, jurant fidélité et loyauté à la Couronne britannique qu'il honnissait jadis.

Un journaliste de *L'Avenir,* une gazette proche des patriotes, avait rapporté qu'il s'était conduit en poltron lors de la célèbre bataille de Saint-Denis, à l'automne de 1837. En voyant les habits rouges s'approcher, il aurait pris ses jambes à son cou et, tremblant comme une feuille, se serait sauvé sur la rive nord du Richelieu, supposément pour aller chercher des munitions. On ne lui aurait revu le bout du nez qu'une demi-heure après la débandade des Anglais, une fois le champ de bataille redevenu calme et silencieux.

Furieux de voir ces calomnies imprimées noir sur blanc dans la feuille de chou de ses adversaires politiques, Cartier s'était rendu à *L'Avenir* pour exiger le nom du signataire de cette infamie et lui demander réparation par les armes. Le minuscule Jean-Baptiste Dorion s'était proposé pour relever le gant.

« Je ne me bats pas contre un marmouset, avait répondu Cartier d'un ton cinglant.

— Eh bien ! Vous vous battrez contre moi, puisque je suis l'auteur de ces lignes », avait alors répliqué Joseph Doutre, jeune étudiant de vingt-trois ans à la plume vitriolique.

À l'aurore, les deux belligérants s'étaient retrouvés au sommet du mont Royal. Au moment où ils allaient prendre leurs places, un gendarme avait surgi au milieu du champ de tir, flanqué de mon oncle Damien Cartier. Atterré à l'idée de voir le crâne de son frère éclater en mille miettes, ce dernier avait alerté la police. Même à cette heure matinale, tonton était dans les vignes du Seigneur, ce qui n'arrangeait rien.

« Arrêtez ce cirque ! avait ordonné le gendarme. Vous savez que les duels sont interdits. Déguerpissez, sinon je vous arrête. »

L'affaire avait tourné en queue de poisson. Convaincus que les frères Cartier avaient comploté pour faire avorter le duel, les journalistes de *L'Avenir* avaient répété leurs accusations : peureux, couard, pleutre... Cartier n'allait pas avaler la couleuvre. De sa voix de stentor, il avait exigé un nouveau combat. Cette fois, témoins et duellistes s'étaient transportés du côté de Chambly.

Il n'y avait pas âme qui vive dans les environs lorsque le signal fut donné. Il avait plu très tôt ce matin-là et le sol était détrempé. L'offensé ayant le choix des armes, Cartier avait opté pour le pistolet. De toute manière, il ne savait pas croiser l'épée. Cela avait peu d'importance puisque, comme le voulait la coutume, ni l'un ni l'autre ne devait atteindre mortellement sa cible. Il s'agissait de laver sa réputation et non d'assassiner l'adversaire.

Les deux hommes se tenaient face à face. Cartier avait tiré le premier. La balle était passée en sifflant devant les témoins pour aller percer le chapeau de Joseph Doutre, chapeau que l'on avait retrouvé troué dans le fossé. Les témoins n'en croyaient pas leurs yeux. Cartier avait-il visé pour tuer ? Dieu avait voulu que le coup ne soit pas mortel. Se croyant blessé, Doutre avait reculé de deux pas en bredouillant. Comme il se tenait le visage à deux mains, Cartier, déconcerté, s'était avancé pour lui porter secours, mais il avait trébuché à son tour. Un deuxième coup était parti. La scène était digne d'une tragédie comique. À peine remis de sa frousse, le jeune Doutre avait déchargé son pistolet en l'air d'une main tremblante. Cette fois, personne n'avait été atteint et les duellistes s'étaient séparés satisfaits.

Hortense connaissait bien son mari. Primesautier, d'une susceptibilité excessive et toujours prêt à fourbir ses armes. Un fonceur qui ne ratait jamais une occasion d'en découdre avec les blancs-becs de *L'Avenir*. L'a-t-elle soupçonné d'avoir choisi ce matin fatidique pour assouvir sa colère contre le scribouillard à la langue fourchue? A-t-elle imaginé son mari sur le terrain détrempé, l'arme à la main, au moment même où commençaient ses labeurs? Je ne l'ai jamais su.

Dieu merci! lorsque ses eaux crevèrent, madame Raymond, ma distinguée grand-mère, était à son chevet. Elle fit mander la sage-femme. Mais il fallut aussi envoyer chercher le médecin, car rien ne se passait normalement. La pauvre Hortense était en nage, les mains agrippées aux barreaux du lit de fer. Elle grimaçait en échappant des hurlements de souffrance qui mettaient au supplice la petite fille impuissante que j'étais et qui lorgnait le trou de la serrure.

« Pousse, pousse », s'époumonait madame Raymond, indifférente au sang de sa fille qui se répandait sur le drap blanc entre ses jambes écartées.

Après des heures de plaintes, la petite tête noire apparut enfin. Un cri perçant et vigoureux s'échappa. L'enfant vivrait.

« C'est une bénédiction », lâcha grand-mère en épongeant le front d'Hortense. Épuisée, celle-ci trouva la force de demander :

« Est-ce un garçon?

— C'est une belle fille, répondit grand-mère. Remercie le bon Dieu, elle est parfaite. »

Le médecin rangea ses forceps. Il n'avait pas eu à s'en servir pour tirer l'enfant du ventre d'Hortense. En déposant le chérubin sur son sein, il lui dit sans ménagement :

« Ma petite dame, la prochaine fois, vous y passerez. »

~

Il devait être quatre heures de l'après-midi lorsque mon père rentra à la maison. J'entends encore le bruit de ses talons sur le parquet du hall. Ce claquement typique chez les êtres énergiques m'a toujours impressionnée.

Le capitaine n'était pas grand et il avait une tendance à l'embonpoint. Épaisse chevelure brune tirée vers l'arrière, teint vermeil, mâchoire volontaire. À trente-neuf ans, ses jolis favoris grisonnaient à vue d'œil. Un aristocrate dans une enveloppe de paysan. Il avait une physionomie expressive qui s'égayait ou se rembrunissait en un éclair. C'était un homme tout d'une pièce, franc jusqu'à la rudesse, qui riait à gorge déployée pour piquer une colère démesurée la minute d'après. Il manquait de brillant, mais jouissait d'une vive intelligence. Entêté, jamais il n'admettait ses erreurs. D'ailleurs, il paraissait toujours si sûr de lui que personne n'aurait osé imaginer qu'il pût se tromper.

Dieu-le-père en personne!

Il monta à la chambre d'Hortense et, sans un mot d'explication, déposa un baiser sur son front moite. À peine posa-t-il un regard attendri sur le petit paquet de chair rougie qu'elle lui présenta.

«Elle s'appellera Reine-Victoria», annonça-t-il sans plus.

Si ma petite sœur avait eu les yeux grands ouverts, elle aurait remarqué la déception sur le visage de son géniteur. Une troisième fille, lui qui rêvait d'un fils! À ce qu'on m'a raconté, il ne se serait pas éternisé dans la pièce. Après son départ, ma mère a pleuré. Elle se sentait coupable d'infliger pareil désappointement à son mari. Comme s'il n'était pour rien dans le sexe du nouveau-né!

Le reste de la journée, mon père vaqua à ses occupations coutumières. En plus de siéger comme député au Parlement du Canada-Uni, il était l'avocat du *Grand Trunk Railway*. La construction d'une ligne ferroviaire de Montréal à Portland, dans l'État du Maine, l'enthousiasmait. C'était, croyait-il, la meilleure façon d'attirer les capitaux étrangers au pays. Il rêvait d'un Montréal devenu le grand entrepôt de l'Est et, pour cela, les routes carrossables ne pouvaient suffire. Il fallait un chemin de fer.

Derrière les portes closes du salon, il secoua rudement la délégation de propriétaires et de commerçants venus discuter de son projet. Ces derniers n'approuvaient pas la dépense, qu'ils jugeaient extravagante vu l'état misérable des finances publiques. Aucun délégué n'arriva à faire entendre son point de vue.

«Monsieur Cartier, écoutez…, commença l'un.

— Non, vous, écoutez-moi! coupa mon père, dont la voix rauque parvenait jusqu'au salon de musique où nous étions confinées, ma sœur Joséphine et moi. Montréal serait la plus arriérée des villes si elle refusait ce qui peut ramener la prospérité.»

La métropole accusait déjà un sérieux retard, il insista là-dessus. Toutes les capitales américaines s'étaient déjà dotées d'un système ferroviaire. La démarche frileuse des notables le scandalisait.

«Allons! On vous a fait la réputation d'être des hommes apathiques, sans énergie et sans esprit d'entreprise, martela-t-il. Il est temps que ces épithètes cessent de s'attacher au nom de Canadien!»

Son dynamisme s'avéra contagieux et les hommes s'en trouvèrent métamorphosés. Mon père les reconduisit à la porte en donnant à chacun une tape amicale sur l'épaule. D'un naturel optimiste, il pouvait soulever des montagnes pour arriver à ses fins. Rien ne lui faisait peur.

Ce n'est pas un hasard si nous l'avions surnommé le capitaine.

«La fortune sourit aux audacieux», lança-t-il en français, puis en anglais, avant de refermer la porte derrière la délégation.

II

Le libraire Fabre

Le libraire Fabre se prit d'une touchante affection pour Reine-Victoria, comme s'il avait l'intuition que le destin de sa petite-fille était soudé au sien à jamais. Chaque matin, en se rendant à sa librairie de la rue Saint-Vincent, il faisait un détour pour lui apporter une rose de son jardin.

De la fenêtre de notre chambre, Joséphine et moi regardions venir le patriarche, si élégant dans sa redingote grise. La cinquantaine bien entamée, il marchait d'un pas rapide le long des magasins de la rue Saint-Paul. Mince, élancé, il ne se déplaçait jamais sans sa canne à pommeau d'argent. Il soulevait son haut-de-forme devant chacun des passants qu'il connaissait par son nom, car il avait été maire de Montréal jusqu'à tout récemment. Puis, il se passait la main dans les cheveux pour s'assurer qu'il n'était pas décoiffé, avant de se couvrir à nouveau. Arrivé au coin de la rue Berri, il montait la petite côte et entrait chez nous par la porte de derrière, sans manquer de saluer les livreurs qui, à cette heure matinale, se relayaient dans la cour.

Grand-père ne se pointait jamais à la maison sans avoir la quasi-certitude que le capitaine brillait par son absence. Un matin pourtant, il le croisa près de la porte cochère. Nous venions de faire l'acquisition d'une glacière. C'était une première dans le quartier. Peu de gens voulaient croire que cette invention allait révolutionner la conservation des aliments. Vers les neuf heures, quand le marchand de glace arriva avec ses blocs taillés sur les lacs pendant l'hiver et conservés dans son entrepôt sous d'épaisses couches de sciure de bois, toute la maisonnée dégringola les escaliers pour le voir saisir le pain de glace avec ses pinces géantes et le balancer dans l'armoire tapissée de matières isolantes.

J'avais accouru en entendant la voiture du marchand de glace entrer dans la cour et s'arrêter devant la remise-écurie. Mon père m'avait devancée de sorte que, de mon poste sur la galerie, je vis les deux hommes que j'aimais le plus au monde se regarder en chiens de faïence.

«Bonjour, monsieur Fabre, dit mon père d'une voix hautaine avant d'ajouter, comme pour se débarrasser de son beau-père : Hortense vous attend dans la chambre de la petite.

— Je lui apporte un bon roman d'Eugène Sue, répondit le libraire en se décoiffant pour la énième fois. C'est *Le Juif errant*. Elle aimera. Et pour vous, j'ai choisi le quatrième tome de l'*Histoire du Canada*. Celle de François-Xavier Garneau, naturellement. Je me suis laissé dire que vous aviez perdu la mémoire. Notre historien national vous sera peut-être d'un certain secours.»

Tiens! il me cherche, pensa le capitaine, persuadé que le libraire n'avait pas digéré une de ses récentes déclarations publiques. Laquelle? Il n'en avait pas la moindre idée. Leurs désaccords ne se comptaient plus. Comme il était hors de question qu'ils aient une prise de bec devant les domestiques, il se contenta de lui décocher une œillade assassine, froide comme le bloc de glace qui venait d'atterrir dans la glacière.

Personne ne m'avait encore expliqué pourquoi ces deux-là étaient toujours à couteaux tirés. J'ai longtemps pensé que Reine-Victoria en était l'innocente cause. La famille d'Hortense ne pardonnait pas à mon père sa mystérieuse défection le jour de sa naissance, ni l'indifférence qu'il manifestait à son égard. Les Fabre ne supportaient plus de l'entendre regretter le fils qu'il n'aurait jamais devant Hortense affaiblie par l'accouchement.

Mais, je le compris plus tard, leurs différends tenaient davantage à leur allégeance politique diamétralement opposée. Le libraire Fabre était un patriote convaincu, un libéral rouge jusqu'au bout des doigts. Il suivait aveuglément son ami Louis-Joseph Papineau qui, rentré d'un exil forcé en France, refusait obstinément l'idée d'un Canada-Uni et prêchait l'annexion aux États-Unis.

Cartier, au contraire, un conservateur aussi bleu que le ciel, voyait grand pour le Canada. Aussi considérait-il la séparation d'avec la Grande-Bretagne comme une hérésie. Sa loyauté envers la Couronne britannique était indéfectible. Évidemment, toute velléité d'annexion avec le voisin américain lui paraissait illégitime et il s'y opposait avec énergie. Deux ans plus tôt, le 24 juin, jour de notre fête nationale, grand-père Fabre, alors maire de Montréal, avait fait hisser le drapeau américain devant le marché Bonsecours. Le capitaine en avait suffoqué de colère. Car, comble de l'insolence, ma mère avait donné raison à son père.

Le libraire laissa son gendre à sa glacière neuve. Sa rose à la main et un sourire moqueur aux lèvres, il fila à la chambre de Reine-Victoria. En l'apercevant sur le pas de la porte, Hortense le soupçonna d'avoir contrarié son mari. Encore un peu et il s'en vanterait, pensa-t-elle. Allons donc! qu'est-ce qui pouvait bien l'aiguillonner ce matin?

Penché au-dessus du berceau, grand-père sourit à la petite qui dormait les poings serrés. Elle était si minuscule! Il l'embrassa, glissa sa rose dans le vase à long col sur le guéridon à côté de la couchette et remit le roman d'Eugène Sue à Hortense.

«Ça te plaira, lui promit-il. L'intrigue est passionnante. Des Jésuites cherchent à s'emparer d'une fortune que leur disputent les héritiers légitimes.

— Merci, papa. Je suis justement à court de lecture. Vous ne voulez pas vous asseoir un moment?

— Une autre fois, ma fille, on m'attend à la librairie.»

Comme grand-père allait se retirer, le capitaine passa dans le couloir.

«Prenez, l'arrêta le libraire en lui tendant l'*Histoire du Canada* qu'il tenait à la main. Vous n'y échapperez pas.

— Ne vous croyez pas obligé de garnir ma bibliothèque, répondit sèchement mon père en le remerciant du bout des lèvres.

Je vous l'ai déjà dit, les livres ne me sont guère utiles. Ni en affaires ni en politique.

— Dommage! répondit le libraire, agacé par ce ton arrogant. La politique vous monte à la tête. Vous retomberez bien sur terre, un jour. En attendant, un peu de lecture ne peut pas vous faire de mal. Je me suis laissé dire que vous interprétiez l'histoire à votre convenance…»

Le libraire se mettait enfin à table. La dernière déclaration de son gendre lui était restée en travers de la gorge. Cartier avait osé vanter les bienfaits de la Conquête anglaise qui «avait sauvé les Canadiens de la honteuse Révolution française». Non seulement il avait trahi la mémoire de ceux qui étaient morts sur les plaines d'Abraham, mais il avait prétendu que les Anglais avaient donné aux Canadiens des institutions libres que le monde entier leur enviait.

«Elles sont impressionnantes, vos institutions britanniques! l'attaqua le libraire en haussant la voix. Notre cher Chevalier de Lorimier a payé de sa vie pour apprendre ce que la justice anglaise réserve aux Canadiens prêts à défendre leur patrie. Vous, un ancien patriote, vous devriez méditer le mot qu'il vous a écrit de sa geôle, la veille de sa pendaison.» D'un ton enflammé, grand-père récita alors de mémoire : «"Puisses-tu, mon cher Cartier, te rappeler que je suis mort sur l'échafaud pour mon pays."» Il fit une pause avant d'ajouter d'un ton accusateur :

«À vous regarder aller, vous, son ami d'hier, le malheureux de Lorimier doit se retourner dans sa tombe!

— Ce que j'ai dit, je suis prêt à le répéter à toutes les tribunes, martela Cartier. La Conquête qui en apparence aurait dû nous terrasser a tourné à notre avantage. Elle nous a apporté le progrès. Vous devriez vous en réjouir, au lieu de vous complaire dans le passé.»

Le pays, toujours le pays! D'aussi loin qu'il m'en souvienne, les discussions politiques ont empoisonné le quotidien de notre famille. Une guerre de mots sans fin, des accusations grossières, des reproches amers. Le clan des Fabre vouait un culte excessif aux héros de la rébellion. La plupart d'entre eux avaient participé à la révolte orchestrée par le grand Papineau. Elle s'était, hélas! terminée dans un bain de sang. À qui la faute? Aux Anglais, soutenaient-ils.

Quinze ans après les faits, l'ardeur belliqueuse des Fabre aurait dû commencer à s'estomper. Pourtant, non. Chaque anniversaire servait de prétexte à gratter la plaie. Ils vénéraient les martyrs au même titre que le saint patron Jean-Baptiste qui, lui aussi, avait perdu la tête dans des circonstances troubles. Et ils profitaient de l'occasion pour fustiger ceux qui ne pensaient pas comme eux. De là à traiter l'autre camp de chouans, comme on appelait jadis les Français opposés à la Révolution française, il n'y avait qu'un pas et les Fabre n'hésitaient pas à le franchir. Bien entendu, mon père était pour eux l'ardent porte-étendard de ces Canadiens qui buvaient à l'auge anglaise.

Cette fois encore, la prise de bec entre les deux hommes menaçait de tourner en combat de coqs. Ma mère se raidit. Patriote comme son père, elle lui reprochait cependant ses attaques incessantes contre son Petit Georges qu'elle adorait.

« Ça y est, vous avez réveillé la petite, les gronda-t-elle. Vous êtes incorrigibles, tous les deux. Je vous en prie, cessez ce petit jeu.

— Ma fille, quand ton mari renie un homme comme de Lorimier, il m'appartient de lui en faire le reproche », fit le libraire avant d'asséner l'injure suprême à son gendre : «Vous, un ancien patriote, comment avez-vous pu virer capot? »

Le coup porta. Piqué au vif, Cartier ignora la supplique d'Hortense et poursuivit sa diatribe comme si de rien n'était :

«Au chapitre du patriotisme, mon cher beau-père, vous n'avez pas de leçon à me donner. Au lieu d'aller vous cacher au presbytère de Contrecœur, pendant les troubles, vous auriez mieux fait de ramener à la raison les jeunes inconscients que nous étions et qui s'étaient laissé berner par les belles paroles de votre Papineau. »

Mon père considérait la rébellion comme une erreur de jeunesse dont il évitait de se vanter. Il ne s'enorgueillissait pas non plus d'avoir été, à vingt-trois ans, un disciple de Papineau, un chef qu'il s'était empressé de répudier par la suite. Cartier faisait partie de la race des hommes pragmatiques qui aimaient dresser des bilans. Que la révolte armée ait affaibli ses compatriotes, c'était pour lui une évidence. En revanche, personne ne pouvait nier que l'union du Bas et du Haut-Canada qu'il avait ensuite défendue remplissait ses promesses.

Le libraire l'écouta se gargariser de phrases creuses. Il avait sa réponse toute prête. Lui, il n'avait rien à se reprocher. Cette rébellion, il l'avait financée de ses deniers. Pour cela, on l'avait traqué jusqu'au presbytère de Contrecœur. Qui? Un ex-patriote comme Cartier l'avait dénoncé pour rentrer dans les bonnes grâces des Anglais. Oui, on l'avait mis en prison. Quand la cause est juste, il n'y a aucune honte à payer de sa personne. Et c'était encore lui qui avait fourni la caution pour faire libérer les autres Canadiens qui croupissaient au Pied-du-Courant.

Sans laisser au capitaine le temps de répliquer, il descendit rapidement l'escalier :

« Ne me reconduisez pas, persifla-t-il. Je connais le chemin. »

III

Les trente-neuf ans de Cartier

L'incident fut vite oublié, comme tant d'autres. Le six septembre suivant, jour de l'anniversaire de Cartier, Hortense avait invité la parenté à dîner. Pour l'occasion, le libraire avait promis de hisser le drapeau blanc. Il aimait trop sa fille pour lui faire de la peine. Le baromètre était au beau et la soirée s'annonçait conviviale.

Nous habitions le 456 Notre-Dame, un peu passé la rue Bonsecours. Ma mère venait tout juste de recevoir des meubles neufs. Aussi voulait-elle impressionner la famille. Depuis le matin, elle allait et venait d'une pièce à l'autre, voyant au moindre détail. Les fleurs livrées la veille retournèrent chez le marchand. La couleur n'était pas à son goût. Elle vérifia ensuite la coutellerie et demanda qu'on dresse les couverts à l'anglaise, c'est-à-dire en plaçant la fourchette à gauche plutôt qu'à droite. Enfin, elle sortit ses plus belles pièces d'argenterie et s'assura qu'elles soient polies comme un sou neuf.

J'étais sur ses talons. Je multipliais en vain les pitreries pour attirer son attention. J'eus le malheur de m'étendre de tout mon long devant la porte à battant qui s'ouvrit au même moment. Un des domestiques faillit piquer une plonge avec la pile d'assiettes qu'il s'apprêtait à disposer sur la nappe blanche. Réprimandée vertement, je pleurais comme une Madeleine. À bout de patience, ma mère m'expédia à l'étage. Joséphine fut priée de monter, elle aussi. Nous avions la permission de feuilleter des livres d'images, mais non de faire du vacarme. Sage comme une image, ma sœur cria à l'injustice et refusa de m'adresser la parole pendant l'heure que dura la punition.

Lorsque maman me jugea assez punie, nous fûmes autorisées à redescendre. La salle à manger avait l'air de sortir tout droit d'un conte de fées. Les chandeliers en argent brillaient. On avait garni le centre de table de petites fleurs jaunes et la vaisselle blanche à bordure bleue scintillait. Hortense ordonna qu'on ferme les portes glissantes jusqu'à l'arrivée des invités, de peur que je m'y aventure, malgré ma promesse d'être une petite fille modèle.

Mon oncle, Édouard-Charles Fabre, curé à Pointe-Claire, arriva le premier. L'abbé – c'est ainsi que nous l'avons toujours désigné, même lorsqu'il fut promu curé, puis évêque – entretenait avec son beau-frère Cartier des relations cordiales. S'il suivait les grands débats de l'heure, il se tenait loin de la politique, occasion constante de disputes familiales. Tout le contraire de son libraire de père, toujours prêt à lancer une nouvelle croisade pour sauver la patrie.

C'était un secret de polichinelle : grand-père Fabre avait été déçu de voir son fils aîné entrer dans les ordres. Il se l'imaginait député comme son gendre ou, pourquoi pas, ministre. Pour lui ouvrir des horizons nouveaux, il l'avait envoyé étudier en France. Toutefois, après quinze mois de vie mondaine à Paris, le jeune Édouard-Charles avait supplié sa mère d'intervenir pour qu'on le laissât suivre sa voie. « J'ai fréquenté le théâtre six ou sept fois, lui avait-il écrit. Loin d'y avoir pris goût, j'ai compris qu'il était du devoir de tout catholique de ne jamais y aller. »

Madame Raymond avait convaincu le libraire de jeter du lest. Et c'est ainsi qu'à son retour de Rome où il avait assisté à la fête des Rameaux dans Saint-Pierre, suivi la cérémonie des Ténèbres à la chapelle Sixtine, médité aux catacombes, visité le palais Borghèse et prié les bras en croix à Saint-Jean-de-Latran, l'étudiant avait annoncé à son père sa décision ferme d'entrer au Grand Séminaire de Montréal.

L'abbé était dans les bonnes grâces de monseigneur Ignace Bourget. L'évêque de Montréal avait d'ailleurs laissé entendre à mots couverts au libraire qu'il ferait de lui son bras droit. De quoi réconcilier mon grand-père avec son fils en soutane.

Il arrivait justement, le libraire, flanqué de grand-mère, toute pimpante à ses côtés. À l'âge où les femmes font de l'embonpoint, madame Raymond, menue dans sa longue robe noire fermée au cou et son bonnet de dentelle blanc, avait l'air d'une poupée de porcelaine.

« Mon Édouard ! s'exclama le libraire en donnant l'accolade à son fils. J'ai entendu entre les branches que monseigneur Bourget allait bientôt t'honorer du titre de chanoine. Je me trompe ? »

Il fallait voir la tête de l'abbé quand il était question de son avancement fulgurant. Prêtre à vingt-trois ans, curé à vingt-six et bientôt chanoine ? Toutes ses émotions se lisaient sur son visage. Élégant comme son père, mais un peu plus rondelet, Édouard-Charles charmait par son regard doux et expressif. Il rougit de plaisir.

« Ce ne sont là que ouï-dire, papa, objecta-t-il, gêné de cette indiscrétion. Je vous en prie, ne répétez pas ces rumeurs…

— Avec un talent à la Bossuet comme le tien, avec ta mémoire phénoménale et surtout éduqué comme toi dans les meilleurs établissements de haut savoir européens, rien n'est impossible. Pourvu, mon fils, que tu y mettes du tien. Il y a des jours où je trouve que tu manques d'ambition. Je te le dis franchement : tu es trop apathique.

— Chanoine ? répéta Cartier en s'approchant d'eux. Pas mal ! Mais, autant vous prévenir, l'abbé, si votre père continue d'appuyer un journal anticlérical, je ne miserais pas trop sur cette nomination. En finançant *Le Pays*, il vous met plutôt des bâtons dans les roues. »

Le libraire tripota sa belle moustache toute blanche. Devait-il répondre à Cartier que *Le Pays* servait les intérêts des Canadiens francais ? On ne pouvait pas en dire autant de *La Minerve*, une gazette qu'il avait lui-même sortie du gouffre, du temps qu'elle défendait les idées patriotiques, mais qu'il exécrait aujourd'hui. Grand-père hésita. L'envie de servir sa tirade à Cartier le tenaillait. Mais il refréna ses ardeurs, car il y avait fort à parier que son fils approuverait Cartier. Le clergé, toujours aussi conservateur, se méfiait des idées libérales véhiculées par *Le Pays* et endossait plutôt celles de *La Minerve*.

En effet, le jeune prêtre trouvait que son père avait mieux à faire que de s'acoquiner à un journal comme *Le Pays*.

«Papa, George-Étienne a raison, le sermonna-t-il. Ça m'ennuie d'être obligé de m'abonner à une gazette qui fait scandale dans ma paroisse.

— Voilà qui est bien dit!» approuva Cartier en administrant une tape amicale dans le dos de l'abbé.

On sonna. Cartier se précipita à la porte, trop content d'échapper à la réplique du libraire.

«Ah! chère Luce, vous enfin, s'exclama-t-il en accueillant une jeune dame brune à la silhouette élancée et aux allures de femme fatale.

— Bon anniversaire, *George*, lança Luce Cuvillier qui prononçait son prénom à l'anglaise. La presque quarantaine vous va comme un gant.

— Trop aimable, cousine. Vous êtes en beauté, ce soir. Comme d'habitude, devrais-je dire. Maurice n'est pas venu avec vous?

— Vous connaissez mon frère. Toujours en retard. Mais ne craignez rien, il nous rejoindra pour le dîner.»

Luce Cuvillier ne manquait aucune de nos fêtes de famille. Ma mère débordait d'affection pour sa cousine. Enfant, elle se laissait cajoler par cette grande fille de onze ans son aînée qui déjà forçait l'admiration. Les années avaient passé, mais les deux femmes s'aimaient toujours comme des sœurs. Luce conseillait Hortense sur absolument tout. Qui n'aurait pas eu une confiance infinie en cette femme émancipée?

«Luce, je suis si contente que tu sois venue.»

Ma mère avait dévalé l'escalier en apercevant sa cousine dans le vestibule. Chaque fois qu'elle la retrouvait, elle prenait des airs de petite fille. Je la trouvais magnifique, ma petite maman, dans sa robe lilas à manches bouffantes. Une large ceinture lui serrait la taille parfaitement. Ses beaux cheveux châtain clair étaient remontés en chignon. Glissant son bras sous celui de Luce, elle l'entraîna au salon.

«Que deviens-tu? lui demanda-t-elle d'une voix que trahissait la curiosité. Je ne te vois plus aux réunions de l'orphelinat. Tu boudes les dames patronnesses? Aurais-tu rencontré l'homme de ta vie?»

Luce esquivait les questions intimes. Hortense le savait, mais c'était un jeu entre elles. Le mystère dont sa cousine s'enveloppait ajoutait à son charme. Cheveux noirs coiffés en boucles serrées, elle portait une seyante robe de mousseline de Chine d'une coupe non conventionnelle. Cousine Luce ne ressemblait à aucune autre femme. Elle n'était pas belle selon les canons de la beauté, mais tout le monde la trouvait terriblement séduisante. Sa voix chaude et son regard ardent envoûtaient. Mon père prétendait qu'aucun homme ne résistait à son magnétisme, si par bonheur elle lui tendait sa main gantée.

«Quand je pense que cette déesse avait les cheveux nattés en petites tresses quand je l'ai connue», répétait-il, une lueur d'admiration dans la voix.

C'était à peu près exact. Mon père s'était lié d'amitié avec Maurice Cuvillier, le frère de Luce, alors qu'ils fréquentaient tous les deux le Collège de Montréal. Durant leurs années d'études, ils avaient été comme cul et chemise. On voyait rarement l'un sans l'autre. À côtoyer assidûment Maurice et sa famille, mon père avait vu l'adorable petite chipie de Luce se métamorphoser peu à peu en cette irrésistible femme.

Cartier adorait discuter politique avec elle. Et pour cause! Luce buvait littéralement ses paroles. À n'en pas douter, il finirait premier ministre. Lui, vaniteux comme un paon, il feignait l'humilité en répétant qu'il ne monterait pas d'un cran dans la hiérarchie politique avant d'avoir assuré la sécurité financière de sa famille. N'avait-il pas déjà refusé le poste de solliciteur général et celui de ministre? Son heure viendrait.

Maurice se pointa en retard à la fête. Plutôt grand mais aussi carré que son ami d'enfance, il se déplaçait nerveusement, comme s'il avait toujours quelque affaire urgente à régler. Depuis la mort de son père, Augustin Cuvillier – *Austin* pour les banquiers anglais –, il gérait de main de maître l'entreprise familiale, *Cuvillier & Sons*, et possédait en outre cinq autres magasins et seize propriétés à Montréal seulement. Ses ventes à l'encan de marchandises d'outre-mer étaient fort courues. Mon père lui confiait la gestion de ses placements bancaires et Maurice lui refilait ses dossiers légaux. Luce l'aidait à la comptabilité. Douée d'un esprit mathématique assez développé, elle se sentait comme un poisson dans l'eau devant les chiffres, dont elle pouvait additionner jusqu'à quatre colonnes à la fois.

≈

La maison de la rue Notre-Dame se remplissait. C'était très excitant. Joséphine avait obtenu de nos parents que nous restions dîner avec les grands. Nous portions nos robes du dimanche. Comme nous étions presque de la même taille, maman nous habillait pareil. Seule différence, et notre mère s'amusait à le souligner, à la fin de la soirée, la robe de Joséphine serait sans taches et la mienne, toute barbouillée.

Nous étions si différentes d'apparence ! La brune et délicate Joséphine et maman se ressemblaient comme deux gouttes d'eau, alors qu'à mon grand regret je n'avais hérité d'elle que le châtain clair de ses cheveux. Pour le reste, j'étais une Cartier pure laine.

Assises côte à côte sur le *mahogany sofa* neuf, nous riions sous cape en entendant les « oh ! » et les « ah ! » émerveillés. La garniture de cheminée en marbre noir suscita des cris d'admiration, comme aussi le bahut bas. Hortense s'était donné du mal pour terminer la décoration du rez-de-chaussée avant l'anniversaire du capitaine. Le monte-charge qui acheminait les aliments depuis la cave avait été installé une semaine plus tôt, comme la porte vitrée du vestibule. Quant au grand miroir du salon, on l'avait livré l'avant-veille et le *hat stand*, le matin même. Ces retards avaient causé quelques migraines à notre mère, dont le souci de la perfection frôlait l'obsession. Grand-père Fabre paraissait satisfait. Le mobilier de sa fille dénotait un raffinement exquis. Il apprécia particulièrement la table de la salle à manger pour son plateau de marbre. Un tapis de Bruxelles couvrait presque entièrement le plancher de chêne. Cela faisait très parisien.

Après leur mariage, mes parents avaient habité à l'hôtel Donegana, rue Notre-Dame, vis-à-vis de notre future demeure. Cartier payait alors son loyer en donnant des conseils juridiques à l'hôtelier, un vieil Italien bagarreur qui avait souvent maille à partir avec ses voisins. Cela avait permis au capitaine d'économiser un petit magot fort utile au moment de se mettre en ménage. Il tirait une juste fierté de posséder cette maison de pierre, sise dans un quartier recherché de la ville. L'incendie qui avait dévasté le square Dalhousie, quelques années plus tôt, l'avait heureusement épargnée. L'hôtel Donegana n'avait pas eu cette chance. C'en fut trop pour son propriétaire. Avant que les cendres de son établissement ne soient refroidies, il s'en était retourné en Italie.

« Un petit verre d'absinthe suisse, le beau-père ? demanda Cartier.

— *Of course* », répondit le libraire-patriote qui, curieusement, aimait émailler sa conversation d'expressions anglaises courantes.

C'était sa liqueur préférée. Aux autres, le capitaine offrit du champagne. Quand tout le monde eut son coup d'appétit à la main, il proposa un toast à la maîtresse de maison :

« À ma chère Hortense qui, chaque année, prend un malin plaisir à me voir vieillir. Cette charmante soirée en est la preuve. »

D'humeur espiègle, ma mère approuva :

« J'ai organisé cette fête pour Petit Georges qui entame sa quarantième année. Les courbatures et les rhumatismes ne sont plus très loin…

— Je t'en supplie, épargne-moi tes prévisions de sorcière, répondit celui-ci en levant son verre. Buvons plutôt à la santé de la très belle épouse du vieux Cartier tout rabougri. »

Il lui appliqua un baiser fougueux sur la joue. Ça riait et ça gesticulait, alors que le champagne coulait en abondance. Toujours à l'affût des nouveautés en matière de romans, cousine Luce engagea une conversation fructueuse avec le libraire qui avait rapporté quelques titres de son dernier voyage en France. Il hésita à lui recommander *Don Juan*, le chef-d'œuvre de Byron, mais il était certain que *La Dame aux camélias* d'Alexandre Dumas lui plairait. Ayant déjà lu deux fois ce magnifique roman, Luce lui annonça qu'elle se laisserait tenter par le Byron, à moins bien sûr qu'il n'ait reçu un nouveau George Sand.

«Non, elle n'a rien publié récemment, lui apprit-il. J'ai bien peur que vous ayez déjà lu tous ses romans.»

En effet, Luce dévorait les ouvrages de la romancière française dont elle admirait le style de vie autant que la prose. Elle n'était pas femme de lettres mais, dans la bonne société montréalaise, on la comparait volontiers à George Sand, car elle aussi faisait preuve d'audace avec un naturel désarmant. Comme son idole, elle osait fumer le cigare dans les salons et choquait les esprits simples en s'habillant selon la mode masculine.

À cette époque, elle me fascinait, cette femme que plus tard je nommerais avec dédain «la Cuvillier».

∼

Sept heures sonnèrent. Le maître d'hôtel alluma le gaz dans les globes du lustre et la salle à manger s'illumina. À l'invitation d'Hortense, les convives passèrent à table. Les «oh!» et les «ah!» admiratifs reprirent de plus belle devant le buffet en acajou orné de sculptures représentant des plantes, que nous appelions le *side-board*. Bien qu'il fît encore clair dehors, les lourdes tentures de velours bourgogne étaient fermées et les bougies des candélabres allumées. On se serait cru au jour de l'An. Assiettes à large bordure bleue et or, verres de cristal, coutellerie fine et, dans les serviettes blanches, un petit pain chaud. Il avait fallu installer une rallonge à la table pour asseoir tout le monde, car mes oncles Damien Cartier et Hector Fabre s'étaient joints à nous. Ce dernier, frère cadet de ma mère, effectuait son stage d'étude en droit au bureau d'avocat de mon père, alors que le premier était son associé. Depuis leur arrivée, les deux hommes discutaient en aparté d'une cause légale ardue dont ils venaient d'hériter.

«Assez! ordonna le libraire. Cessez vos conciliabules, vous n'êtes pas au tribunal.

— Mais papa… bredouilla le jeune Hector.

— Maître Hector, réitéra grand-père, viens t'asseoir à côté de moi, que je t'inonde de mes précieux conseils.»

Le bel Hector, c'était la coqueluche de la famille. Avec sa tête blonde, ses manières raffinées et ses réparties intelligentes, il était le plus attachant de mes oncles. Grand-père Fabre n'avait jamais caché sa préférence pour son cadet en qui il se reconnaissait. Maman fut forcée de refaire son plan de table pour contenter le libraire. Elle installa donc Hector entre son père et sa mère et tout le monde sembla satisfait.

L'abbé se leva pour réciter le bénédicité. Il portait le col romain depuis que son évêque avait recommandé à ses prêtres de remiser le rabat, cette large cravate formant plastron que les ecclésiastiques français affectionnaient. Monseigneur Bourget voulait ainsi établir la prédominance du Vatican sur la hiérarchie française, du moins au Canada. Placés l'un en face de l'autre au milieu de la tablée, mes parents servirent le potage à la julienne. Lorsque le maître d'hôtel en cravate et jabot eut retiré la soupière et apporté le brochet au bleu, je dus grimacer car ma mère me fit de gros yeux. Heureusement, notre domestique connaissait mon dédain pour le poisson. Il déposa dans mon assiette un morceau minuscule auquel je ne touchai pas. En revanche, le pigeon en compote était succulent et je m'empiffrai. Les grands étaient tellement pris par leur conversation que personne ne faisait attention à moi. J'osai même me tremper les lèvres dans le vin de Bordeaux qui accompagnait le lièvre à la broche.

«Marie, relève la tête, ordonna mon père. Tu as le menton dans ton assiette comme un mouton qui broute l'herbe.

— Bèèèèè, fis-je platement en imitant le bêlement du doux agneau.

— Assez, Marie-Hortense! me gronda-t-il. On ne se conduit pas comme ça à table.»

Flûte! Me voilà dans de beaux draps, pensai-je en me croisant les doigts sous la table. Je regrettais mon effronterie. On allait me renvoyer à la cuisine. J'échappai miraculeusement au châtiment grâce à mon oncle Damien qui choisit ce moment pour renverser son verre rempli de vin rouge sur la belle nappe blanche de maman. L'attention courroucée de mon père se porta sur sa maladresse. J'étais sauvée!

Notre abbé n'appréciait guère les manquements au savoir-vivre à table. Pour faire oublier l'incident, il ramena la conversation à son sujet favori. Pie IX, qui l'avait inondé de ses bénédictions du temps de ses études romaines, s'apprêtait à promulguer le dogme de l'Immaculée Conception.

«Ce sera une source de réjouissances pour toute la chrétienté, annonça-t-il. Monseigneur Bourget ira certainement à Rome. J'espère avoir la chance de l'accompagner.

— Qu'est-ce que ça veut dire, l'Immaculée Conception?» demanda Joséphine.

L'abbé s'empêtra dans ses éclaircissements. Il se passa la main sur le front et lissa le peu qui restait de sa naguère abondante tignasse en regardant autour de lui, comme s'il cherchait de l'aide. À l'évidence, il n'arrivait pas à expliquer ce mystère à une enfant de six ans. Mais Jos insistait: comment la Vierge Marie pouvait-elle avoir un enfant d'un pur esprit? Prenant en pitié ce pauvre Édouard-Charles, cousine Luce promit à l'impératrice de tout lui expliquer lorsqu'elles seraient seules. Elle enchaîna sur la guerre de religion qui défrayait la chronique montréalaise depuis le début du mois de juin et dont le dernier épisode avait tourné à l'émeute.

Father Gavazzi, un moine italien renégat, donnait des conférences antipapistes à l'étranger. Sa venue à Montréal avait déclenché l'ire des Irlandais catholiques, décidés à museler celui qui, du haut de la chaire, les traitait de brutes et d'ignorants. Le soir de son sermon à la *Zion Church*, ses admirateurs protestants s'étaient armés lourdement, prêts à affronter les catholiques qui les attendaient à la sortie. Aux premiers coups de feu, le maire Wilson,

invoquant le *Riot Act*, avait autorisé l'armée à tirer sur les manifestants. Une dizaine de personnes avaient été tuées.

« C'est une sale affaire, déplora mon père.

— Ce Gavazzi devrait être banni des pays catholiques, protesta
l'abbé d'un ton irrité. D'autant plus qu'il répète à qui veut l'entendre que sa mission en ce bas monde est de détruire le pape.
Comprenez-moi bien, non seulement ce... défroqué, cet apostat
rejette l'infaillibilité du souverain pontife, mais encore il cherche à
l'anéantir.

— Ce n'est pas une raison pour lui flanquer une volée, fit
remarquer Luce sans perdre son calme. Tout le monde a le droit de
s'exprimer librement. Les Irlandais auraient mieux fait d'ignorer
cet homme qui les méprise, plutôt que de risquer la vie d'innocents.

— Luce a raison, approuva mon père. À mon avis, le maire
Wilson est le grand responsable de ce gâchis. Il n'a pas su empêcher
l'émeute.

— Ne le jugez pas trop sévèrement, protesta le libraire Fabre.
Dans des circonstances comme celles-là, il n'est pas facile pour
un magistrat de se faire obéir. Moi qui ai déjà été maire, j'en sais
quelque chose. »

Une discussion s'ensuivit sur les risques de prévenir un soulèvement populaire en faisant intervenir les forces de l'ordre.

« Charles Wilson a supplié la foule de se retirer, insista le
libraire, mais, vous avez lu les journaux, les supporteurs de *father*
Gavazzi étaient armés de pied en cap. Des témoins ont vu des mous-
quets dissimulés sous les bancs de la *Zion Church*. Apparemment, il
y avait autant de fusils que de fidèles dans l'église.

— Wilson aurait dû appeler l'armée avant que le climat s'en-
venime, riposta Cartier en soutenant sans sourciller le regard de son
beau-père.

— Mais oui, avant que la situation ne devienne hors de
contrôle, renchérit Luce, toujours la première à donner raison à
mon père.

— J'aurais agi comme Wilson », avoua grand-père. Il leva les
bras en signe d'impuissance et ajouta : « Le devoir d'un maire est

d'éviter les bains de sang. S'il avait appelé les soldats trop tôt, la bagarre aurait dégénéré.

— Mon cher Fabre, dix morts, des dizaines de blessés, vous n'appelez pas ça un bain de sang? demanda Cartier en se faisant plus mordant encore. Personne ne devrait accepter des responsabilités s'il n'a pas l'étoffe d'un chef. À bon entendant, salut!

— Vous voulez sans doute dire "à bon entendeur, salut!", le corrigea le libraire en souriant finement.

— Entendeur ou entendant, c'est du pareil au même», s'impatienta le capitaine. Il ne maîtrisait peut-être pas le français aussi bien que le libraire, qui avait eu la chance de peaufiner sa langue à Paris, mais ce n'était pas une raison pour accepter de se faire corriger en société.

«Vos insinuations ne m'empêcheront pas de me présenter à la mairie aux élections», reprit le libraire en soulevant les sourcils.

Un silence intrigué s'empara des convives. Sceptique, Cartier demanda d'un air faussement indifférent :

«Vous n'y songez pas sérieusement?

— Papa, avez-vous bien réfléchi? renchérit Hortense, encore plus estomaquée que son mari. De grâce! épargnez-vous ces énervements. Souvenez-vous combien vous avez pâti durant votre dernier mandat.

— C'est tout réfléchi!» trancha le libraire en insistant sur le mot «tout».

Je m'amusai à noter les regards inquiets des uns et des autres. La sortie de grand-père paraissait trop impulsive pour ne pas susciter le doute chez certains. Madame Raymond lui tapota le dessus de la main :

«Édouard-Raymond Fabre, c'est bien la première fois que tu prends une décision aussi importante sans m'en parler, dit-elle d'une voix empreinte de tendresse. Mais je ne suis pas contre ton projet de briguer la mairie, tu as si bien rempli ton dernier mandat.»

Le libraire haussa les épaules. À vrai dire, il venait tout juste d'arrêter sa décision. Il pesait le pour et le contre depuis plusieurs semaines mais, en entendant son gendre tirer à boulets rouges sur le maire sortant, il s'était senti mûr pour entreprendre un nouveau mandat. Réprimant à peine le sourire rusé qui lui montait aux lèvres, il enchaîna :

« Qu'en pensez-vous, mes fils ? »

Comme de raison, l'abbé essaya de l'en dissuader, cependant qu'Hector rappelait aux autres que le libraire avait passé l'âge de se laisser dicter sa conduite.

« Et vous, mon cher Cartier, vous devez bien avoir envie d'ajouter votre grain de sel ? ironisa grand-père en fixant son gendre.

— Ne me forcez pas à vous dire ce que j'en pense, répondit sèchement le capitaine. Comme premier magistrat de Montréal, vous avez failli à la tâche, lors de l'incendie du parlement. Vous avez laissé dégénérer la situation comme le maire Wilson vient de le faire.

— George-Étienne, je t'en prie, en voilà assez ! » l'arrêta Hortense.

Maman paraissait si triste de la tournure de la conversation. J'ai pensé qu'elle allait fondre en larmes. Le capitaine eut pitié d'elle.

« Je veux bien convenir, mon cher beau-père, que vous avez fait des merveilles avec les finances municipales, concéda-t-il.

— Et, seul contre tous, vous avez obtenu la prolongation du réseau d'aqueduc, depuis la rue Saint-Denis jusqu'à la rue Saint-Laurent », renchérit Hortense, comme pour donner plus de poids aux réalisations dont Cartier gratifiait l'ex-maire du bout des lèvres.

Grand-père n'était pas dupe. Après les fleurs, son gendre lui lancerait le pot.

« Allez donc au bout de votre pensée, le nargua-t-il, cassant. Dites-le que c'est ma faute si la Ville a perdu le siège du Parlement.

— Mais, papa, George-Étienne n'a jamais dit une chose pareille, lui reprocha Hortense qui commençait à s'impatienter. Allons, ne parlons plus de politique.

— Hortense a raison, fit Luce en jetant un regard complice à Cartier. Nous n'allons pas gâcher une aussi charmante soirée.

— Dommage ! s'exclama ce dernier, un brin malicieux. Monsieur Fabre et moi n'avons pas encore eu notre inévitable prise de bec au sujet de son idole, Louis-Joseph premier. J'en aurais long à dire.

Saviez-vous que votre ami Papineau vomit des injures contre moi au parlement?

— Vous n'allez pas me faire une querelle d'Allemand sur le dos de Papineau, protesta le libraire. Il y a toujours bien des limites!»

~

Les invités montèrent au salon de musique où les attendait un somptueux gâteau d'anniversaire. Une domestique voulut servir le thé, mais Cartier la renvoya aux cuisines. Sa brusquerie surprit. Il offrit une tournée de madère pour se faire pardonner. Il l'achetait au tonneau et ne s'en privait pas. Déjà passablement éméché, Damien réclama la boisson préférée des habitants de la vallée du Richelieu, un mélange de rhum, de sucre et d'eau chaude, et son frère se plia à ce caprice.

«Allez! Hortense, joue-nous quelque chose», ordonna-t-il à sa femme en mimant les doigts agiles de la pianiste.

C'était le signal. Ma mère se mit docilement au piano qu'elle touchait à merveille. Luce sortit les chansons en feuilles et, bientôt, la musique et les chants envahirent la pièce. «C'est l'aviron qui nous mène qui nous mène…» Tous reprirent en chœur : «C'est l'aviron qui nous mène en haut!»

J'adorais ce moment délicieux où ma famille, oubliant ses querelles politiques, chantait à l'unisson des airs connus. Il y avait une telle complicité entre Hortense et Luce qu'on pouvait croire que leur amitié durerait éternellement. Que rien ne viendrait assombrir l'affection qu'elles se vouaient mutuellement. Tout le répertoire du bon vieux temps y passa. Y compris l'inévitable *Ô Canada, mon pays, mes amours* que mon père, qui en était l'auteur, attaqua comme toujours sur une fausse note. Sa voix était aussi douteuse que sa poésie à cinq sous. Et pourtant, à toutes les fêtes que le bon Dieu nous envoyait, l'alcool déliant ses cordes vocales, il s'obligeait à fredonner son «œuvre» de jeunesse.

«Comme le dit un vieil adage :
Rien n'est si beau que son pays ;
Et de le chanter, c'est l'usage ;
Le mien, je chante à mes amis. »

«V'là Petit Georges qui prend le crachoir, ricana l'oncle Damien Cartier, tout à fait ivre. On n'est pas sortis de l'auberge ! »

Pour mon plus grand malheur, tonton me fit un clin d'œil.

«Viens dans les bras de ton parrain», dit-il de sa bouche pâteuse.

Je grimpai sur ses genoux à reculons en priant le bon Jésus de me prêter secours. Tout chez cet homme m'horripilait. Ses baisers mouillés, ses mains moites tambourinant contre mon dos, ses longs favoris frisottés qui rejoignaient son col mou... Et, surtout, son haleine forte. Cela m'a toujours exaspérée que Damien passe pour le jumeau de mon père. Il y avait entre eux une ressemblance certaine, mais ce qui m'attirait chez le capitaine me répugnait chez son frère.

Résignée à mon sort, je prêtai l'oreille aux propos des grands. La conversation ne languit à aucun moment. Debout au milieu de la pièce, les épaules bien carrées, le ventre déjà bedonnant et trop serré dans son pantalon, mon père agita les bras pour demander le silence. J'en profitai pour me libérer des griffes trop affectueuses de mon parrain. Hortense me fit une place à côté d'elle. Je la récompensai d'un sourire. Mon père se mit alors à raconter des anecdotes salées à propos des vieux politiciens roublards. Le vin aidant, ses invités se bidonnaient. Maurice s'efforça alors de mettre son vieux copain dans l'embarras.

«À propos d'élection, il paraît que tu as volé ta dernière, George-Étienne ? Raconte-nous donc comment tu t'y es pris pour acheter tes votes...

— Tu me fais toute une réputation, vilain Momo !

— Vi-lain-Mo-mo ! ai-je répété comme un perroquet en battant des mains.

— Allez! Vas-y, il n'y a pas de gêne, nous sommes en famille, l'encouragea Maurice. C'était combien? Dix piastres le vote?

— Es-tu fou? répondit mon père qui feignait de mordre à l'hameçon. Pour les ouvriers irlandais, un baril de farine suffit. Et pour leurs chefs, du poisson salé.»

Le libraire Fabre se tortillait sur sa chaise. L'honnêteté incarnée, il ne tolérait pas la moindre plaisanterie sur un sujet aussi délicat que l'intégrité des hommes publics. Pas plus qu'il ne supportait qu'on méprise les travailleurs. Fils de boulanger, il connaissait trop les labeurs de la classe ouvrière dont il était issu pour permettre qu'on la ridiculise. Hortense fit un signe de la tête au capitaine, l'implorant de cesser son petit jeu. Les yeux épouvantés de Joséphine allaient de l'un à l'autre. Ses longues jambes se balançaient dans le vide. Mais Maurice, qui n'avait rien remarqué, remit de l'huile sur le feu.

«Et quand ça ne suffit pas, il paraît que tu menaces de faire congédier tous ceux qui ne voteront pas du bon bord.

— Tu ferais mieux de te taire», lui conseilla mon père pour atténuer l'indignation visible du libraire qui avait du mal à se contenir.

Et comme il n'était jamais à court d'idées, le capitaine profita de ce léger malaise pour frapper avec le dos de sa cuiller sur son verre de vin et, de sa voix rauque, il réclama le silence.

«Tout le monde dans le canot», ordonna-t-il.

Pour nous, les enfants, c'était le meilleur moment de la soirée. Ma mère se serait volontiers passée de ce manège ridicule dont raffolait son mari. On aligna une dizaine de chaises, deux par deux, et chacun prit sa place comme dans une embarcation. À l'avant, le capitaine, qui portait bien son surnom, entonnait le chant des voyageurs en route vers les pays d'en haut, tandis que nous simulions le mouvement des avirons. Son énergie était contagieuse. Naturellement, Jos et moi mettions plus d'ardeur que nécessaire, mais cela faisait partie du jeu.

À l'heure du cognac, nous fûmes toutes les deux priées de souhaiter le bonsoir à la compagnie et de regagner nos chambres.

Ni la déception visible de l'impératrice ni mes supplications ne réussirent à vaincre la détermination de maman. La fête s'achevait donc sans que j'aie dansé le cotillon accrochée au cou d'Hector, mes deux petites jambes lui enserrant la taille. J'en éprouvai un gros chagrin.

« Allez, mes chéries, montez ! »

Maman refusa de se laisser fléchir, mais Joséphine ne broncha pas. Plantée au milieu du salon, droite comme une fiole, elle protesta contre l'injustice qu'on lui infligeait. Je pouvais très bien aller me coucher sans elle, suggéra-t-elle, comme si cela allait de soi. Je poussai les hauts cris : jamais je ne monterais seule. J'avais bien trop peur dans le noir. L'impératrice tapa du pied. Quand allait-on enfin respecter son droit d'aînesse dans cette maison ? Elle finit par plier devant les gros yeux du capitaine. En montant à l'étage, elle murmura à mon oreille :

« Espèce d'emplâtre ! Tu me le paieras ! »

La voix goguenarde du capitaine enterra la sienne. Il réservait une dernière pique au libraire. Je l'entendis clairement annoncer :

« Cette chanson, je l'ai écrite en pensant à mon beau-père dont la fibre patriotique palpitera, s'il écoute bien. »

Et il attaqua le premier couplet :

« Originaire de la France,
Aujourd'hui sujet d'Albion,
À qui donner la préférence,
De l'une ou l'autre nation ?
Mais n'avons-nous pas, je vous prie,
Encore de plus puissants liens ?
À tous préférons la patrie :
Avant tout soyons Canadiens. »

Quand la soirée se termina au petit matin, j'étais dans les bras de Morphée. J'ignorais alors qu'elle serait suivie d'une incroyable querelle entre grand-père Fabre et le capitaine. J'en garde peu de souvenirs, si ce n'est que maman n'en parlait jamais sans essuyer une larme.

IV

Sur fond de tempête électorale

Hiver 1854

Tout commença le soir de la plus grosse tempête de la saison. Elle laissa une dizaine de pouces de neige au sol et beaucoup d'amertume dans la famille.

George-Étienne Cartier rentrait à pied de l'hôtel Saint-Nicolas où venait de se terminer la réunion de l'Association Saint-Jean-Baptiste. « Il vente à écorner les beus », maugréa-t-il en resserrant son foulard, avant de relever le col de loutre de son long manteau noir.

En quittant l'établissement, il s'engagea à droite et, la tête enfoncée dans les épaules, fila en direction de la rue Notre-Dame. Ses collègues s'étaient rapidement dispersés, pressés de rentrer avant que le temps ne se gâtât davantage. Lorsqu'il déboucha sur la place Jacques-Cartier, il n'y avait pas âme qui vive, à peine quelques traces de traîneaux vite recouvertes par la poudrerie.

La réunion avait été fort animée. Il s'agissait de décider lequel des deux candidats à la mairie l'association appuierait officiellement. Un choix déchirant. D'une part, il y avait l'ex-président du mouvement, Édouard-Raymond Fabre. Un homme dévoué qui, quelques années plus tôt, avait dirigé la Ville avec un succès mitigé. Pendant longtemps, les réunions de l'organisme s'étaient tenues à sa librairie et il s'attendait maintenant à recevoir l'appui des membres en retour de ses loyaux services.

L'autre candidat s'avérait tout aussi prestigieux. Le docteur Wolfred Nelson, surnommé le héros de Saint-Denis, avait mené les rebelles de 1837 à leur unique et ô combien éphémère victoire. Après les troubles, on l'avait arrêté sauvagement, ramené pieds et poings liés à la prison de Montréal, pour ensuite l'exiler aux Bermudes. Rapatrié quelques mois plus tard, le médecin n'avait pas hésité longtemps avant de replonger dans l'arène politique. L'heure du Canada-Uni avait sonné. Comme Cartier, qui avait servi sous ses ordres à Saint-Denis, Nelson avait pris ses distances vis-à-vis des patriotes. Et il s'opposait aux idées « dépassées » de son complice d'hier, Louis-Joseph Papineau, auxquelles le libraire Fabre adhérait toujours.

La table était maintenant mise pour un duel fratricide.

Dans la salle enfumée de l'hôtel Saint-Nicolas, la discussion s'était poursuivie jusqu'à huit heures en l'absence des deux candidats. Finalement, le conseil avait résolu de mettre ses ressources au service du docteur Nelson. Cartier avait appuyé sans réserve cette décision, même s'il en redoutait les répercussions sur sa propre famille.

Or, il n'était pas du genre à tergiverser. La nature l'ayant fait énergique, il affronterait la tempête au propre comme au figuré. Puisqu'il était convaincu que son ami Nelson ferait un meilleur maire, il ne l'appuierait ni à moitié ni en cachette. Il fit demi-tour et se dirigea vers la librairie Fabre. En tournant dans la rue Saint-Vincent, il eut une pensée pour Hortense. Comment réagirait-elle à sa décision? Eh bien, il s'occuperait des états d'âme de sa femme le moment venu. Pour l'instant, il lui tardait d'avoir un tête-à-tête avec son beau-père.

La lanterne éclairait la porte, mais il ne vit aucune trace de pas devant le magasin. À l'intérieur, une faible lueur le convainquit cependant qu'Édouard-Raymond Fabre était à son poste, en dépit du mauvais temps. Il entra en se secouant lourdement les pieds. Ses couvre-chaussures étaient couverts de neige. En entendant tinter la clochette, le libraire leva les yeux et reconnut son gendre. Qu'est-ce qui pouvait bien obliger celui-ci à se déplacer par un temps pareil?

« Ah! c'est vous », lui dit-il.

Il n'y avait aucun client dans la librairie. La neige qui tombait depuis l'aurore et les bourrasques de vent avaient convaincu les habitués de s'encabaner. Le libraire feignait de le croire. En réalité, sa boutique n'était plus achalandée comme autrefois. C'est aussi ce que pensait Cartier, habitué aux populaires veillées à la librairie, au temps lointain où, qu'il plût ou qu'il neigeât, le gratin politique du Bas-Canada s'y donnait rendez-vous.

« Quelle tempête ! dit-il en retirant son pardessus enneigé.

— C'est catastrophique pour le commerce, répondit le libraire en hochant la tête. Depuis le début de l'automne, les affaires n'ont jamais été aussi mortes. Mes ventes sont la moitié de ce qu'elles étaient l'an dernier. Alors, j'en profite pour préparer ma commande. »

Sur son bureau d'acajou, le courrier était rangé en piles. À gauche, le catalogue des nouveautés arrivé de Paris la veille et, devant lui, une feuille sur laquelle il cochait dans la marge les titres qu'il désirait se procurer, avant de remplir les bons de commande placés tout à côté.

« Voyez cette paperasse. Ça m'ennuie joliment ! Je perds un temps fou avec les formalités des douanes. Sans compter les droits d'entrée dans la colonie qui équivalent à cinquante pour cent du prix d'achat. Ensuite, il faut payer l'assurance : quinze pour cent. C'est bien simple, je suis obligé de vendre mes livres deux fois le prix demandé à Paris.

— Je vous dérange peut-être ? s'enquit Cartier qui souhaitait aller droit au but. Préférez-vous que je repasse demain ?

— Non, je me proposais de fermer, le rassura le libraire en regardant sa montre. Il commence à se faire tard. »

Le libraire jeta un coup d'œil sur les atlas qu'il avait reçus la veille. Il n'avait pas eu le temps de les placer sur les rayons. Les instruments de chirurgie et le papier peint en rouleaux s'empilaient aussi dans un coin.

« Quel capharnaüm ! De nos jours, un libraire et un marchand général, c'est du pareil au même.

— Monsieur Fabre, je voulais vous avertir moi-même de la décision du conseil, l'interrompit Cartier.

— Ah! oui, la Saint-Jean-Baptiste. Vous avez tenu la réunion malgré le mauvais temps?»

Le libraire referma son nouveau dictionnaire Bescherelle grand ouvert sur sa table. Puis, il prit son livre de comptes d'une main, la petite caisse remplie de monnaie de l'autre, et alla les déposer dans sa chambre forte à l'épreuve du feu, au fond du magasin.

«Absolument, fit Cartier qui le suivit dans l'arrière-boutique. Il a été décidé que l'Association Saint-Jean-Baptiste de Montréal appuierait la candidature de Wolfred Nelson à l'élection municipale. Je suis désolé.»

Édouard-Raymond Fabre s'arrêta net. Il tourna la tête vers son gendre et le regarda dans les yeux :

«Vous n'êtes pas sérieux? demanda-t-il, incrédule. J'ai été président de la Saint-Jean-Baptiste. Depuis sa fondation en 1834, je me suis démené comme un diable pour la cause. J'ai participé à tous les combats. Combien de fois ai-je mis ma tête sur le billot? Et j'ai payé de ma poche plus souvent qu'à mon tour.»

Il plaqua ses deux mains sur le comptoir devant lui, releva la tête et ajouta lentement, en pesant chaque mot :

«Comme vous et avec vous, j'ai porté le cercueil de notre fondateur et ami, Ludger Duvernay. Et vous allez soutenir mon rival? C'est incroyable!

— Le conseil reconnaît votre mérite, plaida Cartier sur un ton plus conciliant. Vous ne comptez que des amis parmi nous. Cependant, il n'est pas question d'amitié ici mais de l'avenir de notre ville. Et je ne vous cache pas que vos accointances avec Papineau n'ont pas aidé votre cause. Cet homme est discrédité. Il nuit à votre réputation.

— Papineau? Vous ne lui allez pas à la cheville! explosa le libraire. Et Nelson encore moins. Ce traître se disait son ami et il l'a trompé de manière éhontée. Je refuserai toujours de serrer la main d'un ennemi de Papineau, votre docteur Nelson comme les autres.

— Écoutez, monsieur Fabre, vous ferez bien ce que vous voulez, trancha Cartier. Je tenais simplement à vous prévenir que je ne serai pas à vos côtés durant la campagne.

— Je vous remercie de me le faire savoir. Mais ce n'est pas une grande surprise. Je m'y attendais. Dans les circonstances, je suppose que vous opterez pour la neutralité?

— C'est impossible, décréta Cartier. Je mettrai tout mon poids politique derrière mon ami Wolfred Nelson.

— Vous feriez ça au père de votre femme? s'enquit le libraire d'un ton incrédule. Ma fille ne vous le pardonnera jamais.

— Laissez Hortense en dehors de cette élection. Je vous avais prévenu de ne pas vous y aventurer.

— Vous allez couvrir notre famille de ridicule, vous allez nous diviser.

— Eh bien! vous n'aurez que vous-même à blâmer. Vous avez fait votre temps, monsieur Fabre. Il faut savoir tirer sa révérence.»

Le libraire referma sa chambre forte. Il marcha lentement jusqu'au portemanteau à l'avant du magasin et commença à s'habiller en silence, cependant que Cartier quittait les lieux sans l'attendre.

～

Hortense apprit la nouvelle dans *La Minerve* du lendemain. George-Étienne n'avait pas cru bon de la prévenir. Le choc fut terrible. Non seulement la Saint-Jean-Baptiste, longtemps dirigée par le libraire, soutenait la candidature de son rival, mais en plus le journal qu'il avait sauvé de la faillite promettait, lui aussi, son appui au «héros de Saint-Denis».

Elle relut l'article sans trop y attacher foi : *S'il était ici question de nommer un président de banque*, écrivait un journaliste anonyme, *le vaillant docteur n'aurait pas nos sympathies et nous appuierions de toutes nos forces la candidature de monsieur Fabre. Mais il s'agit de nommer un maire de Montréal et nous comprenons tout autrement les devoirs de cet officier public.*

Une tristesse infinie l'envahit. Son père devait être inconsolable. Machinalement, elle alla à la fenêtre et souleva le rideau. Les carreaux étaient tapissés de givre. Elle gratta avec les ongles jusqu'à ce que la rue Notre-Dame lui apparaisse, blanche et inanimée. Rien ne bougeait, hormis les arbres qui, tels des squelettes, crissaient dans le vent du nord. En face, une fine couche de glace recouvrait les débris de l'hôtel Donegana qui avait abrité ses premières amours. D'un geste déterminé, elle tira le cordon de la sonnette. Une domestique accourut :

« Madame ?

— Faites atteler, je vais chez mon père. »

C'était un jeudi ensoleillé mais glacial. Elle enfila un gros chandail sur sa jupe, choisit sa cape la plus épaisse et s'entoura le cou d'un cache-nez de laine. Dehors, elle s'engouffra en vitesse dans la carriole. La ville se remettait de cette grosse bordée de neige que personne n'avait vu venir. Disparus, les trottoirs. Depuis l'aurore, les journaliers et les pompiers volontaires déblayaient les princi-pales rues du faubourg avec leurs pelles et leurs banneaux.

L'attelage longea péniblement le Champ-de-Mars et déboucha sur Craig. Hortense ne douta pas de trouver son père chez lui plutôt qu'à la librairie. Il serait seul, puisque madame Raymond passait ses jeudis à l'Orphelinat catholique. Les filles tombées accouchaient à l'hospice Sainte-Pélagie mais leurs bébés, abandonnés à la charité publique, éprouvaient des besoins criants. Les dames patronnesses organisaient un bazar annuel pour secourir ces malheureux orphelins.

Comme de fait, le libraire rongeait son frein en peignoir de soie cramoisie. Affalé dans son fauteuil en brocatelle beige rosé, les jambes enveloppées dans une épaisse couverture de laine, il parais-sait minuscule dans cette pièce immense qui pouvait accueillir jusqu'à vingt-cinq invités et où il cachait sa honte, seul, dans l'unique rayon de soleil matinal. À cette heure, il s'affairait habi-tuellement autour de ses clients, mais ce jour-là une crise aiguë de rhumatisme l'avait retenu à sa maison de la rue Craig.

« Papa, fit Hortense en se jetant dans ses bras.

— Ton mari t'a prévenue ?

— Non, j'ai lu la nouvelle dans la gazette.

« — Ah ! bon, il n'a pas osé te dire de vive voix qu'il m'avait trahi. Quel lâche ! »

Hortense ne protesta pas, bien qu'elle détestât entendre son père traiter Cartier ainsi. Le libraire attrapa le journal tout froissé à côté de lui et le déplia :

« Tu te rends compte ? explosa-t-il en prenant sa fille à témoin. On me reproche ma faiblesse lors de l'incendie du parlement. On me juge " incompétent hors le domaine des finances ". C'est écrit en toutes lettres : je serais inapte à administrer Montréal en cas de crise. »

Il s'arrêta, prit une bonne respiration et lut la suite à haute voix : *Nous regrettons d'avoir à nous opposer à monsieur Fabre pour lequel nous avons la plus grande estime personnelle.* (Il poussa un rire qui sonnait faux.) *Nous croyons lui donner un bon avis en lui conseillant de ne pas se lancer dans une arène pour laquelle il n'est pas fait et où il a déjà trouvé d'amers déboires.*

Le journal alla atterrir à ses pieds. Il enrageait.

« Quel torchon ! »

Hortense n'arrivait pas à apaiser son père. Abandonné par ses anciens alliés, il pesait sa décision de briguer la mairie. Il n'en finissait pas de lui répéter qu'il n'avait pas sollicité ce poste. On était venu le chercher. N'était-ce pas son devoir de répondre à l'invitation des électeurs pressés de le voir reprendre du service ?

« Lorsque je présidais le conseil, la dette de la Ville a fondu de cent mille dollars, lui rappela-t-il. Ce n'est pas banal, ça. Et qui, penses-tu, se chargeait du recouvrement des arrérages ? des affaires de la police ? Je ne me suis pas enrichi, tu peux me croire.

— Papa, je vous en prie, ne vous mettez pas dans cet état.

— On me reproche de ne pas avoir contrôlé l'agitation sociale lorsque le parlement a flambé, enchaîna-t-il. Si j'avais mandé les troupes, j'aurais peut-être déploré la mort d'une centaine de personnes. Le moindre faux pas, et c'était la guerre civile. »

Hortense hochait la tête en signe d'approbation. Lors de cette fameuse émeute, elle s'en souvenait, son père était resté au poste jour et nuit. Tous les journaux avaient vanté son sang-froid.

« Ne vous tourmentez plus, papa. Vous avez l'appui de l'évêché. Pensez aussi aux sept cents citoyens qui ont signé la pétition en votre faveur. Vos amis ne vous laisseront pas tomber.

— Et toi ? l'implora-t-il.

— Je serai à vos côtés. Vous pouvez compter sur moi. »

Le libraire se leva, alla jusqu'à la carafe et se versa un verre d'eau avant de reprendre son monologue :

« En quarante-neuf, les orangistes sont venus tout droit du Haut-Canada exprès pour mettre le feu au parlement, et c'est moi qu'on blâme. C'est à en sécher sur pied ! »

Sur le chiffonnier, la pendule retardait. Le libraire jeta un coup d'œil du côté de la salle à manger et pensa à tous ses invités auxquels il avait récemment offert un grand dîner servi à la russe. La pièce, décorée de larges miroirs, regorgeait de mets délectables et sa carte des vins avait impressionné. Qu'étaient ses amis devenus ? Les soi-disant patriotes avaient mis plus d'enthousiasme à se garnir la panse qu'à lui accorder leur appui dans ce combat difficile.

Hortense l'écoutait en silence. Bien qu'elle n'osât pas prononcer le nom de son mari, l'ombre de celui-ci planait dans la pièce. Le comportement de Cartier lui semblait inexcusable.

« Ton mari est bien ingrat, lança Édouard-Raymond Fabre, qui devinait ses pensées. Pardonne-moi de te faire de la peine, mais c'est un scélérat. Il m'insulte à la face du monde. Je te le jure, il ne l'emportera pas en paradis !

— Papa, je vous promets de lui parler. Je lui ferai entendre raison. Reposez-vous maintenant. Vous aurez besoin de toutes vos forces pour mener à bien cette campagne électorale. Et vous la gagnerez. Allez ! Soignez vite vos vilains rhumatismes. »

∿

Hortense trouva Cartier assis dans le salon de musique, les yeux rivés sur le *London Illustrated News*. Nulle trace du journal *La Minerve* qu'elle avait pourtant laissé bien en vue sur la caisse du piano, le matin même. Derrière son fauteuil, une seule lampe éclairait la pièce. Dans la cheminée, les flammes bleuâtres se laissaient mourir.

À peine bougea-t-il la tête en entendant son pas. Il tournait les pages du journal posé sur ses genoux, mais Hortense savait qu'il ne lisait pas. Elle prit le temps de refermer la porte et s'avança lentement en s'armant de courage. Son cœur battait précipitamment. Debout devant lui, à la fois nerveuse et déterminée, elle attendit qu'il la regardât. Pour une fois, elle allait surmonter sa timidité.

« J'ai à te parler », lui dit-elle d'entrée de jeu.

Il leva les yeux au ciel, puis replia son journal en grognant :

« Fais ça vite !

— C'est à propos de mon père, comme tu t'en doutes. J'arrive de chez lui. Il est anéanti.

— Je l'avais prévenu, se défendit Cartier. Il s'est laissé entraîner dans cette galère, tant pis pour lui.

— Ne sois pas injuste. Après tout ce qu'il a fait pour toi, mon père ne mérite pas d'être traité ainsi. Personne ne t'a aidé comme lui à te bâtir une clientèle.

— Et moi, j'ai réglé à son avantage tous les litiges juridiques qu'il m'a confiés. Il en a eu pour son argent. C'était donnant, donnant.

— N'empêche, si tu as pu t'établir aussi rapidement, c'est bien grâce à ses contacts, tu l'oublies trop facilement.

— Le gros de mes affaires m'est venu de Saint-Antoine, de Verchères et de Contrecœur. C'est MON comté qui m'a fait connaître comme avocat, pas seulement ton père.

— Je ne dis pas le contraire. Simplement, papa a apporté pas mal d'eau à ton moulin. Tu es tellement injuste, parfois. »

Cartier restait impassible devant sa supplique. Hortense se sentit désemparée. Elle perdait toujours ses moyens lorsque le ton montait entre eux. Cette fois encore, elle redoutait qu'il s'emportât. Elle avait les mains moites et ne se sentait pas de taille à l'affronter. Il semblait si sûr de lui qu'elle en vint à douter d'elle-même. Rassemblant son courage, elle poursuivit en tentant de l'amadouer :

« Ne monte pas sur tes grands chevaux, George-Étienne. N'oublie pas que nous parlons de mon père. Tu sais comme moi tout ce que tu lui dois, même si tu fais mine de ne pas le reconnaître aujourd'hui.

— Ce n'est quand même pas lui qui m'a introduit dans les milieux anglophones de la haute finance, répliqua-t-il, cinglant. C'est à peine s'il peut les blairer. »

Hortense réalisa qu'elle l'offusquait. Il avait travaillé quinze heures par jour toutes ces années pour se tailler une place et se faire un nom. S'il était devenu l'avocat du *Grand Trunk*, il le devait à ses seuls efforts, et non à son beau-père. Elle remarqua l'hostilité dans le regard de son mari, le ton irrité de sa voix.

« Calme-toi, je ne t'accuse pas, dit-elle plus doucement. Mon père a toujours prétendu qu'il t'avait prêté beaucoup d'argent, lorsque tu es rentré d'exil sans le sou. À ma connaissance, tu ne l'as jamais démenti. »

Cartier ne pouvait pas le nier. À son retour de Burlington, après les deux années de vaches maigres qui avaient suivi la rébellion, son bon ami le libraire lui avait ouvert toutes grandes les portes de sa maison. Il était bien forcé de reconnaître aussi qu'il lui avait confié une vingtaine de causes. De quoi lancer son cabinet d'avocat et faire oublier son passé de rebelle. Ce n'était pas un hasard, d'ailleurs, s'il avait installé son bureau à quelques portes de la librairie Fabre.

« As-tu autre chose à me reprocher ? la défia-t-il sèchement en tirant la chaîne de sa montre pour regarder l'heure. D'être un conservateur peut-être ? Un bleu, alors que ton père est un rouge ?

— J'essaie de comprendre ton attitude, s'excusa Hortense. Explique-moi au moins pourquoi tu appuies Wolfred Nelson. Il n'a aucune expérience en politique municipale, alors que mon père en possède.

— Ton père a laissé le souvenir d'un maire mou, inapte à diriger les destinées de Montréal, laissa-t-il tomber, visiblement excédé.

— Il ne croyait pas en la manière forte, voilà tout. D'ailleurs, il n'était pas le seul à redouter la présence des troupes, lors de l'émeute.

— C'était le *free for all* dans les rues. Je sais de quoi je parle, moi. J'y étais. Je n'ai vu aucun service d'ordre aux abords du parlement. La racaille avait le champ libre. Avec les conséquences que l'on connaît.

— Même si mon père n'a pas été un maire idéal, je t'en supplie, n'appuie pas Wolfred Nelson. Du moins pas publiquement. » Hortense s'arrêta, inclina la tête avant de l'implorer de nouveau : « Si tu ne le fais pas pour lui, fais-le au moins pour ta femme.

— Tu n'es plus une enfant, Hortense. Il s'agit de l'avenir d'une ville, de notre ville, et non des caprices d'une fillette. Ton père s'en remettra, crois-moi. Son excellent ami Papineau lui donnera un coup de main… si tant est qu'il ait encore de l'influence. »

L'attitude hautaine et sarcastique de son mari humiliait Hortense. Rien ne justifiait ni n'excusait son paternalisme mesquin, pas même leur différence d'âge – il avait quatorze ans de plus qu'elle. C'était devenu chez lui comme une seconde nature. Qu'il paraissait loin le temps où, très amoureux d'elle, son mari l'initiait avec une patience indulgente à certaines contraintes de la vie que sa jeunesse ne lui avait pas encore permis de découvrir !

Cartier reprit son *London Illustrated News*, tandis que, clouée sur place, Hortense cherchait encore les mots pour le toucher. Comme elle allait revenir à la charge, il lui ordonna de se taire :

« Laisse-moi. Je ne veux plus en entendre parler. »

∾

Le 4 mars, jour du vote, Montréal se donnait des airs de printemps. Chez les Fabre, ça trépignait d'excitation. Les partisans allaient et venaient dans la maison devenue le centre des opérations. Madame Raymond les accueillait avec le sourire. L'enthousiasme la gagnait, elle aussi. Puisque tout ce beau monde croyait en la victoire du libraire, pourquoi pas elle ?

Seule Hortense péchait par manque de confiance. Elle avait suivi la campagne au jour le jour. Wolfred Nelson et ses partisans

s'étaient montrés odieux. Pendant les assemblées, leurs interruptions grossières ne se comptaient plus. Cette bande de polissons
accusaient le candidat Fabre de manquer de sens politique et de
bon sens tout court. Les journalistes de *La Minerve* avaient été
jusqu'à insinuer que les signataires de la pétition en sa faveur
n'existaient pas réellement. Son pauvre père en avait été ulcéré :

« Moi, un tricheur ? » avait-il lâché, meurtri.

La minute d'après, il avait retrouvé son aplomb. La vérité
éclaterait au grand jour. Pour cela, il allait se battre jusqu'au bout.

« Je ne désespère pas de voir trébucher mon adversaire, répétait-
il pour se rassurer. À force d'aller à l'eau, la cruche se brise. »

C'est ainsi qu'Hortense aimait son père, fort dans l'adversité
comme dans la prospérité, un brin d'humour sur les lèvres.
Pourtant, ce matin-là, le dernier de la campagne, elle redoutait le
pire lorsque, debout sur l'estrade, il empoigna le porte-voix pour
fouetter ses troupes avec son ardeur coutumière. S'il était élu,
insista-t-il, les finances municipales seraient au cœur de ses préoccupations. Il voyait là la clé du progrès. Dans la salle à moitié
remplie, au milieu de ses partisans, elle remarqua des individus
louches. De toute évidence, ils cherchaient à semer la zizanie. Ne se
doutant de rien, le libraire enchaîna sur la nécessité d'élire un maire
intègre.

« Chououou ! cria un des trouble-fête. Hourra pour Nelson ! »

Édouard-Raymond Fabre poursuivit son exposé sans se laisser
intimider. Il avait été un maire indépendant et le demeurerait. S'il
avait réussi, en deux mandats, à relever le crédit de la cité, c'est qu'il
avait consacré tout son temps à l'exercice de ses fonctions. Au fond
de la salle, l'importun s'enhardit :

« Vieux radoteur ! Et la sécurité de la ville ? Avec vos méthodes
douces, vous ne pouvez pas nous garantir la paix !

— Rentrez donc chez vous une fois pour toutes, cria son voisin.

— Ouais, pis allez vous bercer, pépère. Vous n'avez pas assez de
tripes pour être maire. »

Les invectives pleuvaient, au grand dam des supporteurs du
libraire qui déclenchèrent un chahut inouï. Les journalistes du

Pays, Hector Fabre en tête, encerclèrent les fauteurs de troubles. Un député rouge d'une force peu commune surnommé Danton prit l'un des gueulards par le col de son manteau et le hissa au bout de son bras en le menaçant :

« Tu as encore quelque chose à dire ? Parle donc, pour voir. »

La clique du docteur Nelson courut à la rescousse du malheureux. Il s'ensuivit un échange de coups dont Danton, affublé d'un œil au beurre noir, allait se souvenir longtemps. Son adversaire loquace aussi.

À la tribune, le libraire Fabre était au supplice. Il ne supportait pas les débordements intempestifs. Pour mettre fin au chaos, son organisateur ne trouva rien de mieux que d'ordonner au corps de musique de jouer l'air de *La bonne aventure* que ses partisans entonnèrent en chœur :

« La patrie est en danger/Sonnons de la trompette !

On n'peut ni boire ni manger/Sans un brave en tête !

Nous sommes entre un fort à bras/Et les soins d'un hippocras !

J'en ai la tremblette ô gué !/J'en ai la tremblette... »

∼

Autant l'admettre, Wolfred Nelson cachait encore de bonnes cartes dans son jeu. Ces derniers temps, il avait gagné quantité d'appuis en faisant de la misère et de la pauvreté son cheval de bataille. C'était fort habile de prêcher en faveur de logements salubres, de promettre un abri aux immigrants et de visiter les cuisines populaires (que l'ex-maire Fabre avait mises en œuvre, soit dit en passant). Le docteur avait été jusqu'à se présenter au milieu des sans-logis pour goûter la nourriture qu'on leur servait. Quel affreux démagogue ! pensa Hortense.

Naturellement, elle se gardait bien de partager ses inquiétudes avec son mari. À la maison, c'est à peine s'ils s'adressaient la parole. L'atmosphère devenait irrespirable. Cartier n'avait pas raté une seule assemblée du candidat Nelson. Pis, jour après jour, il se pavanait à ses côtés pour narguer le libraire. Hortense redoublait alors d'attention auprès de son père, ce qui ne manquait pas de faire jaser. Comment un mari pouvait-il laisser sa femme prendre parti contre lui publiquement?

Le dernier soir, avant la brunante, Hortense sentit la partie perdue. La bonne vieille corruption dont son mari était le champion prévaudrait. Le libraire en pâtirait sûrement. De fait, le compte des votes donna une mince victoire au docteur Nelson, qui recueillit à peine soixante-neuf voix de plus que son adversaire.

Jamais Hortense ne s'était sentie aussi atteinte dans sa dignité. Pas tant à cause de la défaite de son père qu'en raison de la conduite abjecte de son mari. Ce soir-là, quand celui-ci rentra, après avoir fêté la victoire de Nelson avec ses amis bleus, il trouva la porte de sa chambre fermée à clé de l'intérieur. Hortense n'allait plus partager sa couche avec celui qui venait d'asséner le coup de grâce à son père.

V

Au Champ-de-Mars

Peu après l'élection du docteur Nelson qui avait tant mortifié mon grand-père, la neige se remit à tomber comme au plus creux de l'hiver. Puis, il y eut une giboulée annonciatrice du printemps, suivie de deux ou trois journées ensoleillées. J'accompagnais maman à l'Orphelinat catholique. Elle avait tricoté des bas pour les orphelins de la défunte mère Gamelin, une religieuse bonne comme du bon pain à qui l'évêque de Montréal avait confié les enfants abandonnés de la ville. La plupart des trois cents petits Irlandais dont elle avait hérité après l'épidémie de typhus étaient maintenant placés dans des familles de la campagne, mais il en restait une vingtaine, en plus des rejetons des filles tombées. Sur son lit de mort, mère Gamelin avait fait promettre aux dames patronnesses de veiller sur ses chérubins.

Le temps s'était adouci et nous avions décidé de nous y rendre à pied. Nous nous sommes mises en route vers sept heures. Habituellement silencieux en fin de journée, les abords du marché Bonsecours grouillaient de monde. La cérémonie d'investiture du nouveau maire venait de se terminer à l'hôtel de ville aménagé au rez-de-chaussée du marché Bonsecours, un édifice de pierre nouvellement construit dans la rue Saint-Paul. Un long cortège s'ébranla en face du portail à colonnades et avança à pas de tortue jusqu'à la place Jacques-Cartier. De part et d'autre, la foule applaudissait le « héros de Saint-Denis », celui-là même qui avait vaincu les habits rouges avec sa poignée de patriotes en 1837. Nous arrivions en face du palais de justice lorsque passa son carrosse astiqué que tiraient quatre puissants chevaux gris. Grand, mince et digne, il envoyait la main aux Montréalais qui le raccompagnaient chez lui en chantant « Il a gagné ses épaulettes… » Maman manqua alors à la charité chrétienne en me confiant *sotto voce* que le nouveau maire arborait cet air condescendant qui le rendait antipathique.

« Il se pense supérieur aux autres ! » dit-elle sur un ton méprisant.

L'attelage s'arrêta tout près de nous. Je pouvais distinguer les sourcils bien arqués du docteur. Je le vis clairement faire un signe de la main à un pasteur qui s'approcha du carrosse.

« *Reverend Selby*, s'écria Nelson, *will you join me ?* »

Le prêtre méthodiste grimpa à côté de lui dans la voiture. Autour de nous, quelqu'un le reconnut. En novembre 1837, après la débandade des patriotes, ce même pasteur avait accompagné le docteur Nelson jusqu'à la prison de Montréal, lors de son arrestation dans les bois de Stukely. La scène qui se déroulait sous nos yeux était émouvante pour les vieux Canadiens qui avaient vu, quinze ans plus tôt, Wolfred Nelson parcourir un trajet à peu près identique enchaîné à ses compagnons d'infortune, dans la charrette ouverte des condamnés, comme au temps de la Révolution française.

« C'est à peine croyable ! ma p'tite dame, s'exclama une femme d'âge mûr en prenant ma mère à témoin. J'étais là, en trente-sept. Les gens lui lançaient des œufs en l'appelant le loup rouge. Or, voilà maintenant qu'il est notre maire. Et ceux qui l'insultaient l'acclament ! »

Hortense ne répondit pas. À voir son air affligé, je devinais qu'elle se faisait du mauvais sang pour grand-père Fabre. Ce peuple ingrat l'avait déjà oublié. Il y avait pire encore : le cortège devait emprunter la petite rue Saint-Jacques et filer jusqu'à la maison du docteur Nelson, voisine de celle du libraire, rue Saint-Laurent, à l'angle de Craig. De sa fenêtre, le vaincu assisterait à ce déchaînement d'enthousiasme de la foule. Moi qui ne saisissais pas ces subtilités, je débordais de joie. On se serait cru à une belle fête populaire et j'aurais voulu y participer. Mais maman me tira par le bras si rudement que je la suivis sans protester.

À l'orphelinat, grand-mère brillait par son absence. La salle de couture était déserte et la table de réfectoire vide. Les parquets fraîchement lavés dégageaient une odeur de savon fort qui montait aux narines. Seule cousine Luce était à son poste, avec ses airs de grande bourgeoise libre de consacrer ses mardis et ses jeudis aux bonnes œuvres. Comme elle maniait bien les chiffres, la fille du banquier Cuvillier s'était vu confier la comptabilité de l'œuvre. En nous apercevant, elle déposa sa plume et vint vers maman qu'elle serra fort contre elle.

« Ma chérie, fit-elle. Ta mère n'est pas là, comme tu vois. Elle a préféré rester à la maison avec ton père. Il couve un mauvais rhume, d'après ce qu'elle m'a raconté hier.

— Ah! le pauvre, s'exclama Hortense, la voix brisée. Il doit se sentir si abattu. Je n'ai pas encore trouvé le courage d'aller le réconforter.

— C'est peut-être mieux ainsi. Laisse le temps faire son œuvre. »

Luce Cuvillier parlait avec assurance. C'était apaisant de s'abandonner en sa présence.

« J'ai tellement honte, lui avoua Hortense.

— Tu n'as pas à te sentir coupable, la consola Luce. Ton père a fait une chaude lutte. Mais les électeurs ont tranché en faveur du docteur Nelson. Ce n'est ni ta faute ni la sienne.

— Tu veux savoir? C'est la conduite de George-Étienne qui me dégoûte. »

Hortense n'avait pas pu s'empêcher de hausser le ton. Elle tourna la tête pour s'assurer qu'aucune oreille indiscrète ne l'avait entendue avant de se tirer une des chaises rangées autour de la grande table. Elle s'accouda au dossier sans rien ajouter.

« Ne dis pas de bêtises, la gronda Luce. Ton mari est un homme de devoir. Il a agi en son âme et conscience. S'il a appuyé Wolfred Nelson, c'est qu'il juge qu'il fera un meilleur maire.

— Lui? s'emporta ma mère. Un homme qui ment comme il respire?

— Tu y vas fort, ma chère cousine. Le docteur Nelson a mérité de la patrie. Qu'il ne soit pas un héros chez les Fabre, je le conçois. Mais il a défendu son pays au risque de sa vie. Et il a payé de sa liberté.

— As-tu déjà oublié comment il a traité Louis-Joseph Papineau? Il a menti devant l'Assemblée législative. Les accusations de lâcheté qu'il a proférées contre lui n'avaient aucun fondement. Il l'a traîné dans la boue par pur opportunisme politique.

— Wolfred Nelson n'est pas le seul à avoir changé son fusil d'épaule à propos de ton Papineau. Mais à quoi bon remuer le passé?» soupira Luce, qui refusait de se laisser entraîner sur ce terrain, vu leurs opinions tellement différentes. «La rébellion, c'est de l'histoire ancienne. Tu n'avais même pas l'âge de raison, à l'époque.

— J'étais assez âgée pour voir mon père traqué par les habits rouges et emprisonné au Pied-du-Courant.

— Les temps ont changé, Hortense. En quinze ans, les Canadiens ont obtenu gain de cause sur pas mal de points. *George* a pris part, lui aussi, à la rébellion. Cela ne l'a pas empêché de se rallier à l'union du Bas et du Haut-Canada. Tu ne me feras jamais croire qu'il l'a fait sans d'abord s'assurer que les Canadiens n'y perdraient pas au change. Mais je ne veux plus discuter de politique avec toi.

— Vas-y, fais comme George-Étienne que tu défends toujours si bien, dis que je n'y entends rien. Que je suis sotte!

— Comme tu es à fleur de peau, ma belle Hortense! Allons bon, nous n'allons pas nous quereller. On nous annonce une nouvelle épidémie de choléra. Tu admettras au moins qu'un médecin à la tête de la ville peut prendre de meilleures décisions, côté sanitaire.

— Là n'est pas la question. Wolfred Nelson aurait très bien pu se faire élire sans l'aide de mon mari. George-Étienne n'avait pas d'affaire à prendre parti pour l'adversaire de mon père. C'est déshonorant!

— Écoute, fit Luce un peu excédée, ton père a seulement perdu ses élections. Ce n'est pas la fin du monde. Et s'il a mordu la poussière, c'est bien plus parce que les Irlandais de Griffintown ont voté contre lui que parce que *George* l'a lâché.»

Luce venait de marquer un point. Même si le libraire s'était démené pour les immigrants pendant l'épidémie de typhus, ceux-ci l'avaient laissé tomber au moment de voter.

« Ton Nelson n'a eu qu'à leur promettre des abris neufs pour
que ces sans-cœur oublient leur bienfaiteur.

— Fais-moi plaisir, Hortense, cesse de ruminer ta rancune,
l'exhorta Luce. Et de grâce ! ne répète pas ce genre de choses devant
ta fille. C'est son père que tu condamnes. »

~

Hortense médita les conseils de Luce, sans trop se demander pour
quelle raison sa cousine s'immisçait toujours entre elle et son mari.
Ni pourquoi Luce accordait inévitablement son appui à ce dernier,
jamais à elle. L'arrivée des beaux jours lui fit oublier ses récri-
minations. Au mois de mai, elle se remit au piano, preuve que le
temps accomplissait son œuvre, comme l'avait prédit sa chère
cousine.

Grand-père Fabre, lui, ne nous rendait plus visite. Je crois bien
que nous ne l'avons pas vu de tout le printemps. Il nous manquait.
À maman surtout. Elle n'osait plus le fréquenter, de peur d'indisposer le capitaine. À la maison, la paix semblait fragile. Un mot de
trop et tout s'écroulerait.

Mon père ne changea rien à ses habitudes. Il travaillait d'arrache-
pied à l'élaboration d'un traité de réciprocité entre le Canada et les
États-Unis, seul moyen, disait-il, de clouer le bec aux annexionnistes de Papineau. Il se méfiait de la démocratie américaine qui
instaurait des changements trop radicaux pour le conservateur qu'il
était. En revanche, les institutions britanniques exerçaient sur lui
un attrait proche du culte. À ses yeux, un réseau ferroviaire efficace
liant les deux pays, assorti d'ententes commerciales, valait cent fois
mieux qu'une annexion qui assujettirait le Canada-Uni à son voisin
du sud.

Ses journées étaient bien remplies. Le *Grand Trunk*, dont il
défendait toujours les intérêts, construisait une ligne entre Montréal et Toronto. Il se démenait aussi pour faire voter une loi auto-
risant la construction d'un pont reliant Montréal à Saint-Lambert,

au coût de sept millions de dollars. Ses adversaires insinuaient que les travaux provoqueraient des inondations du côté de Pointe-Saint-Charles, ce qui le mettait en rogne. Ce genre de bêtises l'horripilait.

En juin, la chaleur devint accablante. Même dans les beaux quartiers, les égouts empestaient. *Chalaris intensis*, clamait mon oncle l'abbé dans son latin de cuisine qu'il parlait en présence de ses nièces pour nous épater. Un après-midi, l'air devint si étouffant dans nos chambres que maman nous libéra de l'obligation de faire la sieste. Elle consentit à nous amener au Champ-de-Mars. Joséphine et moi allions jouer à la marelle, tandis qu'elle lirait à l'ombre d'un chêne.

Par chance, il y avait un banc libre dans la partie ombragée du parc. Nous nous y dirigions lorsque Jos remarqua un vieillard qui somnolait sur un long siège à dossier.

«Maman, regardez, c'est grand-père Fabre! lança-t-elle.

— Mais oui, c'est papi!» fis-je en courant vers lui.

Mon atterrissage à ses pieds le fit sursauter. Il lui fallut un moment avant de réaliser qu'il avait de la compagnie. Ma mère poussa le landau de Reine-Victoria jusqu'à lui.

«Hortense, quelle belle surprise! s'exclama-t-il. Joséphine, Marie, venez m'embrasser, mes chouettes.»

Le libraire détailla maman de la tête aux pieds. Elle lui sembla amincie dans sa robe à plis droits. Mais elle lui souriait de ce sourire qui faisait ses beaux jours.

«Papa, si je m'attendais à vous rencontrer ici! Ne devriez-vous pas être à la librairie?

— Je suis un peu fatigué, ces jours-ci. La chaleur, sans doute. Mon associé est bien vaillant. Il me donne congé les après-midi de franc soleil. Et toi, ma fille? Tu ne viens plus jamais voir ton vieux père?

— Vous non plus», lui reprocha-t-elle, la mine boudeuse, comme lorsqu'il refusait autrefois de se plier à ses caprices.

Le libraire se tira de son siège avec effort. Il n'avait pas bonne mine. Ses joues semblaient plus creuses qu'à l'accoutumée et il avait le teint cireux. Il se déplaça cahin-caha jusqu'à Reine-Victoria qui agita ses petits bras pour se faire prendre.

« Elle reconnaît son pépé », fit-il, satisfait.

Il la trouva adorable, un peu trop maigrichonne, peut-être. Ma mère le rassura : Reine était en parfaite santé.

« Elle aura bientôt un an, si je ne m'abuse ? demanda-t-il.

— Mais, papa, elle a eu un an il y a deux semaines.

— Allons donc ! J'ai oublié l'anniversaire de ma princesse. Comment ai-je pu faire une chose pareille ? »

Il avait l'air anéanti, comme s'il s'agissait d'un oubli inexcusable.

« *Time flies* ! dit-il en recourant à son expression favorite. Et, ma foi du bon Dieu, je perds la mémoire. »

Lasse de nous voir trépigner d'impatience autour d'eux, maman nous permit d'aller jouer à l'écart, en nous faisant promettre de ne pas nous éloigner. Le cirque était en ville et nous devions nous y rendre un peu plus tard, une fois la chaleur tombée. À condition d'avoir été sages.

« La maison est une véritable fournaise, expliqua-t-elle à grand-père. Au moins, ici, il y a une petite brise. Assoyez-vous un moment avec moi, papa. Nous avons tant de choses à nous raconter. »

Hortense l'aida à se laisser tomber sur le banc de bois. Ses articulations le faisaient atrocement souffrir et il grimaça.

« Satanés rhumatismes », s'impatienta-t-il en l'invitant à s'asseoir à côté de lui. Puis, s'emparant du livre qu'elle tenait à la main, il demanda : « Que lis-tu là ?

— *Indiana.*

— Ah ! oui, George Sand. Qu'est-ce que vous avez toutes à raffoler de ses romans ? Où l'as-tu pêché, celui-ci ? Je ne me souviens pas de te l'avoir offert.

— Luce me l'a prêté. Tu sais comme elle aime les histoires de mariages ratés. Je la soupçonne de ne plus croire en cette institution sacrée, cette chère cousine.

— Je comprends surtout que tu n'as plus besoin de ton père pour t'approvisionner en livres.

— Papa, je vous en prie, ne me faites pas de reproches. Je m'en veux tellement pour ce long silence. La situation est impossible. Je suis entre l'arbre et l'écorce. Entre mon mari et vous…

— Je sais, ma fille, je sais. Mais tu n'as pas idée comme tu me manques. Tu placotes avec ta mère chez les bonnes sœurs, mais moi, je n'ai plus aucun contact avec toi ni avec les petites.

— Justement, dimanche, ce sera notre huitième anniversaire de mariage, se hasarda Hortense. Pourquoi ne viendriez-vous pas dîner à la maison, maman et vous ? »

Le libraire se gratta le menton et esquissa une moue désapprobatrice.

« Ne me demande pas ça, répondit-il enfin. Les cicatrices sont encore trop profondes. D'ailleurs, je ne suis pas libre. Mon ami Papineau passe la fin de semaine en ville. Il sort enfin de son manoir de Montebello. Julie l'accompagne. Nous les avons invités à la maison. »

Jos et moi sautions à cloche-pied sur une marelle de fortune dessinée à la craie, derrière le banc. En entendant le nom de Papineau, Joséphine lança son caillou sur le deux et cria *time*, signifiant par là qu'elle réclamait un moment d'arrêt. Elle sautilla jusqu'au libraire.

« Grand-père, gloussa-t-elle, j'ai une colle à vous poser. Mon premier : maman aime monsieur Papineau et papa le déteste. Mon second : papa aime le docteur Nelson et maman le déteste. Qui a raison ?

— Eh Jos !, ce n'est pas une vraie charade ! protestai-je.

— Ça ne fait rien, laisse pépé répondre. »

Grand-père éclata d'un rire indulgent. Sa petite-fille était futée. Elle méritait une réponse franche.

« C'est ta maman qui a raison, ma chouette, dit-il en prenant la main d'Hortense. Elle avait ton âge quand je lui ai appris que monsieur Papineau était un grand chef.

— Et le docteur Nelson, lui ? demanda Jos qui ne lâchait pas prise.

— Il y a longtemps, bien avant ta naissance, Wolfred Nelson s'est montré très courageux. Après, la gloire lui est montée à la tête.

— Hein! fis-je, car je ne comprenais rien à cette affaire. Si le docteur Nelson est un méchant, pourquoi est-ce que papa l'aime?

— Je ne peux pas répondre à sa place, se récusa le libraire. Tu le lui demanderas toi-même, ma chouette. »

Nous retournâmes à notre jeu pendant qu'Hortense réitérait son invitation. Ce serait un dîner d'anniversaire tout simple. Elle y voyait l'occasion de rétablir la paix familiale. Monsieur Papineau ne pouvait-il pas attendre un jour de plus?

« N'insiste pas, répondit grand-père fermement. C'est au-dessus de mes forces. Je me vois mal en train de deviser gentiment avec ton mari. D'ailleurs, si c'était à refaire, jamais je ne lui donnerais ta main.

— Écoutez, George-Étienne est mon mari pour le meilleur et pour le pire, comme dit l'abbé. Je vous en prie, mettons fin à cette querelle.

— Nous ne sommes pas du même tronc, poursuivit le libraire comme s'il ne l'avait pas entendue. Les Cartier sont des buveurs et des noceurs. Et ton mari n'est plus patriote. S'il le fut jamais…

— Papa! Ne dites pas cela. Vous savez qu'il s'est battu à Saint-Denis.

— Il ne s'en vante plus depuis longtemps. Oublies-tu qu'en exil il est le seul Canadien à avoir renié la cause patriote? Est-ce qu'on t'a raconté comment il a réussi à rentrer au pays libre comme l'air, alors que ses camarades croupissaient en prison ou vivotaient aux États-Unis, sinon aux Bermudes, avec interdiction de fouler le sol qui les a vus naître?

— Qu'est-ce que c'est que cette histoire?

— Ça m'a longtemps intrigué, mais j'ai fini par découvrir le fin fond de l'affaire. » Il se pencha vers elle et, mystérieux, continua son récit: « Figure-toi que ton mari a prêté serment d'allégeance au gouverneur anglais. Rien de moins! Il lui a même offert une somme d'argent en garantie, comme preuve qu'il comptait remplir fidèlement ses devoirs de sujet britannique.

— Je ne peux pas le croire, protesta Hortense.

— Veux-tu savoir ce qu'il a écrit au secrétaire de Lord Durham ? "Je dois vous déclarer sur mon honneur et ma conscience que je ne suis lié en rien aux troubles récents et qu'il n'est personne qui les désapprouve et les déplore plus que moi."

— Pourquoi inventez-vous de telles choses ? Pour vous venger de lui parce qu'il ne vous a pas appuyé aux élections ?

— Hélas ! Hortense, c'est la pure vérité », l'assura le libraire, choqué de voir sa fille mettre en doute sa version des faits. « Dans cette même lettre, écrite à Burlington dans le plus grand secret, il a exprimé sa surprise de voir son nom figurer sur la liste des proscrits. Il lui a juré qu'il n'avait pas fui son pays mais était tout bonnement allé visiter les États-Unis. Quel sans-gêne ! Voilà pourquoi le gouverneur a levé l'accusation de trahison qui pesait contre lui et lui a permis de rentrer au pays.

— Mais il n'avait rien fait de mal, s'indigna Hortense. Cette lettre était probablement son seul moyen de regagner le Canada. Il aurait été bête de ne pas l'écrire. De toute manière, la rébellion avait avorté. Pourquoi continuer à crever de faim au Vermont ? »

La mine déconfite d'Hortense en disait long sur sa déception. Le libraire regrettait déjà sa confidence. Elle poursuivit néanmoins sa quête de vérité. Il lui fallait des preuves et son père n'avait que des ouï-dire à lui opposer.

« Vous cherchez à me faire de la peine, papa, lui lança-t-elle à bout d'arguments.

— Non, ma fille, je t'aime trop pour ça. Toutefois, la vérité a des droits.

— Peut-être, mais le moment choisi pour m'apprendre un fait aussi abominable ressemble à un règlement de comptes de votre part. »

Grand-père marqua une pause avant de lui donner raison :

« Tu n'as pas complètement tort, avoua-t-il. Mais que veux-tu ? Ton mari m'a offensé et je n'arrive pas à passer l'éponge. »

Le libraire se tut, l'air abattu. Il inclina la tête et, après un long silence, reprit comme pour lui-même :

« Le pire, c'est qu'il n'a même pas la décence de me remettre les deux cent vingt-sept livres sterling qu'il me doit. Encore heureux que je ne t'aie pas donné de dot, sinon il l'aurait déjà dilapidée, le vaurien ! »

Il se leva et alla poser un baiser sur le front de Reine-Victoria qui dormait à poings fermés dans son landau. Puis, il embrassa Hortense, encore assommée par ce qu'elle venait d'apprendre.

« J'ai été trahi par deux hommes dans ma vie, poursuivit-il néanmoins. Je n'ai jamais pardonné au premier, mais je ne l'ai pas sali pour autant. Il en sera de même pour ton mari. Tu n'as rien à craindre de moi.

— Une trahison, deux trahisons… Vous n'y allez pas un peu fort ? Qui d'autre vous a trahi, papa ? Vous ne m'en avez jamais parlé ?

— Augustin Cuvillier, répondit-il. Le père de ta cousine Luce. Un beau vire-capot, celui-là aussi ! Pendant la rébellion, il était officier de milice. Ta mère et moi, nous nous étions réfugiés à Contrecœur, chez le curé L'Heureux. À l'aurore, Augustin s'est pointé au presbytère avec deux miliciens. Peux-tu le croire ? Il avait entre les mains un mandat d'amener contre moi. Dieu soit loué ! j'ai eu le temps de me cacher derrière la grange du curé. Augustin est reparti bredouille. »

Hortense resta muette, de plus en plus bouleversée. George-Étienne, un traître, le père de Luce, un délateur au service des Anglais ? Elle aurait voulu plus de détails, mais son père s'en allait déjà.

« Là-dessus, je te laisse, ma fille. Je suis tout en sueur. Cette chaleur est insupportable.

— Voulez-vous que je vous raccompagne à la maison ?

— Ce n'est pas la peine, ma belle Hortense, c'est à deux pas. Allez, profite du beau temps. Surtout n'oublie pas : je veux mes deux cent vingt-sept livres. Rappelle-le à ton mari ! »

∾

Hortense regarda son père disparaître au bout du Champ-de-Mars. Il marchait lentement le long de la haie de peupliers, derrière les écuries de l'armée. Son dos lui sembla plus voûté qu'à l'accoutumée et sa démarche manquait d'assurance. Cependant, son élégance naturelle prévalait sur la vieillesse. Une fois remise de ses émotions, elle eut presque envie de sourire. Nul doute, elle pouvait dormir sur ses deux oreilles. Si la rancune de son père se calculait maintenant en espèces sonnantes, il était sûrement sur la voie de la guérison.

Elle ouvrit son roman à la page indiquée par un signet et se plongea dans sa lecture. La belle Créole Indiana avait envoûté bien malgré elle l'amant de sa sœur de lait. Le drame allait se corser. La malheureuse Noun s'enlèverait-elle la vie de désespoir? «Allons bon! Qu'est-ce que je viens de lire?» se demanda Hortense en parcourant pour la troisième fois le même passage. C'était inutile, toutes ses pensées se tournaient vers son père. Ainsi, il regrettait de l'avoir mariée à Cartier, même s'il avait été le premier à flairer la bonne affaire. Elle pensa : sa colère ne s'estompera jamais tout à fait, car elle est légitime. N'avait-il pas accueilli son gendre dans sa famille comme un fils?

Le libraire émaillait son vocabulaire de mots comme profits et avantages financiers. «À quoi sert l'habit lorsque la poche est vide?» aimait-il répéter. L'éducation de sa fille lui avait coûté les yeux de la tête et il ne ratait jamais une occasion de le lui rappeler. En lui dénichant un bon parti, il comptait «rentrer dans son argent». Elle détestait cette formule dans la bouche de son grippe-sou de père.

Issu d'un milieu modeste, le libraire avait trimé dur pour devenir le commerçant le plus envié du faubourg. Afin d'envoyer ses enfants étudier dans les meilleurs établissements, il avait dû s'infliger de gros sacrifices. Avec Édouard-Charles, qu'il avait expédié à Paris dans l'espoir de voir s'évanouir ses velléités de devenir prêtre, comme il s'était trompé!

Il avait connu plus de succès avec Hortense. À sa sortie du couvent des Ursulines, à Trois-Rivières, elle avait eu droit au supplément d'éducation réservé aux jeunes filles de bonne famille. Cours de français et d'anglais, leçons de danse, en plus de la visite quotidienne d'un maître de musique, qui se présentait à la résidence des Fabre chaque après-midi. À dix-huit ans, elle réunissait les qualités de l'épouse accomplie. Comme tous les pères ayant une fille à marier, le libraire surveillait de près ses fréquentations. Il écartait sans état d'âme les jeunes gens peu fortunés, elle éconduisait les crampons ignares. Jamais il ne serait venu à l'idée d'Hortense de contrarier les plans du libraire. Quand le brillant avocat Cartier avait fait sa grande demande, ni le père ni la fille n'avaient manifesté l'ombre d'une hésitation.

≈

« Maman ? Maman ? dit Joséphine en lui secouant le bras. Vous avez l'air perdue dans les nuages.

— Mais non, je lisais, répondit Hortense en rougissant, comme si elle venait d'être prise en flagrant délit.

— Il doit être bien ennuyeux, votre roman, pour que vous bayiez aux corneilles en plein jour », ajoutai-je pour la taquiner.

Hortense sourit.

« J'étais distraite, finit-elle par admettre en prenant un air coupable. Je pensais à votre père. Vous savez qu'il était fort séduisant, au temps de nos fiançailles.

— Comment l'avez-vous connu ? demanda Jos.

— Ouiiiii, racontez-nous, m'époumonai-je en faisant le pitre. Mon papa était sûrement le plus beau des amoureux à cent milles à la ronde.

— Marie, laisse parler maman ! » ordonna l'impératrice en me pinçant l'oreille.

J'eus beau crier « outch », Hortense ne m'entendit pas. Plongée dans ses souvenirs, du temps où, le soir, les avocats du faubourg s'agglutinaient à la librairie Fabre autour d'un verre de fine, elle se rappelait avec netteté cette inoubliable soirée. Elle avait dix-sept ans à peine et cachait mal le côté fleur bleue de sa personnalité. Grand-père était débordé de travail et elle était passée au magasin pour l'aider à ranger les nouveautés sur les rayons. Elle adorait ce rituel qui revenait chaque mois. C'était pour elle l'occasion de se sentir utile. Ce jour-là donc, dans l'arrière-boutique de la rue Saint-Vincent, les amis du libraire discutaient ferme en fumant comme des cheminées. La fumée incommodait Hortense dont les yeux picotaient. Pour calmer la sensation de piqûre, elle les frotta vivement. George-Étienne Cartier voulut l'en empêcher. Il prit sa main dans la sienne en la suppliant de ne pas abîmer ses jolis yeux bleus. C'était la première fois qu'il lui adressait la parole. Elle l'avait trouvé charmant, quoique un peu entreprenant, car il ne lui avait pas lâché la main. Aujourd'hui, il ne se souvenait probablement pas de l'incident, mais elle ne l'avait jamais oublié. Une petite flamme s'était alors allumée dans son cœur.

« Qu'est-ce que vous lui avez répondu, maman ? voulut savoir Jos.

— Rien, je n'ai pas desserré les dents. J'étais trop gênée.

— Hein ? remarquai-je un peu déçue. Il a dû penser que vous étiez un bel emplâtre !

— Marie ! gronda maman. Attention à ton vocabulaire, sinon je vais être obligée de te laver la bouche avec du savon. »

Je pouffai de rire, maman aussi. L'impératrice monta sur ses ergots. Impossible de poursuivre une conversation sérieuse avec une fille comme moi. Fallait-il absolument que j'attire l'attention sur ma personne, alors que maman nous racontait une histoire d'amour passionnante ? Je promis de me taire et Hortense continua son récit.

« Où en étais-je ? reprit-elle lentement, pour nous faire languir. Ah ! oui, je succombais au charme de votre père. J'aimais sa chevelure généreuse, tout ondulée, ses yeux perçants, sa mâchoire volontaire...

— Oh là là ! »

Ma mère trouvait le capitaine particulièrement attrayant lorsqu'il s'enflammait en discutant avec ses collègues. Mais ce qu'elle admirait surtout, c'était son humour. Certains lui reprochaient son ambition débordante, elle pas. Au contraire, l'énergie qu'il mettait à vaincre les obstacles sur son chemin l'impressionnait. Et comme il savait faire la fête! Toujours le dernier à quitter le plancher de danse, toujours le premier à lever son verre à la santé d'un camarade.

« Comme vous voyez, votre père n'a pas changé. »

Lorsque Cartier s'était décidé à demander sa main au libraire, Hortense était tombée des nues. Non pas à cause de l'âge de son prétendant – il avait trente-deux ans et elle s'en allait sur ses dix-huit ans –, mais parce qu'il était la coqueluche des jeunes filles du faubourg. Jamais elle n'aurait pensé qu'il pouvait s'intéresser à son insignifiante personne. Il se débrouillait pourtant pour lui glisser un compliment bien tourné lorsqu'ils se croisaient à une réception. Mais, au beau milieu de la conversation, il lui arrivait aussi de la planter là, pour aller vers quelqu'un de plus important. Comme toutes ses amies, Hortense le croyait entiché de la fille du seigneur Dominique Debartzch, un voisin éloigné des Cartier, à Saint-Antoine. Hélas! (ou par chance!) la belle Caroline lui avait préféré un gentilhomme polonais réfugié au Bas-Canada. George-Étienne avait paru inconsolable jusqu'à ce qu'il fasse la cour à Hortense Fabre. Seule madame Raymond avait alors été assez futée pour noter que l'avocat reluquait sa fille.

Les fréquentations ne s'éternisèrent pas, car le libraire ne contenait plus sa hâte de voir sa fille au pied de l'autel. Dans son esprit, la colonne des profits dépassait largement celle des pertes. Le jeune patriote qu'il avait aidé à son retour d'exil jouissait maintenant d'une situation financière enviable. Édouard-Raymond Fabre pouvait dormir en paix, l'avenir d'Hortense était assuré. Les préparatifs du mariage furent expédiés et les bans affichés à la porte de l'église Notre-Dame, pour le plus grand bonheur d'Hortense, impatiente de voir son rêve enfin réalisé.

« Quelle belle histoire d'amour! » soupira Joséphine, friande de récits à l'eau de rose, malgré son jeune âge.

Bien entendu, Hortense n'allait pas leur raconter comment son fiancé savait faire la cour aux femmes, ni combien elle se trouvait ingénue à côté de ce beau parleur qui l'intimidait.

« J'étais follement amoureuse de lui, admit-elle simplement en souriant.

— Comme dans les romans ?

— Comme dans les romans », répéta-t-elle, les yeux soudainement embués par les pensées noires qui lui trottaient dans la tête depuis sa conversation avec le libraire. Elle s'empressa de chasser la tristesse qui menaçait de s'emparer d'elle et poursuivit : « Nous nous sommes mariés à l'église Notre-Dame. Les cloches sonnaient à toute volée ! J'étais tellement nerveuse… je tremblais comme une feuille.

— Et votre robe de noce, comment était votre robe ? insista Jos, alors que j'ouvrais toutes grandes mes oreilles pour ne pas perdre un seul mot.

— Je portais une splendide robe blanche à col montant. Je l'avais commandée à Paris. J'avais alors la taille extraordinairement fine. Déposée sur mon voile, une couronne de fleurs de muguet embaumait.

— Comme vous deviez être jolie, maman ! J'aurais voulu être un petit oiseau pour me poser sur votre tête ! dis-je en tapant des mains.

— Tu ne manques pas de toupet », fit maman en me caressant la joue.

Mais Joséphine réclamait la suite. Mes interruptions l'exaspéraient.

« Allons, Jos, sois un peu patiente avec ta sœur », la gronda Hortense, avant de reprendre le fil de son histoire.

Elle se revoyait montant la grande allée au bras de son père. Quel dommage que la mode des photographies de mariage n'existât pas alors ! La réception avait eu lieu à l'hôtel Nelson, place Jacques-Cartier. Les invités avaient savouré les plats fins servis au déjeuner. Seule Hortense n'avait pu avaler une seule bouchée. George-Étienne, qui avait bu un peu plus que de raison, avait le champagne joyeux. À onze heures, parents et amis avaient pris le traversier pour les accompagner à Laprairie. Elle avait compté huit carrosses. Un train avait ensuite conduit les jeunes mariés à Saint-Jean et, de là, ils avaient attrapé le dernier bateau pour Albany. Ç'avait été un merveilleux voyage de noces ! Elle n'avait encore jamais visité New York, ni Washington.

Là s'arrêta son récit. Elle avait sauté sa nuit de noces, comme de raison. Pourtant, elle se souvenait clairement de son effroyable gêne, lorsqu'elle s'était retrouvée seule avec son nouveau mari dans une chambre d'hôtel. Chacun de ses gestes lui revenait. Sans la quitter des yeux, il l'avait entraînée par la main jusqu'au lit. Il l'avait aidée à délacer les cordons de son chapeau, avant de le lancer un peu brusquement sur la bergère. Ensuite, il avait enlevé une à une les épingles retenant ses cheveux qui étaient retombés sur ses épaules. Il les avait caressés longuement. Elle, figée comme une statue, s'était sentie incapable de bouger. Alors il avait commencé à déboutonner son corsage. Ses gestes étaient assurés et il ne se pressait pas, de peur de l'effaroucher. Elle voyait bien qu'il avait l'habitude. À mesure qu'il la déshabillait, elle fondait entre ses mains. Elle aurait donné cher pour qu'il éteignît la lampe, afin qu'il ne remarque pas son embarras, mais elle n'avait pas osé le lui demander. Encore un peu et elle se serait évanouie. Il s'était empêtré dans son corset et lui avait demandé de l'aider. Ils avaient ri, cela l'avait détendue. Elle n'avait vraiment retrouvé un peu d'aise qu'une fois sous les draps. Après, tout s'était passé très vite. Plutôt bien même, contrairement à ce que ses amies nouvellement mariées lui avaient laissé croire.

« Votre papa est le seul homme que j'ai aimé de ma vie, dit-elle enfin en émergeant de ses rêveries.

— Mais alors, reprit l'impératrice, expliquez-moi pourquoi vous vous disputez tout le temps !

— C'est sans doute parce que j'ai un vilain caractère, répondit Hortense avec un sourire en éludant la question du différend politique qui les opposait.

— Et le capitaine alors ? fis-je. Lui, c'est un ogre.

— Marie ! Ne parle pas comme ça de ton papa.

— Est-ce que papa et grand-papa Fabre se faisaient la guerre dans ce temps-là ? demandai-je encore.

— Non, ma chérie. Ils s'aimaient beaucoup. La politique les a divisés. Rassure-toi, les beaux jours reviendront, je te le promets. »

Ce soir-là, Hortense ne ferma pas la porte de sa chambre. C'était la première fois depuis le jour où elle avait interdit son lit à son mari. Il était passé minuit lorsqu'il la rejoignit.

VI

Dors, petit ange

9 juillet 1854

À quelque temps de là, Hector Fabre invita sa sœur au Théâtre Royal. Une troupe anglaise y jouait *The Merchant of Venice*. Boudé depuis des décennies parce qu'on le jugeait démodé, William Shakespeare revenait en force dans toutes les grandes villes du monde. Chacune de ses pièces faisait à nouveau salle comble.

Hortense se réjouissait de sortir avec ce beau garçon de vingt ans qui se passionnait pour les choses de l'esprit et qui, la nuit, écrivait des poèmes. Hector était, selon l'expression du libraire, le phénix de la famille. Il arriva rue Notre-Dame peu après le dîner. De taille modeste mais élancé comme son père, il était toujours tiré à quatre épingles. Avec ses cheveux couleur de paille, il ressemblait à un gentilhomme anglais. Derrière sa moustache retroussée, il cachait un sourire malicieux. Il avait tout du jeune et talentueux avocat.

Ce qu'il était, mais en apparence seulement. Car, après avoir effectué sa cléricature chez son beau-frère George-Étienne Cartier, Hector Fabre avait bel et bien formé une société juridique avec deux de ses amis fraîchement reçus avocats comme lui. Les trois compères passaient plus de temps à refaire le monde à l'hôtel Richelieu, à l'ombre du palais de justice, qu'à défendre la veuve et l'orphelin. Dès son premier procès devant jury, le fiasco prévisible s'était confirmé : son malheureux client avait dû se tirer d'affaire seul. Si bien qu'Hector avait jugé préférable de remettre en question son appartenance à la basoche. « Je ne suis pas doué pour faire la différence entre la victime et le coupable », avait-il plaidé auprès du libraire qui se désolait de le voir passer à côté d'une brillante carrière juridique. Et pourquoi, je vous le demande ? Pour devenir scribouillard dans un journal quelconque.

Avant de se rendre au théâtre, le journaliste en herbe demanda à Hortense de jeter un coup d'œil à son premier poème écrit en prose. Trois feuilles de papier soigneusement roulées et retenues par un ruban noir qu'il serrait comme un bien précieux. Il s'agissait d'un hommage à Chevalier de Lorimier, l'un des martyrs de l'insurrection de 1838, ce deuxième soulèvement contre la domination anglaise à l'issue duquel douze Canadiens avaient été pendus. Hector avait l'intention d'en faire la lecture devant les membres de l'Institut canadien, un cercle de jeunes intellectuels imbus de liberté de pensée et de tolérance religieuse. Mais auparavant, il voulait le soumettre à l'appréciation de sa sœur. Il avait confiance en son jugement. Comme Hortense était aussi patriote que lui, elle goûterait sûrement cet éloge d'un Canadien ayant sacrifié sa vie pour sa patrie.

Hortense dénoua le ruban et lut à haute voix quelques lignes choisies au hasard : *De Lorimier, le cœur brisé, car il est triste de quitter ce monde, lorsqu'on y laisse une jeunesse inachevée, de douces amitiés, d'heureux liens brisés trop tôt…*

« C'est très émouvant », s'exclama-t-elle avant de poursuivre sa lecture : *Ma mort sera cruelle mais elle ne sera pas ignominieuse*, faisait-il dire à de Lorimier. *Offerte en holocauste à mon pays et à la liberté, le contact du gibet ne pourra pas la souiller. Le déshonneur attaché au trépas sur l'échafaud n'atteint pas les victimes d'une pareille cause. La mort des Duquette, des Cardinal, des Lount, des Matthews est plus honorable que la vie d'esclaves sous un gouvernement despotique.*

Hortense s'arrêta et, soudainement songeuse, fixa son frère :

« Je me demande ce que George-Étienne penserait de ce petit chef-d'œuvre, lui qui a fait une croix sur son passé de patriote.

— C'est pourtant lui qui m'a donné l'idée d'écrire cet hommage, répondit-il.

— Ah! oui?» fit-elle, pour le moins surprise.

Dans un tiroir verrouillé de sa table de travail, à son cabinet de la rue Saint-Vincent, Cartier gardait précieusement le mot que Chevalier de Lorimier lui avait écrit de sa geôle, la veille de sa pendaison. Le 15 février, date anniversaire de la mort de son ami, il l'avait lu à Hector.

«Je l'ai trouvé tellement poignant que j'en ai eu l'âme toute retournée. Cela m'a inspiré ces quelques lignes dont je suis assez fier.»

Sept heures sonnèrent. Ils devaient partir. Hortense promit à son frère de relire son poème avant de s'endormir. Elle profiterait de l'absence de Cartier, parti sillonner la province en prévision des élections, pour s'en délecter.

«Je ne vois plus mon mari, se lamenta-t-elle. Il court aux quatre vents. Je l'attends depuis trois jours, mais je suis sans nouvelles de lui.» Elle soupira : «Il est si occupé. Les Canadiens n'ont jamais été aussi divisés à la veille d'un scrutin.

— Et les Anglais, jamais aussi méprisants, accusa Hector. Tu te rends compte? *The Observer,* ce torchon orangiste, prétend que l'élection oppose les Canadiens parlant anglais aux Canadiens parlant français, donc l'instruction à l'ignorance! Comment ne pas être patriote devant cette morgue des vainqueurs? Cent ans après la défaite des plaines d'Abraham, ils nous écrasent encore de leur mépris!

— Moi, ce qui me dégoûte, c'est la corruption généralisée qui entache chaque élection, enchaîna-t-elle. Certains candidats vont jusqu'à soudoyer des électeurs pour obtenir leurs votes. La politique, c'est lamentable.»

Hortense enfonça profondément une épingle dans son chapeau. Le miroir du hall lui renvoya une image satisfaisante d'elle-même. Elle vérifia son sac. Son poudrier était à sa place.

«Tu es prêt?» demanda-t-elle en enfilant ses gants.

Ils allaient sortir quand Hortense entendit des pleurs à l'étage.

«Fais avancer la voiture, je monte en vitesse voir Reine.»

Dans la chambre, Alice, sa vieille nourrice, essayait de faire avaler un peu de lait à la petite.

« Vous ne lui avez pas donné de l'eau impure au moins ?

— Madame ! fit la nounou, offusquée. Je connais mon affaire. »
Puis, voulant se faire rassurante, elle ajouta : « Ne vous inquiétez
pas, c'est un caprice d'enfant gâtée.

— Je pense plutôt que la chaleur l'accable, fit Hortense en
épongeant le front de Reine. Elle est si fragile, cette petite ! Vous ne
la trouvez pas un peu fiévreuse ?

— Pas pour la peine, répondit Alice en posant le dos de sa main
sur la joue de l'enfant. Je vais l'éventer un peu et elle s'endormira.
Allez, madame Hortense, partez en paix, je ne la quitterai pas d'une
semelle. »

Hortense considérait Alice comme sa deuxième mère. Au
service des Fabre depuis sa naissance, la vieille domestique l'avait
dorlotée jusqu'à son mariage avec « monsieur George ». Après, elle
avait insisté pour suivre le jeune ménage. Elle avait vu naître les
trois filles d'Hortense et prenait soin de « ses chères petites » comme
de la prunelle de ses yeux. Sans l'ombre d'une inquiétude, Hortense
redescendit au salon où Jos et moi faisions la causette avec l'oncle
Hector. Elle nous embrassa et, au bras de celui-ci, monta dans le
coupé de son frère.

∼

Nichée dans la montagne, au nord de Dorchester, la rue Côté
regorgeait de landaus. Le Théâtre Royal y avait été érigé deux ans
plus tôt, après la fermeture du *Royal Hayes Theater*, par suite du
terrible incendie qui avait anéanti plus de mille maisons, de la rue
Saint-Laurent à la rue Saint-Denis. Pour s'y rendre, il fallait passer
devant les travaux de démolition qui n'en finissaient plus. Personne
ne s'avisait de circuler à pied dans le quartier tant les trottoirs
étaient encombrés de briques et de mortier.

Après avoir joué à New York et à Philadelphie, la troupe européenne terminait sa tournée à Montréal. C'était l'événement théâtral

de la saison et, ce soir-là, Shakespeare attira l'élite montréalaise. Quand Hortense et Hector prirent leurs places dans la loge réservée aux jeunes gens de l'Institut canadien, le rideau venait de se lever sur Venise. Quel décor somptueux ! Sous le Rialto, une gondole rutilante glissait sur les flots peints en bleu azur qui s'agitaient mécaniquement sur le Grand Canal. Hector se pencha vers sa sœur et lui chuchota à l'oreille :

« C'est plus réussi que le canot chantant de ton George-Étienne. Les rameurs de la pièce ont l'air plus adroits que nous, quand nous ramons dans ton salon. »

Hortense se retint de rire, tandis que des marchands et des gentilshommes richement vêtus, suivis de leurs serviteurs, faisaient leur apparition sur la scène. Des tissus de toutes les couleurs, des épices, des sacs de farine, tout restituait le luxe et la prospérité d'un port italien du seizième siècle. Shylock s'avança à son tour. Le rôle était tenu par un acteur d'une corpulence saisissante. Hortense grimaça en entendant l'usurier juif proposer son effroyable marché. Il consentait volontiers à prêter de l'argent à l'ami de Bassanio, le jeune Vénitien désargenté qui voulait épouser la belle Portia. Mais, si la somme ne lui était pas remboursée le jour dit, il prélèverait une livre de chair sur la personne de son débiteur.

« C'est diabolique ! » murmura-t-elle.

À l'entracte, la conversation alla bon train. La scène avait frappé Hortense. Elle fit remarquer à son frère que l'argent était souvent le pivot autour duquel les passions se déchaînaient. Au temps de Shakespeare, lui expliqua Hector, le prêt usurier était condamné par la morale chrétienne. Il fallait remonter à Aristote pour comprendre cette interdiction : le philosophe grec refusait à l'or et à l'argent, des métaux stériles, le droit de générer du profit.

« Et alors ? demanda Hortense, toujours émerveillée par la grande culture de son frère.

— Eh bien ! comme le crédit était indispensable au commerce, l'Église a assoupli ses règles et autorisé l'emprunt avec intérêt à certaines conditions. Avec les abus que l'on connaît.

— Shylock n'est pas tendre envers sa fille Jessica, constata-t-elle. Tu l'as entendu dire : " Je voudrais ma fille morte, là, à mes pieds, les ducats dans son cercueil. " Quel père infâme ! »

Hector lui rappela que la malheureuse détestait son père tout autant. À son tour, il la cita de mémoire : « Bien que je sois sa fille par le sang, je ne suis pas sa fille par les mœurs. »

La pièce reprit. Hortense prêtait une oreille attentive à chaque réplique. La scène entre le beau Vénitien et sa promise lui rappela avec acuité un épisode de ses jeunes amours. C'était peu après son mariage, pendant une manifestation politique. Elle s'était éloignée de George-Étienne et il l'avait cherchée dans la foule. « Ne me fais plus jamais ça, l'avait-il grondée en la serrant contre lui. Hortense chérie, je ne veux pas te perdre. » Venant d'un beau parleur plutôt avare de confidences, ce cri d'amour l'avait chavirée.

Au milieu du deuxième acte, quelqu'un toussota dans la loge d'à côté. Hortense reconnut Wolfred Nelson, en compagnie de sa femme et de ses deux fils aînés. Monsieur le maire lui adressa un petit signe poli de la tête. Elle le salua à peine et se promit de l'éviter à la sortie. Elle venait de porter sa jumelle de nacre à ses yeux, lorsque la porte de la loge s'entrouvrit. Quelqu'un se glissa jusqu'à Hector et le toucha à l'épaule en le priant de le suivre. Les deux hommes sortirent un moment, puis Hector revint précipitamment chercher Hortense. Elle devait rentrer d'urgence. Quelque chose de grave venait de se produire.

« Reine-Victoria ? » pensa-t-elle en se levant d'un bond.

Hector n'en savait rien. Elle insista pour rentrer seule, mais son frère tenait à la ramener à la maison. Le cocher poussa ses bêtes qui parcoururent la distance à une vitesse folle.

« Vite, madame Hortense, cria Alice d'une voix aiguë qui trahissait sa nervosité. C'est la petite, elle a des spasmes. Le docteur MacDonnell est à son chevet. »

Hortense grimpa l'escalier, la nourrice à ses trousses. Son cœur battait la chamade.

« Après votre départ, elle s'est mise à vomir, lui raconta Alice, encore toute bouleversée. Je lui ai frictionné l'estomac. D'habitude, cela suffit. Mais elle a commencé à gémir, puis à hurler. Je ne savais pas si je devais vous déranger. Je ne voulais pas gâcher votre soirée avec monsieur Hector, mais j'étais si inquiète. Alors j'ai fait mander le docteur.

— Vous avez bien fait, la rassura Hortense.

— J'ai aussi envoyé chercher mademoiselle Luce. Mais le messager est revenu bredouille. Votre cousin Maurice m'a fait dire que sa sœur était à Québec. »

Quand Hortense pénétra dans la chambre, le docteur auscultait l'enfant avec son stéthoscope.

« Ma petite Reine ! Que se passe-t-il, docteur ? Tout cela est si subit. Je l'ai quittée il y a moins de deux heures. Elle faisait un peu de fièvre. J'ai pensé que c'était la chaleur.

— Vomit-elle ? demanda le médecin.

— Deux fois depuis le départ de madame, répondit la nourrice. Et elle a la diarrhée. »

Le médecin n'osait pas se prononcer. L'enfant présentait les symptômes du choléra. Mais la maladie frappait surtout les petites gens des quartiers pauvres. Et elle se transmettait rarement aux jeunes enfants.

« Je ne peux pas écarter cette hypothèse, admit-il néanmoins. Vous n'êtes pas sans savoir que de nouveaux cas sont diagnostiqués chaque jour. Même chez les bourgeois. Avec cette chaleur, vous pensez bien que le mal se propage.

— Je sais, mais ma fille n'a eu aucun contact avec l'extérieur. Et dans la famille, personne n'a été malade.

— Dans ce cas, ne vous alarmez pas, madame Cartier. Elle a peut-être mal digéré son souper. Ou alors, il s'agit d'une gastro-entérite. Cette canicule – il s'épongea le front – n'arrange rien. Installez-la avec vous pour la nuit. Surtout, ne lui donnez pas d'eau crue. Je vois que ses sanglots l'ont épuisée, elle va s'endormir d'une minute à l'autre. Je repasserai tôt demain matin. »

Hortense expédia la nourrice à la cuisine. Les propos décousus qu'Alice tenait sans répit mettaient ses nerfs en boule. La vieille n'en finissait plus de répéter que le médecin exagérait le danger. Jamais le choléra n'oserait s'attaquer aux bourgeois. Seuls la canaille, les vicieux et les intempérants attrapaient le microbe.

Enfin seule, Hortense passa la nuit au chevet de son bébé. L'enfant paraissait déshydratée. Parfois, sa respiration semblait prête à s'éteindre. Existait-il pire épreuve pour une mère que de voir son enfant étouffer? Son impuissance l'écrasait. Et George-Étienne qui n'était pas là pour partager son angoisse! Comment pouvait-il lui faire défaut dans un moment pareil? Sa petite Reine-Victoria, il la connaissait à peine. Absent le jour de sa naissance, absent en cette nuit tragique. S'il devait arriver un malheur, elle ne le lui pardonnerait pas.

Dans la chambre, les bougies fondaient lentement. La nuit, cette horrible nuit, ne finirait donc jamais? Hortense voulait se convaincre que ce n'était qu'un mauvais rêve. Hier encore, Reine paraissait robuste et enjouée. Alice avait raison, le choléra ne se développait pas dans une maison qui ne manquait ni d'hygiène ni de propreté. Il s'agissait d'une indisposition passagère, voilà ce qu'elle voulait croire. Demain, la petite se réveillerait guérie. Par moments, Hortense se reprochait sa confiance aveugle dans le docteur MacDonnell. Même si ce dernier avait promis de revenir au matin, fallait-il appeler un autre médecin?

«Dieu si bon, si miséricordieux, je vous en supplie, ne m'enlevez pas ma fille chérie. Prenez ma vie, pas la sienne.»

La pauvre mère n'arrivait pas à détacher son regard du petit corps affaibli qui luttait pour sa survie. Elle appliqua une compresse sur le front de l'enfant. Mais ça ou rien, c'était du pareil au même.

Une calèche déboucha devant la maison. Le grincement des roues la fit sursauter. Elle redressa la tête. Était-ce George-Étienne? Non, la voiture poursuivait sa route. À bout de forces, elle coucha l'enfant à côté d'elle dans le grand lit, la serra sur son cœur, lui parla comme si elle était éveillée... Les heures passèrent, mais le mieux-être tant attendu ne se manifesta pas. Avant l'aube, Reine-Victoria respirait de plus en plus faiblement. Son teint était devenu cendreux. Tout à coup, sans une plainte, sans même ouvrir les yeux, elle s'endormit pour toujours. On aurait dit un petit ange sur le drap blanc.

～

Au matin, la vieille Alice trouva Hortense recroquevillée dans le fauteuil, près de la fenêtre. L'air hagard, elle tenait dans ses bras sa fille morte depuis quelques heures. Elle l'avait enveloppée dans ses langes, espérant contre tout bon sens que sa chaleur la ramènerait à la vie.

Hector voulut la convaincre d'enterrer Reine-Victoria le jour même. Pendant une épidémie, c'était la coutume d'inhumer les victimes rapidement pour éviter tout risque de contagion. Il fallait penser aux petites. Mais Hortense refusa. Elle ne voulut pas non plus des rites funéraires réservés aux très jeunes enfants. Contrairement à l'usage, il y aurait une chambre mortuaire. Elle supplia Hector de faire le nécessaire auprès de l'évêque pour que sonne le glas. Un faire-part de décès fut livré aux parents et amis. Pour l'enterrement, elle était tout aussi déterminée à attendre le retour de George-Étienne. Il devait au moins ça à sa fille. Comme une automate, elle l'habilla de blanc, la déposa dans son berceau et s'enferma avec elle dans la grande chambre.

Malgré son désespoir, elle ne pleurait pas. Quand Jos et moi frappâmes à sa porte, elle nous laissa entrer. D'une voix à peine audible et avec précaution, elle nous confia son chagrin.

« Mes amours, votre petite sœur Reine-Victoria est au paradis.

— Elle est partie pour toujours ? demandai-je.

— Oui, pour toujours. »

Joséphine prit sa tête dans ses mains sans souffler mot. À sept ans, elle était en âge de comprendre à demi-mot. Moi, je pensais que Reine-Victoria s'était envolée un dimanche matin, tel un ange pressé de regagner le ciel. Tout le monde aurait dû s'en réjouir. Pourtant, Jos restait emmurée dans son silence et Alice, ma nounou chérie, pleurait à chaudes larmes. Maman faisait pitié à voir.

La journée s'écoula péniblement. Pas une larme ne s'échappa de ses yeux tristes. Ni crise ni plainte, pas même une prière. Comme si cette mort aussi soudaine qu'inattendue était irréelle. Elle demeura prostrée sur son lit jusqu'au retour du capitaine. Hector lui avait expédié un câble à Québec pour lui annoncer la triste nouvelle. Il arriva à Montréal le surlendemain, à six heures du matin. Moyennant quelques écus supplémentaires, le cocher de l'Extra avait saisi l'urgence de la course. Tout au long du trajet, il avait hurlé d'une voix de stentor «laissez passer» et les voitures s'étaient rangées sur le côté. À peine avait-il pris le temps de changer de chevaux d'étape en étape. Au terminus de l'hôtel Rasco, Cartier sauta dans une calèche et se fit conduire à la maison. La barbe longue et les traits ravagés par le manque de sommeil, il se précipita dans les bras d'Hortense.

«Tu arrives trop tard», lui murmura-t-elle d'une voix chargée d'amertume.

Le reproche était injuste, cruel même. Il ne répondit pas, muet devant le chagrin de sa femme. Luce s'amena à la maison quelques heures après. Avant de quitter la capitale, Cartier avait demandé qu'on avertisse leur cousine en visite chez sa sœur qu'une tragédie venait de frapper sa famille et qu'il devait rentrer précipitamment.

L'arrivée impromptue de Luce aurait dû intriguer Hortense qui n'avait pas pu compter sur son réconfort durant cet interminable cauchemar. Mais rien ne l'étonnait ni ne la dérangeait plus.

La maison se remplit de parents et d'amis venus pour les obsèques de Reine-Victoria. Je n'arrivais pas à quitter des yeux la petite dépouille qui dormait dans le salon, en dépit du va-et-vient. On lui avait passé une robe et un bonnet blancs. Ses petites mains potelées étaient croisées sur sa poitrine.

Hortense ne fit qu'une brève apparition dans le salon tendu de noir, le temps d'accueillir grand-père Fabre venu porter une dernière rose à sa Reine chérie. Il posa ses lèvres sur le front de l'enfant. Une larme glissa sur sa joue. En se relevant, après une courte prière, il vacilla sur ses jambes. Hortense lui donna le bras jusqu'à la porte et son cocher l'aida à se hisser sur la banquette. Il semblait accablé.

Depuis l'élection, il n'avait pas remis les pieds dans cette maison. Sans doute aurait-il préféré s'en abstenir, mais la mort de la petite lui avait fait oublier un moment sa rancune contre Cartier. Il n'alla pas jusqu'à saluer son gendre, qui l'ignora tout autant.

Les jours suivants, la température continua de se détraquer. Tôt le matin, le thermomètre oscillait déjà entre quatre-vingt-quinze et cent degrés Fahrenheit. La touffeur était telle qu'un homme du faubourg tomba raide mort d'un coup de chaleur. Ou était-ce le choléra qui gagnait du terrain? Nous étions confinées à la maison avec interdiction de mettre le nez dehors. Aucun parent ne laissait plus ses enfants s'aventurer à l'extérieur. D'ailleurs, même les adultes s'encabanaient. Au moindre malaise, surtout s'il s'agissait d'une attaque bilieuse, on se mettait au lit par crainte de mourir de la peste.

Quel horrible spectacle dans le faubourg! Des morts entassés pêle-mêle dans des corbillards de fortune qu'on acheminait vers la fosse commune, sans leurs proches pour les pleurer. Pris de panique, ceux-ci fuyaient la ville. Les seuls êtres vivants qu'on pouvait apercevoir dans les rues cherchaient du secours. La plupart du temps, ils se heurtaient aux boutiques cadenassées. Une odeur âcre et nauséabonde flottait dans l'air, malgré le goudron qui brûlait dans des casseroles posées sur des réchauds le long des trottoirs. Le soir, c'était encore plus morbide. On tirait du canon, soi-disant pour purifier l'atmosphère de ses miasmes. En réalité, le bruit apeurait les cholériques autant que les survivants.

C'était la quatrième épidémie meurtrière en vingt ans. Les familles l'appréhendaient dans la résignation. Elles venaient à peine de sécher leurs pleurs après le typhus qui, cinq ans plus tôt, avait moissonné tant de vies. Les chaleurs extrêmes coïncidaient avec l'augmentation des décès. Un millier de morts à Montréal seulement. Prise de court, la fabrique acheta un terrain dans la Côte-des-Neiges afin d'installer son nouveau cimetière loin des habitations.

On montrait du doigt les immigrants irlandais établis des deux côtés du canal de Lachine, dans le quartier sud-ouest de la ville. Nul doute, ils étaient responsables de cette hécatombe. À croire que ces misérables expatriés avaient apporté la peste dans leurs bagages. Les journaux l'avaient d'ailleurs écrit noir sur blanc : l'équipage du vapeur *Glenmanna*, parti de Liverpool à la mi-juin, avait dû jeter à la mer quarante-cinq passagers qui avaient succombé durant la traversée. Malgré la quarantaine imposée aux passagers qu'on débarquait à la station de Grosse-Île, au large de Québec, la maladie se propageait.

Le nouveau maire Nelson en avait plein les bras. Pour vaincre le fléau, il adopta des mesures sanitaires contraignantes. Les Mont-réalais devaient désinfecter leurs maisons, en arroser la devanture chaque semaine, prendre des bains à répétition, manger une nour-riture frugale et respirer du camphre. Depuis que les autorités avaient exhorté la population à remplacer l'alcool par le thé à la menthe, on ne rencontrait plus âme qui vive dans les tavernes. Mince consolation dont monseigneur Bourget se félicitait, même si la vertu n'avait rien à voir avec ce changement d'attitude.

La situation allant de mal en pis, le maire Nelson jugea utile de publier une brochure tirée de son expérience médicale. *Views on cholera* allait devenir la bible de tous les citoyens. Jusque-là, les gens pensaient que les germes se développaient au bord des rivières mal entretenues et des ruisseaux boueux où se décomposaient les matières organiques. Sans nier que les mauvaises conditions hygié-niques pouvaient favoriser la propagation de la maladie, le médecin-maire avait constaté que les microbes n'épargnaient pas les endroits chauds et secs. Il reconnaissait que le choléra frappait d'abord les gens dont l'énergie vitale était diminuée à cause de leurs excès. Mais sa science l'avait convaincu que les privations de nourriture et l'anxiété de l'esprit affaiblissaient l'organisme et le rendaient plus vulnérable à la gastro-entérite grave aussi appelée *cholera morbus*.

Pour Joséphine et moi, l'ennui était doublement mortel dans une maison en deuil. Comment tuer le temps ? Chaque matin, Jos traçait un gros trait noir sur le calendrier. « Trois jours sans mettre le nez dehors, quatre jours sans promenade… » se plaignait-elle. Cousine Luce s'efforçait de la distraire en l'initiant aux jeux de patience. L'impératrice se montrait assez douée, mais moi, j'étais encore trop jeune pour prendre plaisir à des jeux aussi compliqués. Je m'amusais plutôt à construire des châteaux avec les cartes, pour ensuite les regarder s'écrouler.

La vieille Alice, dont le torrent de larmes continuaient de couler, avait beau gaver ses «petites chéries» de tartines de confiture, les journées s'étiraient à n'en plus finir. Le vendredi de cette triste semaine, on sonna à la porte peu après midi. Un messager envoyé par madame Raymond nous annonçait que le choléra s'en prenait maintenant au libraire. Il fallait faire vite, le mal paraissait foudroyant et l'état d'Édouard-Raymond empirait d'heure en heure. Hortense sortit de sa léthargie, s'habilla à la hâte et courut à son chevet. Luce l'accompagna, nous laissant aux bons soins d'Alice.

~

Rue Saint-Laurent, une servante portant coiffe et tablier ouvrit la porte en pleurant. La peste menaçait monsieur Raymond depuis la veille, dit-elle en hoquetant. Les premiers symptômes étaient apparus le lendemain de la mort de Reine-Victoria. Le libraire n'aurait pas dû se traîner jusqu'à la rue Notre-Dame pour faire ses adieux à sa petite-fille. À son retour, il respirait précipitamment. Peu après, il avait été pris d'une nausée soudaine, et ensuite des convulsions effroyables l'avaient épuisé. Il s'était alité pour ne plus se relever. Les deux médecins qui l'avaient examiné ne lui donnaient pas un jour entier à vivre.

«Il faut appeler le docteur Nelson, conseilla Luce. Lui seul pourra le guérir.»

Cinq ans plus tôt, presque jour pour jour, Luce avait perdu son père dans des circonstances semblables. Personne ne croyait alors que le choléra pouvait terrasser un riche bourgeois comme le banquier Augustin Cuvillier. Et pourtant, malgré les meilleurs soins, il avait succombé, comme des milliers d'autres, paix à son âme! La pauvre Hortense allait-elle vivre le même cauchemar? voir son père disparaître, après sa petite Reine? Luce insista pour mander le docteur Nelson. Il était, selon elle, leur unique planche de salut.

« Édouard-Raymond refusera de se laisser examiner par Wolfred, dit madame Raymond en chiffonnant nerveusement son mouchoir.

— Il acceptera, affirmait plutôt Luce. Il en va de sa vie. » Se tournant vers Hortense, elle ajouta : « Je t'en supplie, raisonne ta mère. Il n'y a pas une minute à perdre. *George* peut nous ramener le docteur Nelson dans le temps de le dire.

— Je veux bien essayer, mais maman a raison, fit Hortense en esquissant un geste d'impuissance. Jamais papa ne laissera Wolfred Nelson s'approcher de son lit.

— Écoutez! Le docteur Nelson est le plus grand spécialiste au Canada, objecta Luce. Ses recherches sur le choléra sont reconnues même aux États-Unis. Lui seul peut encore sauver ton père. »

Les trois femmes chuchotaient au fond de la chambre du libraire. Debout, des deux côtés du lit, le chanoine et Hector se relayaient auprès du malade. La pièce était mal éclairée, c'était lugubre. Des compresses humides traînaient dans un bassin. Une odeur de mort s'était répandue. Hortense, qui n'avait presque rien avalé depuis sept jours, faillit s'évanouir. Un râlement d'agonie se fit entendre. Elle sursauta. Puis, s'étant ressaisie, elle s'approcha du lit d'acajou, souleva la couverture et pressa la main de son père qui demeura inerte.

« Papa, m'entendez-vous? »

Le libraire ouvrit les yeux à demi. Sa tête était appuyée sur un monceau d'oreillers placés là pour faciliter sa respiration. Il haletait. Comme il semblait souffrir! Aucun médicament, pas même la potion miracle des sauvages recommandée par la vieille Alice, qui avait du sang indien dans les veines, ne pouvait le soulager.

« Je suis perdu, balbutia-t-il. Les médecins m'ont condamné. »

Il chercha à se redresser, mais retomba impuissant sur sa couche. Hortense se sentit défaillir. Elle s'efforça de n'en rien laisser paraître. Luce replaça les oreillers pour que le malade soit installé plus confortablement.

«Mais non, mon petit papa, l'encouragea Hortense. Nous allons faire venir le docteur Nelson. Luce dit qu'il a guéri des malades qu'on croyait perdus.

— Jamais! articula le libraire dans un soudain regain d'énergie.

— Je vous en supplie, papa, soyez raisonnable. L'abbé, Hector, maman et moi, nous sommes tous d'accord. Il faut appeler le docteur Nelson. Il sera toujours temps de régler vos comptes plus tard. Pour le moment…

— C'est fini, articula le malade d'une voix faible. Laissez-moi seul avec Édouard-Charles, je veux me confesser.»

Le chanoine Fabre n'avait pas quitté son père depuis la veille. Il alluma la bougie sur la table de chevet et y déposa les saintes huiles. Son livre de prières ouvert à la page consacrée aux derniers sacrements, il se prépara à faire le geste le plus douloureux de sa vie. Ayant plongé le pouce dans l'huile sainte, il traça le signe de croix sur les paupières de l'agonisant.

«Que le Seigneur vous pardonne vos fautes.»

Malgré l'insistance de Luce et d'Hortense, Édouard-Charles s'interdit de tourmenter son père qui refusait toujours de voir Wolfred Nelson. L'abbé voulait respecter ses dernières volontés. Résigné à l'inévitable, il glissa entre les mains du moribond le petit crucifix d'argent qui ne l'avait jamais quitté depuis son ordination.

«Mon cher père, lui chuchota-t-il à l'oreille, je vais vous administrer l'extrême-onction.»

Le libraire bougea l'index, signe qu'il y consentit. La cérémonie se poursuivit en présence de ses proches. Le chanoine énuméra les indulgences *in articulo mortis*. Au toucher, le front du libraire était déjà froid. Les yeux fermés, ce dernier tint bon jusqu'à la fin des prières. Tout à coup, sa respiration devint plus oppressée. La peur de mourir, sans doute. Puis il exhala un dernier souffle. Sa main étalée sur le drap blanc parut inerte et ses lèvres se figèrent.

«C'est bien fini», dit doucement Édouard-Charles en refermant les paupières de son père.

Le libraire était mort dans la nuit du 16 juillet 1854, une semaine après sa petite-fille Reine-Victoria. Cartier n'avait pas osé se montrer à son chevet.

～

Le soleil ardent plombait l'église Notre-Dame en deuil. Une foule impressionnante de bourgeois s'engouffraient dans la nef. Des Montréalais de toutes les couches de la société faisaient le pied de grue aux abords de la place d'Armes. L'épidémie avait pris des proportions telles que monseigneur Bourget organisait chaque jour des funérailles collectives. Jamais on n'avait vu aussi triste spectacle. Soixante-quatre cercueils en bois sombre se suivaient dans l'allée centrale. Au milieu, celui du libraire Fabre. De chaque côté de l'autel, des lampes suspendues répandaient une lumière anémique. Il n'y avait ni fleurs ni couronnes. Combien parmi ces fidèles s'étaient déplacés pour un dernier adieu à leur ancien maire? Hortense aurait bien aimé le savoir.

Dans la rangée devant elle, minuscule dans sa robe noire à col serré, madame Raymond pleurait à chaudes larmes. Comment imaginer sa vie sans son cher mari? Elle avait quatorze ans à peine lorsqu'elle l'avait épousé. Il rentrait tout juste de Paris où il avait appris son métier à la librairie Bossange, la plus réputée de la capitale française. Mon Dieu qu'ils s'étaient aimés! Pendant vingt-huit ans, ils avaient tout partagé, les bons comme les mauvais jours. Jamais on ne les avait entendus se disputer. Ces dernières années, leur attachement avait quadruplé. Hortense pensa: la mort les sépare au moment où leur vie s'annonçait sereine et sans nuages.

La veille, madame Raymond avait fait installer la dépouille de son mari dans le grand salon où il aimait tant recevoir ses amis. Elle l'avait soigneusement peigné et lui avait fait sa toilette. Malgré ses traits émaciés, elle l'avait trouvé beau. Bien après le départ des visiteurs venus présenter leurs condoléances, elle avait refusé de quitter la pièce. Hortense n'aurait pas été surprise d'apprendre qu'elle y avait passé la nuit.

Le désespoir de celle-ci inspirait aussi la compassion. Cela se devinait dans les regards posés sur elle. Des cernes bleuâtres entouraient ses yeux et elle avait perdu du poids. Dans l'église pleine à craquer, la chaleur était suffocante. Assise derrière sa mère, Hortense fixait l'autel, indifférente aux salutations qu'on lui adressait. Une main gantée de noir se posa sur la sienne. Luce ne desserra pas son étreinte de toute la cérémonie. Quand l'évêque appela le libraire par son prénom, les ongles d'Hortense s'enfoncèrent dans la paume de sa cousine. Assis à sa droite, Cartier s'inquiéta alors de sa pâleur. Si seulement elle consentait à laisser couler ses larmes !

Lorsque les lourdes portes de l'église se rouvrirent, les familles éplorées se précipitèrent vers la sortie. Aveuglée par la lumière, Hortense plissa les yeux. Elle se laissa conduire à sa voiture sans s'apercevoir qu'une fine pluie tombait pour la première fois depuis des semaines. Le convoi funèbre traversa la ville avant d'emprunter la route de terre menant au cimetière de la Côte-des-Neiges.

L'averse fut de courte durée. De chaque côté du chemin, les champs étaient couverts de fleurs sauvages. On aurait dit un tapis blanc. « La nature s'endimanche à l'heure des derniers adieux », songea Hortense. Les mots de sympathie que Louis-Joseph Papineau avait adressés aux Fabre résonnaient dans sa tête. L'ancien chef des patriotes se rappelait son compagnon d'armes, toujours prêt à défendre les droits des Canadiens mis en veilleuse par les Anglais. Les éloges des journalistes du *Pays* aussi l'avaient émue. Ils n'oublieraient jamais la persévérance du libraire, sa délicatesse, sa franchise et surtout son courage, là où tant de cœurs se seraient effondrés... Il était tout cela, mon père, pensa-t-elle. Sa gorge se serra de nouveau sur des sanglots qu'elle ne retenait plus. Son papa disparu, envolée aussi sa Reine chérie, qui l'avait précédé dans la tombe de quelques jours à peine... À vingt-six ans, Hortense vivait ses premiers grands deuils. Elle aurait voulu redevenir la petite fille adorée du libraire, celle qu'il couvait tel un trésor inestimable.

Le corbillard avançait au pas, comme pour retarder l'instant de la séparation. Hortense se redressa. Il fallait se cravacher. Elle sortit son mouchoir de fine dentelle et sécha ses yeux, noyés de pleurs pour la première fois depuis le début de cet horrible drame.

La foule s'amassait le long du parcours. Hortense regardait sans les voir ces Montréalais qui versaient des larmes de crocodile. La défaite électorale qu'ils avaient infligée à leur ancien maire l'avait blessé à mort. Le ralliement encore plus cruel de George-Étienne au « héros de Saint-Denis » avait sans doute achevé de le détruire.

À côté d'elle dans la voiture, devinant ses réflexions, Cartier se demandait si Hortense lui reprochait ses manquements et ses absences aux heures cruciales de leur vie, comme la nuit de la mort de Reine-Victoria. Mais rien de tout cela ne semblait atteindre sa femme aujourd'hui. Seul comptait son incommensurable chagrin.

Devant la grille du cimetière, son malaise s'amplifia. Son courage l'abandonnait. Cartier l'aida à descendre de la voiture et lui offrit son bras jusqu'à la tombe. Luce la soutenait de l'autre. Hortense détourna la tête. Elle ne supportait pas la vue des vendeurs du temple qu'étaient Wolfred Nelson et les patrons de *La Minerve*. Ils avaient envoyé à la famille Fabre ce que Cartier considérait comme de touchantes sympathies, mais qu'elle-même qualifiait de banalités hypocrites : « Toujours il a rempli ses devoirs de maire avec une assiduité et un talent remarquables… », avaient-ils écrit à propos d'Édouard-Raymond Fabre. Quel contraste avec les propos mesquins tenus par ces mêmes journalistes lors des dernières élections municipales ! Tous ces gens qui avaient trahi son père répondaient d'une voix assurée aux prières de l'évêque.

Les croque-morts descendirent le cercueil noir du libraire dans la fosse, à côté de celui, minuscule, de Reine-Victoria. Hortense n'eut pas la force de regarder. Hector s'avança pour lire l'éloge funèbre du défunt qui serait gravé dans la pierre plus tard et dont il était l'auteur : « L'histoire de cet homme de bien est écrite avec les larmes qui ont coulé sur son cercueil et dans les regrets de ses compatriotes. La chaleur et la reconnaissance ont élevé dans les cœurs des mausolées plus durables que ce monument, sombre gardien de ses cendres. »

Il s'arrêta, le temps d'une pause, avant de poursuivre d'une voix que trahissait l'émotion : « Les nobles sentiments ne le trouvèrent jamais indifférent, nul ne fut meilleur, il eut toujours le cœur pour mobile, le patriotisme pour guide, le devoir pour but. Sa famille et sa patrie en deuil entourent sa tombe d'hommages et de regrets. »

Hector retourna auprès de sa mère. Il entoura de son bras ses épaules, pendant qu'Édouard-Charles récitait une dernière oraison. Taraudée par les émouvantes paroles de ses frères, Hortense revit comme dans un rêve le visage serein du libraire. Il aurait été fier de ses fils. Et puis, une vive douleur lui traversa le sein droit. La main vigoureuse de Cartier l'empêcha de tomber. Elle entrouvrit les yeux, le temps d'apercevoir le grand cercueil en bois sombre, presque noir, et le petit tout blanc côte à côte. Le grand-père et sa petite-fille unis pour l'éternité.

Et alors, on entendit le bruit sourd de la terre que le croque-mort jetait sans état d'âme sur les caisses scellées à jamais.

VII

La maison aux sept cheminées

Pas une goutte d'eau n'était tombée depuis les funérailles de grand-père. La maison recommençait à s'animer tout doucement. Les élections générales approchaient et la campagne battait son plein. Las de s'imposer des allers-retours éreintants dans le comté de Verchères qu'il représentait au Parlement du Canada-Uni, Cartier décida d'installer ses pénates à Saint-Antoine jusqu'au scrutin. Il n'eut pas de mal à convaincre Hortense de le suivre. L'idée de nous éloigner de la ville apaisa ma mère. Le choléra manifestait des signes d'essoufflement, certes, mais la prudence demeurait de rigueur. Loin de la rue Notre-Dame, maman espérait échapper aux pensées morbides qui la hantaient depuis un mois. Peut-être même réussirait-elle à apprivoiser les beaux souvenirs laissés par ses chers disparus ?

Le départ s'organisa rondement. Chacun tint son rôle sans relâcher sa vigilance. À la veille de laisser le malheur derrière nous, notre soulagement paraissait fragile. Le trajet s'accomplit sans anicroche. Seule différence avec les voyages précédents, le capitaine ne chanta pas ses vieux airs sur le bac, ni sur les chemins de terre menant à Saint-Antoine. Sur la route déserte, les chevaux filèrent à belle allure. Au bout d'un long parcours bordé à droite par le Richelieu et à gauche par un immense champ d'épis dorés surgit, inondé de soleil, l'imposant manoir de pierre coiffé d'un long toit qui montait en flèche vers le ciel : la maison aux sept cheminées, propriété des Cartier depuis cent ans.

Au clocher de l'église paroissiale, l'angélus de midi sonna, comme pour souligner notre arrivée. Le cri strident et ininterrompu des cigales perçait les oreilles. La terre fendillée par des crevasses souffrait d'une terrible sécheresse. Des nuées de criquets affamés n'avaient plus rien à dévorer dans la plaine. La voiture ralentit en face du manoir, devant trois saules géants ayant traversé le siècle. Notre père lança sur un ton théâtral : « Mes enfants, votre arrière-grand-père Jacques Cartier II, descendant du célèbre navigateur malouin, son homonyme, a érigé cette habitation qui abrite notre famille depuis quatre générations. Souvenez-vous-en. »

Du côté nord de la vaste demeure en pierres des champs se trouvait le magasin général. Un homme engagé en déverrouillait les grilles de fer chaque matin. Incessant, le va-et-vient des villageois qui s'y approvisionnaient ne ralentissait qu'à midi. Et alors, tout redevenait silencieux. Pas un client ni même un flâneur ne traînait dans les parages lorsque notre voiture s'arrêta devant la maison. Côme, l'aîné des Cartier, avait hérité du domaine à la mort de sa mère. En plus de sa propre famille, il gardait sous son toit sa sœur Marguerite, une célibataire originale dont les remarques acérées ne manquaient jamais de surprendre, et, depuis peu, Damien, son frère alcoolique, qui n'était plus en mesure de pratiquer le droit.

Chaque été, Côme faisait préparer pour sa parenté montréalaise l'ancien salon et les deux chambres adjacentes. L'une servirait de bureau à « monsieur George », comme disaient les électeurs du comté, et l'autre était destinée à nos parents. Jos avait sa chambre à l'étage. Quant à moi, je dormirais une fois de plus dans le lit de mon arrière-grand-père, celui-là même qui s'était tranché la gorge.

Hortense descendit de la calèche encombrée de bagages et s'avança sur les dalles de pierre devant la façade. Le capitaine remarqua qu'elle souriait. Un sourire un peu triste, peut-être, mais c'était le premier depuis un bon moment. Sans doute devinait-elle intuitivement qu'elle trouverait à Saint-Antoine la paix de l'esprit. Ce havre niché à l'ombre des grands arbres dont la silhouette gracieuse se reflétait dans le Richelieu la réconcilierait peut-être avec la vie ? Pendant tout un mois, cette maison aux multiples lucarnes qui avait vu naître son mari serait la sienne. Elle contempla la rivière. Un voilier chargé de blé dont il se délesterait à Sorel naviguait paisiblement. Après le drame des dernières semaines, cette vision bucolique l'apaisa.

Côme sortit de l'étable, suivi d'une chienne fauve qui courut au-devant de nous en aboyant de joie. Au même moment, Marguerite déboucha du sous-bois sur son magnifique cheval roux un peu farouche, mais bien dressé.

«Tu as encore fait de folles dépenses, lança Cartier à sa sœur en posant un regard distrait sur l'étalon de race qui piaffait d'impatience.

— Bienvenue chez nous, mon aimable frère», répondit-elle sans relever la pointe. Elle enchaîna plutôt à l'intention d'Hortense : «Bonjour, ma très chère, vous avez fait bon voyage?»

Marguerite descendit de cheval et se dirigea vers sa belle-sœur qu'elle étreignit avec chaleur.

«Ah! Marguerite, je suis si contente d'être ici, fit Hortense. Bonjour, Côme, comme c'est gentil de nous accueillir chez vous. Vous ne pouvez pas savoir le bien que l'air de la campagne fera aux petites. Et à moi aussi, je l'espère…»

Notre père profita de ce qu'il appelait «les effusions féminines» pour demander à Côme où il avait caché la surprise, ce qui ne manqua pas de piquer notre curiosité.

«Quelle surprise? demanda Joséphine.

— Suivez-moi, les filles», fit aussitôt l'oncle Côme en nous prenant par la main pour nous conduire à l'étable.

La chienne fauve nous avait devancés. Elle s'était couchée dans un vieux panier d'osier, placé à côté de la cage aux lapins. Sur la paille bien tassée, trois adorables chiots tétaient goulûment les tétines de leur maman qui exhibait fièrement sa portée.

«Oh! des bébés chiens, s'exclama Joséphine. Papa, j'en veux un.

— Moi aussi, fis-je à mon tour. S'il vous plaît, mon petit papa…

— D'accord. Mais vous n'en aurez qu'un. Et je ne veux pas de chicane. Mettez-vous d'accord. Vous m'avez compris?»

Accroupies devant le panier d'osier et ma foi fort excitées, nous soulevions un chiot, puis l'autre en nous extasiant. Incapables de choisir entre le noir, si mignon avec son museau humide, le brun aux grandes oreilles et le jaune, copie conforme de la chienne, nous nous obstinions à qui mieux mieux. Finalement, l'impératrice usa de son droit d'aînesse et opta pour le noir. Il me revint de le nommer et ce fut Charbon. À compter de ce jour, Charbon s'appliqua à devenir l'inséparable compagnon des «petites demoiselles Cartier». Le capitaine se félicita d'avoir adouci notre chagrin à si peu de frais.

Les premiers temps, prétextant des dossiers à mettre en ordre, «monsieur George» demeurait enfermé dans son bureau improvisé. La paperasse s'empilait effectivement sur sa table de travail. Il en ressortait quelques heures plus tard les yeux légèrement rougis. Jamais il n'aurait avoué sa peine devant nous, comme si seule comptait celle d'Hortense qu'il entourait de touchantes attentions depuis la mort de Reine-Victoria. Sans doute avait-il des choses à se faire pardonner?

À table, si Hortense repoussait un plat, il insistait pour qu'elle mangeât. «Tu ne dois pas te laisser aller», la grondait-il gentiment en lui rappelant que la vie continuait. Il l'aimait, le savait-elle? Le bonheur de leurs filles dépendait du sien. Lorsqu'il la sentait triste, il la prenait par le cou, l'embrassait sur la joue pour, disait-il, chasser le vilain nuage. Il était d'une patience d'ange avec elle et même avec nous, ce qui n'était pas le propre de sa nature prompte et brusque.

~

Après le dîner, j'accompagnais le capitaine et son frère en promenade. Mains dans le dos, Côme avançait d'un pas cadencé, alors que la démarche de son cadet était mal assurée et plus traînante.

«Sacregué!, George, marche! lui criait Côme. Tu as la tête plus solide que moi, mais j'ai meilleure jambe, ça c'est sûr.»

Côme avait son idée derrière la tête. Il voulait botter le derrière de la bande de jeunes voleurs qui sévissaient dans son champ de framboises. S'il attrapait un de ces petits sacripants en train de braconner sur ses terres, il envoyait sa chienne fauve à ses trousses.

Pendant un instant, Charbon hésitait entre l'envie de rester sagement à mes pieds et celle, plus excitante, de suivre la chienne en cavale. C'était plus fort que lui, il partait comme une bombe, piétinant sans vergogne les beaux plants regorgeant de petits fruits. Dieu merci ! les bêtes n'étaient pas méchantes, mais les voleurs de framboises n'en déguerpissaient pas moins vite.

Toutes les petites filles adorent leur père. Le mien, je ne le lâchais pas d'une semelle. Il prétendait que je sautillais autour de lui « comme un maringouin ». J'étais stupéfaite de ses connaissances en matière agricole. Il énumérait les correctifs à apporter à la terre située à la limite du rang du Ruisseau Nord, devenue impropre à la culture du blé pour cause d'épuisement. Même s'il avait quitté la ferme très jeune, la vie paysanne n'avait pas de secret pour lui. La plupart de ses commettants étaient des agriculteurs et il parlait leur langage tout naturellement.

Un soir, la conversation porta sur l'élection à la mairie de Montréal. Mon père baissa subitement le ton. J'eus beau me rapprocher de lui, je n'attrapais que des bribes de phrases. Je l'entendis dire : « Il avait fait son temps. » Et aussi : « Il s'est entêté pour sa plus grande perte. » Nul doute, il parlait de mon grand-papa chéri. Mon cœur se serra, comme chaque fois qu'il le dénigrait. Je cherchai à m'éloigner, mais il me rattrapa par la manche. Sans doute avait-il surpris ma tristesse et regrettait-il ses paroles.

Parfois, Joséphine nous accompagnait. Nous cueillions des marguerites sauvages en prévision de notre visite à l'église paroissiale. La porte n'était jamais fermée à clé. Il suffisait de la pousser. Elle s'ouvrait dans un grincement macabre qui nous donnait des frissons. Avec plus ou moins d'émotion, nous déposions notre gerbe sur la dalle sous laquelle reposait notre grand-mère paternelle, que nous n'avions pas connue. Je commençais à trouver que nous avions un peu trop de parents sous terre ou au ciel, selon les versions. Papa y voyait de fabuleux avantages. Je pouvais tout obtenir du petit Jésus, m'assurait-il. Il suffisait de faire intervenir Reine-Victoria en ma faveur. Avec grand-maman Cartier, cela me semblait plus compliqué. Pourquoi en effet cette dame se fendrait-elle en quatre pour faire plaisir à une petite-fille qu'elle ne connaissait pas ? J'entends encore le capitaine éclater d'un grand rire sonore en écoutant mon babil.

Sur le chemin du retour, il nous parlait inévitablement de notre illustre ancêtre, Jacques Cartier. Rien n'est moins sûr que cette filiation en droite ligne avec le découvreur du Canada, ce que j'appris plus tard. Mais, allez savoir pourquoi, papa a toujours prétendu que nous descendions du vaillant Malouin qui, un beau jour de l'année 1534, a planté sa croix à Gaspé au nom du roi de France.

« Quand vous serez grandes, prédisait-il en nous regardant dans le blanc des yeux, le prénom de votre papa sera aussi célèbre que le sien. » Les petites filles que nous étions ne demandaient qu'à le croire. L'avenir allait nous le démontrer, ce n'était pas là pure vantardise.

∾

La maison aux sept cheminées ne désemplissait pas. On se serait cru au temps de grand-père Cartier, Jacques III, celui-là. Un joyeux luron qui n'aimait rien de mieux que de voir toutes ses chambres occupées. La bleue, la rose, la jaune… Il les avait baptisées et les attribuait lui-même à ses invités. Le matin, il allait de l'une à l'autre en chantant « J'ai trouvé l'eau si belle que je m'y suis baigné… » S'arrêtant sur le seuil, il frappait un petit coup sur la porte et l'entre-bâillait afin de tendre au paresseux qui n'arrivait pas à se tirer du lit un verre de fine Jamaïque.

C'est ainsi qu'un matin de janvier 1802, il était resté figé, son cordial à la main. Il venait de découvrir son beau-père Joseph Paradis gisant, le cou tranché par ses propres soins. Pourquoi avait-il fallu qu'on m'attribue la chambre à coucher de cet ancêtre désespéré ? Je ne l'ai jamais crié sur les toits, mais son grand lit me glaçait d'effroi. La nuit venue, je redoutais que son fantôme ne se glisse sous mes couvertures avec sa lame bien affilée.

Si, comme son père, le capitaine appréciait le bon vin, il ne poussait pas l'hospitalité aussi loin. Durant la campagne électorale, il avait plutôt tendance à prêcher la tempérance, comme un vieux curé scrupuleux qui renifle dans l'alcool l'esprit du malin. Le dimanche après la grand-messe, le député de Verchères serrait la main de ses commettants en les appelant par leur prénom. Il s'informait de ses anciens compagnons de jeu, s'enquérait de la santé de leurs vieilles mères et posait mille questions sur les récoltes. Dès qu'un attroupement se formait, il montait sur une plate-forme improvisée – le *husting*, disaient les villageois – et enjoignait à ses « chers amis » de se priver de « boisson » pendant toute la durée de l'élection, de manière à remplir leur devoir de citoyens dans la dignité.

Mon père recevait ses électeurs dans le petit bureau à l'avant de la maison. Dès huit heures le matin, les voitures se garaient face à la remise adossée à l'étable. La cuisine se remplissait d'organisateurs pressés de rencontrer leur député. Ils attendaient patiemment leur tour en sirotant une tasse du café fumant que Marguerite laissait en permanence sur le feu.

La voix du capitaine, tantôt emportée, tantôt secouée par les rires, parvenait jusqu'à Hortense qui brodait dans la grande pièce d'à côté, tandis que nous jouions à la poupée avec Charbon. Plus le jour du scrutin approchait, plus la tension montait. Monsieur George faisait figure de héros dans le comté où il briguait pour la seconde fois les suffrages. Sa réputation d'avocat redoutable le servait mais, pour les vieux électeurs, il était d'abord « le fils à monsieur Jacques ». Ses liens d'amitié avec les personnalités politiques les plus prestigieuses, à commencer par Wolfred Nelson, ajoutaient à son aura. Personne ne lui tenait rigueur de ses différends avec l'ancien chef des patriotes, Louis-Joseph Papineau, qu'on traitait sous le manteau de vieux sénile.

Même si Cartier avait toujours refusé d'accéder au rang de ministre, son influence au gouvernement se consolidait d'année en année. N'était-il pas aux côtés du premier ministre Louis-Hippolyte LaFontaine lorsque celui-ci avait fait révoquer la clause de l'Acte d'Union des deux Canadas qui stipulait que l'anglais serait la seule langue officielle de la législature ? On laissait entendre d'ailleurs que, cette année-là, Cartier avait mis tout son poids pour convaincre le gouverneur Elgin de lire le discours du trône dans les deux langues.

Chaque jour, des rapporteurs passaient à la maison pour l'informer des derniers potins concernant son adversaire. Hortense n'était pas invitée à participer aux discussions qui se déroulaient à l'abri des oreilles féminines. Après tout, la politique était une affaire d'hommes. Ma mère ne résistait pas à l'envie de placer sa chaise sur la galerie, devant la fenêtre ouverte, pour écouter ce qui se tramait dans le bureau du capitaine. Les incidents qui suintaient la corruption l'aiguillonnaient. Elle se scandalisait de ces pratiques douteuses et ne se gênait pas pour enguirlander son mari dont la conscience lui semblait quelquefois trop élastique. Ce dernier avait sa réponse toute prête : on ne gagne pas les élections avec des prières.

Les premières escarmouches familiales se produisirent autour de la table de la salle à manger, au beau milieu d'un souper d'huîtres. Le capitaine s'attira les quolibets de Marguerite en prenant la défense du candidat conservateur de Bagot, un illustre inconnu du nom de Timothy Brodeur qui s'était lui-même proclamé « élu par acclamation ».

« Ben voyons ! explosa-t-elle devant les efforts de son frère pour disculper le candidat Brodeur. C'est un imposteur. Depuis quand un président d'élection se fait-il élire ?

— Moi aussi, ça me scandalise, l'approuva Hortense.

— Ah ! vous deux, ne me cassez pas les oreilles avec vos scrupules de saintes nitouches, s'impatienta-t-il. Vous, les femmes, vous ne connaissez rien aux règlements électoraux. »

Ç'avait été dit à la blague, mais Hortense n'acceptait plus de se faire rabrouer aussi cavalièrement. En deux phrases assassines, son mari lui clouait le bec. Elle jugea que cela avait assez duré. Le lendemain, elle se présenta à table avec son journal plié en deux. Mine de rien, elle lui demanda de leur expliquer ce qui se passait dans le comté de Lotbinière, où le candidat John O'Farrell était soupçonné d'avoir volé des votes. Devant le flou de sa réponse, elle lui mit sous le nez les résultats de cette élection, tels qu'ils étaient rapportés par *Le Canadien* :

« Tu te rends compte ? Cinq cents personnes avaient le droit de voter dans la paroisse de Saint-Sylvestre et on a compté mille votes, dit-elle. Mille ! C'est scandaleux ! Ton O'Farrell est un voleur de grand chemin !

— Hortense, je te préviens, ne me mets pas en rogne, coupa Cartier d'un ton menaçant. Tu ne sais pas de quoi tu parles.

— Ah non ? fit-elle narquoise. Sais-tu qu'un dénommé Napoléon Bonaparte a voté pour ce brigand d'O'Farrell ? Ce n'est pas tout. Un certain George Washington a lui aussi fait son devoir de citoyen. »

Marguerite s'esclaffa. Hortense s'enhardit. Exhibant son journal à bout de bras, elle poursuivit l'énumération devant son mari pour une fois sans voix :

« Demande à voir les registres, si tu ne me crois pas. Tu trouveras parmi les électeurs Judas Iscariote, Jules César, Lord Wellington… Tous de bons Canadiens comme toi ! »

Il la railla, prenant les autres à témoin de l'incongruité de sa sortie.

« Ma chère Hortense, quand tu te mêles de politique, tu en deviens ridicule.

— Je suis ridicule parce que je dis que cette élection a été volée ? qu'au bureau de vote, les électeurs canadiens-français ont été chassés à coup de pierres par les Irlandais en boisson de ton O'Farrell ?

— Les bureaux d'élection sont régis par des lois. Quiconque les transgresse sera puni, rétorqua Cartier sur un ton de plus en plus excédé, dans l'espoir qu'elle lâche prise.

— Pouah ! J'ai bien hâte de voir ça », ricana Hortense.

Chaque fois qu'il était question de politique, mon père et ma mère s'affrontaient. Elle défendait les rouges et lui, il couchait avec les bleus qui, le narguait-elle, pactisaient avec les Anglais. Sarcasmes, procès d'intention, mépris… tous les coups étaient permis. Ce théâtre indisposait les invités de la maison aux sept cheminées. Trônant au bout de la table en bois de pin, Côme frappait du poing en lâchant un «sacregué» bien senti. Puis, il pointait le doigt en direction de son frère.

«Je ne veux pas de chicane. Conduis le pays comme tu voudras, George-Étienne, mais j'entends être le maître chez moi!»

~

Marguerite n'en revenait pas de l'attitude hautaine, cassante même, du capitaine. Elle ne comprenait pas non plus pourquoi Hortense se laissait traiter avec si peu d'égards.

«Mon frère est un goujat, lui lança-t-elle au lendemain de leur énième prise de bec. Il manque de savoir-vivre. On se demande bien d'où il sort, celui-là.

— Ne lui en voulez pas, protesta Hortense. George-Étienne est un homme passionné. Il défend fougueusement ses idées, voilà tout. Il y met parfois un peu de mauvaise foi, c'est vrai, comme la plupart des politiciens. Avouez que je ne donne pas ma place, moi non plus.

— Il pourrait tout aussi bien expliquer son point de vue sans injurier personne.

— Il est tout feu tout flamme. Malgré ses grands cris, sachez que je l'aime. En même temps, il se trouve que j'ai horreur de la petite politique. C'est notre principale pomme de discorde.

— Après ce qu'il a fait à votre défunt père, il devrait se compter chanceux que vous lui adressiez encore la parole», s'enhardit Marguerite.

Hortense ne répondit pas, embarrassée par l'insistance de sa belle-sœur. Jamais il n'était question de la mort du libraire entre son mari et elle. Secrètement, elle lui en voulait d'avoir offensé un homme fier comme son père, en prenant parti ouvertement pour le docteur Nelson. Mais il ne lui serait pas venu à l'idée de le tenir responsable de sa mort, ce que Marguerite suggérait à mots couverts.

«Ça vous plairait de m'aider avec mes ruches?» proposa celle-ci en réalisant qu'il valait mieux changer de sujet.

Hortense hésitait. Elle ne connaissait rien au monde des abeilles. Mais Marguerite insista :

«Vous verrez, c'est fascinant. Venez avec moi.

— Pourquoi pas? Mais je ne veux pas voir les filles trottiner autour des ruches.»

La veille, j'avais été mordue par une araignée cachée dans la serviette que je portais à l'épaule en allant me baigner dans la rivière. J'étais à peine sortie de la maison quand j'avais senti une brûlure au bras gauche. J'avais secoué ma serviette et la méchante araignée avait détalé sur ses longues pattes fines. Il y avait eu plus de peur que de mal, mais j'avais hurlé si fort que toute la maisonnée était accourue. Mise à part une petite rougeur, la piqûre n'avait pas laissé de traces, sinon dans ma mémoire. À l'heure du dîner, mes cris avaient de nouveau résonné, lorsque j'avais aperçu un autre de ces monstres velus qui tissait sa toile dans le lavabo. Il était hors de question que je m'y lave les mains. Ayant pitié de moi, Joséphine avait sectionné les fils avec un bâton. L'araignée avait atterri dans le bassin, sans pouvoir en escalader les parois lisses. Lorsque, excédée, la bonne avait écrasé l'affreuse bestiole, mes cris avaient retenti encore une fois. Puis, le calme était revenu. Après, j'exhibai mon bras légèrement rougi, comme un signe évident de la méchanceté des araignées, et je me gardai bien de faire un pas avant d'avoir préalablement inspecté les lieux.

Maman avait encore la scène à l'esprit quand Marguerite l'invita à l'accompagner au rucher.

«De toute manière, les petites iront se baigner avec leurs cousins Jacques et Virginie, annonça Marguerite. Ça nous donne une heure ou deux de répit. Suivez-moi.»

∾

À califourchon sur le toit de sa remise, Côme réparait les bardeaux abîmés par une branche de chêne pendant les derniers grands vents.

Rien ne l'y obligeait, il avait suffisamment d'hommes engagés pour faire la besogne, mais un authentique *gentleman farmer* comme lui ne dédaignait pas le travail manuel. Cela le distrayait de son étude de notaire. Il esquissa un sourire moqueur en voyant Hortense se diriger vers le rucher. Il la trouvait bien trop «lady» pour se faufiler dans le sentier des framboisiers bordé de ronces au bout duquel sa sœur avait installé ses abeilles.

Hortense avait passé une combinaison qui la couvrait de la tête aux pieds et avait enfilé de longs gants assortis. Marguerite portait aussi un vêtement de protection mais, comme elle ne supportait pas la chaleur, elle s'était contentée du strict minimum. Elle aimait croire que les insectes reconnaissaient leur éleveuse et qu'ils ne lui feraient aucun mal. C'était assez surprenant, en effet, mais elle n'avait jamais été incommodée.

«Tu as bien mis Hortense en garde? s'assura Côme du haut de son perchoir.

— Évidemment, répondit Marguerite, qui avait multiplié les recommandations : il fallait éviter les gestes brusques, cela attirait l'attention des abeilles, donc mieux valait se détendre, s'approcher d'elles doucement... »

Ces précautions étaient bien inutiles. Dès qu'elle entendit le bourdonnement autour d'elles, Hortense battit en retraite. Elle demeura cependant suffisamment proche des ruches pour voir Marguerite s'activer autour d'un essaim particulièrement agité.

Naturellement, elles n'allaient pas avouer à quiconque qu'Hortense avait eu la frousse de sa vie. Lorsque George-Étienne rentra de Verchères, il trouva sa femme tout excitée par son expérience. À l'entendre, on aurait cru qu'elle avait elle-même ouvert les ruches pour en retirer le miel. Marguerite la laissa dire, trop contente de la voir enfin enjouée. Ravi de découvrir sa femme toute rieuse, il ne lui serina pas, pour une fois, qu'elle ne connaissait rien aux abeilles.

～

Le jour du scrutin, Cartier remporta la victoire haut la main. On le ramena en triomphe à la maison aux sept cheminées. Côme se tenait à la porte pour souhaiter la bienvenue aux partisans du vainqueur. Il avait troqué sa salopette de cultivateur contre son costume de notaire qu'il portait les dimanches pour aller à la grand-messe. Bien qu'il ne fût pas le politicien de la famille, il serrait des mains comme s'il venait lui-même d'être élu.

Un invité-surprise arriva sur les entrefaites. Le cousin Henry Cartier passait féliciter son vieux camarade du temps de leur insouciante jeunesse. Que de bêtises ils avaient commises ensemble! En verve, le cousin devenu médecin à Vaudreuil entreprit de nous raconter les mauvais coups du capitaine.

«Savez-vous que votre père était un drôle de merle? nous annonça-t-il, l'air bizarre.

— Un drôle de merle? répéta Joséphine, intriguée.

— Ne me dites pas que vous n'avez jamais entendu parler de ses exploits rocambolesques? Voulez-vous que je vous les raconte?

— Ouiiiiii», avons-nous répondu, sous l'œil amusé de nos oncles et tantes.

Aujourd'hui, les frasques «révolutionnaires» de George-Étienne faisaient naître les rires, mais du temps de nos grands-parents, c'était une autre paire de manches. Les Cartier votaient pour le parti anglais et considéraient Louis-Joseph Papineau comme un fauteur de troubles. Selon eux, il fallait voir dans l'engouement de leur fils cadet pour la cause des patriotes une simple erreur de jeunesse.

«Ce n'est pas l'épisode le plus glorieux de la vie de votre père, observa Côme pour notre gouverne. Vos grands-parents n'en étaient pas très fiers.

— Mon cher Côme, répliqua l'accusé, s'ils avaient su que tu fondais leurs ustensiles en étain pour en faire des balles, ils t'en auraient voulu tout autant.

— Bof, une fois n'est pas coutume, répliqua Côme, amusé, en minimisant l'importance de sa participation à la rébellion. Et ça vous a permis, à Henry et à toi, de vous en donner à cœur joie sur le dos des Anglais.

— Mais laissez-moi donc raconter mon histoire, bon Dieu! s'impatienta Henry. Les petites ont le droit de connaître la vérité.

— On-veut-sa-voir, on-veut-sa-voir, ai-je scandé.

— Alors, je reprends du début. Il était une fois un 23 novembre désespérément gris et froid. Nous nous battions contre les Anglais, plus nombreux et mieux armés que nous, les patriotes. Nous disposions de mauvais fusils, de lances, de fourches et de bâtons. Rien de bien menaçant, comme vous voyez. Au beau milieu de la bataille, il ne restait presque plus d'explosifs. N'écoutant que son courage, votre père a sauté dans une chaloupe et traversé le Richelieu sous le feu nourri des habits rouges pour venir ici, à Saint-Antoine, chercher du renfort et des barils de poudre.

— C'était dangereux? s'enquit l'impératrice. Et, sans lui donner la chance de confirmer, elle le semonça : Pourquoi ne l'avez-vous pas accompagné? Vous auriez dû le protéger.

— Bonne question, Jos, fit notre père, curieux de voir comment Henry se sortirait de cette impasse.

— George-Étienne! répliqua celui-ci, l'œil menaçant, remplis mon verre, sinon je raconte la suite à tes filles. »

Allait-il évoquer la longue absence de George-Étienne au plus fort de la bataille et les soupçons qui avaient ensuite pesé sur lui?

« Ah! laisse tomber, Henry, elles sont trop jeunes, trancha-t-il.

— Il n'en est pas question, le défia Henry. Saviez-vous, mes belles, que les carabiniers ont failli nous mettre la main au collet à cause de la galanterie de votre père? Vous a-t-il raconté comment nous avons été sauvés par une des entourloupettes dont il a toujours eu le secret?

— Cet épisode-là, je ne suis pas certaine de le connaître, annonça Hortense, curieuse de découvrir comment son mari avait réussi à se sortir du pétrin.

— Eh bien!, figurez-vous qu'après la bataille, nous avons décampé. Normal, nous avions les Anglais aux trousses. Nous nous sommes cachés dans la cabane à sucre de Louis Chagnon dit Larose, à Verchères. Tout a bien été tant que votre distingué mari a gardé sa place. Mais un beau jour, il s'est mis à conter fleurette à la bonne des Larose.

— George-Étienne, un coureur de jupons? Comment est-ce possible? Jamais il n'aurait fait une chose pareille! ironisa Hortense.

— Pardonnez-moi de vous décevoir, ma chère dame, mais c'est la pure vérité. Votre mari était alors un impénitent chanteur de pomme. Il y a ici des témoins qui corroboreront mes dires.»

On entendit des «ouais, ouais», accompagnés de gros rires.

«Continuez, je vous écoute, ordonna Hortense, le menton appuyé dans la paume de sa main.

— Donc, mon cousin tuait le temps en envoyant des billets doux à la belle Hermine. Manque de chance, l'amoureux jaloux de cette dernière a découvert son manège et a menacé de nous dénoncer aux autorités. Tourmentée, sa dulcinée a tout raconté à son patron et Larose nous a ordonné de déguerpir. Il voulait bien aider deux pauvres patriotes en fuite, mais n'avait pas l'intention de se retrouver derrière les barreaux à cause d'eux.

— Et alors? Qu'est-il arrivé ensuite? demandai-je à mon tour, plutôt déçue jusqu'ici des exploits de mon père.

— Patience! Le meilleur est à venir. Donc, nous avons pris nos jambes à notre cou. Pour tromper la police, George a eu la brillante idée de répandre le bruit qu'il était mort de froid et de faim dans les bois. Croyez-le ou non, il a rédigé pour le *Canadien* un article dans lequel il faisait son propre éloge funèbre.»

Il y eut un nouvel éclat de rire dans la pièce. Cartier feignait d'être gêné, mais s'amusait ferme. Ses yeux brillaient d'un éclat vif.

«Pitié! J'avais à peine vingt-trois ans...»

Hortense entra de nouveau dans le jeu:

«Je meurs d'envie de savoir ce que tu as écrit dans ta notice. Te connaissant comme je te connais, tu as sûrement fait preuve de modestie.

— Ce qu'il a écrit? répéta Henry. Des louanges à propos de son auguste personne, naturellement. Quelque chose comme: «Feu George-Étienne Cartier était un jeune homme doué au plus haut point des qualités du cœur et de l'esprit. Devant lui s'ouvrait une brillante carrière, etc.

— Tu peux bien te moquer de moi, Henry. N'empêche ! Ça faisait drôlement ton affaire d'être enfin débarrassé des miliciens. Et tu m'as semblé plutôt soulagé de te retrouver aux États. Tu en menais plus large à l'hôtel de Plattsburgh, les deux pieds sur la bavette du poêle, que dans la cabane à sucre de Larose.

— Cette fois, je te donne raison, mon cousin. Figurez-vous que nous avons traversé les lignes cachés dans des tonneaux de spiritueux, serrés l'un contre l'autre, à l'arrière de la voiture d'un dénommé Ladébauche que nous ne connaissions ni d'Ève ni d'Adam. Après ce périple plutôt inconfortable, Plattsburgh avait des airs de paradis terrestre.

— Et les habits rouges, papa, c'étaient des méchants ? »

Au lieu de me répondre, et pour nous empêcher, Jos et moi, de le fusiller de nos questions sur un épisode de sa vie qu'il reniait maintenant, le capitaine annonça une tournée générale. Il félicita Henry dont les talents de conteur, susurra-t-il, le renversaient. Puis, il s'installa au piano en ordonnant : « Tout le monde dans le canot ! »

Impossible d'y échapper. Les deux cousins entonnèrent en chœur quelques vers que la muse avait inspirés au capitaine, au temps lointain de son exil à Burlington :

« Et moi, victime infortunée
De cette fatale journée,
Le léopard, sous sa griffe irritée,
Sans pitié, me tient mains et pieds liés. »

～

La fête se termina au petit matin. Le lendemain, Hortense amorça les préparatifs du départ. Maintenant réélu, Cartier avait hâte de regagner la ville. La construction de nouveaux tronçons du chemin de fer et le choix de la capitale nationale étaient deux dossiers qu'il lui tardait de faire avancer. Mais auparavant, et malgré un mal de tête carabiné qui n'était pas étranger aux libations de la veille, il devait affronter ses frères et sœurs sur une question délicate : l'argent. Encore devait-il éviter que cela dégénère en combat de coqs.

De mauvais gré, Marguerite réunit la famille autour de la table de la salle à manger. Une domestique apporta deux carafes d'eau et des verres, avant de refermer la porte derrière elle. Chez les Cartier, lorsqu'il était question de gros sous, on évitait l'alcool.

En bon avocat, mon père avait préparé une argumentation serrée. Il commença son exposé par un bref rappel des faits. Leur famille avait été l'une des plus en vue du comté. L'ancêtre avait fait fortune dans le commerce des grains. Hélas ! les années de vaches grasses étaient du passé. Avant de mourir, leur vieille mère l'avait chargé, lui, le cadet de ses fils, de gérer leurs affaires qui ne cessaient de péricliter.

Avec son assurance coutumière, il formula ses doléances. En quelques années, il avait réussi à redresser la situation, notamment en avançant l'argent pour payer les créanciers et en réglant les rede-vances seigneuriales. Une fois réparties équitablement les propriétés sauvées de la faillite, il avait vu aux réparations urgentes de la maison aux sept cheminées, qui était en parfait état lorsque Côme en avait pris possession. Maintenant que la succession était réglée, il s'attendait à être remboursé. Aussi avait-il en sa possession les reconnaissances de dette que leur mère lui avait signées avant sa mort. Il espérait un règlement final, avec intérêt bien entendu.

Sa tirade terminée, il y eut un silence. C'est Marguerite qui alluma la mèche en reprochant à son « très cher George-Étienne » de chercher à l'humilier, elle, l'aînée de la famille, dont la situation délicate l'obligeait à s'imposer des privations insupportables.

« Mon compte en banque est à sec, lui avoua-t-elle. Une fois ma pension payée à Côme, je vivote. Toi qui brasses de grosses affaires en ville, tu pourrais te montrer plus compatissant. »

Rien n'horripilait mon père comme le ton braillard qu'em-pruntait Marguerite pour lui soutirer de l'argent. Il n'était pas loin de croire que sa sœur dilapidait son héritage personnel en dépenses extravagantes pour assouvir sa passion des chevaux d'équitation. S'il n'y mettait pas le holà, l'écuyère qui menait grand train dans le village finirait ses jours aux crochets de sa famille. Il allait la sermonner quand son frère Sylvestre, médecin à Saint-Aimé, lui reprocha à son tour de ne pas se démener pour lui dénicher une sinécure dans la fonction publique.

«Avec tes contacts au gouvernement, tu n'aurais qu'à lever le petit doigt, se plaignit-il d'un ton rancunier.

— Il faudrait peut-être que je te trouve une femme en plus? riposta mon père, désobligeant.

— Pourquoi pas? Une jeune fille ou une veuve, je ne suis pas regardant, pourvu qu'elle m'apporte une grosse dot.»

Sylvestre avait porté la soutane durant quatre ans avant de défroquer. Il s'intéressait depuis peu à la gent féminine, mais ses tentatives échouaient lamentablement. George-Étienne en aurait ri, si la tournure de la conversation ne l'avait pas exaspéré. Toujours les mêmes lamentations! Comme si on le tenait responsable de la faillite de leur excentrique de père et de la crise agricole qui avait appauvri la riche vallée du Richelieu, pourtant surnommée le jardin du pays.

«Je ne suis pas une banque, pardieu», s'impatienta-t-il, irrité.

Côme remit alors de l'huile sur le feu.

«Sacregué! George! Tu n'es pas le seul à t'imposer des sacrifices. Moi aussi, j'ai tenu un compte détaillé de tout ce que j'ai sorti de ma poche depuis la mort de maman. Je consens à te rembourser ma part de la dette, mais sans les intérêts.

— Tu oublies que Côme fait vivre Damien, renchérit Marguerite en pointant le menton vers son frère qui n'avait pas dessoûlé depuis la veille.

— Parlons-en de Damien, grogna George-Étienne. Qui, pensez-vous, a assuré son existence à Montréal, ces dernières années? Il n'a pas gagné un seul dollar de salaire en cinq ans.»

Il sortit de son porte-documents une feuille signée par Damien qu'il leur montra, avant de la lire tout haut: «Je reconnais que le traitement que je touche au cabinet d'avocat de mon frère George-Étienne est entièrement attribuable à sa libéralité et à sa générosité.»

Ayant replié la feuille, il la rangea sans que l'intéressé ouvre l'œil.

«Damien est bien à plaindre, protesta charitablement Sylvestre. S'il en avait été capable, il aurait gagné sa vie, comme tu le fais toi-même. Ne sois pas injuste, il n'a pas ton talent.»

Mon père parcourut du regard la bande d'ingrats autour de la table. Il se leva, remit ses documents dans sa valise qu'il referma bruyamment et lâcha, hargneux :

«Quand je remettrai les pieds à Saint-Antoine, les poules auront des dents!»

Les adieux furent expéditifs. Le capitaine ne se retourna même pas lorsque la calèche s'éloigna de la maison aux sept cheminées. Nous ne devions pas la revoir de sitôt et, ma foi, c'est à peine si j'y repensai. Un nouveau drame se dessinait, qui allait bouleverser notre vie. J'étais alors trop jeune pour en saisir l'acuité. Aussi l'ai-je reconstitué d'après les témoignages d'Hortense et de Luce.

VIII

La Sainte-Catherine

Novembre 1855

Rue Saint-Denis, les maisons cossues poussaient comme des champignons. Les grands vergers ayant appartenu jadis au chef des patriotes, Louis-Joseph Papineau, disparaissaient maintenant au profit des résidences occupées par la nouvelle élite canadienne-française composée de richissimes hommes d'affaires. Depuis que les tramways tirés par des chevaux circulaient du sud au nord de la ville, les plus beaux lopins s'envolaient. Les Américains venaient de lancer un mot pour exprimer cette flambée dans le développement : le boum immobilier.

Au nord de la rue Craig, juste en bas de la Côte-à-Baron, les ouvriers s'activaient à reconstruire l'église Saint-Jacques détruite par le terrible incendie de 1852. Monseigneur Bourget jonglait avec l'idée de déménager son palais épiscopal dans l'ouest de la ville où résidait la bonne société anglo-canadienne. Mais, lui parti, la paroisse devait continuer à desservir les catholiques qui essaimaient jusqu'à la rue Sherbrooke.

Tel était le quartier bourgeois dans lequel vivait Luce Cuvillier. Le carillon de Notre-Dame venait de sonner trois coups lorsqu'elle apparut, plus resplendissante que jamais, sur le perron de sa luxueuse demeure de la rue Saint-Denis, un peu au sud de Lagauchetière. L'air doux la surprit. Dans un geste élégant, elle fit glisser son capuchon noir sur ses épaules, découvrant un front intelligent, une sombre chevelure et la peau ambrée de son visage. Lentement, elle descendit les marches, monta dans le landau noir hérité de son père, le banquier Augustin Cuvillier, et pria son cocher de la conduire au cabinet de monsieur Cartier, rue Saint-Vincent. Elle ne ferait qu'entrer et sortir, le temps d'y déposer une enveloppe. La voiture descendit la rue Saint-Denis jusqu'au Champ-de-Mars. Au coin de Saint-Antoine, le vendeur de voitures Eusèbe Ouimet astiquait un superbe carrosse devant sa porte. Il fit à Luce un large signe de la main. Du temps d'Augustin Cuvillier, il se targuait d'être son unique fournisseur de calèches.

Luce avait tout son temps. Hortense ne l'attendait qu'en fin d'après-midi pour la traditionnelle fête de la Sainte-Catherine. Sa cousine ferait chauffer la mélasse dans un gros chaudron, après quoi elle plongerait des pommes dans le sirop caramélisé. Les petites planteraient un bâtonnet dans le cœur des fruits. Elles auraient le visage et les mains tout barbouillés de tire. La vieille Alice les pourchasserait avec sa débarbouillette en répétant qu'il fallait décrotter ces petites diablesses. Cela provoquerait une explosion de rires. C'était toujours un moment exquis.

Pourtant, cette année-là, Luce s'y rendait à reculons. Pas tant parce que, dans la trentaine avancée, elle trouvait moins drôle de coiffer Sainte-Catherine, manière élégante de rappeler qu'elle n'avait pas encore déniché un mari, mais son intuition lui disait que l'atmosphère serait tendue. Joséphine et Marie manqueraient assurément d'entrain. Hortense avait décidé de les envoyer en pension chez les sœurs, à Trois-Rivières, même si l'année scolaire était déjà en cours. Pour la première fois, les petites quittaient le nid familial et toutes deux redoutaient la discipline de ce couvent perdu au bout du monde. Elles étaient bien jeunes, à huit ans et à six ans, pour se retrouver loin de leur foyer.

Surtout, Hortense n'avait plus sa belle humeur d'autrefois et cela gâchait le climat de la maison. Cartier avait été promu ministre et la gouverne du pays le retenait loin de son foyer, maintenant que l'Assemblée siégeait à Toronto. Au lieu de l'épauler dans sa lourde tâche, sa femme l'accablait de reproches. Certains jours, son ressentiment ressemblait à une litanie. Cela mettait Luce mal à l'aise. Elle ne comprenait pas qu'Hortense se montre insensible aux responsabilités écrasantes qui incombaient à son mari. C'était pourtant une chance de partager le destin d'un homme comme lui.

Le landau avançait maintenant à pas de tortue. À l'heure où les cultivateurs regagnaient la campagne après leur journée au marché, les voitures encombraient les rues. Luce se fit déposer à la place Neptune, devant la fontaine à vasques au-dessus de laquelle trônait une statue médiocre du dieu de la mer. Elle renvoya son cocher et marcha lentement le long de la rue Saint-Jacques, son enveloppe sous le bras. Élancée, cheveux coiffés en bandeaux, elle portait, sous sa capeline entrouverte, une jupe gris perle et une chemise d'homme blanche ornée d'une cravate. L'invitation d'Hortense n'avait rien de guindé. Aussi pouvait-elle s'habiller en garçonne, si cela lui plaisait.

Au milieu de la chaussée, un ouvrier immigrant installait les rails sur la ligne de tramway qui s'étendrait bientôt vers l'est. En apercevant la belle bourgeoise aux grands airs, il s'arrêta de piocher et, pelle à la main, loucha vers elle, l'œil admiratif. Celle-ci poursuivit sa route sans se soucier des regards qu'elle attirait. Elle était comme ça, Luce, le charme fait femme. Tous les hommes se retournaient sur son passage. Sa grâce tenait à sa démarche, peut-être aussi au balancement de ses hanches qui troublait les maris les plus sages. Une sorte de mystère émanait d'elle.

Chemin faisant, elle croisa Rosalie Lamontagne, la modéliste de la rue Montcalm qui lui dessinait ses vêtements non conventionnels.

«Bonjour, mademoiselle Cuvillier.

— Belle journée, n'est-ce pas? fit Luce sans s'arrêter. Je passe vous voir la semaine prochaine. »

Sous le soleil déclinant de novembre, Montréal avait un petit air triste qui convenait parfaitement à l'humeur mélancolique de Luce. Le représentant des vapeurs océaniques balayait le trottoir en face de son commerce. Tout à côté, Joseph Beaudry, marchand de gants d'Alexandrie pour dames et messieurs, qui tenait aussi des toilettes importées, lavait sa vitrine à grande eau. Il n'entendit pas Luce s'approcher.

«Ah! monsieur Beaudry! Avez-vous reçu vos nouveaux tissus français? J'attends toujours la soie brochée que vous m'avez promise.

— Hélas! non, mademoiselle. Elle arrivera sûrement par le prochain vapeur. En même temps que le taffetas "pompadour". Mais ce n'est pas pour une dame comme vous, dit-il avec un sourire en attendant la réponse qu'elle ne manquerait pas de lui faire.

— Vous me taquinez. Vous savez bien que j'aime ce qui est différent, ce qui surprend. Je repasserai vous voir. À bientôt, monsieur Beaudry.»

Rue Notre-Dame, la veuve Laberge fit demi-tour pour éviter d'avoir à saluer cette Luce Cuvillier à qui elle reprochait de s'attifer pour aguicher les hommes. Celle-ci ne s'en offusqua pas. Elle avait l'habitude. N'était-elle pas l'un des sujets de conversation préférés des commères du faubourg? Au théâtre comme dans les magasins, elle suscitait sur son passage des sourires chargés d'insinuations, parfois même des allusions glissées dans la conversation avec une pointe d'ironie. Mais Luce n'en avait cure. Cela amusait la femme émancipée qu'elle était. Les puritains la traitaient de dévergondée. Ils désapprouvaient les libertés vestimentaires qu'elle s'accordait, comme son comportement souvent contraire aux conventions sociales. Mademoiselle Cuvillier lisait Baudelaire, interdit dans les salons bigots, sortait seule, fumait le cigare… Pis encore, elle osait exprimer des opinions jugées subversives sans gêne aucune, se permettant même de critiquer la bonne société montréalaise qu'elle trouvait affreusement provinciale et étroite d'esprit.

Les intellectuels la comparaient à George Sand. Comme la célèbre écrivaine, Luce vivait aussi librement qu'un homme. Tant pis si les bourgeoises se scandalisaient de ses costumes de coupe masculine et de ses manières excentriques qui lui venaient pourtant naturellement.

Sa vie privée aussi faisait jaser. Être séduisante constituait un péché impardonnable. Déjà, toute jeune, elle renvoyait ses prétendants avec désinvolture. Elle n'avait jamais aimé qu'un homme, et l'aimait toujours, même s'il n'était pas libre. Personne ne connaissait son secret. Fallait-il s'arrêter de vivre pour autant? se faire nonne? Au diable les épouses frustrées ou mal mariées qui l'enviaient autant qu'elle les méprisait!

Luce était la digne fille de son père. Le seul banquier franco-phone de la *Bank of Montreal* lui avait légué son esprit cartésien. Rationnelle, logique, méthodique, elle menait sa vie sans rien laisser au hasard. Jamais elle ne se décidait sur un coup de tête. Ce que d'aucuns appelaient ses imprudences était en réalité des choix bien pesés.

Elle s'arrêta au marché pour acheter une plante de serre à cultiver à l'intérieur. Hortense apprécierait le geste. Au *Review Cottage*, sa maison de campagne du bout de l'île, Luce se métamorphosait en jardinière. Là aussi, elle faisait scandale. Les paysans s'indignaient de la voir en pantalon. Rien pourtant ne la détendait comme d'enfiler cette tenue décontractée pour arracher des mauvaises herbes dans son jardin et bêcher au soleil, son chapeau de paille sur le derrière de la tête. Elle choisit une vivace qui lui sembla de bonne qualité. En s'éloignant, elle pensa à ses bulbes de tulipes. Il faudrait les renchausser avant l'hiver. Elle se promit de s'en occuper à la première occasion.

La rue Saint-Vincent était déserte. Luce la traversa de biais et se retrouva devant le cabinet de Cartier, à deux pas du palais de justice. L'étroit vestibule lui parut sombre. Elle entrebâilla la porte vitrée et l'aperçut dans sa chaise en pin retourné, les pieds croisés sur le plateau de son bureau. Autour de lui, les rayons de sa bibliothèque fourmillaient de livres sur le droit romain et français, de dictionnaires grecs et latins, d'ouvrages savants, dont les édits et ordonnances *Law Canada*. Il était là, discutant frénétiquement avec un homme qu'elle voyait de dos.

« Je vous dérange peut-être, *George* ? fit-elle. Je vous croyais encore à Toronto.

— Je suis rentré hier par le train, lui répondit-il en se précipitant à sa rencontre. Dites-moi, quel bon vent vous amène ?

— Mon frère m'a demandé de vous apporter des papiers à signer. »

Rien d'urgent, cependant. Cartier pourrait y jeter un coup d'œil à sa convenance. Il avait l'habitude de vérifier scrupuleusement toutes les transactions avant d'y apposer sa griffe. Aussi Maurice lui allouait-t-il toujours un jour ou deux de réflexion. «Je repasserai demain, si cela vous convient, dit Luce, qui accompagna ses mots d'un sourire engageant.

— Prenez le temps de vous asseoir, ma chère, suggéra-t-il, non sans remarquer ses manières affectées, comme si elle jouait un rôle. Vous connaissez maître Berthelot? Mon associé et moi préparions ma réplique à la dernière attaque des rouges. Les libéraux ne reculent devant rien pour me salir. C'est dégoûtant!»

Depuis sa nomination comme ministre dans le gouvernement conservateur du Canada-Uni, Cartier était en effet la cible de critiques acerbes. L'opposition libérale bas-canadienne réprouvait ses accointances avec le *Grand Trunk*. Comment un élu pouvait-il concilier ses fonctions législatives avec celles qui incombent au procureur d'une compagnie ferroviaire? Il s'agissait là, selon eux, d'un flagrant conflit d'intérêts. D'où les épithètes offensantes qui pleuvaient sur lui.

«Voyez comment ils me traitent, dit Cartier en énumérant les qualificatifs glanés dans les journaux des libéraux : partisan des monopoles, souteneur des privilèges, fauteur de corruption, champion de l'illégalité, apôtre de la servitude… Je vous fais grâce du reste.

— Ils sont tout bêtement jaloux de votre succès, observa Luce de sa voix chaude et sympathique.

— J'ai toujours agi pour le peuple et non en fonction de mes intérêts.

— Les Canadiens le savent, l'assura-t-elle en acceptant le siège qu'il lui offrait. Leurs invectives ne convaincront personne.

— J'hésite pourtant à me défendre. Croyez-vous que je devrais le faire, quand cela ne serait que pour montrer à ces langues de vipère de quel bois je me chauffe?

— Absolument, *George*. Faites-les taire. Je vous y encourage fortement.

— C'est aussi l'opinion d'Hortense, ajouta Cartier en s'attardant un peu trop sur ses beaux yeux noirs qui l'enveloppaient.

— Elle a raison », approuva Luce sans cesser de le regarder.

Cartier avait déjà préparé un brouillon de réponse que *La Minerve* ne refuserait pas de publier. Il le tendit à Luce qui en prit connaissance. Il établissait qu'il n'était pas à la solde du *Grand Trunk* et terminait en réitérant son *credo* d'homme libre : *Je ne dépends ni de la compagnie ni de personne. Grâce à ma clientèle privée, je suis indépendant.*

Luce lui rendit son brouillon. Cartier arpentait la pièce, l'air songeur, dans l'attente de ses commentaires.

« Il serait peut-être approprié de rappeler aux lecteurs de *La Minerve* que, si nous jouissons d'un chemin de fer comme il en existe dans tous les pays modernes, c'est à vous, *George*, que nous le devons, suggéra-t-elle.

— Mademoiselle Cuvillier a raison, acquiesça maître Berthelot. Cher confrère, n'avez-vous pas été chargé de l'acte qui a créé la compagnie ?

— C'est exact, répondit Cartier qui commençait à se détendre. Et le *Grand Trunk* est la principale cause de notre prospérité. La compagnie emploie mille six cents hommes. Quant au tronçon entre Québec et Richmond, long de quatre-vingt-seize milles, il a été construit en un temps record.

— Mentionnez-le », insista Luce, qui adorait mettre son grain de sel dans une affaire où habituellement seuls les hommes exprimaient une opinion.

Cartier appréciait ce trait de caractère chez elle. Quel dommage, songea-t-il, qu'Hortense n'ait pas hérité, elle aussi, d'une « tête d'homme ».

Suivant la suggestion de Luce, il ajouta cet élément à sa mise au point. Son explication ne ferait peut-être pas taire ses détracteurs, mais elle imposerait le respect. Luce se leva, reprit sa plante qu'elle avait déposée par terre à côté de sa chaise et se dirigea vers la porte.

« Je vous laisse. Hortense m'attend.

— Ah oui !, la Sainte-Catherine, j'oubliais. Les petites sont impatientes. Vous ne pouvez pas vous défiler.

— Vous serez des nôtres, j'espère?

— Je ne crois pas, non. J'ai encore trop à faire.» Puis, après réflexion, il se reprit : «Peut-être bien en fin de compte. Je ferai l'impossible pour vous rejoindre avant le dîner.»

Il la raccompagna. Sur le pas de la porte, prenant ses mains dans les siennes, il la remercia.

«Il n'y a pas de quoi, je passais par là, minauda-t-elle. Et puisque je rends service à Maurice.

— Si vous saviez comme j'apprécie vos conseils!» lui dit-il en retenant ses belles mains blanches et effilées, pendant que maître Berthelot se retirait dans la pièce voisine.

— J'aime vous être utile, fit-elle sans le quitter des yeux. Je vous admire tant. Mais je vous plains aussi. Vous n'avez pas choisi la voie la plus facile.»

Cartier lui rendit ses mains et lui ouvrit la porte.

«À plus tard», dit-elle simplement.

Une odeur de tire de la Sainte-Catherine flottait dans la maison. Nos petits tabliers noués sur les hanches, nous guettions l'arrivée de Luce par la fenêtre. Pendant une heure ou deux, nous oublierions les cornettes des bonnes sœurs. La vieille Alice avait astiqué son gros chaudron de cuivre et lavé les pommes. Et hop! c'était parti. Marguerite Bourgeoys, qui avait lancé la coutume, reprenait du service.

Hortense faisait la tête, comme Luce l'avait pressenti. À peine sourit-elle lorsque Charbon, ayant attrapé au vol un morceau de tire que je lui avais lancé, malgré l'interdit, se débattit avec la boule collante entre les dents, avant de l'avaler en s'étouffant presque. Elle ne s'amusa pas davantage pendant la traditionnelle chanson dédiée aux vieilles filles que nous fredonnions effrontément en dévisageant Luce :

«Au-dessus de vingt ans, la fille en priant Dieu
Dit : Donnez-moi, Seigneur, un mari de bon lieu!

À vingt-cinq ans : seigneur, un qui soit supportable !
Enfin, quand par les ans, elle se voit presser,
Qu'elle se voit vieillir, qu'elle approche de trente :
Un tel qu'il te plaira, Seigneur, je m'en contente. »

« Petites chipies, vous êtes impitoyables ! » soupira celle-ci.

Son cri du cœur déclencha nos rires enfantins. Nous adorions nous moquer de cousine Luce qui n'avait pas encore rencontré son prince charmant. Habituellement, Hortense se mêlait au jeu mais, ce jour-là, elle paraissait indifférente. Tout lui était prétexte à se montrer désagréable. Le feu crépitait dans le poêle ? Cela l'agaçait. Alice accumulait les maladresses, nous nous excitions comme des puces ? Elle regimbait. Comble d'irritation ! cette migraine qui ne la lâchait pas depuis trois jours. Sa bonne lui prépara une pincée de camphre en poudre enveloppée dans une pièce de mousseline. Elle l'appliqua dans ses oreilles mais n'en ressentit pas le moindre soulagement. Les feuilles de roses rouges bouillies avec un peu de farine de froment dont elle se couvrit ensuite les tempes n'apportèrent aucun mieux-être non plus.

« Prends un peu d'eau-de-vie poivrée, lui conseilla Luce. C'est tellement plus efficace pour chasser les maux de tête. »

Une fois la tire terminée, Jos et moi avons déguerpi pour échapper au courroux maternel. Luce songeait à en faire autant quand Hortense la supplia de rester à dîner.

« Je te promets d'être plus agréable.

— D'accord, mais tu vas me dire ce qui te met dans cet état.

— Je me sens seule, Luce. Si seule ! George-Étienne passe plus de temps à Toronto qu'à la maison. Et lorsqu'il débarque à Montréal, il ne rentre jamais avant dix heures du soir.

— Allons ! Il sera là pour le dîner, j'en suis certaine.

— J'en doute. Il ne s'arrête plus qu'en coup de vent. Hier, en descendant du train, il a fait déposer ses bagages ici. Lui, il a filé directement à son bureau, sans même prendre la peine de venir m'embrasser comme autrefois. J'ignore à quelle heure il est rentré. Ce matin, nous avons parlé un petit moment de ses problèmes avec les rouges qui le diffament et il s'est sauvé. Voilà à quoi ressemble notre vie de couple. »

Luce prit la défense de Cartier, ce qui n'étonna pas sa cousine :

« Il ne s'appartient pas. Oublies-tu qu'il est ministre ? Avec le titre viennent les responsabilités. »

Hortense allait lui répondre que même son temps libre, il le passait ailleurs, quand elle entendit la porte d'entrée se refermer bruyamment.

« C'est moi ! cria Cartier en retirant son pardessus.

— Qu'est-ce que je t'avais dit ? » fit Luce plutôt fière de sa prédiction.

Oubliant ses griefs, Hortense courut au-devant de lui pour l'embrasser :

« Pour une surprise, c'en est une, s'exclama-t-elle.

— Monsieur le ministre, quelle apparition ! reprit Luce avec amusement.

— Bonsoir, mes belles dames, répondit-il, en embrassant l'une et l'autre sur les deux joues. J'avais une réunion, mais j'ai réussi à me sauver en douce, précisa-t-il, comme si cela devait tout expliquer. Je vous offre un doigt de porto ?

— Bien sûr, fit Luce. Et je ne refuserais pas un petit cigare. »

Luce ne se gênait plus désormais pour fumer en société. Cartier lui tendit un cigare qu'il alluma, avant de se diriger vers le cabinet à liqueurs. Pendant ce temps, Hortense descendit donner ses instructions au majordome. Il fallait ajouter un couvert pour monsieur. À son retour, ils conversaient à bâtons rompus. Il était question des injures dont une certaine presse liée au parti rouge abreuvait George-Étienne.

« Luce m'encourage à répondre aux attaques, lui annonça-t-il avant qu'elle ait repris son siège. J'ai envie de suivre sa recommandation. »

La remarque blessa Hortense. Comment osait-il lui annoncer comme s'il s'agissait d'un brillant conseil ce qu'elle-même avait été la première à lui suggérer ? Luce se pencha en arrière et tira une bouffée de son cigare, avant de dire en regardant Hortense :

« Tu es d'accord avec moi ? *George* doit clouer le bec à ces colporteurs de fausses rumeurs.

— Évidemment, fit Hortense d'un ton contrarié. C'est exactement ce que je lui ai recommandé pas plus tard que ce matin. »

Hortense ne se formalisait pas de voir son mari quêter l'avis de Luce. Par contre, qu'il ignore ses conseils à elle, pour ensuite saisir au vol ceux de Luce, qui n'ajoutaient rien de neuf aux siens, cela la vexait. Prisonnière de ses pensées, elle ne réalisa pas que la conversation avait dévié. Cartier voulait maintenant savoir ce que Luce pensait de la Banque Molson qui venait d'ouvrir ses portes, à Montréal. Apparemment, sa cousine avait répondu exactement ce qu'il convenait, puisqu'il la complimentait de façon dithyrambique.

« Ma chère Luce, je suis toujours étonné de votre clairvoyance en matière d'administration comme en politique.

— Oh ! *George*, je n'ai pas de mérite, esquiva-t-elle pour la forme. Mon père m'a initiée aux affaires. Souvenez-vous : je suis née le jour même où il a fondé la *Bank of Montreal*. Quant à la politique, c'est tout simple, j'apprends à démêler les différents courants en vous écoutant. »

Elle prononçait *George* en appuyant sur le « g », à l'anglaise. Hortense pensa : « Tiens, voilà un autre point qu'ils ont en commun : tous deux raffolent de ce qui est anglais. » Leur complicité l'avait toujours fait sourire. Ce soir, elle lui tapait sur les nerfs. L'échange se poursuivait maintenant entre eux comme si elle avait quitté la pièce.

« Ne vous dépréciez pas, Luce, protesta gentiment Cartier. La vérité, c'est que vous êtes différente. Les autres femmes hélas ! n'entendent rien aux affaires de l'État. Ça les ennuie mortellement.

— Le reproche s'adresse à moi ? » l'interrompit Hortense.

Cartier fronça les sourcils :

« Admets, ma chérie, que tu n'es pas douée pour la politique. Les enjeux qui se posent à moi ne t'intéressent pas. Excuse-moi de te parler franchement, mais tu ne devrais jamais t'aventurer sur ce terrain-là. »

Hortense se mordit les lèvres sous l'injure, pendant que Luce baissait les yeux sans un bon mot en sa faveur. Ulcérée, elle réprima l'envie de lancer au visage de son mari que la politique au sens noble du terme pourrait lui inspirer de grandes envolées. Mais la petite politique faite de coups bas, de manœuvres ratoureuses et de corruption qui se pratiquait dans ce pays ne l'envoûtait guère. Elle n'osa toutefois pas aller au fond de sa pensée, de peur de s'empêtrer dans ses explications. Pourtant, elle n'ignorait rien des magouilles électorales et du grenouillage des politiciens véreux ou simplement opportunistes qui s'étalaient dans les colonnes des journaux. Quel dommage qu'elle n'ait pas su comme Luce débattre ses idées avec brio !

« Changement de sujet, se hasarda-t-elle avec une pensée insidieuse derrière la tête. Vous connaissez la dernière ? Wolfred Nelson vient d'annoncer qu'il quitte la mairie.

— Ah oui ? fit Luce, en marquant son étonnement, soulagée d'échapper à une querelle de ménage.

— Notre héros national, que George-Étienne a fait élire Dieu sait comment, achève son tour de piste, reprit Hortense sur un ton sarcastique. Son règne aura duré à peine deux ans. Ça lui aura suffi pour empêcher mon père de terminer ce qu'il avait commencé. »

Luce ne répondit pas. Et Cartier ne releva pas, lui non plus, l'allusion de sa femme. Pour les forcer à réagir, celle-ci en rajouta :

« Vous admettrez que " le loup rouge " porte bien son nom. À son retour d'exil, il a repris du service au Parlement, le temps de renier et de discréditer son ex-ami Papineau. À la mairie de Montréal, il a donné son coup de grâce à un autre de ses anciens collègues, Édouard-Raymond Fabre. Du beau travail ! Avec des amis comme ça, qui a besoin d'ennemis ? »

Le majordome de Cartier vint les prévenir que le dîner était servi. Il les invita à passer à table.

« Allez-y sans moi, fit Hortense en se prenant la tête à deux mains. J'ai une terrible migraine, je vais me coucher. »

Cartier tenta vaguement de la retenir, tandis que Luce baissait les yeux pour la deuxième fois, en attendant la suite des événements.

~

Étendue dans son lit, le visage enfoui dans les oreillers, Hortense tenta de rassembler ses esprits. Était-elle vraiment cette femme sans intérêt, incapable de soutenir une conversation, qui décevait son ministre de mari? Pour peu, elle l'aurait cru. La scène qui venait de se dérouler l'avait contrainte à considérer objectivement sa situation. L'épouse amère et pisse-vinaigre d'un homme brillant et admiré, voilà ce qu'elle était devenue!

Pourquoi n'était-elle pas la femme derrière le grand homme? Luce avait raison de la sermonner, elle se conduisait mal. Quel monstre d'égoïsme! Seules ses petites misères comptaient, alors que de lourdes charges reposaient sur les épaules de son mari! Terriblement malheureuse, elle finit par s'assoupir.

Deux heures plus tard, elle se réveilla en sursaut, croyant la nuit avancée. Cependant, la voix haut perchée de Cartier et celle, douce et posée, de Luce lui parvenaient du rez-de-chaussée. Ils prenaient sans doute le digestif au salon. Elle songea d'abord à aller retrouver son piano au boudoir. C'était son havre, où, trois heures chaque jour, elle s'évadait dans la musique, pour se calmer, pour trouver la paix et rêver parfois. Elle frémit à l'idée qu'elle s'était donnée en spectacle devant Luce. Oh! elle ne craignait pas les indiscrétions de sa cousine, mais elle se sentait gênée de s'être disputée avec son mari devant elle.

Hortense se torturait à la pensée que Luce puisse croire que son mariage battait de l'aile. Des années plus tôt, en apprenant ses fréquentations avec le très convoité George-Étienne Cartier, sa cousine l'avait mise en garde. Son fiancé était un séducteur professionnel. Se posant en connaisseuse en matière d'hommes, elle lui avait prodigué maints conseils. Une femme inexpérimentée comme Hortense ne devait pas confier son destin à un homme aussi imprévisible. Convaincue d'être l'épouse qui lui convenait, Hortense avait négligé cet avertissement. Elle rêvait d'injecter un peu de fraîcheur dans le morne quotidien d'avocat de George-Étienne. Luce était revenue à la charge encore et encore. Pour un peu,

Hortense l'aurait crue envieuse ou jalouse, tant elle s'efforçait de la décourager.

Elle enfila son peignoir de soie en s'efforçant de chasser son vague à l'âme. Le bonheur perpétuel n'existait pas. Il était normal que des divergences surgissent au sein d'un couple. Elle glissa dans ses pantoufles, s'arrêta un instant devant le miroir de sa commode – elle ne se trouva pas moche du tout – et replaça les mèches qui avaient glissé de son chignon durant son sommeil. Apaisée, elle descendit au salon.

« Je me suis endormie, fit-elle en s'étirant, un tantinet gênée.

— Tu sais quelle heure il est ? » lui demanda Luce en tirant sa montre de gousset.

L'horloge de parquet sonna dix coups au même moment.

« Je ne pensais pas qu'il était si tard, fit Hortense, tout étonnée.

— Tu veux du café ? demanda Cartier en s'approchant d'elle. Un verre de kirsch peut-être ? Ça te fouetterait les sangs.

— Non merci. Je n'ai rien dans l'estomac, ça m'étourdirait.

— Si je te faisais monter un consommé avec des biscottes beurrées, ça te ferait plaisir ? proposa Cartier.

— Tu serais gentil, oui. J'ai une petite faim.

— C'est bon signe, l'encouragea Luce, pendant que Cartier descendait à la cuisine.

— Je suis désolée pour tout à l'heure, bredouilla Hortense. Je me suis mal conduite.

— Tu n'as pas à t'excuser devant moi, répondit Luce sur un ton presque maternel. Dis-moi plutôt ce qui te bouleverse. Tu n'es pas dans ton état normal. Est-ce parce que les filles s'en vont au couvent ?

— Je ne sais pas… Peut-être. Je n'ai jamais été séparée d'elles, tu comprends ? Et, je te l'ai dit, George-Étienne me néglige. Les sessions s'étirent à n'en plus finir. Je m'accommode mal de la solitude, voilà tout. »

Depuis que le gouvernement siégeait à Toronto, Cartier pouvait demeurer des semaines sans lui donner de ses nouvelles. Oh ! elle ne manquait de rien, l'associé de son mari s'occupait de tout. Mais comment être sûre qu'il ne l'oubliait pas tout à fait? Son moral remonterait en flèche si seulement il lui envoyait de temps en temps un mot pour lui dire qu'il pensait à elle. Chaque matin, en entendant le coup de sonnette du facteur, elle se précipitait à la porte. Il lui remettait des tas de lettres, jamais celle qu'elle attendait. Rien. Le silence, toujours le silence. Cette vie lui pesait de plus en plus. Elle voulait croire que ce n'était pas de gaieté de cœur que George-Étienne lui imposait tous ces sacrifices – il le lui avait assez répété. Mais elle ne comprenait pas pourquoi il n'éprouvait pas le besoin de leur réserver des moments particuliers, comme aux premiers temps de leur mariage.

«Quelle enfant gâtée tu fais! lui reprocha Luce en attrapant sa main.

— Non, pas ça! se rebiffa Hortense d'une voix chuchotante. J'ai horreur qu'on me parle comme à une petite fille.

— D'accord, je te demande pardon», l'apaisa sa cousine.

Hortense pouvait néanmoins espérer des jours meilleurs. En vertu du principe de l'alternance, le Parlement allait bientôt retourner siéger à Québec pour quatre ans. Cette fois, elle avait décidé de suivre son mari dans la capitale.

«Nous avons loué le 51, rue Saint-Louis, dans le beau quartier de la haute ville», lui annonça-t-elle.

Hortense entrevoyait ce déménagement comme un sauvetage. Elle ne dormirait plus seule dans son grand lit la moitié de l'année. En revanche, elle serait loin de sa mère.

«Tu verras, Québec te plaira», fit Luce, que cet éloignement n'avait pas l'air d'emballer outre mesure.

Hortense acquiesça. Toutefois, cette absence risquait de se prolonger indéfiniment, car les députés venaient de choisir Québec comme capitale permanente du pays. Cette perspective l'affligeait.

«Tous ceux que j'aime vivent à Montréal, expliqua-t-elle. Maman, toi, Hector, mes amies... Même Édouard-Charles qui habite maintenant à l'évêché. Je n'aurais jamais dû accepter d'envoyer les petites au pensionnat.

— J'irai te voir, la rassura Luce. Je te donnerai des nouvelles de ta mère et d'Hector. Et puis, Québec n'est quand même pas au bout du monde!

— Voilà ce que je m'évertue à lui répéter», acquiesça Cartier qui avait entendu les doléances d'Hortense en remontant de la cuisine.

Une domestique le suivait avec un bouillon de volaille fumant. Celle-ci repartie, Cartier reprit sa place sur le sofa à côté de Luce. Il en avait long à raconter à propos de l'interminable saga de la capitale. La plupart des élus ne supportaient plus de faire la navette entre Toronto et Québec. Cela grugeait temps et énergie. Non seulement ils étaient condamnés à une vie d'errance, mais en outre ces déplacements à répétition engendraient des coûts faramineux. Sans compter qu'il fallait transporter d'une ville à l'autre les archives, la paperasse officielle et une bonne partie de la bibliothèque du parlement.

« J'ai toujours été opposé à l'alternance des capitales, dit-il. C'est l'intérêt mesquin des deux extrémités du pays qui nous l'a imposée. »

L'Assemblée législative venait en effet de statuer que le gouvernement s'installerait à Québec, mais les députés du Haut-Canada avaient crié à l'injustice, comme on pouvait s'y attendre. Jamais ils n'accepteraient de siéger en permanence dans une ville française et papiste. Comme pour donner plus de poids à leur menace, le Conseil législatif avait tout bonnement refusé de voter les crédits nécessaires pour la construction des nouveaux édifices gouvernementaux sur le cap Diamant.

« Nous voilà donc revenus à la case départ, conclut-il, excédé par ces querelles de clocher. Toronto, Kingston, Ottawa, Hamilton, Québec… les paris sont ouverts. En attendant le verdict, le va-et-vient continue. Ne t'en fais pas, Hortense, nous ne serons pas à Québec plus de quatre ans. Et tu pourras revenir plus tôt, si tu ne t'adaptes pas.

— Pourquoi ne pas retenir Montréal comme capitale? demanda-t-elle. À mi-chemin entre Toronto et Québec, ce serait un choix tout à fait logique.

— Montréal? Ça, j'en doute. Les Montréalais ont eu leur chance, mais ils n'ont pas su la retenir, observa Cartier. Leur surexcitation les a perdus.

— Ce que tu peux être injuste! se fâcha Hortense. Ce sont les orangistes du Haut-Canada qui ont fait le grabuge, et non les Montréalais.

— Qu'importe, cette histoire a laissé des traces indélébiles.

— D'après vous, *George*, s'interposa Luce, qui héritera du titre?»

Convaincue qu'il était dans le secret des dieux, elle cherchait à lui tirer les vers du nez.

«À mon avis, on peut d'ores et déjà écarter Toronto, lui répondit-il sans hésiter. C'est trop loin. Québec a encore de minces chances. Sinon, ce sera Ottawa.

— Ottawa? répéta Luce, incrédule. C'est bien ainsi qu'on a rebaptisé Bytown, ce patelin perdu au fond des bois?»

Son étonnement était justifié. Située sur la rive droite de l'Outaouais, Bytown n'impressionnait pas. Ancien relais de portage pour les trafiquants de fourrures, la ville était peuplée de loyalistes américains ayant fui les États-Unis, au moment de la guerre de l'Indépendance américaine, et d'immigrants irlandais venus au Canada pour échapper à la famine.

— Si c'est Ottawa, le Haut-Canada pourra crier victoire, conclut tristement Hortense.

— Peut-être, concéda Cartier du bout des lèvres. Après Montréal, c'est quand même l'endroit le plus convenable. Ottawa est situé près de la frontière entre le Bas et le Haut-Canada, sa population est mixte et le milieu calme. Ce serait un moindre mal. De toute manière, nous avons décidé de nous en remettre à la reine Victoria. C'est elle qui tranchera.

— Vous abandonnez à la reine d'Angleterre le choix de notre capitale? s'exclama Hortense. N'est-ce pas sacrifier Québec et Montréal?

— Je fais confiance à notre souveraine, l'assura Cartier. Je sais, les rouges l'accusent de partialité, mais ils se trompent comme toujours. À mon avis, elle fixera le siège du gouvernement dans le Bas-Canada. Si les raisons économiques l'emportent, Montréal s'imposera.»

Sur ce, Cartier décréta qu'il était temps d'aller dormir. Hortense insista pour qu'il raccompagne Luce chez elle. Une dame ne pouvait pas rentrer seule à cette heure. Il accepta de bon gré et alla prévenir le cocher d'avancer la voiture.

~

Dans la nuit étoilée, l'élégant coupé des Cartier quitta la rue Notre-Dame pour monter vers le nord. Au milieu de la banquette capitonnée, Luce gardait le silence. Cartier la sentait nerveuse.

«Vous ne me cacheriez pas quelque chose?» lui demanda-t-il enfin.

Elle esquissa un haussement d'épaules, comme pour lui signifier son impuissance, et dit :

«Je ne vais pas à mon tour déposer sur vos épaules le poids de mes soucis.

— Puisque j'insiste.

— À vous, je peux bien l'avouer, ma vie devient de plus en plus compliquée.

— Que voulez-vous dire? Si je peux vous aider…

— Ce n'est pas toujours facile d'être une femme libre, vous savez. À mon âge, c'est même suspect. La pure et impitoyable société montréalaise se méfie de celles qui n'ont pas de mari et qui vivent leur vie comme elles l'entendent.» Elle s'arrêta, reboutonna son gant qui s'était défait, avant de se tourner vers lui : «Il n'y a qu'en votre compagnie que je peux être moi-même. Partout ailleurs, je choque et je scandalise. Seuls Hortense et vous m'acceptez comme je suis. Mon franc-parler et ma sincérité ne vous heurtent pas.»

La voiture remontait la rue Saint-Denis. Elle venait de traverser Craig. Serré tout contre elle sous la capote, Cartier lui prit la main et chuchota :

« Alors, il faudra nous voir plus souvent. Je ne veux pas que vous soyez triste. »

Le reste du trajet se fit en silence. Le cocher s'arrêta devant la maison de Luce, à l'angle de la rue Dubord. Cartier l'embrassa sur la joue, à la commissure des lèvres. Elle lui rendit son baiser, effleurant sa bouche, avant de se blottir contre sa poitrine. Elle n'aurait pas su dire combien de temps ils restèrent ainsi, comme figés. La première, elle se détacha, de peur de s'abandonner. Il y avait si longtemps qu'elle attendait ce moment tout en le redoutant. Ni lui ni elle n'avaient oublié leur trop brève liaison secrète, quelques années plus tôt. Sans rien préméditer, ils avaient succombé à leur attirance mutuelle. Même s'ils s'étaient vite ressaisis, ce moment de faiblesse l'avait longtemps tourmentée. Pas tant à cause des convenances, dont elle se fichait, mais parce qu'Hortense était sa cousine, sa sœur. Le temps avait passé, mais la fascination que Cartier exerçait sur elle ne s'étiolait pas, bien au contraire.

Cartier la ramena doucement vers lui. Le cœur de Luce battait trop vite. Elle sentit le désir de *George*, violent mais contenu. Cela l'intimida. Tout cela était-il bien réel ? Le doute s'empara brusquement d'elle. Son imagination lui jouait parfois de vilains tours, surtout lorsque *George*, son meilleur ami *George*, le mari de sa chère Hortense, la tenait contre lui. Peut-être voulait-il simplement lui témoigner son affection ? Ce qu'elle interprétait comme les signes d'une passion prête à exploser pouvait n'être qu'une manifestation de sa tendresse. Elle se redressa.

Cette fois, Cartier ne tenta pas de la retenir. Il ouvrit la portière, sauta à terre et l'aida à descendre. Retrouvant la maîtrise d'elle-même, Luce lui tendit sa main qu'il baisa. Ils se comportaient tous les deux comme des gens du monde.

« Faites de beaux rêves », lui dit-il.

Ce furent ses dernières paroles. Il la regarda monter l'escalier et tourner la clé dans la porte. Lorsqu'elle eut enfin disparu, il avisa son cocher qu'il désirait rentrer à pied. La voiture disparut dans la nuit. À peine Cartier avait-il fait trois ou quatre pas qu'il s'arrêta, comme s'il hésitait entre deux destinations. Puis, subitement, il fit demi-tour et, d'un pas déterminé, grimpa les marches menant chez Luce.

IX

La trahison

Juin 1858

Animée des meilleures intentions, Hortense prit le train pour aller rejoindre Cartier à Toronto, où les élus siégeaient, en attendant de déménager à Québec. Le grand manitou du Bas-Canada s'apprêtait à prononcer un discours mémorable. Il savait que sa femme viendrait avant la fin de la session, mais ignorait le jour et l'heure de son arrivée. Hortense s'était crue avisée de lui cacher ce petit détail qui lui permettrait d'aller incognito à l'Assemblée pour l'entendre haranguer les députés sans qu'il soupçonnât sa présence. Elle avait imaginé ce stratagème afin d'échapper à l'obligation de commenter sa performance, si d'aventure il exprimait des opinions contraires aux siennes. Il lui suffirait de prétendre que le train avait eu du retard, qu'elle avait raté son discours ou n'en avait attrapé que la finale. Elle pourrait même rechigner contre le *Grand Trunk* dont il vantait sans cesse les mérites et qui ne respectait pas toujours ses horaires. Il protesterait pour la forme et l'affaire en resterait là. Ils pourraient même en rire. Les choses allaient bien entre eux depuis quelque temps. Mieux valait ne pas contrarier inutilement son homme.

La liaison Montréal-Toronto était assurée depuis deux ans déjà, mais Hortense faisait le trajet pour la première fois. L'expérience l'enchanta. Que de temps gagné! En *steamer*, il fallait compter plusieurs jours dans une promiscuité parfois désagréable, alors que le train roulait à cinquante milles à l'heure. Même si elle avait retenu un compartiment privé dans un wagon de tête, elle passa le plus clair de son temps avec les dames dans la voiture-salon. Elle en profita pour pratiquer son anglais avec sa voisine, une Irlandaise maigrelette qui venait de passer quelques semaines chez sa fille, à Montréal. La voyageuse la complimenta sur son joli accent. Hortense lui avoua qu'elle n'avait pas de mérite. Son père lui avait offert des cours privés d'anglais à la maison.

Le train entra en gare de Toronto au début de l'après-midi. Un porteur déposa ses bagages sur la plate-forme, à l'arrêt des cabs. Elle se fit conduire à l'auberge de *Bay Street* où son mari avait l'habitude de descendre. *Mrs.* Dunlop, la propriétaire, parut surprise. Monsieur Cartier ne lui avait pas annoncé sa venue. Néanmoins, elle l'accueillit avec bienveillance et la conduisit à l'étage où il avait ses appartements, deux pièces exiguës mais joliment décorées. Ayant refusé le léger goûter que son hôtesse lui proposait, Hortense rafraîchit sa toilette pendant que la femme de chambre suspendait ses robes dans la penderie. Après, elle réclama une voiture pour aller au *Government House*.

Le chauffeur emprunta *King Street* d'où elle aperçut les bâtiments du parlement qui s'alignaient près de *Simcoe Street* : trois édifices en briques rouges de style géorgien, ornés de longues galeries blanches peu élégantes, plantés au milieu d'un champ. Il y avait bien un pâté de maisons par-ci, par-là, mais on se serait cru à la campagne, plutôt que dans la capitale d'un grand pays. Le cab s'arrêta devant l'entrée principale.

Lorsqu'elle pénétra dans la salle des débats, les travaux ministériels se poursuivaient depuis un bon moment déjà. Discrètement, elle chercha une place dans un coin reculé des galeries. Elle avait abandonné le crêpe noir qui ne la quittait pas depuis la mort de son père et portait une robe rayée blanc et gris toute simple mais fort seyante. Elle passa entre les chaises en maintenant les plis de sa jupe pour atteindre un siège libre au bout d'une rangée. La nervosité la gagna en remarquant les paires d'yeux fixées sur elle. Pour se donner une contenance, elle agita son éventail avec un peu trop de frénésie peut-être.

La question débattue, ce jour-là, était explosive. L'Acte d'Union de 1840 conférait aux deux provinces le même nombre de représentants à l'Assemblée législative. Jusque-là, cela n'avait pas fait problème, car le Bas-Canada, plus peuplé que le Haut-Canada, n'avait pas exigé un nombre plus élevé de députés, comme il aurait pu le faire. Mais la population de la province anglaise s'était accrue rapidement et, depuis peu, elle dépassait sa voisine française. Silencieux lorsqu'ils étaient minoritaires, les élus hauts-canadiens réclamaient maintenant une plus forte représentation en brandissant le recensement.

Cartier avait préparé une réplique mordante à l'intention de ces messieurs. Il avait la réputation d'ergoter pendant des heures. Peu lui importait, elle avait tout son temps. D'une minute à l'autre, il allait prendre la parole. Le député de Toronto, George Brown, un grand Écossais à la tête outrageusement rousse et aux favoris s'avançant sur la joue telles des pattes de lapin, venait tout juste de crier à l'injustice. C'était de notoriété publique qu'il consacrait le gros de ses énergies à combattre les Canadiens français. Il rêvait tout bonnement de les rayer de la carte :

« En vertu de sa population, conclut-il, le Haut-Canada a droit à dix députés de plus que le Bas-Canada. Je vous prédis une guerre de races si nous n'obtenons pas ce qui nous revient de droit. »

Armé d'une liasse de papiers couverts de son écriture illisible pour tout autre que lui, Cartier se leva. Sa physionomie s'anima et Hortense devina qu'il répondrait à la menace par le sarcasme.

« Le Haut-Canada aurait-il conquis le Bas-Canada ? s'enquit-il. Sinon, de quel droit peut-il réclamer une représentation supérieure, ce que le Bas-Canada n'a jamais obtenu dans le passé ? Dans le but de nous gouverner ? Chacun sait que l'union des deux provinces a été imposée au Bas-Canada qui n'en voulait à aucun prix. Malgré cela, nous avons fait fonctionner cette union loyalement, avec la détermination de la maintenir sur la base actuelle. »

Peu impressionné par la tirade de Cartier, le député francophobe Brown se leva pour lui répondre. Il dut cependant se rasseoir, car son adversaire s'adressait maintenant à lui directement :

« *Mr.* Brown, poursuivit Cartier en haussant le ton, que serait le Haut-Canada sans l'Union ? Un pays fort arriéré qui ne pourrait même pas percevoir ses droits de douane. L'Union vous a apporté beaucoup d'avantages. À commencer par les économies du Bas-Canada, grâce auxquelles vous avez échappé à la banqueroute. »

Il s'arrêta, jeta un regard circulaire, avant de poursuivre sa pensée. En vertu de cette entente, les deux provinces bénéficiaient des mêmes pouvoirs et aucune des deux ne devait dominer.

« Le Haut et le Bas-Canada sont unis par le Saint-Laurent, les chemins de fer et les canaux, termina-t-il d'une voix rauque. La prospérité de l'un dépend absolument de l'autre. Nul sentiment hostile ne doit exister entre nous. Les morues de Gaspé doivent être représentées aussi bien que les *grits* du Haut-Canada. »

Hortense aurait donné cher pour que sa mère et Hector entendent son plaidoyer. Ils auraient ravalé leurs paroles, eux qui prenaient un malin plaisir à le traiter de vire-capot. Cartier rappelait des faits irréfutables. Le Bas-Canada avait en effet payé les dettes du Haut-Canada et elle se félicitait d'avoir pu entendre son mari en témoigner. « Sans notre aide, avait-il martelé, l'Ontario ne serait jamais devenu la province prospère qu'elle est aujourd'hui. » Satisfait, il regagnait maintenant sa place. La grogne s'empara alors des députés hauts-canadiens. À l'évidence, plusieurs n'appréciaient pas de se faire mettre la vérité sous le nez. La séance se poursuivit dans le brouhaha.

« *Did you hear what that damned French-Canadian just said ?* cingla Brown en prenant ses collègues à témoin.

— *Yea !* Qui êtes-vous, les Canadiens français ? demanda avec mépris un *back-bencher*.

— Nous sommes les descendants des Normands qui ont conquis l'Angleterre ! » répliqua Cartier du tac au tac.

L'assemblée se divisa alors en deux camps : les partisans de Brown chahutaient et ceux de Cartier applaudissaient à tout rompre. La cloche sonna la fin des travaux et la salle commença à se vider. Hortense quitta la galerie. Elle attendrait son mari dans le hall. Plantée devant une énorme fougère ornementale, elle surveillait la grande porte par où il sortirait de la salle d'assemblée. Antoine-Aimé Dorion, le jeune chef des rouges du Bas-Canada, l'aperçut et s'avança vers elle. Considéré comme l'héritier de Papineau dont il défendait les idées nationalistes, celles-là mêmes qu'exécrait Cartier, il s'adressait toujours à l'épouse de son rival politique de manière courtoise, chaleureuse même.

« Madame Cartier, qu'est-ce qui vous amène à Toronto ? demanda-t-il en lui serrant la main. On ne vous a pas souvent vue dans les parages. »

Hortense s'empourpra. Comment lui expliquer qu'elle effectuait sa première visite dans la capitale anglaise, elle dont le mari défrayait la chronique politique depuis une dizaine d'années ?

« J'avais envie de voir monsieur Cartier à l'œuvre, répondit-elle simplement. Et vous, monsieur Dorion ? Vous vous plaisez à Toronto ?

— Je m'y ennuie souverainement, avoua-t-il en riant. Mais donnez-moi des nouvelles de ce bon vieil Hector. Il y a une éternité que je ne lui ai pas serré la pince.

— Mon frère va très bien, répondit-elle, un élan de tendresse dans le regard. Il adore le métier de journaliste et, ma foi, il y réussit admirablement.

— Je le pense aussi, répondit Dorion. J'aurais aimé bavarder avec vous, madame Cartier. Malheureusement, on m'attend. »

George Brown venait à sa rencontre. Vu de près, l'Écossais était étonnamment grand et maigre comme un échalas. Il devait faire pas loin de six pieds et quatre pouces. À côté de lui, Dorion, un homme de taille moyenne et d'allure délicate, n'avait rien de redoutable. Hortense se demanda ce que le chef des rouges pouvait concocter avec un être aussi antipathique que Brown. Devinant ses pensées, Dorion s'en amusa.

« Ma chère dame, lorsqu'on est dans l'opposition et qu'on doit vaincre un adversaire coriace comme monsieur Cartier, il faut parfois pactiser avec le diable. »

Il s'inclina, avant de tourner les talons en lui souhaitant un heureux séjour dans la capitale.

De l'autre côté de la fougère, un homme très mince au front dégarni, presque aussi grand que l'affreux Brown, gesticulait entouré d'une cour composée de députés qu'Hortense ne connaissait pas. Nul doute, il s'agissait de John A. Macdonald. Elle se rapprocha de l'attroupement et tendit l'oreille pour mieux saisir la conversation. Macdonald commentait la performance de Cartier.

Une rivalité latente doublée d'une admiration réciproque, voilà ce qui caractérisait la relation entre Cartier et Macdonald. Là où le premier était laborieux, le second manifestait une nonchalance calculée. Si le Canadien français ne lâchait pas sa proie et gardait l'esprit résolument fixé sur son but, l'Écossais, plus rusé mais tout aussi entêté, donnait parfois l'impression de se désintéresser du débat. Il utilisait cette tactique pour surprendre ses adversaires au moment où ils s'y attendaient le moins. Ce jour-là, il louait les prouesses de celui que l'on appelait son frère siamois, tant ils devenaient inséparables.

« Jamais Cartier ne demande pour lui-même ce qu'il n'est pas prêt à reconnaître aux autres, leur fit-il remarquer.

— Il oublie que le pays est anglais depuis 1759 », lâcha un député anglophone de Québec.

L'affirmation agaça Macdonald qui y répliqua en pointant le doigt vers son interlocuteur.

« Vous, les Bas-Canadiens britanniques, vous êtes incapables d'oublier que Jean-Baptiste a été votre coureur de bois et votre porteur d'eau.

— La domination française est partout, protesta le premier.

— Partout? répéta Macdonald. Au Conseil exécutif, nous sommes douze. Croyez-vous que les neuf anglophones se laissent mener par les trois francophones? Allons donc! Le sang britannique domine même à l'Assemblée. Sur cent trente députés, il y a à peine quarante-trois Canadiens français.

— Êtes-vous aveugle? insista le député qui n'en démordait pas.

— Et vous? Vous prétendez lutter pour l'égalité, alors que c'est la suprématie que vous voulez, rétorqua Macdonald. Ayez au moins l'honnêteté de l'admettre. La moitié des juges du Bas-Canada sont

anglophones, comme aussi la plupart des fonctionnaires du ministère des Finances. Les Anglo-Canadiens accaparent les postes de
haut rang, même s'ils ne forment pas la majorité de la population.
Prenez garde que les francophones ne se rebiffent. Ils pourraient
bien hurler à leur tour. »

Hortense n'en croyait pas ses oreilles. Était-ce ce même Macdonald
qui, quelques années plus tôt, refusait d'indemniser les victimes de
la rébellion au Bas-Canada ? Quelqu'un avisa Macdonald de sa présence. D'un geste brusque, il pivota sur lui-même et marcha dans sa
direction.

« *Mrs.* Cartier ? » dit-il en inclinant le buste.

Abondante chevelure bouclée, noire de jais, long nez veiné,
Macdonald la dévisageait de ses yeux moqueurs. Contrairement à
ses collègues portant la barbe ou la moustache, il avait la peau rasée
de frais. D'aucuns le trouvaient laid. Hortense fut davantage
frappée par son charisme. Sa complicité avec Cartier lui paraissait
néanmoins suspecte. Même s'il sympathisait avec les Canadiens
français, elle ne lui aurait pas donné le bon Dieu sans confession.
D'entrée de jeu, elle lui annonça qu'elle était arrivée au parlement
juste à temps pour entendre le discours de Cartier.

« Votre mari a été superbe, déclara-t-il en se frottant les mains
de contentement. Vous savez qu'il m'épate ? Il a l'audace d'un lion.

— Je l'ai trouvé excellent, moi aussi, bien que je ne sois pas
certaine qu'il se soit fait beaucoup d'amis aujourd'hui.

— Ah ! *dear Mrs.* Cartier, la politique n'est pas propice à l'amitié,
vous le savez comme moi. »

Hortense profita de ce tête-à-tête imprévu pour lui offrir ses
sympathies. Macdonald venait de perdre son épouse.

« Isabella a beaucoup souffert, soupira-t-il. À la fin, ses névralgies
ne lui laissaient aucun répit. Et l'opium prescrit par le médecin
causait d'autres malaises. Enfin, elle repose en paix. »

Elle s'informa ensuite de son fils Hugh John. Macdonald lui
raconta qu'il l'avait expédié chez sa mère à Kingston. Hortense
l'écoutait distraitement. Elle venait d'apercevoir Cartier poussant
l'imposante porte en bois sculpté. La poitrine bombée, il marchait

d'un pas nerveux, un porte-documents sous le bras. Son costume d'une élégance un peu tapageuse ne plaisait pas à Hortense, mais il y avait belle lurette qu'il ne se laissait plus dicter sa tenue. Elle s'étonna de voir son regard aller de gauche à droite, comme s'il cherchait quelqu'un. Une voix chantante traversa alors le grand hall :

« *Dgeôôôrge*! Me voilà. Je suis honteuse de ce retard…»

Le reste se perdit dans la rumeur environnante. La longue et élégante silhouette qu'Hortense apercevait de dos lui parut familière. Pouvait-il s'agir de Luce? Non, c'était impossible. « Elle m'aurait prévenue », pensa Hortense.

« Hugh John n'a que neuf ans, poursuivait *Mr.* Macdonald. Je songe à quitter la vie politique pour me consacrer à lui et à mon bureau d'avocat. »

Hortense opina de la tête, incapable de détourner le regard de la scène qui se déroulait à l'autre extrémité du hall. Elle n'écoutait plus. Luce – car c'était bien elle – glissait son bras sous celui de Cartier et l'entraînait vers la sortie. Hortense n'en croyait pas ses yeux. Avant qu'elle puisse décider ce qu'il convenait de faire, le couple avait disparu de son champ de vision. Macdonald, qui ne s'apercevait de rien, s'arrêta enfin de parler. Il prit congé d'Hortense en lui faisant promettre de dîner avec lui pendant son séjour dans la capitale. Elle acquiesça, soulagée de le voir s'éloigner.

D'un pas incertain, elle se dirigea à son tour vers la grande porte. Dehors, un léger vent s'était levé. Elle eut tout juste le temps d'apercevoir le couple enlacé qui tournait au coin de *King Street*. Son cœur palpitait à la pensée de Luce au bras de George-Étienne, comme s'ils étaient des amants! Elle fit un long détour par Elm et marcha ensuite sans but, en priant le ciel de ne croiser personne de sa connaissance.

Sans trop savoir comment, elle se retrouva au milieu d'un attroupement, à l'orée d'un parc. Les manifestants brûlaient Cartier en effigie en scandant le nouveau slogan à la mode : «*Rep by pop, rep by pop…* » Elle accéléra le pas, pressée de s'éloigner de la scène.

～

Après qu'elle eut erré dans la ville durant une heure, la lassitude s'empara d'Hortense. Seule la pudeur l'empêchait de regagner la pension de Cartier. Partagée entre la rage et les larmes, elle n'avait pas le courage de se retrouver à table en compagnie des autres pensionnaires, tous des députés ou des membres du Conseil législatif.

Que vais-je faire maintenant? soupira-t-elle en s'engageant dans une rue bordée de maisonnettes toutes pareilles.

Jamais elle n'aurait imaginé se retrouver dans une situation aussi cornélienne. Il ne lui serait pas venu à l'esprit de prendre ombrage de la complicité entre sa cousine et son mari. Pas plus qu'elle ne trouvait inconvenant de les voir s'éloigner des autres pour discuter de politique. Tous les amis d'enfance ne se comportent-ils pas ainsi? Leur attachement réciproque ne pouvait être que fraternel. C'est ce qu'elle avait toujours cru, mais peut-être trop naïvement. La pensée d'une liaison ne l'avait jamais même effleurée.

Son instinct la poussait à rejeter l'idée aberrante que Luce et George-Étienne puissent s'aimer. C'eût été les offenser l'un et l'autre. Elle eut honte tout à coup de douter de leur loyauté. Pourquoi, grands dieux! exagérait-elle le caractère équivoque de cette rencontre impromptue? Rien ne s'était passé qui pouvait laisser croire à un rendez-vous secret. Qu'ils marchent bras dessus, bras dessous ne signifiait rien. Son mari était galant homme. Il se montrait affectueux envers ceux – surtout celles – qu'il appréciait. À force de raisonner, ses soupçons se calmèrent. De passage à Toronto pour les affaires de *Cuvillier & Sons*, Luce aura fait un saut au parlement pour saluer son vieil ami, ni plus ni moins.

Mais alors, pourquoi sa cousine ne l'avait-elle pas prévenue de son séjour dans la capitale? Encore une question superflue, se dit-elle. Rien n'obligeait Luce à la tenir au courant de ses déplacements. Hortense s'en voulait de ne pas s'être tout bonnement jointe au couple. Au lieu d'être là, seule et triste, à imaginer l'inimaginable, elle siroterait un apéritif avec eux, comme le feraient trois amis heureux de se retrouver à l'improviste. Elle voulait tant se convaincre que jamais Luce n'aurait pu trahir son amitié.

Son répit fut cependant de courte durée. Au lieu de se dissiper, le doute recommença à la tenailler. Elle pensa : je vais les affronter pour en avoir le cœur net. Mais encore lui fallait-il une preuve, avant d'accuser son mari d'infidélité. Or, elle n'en avait pas l'ombre d'une, sinon cette image qui la rongeait de George-Étienne enlaçant Luce.

Des coïncidences étranges qui n'avaient jamais frappé son esprit la troublaient tout à coup. Des petits détails qui, mis bout à bout, prenaient soudain un sens équivoque. Les sautes d'humeur de madame Raymond, les soirs de fête, pendant les conversations en aparté de Luce et de Cartier, les plaisanteries rabelaisiennes de Maurice Cuvillier, les soucis de son mari dont elle apprenait l'existence par la bouche de Luce… Elle revivait avec une netteté incroyable sa mystérieuse disparition à la naissance de Reine-Victoria. Elle ne s'expliquait pas davantage l'absence, ce même jour, de Luce, toujours à ses côtés au moment de ses accouchements. Où se cachaient-ils tous les deux ? Et lorsque la petite s'était éteinte, il se trouvait à Québec pour ses affaires, soit. Or, Luce y était aussi, prétendument en visite chez sa sœur. Un alibi tout trouvé.

Hortense se passa les mains dans le visage. Une femme trompée, voilà ce qu'elle était. Piètre consolation, elle n'était ni la première ni la dernière à qui cela arrivait. Mais comment accepter de se savoir trahie par les deux êtres qui lui étaient le plus chers ? Admettre que son mari entretenait ne serait-ce qu'un flirt avec Luce la rendait folle de jalousie.

Tout devenait clair à présent. Il ne lui restait qu'une chose à faire : prendre le premier train pour Montréal. À la pension, elle ferait ses bagages en vitesse. Un cab la ramènerait à la gare où elle attendrait le prochain train. Fallait-il laisser une lettre ? Non, bien sûr.

Fuir, oui. Partir sans rien dire. Ni vue ni connue. Comme je suis lâche ! pensa-t-elle. Toute autre aurait au moins le courage de réclamer une explication. À quoi cela lui servirait-il ? George-Étienne lui fournirait des excuses tarabiscotées, mentirait comme un arracheur de dents. Jamais il n'avouerait. Tout cela finirait par de doux reproches. Il se moquerait de son imagination trop fertile, la rassurerait sur sa fidélité, s'attristerait de la savoir si peu raisonnable... Elle lui rappellerait ses fredaines passées et alors, il hausserait le ton. Un homme en vue devait soigner ses relations, féminines comme masculines. Même si elle le mettait devant le fait accompli, il persisterait dans ses mensonges. Il était tellement habile pour renverser la situation. C'était lui, le coupable, mais par un tour de force dont lui seul avait le secret, il aurait le dernier mot.

Hortense était bien placée pour savoir que son mari n'en était plus à ses premiers écarts de conduite. Elle connaissait le nom de toutes celles dont il s'était entiché au fil des ans. Les femmes, elle le savait, recherchaient sa compagnie. Il était séduisant, mais aussi – surtout – c'était un homme de pouvoir. L'uniforme et le prestige font tourner bien des têtes. Celles des ambitieuses comme celles des courtisanes.

Ses aventures prétendument platoniques avaient cessé depuis quelque temps. Hortense avait fini par croire qu'il s'était assagi. Chargé des plus lourdes responsabilités au pays, il n'avait guère le choix. La belle accalmie des dernières années venait-elle de se terminer ?

Le jour tombait maintenant. Hortense avait tourné la question dans tous les sens. Les choses commençaient à se clarifier dans sa tête. Non, elle ne se sauverait pas lâchement par peur de la vérité. Elle ferait face à la musique. La pension lui apparut au bout d'une rue enveloppée de pêchers et d'abricotiers. Prenant son courage à deux mains, elle rentra et, sans un regard pour les pensionnaires qui s'engageaient dans le couloir menant à la salle à manger, monta directement à l'appartement de son mari. Dans la chambre tendue de papier fleuri vieillot, elle retira ses chaussures qui glissèrent sur le tapis et, sans même se déshabiller, se laissa tomber de tout son long sur le lit à ciel. La fatigue du voyage conjuguée aux fortes émotions des dernières heures l'assommèrent.

∾

Assis au pied du lit, Cartier observait Hortense qui s'éveilla en sursaut, consciente d'être observée. Il lui souriait, nullement surpris de la trouver là. Il paraissait content qu'elle y soit.

Elle se souleva sur les coudes, demanda l'heure et s'étonna de ne pas l'avoir entendu entrer.

« Tu n'es pas malade, au moins ? lui demanda-t-il.

— Non. Le voyage m'a un peu fatiguée, voilà tout.

— *Mrs.* Dunlop m'a dit que tu étais arrivée au début de l'après-midi et que tu étais repartie presque aussitôt. Où étais-tu passée ?

— Je me suis promenée en ville, j'avais besoin de prendre l'air. »

Il insistait pour en savoir plus, mais Hortense se montrait évasive.

« Tu as vu Macdonald au parlement ? Je l'ai croisé au bar du *Beard's Hotel*, après la séance. Il paraît que tu lui as promis de dîner avec lui ? »

Elle ne répondit pas. Il y eut un moment de silence entre eux. Puis, il enchaîna :

« Pourquoi ne m'as-tu pas fait prévenir ?

— Je suis arrivée trop tard, la séance était levée. Je t'ai cherché. Tu étais déjà parti. »

Elle mentait avec aplomb. Cartier continuait de la scruter :

« Tu aurais dû m'écrire que tu venais. J'aurais envoyé à la gare une voiture qui t'aurait conduite immédiatement au parlement. Tu aurais pu entendre mon exposé.

— Ça s'est bien passé ? » demanda-t-elle hypocritement.

Le visage de Cartier s'anima. Il devenait dithyrambique au fur et à mesure qu'il lui narrait le débat de l'après-midi. Tout le monde l'avait félicité. Il n'était pas Démosthène, d'ailleurs il avait toujours accordé plus d'importance au fond de ses discours qu'à leur forme, mais il était convaincu d'avoir marqué des points.

« Tu comprends, la représentation selon la population que réclament à grands cris les sbires de Brown mettrait les Canadiens français à la merci du Haut-Canada. Je l'ai dit en toutes lettres. Naturellement, plusieurs députés anglais me combattent avec acharnement. Ce vieux rêve caressé par l'ex-gouverneur Durham de nous anéantir les habite toujours. Mais je pense avoir gagné quelques alliés. »

Son plaidoyer sonnait faux. Il mettait trop d'ardeur, comme s'il voulait absolument la convaincre qu'il poursuivait la lutte des patriotes mais avec d'autres armes.

« Ma politique, lui annonça-t-il d'un ton grave, c'est le respect des droits de tous et non ceux d'un groupe en particulier. Je suis l'homme de l'égalité.

— Dommage que Luce ne soit pas là pour t'entendre, elle qui ne se lasse pas de t'écouter parler de politique. »

Il ne releva pas sa remarque. Hortense s'enhardit :

« Tu ne me demandes pas des nouvelles de notre chère cousine ? »

Bien sûr qu'il en demandait. Toutefois, il voulait surtout savoir comment allaient leurs filles. Hortense allait le rassurer, mais il ne lui en donna pas la chance. Déjà, il lui annonçait que sa journée n'était pas terminée. Il devait encore éplucher un document de plusieurs centaines de pages avant de songer à dormir. Et c'était comme ça tous les jours. Les travaux s'arrêtaient parfois à une heure du matin. La plupart du temps, il ne disposait même pas de trente minutes pour prendre une bouchée.

« Tu as mangé ? demanda-t-elle, le soupçonnant d'avoir avalé cette bouchée avec Luce.

— En vitesse, oui, vasouilla-t-il. Mais je dois retourner tout de suite au parlement. Un vote important va se tenir. Je suis simplement venu t'embrasser, puisqu'on m'avait prévenu que tu étais là. Veux-tu souper ? *Mrs.* Dunlop se fera un plaisir de te servir, même si l'heure du repas est passée.

— Non, je n'ai pas faim.

— Alors parle-moi des enfants avant que je me sauve. »

Hortense lui raconta sa visite au pensionnat de Trois-Rivières. Les filles étaient mignonnes dans leur costume noir à col blanc. En classe, Joséphine se débrouillait fort bien. Ses notes étaient impressionnantes. Toutefois, Marie était dissipée.

« Elle donne du fil à retordre aux religieuses. Comme toi, elle a la bosse de la chicane. Apparemment, sa maîtresse finit par en venir à bout. La pauvre chérie s'ennuie de sa maman. Elle a pleuré quand je suis partie, j'en avais le cœur tout chaviré.

— Notre petite famille sera bientôt réunie, je te le promets, dit-il en lui baisant le front, la joue, le cou... Si seulement cette foutue session peut finir que je rentre au bercail !

— Notre petite famille ! » répéta Hortense comme un écho.

À ce simple mot, elle se revit à Saint-Antoine, l'été précédent. Des vacances de rêve. Les filles avaient le visage cuivré par le soleil. Et Charbon qui leur collait aux talons ! L'émotion allait la gagner. Ce bonheur fragile reviendrait-il ? Soudain, elle tira brusquement le drap sur sa bouche, comme pour masquer à son mari les sentiments qui l'agitaient. La terrible image de Luce glissant son bras sous le sien la hantait encore.

« Je n'ai plus de nouvelles de Luce, dit-elle. À croire qu'elle a disparu.

— Comment ça, disparu ? répondit Cartier d'une voix neutre. Elle voyage peut-être. Maurice ne m'en a rien dit.

— Ah bon ! »

Hortense se retint de lui poser les questions qui lui brûlaient les lèvres : que faisait donc Luce accrochée à ton bras, il y a trois heures à peine ? Elle l'entendait encore prononcer *Dgeooorge !* de sa voix cajoleuse. Pourquoi me caches-tu la vérité ? Pourquoi mens-tu aussi effrontément ? Mais elle ne poussa pas son enquête plus loin. Assez d'émotions, assez de mensonges pour une journée ! L'énergie lui manquait pour affronter la scène de ménage qui suivrait. Les mots cruels qui dépasseraient leur pensée, les insupportables silences entre eux et les blessures à l'âme si difficiles à guérir.

« Allez, dors maintenant, ordonna-t-il. Demain, je t'emmène aux chutes du Niagara. »

X

Joue, Hortense

Une musique mélancolique s'échappait du piano. Comme un chagrin familier. Encore, toujours la sonate en *la* majeur de Schubert dont l'*andantino* reflétait si bien sa douleur.

Perdue dans ses pensées, Hortense paraissait absente, cependant que ses doigts glissaient lentement sur le clavier. Des vers de Baudelaire recopiés par son mari pour Luce la déchiraient : «Mes baisers sont légers comme ces éphémères/Qui caressent le soir les grands lacs transparents./Et ceux de ton amant creuseront leurs ornières/Comme des chariots et des socs déchirants...»

Elle ne pleurait pas. Ne pleurait plus. Mais son désarroi faisait peine à voir! Et comme elle se sentait seule! Barricadée dans le salon de musique, devant son piano qui connaissait tout de ses états d'âme, elle revivait la dernière semaine. Son vain espoir que le cauchemar imaginé se dissipe, la cruelle réalité, tout lui paraissait maintenant limpide. Sa vie venait de basculer.

Elle n'avait passé que trois jours à Toronto. Comme une somnambule, elle avait suivi George-Étienne et ses collègues députés aux chutes du Niagara. Malgré tout, elle avait fait bonne figure. Personne n'aurait pu deviner que le ciel venait de lui tomber sur la tête. Sur le pont suspendu, tantôt du côté américain des cataractes, tantôt du côté canadien, elle avait à peine entendu le concert des exclamations admiratives. «C'est une force de la nature», s'extasiait un touriste. Un autre prétendait qu'il s'agissait de l'une des merveilles du monde. Ce gazouillis la laissait indifférente. Pendant un moment – un tout petit moment –, elle avait songé à se jeter dans les chutes. Les amants maudits auraient vécu jusqu'à la fin de leurs jours avec sa mort sur la conscience. Le poison aurait tué leur passion adultère.

Mais on ne s'enlève pas la vie lorsqu'on a deux enfants. D'ailleurs, son suicide aurait été inutile, puisque George-Étienne n'aimait pas Luce. Il ne pouvait pas l'aimer. Hortense connaissait son homme. Il contait fleurette aux femmes, c'était une seconde nature chez lui. Mais le séducteur revenait toujours vers elle. Ils étaient soudés l'un à l'autre. Elle était son ancre, son repos du guerrier. Allez comprendre… Durant ces trois journées, elle avait lâchement repoussé l'explication qu'ils auraient dû avoir.

∼

Au moment de quitter Toronto, Hortense n'avait toujours rien dit. Sans qu'elle lui en ait fait la demande, Cartier lui avait promis de rentrer à Montréal le lendemain à la tombée du jour. Il l'avait assurée que rien ne pourrait le retenir.

Ce n'était qu'une question d'heures maintenant. Mais elle ne l'attendait plus, à vrai dire. Elle détenait maintenant la preuve de la trahison de son mari, en noir sur blanc, sur une feuille couverte de son écriture épaisse et couchée. Assise à son piano, elle contemplait ce bout de papier qui incarnait l'échec de sa vie. Les terribles vers du poète résonnaient dans sa tête : « Ne me regarde pas ainsi, toi ma pensée/Toi que j'aime à jamais, ma sœur d'élection/Quand même tu serais une embûche dressée/Et le commencement de ma perdition ! »

En arrivant chez elle, rue Notre-Dame, contre tout bon sens, elle persistait à croire que rien de tout cela n'était vraiment arrivé. Seule dans sa chambre, elle achevait de vider sa trousse de voyage en songeant aux petites attentions dont George-Étienne l'avait gratifiée pendant son bref séjour à Toronto. Galant, affectueux même, il s'était montré délicat, c'en était attendrissant. Ils avaient dîné à l'un des rares hôtels de la ville en compagnie de quelques ministres. Naturellement, Cartier avait été le boute-en-train de cette soirée. Ses collègues avaient ri aux larmes de ses boutades féroces. À une autre table, George Brown et Antoine-Aimé Dorion terminaient leur repas sans soupçonner qu'ils servaient de cible. Ni l'un ni l'autre n'avait trouvé grâce aux yeux des parlementaires bleus qui épiaient leurs moindres gestes, espérant deviner la raison secrète de leur conciliabule. L'alliance du chef des *clear grits* ontariens et du leader des rouges du Québec paraissait contre nature, vu le mépris que Brown affichait à l'égard des Canadiens français.

« À propos, s'était écrié Cartier, qui plaisantait aux dépens de son camarade Macdonald, savez-vous que l'ineffable Brown vous a dans sa mire ? Il prétend que l'épée que vous portez à la taille a la manie de vous glisser entre les jambes… après un dîner trop arrosé.

— Je suis au courant, mon cher Cartier. Et je lui ai répondu que les électeurs préfèrent un John A. Macdonald soûl à un Brown sobre. »

Quand il s'agissait d'assassiner un adversaire ou d'enguirlander un ami, Cartier ne donnait pas sa place. Mais dès qu'il s'adressait à Hortense, assise à sa droite, son ton redevenait doucereux. Il l'avait taquinée en lui murmurant à l'oreille qu'elle avait réussi à charmer le grand Macdonald : « Chapeau ! ma belle. » Le veuf de fraîche date avait succombé à l'irrésistible beauté de sa tendre moitié. Ils en avaient ri devant leurs amis qui cherchaient la cause d'une aussi belle complicité.

L'empressement de Cartier auprès d'Hortense avait atténué l'effroyable choc de l'avant-veille. Aussi était-elle rentrée de Toronto à demi rassurée. Seule ombre à ce tableau réconfortant, cette question lancinante qui effleurait son esprit de temps en temps : pourquoi lui avait-il caché sa rencontre avec Luce ? Paradoxalement, la colère d'Hortense se portait maintenant sur sa cousine plutôt que sur son mari. C'était elle, l'intrigante, elle qui le pourchassait de ses attentions intéressées et encore elle qui trahissait leur amitié. Peu à peu, l'idée d'un face-à-face avec sa rivale germa en elle. Elle demanderait des comptes à Luce plutôt qu'à George-Étienne.

En attendant cette explication qu'elle provoquerait l'après-midi même, elle vaquait à ses occupations. Une montagne de choses restaient à faire, à commencer par cette lettre qu'elle devait écrire aux religieuses pour leur annoncer sa visite au couvent de Trois-Rivières.

Dans le salon de musique, les rideaux bleu nuit étaient encore tirés, malgré l'heure avancée. Elle les avait ouverts avant de s'installer devant le secrétaire de son mari. Sa feuille blanche placée bien droite sur l'abattant, elle avait plongé la plume dans l'encrier : *Révérende sœur Pauline, dimanche, si cela vous convient, monsieur Cartier et moi aimerions passer une heure avec nos filles au parloir.* Son mot terminé, elle l'avait signé avant de s'emparer du bâton de cire et du cachet posés sur l'écritoire en cuir. Une curiosité soudaine l'avait alors empêchée de se concentrer sur la tâche à accomplir.

L'idée de fouiller dans les affaires de Cartier la tourmentait depuis le matin. La clé du secrétaire qu'il portait toujours sur lui traînait sur le coin du meuble, comme pour l'éprouver. Incapable de repousser plus longtemps la tentation, elle y avait succombé. Une fois le tiroir du centre grand ouvert, elle avait tout remué. Tiraillée entre la peur de tomber sur la confirmation de ses doutes et le soulagement bien éphémère de ne rien trouver, elle avait brusquement pris conscience de l'inconvenance de son geste. D'un bond, elle s'était levée pour pousser la porte de la pièce restée entrouverte, avant de tourner la clé dans la serrure. Après, elle avait pu poursuivre ses recherches sans risquer d'être dérangée. Une pile de feuilles retenues par un ruban blanc et abandonnées dans un coin avaient attiré son attention. Pendant qu'elle les manipulait, ses yeux étaient tombés sur une lettre dont il manquait la fin. Elle n'avait pas eu de mal à reconnaître l'écriture de son mari. Impossible, cependant, de lire le nom du destinataire. Elle avait tout de même réussi à déchiffrer au milieu de la page quelques vers tirés des *Fleurs du mal* de Baudelaire, un ouvrage qui faisait scandale en France et qui circulait sous le manteau à Montréal.

Un tout petit livre qui n'appartenait pas à Cartier traînait au fond du tiroir. Ayant remarqué le signet à la page vingt-deux, elle lut les trois lignes soulignées d'un trait noir : *Mes baisers sont légers comme ces éphémères…* Les mêmes que sur la page écrite de la main de George-Étienne. Elle avait refermé précipitamment le recueil. Mais, poussée par un irrésistible besoin de savoir, elle s'était emparée de nouveau du livre recouvert d'un beau cuir rouge sang et l'avait ouvert à la page de garde. Les mots écrits à l'encre noire avaient confirmé ses appréhensions : *Ex-libris Luce Cuvillier.*

∿

Luce descendit de la voiture devant chez *Cuvillier & Sons.* Il faisait un temps superbe et elle regrettait d'avoir à entrer. Rien ne l'y obligeait. Seulement, elle avait promis à son frère Maurice de lui donner un coup de main. À la fin du mois, il perdait un temps fou à démêler les comptes à recevoir et les factures à payer, à l'entreprise familiale dont elle tirait une partie de ses rentes. À regret, elle ouvrit la porte.

«Quelle magnifique journée, Maurice! lança-t-elle d'un ton joyeux. Il fait trop beau pour rester enfermés ici. Tu n'as pas envie de venir te promener avec moi?»

Ç'avait été dit pour la forme et son frère se contenta de sourire à sa proposition. Cinglé dans sa redingote, il chercha à attirer l'attention de sa sœur sur Hortense qui attendait en retrait, près du comptoir. Puis, il haussa les épaules, pour lui signifier qu'il ne voyait pas comment lui épargner cette rencontre.

«Te voilà», dit-il enfin en se frottant les mains pour se donner une contenance. Au même moment, Luce aperçut Hortense.

«Notre cousine est passée te voir, fit Maurice. J'ai bien essayé de lui être utile, mais elle a insisté : c'est à toi seule qu'elle veut parler.»

Luce adressa un sourire un peu figé à sa cousine qui resta de marbre. En croisant son regard, elle comprit qu'Hortense savait. Ce tête-à-tête arrivait trop tôt, mais elle ne pouvait pas se dérober. Elle déposa nonchalamment son sac sur le guéridon. Lentement, elle enleva l'épingle à son chapeau et s'approcha de sa cousine pour l'embrasser. Hortense eut un mouvement de recul. D'un geste précis, sans l'ombre d'une hésitation, Luce jeta son manteau sur la patère. Hortense la considérait comme si elle la voyait pour la première fois.

«Suis-moi», dit Luce en se dirigeant vers une pièce sombre à l'arrière. À l'intention de Maurice, elle ajouta : «Qu'on ne nous dérange pas», avant de demander à sa visiteuse : «Je te sers un thé?

— Je ne veux rien, merci, répondit celle-ci, glaciale. Je me serais fait annoncer, mais je n'étais pas sûre que tu sois revenue de *Toronto*. »

Hortense avait prononcé Toronto à l'anglaise pour tourner en dérision la manie de sa cousine d'abuser de son petit accent *british*. Elles s'assirent l'une en face de l'autre sur des chaises recouvertes d'un vieux brocart à ramages, dans cette pièce qui ressemblait à un débarras.

«Au fait, la défia Hortense, sur un ton plus narquois encore, sais-tu qu'en langue indienne Toronto signifie lieu de rendez-vous?»

Luce ne releva pas l'allusion.

«Tu excuseras ce capharnaüm, dit-elle. Je n'ai pas l'habitude de recevoir mes invités ici. »

Malgré un réel effort, Hortense n'arrivait pas à cacher sa nervosité. La rencontre s'annonçait éprouvante. Rien ne servait de tergiverser :

«Alors, vas-y, je t'écoute, attaqua Luce, habituée à la spontanéité.

— As-tu une aventure avec mon mari?» articula Hortense d'une voix tremblante qu'elle s'efforçait de maîtriser.

Luce pâlit, surprise par la franchise de la question. Elle se leva lentement et marcha jusqu'à la fenêtre qui donnait sur la cour arrière. Ce n'était pas le style d'Hortense de recourir à un ton aussi direct. Elle en resta un moment interloquée. Elle avait toujours su qu'un jour sa cousine finirait par découvrir ses sentiments pour *George*. Combien de fois se l'était-elle imaginée fondant en larmes comme la fillette au genou écorché de jadis? Luce se serait efforcée de la consoler en la serrant contre son cœur. Elle connaissait trop son emprise sur Hortense pour ne pas croire que la raison prévaudrait. Jamais elle n'avait imaginé qu'elle ne trouverait pas les mots pour atténuer le choc et lui faire admettre l'inéluctable : entre elle et

George, il y avait une attirance contre laquelle ni l'un ni l'autre ne pouvaient rien. Son mari ne l'en aimait pas moins. Avec de la bonne volonté, il y avait moyen de s'entendre…

Les choses se déroulaient autrement. Au fur et à mesure que les secondes passaient, le regard d'Hortense devenait presque haineux. Malgré cela, Luce ne nia pas les faits.

«Oui, ma chérie, j'aime *George*.»

Hortense vacilla devant cet aveu brutal qui brisait sa vie. Mais une furieuse envie de hurler son indignation à cette traîtresse qui avait trompé sa confiance et traîné leur amitié dans la fange d'un amour interdit la força à se ressaisir. D'autant plus qu'aucun remords, pas même un soupçon de regret, ne se lisait sur son visage impassible.

«Épargne-moi tes " ma chérie " et explique-moi comment tu as pu me faire ça.

— Je n'ai pas d'excuse, convint Luce. Je l'aime, il m'aime… On ne lutte pas contre la passion.

— Ah! tu penses qu'il t'aime. Eh bien!, figure-toi que des poules comme toi, il en a plein sa basse-cour. Cela ne devrait pas te surprendre, c'est toi-même qui, avant mon mariage, m'as mise en garde contre ses fredaines. Je comprends enfin pourquoi tu t'efforçais de faire avorter notre union. Tu avais déjà l'œil sur lui, non?

— Ne deviens pas vulgaire, répondit calmement Luce. *George* et moi, c'est différent. Nous avons longtemps hésité avant de céder à cet amour. Mais ni lui ni moi n'y pouvions rien. C'est ainsi, que veux-tu… Je suis franchement désolée.

— Tu t'imagines vraiment que je vais te laisser détruire ma vie?

— J'essaie simplement de t'expliquer que je n'ai pas voulu te faire de mal. C'est arrivé, voilà tout.

— Mais tu n'as donc aucun sens moral? Tu es ma cousine, mon amie, ma sœur. Qu'est-il advenu de ton affection pour moi? Ça aussi, c'était une façade pour mieux arriver à tes fins?»

La voix d'Hortense vibrait de colère. Elle s'interdisait de pleurer. Luce partageait son supplice. La petite, comme elle l'avait toujours appelée, paraissait si désespérée. Dans un élan de pitié, elle se précipita pour la consoler, mais Hortense se rebiffa.

«Écoute-moi, implora Luce, je ne veux pas que tu souffres, tu m'entends? *George* non plus, d'ailleurs. Tu dois admettre cependant que je ne suis pas responsable de l'échec de ton mariage. C'est vrai, j'aime ton mari depuis toujours. Et crois-moi, j'ai résisté à cet amour aussi longtemps que cela a été humainement possible. Mais depuis que les choses se sont gâtées entre lui et toi, je me sens plus libre de vivre cette passion qui me consume depuis toujours.»

C'était direct et Hortense en resta à son tour désarçonnée. Mais elle eut tôt fait de recouvrer son sang-froid.

«Qu'est-ce que tu inventes là? Entre mon mari et moi, il n'y a pas de mésentente, comme tu voudrais le croire pour soulager ta conscience. Certes, après quatorze ans de mariage, ce n'est plus la lune de miel tous les jours. Mais nous formons ce que tu n'auras jamais, une famille. Oui, un foyer heureux composé de gens qui s'aiment. Tu ne penses tout de même pas que je vais te laisser le champ libre? Non, ma très chère cousine, tu ne détruiras pas ce que nous avons mis des années à bâtir. Notre bonheur, tu ne réussiras pas à nous en priver.

— Calme-toi, Hortense, je t'en prie, fit Luce en tentant de lui prendre les mains qu'elle retira brusquement en éclatant d'un rire amer:

— Des cocottes dans ton genre, Luce Cuvillier, il y en a dans chaque port, comme un matelot. J'ai souvent fermé les yeux, mais je ne les fermerai pas devant toi. Ce serait trop facile!

— Écoute, Hortense, donnons-nous du temps, supplia Luce. Laissons retomber la poussière, veux-tu? À tête reposée, nous trouverons tous les trois un arrangement acceptable.

— Un arrangement? articula-t-elle péniblement. Tu veux rire? Cartier est mon mari et je t'interdis d'y toucher! Mes filles ont besoin de leur père. Si votre liaison ne cesse pas immédiatement, je pars avec elles. Il ne les reverra jamais. Tu m'entends? Jamais!

— Ne me fais pas de chantage, ordonna Luce en reprenant la maîtrise d'elle-même.

— Et toi, ne me parle pas comme à une enfant. C'est mon mari et, au cas où tu l'aurais oublié, c'est moi qu'il a épousée, pas toi. »

Luce baissa la tête. Lorsque *George* avait demandé sa jeune cousine en mariage, elle avait réussi à masquer sa déception. Car elle l'aimait déjà, ce beau parleur qui faisait la cour aux femmes, ce séduisant avocat qui lorgnait du côté de la politique. Un monde qui la passionnait, elle, mais qui échappait à sa petite cousine, si belle et attirante fût-elle.

« C'était il y a quinze ans, Hortense, les sentiments évoluent.

— On se marie pour la vie, coupa Hortense, à bout d'arguments.

— Ah ! je t'en prie. Tu me connais. Je ne m'abreuve pas à cette eau.

— Évidemment, tu es différente, toi ! Tu as tous les droits, toi ! Y compris celui de détruire mon ménage. Pourvu que la sacro-sainte liberté de Luce Cuvillier soit sauve. »

Luce se rassit en face de sa cousine.

« Hortense, ma petite Hortense, arrêtons de nous disputer. La situation est impossible, je le sais comme toi. Je te fais du mal, ça aussi j'en suis consciente. Je me le répète sans cesse...

— Et depuis quand, au juste, suis-je le dindon de cette farce ?

— Je l'aime depuis toujours, je te l'ai avoué tout à l'heure. Et Dieu sait que j'ai combattu ce sentiment pendant des années. Mais le hasard, son éloignement de toi, ton attitude...

— Comme tu arranges les choses ! À t'entendre, je serais l'unique responsable de mon malheur ? »

Hortense renonça à poursuivre cette dispute qui ne menait nulle part. Elle se leva, se dirigea vers la porte, tourna la poignée mais, avant d'ouvrir, fixa sur Luce des yeux suppliants :

« Je ne sais pas si je peux encore t'émouvoir, Luce, mais au nom de l'amitié qui nous unit depuis toujours, je t'implore de mettre fin à cette idylle avant de faire encore plus de mal à des êtres qui ne t'ont jamais voulu que du bien. »

Elle sortit de la pièce en claquant la porte, traversa le magasin en coup de vent, sans saluer Maurice qui, hébété, la regarda disparaître.

⌇

Hortense rentra à la maison profondément abattue. Que s'était-elle donc imaginé? Qu'elle réussirait à ébranler Luce? Elle n'ignorait pas l'influence de celle-ci sur son mari. Ni leurs affinités. Ils avaient en commun le goût des idées, de la politique et de la liberté. Ni l'un ni l'autre ne supportait les attaches, les liens paralysants. Ensemble, ils faisaient et défaisaient le monde, sans se soucier des ravages que leur égoïsme sacré et leur hédonisme causaient à leurs proches.

Elle se remit au piano et exécuta sans son livret une autre sonate pathétique de Schubert. C'était sa façon d'apprivoiser le chagrin. Le piano agissait sur elle comme un baume. Elle avait trente ans et l'homme qu'elle aimait la trompait. Quand avait-elle fait l'amour avec George-Étienne la dernière fois? Elle n'aurait pas su le dire. C'était à peine s'il la touchait et toujours la tendresse prenait le dessus sur la sensualité. Il n'était plus cet amant d'autrefois qui la désirait.

Devait-elle faire le deuil de son amour? fermer les yeux et s'accommoder de la situation, comme l'avait suggéré Luce? Ce soir, Schubert lui servait d'exutoire. Pendant des heures, elle joua, choisissant dans son répertoire des pièces sombres, les seules qui réchauffaient son âme. Elle touchait les notes avec application, reprenait ses accords quand sa concentration se relâchait. Sa musique était la tristesse même, bouleversante, mélancolique.

Au fond du salon de musique, l'horloge sonna dix coups. Comme le temps filait! George-Étienne n'allait plus tarder. Il viendrait la trouver dans son refuge, remarquerait le désordre sur son secrétaire et devinerait qu'elle avait fouillé dans ses papiers. Il la gronderait comme une petite fille. Elle détestait cette façon qu'il avait de prendre prétexte de leur différence d'âge pour la traiter de haut. Cette réserve d'assurance qu'il possédait lui faisait défaut à elle.

La serrure de la porte principale grinça. Hortense venait d'attaquer l'*allegro vivace* de la sonate en *la* mineur. Les notes fiévreuses résonnaient comme des sanglots. Cartier s'approcha furtivement du piano sur la pointe des pieds pour la surprendre. Devinant sa présence, elle détacha lentement ses doigts des touches et ferma les yeux.

«Joue, Hortense, joue-moi une sérénade, lui murmura-t-il à l'oreille en posant ses mains sur ses épaules à moitié nues. Quelque chose de gai, pas cette triste sonate.»

Le corps raide, évitant de tressaillir sous la caresse, Hortense garda les doigts immobiles sur le clavier sans lever les paupières.

«Allez, joue, Hortense, insista-t-il d'une voix penaude, en lui massant doucement le cou. Joue pour moi, s'il te plaît.»

Elle secoua la tête. Il voulut la raisonner :

«Tu ne vas pas me faire une scène? lui murmura-t-il en devenant plus tendre encore. Nous n'en sommes plus là, toi et moi.»

Il parlait lentement, comme si ses propos qui résumaient cruellement leur vie pouvaient l'apaiser. Il voyait une autre femme et Hortense aurait dû trouver cela normal. Surtout, il ne fallait pas considérer ses infidélités comme un manque d'amour envers elle. Elle était la mère de ses enfants et aucune autre n'aurait jamais la première place dans son cœur. Voilà tout ce qu'il trouva à lui dire.

«Tu as raison, nous n'en sommes plus là, admit-elle. J'ai si souvent fermé les yeux…

— Allez, Hortense, joue, je suis fatigué, ça nous fera du bien.»

Elle faillit flancher. Ç'aurait été si facile de tourner la page une fois encore. De jouer pour lui, comme au temps de leurs amours. Jouer, plutôt que de s'effondrer. Si seulement elle avait le courage de le regarder droit dans les yeux pour lui montrer son mépris. Un homme à femmes! Toutes des courtisanes à qui il susurrait des mots doux pour ensuite les culbuter sur un canapé de fortune. Et maintenant, il y avait Luce.

Luce, oui. C'était tellement plus rassurant d'attribuer à son mari une flopée de flirts sans lendemain plutôt que de l'imaginer dans les bras de Luce. Cela lui semblait moins menaçant.

«Luce m'a tout raconté, articula-t-elle enfin en se mordillant la lèvre pour ne pas éclater en sanglots.

— Je sais, elle m'a prévenu, soupira Cartier.

— Parce qu'en plus tu es passé chez elle avant de rentrer?»

Il ne répondit pas. Hortense encaissa. Des visions surgirent dans son esprit. Son mari dans le lit de Luce, leurs corps nus, leurs jambes entrecroisées… La colère lui redonna du courage. Elle s'enhardit :

«Je veux entendre la vérité de ta bouche.

— À quoi bon? Tu sais déjà tout.»

Elle s'entendit lui répondre qu'elle voulait comprendre, qu'elle pouvait comprendre. Il n'avait rien à craindre d'elle. Cela sembla le rassurer et il passa aux aveux. Comme s'il souhaitait partager avec sa fidèle compagne un secret trop lourd à porter.

Et alors, Hortense explosa. Ses nerfs la lâchèrent tout d'un coup. Elle criait, elle pleurait de rage… Pourquoi? Où? Quand? Il crut qu'elle allait lui arracher les yeux. Elle voulait savoir depuis combien de semaines ou de mois elle était la risée du faubourg. Qui, parmi leurs amis, était au courant de sa liaison? S'étaient-ils affichés dans les hôtels de Québec? de Toronto? ici même, à Montréal? Obsédée de vérité, elle s'entêtait à reconstituer l'infâme trahison à partir des détails saugrenus qu'elle connaissait, parfois même qu'elle inventait. Elle le questionnait méthodiquement, comme on rassemble les morceaux épars d'un puzzle, dans l'espoir sans doute d'y trouver la paix qui hélas! ne venait pas.

Cartier se leva pour quitter la pièce, mais elle l'en empêcha. La colère montait en lui et il se retint de la secouer. Les yeux pleins de haine, Hortense cherchait maintenant à savoir pourquoi il l'avait privée de cet amour physique qu'il donnait à d'autres femmes. Sa quête de chair fraîche était-elle à ce point incontrôlable? Il recula. Elle n'avait donc plus aucune pudeur?

À bout de patience, il ne chercha plus à se défendre, courbant le dos sous l'orage. Son silence, comme auparavant ses réponses évasives, entraîna une cascade de nouvelles demandes toutes plus embarrassantes les unes que les autres.

«Où étais-tu pendant que je mettais au monde Reine-Victoria?» hurla-t-elle en le forçant à la regarder. Il avait perdu sa belle assurance. «Et quand la petite est morte, roucoulais-tu dans les bras de Luce Cuvillier?

— Tu es odieuse!»

Sous l'insulte, Hortense retrouva ses esprits :

«Cette scène me dégoûte, murmura-t-elle. Tu as raison, nous n'en sommes plus là. Ce serait indigne d'en rajouter.»

Elle referma le piano dans un bruit sourd et quitta brusquement la pièce sans même lui jeter un dernier regard.

XI

Au *Review Cottage*

Sans prévenir personne, Luce se fit conduire à sa résidence secondaire de Longue-Pointe, tout près du village d'Hochelaga. Hérité de son père, le *Review Cottage* était sa tanière. Elle fit allumer un feu dans la cheminée, avant de renvoyer ses domestiques encore tout surpris de voir leur demoiselle à la campagne un jour de semaine, au beau milieu de l'automne.

La maison fourmillait d'objets qui lui rappelaient *George*. Ici, son *London Illustrated News*, abandonné sur un fauteuil. Là, sa pipe. Elle la prit machinalement, la porta à ses narines. Ah! l'odeur de son tabac. Il ne viendrait pas ce soir. Sans doute ne viendrait-il plus jamais?

Couchée en chien de fusil sur le canapé devant l'âtre, Luce se remémora leurs serments jusqu'à ce que le sommeil la gagne. Au fond de la cheminée, la grosse bûche avait fini par s'éteindre. Le vent s'infiltrait sous la porte et le froid la réveilla. Elle monta à regret à sa chambre. Une fois sous l'édredon, elle n'arriva plus à se rendormir. Elle vit la nuit pâlir, puis le jour poindre, avant de sombrer enfin dans le sommeil.

À son réveil, tard en matinée, sa bonne lui apporta une tasse de chocolat chaud et de l'eau pour faire sa toilette. À travers les carreaux de sa fenêtre, elle remarqua le frimas qui couvrait le sol de son jardin anglais. Les dépôts de givre s'évaporeraient au fur et à mesure que le soleil prendrait de la force. Derrière les plates-bandes, ses pommiers dégarnis paraissaient chétifs. Les dernières pommes avaient gelé aux branches. Seuls quelques fruits d'un rouge brunâtre restaient accrochés comme des boules de Noël.

Chaque automne, quand le feuillage tournait au rouge, puis au jaune, sa cachette du bout de l'île offrait un spectacle dont elle ne se lassait pas. Elle enfila une chemise de toile épaisse, un pantalon chaud et de gros bas de laine, avant de descendre prendre son petit déjeuner. Ensuite, elle sortit, déterminée à ratisser les feuilles jusqu'à ce qu'elle tombe de fatigue. L'air s'était rafraîchi depuis la veille. Il ferait bon de respirer à pleins poumons. Elle se sentait comme une convalescente qui doit réapprendre à vivre tout doucement.

Le bruit des feuilles séchées craquant sous ses pas lui était familier. Elle en avait pour des heures à tout ramasser autour de la galerie, dans le sentier qui menait au potager et jusqu'à l'extrémité de la grande allée. C'était son domaine. Après la mort d'Augustin Cuvillier, elle avait fait restaurer la maison de fond en comble pour la mettre à son goût. Ensuite, elle avait redessiné le jardin devenu ni plus ni moins qu'un fouillis d'arbustes sauvages et de buissons, après des années d'abandon. En deux ans, elle avait remédié à la négligence du banquier, plus intéressé à négocier des contrats lucratifs qu'à embellir son coin de paradis. Depuis la véranda, on apercevait les rocailles qu'elle avait aménagées près du sous-bois. Aucune trace de mauvaise herbe. Tout était soigné. Luce appliquait à son jardin le même esprit cartésien qui la guidait dans ses affaires.

Dans la remise, elle mit des gants de travail et empoigna le râteau d'un geste décidé. Habituellement, pendant ce rituel automnal, son imagination vagabondait au gré du vent et de ses humeurs. Le fruit de ses réflexions, elle le partageait avec *George,* le soir, sur l'oreiller, quand, par chance, il venait passer la nuit avec elle.

Maintenant, les visites-surprises de *George* étaient du passé. Elle soupira. Décidément, elle n'avait pas le cœur à ramasser les feuilles mortes qui s'étaient accumulées sous les marronniers et le tilleul. Seule sa volonté la poussait à agiter avec frénésie le long manche de bois pour former des tas de branches et de bois secs qu'il faudrait ensuite brûler.

George était parti en Angleterre pour débattre de son grand projet de confédération des provinces canadiennes avec les parlementaires britanniques. Si les vents ne lui étaient pas contraires, le vapeur toucherait les côtes anglaises d'une journée à l'autre. « Mon adoré, mon cher amour », laissa-t-elle échapper à haute voix. Elle se le représentait dans sa cabine, découvrant la lettre qu'elle avait glissée dans la poche de sa redingote, le jour du départ. Il eût été préférable qu'il entende de vive voix ce qu'elle avait à lui dire et elle s'en voulait d'avoir manqué de courage. Ce n'était pas dans ses habitudes de s'esquiver. Mais, en pensant au chagrin qu'elle lui causerait, à ses objections qui auraient gâché leurs derniers instants ensemble, elle n'avait pas osé lui faire part de sa résolution. Elle avait pour lui une sorte d'adoration qui avait parfois des relents maternels. Cette pensée l'amusa. Une telle sollicitude convenait mal à la femme forte et libre qu'elle était.

Sa décision de couper les ponts avec son amant, la plus douloureuse de sa vie, elle l'avait pesée et soupesée longuement. Il lui avait fallu toute une nuit pour lui écrire quelques mots à peine. « Mon bien-aimé, le chagrin d'Hortense m'est insupportable. Nous avions fait le pari de nous aimer sans heurter les tiens. Comment avons-nous pu manquer de vigilance ? Nous ne devons plus nous revoir. Cette lettre sera ma dernière. Je t'en supplie, ne cherche pas à ébranler ma détermination, ce serait inutile. Et cruel. Adieu, mon ami. Tu me manques déjà. Je suis à toi à la vie à la mort. Ta Luce. »

Elle avait déposé sa lettre dans la poche de *George* à son insu. Il l'avait embrassée, sûr de la retrouver à la fin de l'automne, à l'issue de son premier voyage outre-Atlantique. Sa confiance en l'avenir paraissait inébranlable. Il ne doutait pas que la crise passerait, qu'Hortense se ferait à la situation. Luce connaissait trop cette dernière pour partager son optimisme. Elle songea : *George* aura deux mois pour s'habituer à mon absence. Heureusement, il n'allait pas chômer à Londres. Ses nombreuses séances de travail avec les dirigeants du *Colonial Office*, la rencontre qu'il avait sollicitée de la reine Victoria et sa découverte de la campagne anglaise, autant d'occupations qui atténueraient le choc que provoquerait sa lettre.

Qu'attendait-elle de sa rupture ? La paix de l'âme. En donnant libre cours à sa passion, en aimant un être engagé ailleurs, elle s'était montrée trop audacieuse. La société bigote dans laquelle elle vivait n'acceptait pas la liberté tous azimuts, surtout sur le plan des relations amoureuses. Oh! Luce se fichait pas mal de tout ce qu'on pensait de ses manières osées de femme émancipée. Les commérages ne l'avaient jamais empêchée de vivre comme elle l'entendait. Pour rien au monde, elle ne trahirait ses principes. Pas plus qu'elle ne changerait d'un iota sa façon de se comporter ou de se vêtir.

Sa liaison devait pourtant se terminer, parce qu'Hortense ne s'en remettrait pas. Ce n'était pas tant l'amertume de sa cousine ni même ses menaces qui l'avaient ébranlée. Plutôt le désarroi gravé dans son regard. Sa vulnérabilité aussi. Hortense ressemblait à une noyée qui remonte à la surface pour crier à l'aide une dernière fois. La lutte était trop inégale. Elle avait pitié de sa cousine, l'aimait trop pour la détruire.

Sa liaison avec *George* aurait dû rester secrète. Quelle maladresse avaient-ils commise pour qu'Hortense la découvre? Leur amour méritait pourtant de vivre, car il était pur. Jamais elle n'aurait exigé que son amant quitte sa famille pour elle. Tout ce qu'elle demandait à la vie, c'était de partager quelques heures avec lui de temps à autre. La seule pensée d'être aimée de lui la comblait. La jalousie? Elle ne connaissait pas ce sentiment et elle était disposée à assumer ce partage obligé d'un homme entre deux femmes. Il était hors de question qu'elle mette un enfant au monde et la vie de famille ne l'attirait pas. Les filles de *George*, elle les aimait comme les siennes.

«Bon sang! Je ne vais pas me mettre à chialer», gémit-elle en séchant une larme d'un geste agacé.

Où était passée la Luce si sûre d'elle, la Luce toujours maîtresse d'elle-même? Avait-elle vraiment pensé pouvoir vivre son petit bonheur comme si elle était seule au monde?

Bien naïvement, elle s'était crue au-dessus des conventions. Puisqu'elle ne faisait de mal à personne, du moins tant que ses amours demeuraient cachées, elle s'arrangeait avec sa conscience. Tout aurait été plus simple si son attachement pour Hortense n'avait pas été aussi profond. Pourquoi avait-il fallu que *George* l'épouse entre toutes? Elle s'était soumise à l'inéluctable. Sans doute était-ce le prix à payer pour que naisse cette relation extra-conjugale hors du commun qui chaque jour devenait plus magnétique. Le goût doux-amer du fruit défendu, pensa-t-elle.

Luce avait maintenant troqué le râteau contre la bêche. Le fer tranchant martelait la terre avec ardeur. Il y avait dans son histoire des épisodes peu reluisants. À la naissance de Reine-Victoria, quand un messager était venu prévenir *George* que sa femme allait accoucher d'une minute à l'autre, ils étaient sous les draps en train de lire les émouvants poèmes de Byron. Ni l'un ni l'autre n'avaient fait un geste pour se tirer du lit. Ce souvenir lui inspirait de la honte. Un an plus tard, lorsque le choléra avait emporté la malheureuse enfant, Luce aurait dû se trouver auprès d'Hortense. Mais *George* lui avait donné rendez-vous à Québec et elle était accourue. La malchance les avait poursuivis. Après la mort de la petite, ils avaient commencé à espacer leurs rendez-vous, avant de cesser de se voir tout à fait. Leur carême avait duré deux ans. Deux longues années à se désirer en silence, condamnés à se languir l'un de l'autre.

Avec le temps, Luce avait appris à se pardonner. Sa conduite ne méritait pas que des reproches. Elle avait toujours pris soin de ne pas s'afficher. Mais, pour se ressourcer, un amour comme le leur avait besoin d'imprévu. De moments de bonheur volé. Il avait fallu que Reine-Victoria meure pendant l'un d'eux.

L'heure du midi, déjà. Luce avait abattu si peu de travail qu'elle devrait poursuivre tout l'après-midi. Tant pis pour ce vilain torticolis qui rendait ses mouvements de tête douloureux. La charrette de ses domestiques remontait l'allée. En passant devant elle, le jardinier et sa femme la dévisagèrent, l'air de se demander ce qu'une dame du monde faisait dans un accoutrement aussi bizarre. Ils ne s'habitueront jamais, soupira Luce. Le pantalon, elle le portait par commodité et non pour se faire remarquer ou pour choquer les braves gens.

« Je vous apporte un pot-au-feu bien relevé, mademoiselle Cuvillier », dit la servante en sautant de la voiture.

Luce la suivit. Dans la maison, elle fit un brin de toilette et se mit à table. Contre toute attente, elle avait bon appétit. C'était déjà ça de gagné sur le malheur qu'elle s'était infligé à elle-même en rompant avec son amant.

~

Quatre semaines passèrent sans une lettre de Londres. Luce, qui redoutait pourtant de recevoir un mot la suppliant de reconsidérer sa rupture, déplora ce silence. Cela ne ressemblait pas à *George* d'obéir docilement. Se résignait-il déjà à ne plus jamais la prendre dans ses bras ? Elle ne souhaitait pas revenir sur sa décision. Simplement, elle aurait voulu sentir qu'il souffrait autant qu'elle. La pensée que son amant s'accommodait peut-être de la situation la fit frémir. Elle avait été sa folie interdite, ils s'étaient aimés secrètement, avaient menti ensemble… cela avait ajouté du piquant à leur passion. Avait-il déjà tout oublié ?

En ville, personne ne lui donnait de nouvelles de Cartier. À l'orphelinat, les dames patronnesses ne parlaient pas devant elle de sa mission en Angleterre. Lorsque Luce se présentait dans la grande salle de l'institution pour mettre à jour les livres de comptes, certaines bénévoles s'éclipsaient. Luce les entendait papoter comme des pies dans son dos. Ailleurs, c'était pareil. Même à son club de tir, la consigne du silence était respectée.

Un jour, dans un salon littéraire, elle demanda si quelqu'un avait recueilli des échos de Londres. Les journaux rouges prétendaient que la délégation canadienne s'était heurtée à un mur. Cela semblait difficile à croire, puisque Cartier avait été reçu au château de Windsor. D'après *La Minerve*, la reine Victoria l'avait retenu chez elle pendant une fin de semaine complète. Personne ne voulut commenter.

Les invitations habituellement nombreuses se firent plus rares durant tout l'automne. Luce ne s'attendait certes pas à fêter la Sainte-Catherine chez Hortense. Mais elle reçut si peu de cartons en novembre qu'elle s'en inquiéta. On ne l'invitait plus ni au théâtre ni au bal. Le dimanche à la grand-messe, le curé ânonnait « Malheur aux femmes par qui le scandale arrive ». La visait-il ? Elle gardait la tête haute pour marquer son indifférence.

Il lui fallut bientôt admettre que la bonne société faisait le vide autour de sa personne. Ce que Luce appelait les préjugés tout décrépits se perpétuait. Elle blâma Hortense pour n'avoir pas su tenir sa langue. Il ne lui vint pas à l'esprit qu'en se pavanant à Toronto au bras de Cartier, elle avait elle-même alimenté les rumeurs. Lui, sa réputation n'était pas entachée. On le respectait, on l'admirait, peu importait sa conduite. La vilaine, c'était elle. On la jugeait déjà pour son habillement et pour ses idées. Et maintenant pour sa liaison coupable.

Il lui arrivait de penser à Hortense. Comment traversait-elle cette épreuve ? Aux yeux des bien-pensants, une femme trompée est souvent tenue pour responsable de n'avoir pas su garder son homme.

Le *Review Cottage* devint le seul endroit où Luce trouvait la paix intérieure nécessaire pour dissiper l'épais brouillard qui enveloppait sa vie. Les travaux domestiques l'aidaient à composer avec la solitude. À la fin de l'automne, une fois son jardin préparé pour les grands froids, elle commanda du bois de chauffage, rentra ses bulbes, descendit ses plants d'asperges à la cave et fit ranger les chaises de la véranda dans la remise. Son homme de confiance n'était jamais loin, toujours serviable et silencieux. C'est curieux comme le travail agit sur le moral, constata-t-elle. À force de s'éreinter, elle épuisa sa douleur qui se mua en une douce nostalgie.

Plus le temps avançait, plus Luce apprenait à penser à *George* avec sérénité. L'automne bascula dans l'hiver. Toujours sans nouvelles de lui, elle redoutait l'avenir. Son cœur n'était pas guéri. Elle ne se sentait pas libre d'envisager un nouvel amour. L'idée lui vint d'aller passer l'hiver en Italie. *George* était attendu à Montréal pour bientôt. Les journaux annonçaient son retour par Boston. Pour l'éviter, elle partirait de New York et resterait à l'étranger le temps voulu. Il y aurait toujours un océan entre eux. C'était sa seule assurance de ne pas flancher.

Renouant avec son âme de nomade, elle prépara ses bagages et, sans dire au revoir à personne, quitta la ville. «Je veux qu'on m'oublie et je veux oublier», se répétait-elle pour exorciser son chagrin.

XII

Le héros des Fabre

Novembre 1858

Naturellement, Joséphine et moi ignorions tout du drame qui se jouait à la maison. Nous étions pensionnaires, pour ne pas dire prisonnières, au couvent des Ursulines de Trois-Rivières. La monotonie des jours – prière, étude, prière, récréation, prière, coucher – n'était rompue que par l'arrivée des lettres de maman qui nous décrivait son quotidien autrement plus passionnant. Cependant, elle ne nous disait pas tout, comme nous devions le découvrir des années plus tard.

Enterrées depuis un an au fin fond de la campagne trifluvienne, les seuls échos qui nous parvinrent concernaient la nomination de notre père au poste de copremier ministre du Canada-Uni, avec John A. Macdonald, ce qui nous impressionna vivement. Et pour cause ! Les bonnes sœurs nous entouraient d'égards qui faisaient l'envie des autres élèves.

L'impératrice ne portait plus à terre. Du jour au lendemain, notre père devint son héros. Maman lui envoyait tous les articles de journaux qui parlaient de lui. Jos les épinglait au mur à la tête de son lit, au dortoir.

Un beau jour, Hortense décida que ses filles avaient assez fréquenté les cornettes. Nous regagnâmes la rue Notre-Dame au moment même où le capitaine s'embarquait pour l'Angleterre. Cela m'étonna qu'il parte sans elle. Maman adorait les voyages et je l'imaginais flânant le long de la Tamise, pendant que son premier ministre de mari vaquait à ses occupations. J'eus beau mener ma petite enquête, personne ne voulut m'expliquer pourquoi elle ne l'avait pas accompagné.

À neuf ans, j'avais d'autres chats à fouetter. Après douze mois de rosaires les bras en croix (chez les sœurs, cela paraissait bien), je m'intéressais plus à Bernadette Soubirous, dont j'enviais la sainteté, qu'aux voyages en solo de mon paternel. Nous avions presque le même âge, Bernadette et moi, et je ne comprenais pas pourquoi la Sainte Vierge lui était apparue une vingtaine de fois, et ne m'apparaissait pas à moi. Je m'étais fabriqué ma petite grotte de Lourdes au fond du jardin. Au creux des pierres empilées les unes sur les autres, j'avais enfoui une statue de Marie que ma nounou Alice m'avait offerte en cadeau à Noël. Chaque fois que je passais par là, je l'implorais : « Bonne Sainte Vierge, apparaissez-moi et je me ferai religieuse. » Je n'eus aucune vision pouvant ressembler de près ou de loin à celles de Lourdes. Dans ma petite tête, j'étais convaincue que le vrai coupable, c'était Charbon. Il ne manquait jamais de pisser sur la grotte. C'était plutôt insultant pour la mère de Jésus.

L'impératrice se moquait de ma soudaine piété et maman ne s'en préoccupait guère plus. Elle avait ses propres soucis. Non pas qu'elle fût mélancolique, depuis le départ du capitaine, mais on aurait dit qu'elle cherchait à s'étourdir. Pas moyen de la garder à la maison. Elle ne brodait plus, ne faisait plus de patiences, ne lisait plus les journaux. C'est à peine si elle touchait son piano. Par chance, nous la suivions comme deux chiens de poche. Notre vie devenait excitante.

Libérées des griffes des bonnes sœurs, nous allions subir l'influence du clan des Fabre. Le capitaine courant le monde, sa femme et ses filles pouvaient sans coup férir fréquenter assidûment les « papineauistes » du faubourg. À commencer par madame Raymond, notre vénérée grand-mère qui, depuis la mort de son mari, ne tenait pas son gendre Cartier en haute estime. Ce que nous n'allions pas tarder à découvrir.

Du temps du libraire Fabre, les réceptions de madame Raymond faisaient sensation. Sa disparition n'en avait pas interrompu le feu roulant. Curieusement, grand-mère ne lança pas d'invitations pour souligner la nomination de George-Étienne Cartier au poste de premier ministre du Canada-Uni et n'offrit pas de dîner d'adieu lorsqu'il prit la mer. Or, à peine avait-il traversé l'Atlantique qu'elle organisait une grande fête à laquelle elle convia tous nos grands-oncles, grands-tantes, cousines et arrière-petits-cousins. Hector en avait eu l'idée. Profitant du vingt et unième anniversaire de la rébellion de 1837, lui et ses amis de l'Institut canadien avaient décidé de ramener à Montréal les cendres de notre grand-oncle Charles-Ovide Perrault, mort à Saint-Denis en combattant les habits rouges.

Depuis toujours, la vie des Fabre se réglait autour de la révolte des patriotes. Il y avait avant et après les troubles. Charles-Ovide Perrault, frère aîné de madame Raymond, faisait figure de martyr. Nous vivions au rythme de ses anniversaires. Cela me semblait tellement naturel que je ne m'étais jamais souciée d'en savoir plus sur cet homme qui arrachait des sanglots à mes proches.

J'allais l'apprendre à mes dépens, la veille de la cérémonie commémorative. Nous passions l'après-midi chez grand-mère. Devenue experte dans l'art de planifier un repas pour trente personnes et plus, ma mère lui donnait un coup de main. Moins énergique qu'autrefois, madame Raymond se contentait de surveiller la femme de chambre qu'elle soupçonnait de paresse crasse, laissant à Hortense le soin de préparer le menu du lendemain et de diriger les opérations à la cuisine.

Hector arriva sur les entrefaites et nous passâmes au salon pour prendre le thé. Nous ne l'avions pas revu depuis son séjour à Paris. Ma mère l'écoutait raconter les funérailles du grand Alfred de Musset. Malgré sa timidité, il s'était recueilli devant la dépouille du poète qui portait son costume d'académicien, l'épée posée à sa droite. Mais il n'y avait ni fleurs ni couronnes autour du catafalque. Sans doute n'était-ce pas la coutume en France, avait-il pensé.

« Et George Sand ? Tu l'as vue ? demanda Hortense.

— Elle n'est pas venue, mais son nom était sur toutes les lèvres. »

Lisant la déception sur le visage de sa sœur, il ajouta : «J'ai reconnu Lamartine, Alexandre Dumas et Alfred de Vigny.»

La cohue était telle que ce pauvre Hector avait été refoulé à l'arrière de l'église Saint-Roch. Comme il n'était pas grand, il avait dû se hisser sur le bout des pieds pour ne rien manquer des obsèques. À la sortie, il pleuvait des clous et la foule s'était dispersée. Cela avait fait son affaire, car il avait pu se joindre aux proches de son idole et suivre le cortège jusqu'au cimetière du Père-Lachaise.

«Nous n'étions plus qu'une trentaine, précisa-t-il. Le frère de Musset, quelques parents, les membres de l'Académie et moi. On l'a inhumé en pleine terre, près de la chapelle. Plus tard, il sera transféré dans le monument où reposent son père et sa mère.

— Ses amis l'avaient presque tous abandonné, remarqua Hortense.

— Vous n'avez pas idée comme Musset était méprisé à la fin de ses jours, expliqua Hector. À Paris, la rumeur de sa déchéance courait. C'est l'absinthe qui l'a tué. On le surnommait "le chancelant perpétuel".»

Hortense ne se lassait pas d'entendre parler des écrivains. Depuis la mort du libraire qui connaissait tout de la vie littéraire parisienne, ces conversations lui manquaient. Elle réclama d'autres récits. Hector ouvrit sa serviette bourrée de papiers et de livres dont il ne se séparait jamais et en sortit la *Revue des deux mondes*. Il l'avait achetée pour elle sur les quais de la Seine. Dans ce numéro, George Sand racontait sa rupture avec Musset, à Venise. Dire qu'Hector pensait faire plaisir à maman! Personne ne l'avait encore mis au parfum.

«Cousine Luce en mourrait de jalousie!» dit Jos sans penser à mal.

Sa remarque tomba à plat. Grand-mère en échappa sa cuiller. Maman se leva pour offrir du thé à la ronde.

«Marie, tu as mangé assez de *cookies*, me gronda-t-elle pour faire diversion. Tu vas te rendre malade.

— Ma petite maman, un dernier, je vous en supplie.»

J'allai m'asseoir à côté d'elle dans le fauteuil de brocatelle beige de grand-père, dont les accoudoirs étaient usés. Et je la cajolai, car je sentais qu'elle en avait besoin. Les enfants ont parfois des intuitions qu'ils ne sauraient expliquer. Madame Raymond saisit l'occasion pour sortir son album de photos, dont la plupart dataient d'avant ma naissance. Je rejoignis Joséphine sur le tapis devant elle. C'est moi qui tournais les pages.

« Grand-maman, qui est ce monsieur à l'air digne ? » demanda Jos.

Madame Raymond ajusta ses lunettes qui avaient glissé sur son nez et regarda attentivement le cliché. Son visage s'illumina.

« C'est Louis-Joseph Papineau. Quel bel homme ! Et avenant avec ça. Là, tu vois, c'est juste avant la mort de ton grand-père.

— C'est vrai qu'il était beau ! concéda Jos. Ses cheveux n'avaient pas encore blanchi.

— Il vieillit comme nous tous », reconnut grand-mère.

Pour chacun des daguerréotypes, une anecdote fusait. Grand-mère avait une mémoire fabuleuse. Cela m'émerveillait. Je n'imaginais pas qu'elle eût un passé. Je l'avais connue minuscule dans sa robe noire serrée au cou, sans bijou ni accessoires, sauf son alliance. Pour moi, elle avait toujours été ainsi, avec sa peau soyeuse et ses doigts osseux. Elle sentait la lavande. Je l'aimais beaucoup.

Joséphine me pinça le bras. Elle venait de tomber sur la photo d'un barbu assez corpulent. Je lui arrachai le cliché des mains et éclatai d'un rire impertinent en le montrant à la ronde. Au lieu de se fâcher, grand-mère se moqua avec moi de la panse généreuse de ce vieux curé dont le nom lui échappait et de l'affreuse pimbêche qui posait pour la postérité dans sa robe toute défraîchie.

Joséphine s'empara ensuite de la photographie d'un petit blondinet qu'elle tendit à grand-mère.

« Tu ne reconnais pas Hector ? s'étonna celle-ci. Il avait sept ans alors.

— Oncle Hector a déjà fait le petit Jean-Baptiste dans la procession ? demanda l'impératrice qui n'en croyait pas ses yeux.

— Oui, ma belle, répondit celui-ci en s'approchant pour mieux regarder le daguerréotype. J'étais haut comme trois pommes. J'avais les cheveux blonds comme le blé, longs et bouclés. C'est pour ça que les organisateurs du défilé m'avaient choisi. »

Je le trouvais tellement drôle! On lui avait mis une peau de mouton sur les épaules. À la main, il tenait une bannière sur laquelle était écrit *Agnus dei*. J'aurais donné mon âme pour être à sa place. Encore un privilège dont les petites filles étaient privées!

«J'avais un mouton pour me tenir compagnie, enchaîna Hector. Debout dans un carrosse ouvert, j'envoyais des baisers à la foule.»

Il n'avait pas sitôt fini de mimer ses prouesses que Jos tomba sur une mystérieuse enveloppe brune, glissée à la dernière page de l'album et remplie de portraits et de coupures de journaux. Les uns et les autres dataient d'avant 1837, comme l'indiquait la feuille épinglée à l'enveloppe. Sur un cliché, un élégant jeune homme d'une vingtaine d'années se tenait droit, le bras appuyé sur un coussin de soie. Il portait une redingote sans faux plis et tenait son chapeau haut-de-forme à la main. En pâmoison, l'impératrice demanda le nom de ce bel adonis, mais personne ne l'écoutait. Hector terminait le récit de son séjour à Pompéi et tous les grands étaient suspendus à ses lèvres. Pour attirer leur attention, l'idée me vint de dessiner des moustaches au monsieur.

«Arrête, Marie, ne fais pas ça», s'écria Joséphine en m'arrachant le crayon de la main.

Trop tard, les deux horribles crocs tracés au crayon à mine de chaque côté de la bouche de l'illustre inconnu lui conféraient un air satanique qui me plaisait assez. C'était hilarant, je riais si fort que tout le monde se retourna. Grand-mère devint livide. Ses beaux yeux s'embuèrent.

«Mon Dieu!» s'écria-t-elle, atterrée.

Maman m'arracha la photographie des mains un peu rudement et me flanqua une taloche. J'éclatai en sanglots, surprise de sa réaction. Et terriblement humiliée par son geste aussi brusque qu'inattendu. Jamais elle n'avait levé la main sur moi auparavant.

«Laisse-la, lui ordonna doucement madame Raymond en arrêtant le bras d'Hortense. La petite n'a pas voulu mal faire. À son âge, on ne s'arrête pas au culte des morts que célèbrent les vieux.»

Il me fallut un bon moment avant de comprendre ma gaffe. Grand-mère m'invita à m'asseoir à côté d'elle sur le canapé. Elle sécha mes larmes avec son mouchoir de dentelle. Bercée par sa voix douce, je cessai bientôt de hoqueter.

« Ma chouette, je vais te raconter l'histoire du jeune homme sur la photographie », commença-t-elle.

Il s'agissait de Charles-Ovide Perrault, le grand patriote dont j'avais si souvent entendu parler. Son frère adoré. Elle me raconta comment il était devenu membre des Fils de la liberté, ces courageux patriotes à peine sortis de l'enfance prêts à prendre les armes pour défendre le Canada contre les Anglais.

« Regarde comme il a fière allure, dit-elle en faisant glisser son doigt sur la redingote en étoffe du pays. C'est moi qui l'avais cousue pour lui. Ovide était toujours tiré à quatre épingles. »

Je me rapprochai d'elle.

« Oh ! il n'était pas commode, mon frère, tu peux me croire », poursuivit-elle en haussant le ton pour piquer ma curiosité, comme le font les conteurs lorsqu'ils arrivent à une péripétie imprévue dans un conte de fées. J'étais fascinée. « Un jour, un dénommé de Bleury l'a traité de crasse. Eh bien, Ovide l'a saisi par la peau du cou et lui a asséné un puissant coup de poing sur la mâchoire.

— Et v'lan ! » m'écriai-je.

Son histoire devenait captivante. Même l'impératrice, qui préférait les romans d'amour, s'était rapprochée de nous.

« En ce temps-là, on se battait en duel pour laver les insultes. Or cette fois, plutôt que de tirer l'un sur l'autre, les deux belligérants ont consenti à s'excuser. Monsieur de Bleury a dit " Je suis fâché de vous avoir traité de crasse " et Ovide a répondu " Je suis fâché de vous avoir frappé ". Voilà.

— C'est tout ? fis-je, déçue de cette fin en queue de poisson. Il n'y a pas eu de coups de feu ?

— Dieu nous en garde ! fit grand-mère. Ovide avait obtenu réparation de l'insulte. C'est tout ce qui comptait. Après avoir déchargé leurs pistolets en l'air, ils ont regagné leurs voitures. »

C'est la légende familiale que grand-mère me transmettait, le regard perdu dans le lointain, ses mains croisées sur ses genoux. Elle avait le don de raconter, livrant par bribes ses souvenirs les plus chers. Quelquefois, un sourire colorait ses lèvres. Un mélange de fierté et de nostalgie, me semblait-il.

« Grand-mère, comment est-il mort, Ovide ? demanda Jos.

— En héros, répondit-elle, une once de tristesse dans la voix. C'était en novembre, il y a vingt et un ans presque jour pour jour. L'armée britannique avait attaqué les Canadiens retranchés à Saint-Denis. Leur commandant, Wolfred Nelson, avait choisi mon frère comme aide de camp. C'était tout un honneur. »

Elle soupira : « Un honneur qui lui a été funeste. Voyant trois de ses hommes s'exposer inutilement au feu des Anglais, le docteur Nelson ordonna à Ovide d'aller les rappeler à l'ordre. Pendant qu'il traversait la route, une balle lui a perforé l'intestin. Avant de rendre l'âme, il a murmuré : " Je suis content de verser mon sang pour la liberté de mon pays et je souhaite l'émancipation du Canada du joug britannique. "

— Je gage que le méchant Nelson l'a exposé exprès au danger », dis-je pour faire plaisir à maman qui détestait le docteur.

Personne ne répondit. Je poussai plus loin l'audace :

« Et grand-père ? Est-ce qu'il avait un fusil, lui aussi ? demandai-je.

— Non, mais il a fourni les munitions. C'est pour ça qu'on l'a jeté en prison comme un vulgaire mécréant.

— Vous ne lui dites pas qui a dénoncé son grand-père ? observa Hortense avec dédain. Sache, ma fille, que c'est Augustin Cuvillier, le père de Luce. Ça en dit long sur le sens moral de cette famille. »

Madame Raymond fronça les sourcils et réprimanda ma mère :

« Ce n'est pas le moment. Pas devant les petites. » Puis, elle me tapota la main : « Ne t'en fais pas pour les barbouillages sur la photographie, Marie, j'en ai sûrement une autre quelque part. »

Elle referma l'album et le déposa sur la table à côté d'elle. Pour échapper à la petite guerre qu'Hortense semblait vouloir déclencher, Hector se chargea de nous apprendre les paroles d'une chanson dédiée à Charles-Ovide. Nous devions la chanter pendant la cérémonie du lendemain.

« Je me voyais au milieu de ma course/Dans la vigueur de l'âge le plus beau./Hélas! je meurs! Mon mal est sans ressource/Je vais entrer dans la nuit du tombeau. »

∼

Le lendemain, la pluie cessa comme nous arrivions devant l'église Notre-Dame. Madame Raymond y vit un signe. Du haut du ciel, Ovide appréciait ces retrouvailles trop longtemps différées.

Pour l'occasion, Hector portait ses habits de deuil. On lui avait demandé de prendre la parole et il tenait à la main le texte qu'il avait préparé pour la circonstance. Depuis sa conférence sur Chevalier de Lorimier, il avait acquis de l'ascendant à l'Institut canadien où il siégeait maintenant comme secrétaire-archiviste. À l'église, il s'installa dans la première rangée, à côté du catafalque contenant les restes mortels de Perrault ramenés la veille de Saint-Denis à Montréal.

Je pris place juste derrière lui, avec madame Raymond. Pour elle, c'était comme si son frère mourait une seconde fois. Même si je ne connaissais pas mon grand-oncle, cela me chagrinait que notre famille ait perdu un héros aussi glorieux. Je mis beaucoup d'ardeur à chanter *Hélas! je meurs! Mon mal est sans ressource…*

Après les obsèques, une voiture nous conduisit au cimetière de la Côte-des-Neiges pour inaugurer un monument aux patriotes. Érigée sur un monticule, l'impressionnante colonne de granit reposait sur un piédestal. On avait gravé les noms des martyrs morts sur l'échafaud. Tout en haut, celui de Chevalier de Lorimier, que vénéraient aussi les Fabre. Sur l'autre flanc, on pouvait lire le nom de Charles-Ovide Perrault en gros caractères, suivi de ceux de ses compagnons tombés au champ d'honneur en 1837 et lors de l'insurrection de 1838.

Monseigneur Bourget ne voyait pas d'un bon œil ces célébrations qui rappelaient les violences passées. Malgré son interdiction, la foule dense faisait cercle autour du mémorial. Tous ces nostalgiques voulaient goûter leur vengeance sur le haut clergé catholique. En effet, personne n'avait digéré que l'Église, pactisant avec les

Anglais, ait privé de sépulture religieuse les patriotes morts les armes à la main.

Hector monta à la tribune. Distraite par le piaillement des oiseaux, je n'entendis rien de son éloge funèbre. Je me souviens seulement de cette phrase de Charles-Ovide Perrault : « Qu'importe nos vies, si nous sommes assurés que notre mort sera vengée. »

Maman voulut ensuite aller se recueillir sur la tombe de grand-père Fabre. Je m'attendais à ce qu'elle récitât quelques *Ave* à genoux devant sa dalle. Elle lui parla plutôt comme à un être vivant. Je l'entends encore prononcer ces mots qui résonnaient comme un appel au secours : « Aidez-moi, papa, je ne sais plus où j'en suis. » Avant de partir, elle ajouta d'une voix empreinte de tendresse : « Prenez bien soin de ma petite Reine. »

∼

En quittant le cimetière, toute la famille se retrouva chez madame Raymond, rue Craig. Il y eut de joyeuses libations et les langues se délièrent. En verve, Hector récita des vers de Musset qui semblaient avoir été écrits pour Hortense.

> « Quand on perd, par triste occurrence,
> Son expérience et sa gaîté
> Le remède au mélancolique,
> C'est la musique et la beauté ! »

Au milieu de la soirée, quelqu'un s'avisa de l'absence de cousine Luce. Je relevai les yeux pour voir la tête de maman. Elle fit mine de ne pas avoir entendu. Mon grand-oncle Louis Perrault nous apprit que « la Cuvillier » était à New York, d'où elle s'embarquerait pour les vieux pays. Dans le brouhaha de la conversation, je saisis le nom de mon père et prêtai l'oreille. Les adultes s'imaginent toujours que les enfants ne comprennent rien. Une vague parente demandait si Cartier se trouvait lui aussi à New York. Hortense lui répondit que non. Son mari venait de quitter Londres. Il devait débarquer à Boston et non à New York. Sa mise au point déclencha quelques remarques que, malgré mon jeune âge, je jugeai désobligeantes. Mais les Fabre, je commençais à en être consciente, ne portaient pas mon père dans leur cœur.

« Je gage que Cartier va rentrer bredouille, opina quelqu'un. Il paraît que les Anglais l'ont traité comme un petit potentat oriental.

— Ça lui convient parfaitement, acquiesça mon grand-oncle Louis. Il s'est toujours comporté comme s'il descendait de la cuisse de Jupiter.

— Je vous en prie, arrêtez de dénigrer mon mari », s'impatienta Hortense en jetant un coup d'œil furtif vers moi.

Joséphine avait déjà quitté la pièce. Elle était encore trop jeune pour protester, mais cela la blessait d'entendre ces propos irrévérencieux à propos de son papa qu'elle vénérait. Je voulus la rejoindre dans le hall, mais mon grand-oncle m'arrêta au passage :

« Alors, petite coquine, c'est toi qui as crayonné des moustaches à mon frère Ovide ?

— Je… je n'ai pas voulu être impolie…

— C'est bon, dit-il. La prochaine fois, tu ferais mieux de dessiner un long nez au monsieur sur ce portrait. »

Il désignait du doigt la photographie de mon père, prise le jour de ses noces, qui trônait sur le bahut en *mahogany*. Autour de nous, ce fut l'éclat de rire général.

« Mais c'est papa ! Pourquoi faudrait-il lui dessiner un grand nez ? demandai-je candidement.

— Parce que c'est ce qui arrive aux menteurs : le nez leur allonge. »

Nouveau rire. Je me tournai vers grand-mère et lui demandai pourquoi il se moquait de mon père.

« Maman, faites-le taire, supplia Hortense. Marie n'est qu'une enfant. Elle ne comprend rien à nos chicanes politiques.

— Les enfants ont le droit de savoir quand leur père est un virecapot, renchérit le grand Louis, sans retenue.

— C'est quoi, un vire-capot? fis-je le plus naïvement du monde.

— Un tourne-jaquette, si tu préfères, répondit-il. Quelqu'un qui défend une idée un jour et le contraire le lendemain. »

Maman se maîtrisait habituellement lorsqu'on blâmait son mari. Les hommes politiques, elle le savait, ne comptaient pas leurs ennemis. Dans l'intimité, elle était même capable de méchancetés à son égard. Mais, ce soir-là, elle ne supportait pas la tournure de la conversation.

« Venez, les enfants, nous rentrons, décida-t-elle en se levant brusquement. Embrassez votre grand-mère et suivez-moi. »

Je me débattis pour dégager mon bras que le grand-oncle ne voulait pas lâcher.

« Allez! Hortense, fit ce dernier en me retenant toujours. On peut bien s'amuser un peu. Ton mari ne l'a pas volé.

— Ce n'est pas drôle », hurla Joséphine depuis le vestibule.

Grand-mère essaya aussi de nous retenir. Rien à faire, Hortense fixa son chapeau sur sa tête, boutonna son manteau et me prit par la main. Dans le temps de le dire, nous avions tiré notre révérence.

XIII

Les trois grâces

À New York, la mode des cartes de visite à son image se répandait depuis quelques années. Mae Bossange qui y résidait avec Édouard, le cousin d'Hortense, lui posta la sienne. On la voyait debout en crinoline. Mince comme un fil, elle agitait son éventail. Les cheveux savamment ébouriffés et le sourire irrésistible, Mae se montrait au naturel. Au dos, elle avait griffonné à la hâte :

Ma chère madame C.,

Je serai à Montréal la semaine prochaine pour deux jours. Eddie y va pour ses affaires et j'ai décidé de l'accompagner. Après, nous ferons un saut chez ma mère à Terrebonne. Si tu peux te libérer mardi après-midi, je suis tout à toi. Tâche d'organiser un thé avec madame P. Je suis très excitée à l'idée de vous revoir. Il y a si longtemps que nous ne nous sommes pas retrouvées toutes les trois. Madame B.

Rien n'aurait pu distraire Hortense comme la perspective de passer deux heures en compagnie de ses amies qui s'appelaient pompeusement madame B. et madame P. Pendant un moment, elle en oublia son vague à l'âme. Cette belle amitié à trois remontait à une dizaine d'années.

Mae était la fille de feu Joseph Masson, le richissime seigneur de Terrebonne, un proche du libraire Fabre. Au mariage d'Hortense, elle avait fait la connaissance d'Édouard Bossange, venu expressément de Paris pour la noce. Ç'avait été le coup de foudre, au grand dam du banquier Masson qui ne blairait pas le Parisien. Pendant les trois ans que durèrent les fréquentations, Eddie fit la navette entre New York, où il tentait d'implanter une succursale de la librairie Bossange, et Terrebonne, la seigneurie du père de

sa dulcinée. Mais le vice-président de la *Bank of Montreal* l'ignorait superbement.

Mae avait alors trouvé en Hortense une oreille complice. Que
d'heures les deux jeunes femmes avaient passées à échafauder des
plans pour tâcher d'amadouer le banquier. Celui-ci avait été jusqu'à
emmener sa fille aînée en Italie, dans l'espoir de lui faire oublier
Eddie, qui se mourait d'amour dans son deux-pièces meublé de
New York.

Aussi entêtée que son père, Mae avait fini par se marier à l'église
de Terrebonne, à quatre heures du matin, en l'absence du seigneur
Masson. Le choléra avait peu après emporté celui-ci sans que la
réconciliation espérée ait eu lieu.

Hortense filait alors le grand amour avec George-Étienne. Le
couple habitait au nouvel hôtel Donegana, en attendant d'avoir les
moyens d'acheter une maison. L'appartement qu'ils occupaient au
troisième étage donnait sur la façade, côté Bonsecours. Le dôme de
l'édifice à colonnade d'inspiration grecque offrait une vue panora-
mique de la ville et les deux amies aimaient y flâner. Peu fréquenté,
l'endroit invitait aux confidences. Un après-midi, elles y firent la
connaissance de madame P., dont les appartements voisinaient
avec ceux des Cartier.

Mary Eleonor Wescott Papineau, de son vrai nom, était une
belle rousse aux joues poupines et au teint laiteux, toute en exclamations et en éclats de rire. Originaire de Saratoga, dans l'État de
New York, l'Américaine venait de convoler en justes noces avec
Amédée, le fils aîné de Louis-Joseph et de Julie Papineau. Elle faisait
ses courses dans le faubourg et montait ensuite boire une limonade
dans la coupole de l'hôtel. Hortense et Mae l'avaient tout de suite
remarquée. Son humour, qu'elle exerçait dans un français teinté
d'un léger accent, avait favorisé l'éclosion de liens d'amitié. La
querelle épique qui opposait alors Cartier à Papineau, le nouveau
beau-père de Mary, avait mis leur amitié à rude épreuve, sans
pour autant en venir à bout. Hortense s'empressa de lui annoncer
l'arrivée de madame B.

~

Mary Papineau prit les choses en main. Le thé du mardi aurait lieu chez elle à Bellerive, dans l'est de la ville. Elle venait d'emménager dans une magnifique maison de pierre au bord du fleuve. De son bow-window, on pouvait observer les ouvriers irlandais qui s'esquintaient à réparer la route menant à la traverse de Longueuil. Elle confia sa fille Ella et bébé Louis-Joseph à sa belle-mère Julie Papineau, qui ne demandait pas mieux que de dorloter ses petits chérubins.

Mary avait mis une condition à cette rencontre : ses amies viendraient sans mari ni enfant. «*Just the three of us, like in the good old days*», leur avait-elle précisé. Elle les avait cependant encouragées à apporter leur album de daguerréotypes.

La ponctualité incarnée, Hortense descendit du coupé des Cartier à l'heure dite. Quel décor champêtre! s'exclama-t-elle en apercevant l'île Sainte-Hélène au loin. Le vapeur muni de roues à aubes qui assurait la liaison avec Longueuil, depuis que les *horse-boats* à cabestan étaient passés de mode, s'éloignait du quai. De gros nuages s'effilochaient au-dessus du fleuve. Hortense sortit son miroir de poche pour vérifier sa coiffure sous son chapeau fanchon. Elle ne se trouva pas bonne mine. «Comme j'ai l'air fanée!» se désola-t-elle. Mary s'avança à sa rencontre.

«*You look gorgeous, Hortense*, s'exclama-t-elle en détaillant son amie de pied en cap. Les années coulent sur toi sans y laisser de traces.

— Oh! non, ma chère Mary. Tu es trop gentille. Comme disait mon défunt père, *time flies.*»

Au bout de l'allée, deux gros chevaux noirs apparurent dans un nuage de poussière, traînant le carrosse d'allure seigneuriale des Masson. Sur le siège arrière richement recouvert de velours bleu royal, Mae leur envoya la main avec l'élégance racée d'une dame de la noblesse. La voiture s'arrêta devant l'entrée, derrière celle plus modeste d'Hortense. Le cocher en livrée bondit à terre, ouvrit la portière et aida la jolie Mae à descendre.

«*Oh! My God*, fit Mary, éblouie par le luxe de l'attelage.

— On dirait la seigneuresse de Terrebonne en personne, fit Hortense sur un ton badin.

— Ne vous moquez pas de moi, protesta Mae. Ma mère m'a prêté son carrosse. Je n'allais quand même pas venir à pied comme une moins que rien. »

Elles s'embrassèrent et se complimentèrent sur leur parure et leurs beaux atours. De vraies retrouvailles de couventines ! Elles ne s'étaient pas vues depuis des lunes. La dernière fois, toutes trois étaient enceintes. Elles s'étaient alors dérisoirement surnommées « les trois grasses ». Comme elles avaient maintenant retrouvé leur taille de guêpe, elles méritaient de s'appeler « les trois grâces », à l'instar des muses de la mythologie grecque.

Elles passèrent la première heure à échanger les portraits de leurs enfants. Hortense leur montra ceux de Joséphine et de Marie, ravissantes dans leurs jupons sur un corsage à longues manches de cachemire.

« Ta Joséphine, c'est toi tout craché, observa Mary. À mon tour de vous présenter Ella. Voyez comme elle est mignonne ! N'est-ce pas sa *mummy* en peinture ?

— Elle a l'air aussi blonde que tu es rousse ! protesta Hortense. Mais pour le reste, tu as raison : elle a hérité du petit air " *irish* " de sa maman. »

À côté d'Eleonor sur le cliché, bébé Louis-Joseph fixait la caméra de ses grands yeux noirs. Mary hésita, puis exhiba un second daguerréotype tiré de son album. Sur celui-là, un bambin semblait dormir dans son berceau.

« C'était notre premier Louis-Joseph, dit-elle tout bas. Il y a deux ans, pendant les grands froids de février, il est mort dans mes bras… » Mary n'acheva pas sa phrase. Puis elle se tourna vers Hortense et dit : « Toi, tu peux me comprendre.

— Le choléra a fauché ma petite Reine-Victoria et mon père la même semaine. Je ne pensais jamais me remettre de cette double disparition.

— Mes pauvres chéries ! s'apitoya Mae. Vous verrez, vous aurez d'autres enfants.

— La maternité, c'est fini pour moi, la détrompa Hortense. Je ne peux plus accoucher. Le médecin m'a prévenue, j'en mourrais. George-Étienne n'aura jamais le fils qu'il désire tant. »

Un silence embarrassé troubla l'atmosphère. Mae fouilla à son tour au fond de son sac pour en extraire la photographie de ses deux petits garçons assis dans un énorme fauteuil de velours sombre.

« Ils sont adorables ! la félicita Hortense.

— Je les ai eus coup sur coup. Je n'ai aucun mérite, je mets bas comme une chatte.

— *Lucky girl !* » soupira Mary.

La bonne apporta les cakes garnis de raisins secs et Mary servit le thé, tout en s'adressant à Hortense :

« Dites donc, madame C., quel effet cela fait-il d'être l'épouse du premier ministre du Canada-Uni ?

— Bof, la politique me laisse froide, fit Hortense d'un ton désabusé. Vous savez, il n'y a pas que des avantages à partager la vie d'un homme public.

— Tu ne nous feras pas croire que cela te laisse indifférente d'être la première dame du pays ! s'étonna Mae.

— Cela signifie davantage de toilettes, certes, mais aussi des soirées ennuyeuses comme la pluie. Il faut plaire coûte que coûte, faire semblant de s'amuser avec des dames collet monté, serrer la main de politiciens opportunistes et accueillir à sa table tout ce beau monde pédant. Vous voyez le genre ? Je me passerais volontiers de ce cirque. »

Son manque flagrant d'enthousiasme parut suspect à Mae. Hortense n'avait-elle pas toujours apprécié la compagnie ?

« Voyons, Hortense, tu nous en dis trop et pas assez.

— Je t'assure que cette vie mondaine m'indiffère. Tu devrais me comprendre, toi, la fille du premier millionnaire canadien-français, le seul à avoir siégé au conseil d'administration de la *Bank of Montreal*. Tu as quitté une existence de princesse pour épouser l'homme que tu aimais. Ne me dis pas que tu le regrettes ?

— Franchement oui, quelquefois, avoua-t-elle. Mais peut-être est-ce parce que mon père est mort sans m'avoir pardonné ?

— N'empêche, il a dû te laisser un bel héritage », risqua Mary Papineau.

Mae marqua une hésitation. Fallait-il dévoiler ses secrets de famille ? Elle n'allait quand même pas avouer à ses amies que son père l'avait punie cruellement ? Avec pour conséquences qu'aujourd'hui ses finances personnelles laissaient à désirer. Hortense et Mary n'avaient pas à savoir non plus qu'Eddie tirait le diable par la queue à New York.

« Tu ne vas pas nous annoncer que ton père t'a déshéritée ? fit Mary, intriguée par le mutisme subit de son amie.

— En un mot, je suis à peu près certaine de ne jamais voir la couleur de son argent », se désola Mae.

Ses amies n'en croyaient pas leurs oreilles. Elles réclamèrent des précisions. Mae se fit prier mais ne résista pas longtemps à l'envie de dévoiler le fin fond de l'histoire :

« Tant pis ! je déballe mon sac ! »

Le banquier avait laissé un gros héritage à partager entre tous ses enfants, sauf elle, après le décès de leur mère. Une modeste rente lui serait alors versée selon le bon vouloir de ses frères. Comment son père avait-il pu passer de vie à trépas en reniant sa fille aînée ? Cela demeurait un mystère.

« C'est révoltant ! lâcha Mary qui vivait depuis sa naissance une histoire d'amour sans faille avec son propre père. Moi, c'est tout le contraire. *Daddy* aime tellement Amédée qu'il nous a accompagnés en voyage de noces.

— Nonnnnn ! firent les deux autres en s'esclaffant. Tu nous mènes en bateau.

— Puisque je vous le dis ! Mon père ne nous a pas lâchés d'une semelle depuis Saratoga jusqu'à Washington.

— Vous deviez mourir d'envie de l'expédier au pôle Nord ?

— *Well, Amédée has a good nature* et ça faisait tellement plaisir à *daddy* de nous gâter !

— Toi, ma vieille, tu es amoureuse comme au premier jour, constata Hortense. Je t'envie…

— Médée est un amour. Doux comme un agneau. J'obtiens de lui tout ce que je désire. Il fronce les sourcils derrière ses lunettes de clerc, puis il finit par faire tous mes caprices. Il faut dire que sa mère Julie m'adore, ce qui arrange drôlement les choses.

— Et toi, Hortense, entre ton père et George-Étienne, ça se passait comment ? demanda Mae.

— C'était l'eau et le feu, répondit-elle sans hésiter. Vous savez comme mon père avait la fibre patriotique ? Ça ne pouvait pas marcher entre un ardent « papineauiste » comme lui et George-Étienne, qui rêve d'un immense Canada. Je ne sais plus combien de fois j'ai dû arbitrer leurs différends. La seule chose que mon père appréciait, c'est que mon mari gagnait beaucoup d'argent comme avocat.

— On ne peut pas dire que ton George soit gentil à l'égard de mon beau-père, fit Mary, un sourire espiègle au coin de la bouche. Il paraît qu'il l'appelle " le vieux Papineau ".

— Monsieur Papineau n'a pas non plus la langue dans sa poche, riposta Hortense. Il ne se gêne pas pour taxer George-Étienne de tourne-jaquette.

— Allons bon, les filles, vous n'allez pas vous chamailler ? lança Mae. Mary, tu n'aurais pas un petit mousseux à nous offrir ? Il ne sera pas dit que la bru du " vieux Papineau ", l'épouse désabusée du premier ministre Cartier et la fille déshéritée du millionnaire Masson ne savent pas s'amuser par une aussi belle journée de retrouvailles. »

Mary sonna la bonne et lui demanda d'apporter la bouteille de champagne qu'Amédée réservait pour les grandes occasions. Hortense s'enquit de l'heure.

« Tu ne vas pas nous laisser tomber ? s'inquiéta Mae. Ton mari t'attend ?

— Tu veux rire ? En général, c'est moi qui poireaute à l'attendre... D'ailleurs, il n'est pas à Montréal. Il revient de Londres dans deux ou trois jours. J'ai tout mon temps.

— George-Étienne voyage en Angleterre sans toi ? s'étonna Mary.

— Pourquoi ne l'as-tu pas accompagné ? » renchérit Mae.

Ses amies n'en revenaient pas.

«Il s'agissait d'un voyage de travail, se justifia tristement Hortense. Mon mari espère convaincre la reine Victoria du bien-fondé de bâtir une confédération des provinces canadiennes.

— Oh là là ! fredonna Mae en guise de boutade. Le libraire Fabre doit lui apparaître dans ses songes.

— *Ah ! To see London, my dream !* s'exclama Mary. *My dear, you should have gone anyway.*»

Hortense esquissa un sourire las. Elle détourna la tête, comme pour échapper au regard étonné de ses amies. Mae et Mary flairèrent un malaise.

«Toi, la belle Hortense, tu nous caches quelque chose, soupçonna la première.

— Mais non… Mais non, voyons. Je n'ai aucun secret pour vous.

— Rappelle-toi, nous nous sommes juré la main sur le cœur de tout nous dire», lui rappela Mary en se frappant la poitrine.

Les beaux yeux bleus d'Hortense s'embuèrent. Décontenancées, ses amies voulurent la consoler.

«Hortense, nous t'avons fait du chagrin ? Pardonne-nous, dirent-elles en prenant ses mains dans les leurs.

— Oui, nous n'aurions pas dû. Nous sommes trop indiscrètes ?»

Hortense fit signe que non de la tête.

«Alors, ton mari t'a fait de la peine ?» insista la flegmatique Mary qui voulait tirer les choses au clair.

Hortense acquiesça d'un signe de tête.

«Ne me dis pas qu'il te trompe ?» se risqua alors Mae en déposant son verre sur la table.

Hortense ne répondit pas, mais son silence ressemblait à un aveu. Mae reprit son interrogatoire :

«Bon, il te trompe. Mais avec qui ?»

La curiosité de son amie prenait le dessus sur la réserve que ce genre de situations commande. Mae déclina les noms de quelques épouses de députés plutôt bien de leur personne, songea à l'une de leurs camarades d'enfance qu'elle savait volage, avant de se rabattre sur une vague connaissance dont la réputation de gourgandine était bien établie.

«Ne cherche pas plus loin, Mae, tu ne devineras jamais, l'arrêta Hortense en levant les yeux au ciel. Tu te souviens de ma cousine Luce?

— Luce Cuvillier? répéta Mae, incrédule. Celle qui se prend pour George Sand avec ses grands airs de femme fatale?

— C'est vrai qu'elle s'accoutre bizarrement, cette Luce, décréta Mary qui la croisait parfois dans le faubourg. Elle plaît aux hommes, assurément, mais elle est beaucoup plus âgée que toi.

— Je dirais même qu'elle est un peu sur son retour d'âge, insinua méchamment Mae.

— Tu exagères! fit Hortense qui appréciait pourtant la pique.

— Ce flirt ne peut pas être bien sérieux, voulut la rassurer Mae.

— Je les ai surpris ensemble, l'interrompit Hortense. Ils se dévoraient des yeux comme des amants, si tu veux savoir.

— Tu imagines toujours le pire, protesta Mary. Tout le monde sait que ton mari s'éprend des femmes comme on attrape le rhume, mais ça ne dure jamais longtemps.

— Se peut-il qu'elle l'ait accompagné en Angleterre? s'enquit Mae.

— Non. Luce vient tout juste de s'embarquer pour l'Italie.»

Mae accordait peu de foi à cette supposée liaison amoureuse. Elle poursuivit sur sa lancée:

«Hortense, réfléchis deux minutes. Luce est ta cousine. Petite, tu étais suspendue à ses basques à longueur de journée. Jamais elle n'oserait te faire une chose pareille.

— Ah! tu crois ça, toi? Eh bien! ma chère Mae, je l'ai affrontée, ma loyale cousine. Elle m'a tout avoué.

— Elle a avoué?

— Tout. Elle m'a appris qu'ils s'aimaient depuis fort longtemps, figure-toi. Elle a eu l'audace de me dire qu'ils ne voulaient pas me faire de mal… Luce m'a joué la scène de la gagnante s'apitoyant sur la pôôôvre perdante que je suis à ses yeux. Elle me dégoûte!

— Et George-Étienne? A-t-il cherché à se justifier? Qu'avance-t-il pour sa défense?

— Il prétend que j'affabule. Ce qui ne l'a pas empêché de me promettre de ne plus revoir Luce, soi-disant pour que la paix revienne dans notre foyer.

— Tu l'as cru? s'indigna Mae.

— Bien sûr que non. Il ment comme un arracheur de dents. »

Une lueur d'inquiétude traversa les yeux d'Hortense qui regrettait déjà ses confidences.

« Jurez-moi la main sur le cœur selon notre bonne tradition de ne répéter à personne ce que je viens de vous confier. Ni à Amédée ni à Eddie. J'en mourrais de honte. »

Mary et Mae l'embrassèrent en lui promettant la discrétion.

« Que comptes-tu faire? voulurent-elles savoir.

— Je l'ignore. Je le déteste tout en l'aimant encore éperdument. Bref, je suis confuse. »

Le champagne d'Amédée commençait à faire effet. Mae revint à la charge : Hortense ne devait pas s'avouer vaincue. Nul doute, elle sortirait gagnante de son duel avec sa cousine. Tout jouait en sa faveur. Elle était jeune, belle et la mère de deux adorables fillettes que leur père n'abandonnerait jamais.

« Je ne suis pas aussi confiante que toi, fit Hortense en haussant les épaules. Il m'arrive de penser que je devrais m'exiler à l'étranger avec mes filles. Disparaître à jamais de sa vie.

— Et laisser le champ libre à cette Luce Cuvillier? As-tu perdu la tête? » la semonça Mary qui proposa qu'elles élaborent ensemble une stratégie infaillible pour reconquérir son mari volage.

Les « trois grâces » s'entendaient au moins sur un point : il fallait avant tout étouffer les racontars. Pour le reste, Mary prêchait la patience, alors que Mae prônait l'action. À trois, elles finirent par pondre les six commandements de l'épouse futée nageant en pleine crise de couple :

« Tu ne dénigreras pas ta rivale devant ton mari, ce qui ne devrait pas t'empêcher d'exploiter subtilement ses vilains défauts. »

« Tu insisteras sur votre différence d'âge. Elle joue en ta faveur. »

« Tu l'interrogeras sur le fait qu'elle n'a jamais pu se trouver de mari. »

«Tu ne lui feras plus de scène. Rien n'horripile autant les hommes que la jalousie.»

«Tu le rendras jaloux. Arrange-toi pour que les bonzes du milieu politique ou les gros bonnets de la finance te flattent en sa présence. Et sois coquette avec le gouverneur, ça ne peut pas nuire.»

Elles riaient maintenant à gorge déployée. Les conseils saugrenus fusaient de plus belle. La chaude amitié de Mary et de Mae mettait du baume sur les plaies d'amour d'Hortense.

Le dernier commandement vint de Mae. Il déclencha de nouveaux rires en cascade :

«Si rien de tout cela ne touche ton mari, trompe-le à ton tour!»

XIV

Les foudres de monseigneur

S'il n'avait pas embrassé les ordres, Édouard-Charles Fabre aurait pu devenir chanteur d'opéra. Le frère d'Hortense s'en consolait en dirigeant la chorale de la paroisse Saint-Jacques, activité dont il tirait un bien-être indicible. Former des voix, élever des âmes, n'était-ce pas la tâche la plus noble qui soit? Ces heures passées à faire des vocalises et à chanter des psaumes avec ses paroissiens lui permettaient de s'évader des tracas quotidiens et de se rapprocher du Très-Haut.

La répétition venait de se terminer. Il referma ses cahiers de chant et les rangea dans l'armoire de chêne. Un à un, les chanteurs de sa chorale vinrent le remercier avant de prendre congé. C'est alors seulement que ses préoccupations le rattrapèrent. Comment pouvait-il aider sa pauvre sœur à supporter l'insupportable? se demanda-t-il. Même si Hortense n'avait pas osé lui confier son secret, il le connaissait. Dans sa paroisse, il pouvait toujours compter sur une âme charitable pour lui rapporter le dernier potin qui excitait les commères.

Cette fredaine entre son beau-frère et sa cousine Luce s'expliquait par un moment d'égarement. Autrement, comment un homme en vue comme Cartier, doté d'une force de caractère impressionnante, aurait-il pu succomber aux charmes de cette intrigante qu'il avait le malheur de compter parmi ses parents? Cette passion adultère honnie par l'Église exerçait une telle emprise sur eux qu'ils en oubliaient leurs devoirs. Le chanoine Fabre préférait croire à un écart passager. Il prierait pour que tout rentre dans l'ordre. Pourvu, bien entendu, qu'Hortense se montre patiente et surtout discrète afin d'éviter le scandale.

Quant à sa cousine qui n'hésitait pas à bafouer la morale pour vivre un amour interdit, il ne savait trop qu'en penser. Il avait toujours admiré son bel esprit, mais l'éducation excentrique que son père Augustin lui avait donnée ne l'avait pas mise à l'abri des faux pas. S'il avait souvent déploré ses audaces, il ne l'aurait pas cru femme à se laisser emporter par l'appétit charnel.

«L'infidélité conjugale est un fléau!» soupira-t-il en accélérant le pas vers la sortie. À la porte de la sacristie, il consulta l'horaire des messes affiché au mur, attrapa son pardessus au portemanteau et fila à la hâte. L'évêque de Montréal lui avait donné rendez-vous à l'hospice Saint-Joseph, à l'angle des rues Saint-Hubert et de Montigny. Il y avait installé temporairement son évêché, après l'incendie du palais épiscopal.

Bien avant l'heure, le jeune chanoine faisait les cent pas devant l'hospice. La ponctualité était chez lui une obligation. Des ouvriers irlandais réparaient les murs lézardés d'un édifice voisin. Le prêtre considéra les échafaudages dressés contre la façade. De peur de ralentir leur travail par sa seule présence, il songea à entrer attendre monseigneur Bourget à l'hospice, mais y renonça. Les attentions serviles des religieuses à son égard le mettraient mal à l'aise.

Dieu merci! Monseigneur Bourget s'avançait vers lui. Tête blanche, paupières tombantes sur des yeux bleus, lèvres charnues, l'évêque ne faisait pas ses soixante ans ou presque. Sa minceur, son élégance et ses manières onctueuses lui conféraient une jeunesse éternelle.

«Venez!» ordonna-t-il au chanoine Fabre en désignant sa voiture.

L'évêque monta le premier et lui fit signe de prendre place à sa gauche. S'emparant du porte-voix, il donna l'ordre au cocher de le conduire à l'ancien cimetière. Il paraissait de bonne humeur. Cette sortie avec son dauphin le réjouissait. Plutôt mécontent de ses autres vicaires, à qui il reprochait de manquer d'envergure, il fondait beaucoup d'espoir dans sa recrue. Le jeune clergé ne valait pas celui d'autrefois. L'abbé Fabre, en revanche, avait du ressort. Cultivé, il se passionnait comme lui pour la liturgie. Et quelle voix! Pour les chants grégoriens, il n'avait pas son pareil. Ces qualités faisaient de lui un prêtre apprécié des jeunes. Cela était d'autant plus précieux qu'ayant atteint un âge avancé – il disait respectable –, monseigneur Bourget communiquait difficilement avec la jeunesse.

Le chanoine Fabre se distinguait aussi par ses autres mérites. Ce prêtre vif, obéissant et, plus rare encore, franc avec son évêque, l'étonnait par son naturel déconcertant. Ni louvoyant ni obséquieux. Sans doute était-il encore trop jeune pour la mitre – il avait trente et un ans à peine –, mais un jour peut-être…?

Édouard-Charles Fabre avait une vague idée du but de cette sortie avec son supérieur. Il s'enfonça dans la banquette en cuir sombre pour l'écouter. Monseigneur Bourget venait d'acheter un immense terrain, rue du Cimetière, dans le but d'y construire une cathédrale. Après le gigantesque brasier de 1852 qui avait rasé l'église Saint-Jacques et son luxueux palais épiscopal, l'évêque ne cachait pas son intention de déménager dans l'ouest de la ville, au grand dam des citoyens de la paroisse Saint-Jacques qui refusaient de se laisser dépouiller de l'insigne honneur d'abriter leur évêque.

« Ce qu'il y a de singulier, confia le prélat au jeune Fabre, c'est que je vis aujourd'hui la même situation que mon prédécesseur, il y a trente ans. Tous deux privés de notre église, nous avons été l'un et l'autre hébergés par les sœurs.

— En son temps, monseigneur Lartigue a eu beaucoup de mérite, fit observer le chanoine.

— C'est ce qui me donne le courage de l'imiter. Je dois dire qu'il me plaît assez de lui ressembler en quelque chose. »

La voiture roulait lentement le long de la rue Dorchester. L'évêque déplorait à haute voix le peu de cas fait de sa situation précaire. Depuis quelques années, il vivait à l'étroit chez des religieuses aussi démunies que lui. Elles avaient eu la générosité de lui prêter leur modeste chapelle. L'arrangement qui devait être temporaire se prolongeait, faute de moyens financiers pour construire un palais épiscopal convenable.

« Mais les desseins de Dieu sont impénétrables, dit-il, mystérieux. Pourquoi a-t-Il permis que les vents soufflent en ce funeste 8 juillet où tout a flambé? que l'aqueduc soit à sec et les pompiers trop peu nombreux? J'y vois la volonté du Tout-Puissant de me fournir l'occasion de doter la ville d'un temple vraiment digne de la métropole. »

Ils arrivaient devant la grille de l'ancien cimetière, en face du square Dominion. Le chanoine sauta sur le pavé pour ensuite donner le bras à l'évêque.

« Mon fils, c'est dans ce cimetière désaffecté que s'élèvera un jour prochain l'église de Montréal, lui annonça-t-il en épiant sa réaction avec une sympathie toute paternelle. Voilà ce que je voulais vous montrer. J'ai beaucoup réfléchi, beaucoup consulté, beaucoup prié. L'église de monseigneur Lartigue devenait trop exiguë. Si le feu ne l'avait pas détruite, il aurait fallu l'agrandir. Impossible, me direz-vous? Et vous aurez raison : le quadrilatère est entièrement construit. D'ailleurs, Saint-Jacques n'est plus le centre-ville. L'avenir se profile à l'ouest.

— Votre Grandeur n'y pense pas? objecta le chanoine, convaincu que sa franchise serait appréciée. Délaisser les Canadiens français pour vous installer au milieu des Anglo-Saxons? Vous prêteriez flanc à la critique. Je me permets de vous rappeler que vos paroissiens sont hostiles à cette idée. Ils considèrent que l'évêque leur appartient.

— Je sais, je sais. On appelle ça l'esprit de clocher, mais dans le mauvais sens du terme. Tout cela me fait souffrir. Néanmoins, j'ai pris ma décision en songeant au plus grand bien des fidèles. Je me sens lié par la volonté de Dieu et je suis bien décidé à mettre hache en bois. »

Mains croisées dans le dos, les deux prêtres marchaient côte à côte, tels un père et son fils. L'évêque imaginait ici sa résidence, là le temple regardant vers le mont Royal.

« Ma cathédrale sera une réplique de Saint-Pierre-de-Rome, dit-il.

— Mais, Votre Grandeur, ne craignez-vous pas de voir trop grand? »

Le chanoine hésita à poursuivre sa pensée. L'idée de monseigneur Bourget le séduisait. Il se souvenait de la fascination qu'avait exercée sur lui la basilique la plus vaste et la plus riche de la chrétienté, avec sa façade réalisée d'après les plans de Michel-Ange. Mais était-ce bien réaliste de vouloir copier ce chef-d'œuvre ? Les coûts engendrés seraient astronomiques. À l'heure où les Montréalais traversaient une période d'austérité, pouvait-on leur demander de faire les frais des excentricités de leur évêque, aussi bien intentionné fût-il ? Devinant les réserves du jeune Fabre, monseigneur enchaîna sans plus attendre :

« Le temps fera son œuvre, vous verrez. Faites-moi confiance. »

L'évêque s'arrêta de parler puis, se tournant vers son compagnon, lui dit en le toisant :

« Vous pensez bien, mon jeune ami, que je ne vous ai pas demandé de m'accompagner simplement pour vous entretenir de la future cathédrale de Montréal.

— Votre Grandeur, ce fut un réel plaisir de vous écouter. Mais si vous voulez aborder un autre sujet, vous avez toute mon attention.

— Je me fais du souci pour votre frère Hector. J'ai lu avec intérêt le rapport que vous m'avez préparé sur les activités de l'Institut canadien. Ces jeunes rouges embrassent les erreurs du temps. »

C'était donc ça. De tous les dossiers qui s'empilaient sur le bureau de l'évêque, c'est l'épineuse question de l'Institut qui le tourmentait le plus. Édouard-Charles ne s'inquiétait pas outre mesure de savoir son frère parmi ces intellectuels qui se réunissaient pour entendre des conférences publiques et lire leurs essais. Il considérait ces soirées comme une excellente tribune pour un jeune homme destiné à la toge ou à la plume. La présentation enflammée d'Hector sur Chevalier de Lorimier l'avait impressionné. Il y avait certes un peu trop d'exaltation dans le portrait émotif de ce patriote condamné à mort et exécuté, un manque de mesure aussi dans le choix des termes, mais à vingt-quatre ans et imbu de patriotisme, Hector était tout à fait excusable.

Depuis quelque temps, toutefois, l'Institut canadien dont Hector était l'archiviste amorçait un virage suspect. Le chanoine craignait comme monseigneur Bourget que le groupe ne glisse sur la pente de l'anticléricalisme. Le journal *Le Pays* que son propre père, le libraire Fabre, avait fondé leur servait de tribune. Certains de ses membres exerçaient une mauvaise influence sur leurs confrères. Ce Louis-Antoine Dessaulles, notamment, qui ne ratait jamais l'occasion de reprocher à l'Église de mettre son nez dans les affaires de l'État. Et cet Arthur Buies dont l'esprit de provocation devenait insupportable.

Édouard-Charles Fabre avait longtemps hésité à mettre Hector en garde contre les excès de ses camarades. Après tout, l'Institut canadien fourmillait de jeunes intellectuels qui s'y forgeaient une pensée et apprenaient à s'exprimer sur les sujets de l'heure. Cependant, la dernière trouvaille de Dessaulles qui comparait les avertissements du clergé à l'acharnement de l'Inquisition contre Galilée l'avait troublé. Il avait donc eu avec son frère une sérieuse conversation.

Rien de bien rassurant n'était sorti de ce tête-à-tête. Ce cher Hector était un manipulateur-né. L'air espiègle, il avait écouté docilement son grand frère, sans lui révéler le fond de sa pensée. Tantôt il donnait raison à ses camarades, tantôt il reconnaissait qu'ils allaient trop loin. « Quelle girouette ! » pensa le chanoine en le voyant tergiverser, sa main ébouriffant sa tignasse blonde, comme le faisait jadis leur père, lorsqu'une question l'embêtait. Même Hortense, toujours prête à prendre sa défense, jugeait ses volte-face déroutantes. Un vrai Gaulois !

À vrai dire, la présence d'Hector à l'Institut le mettait dans une situation inconfortable face à monseigneur Bourget qui venait de déclarer la guerre aux porte-parole de ce club aux idées libérales.

« Votre frère s'intéresse maintenant à la littérature, à ce qu'on m'a rapporté, commença prudemment l'évêque. Vous a-t-il fait lire sa causerie avant de la présenter à l'Institut ?

— Oui, Votre Grandeur, et je n'y ai rien trouvé de répréhensible. »

Hector avait exposé un point de vue original. Courageux même, puisqu'il s'adressait à des nationalistes peu enclins à entendre critiquer les œuvres canadiennes. Comparant la littérature d'ici, encore au stade de l'enfance, à celle plus mature de la France, il avait déploré que la première ne reflète pas suffisamment sa nationalité.

Ni française ni anglaise ni américaine, la société canadienne s'était miraculeusement conservée sous certains rapports et singulièrement défigurée sous d'autres. Ses œuvres auraient dû refléter ses composantes.

«Hector rêve d'une littérature qui compterait une *Comédie canadienne*, à la manière de la *Comédie humaine*», précisa le chanoine.

Les narines de l'évêque se dilatèrent. Peu de romanciers français trouvaient grâce à ses yeux. À l'écouter, il aurait fallu bannir les romans comme un poison perfide qui contaminait le siècle.

«Honoré de Balzac est à l'Index, l'avez-vous oublié, monsieur le chanoine? lui rappela-t-il.

— Bien sûr que non, monseigneur.

— Votre frère devrait se souvenir que, pour juger des ouvrages, les catholiques disposent d'un tribunal ecclésiastique. La seule critique valable vient de l'Église.»

Il y eut un moment de silence. Les deux clercs descendirent de voiture et pénétrèrent dans l'évêché.

«N'allez pas croire que je condamne tous les écrivains, se défendit monseigneur Bourget avec emphase. Lacordaire et de Ravignan, Veuillot et Michelet ont écrit des pages magnifiques. Cela dit, aucun catholique ne doit s'approcher d'un Voltaire ou d'un Rousseau, ces corrupteurs d'âmes. J'en ai aussi contre les romans-feuilletons publiés dans nos journaux, car ils font fi de la morale. J'inclus Victor Hugo et son *Notre-Dame de Paris* qui suinte l'idéologie communiste ou socialiste.»

Tout au long du corridor menant au bureau épiscopal, le chanoine Fabre laissa le prélat poursuivre son monologue. Dans l'antichambre, deux sulpiciens attendaient, assis bien droits sur des chaises à haut dossier. En apercevant l'évêque, ils se levèrent d'un bond. Un curé maigrelet aux cheveux gris taillés à la diable et vêtu d'une soutane râpée faisait les cent pas dans la pièce. Il chercha à attirer le regard de monseigneur Bourget qui l'ignora. Les deux prélats pénétrèrent dans une pièce haute de plafond. Derrière l'imposante table en chêne massif, l'évêque saisit un dossier et le feuilleta méthodiquement jusqu'à ce qu'il tombe sur le document recherché.

«Vous admettrez avec moi que l'on ne peut absoudre en confession ceux qui refusent de renoncer à la lecture des romans immoraux, pérora-t-il. Or, la bibliothèque de l'Institut canadien est truffée d'œuvres à l'Index. Cela signifie que des catholiques empruntent impunément les romans d'Eugène Sue ou d'Alexandre Dumas, alors que *Le Génie du christianisme* de Chateaubriand, la plus belle intelligence de ce siècle, dort sur les tablettes. »

Monseigneur Bourget alla ensuite droit au but. Il voulait savoir si Hector et ses camarades avaient réagi à sa lettre pastorale que les curés avaient lue dans toutes les églises. «Nous y voilà ! » pensa le chanoine qui commençait à trouver que l'Institut obsédait démesurément son supérieur.

«Dans ma lettre, je leur ai demandé de purger leur bibliothèque de tous les livres dangereux, dit l'évêque. Ce ne sont pas tous les jeunes gens mais simplement leurs leaders qui repoussent ce qu'ils appellent la " censure ecclésiale ".

— Malheureusement, Votre Grandeur, je n'ai pas eu l'occasion d'en discuter avec Hector. Je sais qu'une réunion spéciale de l'Institut se tiendra à huis clos, ce soir. Nul doute qu'Hector m'en reparlera. »

Le vieil évêque fit tourner un moment l'anneau qu'il portait à l'annulaire, sans cacher sa déception.

«Puisque vous n'en savez pas plus que moi, attendons la réaction de ces messieurs», conclut-il.

Édouard-Charles Fabre allait se retirer, soulagé de voir que monseigneur Bourget n'avait pas fait allusion aux difficultés conjugales de sa sœur Hortense, ce qu'il redoutait plus que tout. Il ne perdait cependant rien pour attendre. Comme d'habitude, l'évêque était bien informé. On ne l'avait pas surnommé le Petit Vatican pour rien.

«Encore un mot, mon jeune ami, fit l'évêque en le retenant par le bras. J'oubliais de vous recommander d'avoir un entretien avec votre beau-frère. Des bruits désagréables courent à son sujet. Vous me comprenez à demi-mot, n'est-ce pas? Je n'ai pas à entrer dans les détails de cette pénible affaire de mœurs. Ramenez monsieur

Cartier à la raison. Rappelez-lui qu'il a beaucoup à perdre à enfreindre la morale chrétienne. Et tenez-moi au courant de l'évolution de vos démarches. »

XV

Back from London

Fin de l'automne 1858

«Il arrive, il arrive…», s'écria Joséphine en battant des mains.

La locomotive freina dans un grincement d'enfer avant de s'arrêter tout à fait. Le train avait une heure de retard. Une délégation composée du nouveau maire, Charles-Séraphin Rodier, et de quelques députés conservateurs faisait le pied de grue dans la salle des pas perdus de la gare Bonaventure, en attendant l'arrivée du premier ministre Cartier. Tout à coup, Jos poussa un cri :

«Je le vois à la portière… Il descend du wagon… C'est lui.

— Papa ! Papa ! » fis-je à mon tour, même si je ne voyais rien du tout.

J'avais beau me tordre le cou, je n'arrivais pas à le distinguer dans la cohue. Il m'apparut enfin, son chapeau haut-de-forme à la main. Impeccable dans sa longue redingote noire, sans un pli à son pantalon rayé malgré un long voyage, ses traits s'animèrent dès qu'il nous aperçut. Le bruit courait que la traversée avait été éprouvante. Cela paraissait difficile à croire tant il portait beau et semblait en excellente forme. Sur le vapeur, à ce qu'il nous raconta plus tard, on l'avait traité aux petits oignons. Il avait sa place à la table des officiers et, le soir, il jouait aux cartes avec eux. Contrairement à la plupart des passagers, il n'avait pas été indisposé. Autant dire qu'il avait le pied marin.

Hortense nous poussa vers notre père qui nous souleva de terre l'une après l'autre. Je remarquai son hésitation au moment de s'avancer vers lui. Toute de bleu vêtue, elle était très élégante. Ses cheveux châtain clair brillaient sous l'éclairage artificiel. Mon père la serra dans ses bras. Je sentais qu'il aurait préféré nous ramener à la maison tout de suite, mais il devait d'abord affronter une meute de journalistes.

D'un pas presque militaire, il marcha jusqu'à la tribune. Je le vis remuer la tête dans tous les sens, impatient d'en finir. Comme il avait prolongé son séjour de l'autre côté de la Manche – il n'avait pas résisté à l'envie de traverser en France –, les nouvelles de son échec londonien l'avaient précédé. Il savait qu'il devrait en répondre. Le maire Rodier termina son boniment et le premier journaliste l'attaqua sans ménagement :

« Monsieur Cartier, est-il vrai que les autorités britanniques ont opposé une fin de non-recevoir à vos demandes ?

— Ce n'est pas exact », corrigea-t-il sèchement en dévisageant son interlocuteur de ses yeux perçants.

Sa ferme dénégation avait de quoi surprendre. La nouvelle publiée dans les journaux londoniens et rapportée par la plupart des gazettes montréalaises ne laissait aucun doute : le *Colonial Office* avait accueilli son projet d'union fédérale des provinces britanniques de l'Amérique du Nord avec une indifférence polie.

« Alors, expliquez-nous, monsieur le premier ministre, pourquoi ça n'a pas marché comme prévu », insista le journaliste, un vieux routier qui n'avait pas la réputation de se laisser emplir comme une cruche.

Cartier fronça les sourcils, comme s'il jugeait cette insistance déplacée. Étonnamment, sa voix prit alors une tonalité moins rude.

« Londres n'a pas dit non, nuança-t-il. Cependant, elle préfère attendre que les provinces maritimes lui fassent connaître leur intérêt pour ce projet, avant d'autoriser la tenue d'une conférence. À ce jour, seule Terre-Neuve a donné son accord pour entamer des discussions. Nous devrons donc patienter, voilà tout.

— Sur le fond de la question, y a-t-il désaccord ?

— Non, non, non, pas du tout ! s'impatienta le premier ministre. Nous nous entendons sur le bien-fondé de réunir les provinces de l'Atlantique au Pacifique. Il paraît évident à tout le monde que la seule façon d'échapper à l'emprise des États-Unis, qui ne demandent qu'à absorber le Canada, c'est d'unir les provinces.

— Au sujet du chemin de fer intercontinental, avez-vous obtenu les ressources financières que vous réclamiez ?

— En ce moment, le *Colonial Office* n'a pas les fonds nécessaires pour nous aider. C'est la dépression en Angleterre et le gouvernement britannique est contraint à d'énormes sacrifices.

— C'est bien ce que je disais tantôt : vous rentrez les mains vides, le nargua le vieux reporter en prenant ses confrères à témoin.

— Vous êtes journaliste au *Pays*, si je ne m'abuse ? laissa tomber Cartier avec une moue méprisante. Dans ce cas, il est inutile d'espérer une quelconque rigueur professionnelle de votre part.

— Monsieur le premier ministre, je ne vous permets pas de m'insulter ! rétorqua le scribe en haussant le ton pour être bien entendu des dignitaires qui observaient la scène. Je représente ici les citoyens qui vous ont élu et à qui vous avez des comptes à rendre !

— Avez-vous d'autres questions ? demanda Cartier, pour couper court à ses remarques.

— Et la reine Victoria ? L'avez-vous rencontrée ? » s'enquit avec déférence le chroniqueur de *La Minerve*. Il connaissait déjà la réponse à sa question mais, devant la mauvaise foi de son collègue du *Pays*, il crut bon de fournir au premier ministre l'occasion de se faire valoir.

Le visage de Cartier s'éclaira :

« Oui, j'ai eu l'honneur de baiser la main de notre gracieuse souveraine. Figurez-vous qu'elle m'a invité à son château de Windsor.

— À Windsor ?

— J'y suis resté trois jours, précisa Cartier. Sa Majesté m'a reçu comme un prince. Et la classe politique a offert un banquet en l'honneur de la délégation canadienne. Vous n'avez pas idée comme les Canadiens sont les bienvenus à Londres. »

Le premier ministre retrouvait peu à peu son aplomb :

« Alors, vous pensez bien, j'en ai profité pour faire avancer nos affaires auprès de la reine et du *Colonial Office*. Vous me connaissez trop pour croire que j'aurais baissé pavillon. Allons donc! Il faudra du temps et de la patience pour réaliser ce grand Canada qui me fait rêver. Or, ça tombe bien, messieurs, j'en ai à revendre.»

∼

Un grand gaillard à la peau d'ébène poussa le chariot chargé des bagages du premier ministre jusqu'au fiacre. Il les hissa sans effort à l'arrière de la caisse et fit un signe au cocher qui démarra aussitôt. C'était une fin d'après-midi fraîche. Dehors, en ce jour de la fin de l'automne, il faisait noir comme chez le loup. Bien malin qui eût pu dire lequel, du père, de la mère ou des enfants, s'estimait le plus heureux.

Son haut-de-forme sur les genoux, un bras sur les épaules de Jos, l'autre cherchant ma main, le grand voyageur racontait son séjour chez la reine Victoria qu'il décrivait comme une femme encore belle pour ses quarante ans, un peu plus ronde que sur ses daguerréotypes mais fort gracieuse. Surtout, il avait apprécié sa conversation pétillante.

«Sais-tu ce qu'elle lisait? demanda-t-il à Hortense. *Jane Eyre.*

— Le roman de Charlotte Brontë, s'exclama ma mère, au fait des succès littéraires à Paris comme à Londres. T'a-t-elle dit si cela lui plaisait?

— Elle en pense le plus grand bien. Elle connaît d'ailleurs tous les livres des sœurs Brontë. C'est le prince Albert qui lui en fait la lecture. En passant, je t'ai acheté *Jane Eyre* dans un *bookstore* de Londres.»

Cartier multipliait les anecdotes à propos de la souveraine. Au moment de leur rencontre, elle revenait de Berlin où sa fille aînée, Vicky, l'épouse de l'empereur d'Allemagne, attendait un enfant. Comme la reine se méfiait des médecins allemands, elle lui avait envoyé un accoucheur anglais.

«Elle t'a raconté des anecdotes aussi intimes? l'interrogea Hortense, surprise du peu de décorum observé au palais royal.

— Elle m'a même décrit ses relations personnelles avec Napoléon III. Pendant l'été, l'empereur l'a reçue à bord du yacht royal amarré à Cherbourg. Il y inaugurait une ligne de chemin de fer.

— C'est drôle, j'imaginais la reine d'Angleterre plus réservée.

— Au contraire, elle est d'un naturel désarmant. Mais quelle érudite ! Si tu l'avais entendue décrire la campagne allemande ! Elle s'exprimait avec la précision d'un géographe.

— Papa, comment s'adresse-t-on à la reine ? lui demandai-je. Faut-il dire madame la reine ou Victoria ?

— Et le prince ? Est-il aussi bel homme qu'on le prétend ? enchaîna Joséphine sans attendre la réponse à ma question.

— Une à la fois ! Marie d'abord : lorsqu'on parle à la reine, on dit *Your Majesty*. Quant à son mari, le prince Albert, il perd ses cheveux et il a grossi. On lui donnerait beaucoup plus que ses quarante ans.

— Non, pas Albert, je pensais à son fils, le prince Édouard.

— Eh bien ! comme tous les jeunes gens de dix-sept ans, Édouard est enjoué. Je le trouve fort sympathique. D'ailleurs, tu pourras en juger, puisqu'il nous rendra visite à l'occasion de l'inauguration du pont Victoria.

— La reine ne viendra pas ? s'étonna Hortense. Ce n'est pas très aimable de se faire remplacer. Après tout, nous avons donné son nom à notre pont.

— Sa Majesté le regrette sincèrement, crois-moi, répondit papa. Mais les voyages en mer lui sont interdits. Sa santé inspire des craintes. Alors, elle m'a personnellement promis de nous envoyer son fils.

— Le prince Édouard ! Comme j'aimerais lui être présentée ! » fit l'impératrice en écarquillant les yeux. Elle se voyait déjà dansant le menuet avec le dauphin de Victoria.

« Ce que tu peux être gourde ! lui dis-je pour lui ramener les deux pieds sur terre. Penses-tu qu'un jeune homme de son rang s'abaisserait à danser avec un emplâtre de ton espèce ? »

Maman me gronda. Elle ne supportait pas que je couvre d'injures la belle Joséphine.

« Marie, sois polie avec ta sœur. »

La conversation se poursuivit à la cuisine devant une tasse de chocolat chaud. Le capitaine n'en finissait plus de décrire les merveilles londoniennes : le *Palace Hotel*, l'un des plus chics établissements de la capitale, avec ses fenêtres à guillotine et ses lits trop mous, la cohue dans *Buckingham Palace Road*, les banquiers de *St. James Street*, *Piccadilly* sous la pluie, *Hyde Park* devenu le repaire des flâneurs... Les coudes posés sur la table, Hortense l'écoutait en regrettant, j'en aurais donné ma tête à couper, de ne pas l'avoir accompagné.

« Si tu voyais le château de Windsor ! » s'exclama-t-il.

À petite distance de la Tamise, ses fortifications dominaient la ville de Windsor. Perché au sommet de la muraille, le château royal frappait par sa sévérité. La délégation, dont faisait partie Cartier, avait pu tout à loisir traverser la chambre d'audience aux murs couverts de tapisseries des Gobelins.

Bien à regret, il fallut se mettre au lit. Resté seul avec Hortense, notre père redoubla de volubilité, détaillant tour à tour le magnifique *Lambeth Palace*, où il avait dîné avec l'archevêque de Canterbury, et *Downing Street*, la résidence du premier ministre britannique. Enfin, il se vanta d'avoir pris le thé chez la célèbre duchesse de Wellington.

De ses conciliabules au *Colonial Office*, il ne dit mot. Hortense lui en passa la remarque. Il prétexta une trop grande fatigue pour aborder des questions aussi sérieuses. Le lendemain peut-être…

« Parle-moi plutôt de toi, demanda Cartier.

— Oh ! Moi, je m'occupe. La routine, quoi. »

Hortense n'aimait pas se raconter. Il dut insister.

« J'enseigne le piano à Marie. Elle me semble très douée pour une petite fille de neuf ans. L'an prochain, elle pourra suivre des cours d'un vrai professeur de musique. Quant à Joséphine, elle a un talent certain pour le dessin. Son maître ne tarit pas d'éloges à son sujet.

— Mais toi, à quoi occupes-tu tes journées ?

— L'orphelinat m'accapare. Les sœurs considèrent comme un privilège de compter parmi leurs collaboratrices l'épouse du premier ministre. Je suis maintenant responsable de recueillir des fonds auprès des gros bonnets. Ma foi, je me débrouille pas mal. »

Ils se couchèrent tôt, serrés l'un contre l'autre, heureux de se retrouver après une longue absence. Pas une seule fois, l'ombre de Luce ne s'interposa entre eux.

$\sim$

Le doute insidieux. Est-ce cela qui a perdu maman ? Je me suis souvent posé la question par la suite. L'harmonie conjugale retrouvée ne dura guère. L'hiver qui suivit le retour du capitaine fut coriace, au propre comme au figuré. Cartier se débattait avec ses détracteurs ; et la première dame du pays, avec ses soupçons et sa jalousie. Hortense eut beau redoubler d'efforts pour guérir de cette vilaine maladie, le ver était dans la pomme.

Un premier incident vint troubler la fragile paix familiale. Une lettre parfumée arriva de Londres par un beau matin de janvier. Le nom de la correspondante, une certaine Clarice Pusey, apparaissait sur l'enveloppe. Le postier l'avait remise à Hortense.

Enfermé dans la bibliothèque avec Maurice Cuvillier, le capitaine lui exposait son plan pour favoriser les exportations canadiennes lorsque maman lui apporta cette mystérieuse missive. Plantée comme un piquet, elle attendit qu'il daigne la renseigner sur sa provenance. Elle pressentait qu'il inventerait une explication farfelue, selon sa bonne habitude. Mais non, la tentation d'impressionner son ami Cuvillier fut plus forte que sa crainte d'embarrasser sa femme. En reconnaissant l'écriture de son amie anglaise, il s'écria :

« Ah ! cette charmante Clarice a pensé à moi. Une femme élégante, brillante, attrayante… Elle est tout cela et plus encore. »

Cartier retira le cachet, huma le parfum et lut deux ou trois lignes pour lui-même, avant de commenter à haute voix :

«Quelle délicatesse! Cette chère Clarice réclame un daguer-réotype de moi. Vous ne devinerez jamais? Elle voudrait peindre mon portrait.

— Qui est cette Clarice? s'enquit Hortense sur un ton faussement anodin.

— Une dame de compagnie de la reine Victoria. C'est aussi la nièce de mon ami, lord Carnarvon. Nous avons passé de bons moments ensemble. Je suis très impoli de ne pas lui avoir donné signe de vie depuis mon retour. Je vais tâcher de lui envoyer un souvenir du Canada pour me faire pardonner. Des broderies indiennes, peut-être. Qu'en penses-tu, Maurice?

— Ça dépend, répondit celui-ci. Tes relations avec cette *lady* sont-elles assez intimes pour que tu te permettes de lui offrir un cadeau sans commettre un impair?

— Elle m'adore!» fit Cartier.

Jugeant l'attitude de son mari offensante à son égard – il l'igno-rait complètement –, Hortense quitta la pièce. Elle resta cependant braquée derrière la porte pour écouter les confidences de son mari.

«J'ai bien failli la suivre à Aix-la-Chapelle, poursuivit-il. Elle y passe l'hiver et m'a supplié de l'accompagner.»

Quel vantard! pensa Hortense. Comme tous les coureurs de jupons, son mari exhibait volontiers son tableau de chasse. Encore heureux que sa nouvelle flamme brûlât de l'autre côté de l'Atlan-tique! Pour l'instant, Hortense pouvait dormir sur ses deux oreilles. Néanmoins contrariée par la scène grotesque qu'il venait de lui infliger, elle s'éloigna en se promettant de lui remettre un jour pro-chain la monnaie de sa pièce, suivant les bons conseils de ses amies Mae et Mary.

Les choses ne s'arrangèrent pas, loin de là. Le capitaine prenait un malin plaisir à glisser le nom de Clarice Pusey dans la conversation pour tout et pour rien. Il citait de mémoire ses lettres expédiées de *Highdire Castle*. «*How can I thank you enough for your lovely presents. I never had anything more beautiful. It is a perfect marvel!*»

Hortense sentait alors la moutarde lui monter au nez. Elle ne se gênait pas pour ridiculiser les broderies indiennes expédiées à cette

Clarice et qui « n'avaient pas leur pareil en Europe ». Moi, qui étais déjà futée, je me doutais que maman fouillait dans les papiers du capitaine. Autrement, comment aurait-elle pu savoir que la dame lui avait réclamé les paroles des chansons canadiennes qu'il lui avait chantées à Londres ?

Je m'amusais à mimer l'amie du capitaine. Dans mon meilleur anglais assaisonné d'un accent *british* surfait, je récitais ma tirade extraite d'une missive marquée «*private*» qu'il avait laissée traîner intentionnellement dans le salon de musique : «*Dear George, I beg you to send me another photograph of you.*» Joséphine déclamait ensuite d'une voix traînante : «*Forgive me to ask you a visible reminder of the original. Your most truly, Clarice*».

Avec le temps, le capitaine cessa ces petites mesquineries. Investi d'accablantes responsabilités, il espaçait de plus en plus ses apparitions à la maison. Il entrait en coup de vent, nous embrassait sur les deux joues, avant de s'enfermer dans la salle à manger avec une pile de documents. Au bout d'une heure, il repartait. S'il passait plus de temps avec nous, alors, c'est maman qui s'éclipsait.

À cette époque, Joséphine et moi avons commencé à l'appeler « capitaine ». À cause de sa démarche militaire et aussi des ordres qu'il donnait aux domestiques d'un ton sec et expéditif. Autour de lui, tout marchait rondement ! Même avec nous, ses filles, il se montrait bourru, n'hésitant pas à nous rudoyer. Depuis qu'il remplissait les fonctions de premier ministre, il ne supportait plus la contradiction. D'ailleurs, personne n'osait l'affronter. Ni maman ni nous. S'il se fâchait, il fallait presque s'en excuser à sa place. Ceux qui ne pensaient pas comme lui étaient traités d'ignares. Sa mâchoire massive, sa bouche volontaire, le feu de son regard, tout chez lui respirait l'autoritarisme. Nous l'aurions préféré un peu plus paternel, un peu plus affectueux, comme il savait si bien l'être avant que la gloire ne retombe sur lui.

∼

Un froid sibérien enveloppa Montréal tout l'hiver. Malgré les mises en garde de notre oncle Édouard-Charles Fabre, qui voyait le mal partout et redoutait le pire pour « cette belle jeunesse », Joséphine et moi patinions tous les jours. Soumis à l'influence puritaine de monseigneur Bourget, l'abbé nous avait interdit les glissades en traîne sauvage sur le mont Royal, sous prétexte qu'elles étaient des occasions de pécher. Heureusement, il n'avait pas réussi à convaincre maman de nous priver de patinage. Il n'en fallait pas moins subir son prêchi-prêcha ridicule au traditionnel repas du dimanche midi.

Il neigeait depuis trois jours et les ouvriers n'avaient pas encore déblayé le rond sur le fleuve. Même le chemin de glace balisé de têtes de sapin qui menait à Longueuil n'était pas carrossable. Les cochers les plus hardis rebroussaient chemin avec leurs *sleighs*, plutôt que de s'y aventurer. Maman décida de nous emmener au *Montreal Skating Ring*. C'était notre première visite à la patinoire couverte, la seule en ville.

La balade en carriole jusqu'à la rue Saint-Urbain fut un pur bonheur. Les grelots et les clochettes tintaient dans les rues, comme après chaque tempête. Emmitouflées dans nos vêtements laineux, les genoux recouverts d'une peau d'ours, maman, Jos et moi étions pelotonnées l'une contre l'autre sur la banquette de cuir recouverte de fourrure. J'avais la tuque enfoncée jusqu'aux yeux et un épais foulard noué autour du cou. C'est à peine si on me voyait le bout du nez. J'avais arraché à maman la promesse qu'elle patinerait avec nous. Elle avait tergiversé jusqu'au dernier moment, énumérant les bonnes raisons qu'elle avait de décliner une aussi charmante invitation : il y avait bien un siècle qu'elle n'avait pas chaussé des patins, elle risquait de manquer d'équilibre, de se fouler la cheville... À bout d'arguments, elle s'était prétendument aperçue que ses patins demeuraient introuvables.

« On n'a qu'à vous en acheter une paire, proposa Joséphine. Les nouveaux patins de *ring* qui s'ajustent sans courroie coûtent seulement cinq dollars. Il y en a chez Warren, à l'autre bout de la rue Notre-Dame.

— Voyons, ma chérie, il n'en est pas question.

— Alors, maman, vous louerez des patins au pavillon», ordonna Jos pour couper court à ses objections.

De guerre lasse, Hortense fixa des semelles de bois garnies d'une lame de fer à ses bottines fourrées. Les courroies de cuir étaient si rigides qu'elle eut du mal à les attacher. Le gardien l'aida et elle s'élança enfin sur la glace. Il y avait peu de spectateurs dans les gradins et cela la soulagea. J'étais très excitée. C'était beaucoup plus intéressant que de patiner à ciel ouvert. Jamais je n'avais vu une glace aussi lisse, sans la moindre rugosité. Sur les poteaux soutenant le toit, on avait installé l'éclairage au gaz et nous rêvions de patiner en soirée. Lorsque le corps de musique exécuta une première valse de Strauss, maman menaça d'aller nous attendre dans les gradins. Elle se sentait terriblement gênée. Tout aurait été différent si elle avait su glisser élégamment sur la piste, au rythme de la musique. Hélas! son coup de patin manquait de grâce et elle tombait sur le derrière dès qu'elle s'enhardissait. Naturellement, je pouffais de rire.

L'après-midi passa trop vite. Sur le chemin du retour, nous chantions des airs à la mode. La voix de maman mêlée à la nôtre me causa une émotion poignante. Elle, si souvent triste, paraissait joyeuse. On aurait dit qu'une heure de patinage l'avait rajeunie de dix ans. J'aurais vendu mon âme au diable pour que notre traîneau n'arrivât jamais à la maison où, je le pressentais, son humeur changerait.

Une surprise m'y attendait. En notre absence, un colis d'outre-mer était arrivé. Expédié de Marseille, il était adressé à mademoi-selle Marie-Hortense Cartier. La vieille Alice, qui l'avait récupéré aux douanes, me le remit sans vérifier auprès de maman si c'était la chose à faire. Intriguée, je déchirai l'emballage d'où émergea une magnifique poupée de chiffon vêtue à la mode provençale. Je la serrai contre mon cœur.

«Maman, maman, regardez...»

Occupée à mettre nos vêtements mouillés à sécher, Hortense n'avait pas prêté attention à la scène. Elle se retourna.

« Mais qui t'envoie ce beau cadeau, ma chérie ? demanda-t-elle en dépliant la feuille qui accompagnait la poupée. Elle lut : *À ma petite Marie, pour ton dixième anniversaire, une jolie Marseillaise, de cousine Luce qui pense à toi tous les jours.* »

Maman m'arracha la poupée des mains et la jeta violemment dans son carton. Le visage de glace, elle ordonna à Alice de la faire porter chez mademoiselle Cuvillier.

« Nous n'avons pas besoin de ses guenilles. »

Je pleurais à chaudes larmes.

« Ma poupée, je veux ma poupée, répétais-je sans comprendre pourquoi maman me privait d'un aussi joli cadeau.

— Sois raisonnable, Marie, me supplia-t-elle d'une voix redevenue douce, je t'en achèterai une plus belle encore.

— Non. Je veux ma poupée marseillaise. Elle est à moi. »

Rouge de colère, je hurlais en serrant les poings et en tapant du pied.

« Ça suffit ! fit maman excédée. Demain, nous irons chez Morgan et tu choisiras celle qui te plaira. Maintenant, monte à ta chambre. »

∽

Le capitaine reprocha à ma mère sa cruauté. « De la pure méchanceté ! » explosa-t-il en apprenant de la bouche de Joséphine l'incident dont lui seul pouvait deviner la cause.

J'étais inconsolable. À cause de la poupée, mais aussi parce que je trouvais maman injuste. Dès que je l'apercevais, mes larmes redoublaient, ce qui, bien entendu, la mettait au supplice. C'était ma douce vengeance. Je devinais que son geste la tourmentait. Cependant, je ne saisissais pas pourquoi cette malheureuse poupée de chiffon avait déclenché chez elle une aussi vilaine colère. J'en compris les raisons beaucoup plus tard.

Dans la tête d'Hortense, Luce Cuvillier était sortie de sa vie pour de bon. Ses amies Mary et Mae l'avaient bien mise en garde :

sous aucun prétexte, l'intrigante ne devait s'approcher de nous. Il n'était pas question de la laisser entrer ni par la petite porte ni par la grande. Hortense tolérait à peine la présence de Maurice, qu'elle soupçonnait de l'espionner pour le compte de sa sœur. Depuis la visite-surprise de maman chez *Cuvillier & Sons,* un fossé s'était creusé entre elle et son cousin. À moins d'y être obligé, Maurice évitait d'ailleurs de passer à la maison pour discuter avec le capitaine. Il préférait lui donner rendez-vous à l'hôtel Rasco où notre père avait établi ses quartiers.

Peu avant le printemps, Hortense apprit de grand-mère que Luce prolongeait son séjour en Italie. Elle en éprouva un réel soulagement. En dépit des promesses de George-Étienne, elle redoutait le retour de sa maîtresse. Leur liaison avait déjà survécu à tant d'obstacles.

À la maison, la tension retomba peu à peu. Les travaux de construction du futur parlement allaient débuter et le capitaine veillait au grain. Finalement, Victoria avait tranché en faveur d'Ottawa comme capitale du Canada-Uni. L'ex-gouverneur Elgin avait prévenu la reine que Montréal était «pourrie jusqu'au cœur et infestée des spécimens les plus anti-britanniques du pays». Son successeur, sir Edmund Head, l'avait quant à lui encouragée à en finir avec la *french domination.*

Cartier avait approuvé haut et fort le choix de la reine, ce qui était assez déconcertant après sa campagne en faveur d'une ville du Bas-Canada. Les méchantes langues insinuaient qu'il avait troqué son appui à Ottawa contre le poste de premier ministre dont il avait hérité au moment même où la souveraine faisait connaître son choix.

Une chose est certaine, à compter de ce jour, mon père s'est toujours présenté comme un ardent défenseur de la nouvelle capitale. «Pour les affaires, serinait-il, les Canadiens français y gagneront.» Quand elle l'entendait vanter les mérites d'Ottawa, ma mère ne manquait jamais de lui rappeler son ancien *credo* en faveur d'une capitale au Bas-Canada. Le capitaine ignorait ses sarcasmes. L'heure était venue de bâtir à Ottawa un parlement digne d'un grand pays. Seul ce gigantesque chantier lui importait. Les plans et devis étaient arrêtés. Il lui restait à trouver le million de dollars nécessaire à sa construction.

XVI

La huitième merveille du monde

Août 1860

Hortense dormit d'un sommeil agité. Au matin, elle se leva précipitamment et se dirigea vers la fenêtre de sa chambre qui donnait sur le fleuve. Pendant un moment, elle regarda se dissiper le brouillard qui enveloppait la ville. Les Montréalais avaient tant prié pour que la cérémonie d'inauguration du pont Victoria se déroulât sous un franc soleil. Ils seraient exaucés.

La veille, une pluie diluvienne avait empêché le prince de Galles de débarquer du vapeur avant la nuit. On avait dû remanier le programme de la journée du tout au tout. Dieu merci! le mauvais temps qui, à Québec, avait gâché la plupart des festivités ne se répéterait pas à Montréal. C'eût été catastrophique si le fils aîné de la reine Victoria avait dû fixer le dernier rivet du nouveau pont sous l'orage.

Hortense fit sa toilette et descendit pour le petit déjeuner. George-Étienne avait déjà quitté la maison et nous dormions encore. Cela la soulagea. Elle avait besoin d'être seule pour rassembler ses idées. Fébrile, elle oscillait entre l'envie de participer à la fête sans arrière-pensée et la peur quasi maladive de croiser Luce à l'une des cérémonies de la journée.

Et pour cause! Luce Cuvillier venait de rentrer d'Italie. La veille, elle avait passé une heure à l'orphelinat. Quelqu'un l'avait ensuite croisée à son club de tir. Qu'avait-elle mis à son programme de ce jour? Hortense se le demandait. La perspective d'accompagner son premier ministre de mari à l'inauguration du pont Victoria, puis au bal donné en l'honneur du prince Édouard, l'enchantait. Il ne lui déplaisait pas de jouer les grandes dames de temps à autre. Elle possédait maintenant une garde-robe remplie de toilettes à la dernière mode. Il lui arrivait de changer de robes plusieurs fois dans une journée. D'une certaine manière, sa nouvelle vie lui réservait des satisfactions imprévues. Pourquoi avait-il fallu que Luce choisisse ce moment pour réapparaître ? Connaissant sa cousine comme pas une, Hortense ne doutait pas qu'elle se débrouillerait pour se faire inviter aux célébrations.

Tout en chipotant un bout de pain tartiné, elle réfléchissait à l'attitude qu'elle adopterait devant sa rivale. Devait-elle l'ignorer ? Ou encore la regarder dans les yeux, l'air de dire : toi, ma vieille, tu ferais mieux de disparaître de ma vue ? C'était bien ce que Mary et Mae lui avaient recommandé. Surtout, elle ne devait pas avoir l'air d'une perdante. Le mieux serait de s'accrocher au bras de Cartier, comme le ferait une femme comblée et sûre d'elle.

Et si Luce feignait d'accepter son sort pour mieux la duper ? Si elle renonçait à s'afficher avec *George*, quitte à le rejoindre plus tard en secret ? Quel parti prendre alors ? Fallait-il espionner son mari ? Hortense maniait parfaitement l'art d'écouter aux portes sans être démasquée. Cela l'humiliait d'en être réduite à se cacher derrière un rideau pour saisir une conversation, mais avait-elle le choix ? Elle savait trop bien qu'elle ne devait jamais perdre son homme de vue. Quelle honte, tout de même, d'être devenue cette femme aux abois ! Il fallait être désespérée pour fouiller dans les affaires de son mari, interroger les domestiques sur ses allées et venues et gâcher un jour de fête à imaginer des situations hypothétiques. La perspective de l'épier tout le jour l'épuisait. Mais la peur d'être prise en flagrant délit ne pesait pas lourd à côté de son obsession de découvrir qu'ils avaient rendez-vous.

~

La maison était maintenant pleine de vie. Nous nous habillions dans nos chambres, cependant qu'Hortense se coiffait dans la sienne. À tout moment, une tête apparaissait dans la porte. Tantôt c'était Joséphine, offusquée à l'idée de porter la même robe que sa jeune sœur, tantôt c'était cette brouillonne de Marie (c'est toujours ce qu'on disait de moi), qui n'arrivait pas à mettre la main sur son second bas. Alice déposa sur le lit de madame le costume à deux jupes en poult-de-soie de couleur gorge-de-pigeon qu'Hortense devait porter pour accueillir le prince de Galles à sa descente de bateau.

« Je me charge de votre chignon, annonça la vieille nourrice.

— Mais je peux très bien y arriver seule, objecta Hortense.

— Laissez, insista Alice. Vous n'avez jamais su vous y prendre. Il ne manquerait plus que le prince Édouard vous trouve toute décoiffée. »

Alice dénoua les cheveux d'Hortense et les brossa vigoureusement. On aurait dit qu'elle s'appliquait plus que de coutume, comme pour savourer l'occasion de s'adonner à son péché mignon : le commérage. Elle n'en revenait pas de tout le flafla qui entourait la visite du prince d'Angleterre au Canada.

« Il paraît que ces messieurs anglais ne digèrent pas que l'héritier du trône ait l'intention de passer plus de temps à Montréal qu'à Toronto, remarqua-t-elle en relevant les cheveux d'Hortense.

— Ils sont tout bêtement jaloux, répondit celle-ci sans plus.

— Faudrait pas qu'on voie plus de drapeaux tricolores que de *Union Jack* dans les rues de Montréal, sinon on pourrait assister à un deuxième mercredi noir. »

Alice faisait allusion à l'émeute déclenchée par les orangistes qui avaient brûlé le parlement de Montréal dix ans plus tôt. Depuis, le spectre de cette vengeance anglaise hantait les citoyens de la ville.

« Ça ne risque pas d'arriver, ma bonne Alice, fit Hortense un peu distraitement. Monseigneur Bourget a lancé un appel au calme. »

Plus qu'une supplique, l'évêque de Montréal avait adressé une exhortation énergique à ses ouailles. Il craignait que Son Altesse Royale ne soit indisposée s'il y avait une surenchère de drapeaux français dans les rues. Du haut de la chaire, il avait ordonné à ses curés de faire carillonner en chœur les cloches de toutes les églises. Cela scandalisait Alice :

« Que pense monsieur votre frère de cette exubérance ?

— Édouard-Charles n'est qu'un simple chanoine, remarqua Hortense. Il n'a pas à juger les décisions de son supérieur.

— Bien moi, j'ai pour mon dire qu'il en fait trop, l'évêque. C'est sûr, il est allé à la bonne école. À croire que feu monseigneur Lartigue vient le tourmenter la nuit. »

Hortense sourit. L'ancien évêque de Montréal avait laissé le souvenir d'une soutane à genoux devant les Anglais et personne ne prononçait son nom sans une allusion à ses courbettes. Une chance que Cartier n'était pas dans les parages, lui qui ne supportait pas les ragots de sa domestique un peu trop patriote. Elle aussi avait été à la bonne école. N'avait-elle pas servi pendant vingt ans chez le libraire Fabre ?

Habituellement patiente avec sa vieille nounou, Hortense désirait un peu de silence. Était-ce trop demander ? Même si son chignon était impeccable, sa domestique continuait à trottiner autour d'elle.

« Alice, si vous alliez aider les petites ? Elles n'y arriveront pas toutes seules. »

La vieille nourrice s'éloigna en bougonnant :

« En tout cas, votre défunt père n'aurait pas apprécié cette parade pour le fils de la reine Victoria ! » marmonna-t-elle en se retirant.

À neuf heures tapant, les cloches se mirent à carillonner dans une joyeuse harmonie, comme l'avait ordonné monseigneur Bourget. Rue Saint-Paul, les trottoirs de bois étaient tout à fait secs. Il faisait très chaud mais, après le déluge de la veille, personne ne s'en plaignait.

Des voiliers encombraient le fleuve, tandis que la cohue envahissait les rues. *La Minerve* du lendemain évaluerait à quatre-vingt mille le nombre de badauds dans le faubourg. Juchés sur le toit des maisons, des jeunes gens guettaient l'arrivée du prince de Galles.

Amarré à l'île Sainte-Hélène pour la nuit, le *Kingston* d'Édouard appareilla à l'aurore et glissa lentement sur le fleuve. Une multitude de voiliers l'escortèrent jusqu'au quai Bonsecours, où le prince fut accueilli par les vivats. Vêtu de l'uniforme de colonel, il passa en revue la garde d'honneur, en ligne sur deux rangs devant un pavillon surmonté de douze piliers doriques couverts de tissus multicolores.

Les dignitaires gagnaient leurs places à la tribune quand une salve de coups de canon se fit entendre. En costume noir au col brodé d'or, chemise et cravate blanches, le premier ministre Cartier portait son épée au côté. Il déposa son tricorne sur ses genoux. Trapu, épaules carrées et tempes grisonnantes, une force impressionnante émanait de sa personne. Le maire Rodier, aussi grand d'ambition que petit de taille, se réserva le siège à sa gauche. Il s'avança fièrement vers le premier ministre. Sa toge écarlate ornée d'hermine et retenue par une énorme chaîne en or fit sourire Cartier. Il s'empressa de complimenter le premier magistrat pour sa tenue d'apparat, en particulier pour son épée, une réplique de celle du lord-maire de Londres.

« Comme je dis toujours, on devient riche mais on naît élégant », ironisa Rodier.

Au son des premières notes du *God Save the Queen*, tout le monde se leva. Le maire se dirigea vers le prince qu'il conduisit à l'estrade d'honneur, avant de lui adresser un mot de bienvenue :

« *May it please your Royal Highness, We, the mayor, aldermen and citizens of the City of Montreal...* »

Hortense occupait une place dans les premières rangées. Elle semblait préoccupée, un peu distraite même. C'est à peine si elle entendit le maire Rodier jurer loyauté et fidélité à Victoria. Elle ne quittait pas Cartier des yeux. Si jamais Luce se trouvait dans les parages, il ne manquerait pas de la repérer parmi la foule. Aucun signe de sa rivale pendant la première demi-heure. Hortense respirait un peu mieux. Sa cousine avait probablement eu la décence de ne pas venir troubler la sérénité du moment par sa présence indue. Sur un ton monocorde, le maire conclut en vantant le pont

Victoria, preuve du génie humain alliant le capital britannique au savoir-faire canadien.

Pendant qu'on amenait le dauphin à la voiture du gouverneur général, sir Edmund Head, les invités regagnaient leurs équipages. Le cortège s'ébranla au son de la fanfare qui jouait des airs enlevants. Il ne resta bientôt plus sur la grande place que cinq ou six attelages stationnés en file devant la colonne Nelson.

En tête, le carrosse princier se fraya un chemin parmi les curieux, suivi du phaéton des Cartier. Les curieux étaient si nombreux que les voitures s'en trouvaient gênées. Elles défilèrent au ralenti devant l'arc de triomphe de style médiéval érigé à la place d'Armes pour la circonstance. Il s'agissait d'une structure de bois recouverte de transparents imitant le vitrail et représentant des chevaliers en armure. Le drapeau anglais flottait au-dessus d'une inscription rouge et or sur laquelle on pouvait lire : *Welcome Edward, Prince of Wales.*

Tout au long du parcours se succédaient des arcs semblables peints de couleurs vives. Parmi les plus frappants, celui de style italien, à la place des Commissaires, et cet autre d'inspiration gothique, rue Saint-Laurent. Joséphine, dont les talents d'artiste commençaient à s'affirmer, se laissait éblouir par ces monuments impressionnants.

« La Rome impériale a inventé la *porta triumphalis* pour célébrer ses héros de guerre, annonça Cartier.

— C'est tellement joli ! fit Jos. J'espère qu'on ne les démolira pas après le départ du prince.

— Il le faudra pourtant. Seuls les empereurs ont droit à des arcs permanents. À Rome, il ne reste que ceux de Titus, de Septime-Sévère et de Constantin.

— Cela signifie que les empereurs ont droit à plus de considération qu'un prince ? demanda-t-elle encore.

— Bien sûr, répondit-il. Mais si, un jour, Édouard monte sur le trône d'Angleterre, il deviendra l'égal d'un empereur. »

Rien ne plaisait autant à Hortense que de nous voir suspendues aux lèvres de notre père. Nous adorions ses histoires qui ne ressemblaient à rien de ce qu'on nous apprenait au couvent. Maman apprécia cet instant de détente au cours d'une journée de tension.

Hortense brillait parmi les invités. À la dernière minute, elle avait repoussé son costume en poult-de-soie jugé trop austère et opté pour une tenue vaporeuse de couleur pêche qui la rajeunissait. Sa peau claire, ses cheveux aux reflets d'or et sa taille fine s'harmonisaient parfaitement. Le regard appuyé des galants lui donnait un peu de cette confiance dont elle avait besoin pour tenir en échec la sensuelle Luce, qui attirait si naturellement l'attention du sexe masculin.

Nous, ses filles, charmantes dans nos robes de cachemire, nous portions une écharpe bleu ciel nouée au cou. Joséphine, mince et élancée pour ses treize ans, le regard ombragé de longs cils, se tenait déjà comme une demoiselle. Elle était tout le portrait de maman. Seule sa chevelure d'un brun soutenu la distinguait d'Hortense. Moi, j'avais encore des allures de gamine. Yeux noirs, bouche trop grande, j'étais plus mignonne que jolie, avec mes boucles claires toutes frisottées et emmêlées. Joufflue comme le sont les fillettes entre deux âges, je me distinguais de la très sérieuse impératrice par mes bouffonneries qui suscitaient souvent les fous rires. Mais dès qu'on s'adressait à moi, mon visage s'empourprait.

Près du marché, des paysannes en fichu se hasardaient à envoyer la main à Sa Majesté, comme on appelait le futur roi. Les commerçants soulevaient leurs drapeaux au passage du carrosse. Le jeune prince, dont les écarts de conduite faisaient jaser autour du globe, plaisait aux Canadiens. Le maire Rodier n'avait pas lésiné sur la dépense pour lui réserver un accueil digne de son rang. En prévision de la visite princière, il avait fait démolir la vieille prison pour y ériger une fontaine. Sans consulter personne, il avait rebaptisé Château-Prince-de-Galles la rue Saint-Antoine que le cortège devait emprunter. À sa demande, on avait hissé une statue du fils de la reine sur une tourelle.

Le premier magistrat voulut aussi changer le nom de la place des Commissaires en celui de square Victoria. L'idée suscita un chahut indescriptible au Conseil de Ville. À Montréal, on avait déjà baptisé du nom de la reine une rue, un quai et bientôt un pont. Cela suffisait d'autant plus que Sa Gracieuse Majesté n'avait pas daigné venir inaugurer elle-même cette structure tubulaire étonnamment moderne considérée comme la huitième merveille du monde. Son absence décevait. Fallait-il y voir de l'indifférence à l'égard de la colonie canadienne ? Malgré le tollé de protestations, le rusé maire avait néanmoins réussi son coup et le square allait bientôt porter le nom de Victoria.

En tant que premier ministre, Cartier accompagnait le prince Édouard dans tous ses déplacements. C'était son devoir mais aussi un réel plaisir. La compagnie du jeune homme à l'esprit vif ne manquait pas de piquant. Les deux hommes s'étaient rencontrés dans la baie de Gaspé. Le prince avait invité le chef du gouvernement à bord de son vaisseau personnel. Ensemble, ils avaient poursuivi le voyage jusqu'à Québec. Cela leur avait donné le temps de faire connaissance et de se découvrir des atomes crochus.

La satisfaction se lisait sur le visage de Cartier. La ville s'était mise aux couleurs de l'Angleterre. Le tricolore n'avait pas sa place en ce jour et *La Minerve* avait eu raison de mettre ses lecteurs en garde contre la tentation de pavoiser à la française.

« Les Canadiens savent manifester leurs sentiments filiaux à la Couronne britannique, se réjouit-il.

— Ce qui n'empêche pas leur cœur de battre pour leur mère patrie », répondit Hortense, pour lui rappeler qu'une Fabre comme elle garderait toujours la nostalgie de la Nouvelle-France.

Cartier s'étonna de voir sa femme de charmante humeur. La veille, en rentrant de Québec, ils s'étaient querellés. Hortense rêvait d'une soirée en famille. Faisant fi de sa déception, il était sorti sans lui fournir la moindre explication. À son retour, deux heures plus tard, elle l'avait nargué :

« T'es-tu bien amusé ? »

Il avait ignoré la question pour échapper à la dispute, mais elle avait insisté :

« Il paraît que la Cuvillier est de retour. Ne me dis pas que tu l'ignorais ?

— Ne sois pas vulgaire.

— Si tu préfères, appelons-la ma très chère cousine. »

Il ne répondit pas davantage. Luce était rentrée de voyage, en effet. Elle l'avait fait prévenir de son arrivée, c'était la moindre des choses. Hortense allait lui infliger une scène dont il se serait bien passé. Pour la faire taire, il avait dû hausser la voix :

« Cesse de me casser les oreilles avec ta jalousie insensée ! »

Ni l'un ni l'autre ne s'étaient adressé la parole du reste de la soirée. Au matin, l'harmonie semblait de retour comme par enchantement. Et maintenant, dans la voiture, l'un et l'autre rivalisaient de prévenances.

« Tu es en beauté aujourd'hui, la complimenta Cartier. Est-ce pour le jeune prince ou pour ton mari ? »

Hortense accueillit le compliment avec le sourire. La nuit avait porté conseil. Elle regrettait son attitude agressive de la veille. Elle avait tendance à se laisser entraîner dans les méandres d'une imagination par trop vagabonde.

~

Le cortège remontait maintenant vers le nord. On avait camouflé à la hâte les ruines du grand incendie. Malgré cela, la rue Saint-Laurent présentait un triste spectacle.

« On se croirait dans une ville bombardée, observa Cartier. Le maire aurait pu choisir un trajet moins désolant et plus approprié. »

Les voitures se laissaient distancer les unes des autres. Jos et moi nous disputions la place à côté de notre père, nous accusant mutuellement de l'accaparer. Hortense nous entendait à peine, occupée à repasser dans sa tête les événements des derniers jours. Quel beau souvenir elle rapportait de son séjour à Québec ! Sur le bateau royal, en remontant le fleuve depuis Gaspé, Cartier avait joué les amuseurs publics de grand talent. Qui d'autre aurait osé s'avancer au milieu du pont supérieur pour chanter *À la claire fontaine* devant le prince ?

C'est pourtant ce qu'il avait fait. Jamais Hortense ne l'aurait cru aussi intrépide. Sa gaieté semblait contagieuse. Édouard avait même fredonné le refrain avec lui. Son « Jamais je ne t'oublierai… » avait un drôle d'accent, mais on sentait qu'il s'amusait ferme. En regagnant leurs quartiers, une fois les lumières éteintes, les officiers anglais sifflotaient encore l'air entraînant.

« Tu m'étonneras toujours, lui avait dit Hortense. Le prince Édouard n'oubliera pas de sitôt sa soirée canadienne. »

En revoyant la scène, Hortense sourit intérieurement. Par moments, elle l'adorait son Petit Georges, malgré son libertinage. Il aurait été le premier étonné d'apprendre que la nuit, seule dans son lit, elle rêvait encore à lui parfois. Elle regrettait l'époque où l'on ne les croisait jamais l'un sans l'autre. Trop souvent maintenant, il ne rentrait pas. S'il travaillait tard, il préférait dormir à l'hôtel Rasco. Il prétendait que c'était plus commode ou qu'il ne voulait pas troubler son sommeil. Pour éviter une guerre inutile, Hortense lui passait ce nouveau caprice.

La voiture s'engagea sur le chemin Dorchester. Hortense releva son châle de mousseline qui avait glissé sur ses épaules. À côté d'elle, je ne tenais pas en place. Il y avait tant de ballons flottant dans les airs !

« Reste tranquille, Marie. Nous arriverons au *Crystal Hall* dans une minute. Tu pourras descendre du carrosse et te dégourdir les jambes. »

～

Le coupé de Cartier s'arrêta devant le Crystal Hall, un édifice de quatre étages, copie de l'original inauguré à Londres lors de l'exposition mondiale de 1851. Une pure merveille que cette structure légère et aérée en forme de croix ! La rue McGill, à l'angle de Cathcart, était noire de monde. Devant le portail surmonté d'une arcade en verre, le maire Rodier se frottait les mains de contentement. On entendrait parler de sa ville des deux côtés de l'Atlantique. La fanfare attaqua une nouvelle fois le *God Save the Queen* et tout le monde resta figé sur place jusqu'à la dernière note. Après avoir fait quelques courbettes devant le prince et son compagnon, le très sévère duc de Newcastle, le premier magistrat les accompagna jusqu'au hall magnifiquement décoré de fleurs tropicales. Là, le gouverneur Head les prit en charge.

Le maire vint ensuite à notre rencontre.

« Mes hommages, madame », fit-il en se pliant si exagérément devant Hortense qu'il lui présenta sa calvitie.

Je pouffai de rire. Montrant du doigt la toge rouge vif au col d'hermine du magistrat, je chuchotai à l'oreille de Joséphine :

« Lui as-tu vu l'accoutrement ? Il a l'air d'un paon ! »

Planté devant le portail, le maire recevait les compliments des invités en admiration devant son *Crystal Hall*. Cartier riait dans sa barbe. Charles-Séraphin Rodier avait fait toute une cabale pour convaincre le Parlement d'ériger le palais de verre dans les jardins du gouvernement, près de l'hôtel de ville. La Chambre avait plutôt tranché en faveur du quartier ouest, plus chic et plus moderne. Le maire avait protesté : c'était faire injure aux Canadiens français que de bouder le faubourg. Mais, devant l'opposition farouche des élus qui menaçaient de lui retirer ses subventions, il avait cédé.

« Tout compte fait, ce n'était pas une si mauvaise idée », reconnut-il devant un Cartier amusé de sa volte-face.

Le maire le pilota dans les galeries. Ils examinèrent une énorme moissonneuse, un nouveau modèle de machine à coudre, une presse à imprimer et, plus intrigant encore, un vélocipède à pédales. Un instant, Hortense en oublia sa filature. Le temps passait et Luce demeurait invisible. À croire qu'elle boudait la cérémonie. Hortense n'arrivait pas à s'en convaincre entièrement. Elle gardait l'œil sur son mari. Devant le stand réservé aux travaux féminins, elle se heurta à une dame de sa connaissance.

« Décidément, c'est la journée des surprises ! s'exclama celle-ci en l'embrassant sur la joue. Je viens à peine de quitter votre cousine Luce.

— Luce Cuvillier? Vous avez vu Luce ici? fit Hortense d'un ton qui surprit son interlocutrice.

— Mais oui. Si j'ai bien compris, elle passera vous saluer dans les prochains jours. Depuis son retour d'Italie, elle n'a pas eu une minute à elle. Ma chère, elle est superbe. Le soleil napolitain a fait des merveilles. J'aimerais que les vacances aient sur moi un effet aussi bénéfique.»

Hortense décela une pointe d'ironie dans le regard de la bavarde. Son visage se ferma, comme si elle redoutait un malheur. Elle chercha Cartier du regard, mais il avait disparu. Convaincu qu'il se trouvait avec Luce à l'abri des regards indiscrets, dans un coin retiré du palais de verre, ses traits se figèrent. Elle agita frénétiquement son éventail en regardant à gauche, puis à droite, sans même remarquer le brouhaha qui s'élevait derrière elle.

Le prince s'approchait. Ses cheveux coupés court, il avait l'air si jeune dans sa tunique à mi-jambe qui lui moulait le corps. Cartier l'avait arraché à sa cour pour lui présenter ses filles. Joséphine exécuta parfaitement sa révérence, le corps raide et le genou plié. Rouge comme une tomate, je le saluai plutôt gauchement et je répondis dans mon joli anglais aux questions du prince qui me trouva *very charming*. Malgré le défi lancé à Jos, je n'osai pas l'appeler par son prénom. J'avais pourtant juré de lui adresser un sympathique «Salut, mon Édouard». Le moment venu, les mots restèrent prisonniers dans ma gorge. *Shame on me!* L'impératrice railla abondamment mes fanfaronnades.

«*Mrs.* Cartier, quel plaisir de vous revoir, fit le prince en s'avançant vers Hortense.

— Prince, mes hommages, répondit Hortense en faisant la révérence. Je vois que vous êtes bien remis du grand bal de Québec.

— Absolument, bien que j'aie dansé jusqu'au petit matin.»

Le prince venait à peine de s'arrêter près de nous que déjà on le sollicitait ailleurs. À regret nous l'avons regardé s'éloigner.

Sur le chemin du retour, le cocher s'arrêta rue Notre-Dame pour nous déposer, Joséphine et moi, avant de poursuivre sa route vers Pointe-Saint-Charles pour l'inauguration du pont Victoria et le déjeuner officiel qui aurait lieu dans les hangars du *Grand Trunk*. Restée sur le trottoir pour les regarder s'éloigner, j'entendis le capitaine dire à maman :

« Tu es bien pâle. Préfères-tu rester à la maison avec les filles ? »

Hortense ne savait pas comment interpréter cette suggestion. Il ne lui vint pas à l'idée que son mari pouvait réellement se soucier de sa santé. Elle monta sur ses ergots :

« Tu veux te débarrasser de moi ? La Cuvillier t'attendrait-elle au fond du hangar du *Grand Trunk* ?

— Je t'en supplie, ma chérie, ne recommence pas. Ce n'est pas le moment. Ne gâche pas cette journée mémorable. »

Il avait parlé calmement, sans hausser le ton. Comment pouvait-il être si détendu, alors qu'Hortense n'arrivait pas à se relâcher ? Ne remarquait-il pas son angoisse ? Il devait bien se douter qu'elle redoutait de le surprendre avec Luce. Pauvre Hortense ! Elle ne demandait qu'à être rassurée. S'il n'avait rien à se reprocher, pourquoi ne lui prenait-il pas la main pour lui dire tout bonnement : « Allons donc, tu t'en fais pour rien, c'est fini pour toujours entre Luce et moi. »

~

Dans le baraquement, les six cents invités brandissaient leurs petits *Union Jack* en attendant le premier service. Seuls les dignitaires disposant de laissez-passer avaient été invités à monter dans les wagons de luxe pour aller au milieu du fleuve, où le prince Édouard devait poser la dernière pierre. À l'extrémité de la plate-forme, celui-ci égalisa en deux coups adroits le mortier étalé sur d'énormes blocs de pierre. Puis, empoignant la truelle d'argent, il s'avança au centre du long tunnel pour sceller le dernier rivet. Les invités étant maintenant de retour dans le hangar, le déjeuner pouvait commencer.

À la table d'honneur, Hortense déployait toutes ses ressources d'énergie pour faire bonne figure et atténuer sa nervosité. Malgré le brouhaha, elle croyait avoir entrevu Luce. La silhouette lui tournait le dos, mais ce ne pouvait être qu'elle, cette femme à la démarche féline qui tendait nonchalamment sa main à baiser. Les hommes s'écartaient devant elle sans la quitter des yeux.

Du bout des lèvres, Hortense mangeait son ris de veau glacé aux petits pois, en épiant les faits et gestes de Cartier. Bien sage à côté d'elle, il s'entretenait avec le prince et son aide de camp qui réclamaient des précisions sur la structure du pont.

« La construction a duré sept ans, leur indiqua Cartier. Il a fallu trois mille hommes pour en venir à bout.

— *Were there any casualties?*

— Naturellement, comme cela se produit toujours sur les chantiers de cette envergure, lui répondit Cartier en anglais. Vingt-six ouvriers ont péri noyés. D'autres ont presque perdu la vue à cause de la réflexion de la lumière sur la glace. Le typhus aussi nous a fauché des vies. »

En verve, il épilogua longuement sur cette victoire de l'homme sur la nature. Les ingénieurs avaient accompli des prouesses pour réaliser ce corridor composé de plaques d'acier rivetées, le plus long du monde.

« À la fin des travaux, pour éprouver sa solidité, un convoi traîné par trois locomotives et chargé de blocs de pierre a traversé le fleuve. »

Hortense ne suivait plus la conversation. Cette fois, elle n'avait plus de doute, Luce était assise à quelques tables de la sienne. Un homme à la chevelure grise l'accompagnait. Sûrement un banquier, pensa-t-elle. Sentant le regard d'Hortense posé sur elle, Luce se retourna, lui fit un signe de tête amical et la gratifia d'un sourire.

L'anxiété d'Hortense devint si vive qu'elle ne remarqua pas les efforts de sa voisine, l'épouse de l'architecte principal, pour engager la conversation avec elle. Tous ses sujets tombaient à plat, même son éloge du concert de la Société lyrique de Montréal, auquel elle avait assisté la veille, à la cathédrale *Christ Church*. En vain cherchat-elle à attirer l'attention d'Hortense sur une jeune cantatrice de quatorze ans, Emma Lajeunesse, qui venait de débuter.

«*Astonishing!* s'exclama-t-elle en posant sa main sur le bras d'Hortense. *This young girl will have a brilliant career.*

— Excusez-moi, balbutia Hortense, je ne me sens pas très bien. Il fait si chaud ici.»

Elle se leva. Cartier voulut l'accompagner, mais elle le supplia de n'en rien faire. Au grand air, son malaise passerait. Elle serait de retour à table avant les fromages.

Dehors, elle fit quelques pas. Trois hangars servant à décharger la farine lui bouchaient la vue du fleuve. Cela n'avait pas d'importance. Peu à peu, ses idées se clarifièrent. Elle s'en voulut d'alimenter sans raison sa jalousie vorace. D'accord, son mari l'avait trompée avec Luce. Mais il avait promis de ne plus la revoir et sa cousine s'était imposée une longue absence pour couper les ponts entre eux. Depuis, rien ne s'était produit qui pût confirmer ses abominables soupçons. Elle interprétait de travers les gestes les plus anodins, les sourires les plus innocents, les rencontres les plus naturelles. Fallait-il qu'elle aime souffrir pour ébaucher les pires scénarios? À ce petit jeu, ne risquait-elle pas de jeter de nouveau George-Étienne dans les bras de Luce?

Droit devant elle, le nouveau pont enjambait le fleuve, à l'est de l'île des Sœurs. Elle huma l'air frais et, ayant retrouvé un peu de son assurance, fit demi-tour. Lentement, elle regagna le hangar et se faufila jusqu'à sa place en évitant le regard de Luce qui la suivait des yeux. Cartier se leva pour tirer sa chaise. Elle lui adressa un sourire détendu. Il comprit qu'elle voulait faire la paix.

Le serveur venait tout juste d'apporter les fromages.

XVII

Le bal du prince

Le surlendemain, il y eut un bal mémorable.

Pour tuer le temps, en attendant Hortense qui n'en finissait plus de se pomponner, le capitaine lisait à haute voix une anecdote à propos du prince de Galles. L'incident rapporté par *La Minerve* avait eu lieu la veille au soir. On avait illuminé la ville en son honneur. De la rue McGill à la place d'Armes, d'éblouissantes lumières scintillaient. Trois mille becs de gaz éclairaient le dôme de l'hôtel de ville et des lanternes chinoises coloraient les jardins publics. Certains citoyens avaient même allumé des bougies sur leurs balcons. Dans le port, des fusées étaient lancées et des feux de Bengale éclataient à répétition. Des artificiers avaient placé dans des chaloupes des pièces qui pétaradaient en un gigantesque feu d'artifice illuminant le pont Victoria. Près de cent mille personnes avaient envahi les rues pour voir l'inoubliable spectacle.

Sa Majesté ayant exprimé le souhait d'admirer ce flamboiement de lumières jamais égalé, pas même à Londres ou en Orient, le maire Rodier avait interdit l'accès des grandes avenues aux voitures à l'exception du carrosse princier.

C'est là que l'histoire se corsait. N'ayant pas reconnu le coupé *brougham* à caisse fermée du prince, un constable zélé se précipita au milieu de la chaussée et, s'emparant des guides, les tira jusqu'à ce que les chevaux placés en duo s'arrêtent. Il ordonna au cocher de faire demi-tour. Celui-ci refusa d'obtempérer en l'informant qu'à l'intérieur se trouvait Son Altesse Royale, et non un simple quidam. Le constable n'en crut rien. Il dévisagea le drôlet en se mettant un doigt dans le nez, comme pour lui signifier qu'il ne se laissait pas emplir. Devinant sa méprise, des passants protestèrent en gesti-culant. Les bêtes commencèrent à s'énerver et le cocher prit peur. Il les fouetta et déguerpit à l'épouvante.

Joséphine se bidonnait en imaginant la tête du beau prince forcé de suivre la scène derrière le panneau vitré de son coupé. Au même moment, Hortense apparut en haut de l'escalier.

« Te voilà enfin », fit Cartier en se levant.

Elle descendit lentement, laissant sa main glisser sur la rampe. Sa robe bleu myosotis au décolleté ovale peu profond et ses escar-pins assortis lui allaient magnifiquement. Une parure de perles rehaussait sa toilette. Alice lui avait bouclé les cheveux à l'aide d'un fer à friser. De petites roses sauvages enjolivaient sa coiffure. Jamais elle n'avait été aussi belle. Le capitaine semblait incapable de détacher son regard de sa silhouette. C'est pourtant lui qui rompit le charme.

« J'espère que tu ne me feras pas honte, lui dit-il en l'accueillant au pied de l'escalier pour lui donner le bras.

— Que veux-tu insinuer ?

— Tu me comprends.

— Non, pas vraiment.

— Allons donc ! ma chère Hortense. Tu crois que je ne remarque pas ton manège ? Tu joues au chat et à la souris avec Dieu sait quel fantôme qui te hante et te tourmente. »

Hortense jeta sa sortie de bal sur ses épaules, sans se donner la peine de répondre. Elle se dirigea vers la voiture, suivi de Cartier, plus élégant que jamais. Tout au long du trajet jusqu'au bâtiment temporaire construit pour l'occasion rue Sainte-Catherine, entre Peel et Drummond, ils demeurèrent silencieux. La nuit était trop belle pour s'asticoter inutilement.

Orné de tourelles et surmonté d'un dôme, l'édifice en bois était assiégé de calèches venues déposer les invités au pied du tapis rouge. On attendait pas moins de six mille personnes. Autant dire que le tout-Montréal huppé s'y était donné rendez-vous.

La salle de bal circulaire fourmillait d'invités lorsque les Cartier firent une entrée remarquée. Hortense s'arrêta d'abord au vestiaire des dames pour y déposer son mantelet à volant et vérifier sa coiffure dans la glace, tandis que Cartier laissait son foulard de soie et son chapeau dans la pièce d'à côté. Il épousseta de la main la manche de sa redingote et offrit son bras à sa femme. C'est ainsi qu'ils pénétrèrent dans un salon séparé de la piste de danse par des portes vitrées. Une douce musique d'ambiance parvenait jusqu'à eux. Les multiples ouvertures qui donnaient sur la terrasse assuraient une exquise fraîcheur. Une odeur de lavande flottait dans l'air.

À l'entrée, devant les longs rideaux bourgogne et or entrelacés de vert, quelques couples échangeaient des plaisanteries à côté d'une fontaine d'où jaillissait le champagne. Cartier se joignit à eux, pendant qu'Hortense s'approchait d'un cercle de dames aux têtes enguirlandées, tenues à distance les unes des autres par leurs énormes crinolines. Elles papotaient de choses et d'autres.

À dix heures, le prince pénétra dans le *Ball Pavilion* avec sa suite. Il se dirigea vers la loge aménagée pour lui, une pièce lambrissée peinte en rose et décorée d'arabesques vertes, pour y recevoir les hommages des dignitaires. Cinq minutes plus tard, on l'invitait à ouvrir le bal. L'orchestre attaqua une contredanse canadienne. Les quadrilles se formèrent. Le premier ministre s'élança sur le parquet avec Hortense. Il la tenait par le bout des doigts et la guidait adroitement. Ils se balancèrent au rythme de la musique entraînante qui se tut trop tôt. Cartier la ramena à la ligne des dames assises sur des chaises droites et repartit aussitôt, une nouvelle cavalière à son bras.

Mais voilà que le gouverneur Head s'avançait vers Hortense, la priant de lui accorder une mazurka. Il n'était pas très bon danseur mais, la taille bien cambrée, il bougeait avec l'assurance que lui conférait son rang. Ses longs favoris tombaient sur son col rabattu. Il ne parlait pas, tout à sa joie de tournoyer avec une aussi belle danseuse.

Le jeune prince Édouard s'amusait ferme. Il confia à ses partenaires qu'il n'avait jamais assisté à une fête aussi chaleureuse. Les musiciens exécutèrent une valse et le prince s'inclina devant Hortense. En le suivant sur la piste, elle observa le regard envieux des dames qui faisaient tapisserie autour de la salle. Elle attendit le coup d'archet pour partir. Ils commencèrent lentement, puis allèrent plus vite. Tout tournait autour d'eux.

Quand la musique cessa, le prince lui offrit son bras jusqu'à la salle de banquet, en lui racontant sa journée. Il avait assisté à une partie de crosse opposant deux équipes d'Indiens qui se disputaient la balle au son d'une musique de guerre endiablée. Un jeu passionnant ! N'eût été de l'orage qu'il avait essuyé dans les gradins, il serait volontiers resté rivé à son siège jusqu'à la fin de la partie.

La conversation était lancée et le prince prenait plaisir à énumérer ses sources d'émerveillement. Il avait apprécié le concert offert par les fusiliers de Boston qui avaient joué le célèbre *Yankee Doodle*. La procession des membres de la ligue de tempérance portant drapeaux et bannières lui avait semblé un peu austère. Mais il avait raffolé par-dessus tout de sa descente du canal de Lachine dans un kayak battant pavillon royal. Au fur et à mesure qu'il évoquait ce fol après-midi, les traits du jeune homme s'animaient. L'équipage était composé d'une centaine d'Iroquois de Caughnawaga coiffés de plumes et le visage peint de couleurs violentes. Ils se partageaient la dizaine de canots d'écorce et fredonnaient des chants indiens. Jamais il n'avait éprouvé des sensations aussi enivrantes. Le duc de Newcastle, qui s'était joint à la conversation, avoua avoir eu très peur pour son protégé, trop téméraire à son goût. Hortense se fit rassurante. Avec des pilotes chevronnés, le prince n'avait couru aucun danger. Le duc oubliait-il que l'excitation était le plus beau de l'aventure, surtout à vingt ans ?

Ils se séparèrent pour prendre leurs places à table où les attendaient une soixantaine de plats : mayonnaise de homard, huîtres en aspic, pâté de foie gras, bœuf, mouton, saumon, canard…

On versa le champagne. Hortense sentit le vin pétillant et froid descendre dans sa gorge. Ce serait mentir de prétendre qu'elle était parfaitement sereine. Ses angoisses refaisaient surface alors qu'elle s'y attendait le moins. Elle réussissait cependant à se maîtriser sans trop d'efforts. Elle se savait belle et avait conscience de plaire. Les regards des hommes sur elle ne trompaient pas. Cette assurance retrouvée la rendait plus désirable encore.

En se levant de table, elle se heurta à Mary Papineau. Un homme âgé au nez busqué l'accompagnait. Son père, sans doute. Hortense eut à peine le temps d'embrasser son amie qu'elle se retrouvait nez à nez avec Maurice Cuvillier et son escorte, une demoiselle Juchereau-Duchesnay. Elle salua poliment son cousin, tout en écoutant Mary lui expliquer pourquoi Amédée brillait par son absence. Choqué de voir que les Canadiens avaient présenté au prince Édouard un spectacle sordide exécuté par de faux Indiens simulant une danse de guerre, il avait refusé d'assister au bal. On ne le verrait pas à cette mascarade.

« Tu diras à ton marabout de mari qu'il se trompe, protesta Hortense. Le prince a adoré cette " mascarade ". Il me l'a dit lui-même. »

Les deux amies se séparèrent, car il devenait impossible de poursuivre une conversation au milieu de tout ce bruit. Hortense alla plutôt retrouver son frère Hector qui, depuis un quart d'heure, amusait Édouard avec ses histoires frivoles rapportées de Paris. Il avait épuisé son répertoire et prenait maintenant congé du prince.

« George-Étienne n'est pas avec toi ? demanda-t-il à sa sœur.

— Tu le trouveras sur la piste. Il n'en rate pas une.

— Dans ce cas, suis-moi, j'ai quelqu'un à te présenter. »

Hector entraîna Hortense dans le jardin d'hiver chargé de fleurs de toutes les couleurs. Des plantes bizarres étaient suspendues, d'autres, alignées sur un bahut. Une ritournelle de violon parvenait à leurs oreilles. Tout au fond de la pièce, une jeune fille d'une grande beauté contourna la table pour venir jusqu'à eux. Sa robe de bal fit froufrou, ce qui parut la gêner. Elle tenait du muguet à la main.

« Hortense, je te présente Flora, ma fiancée », lui annonça-t-il en entourant de son bras l'épaule de la jeune fille.

Flora esquissa un semblant de révérence, ne sachant trop s'il convenait de s'incliner devant la première dame du pays. Hector les observa tour à tour en s'efforçant de deviner si elles se plaisaient mutuellement. Il redressa sur sa poitrine le plastron de sa chemise et dit à sa sœur :

« Tu es la première à qui nous voulions annoncer notre mariage.

— Alors je serai la première à vous souhaiter beaucoup de bonheur », répondit Hortense en prenant dans les siennes les mains de la jeune fille qui avait rougi à l'évocation de leur projet.

Flora frappait par sa délicatesse. Une certaine fragilité émanait de sa personne. Hortense détailla son joli visage de porcelaine.

« Parlez-moi de vous, Flora. »

Ils s'assirent tous les trois sur le canapé, derrière un écran de plantes exotiques. Bien qu'elle habitât Arthabaska, Flora était née d'un père allemand, Adolphus Stein, qui avait immigré au Canada après les guerres napoléoniennes. Hortense voulut ensuite savoir où elle avait fait la connaissance d'Hector. Flora se rappelait clairement ce bel après-midi de l'hiver précédent. C'était à Québec, derrière la citadelle. En visite chez une amie qui avait étudié chez les Ursulines avec elle, quelqu'un lui avait présenté ce beau jeune homme blond. Malgré un froid cuisant, ils avaient patiné main dans la main jusqu'à la brunante.

Flora évoqua ensuite leurs inoubliables soirées au théâtre. Elle avait adoré *Le Chevalier des dames* de Labiche. Lui, il avait préféré *Les Fourberies de Scapin* de Molière. L'hilarant vaudeville de Douin, *Le Conscrit*, tout en chansons et en musique, les avait bien fait rire. La jeune fille eut ensuite une hésitation, quêta l'approbation d'Hector et, croyant l'avoir obtenue, poursuivit sur un mode plus intime. Son fiancé lui avait dédié d'émouvants poèmes, plus touchants encore que ceux de son idole Musset. Rien que pour cela, elle l'aurait épousé.

« Comme elle est charmante ! » pensa Hortense.

Hector n'en douta pas, elles s'entendraient à merveille. Dans un élan de tendresse, il passa à son tour aux confidences :

« À défaut de nous ressembler physiquement, Hortense et moi, nous nous complétons, dit-il à Flora. Je manque de sérieux, ma sœur en a à revendre. Si on me confie un secret, je suis une tombe, elle, un panier percé. Quand j'attaque, j'ai l'humour féroce, alors qu'Hortense ne ferait pas de mal à une mouche. Enfin, si je m'emporte, il n'y a qu'elle pour me calmer. C'est pour ça que je l'aime tant. »

Hector posa sur la joue de sa sœur un baiser fraternel.

«Maintenant, nous pouvons annoncer la bonne nouvelle à maman et à l'abbé. Mais je voulais d'abord savourer mon bonheur avec toi.»

Cette fois, Hector porta à ses lèvres la main de Flora.

~

Minuit sonna. Le prince Édouard virevoltait gracieusement au son du *Danube bleu*. Sa jeune escorte, une demoiselle portant une robe en foulard rose sur un jupon de taffetas plus foncé, le dévorait des yeux. Hortense avait valsé tour à tour avec le duc de Newcastle, le maire Rodier et deux ou trois *Englishmen*. Elle ne tenait plus sur ses jambes et souhaitait rentrer, mais Cartier insistait pour rester encore un moment. Il rivalisait d'énergie avec le prince et reluquait de jolies femmes que la politesse lui commandait d'escorter sur la piste. Il proposa à sa femme de la raccompagner à sa calèche en promettant de ne pas tarder. Hortense accepta. Elle ne fut pas mécontente de se glisser au fond de la banquette et de se laisser conduire.

L'attelage venait à peine de déboucher rue Dorchester, lorsqu'elle s'avisa qu'elle avait oublié son éventail en ivoire, probablement sur une petite table, dans le jardin d'hiver. C'était un cadeau de son père et elle y tenait comme à la prunelle de ses yeux. Dans l'obscurité de la voiture, elle trouva le porte-voix et donna l'ordre au cocher de faire demi-tour. Devant la porte centrale du palais, ce dernier lui proposa d'aller lui-même chercher l'objet. Elle lui demanda plutôt de l'attendre.

Elle prit à gauche en entrant et fila vers le vestiaire. Un valet y avait sans doute rapporté l'éventail oublié. Il ne s'y trouvait pas. Elle traversa les salles en enfilade jusqu'au jardin d'hiver et l'aperçut derrière le canapé. Soulagée, elle revint ensuite sur ses pas, le précieux objet serré contre sa poitrine. En passant devant la piste de danse, elle posa son regard sur les couples qui tournoyaient au son d'une valse viennoise. Ses yeux allaient de l'un à l'autre, quand surgit au milieu des danseurs Luce dans les bras de Cartier, sa main à elle bien à plat sur son épaule. Lui, il la tenait solidement par la taille. Leurs jambes s'entrelaçaient et leurs pieds glissaient en cadence. Cette vision la terrassa.

Luce portait une robe de bal mauve généreusement décolletée dans le dos. Elle avait les épaules nues. Sur sa gorge, une rivière de diamants scintillait. Elle était éblouissante.

Hortense resta un moment les yeux braqués sur eux, figée comme une statue de sel et abîmée dans sa douleur. Elle esquissa un mouvement de la main pour se retenir au chambranle, avant de trouver la force de quitter précipitamment les lieux comme une automate. Aveuglée par les larmes, elle trébucha. Le fracas d'une chaise renversée au passage attira l'attention de quelques danseurs. Ni Luce ni George-Étienne ne se retournèrent. Ils paraissaient complètement envoûtés.

XVIII

La muse

Luce commanda des huîtres et choisit une bonne bouteille de vin de Bourgogne blanc. Devant la cheminée, elle fit dresser la table recouverte d'une nappe en toile italienne. Quand tout fut prêt, elle renvoya ses domestiques. Maintenant, elle était seule. *George* ne tarderait pas. Pour la centième fois, elle relut son billet. Il avait demandé qu'il soit remis en main propre à la châtelaine du *Review Cottage*. «Rendez-vous demain après-midi, avait-il écrit. Donnez congé à vos gens.» Et, plus bas : «Je serai tout à toi pendant vingt-quatre heures.»

À midi, Luce déjeuna légèrement, de peur qu'un repas lourd ne lui reste sur l'estomac. Le temps filait trop doucement. Bientôt, il fut une heure, puis la demie sonna. L'attente se prolongeait, cela devenait insupportable.

Depuis le bal du prince, elle ne vivait qu'en prévision de ces retrouvailles. Ce soir-là, sur le coup de minuit, elle avait entraperçu *George* qui s'éloignait du vestiaire. Hortense le précédait. De sa cachette, elle avait remarqué qu'il ne portait pas son chapeau, alors que sa femme tenait à son bras son mantelet. Ils avaient descendu le long tapis rouge jusqu'à la sortie. Elle avait cru qu'ils rentraient à la maison. Mais *George* était réapparu. Il avait circulé d'un salon à l'autre, comme s'il cherchait quelqu'un. Luce s'était alors avancée vers lui dans le grand hall. Il s'était arrêté en l'apercevant, nullement surpris de la trouver devant lui. Un sourire enjôleur lui éclairait le visage. Elle avait su à ce moment précis que rien n'était terminé entre eux, que tout pouvait recommencer. Elle ne lui résisterait pas.

Après leur rupture, elle s'était pourtant juré de ne plus le revoir. Pour ne pas flancher, elle avait fui le pays. Le brouhaha de la vie napolitaine l'avait un moment étourdie. Les mois avaient passé. Toutes ses tentatives pour obtenir le pardon d'Hortense avaient échoué. Elle avait eu beau la supplier de ne pas ériger de fossé entre elles, de ne pas sacrifier leur amitié à cause d'une idylle à laquelle elle avait mis fin, ses lettres étaient demeurées sans réponse. Hortense avait poussé l'indélicatesse jusqu'à lui réexpédier, comme on se débarrasse d'une vieillerie, la poupée de chiffon qu'elle avait choisie pour Marie, dans le port de Marseille. Un geste inutilement insultant. Alors, une petite voix intérieure lui avait murmuré : à quoi bon renoncer à ton amour pour *George*, si l'affection d'Hortense t'est à jamais refusée?

La rationnelle Luce Cuvillier avait additionné les arguments pour justifier ce désir qui montait en elle de renouer avec *George*. Le plus convaincant était le fait indubitable que ni la distance ni les mois n'avaient altéré ses sentiments pour lui. Au bal, elle avait compris que l'amour de son amant n'avait pas flétri non plus. Ce soir-là, ils avaient dansé jusqu'à en oublier Hortense. Ils étaient seuls au monde. Au diable les ragots qu'ils suscitaient déjà.

Hortense avait eu tort de lui déclarer la guerre. Luce n'allait tout de même pas se cacher pour le reste de ses jours comme une femme déshonorée. C'est ce qu'elle se répétait en attendant *George*. S'il lui réitérait son attachement, elle s'abandonnerait. Un sourire gêné se dessina sur ses lèvres. La femme émancipée qu'elle était remettait son sort entre les mains d'un homme. Fallait-il qu'elle l'aime !

Deux heures. À travers la vitre, elle l'aperçut qui descendait de sa voiture. Elle le trouva pâle, un peu plus grisonnant aussi, mais il marchait d'un pas militaire, comme d'habitude. Les pans de sa redingote coupée à l'anglaise flottaient au vent. Luce le regarda s'approcher. Tout son être palpita. Sans se donner la peine de sonner, il entra simplement, comme autrefois. Elle se serra contre lui. Il l'embrassa, la dévora des yeux, comme pour se convaincre que c'était bien elle, puis lui baisa le cou, la gorge, la bouche. Il respira ses cheveux pour en retrouver le parfum. Ils ne s'étaient pas revus depuis ce fameux bal. *George* lui avait glissé à l'oreille qu'il lui ferait signe à son retour d'Ottawa, où il accompagnait Son Altesse Royale. Mais ses plans avaient changé. Il avait dû filer immédiatement à Québec pour la reprise des travaux parlementaires. Sans nouvelles, Luce se languissait de lui quand un messager lui avait apporté la lettre annonçant sa visite.

Enfin, il était là, dans sa maison de pierre à long toit percé de lucarnes, témoin de ses soupirs et de sa résignation. Cartier retrouva sa pipe anglaise dans le râtelier d'érable posé sur la corniche de la cheminée, où il l'avait laissée l'automne précédent. Les recueils de poèmes dont ils s'étaient délectés ensemble n'avaient pas bougé non plus. À peine jeta-t-il un coup d'œil sur les bibelots que Luce avait rapportés de Naples. Il apprendrait plus tard l'origine de chacun.

« Pourquoi n'as-tu pas répondu à la lettre que je t'ai écrite avant de me sauver en Italie ? » minauda-t-elle en lui retirant son foulard de soie.

Cartier sentit une once de reproche :

« J'ai obéi à tes ordres. Rappelle-toi, tu me demandais de ne pas te relancer, tu me disais que tout était fini entre nous. Si tu savais, ma douce, le nombre de fois que j'ai pris la plume pour te supplier de ne pas refuser mon amour. Mais tu semblais si résolue que je déchirais ma feuille. »

Luce l'enlaça de nouveau

« Je me suis tellement ennuyée de toi.

— Pas autant que moi. »

Elle lui prit la main et l'entraîna à l'étage. Sa chambre était telle qu'il s'en souvenait. Au mur, de chaque côté du miroir, des bougeoirs pivotants éclairaient la pièce. Sur le chiffonnier au dessus en marbre blanc veiné, ses flacons d'eau de Cologne en cristal et son poudrier à couvercle d'argent. Il s'approcha du lit, la tira vers lui, l'embrassa. Son parfum l'ensorcela. Fou de désir, il dégrafa son corsage en la couvrant de baisers. Sans cesser de se toucher, ils se glissèrent sous les draps et s'aimèrent passionnément.

~

Après l'amour, ils avaient l'habitude de s'adosser à un monceau d'oreillers pour commenter les dernières nouvelles. C'est Luce qui posa la première question.

«Comment les choses se passent-elles avec Hortense?

— Assez bien, dans les circonstances...»

Elle comprit à demi-mot. On l'avait prévenue qu'Hortense les avait vus au bal et qu'elle avait failli créer un incident en quittant les lieux. Comme *George* n'aimait pas évoquer ses relations avec sa femme, Luce renonça à pousser plus loin son enquête. Mais il insista pour la mettre dans la confidence.

«Nous avons réussi le tour de force d'aller à Ottawa et d'en revenir sans nous adresser la parole», lui annonça-t-il.

Hortense l'avait accompagné à contrecœur et uniquement parce qu'il l'en avait priée. Le protocole l'exigeait. Au quai d'embarquement et durant tout le trajet sur l'Outaouais, elle l'avait superbement ignoré. Par chance, elle s'était montrée charmante avec le prince Édouard, bien qu'elle manquât d'entrain, ce qui n'avait échappé à personne. Lorsque le *Phoenix* avait ralenti devant le manoir de Montebello, elle s'était enfin animée. Le portrait qu'elle avait alors tracé de Louis-Joseph Papineau était si enjolivé que le prince avait regretté de ne pas avoir eu l'occasion de faire la connaissance de l'ancien rebelle.

«Le libraire Fabre n'aurait pas été plus élogieux, poursuivit Cartier d'un ton narquois. Oh! il avait fait les choses en grand, le seigneur de Montebello.

— Allez, raconte-moi, je meurs d'envie d'en savoir plus.

— Des pavillons français et anglais flottaient d'un bout à l'autre de son manoir. Au sommet des grands pins, au faîte des tours, le long de la galerie principale... Sur le cap, les petites gens du village, endimanchés et armés de leurs fusils de chasse, entouraient leur maître. Tout à coup, d'un geste théâtral, Papineau s'est découvert. Ce fut le signal, des hourras retentirent. Sa femme Julie fit porter des roses de son jardin au prince qui apprécia le geste. C'était un assez beau bouquet, d'ailleurs. Du grand art!

— Les Papineau auraient-ils oublié leur allégeance républicaine? ironisa Luce.

— On pourrait le croire. Mais c'est un gentleman, notre Papineau. Il sait vivre. Heureusement que j'étais là pour rappeler à Édouard que ce sympathique patriarche à la crinière blanche est un antimonarchiste et un indécrottable annexionniste.»

Lorsqu'il parlait du chef des patriotes dont il reniait désormais les idées, Cartier dissimulait son agressivité derrière les sarcasmes.

«Et à Ottawa? s'enquit Luce. Comment s'est déroulée la cérémonie?

— Rien d'extravagant. Le prince a simplement posé la première pierre du nouveau parlement. Tous les membres du gouvernement et la plupart des architectes s'étaient déplacés pour l'occasion. Nous lui avons montré les plans. L'idée de construire un édifice de style gothique qui s'inspire du *Parliament House* de Westminster lui a plu.

— En attendant, l'Assemblée continuera-t-elle de siéger à Québec?

— Oui, et la session s'annonce mouvementée. Déjà, à l'ouverture, il y a eu de la dissipation. Mes turbulents collègues se sont copieusement moqués de moi. Il faut dire que j'avais couru après.»

Il riait en se remémorant comment le député Thomas D'Arcy McGee, un Irlandais à l'humour insolent, l'avait apostrophé. Ayant constaté que certains parlementaires bâillaient en voyant Cartier se lancer dans l'une de ses interminables joutes oratoires, D'Arcy McGee avait réclamé la parole. «*Mister Speaker*, avait-il dit en se levant, nous savons tous que le premier ministre a bien rempli son mandat pendant la visite royale, notamment en dansant avec les plus jolies dames, et ce, aussi tardivement que son distingué invité. Mais il a omis de nous dire qu'il s'est acquitté avec brio d'une autre tâche protocolaire. En effet, *Mister Speaker*, à bord du vaisseau royal, notre bien-aimé collègue a chanté des chansons canadiennes. Apparemment, le prince Édouard a apprécié ce concert improvisé.

Il aurait même fredonné avec lui le refrain de *À la claire fontaine*!
Eh oui! notre premier ministre, si austère en cette Chambre, a joué
les *Primo Buffo* sur les flots bleus!»

« Ce monsieur s'est moqué de toi au beau milieu des débats?
badina Luce, convaincue que Cartier exagérait. Je sens qu'il me
plairait.

— D'Arcy McGee a fait pire. Tu sais ce qu'il a ajouté? "Si l'honorable membre de l'Assemblée pouvait seulement nous chanter ses
discours comme si nous étions à l'opéra, quel bonheur ce serait
pour nos fragiles oreilles! Qui sait, sa sérénade réussirait peut-être
à lui gagner l'appui de ses adversaires les plus acharnés? " » Cartier
s'étouffa de rire : « Je l'ai alors traité de babouin en rigolant et nous
sommes passés à autre chose. »

L'anecdote dérida Luce. Cette mémorable interprétation de
À la claire fontaine devant le prince allait sûrement rester dans les
annales.

« Sérieusement, fit-elle, ta harangue devait être fort ennuyeuse
pour te mériter un traitement pareil.

— Je m'opposais à la énième motion réclamant que le Haut-
Canada ait au Parlement plus de députés que le Bas-Canada. J'ai
mis quatre heures à leur faire comprendre que jamais je ne consen-
tirais à ce que les deux Chambres disposent d'une représentation
inégale.

— Quatre heures! C'est un discours-fleuve.

— C'est aberrant! Les députés du Haut-Canada ne trouvaient
pas l'égalité injuste quand elle les favorisait. Aujourd'hui, ils enragent
contre la *french domination* et nous menacent d'une rébellion
comme en 1837.

— Ça ne t'effraie pas?

— Foutaise! Le Bas-Canada constitue leur unique débouché
sur la mer. Ils ont besoin de nous. »

Luce, qui adorait les joutes politiques auxquelles elle aurait
volontiers pris part, si son statut de femme ne l'avait pas interdit,
réclama mille précisions que *George* lui fournit. Elle se montra
bonne élève. Ils discutèrent encore avec ardeur jusqu'à la tombée

du jour. L'un et l'autre ressentirent alors un petit creux à l'estomac. Ils descendirent faire honneur aux huîtres arrosées de vin blanc.

~

Luce se réveilla en sursaut vers deux heures du matin. Dans un élan de tendresse, elle chercha le dos de *George* pour s'y lover. Mais sa place était vide. Elle entrouvrit les yeux et l'aperçut. Appuyé au rebord de la fenêtre, il semblait perdu dans la contemplation des étoiles. Au bout d'un moment, elle chaussa ses pantoufles et le rejoignit.

« Ça ne va pas ? » lui demanda-t-elle en l'entourant de ses deux bras.

Il détourna la tête, mal à l'aise.

« *George*, tu dois me dire ce qui te peine », insista-t-elle doucement.

Il lui prit la main et l'embrassa. Puis, s'écartant de la fenêtre, il s'essuya les yeux discrètement :

« Je ne veux pas t'ennuyer avec mes problèmes, murmura-t-il.

— Rien de ce qui te concerne ne m'ennuie. »

Dans l'âtre, la lueur jaunâtre faiblissait. Le feu allait s'éteindre complètement. Luce le ranima. En allumant la bougie, elle vit les yeux rougis de son amant. Pour la première fois, il lui laissait voir sa faiblesse et elle l'en aima davantage. Il s'assit dans le fauteuil. Tandis qu'elle lui massait le front et la nuque, il se livra, comme s'il avait attendu cet instant. Hortense était la source de ses tourments. Il se sentait extrêmement malheureux de lui infliger tant de chagrin.

Luce pâlit. Que cherchait-il à lui dire ? Allait-elle le perdre au moment même où elle venait de le retrouver ?

« Tu es venu me dire adieu ? » balbutia-t-elle.

Il se leva d'un bond et la prit dans ses bras.

« Où vas-tu chercher ça ? Je ne peux pas me passer de toi, ma Luce, tu le sais, lui avoua-t-il. Tu combles ma vie. » Il soupira. « Je me demande simplement comment nous arriverons à vivre notre amour sans détruire Hortense.

— Tu l'aimes toujours ?

— Bien sûr que je l'aime. Mais ce n'est plus l'amour-passion d'autrefois. Est-ce que ça l'a jamais été ? Je ressens pour elle de la tendresse. Un certain attachement aussi. Nous avons traversé de grands bonheurs et de douloureuses tragédies ensemble. »

Le fantôme de la mort de Reine-Victoria ressurgit entre eux. Ce jour-là, il était en train de tromper sa femme avec Luce. Jamais il n'avait pu se pardonner son absence. Un souvenir maudit qui venait de temps à autre le tourmenter. Il hocha la tête. À quoi cela servait-il de ressasser le passé ? Luce lui posa alors la question qui lui brûlait les lèvres depuis si longtemps :

« Pourquoi l'as-tu épousée ? Elle est si différente de toi.

— Comment t'expliquer ? Hortense était jolie, fraîche, un peu espiègle. Sa jeunesse m'étourdissait. Et elle avait un si bon cœur. Je rêvais d'un fils et j'ai pensé qu'elle serait une bonne mère. Et puis, sa musique m'a toujours chaviré. »

Il y avait une autre raison qui, celle-là, relevait de l'opportunisme. Le jeune avocat sans ressources qu'il était alors flairait la bonne affaire. Ce mariage le lierait aux Fabre, une famille prestigieuse de Montréal. Mais Cartier préféra garder pour lui cette motivation peu avouable.

« Et moi, je t'aimais déjà, dit Luce. Mais tu ne me voyais pas.

— J'avais peur de toi. Tu paraissais si passionnée. Luce, la grande voyageuse, la femme d'esprit, l'incorrigible célibataire ! Tu naviguais à contre-courant de mes valeurs. J'étais sûr de n'être pour toi que l'inséparable ami de Maurice. Je n'avais pas encore deviné que, malgré nos personnalités si différentes, nous étions faits l'un pour l'autre.

— Quel gâchis ! Que de temps perdu ! » se désola Luce en lui caressant la nuque.

Et après, les années avaient passé. Joséphine était née, puis Marie. Cartier n'avait aucun reproche à faire à Hortense. Une épouse aimante, une excellente mère. Il hésita avant de pousser plus loin ses confidences :

« Même la tendresse que j'éprouve encore pour elle, je n'arrive plus à la lui manifester, admit-il enfin. Parfois, j'ai pitié d'elle. Sa détresse me fait mal. Comment puis-je l'humilier ainsi ? En même temps, elle m'exaspère avec ses airs de chien battu, ses crises de jalousie et ses menaces de suicide. »

Luce sursauta.

« Elle parle de s'enlever la vie ?

— Ce sont des paroles en l'air. Du chantage, rien de plus. Au milieu de nos disputes, elle réclame une corde pour se pendre. C'est terrible de laisser planer le doute devant les enfants. Marie, si sensible, en vient les yeux pleins d'eau.

— Hortense devrait suivre mon exemple et aller se promener en Europe. Ça lui ferait un bien énorme.

— Elle y songe, répondit Cartier. Les Bossange l'accueilleraient à bras ouverts à Paris. Ce ne serait que justice car le libraire, en son temps, a pris sous son aile Eddie Bossange. Tu sais, le beau parleur qui a épousé Mae Masson contre la volonté de son père.

— À mon avis, jamais ta femme n'aura le courage de te quitter.

— Si un jour elle se décidait, je suis convaincu qu'elle voudrait emmener les filles. Mais j'hésiterais à m'en séparer. J'ai déjà du mal à accepter qu'elle me fasse passer pour un monstre à leurs yeux.

— Ne me dis pas qu'elle les prend en otages ? C'est bien là une arme de femme. Pourtant, ça ne lui ressemble guère.

— Elle a changé. Le chagrin, l'humiliation, l'amertume... »

Cartier n'osa pas aller au bout de sa pensée. Sa femme était maintenant capable de méchancetés et Luce en faisait les frais. Pour la désigner, elle l'affublait d'épithètes grossières ou méprisantes : la vieille, la gourgandine, la catin. Parfois, elle se permettait des bassesses plus répugnantes encore.

« Je préférerais le divorce à ce climat d'hypocrisie, affirma Cartier. Si nous sommes encore ensemble, elle et moi, c'est à cause de son frère Édouard-Charles. Un scandale dans la famille nuirait à l'avancement du chanoine. Monseigneur Bourget ne badine pas avec la morale. »

Cartier convenait aussi que sa carrière politique souffrirait d'une rupture. Un premier ministre ne divorce pas, c'est mal vu. Mais cela non plus, il n'osa pas l'avouer à Luce.

« C'est la quadrature du cercle ! » conclut-il en soupirant.

« Avez-vous discuté de la situation à tête reposée, Hortense et toi ? voulut savoir Luce. Il doit bien exister une solution.

— Impossible d'aborder ces questions avec elle sans que j'essuie un chapelet de reproches. Elle devient hystérique. Jamais elle ne désarme. Elle a si souvent fermé les yeux qu'aujourd'hui sa rancune est tenace. Ou, alors, elle s'effondre. Ses larmes m'exaspèrent autant qu'elles m'émeuvent. Je n'aime pas le rôle méprisable qu'elle me force à jouer. J'ai ma vie à vivre, bon Dieu ! »

Il hocha la tête en signe d'impuissance.

« Deux êtres aussi différents qu'Hortense et moi, deux êtres dont les intérêts sont diamétralement opposés sont condamnés à vivre ensemble pour le reste de leurs jours. »

Lui, un homme politique aguerri, il partageait la vie d'une femme qui n'entendait rien à la politique. Et quand elle s'en mêlait, c'était pour répéter *ad nauseam* les vieilles sornettes patriotiques de son défunt père. En quinze ans, ses opinions n'avaient pas évolué d'un iota. Toujours le même *credo* à propos de la menace anglaise. Elle vouait un culte immodéré aux héros de la rébellion. Combien de fois n'avait-il pas essayé de lui faire comprendre que le soulèvement de 1837 et surtout celui de 1838 avaient fait reculer le pays ? Elle n'écoutait pas ses arguments, citait le vieux Papineau à tort et à travers, mélangeait les faits et les dates. Il s'en arrachait les cheveux.

« Je suis le premier ministre conservateur et ma propre femme défend les idées des rouges et des patriotes. »

Pour un peu, il aurait perdu patience. Luce lui sourit. Elle aimait en lui le lion qui refusait de capituler. Il caressa ses longs cheveux dénoués pour la nuit et l'entraîna vers le lit.

« Assez parlé ! Allons nous coucher. »

Elle semblait perdue dans son ample chemise de nuit blanche. Il l'embrassa.

« Mon pauvre amour ! Je t'entraîne dans ma tourmente.

— Je veux tout partager avec toi », le rassura Luce.

À peine couché, il s'endormit comme un enfant. Luce resta là, à l'observer, cependant que la bougie achevait de se consumer. Le visage de son amant s'était apaisé. Leur entretien l'avait soulagé et elle s'en félicita. C'était là son destin. L'aimer et l'épauler.

Elle ne reculerait devant rien pour ne pas le perdre une seconde fois. À aucun moment, *George* n'avait évoqué la possibilité de sacrifier leur amour pour dénouer l'impasse. Elle pouvait donc respirer. Ils ne formeraient jamais un véritable couple ? Tant pis ! Cela ne les empêcherait pas de vivre l'un pour l'autre. « Il n'y a pas de déshonneur à faire son bonheur en dehors des convenances », pensa-t-elle. Ne les bravait-elle pas depuis toujours ?

Dans la nuit pâlissante, Luce savoura son bonheur. Elle pouvait de nouveau imaginer leurs rendez-vous clandestins, les préparer avec art, afin que son amant puisse jouir de chaque instant volé. Lorsque la saison ne se prêterait plus aux longs trajets jusqu'au *Review Cottage*, ils se retrouveraient dans ses appartements de la rue Saint-Denis, à Montréal. *George* s'échapperait pour la rejoindre. Le moment lui importait peu, pourvu qu'il soit tout à elle pendant une heure ou deux.

Parfois, *George* sonnerait au milieu de l'après-midi pour réclamer son avis sur une question politique. Leurs échanges enflammés sur l'avenir du pays lui avaient tant manqué. Elle croyait en sa vision magnifique d'une confédération qui s'étendrait de l'Atlantique au Pacifique. Peut-être influencerait-elle son amant dans les décisions capitales ? Avant leur séparation, il avait pris l'habitude de partager ses projets avec elle, d'en débattre même, avant de les soumettre à ses pairs.

Jamais elle ne s'était sentie aussi fière d'être sa muse.

XIX

La confession

Dans l'obscurité du confessionnal, le chanoine Fabre redoutait l'interminable après-midi qui l'attendait. Déjà, en marchant les yeux à demi clos depuis la sacristie jusqu'à l'arrière de l'église, et plus encore en s'approchant de l'isoloir, il avait remarqué la file de paroissiens qui s'étirait dans l'allée. Il supplia le Seigneur de l'éclairer dans son rôle de guide des âmes.

Une fois ses pupilles accoutumées à la pénombre, il ouvrit le panneau grillagé et tendit l'oreille :

«Bénissez-moi, mon père, parce que j'ai péché. Je m'accuse d'avoir bu ma paie, malgré ma promesse de ne plus toucher à la boisson.»

Allons bon! Qu'est-ce que je pourrais bien lui dire pour qu'il lâche la bouteille, celui-là? pensa le chanoine en reconnaissant la voix du pauvre pécheur. Cela faisait des années qu'il privait de pain sa femme et ses enfants pour assouvir son vice. Sans laisser deviner son impatience, le confesseur l'exhorta une fois de plus à la tempérance et l'assura que la prière lui donnerait la force de résister à la tentation.

«Pour votre pénitence, vous réciterez dix *Ave.*»

Ensuite, il ouvrit à droite.

«Mon père, je m'accuse d'avoir commis un péché d'impureté.

— Seul ou avec d'autres, mon fils?

— Seul, mon père.»

Simplement par la voix, le chanoine sut qu'il s'agissait d'un tout jeune garçon. Comme tant d'autres, celui-ci s'adonnait au péché solitaire. Plutôt que de l'effaroucher en lui signalant que cette pratique condamnée par l'Église ruinerait sa santé, il lui rappela qu'un meuble souillé ne redevient jamais neuf. Dieu l'éprouvait en l'exposant au malin, mais il ne devait pas succomber.

« Dites votre acte de contrition. »

Ainsi continua le défilé des pénitents petits et grands venus confesser leurs manquements à la charité, leurs mensonges et leurs péchés d'orgueil ou d'impureté. Rien pour attiser les feux de l'enfer, se dit Édouard-Charles. Du moment que les pécheurs se repentent, le Seigneur est miséricordieux. Une femme mariée avait imploré son pardon pour avoir refusé de faire son devoir conjugal. Il croyait l'avoir bien conseillée. Elle était repartie l'âme plus légère. Après la première heure, il n'aurait pas détesté se délier les jambes, mais cela ne se faisait pas. Résigné à aller jusqu'au bout de l'épreuve, il ouvrit le volet de gauche en soupirant. Une femme attendait, agenouillée, la tête inclinée vers l'avant. Il ne pouvait distinguer son visage, mais l'ombre lui parut familière. Elle demeurait silencieuse.

« Voulez-vous vous confesser ? lui demanda-t-il doucement, pour ne pas l'intimider. Allez-y, je vous écoute.

— Mon père, mon mari me trompe. »

Le confesseur garda le silence en attendant la suite.

« Il… il a pris pour maîtresse ma propre cousine, poursuivit-elle en retenant à grand-peine ses larmes. C'était ma meilleure amie. »

Le chanoine Fabre se redressa brusquement. Il reconnaissait la voix.

« Hortense ? C'est toi, Hortense ?

— Oui, c'est moi, Édouard-Charles.

— Pour l'amour du bon Dieu, qu'est-ce que tu fais ici ? Ce n'est pas ta place dans le confessionnal de ton frère.

— Voilà trois jours que je t'appelle au secours. Tu ne réponds même pas à mes billets.

— J'ai été très occupé, bredouilla le prêtre. Comme tu vois, je ne chôme pas. Quelqu'un t'a-t-il vue entrer ? Tu me mets dans une situation très embarrassante. »

Hortense ne savait pas si son frère faisait allusion à sa présence au confessionnal ou à ses ennuis conjugaux.

«Écoute, il faut absolument que je te parle. Alors, je prends les grands moyens.

— Soit, mais pas ici, je t'en prie. Veux-tu que j'aille chez toi quand j'aurai terminé?

— D'accord, mais ne me fais pas faux bond encore une fois, sinon je reviendrai.

— J'ai compris. Je te promets de passer en fin de journée et nous parlerons de ton cas. Allez, sauve-toi maintenant.»

Hortense fit son signe de la croix et se leva. Elle poussa le rideau de velours et alla rejoindre les fidèles qui faisaient leurs dévotions. Après avoir récité trois *Ave*, sa pénitence habituelle, elle quitta l'église.

∿

Lorsque le chanoine put enfin s'échapper de son confessionnal, il avait compté pas moins de cinquante pénitents. La plupart étaient repartis soulagés, lui semblait-il. Lui, les nerfs en boule, il souffrait d'un mal de tête carabiné. La lenteur de ses gestes trahissait une grande fatigue. Il retira son étole, la baisa et la rangea dans l'armoire avec son surplis. Puis, sans se presser, il fit sa génuflexion devant le maître-autel et traversa l'église Notre-Dame maintenant déserte. S'étant arrêté devant la statue de la Vierge qu'éclairaient des lampions de toutes les couleurs, il implora ses lumières, car ce tête-à-tête avec Hortense le troublait. Il aurait volontiers subi un an de purgatoire pour avoir le droit d'être tenu à l'écart du scandale. Il repassa devant son confessionnal et franchit la majestueuse porte de chêne cloutée. Dehors, dans l'air frisquet, il marcha d'un pas rapide le long de la rue Notre-Dame, soulevant son chapeau devant les passants, comme autrefois le libraire Fabre. Le fils possédait la démarche assurée du père. La même grâce qu'accentuait le mouvement de sa soutane flottant au vent.

Édouard-Charles regarda l'heure en priant le ciel qu'Hortense fût seule à la maison. Il ne se sentait pas d'attaque pour deviser gentiment de l'air du temps avec ses filles. Il ne s'en doutait pas, mais ses nièces s'étaient cloîtrées dans leurs chambres pour échapper à ses éternelles mises en garde contre les périls qui menacent les innocentes jeunes filles.

Dans le salon de musique, Hortense jouait le concerto pour piano en *ré* mineur de Mozart. «Ma pièce préférée», pensa-t-il en ralentissant le pas dans l'escalier qui menait à l'étage, afin de prolonger son plaisir. Il s'arrêta dans le cadre de porte et attendit qu'elle ait terminé le mouvement. Sa sœur se tourna et l'aperçut.

«Il y a longtemps que tu es là? Je ne t'ai pas entendu venir.

— Tu joues divinement, la complimenta-t-il. Tu aurais pu faire carrière.»

Elle referma le couvercle du piano et tira les tentures bleu nuit avant de sonner la bonne.

«Tu as une mine à faire peur, l'abbé, lui dit-elle en le dévisageant. Je suppose que tu n'as rien mangé depuis le matin.

— Aurais-tu une bonne soupe? Ça ferait passer mon mal de tête.

— Je vais demander qu'on t'apporte un potage et des biscottes avec du beurre. Du poulet froid aussi.»

Le chanoine acquiesça d'un signe de tête et s'assit dans le fauteuil à motifs fleuris, pendant qu'Hortense donnait ses directives à la bonne. Puis, elle s'installa en face de lui dans la causeuse damassée.

«Alors, dis-moi ce qui te préoccupe, demanda-t-il presque à contrecœur, comme s'il ignorait la source de ses tourments.

— Écoute, l'abbé, ce n'est facile ni pour toi ni pour moi, commença Hortense, devinant son trouble. Tu n'es pas sans savoir que mon mari a une maîtresse. Je suis la risée du faubourg.

— N'exagérons rien, voulut-il la rassurer. La famille est au courant, soit, mais je doute que cette histoire ait fait le tour de la ville. Ce n'est pas la première fois que notre cousine Luce fait parler d'elle.

— Une intrigante! explosa Hortense, l'air mauvais. Et moi qui lui confiais mes secrets les plus intimes. Fallait-il que je sois naïve!

— Allons, ne t'accable pas inutilement.

— Édouard-Charles, je vais aller droit au but. Je songe à demander le divorce.»

Le chanoine fronça les sourcils, estomaqué :

« Seigneur ! Tu n'y penses pas ? L'Église interdit le divorce.

— L'Église, l'Église… Tu as mieux à me proposer ? Parce que moi, l'abbé, je suis à court d'idées. J'ai tout essayé pour ramener mon mari à la raison. Il ne veut rien entendre. Je n'ai pas l'intention de jouer plus longtemps le rôle de l'épouse délaissée.

— Tu vas trop vite. Parfois, le temps accomplit des miracles. »

Habituellement, Édouard-Charles avait réponse à tout. Il savait tourner joliment ses phrases pour réconforter les malheureux. Mais ce jour-là, il débitait des lieux communs. Hortense attendait de lui la consolation et un seul mot lui venait à l'esprit : résignation.

« Tu n'es pas sérieux ? protesta-t-elle, scandalisée par ses appels à la clémence. Je devrais fermer les yeux ? leur donner ma bénédiction peut-être ? Il me reste encore un peu d'orgueil, figure-toi. »

Un long silence s'installa entre eux. La bonne arriva sur ces entrefaites avec un plateau bien garni.

« Sois raisonnable, la supplia-t-il lorsque la domestique eut disparu. Il faut éviter le scandale à tout prix.

— Il y a des gestes dont on ne se rend pas coupable impunément », rétorqua-t-elle d'une voix où perçait l'amertume.

La colère enlaidissait son visage. Sa pâleur effraya Édouard-Charles, qui n'en continua pas moins à lui prêcher l'acceptation :

« C'est Dieu qui décide. Dieu qui éprouve. Dieu qui châtie.

— Pour l'instant, mon cher frère, c'est à moi que ton Dieu fait payer le prix de leur double trahison ! » s'emporta-t-elle.

Le prêtre réprima un mouvement de colère :

« Ne blasphème pas, Hortense, s'indigna-t-il. Tu crois peut-être que tu es la seule à souffrir ? Sache que, dans ce monde ou dans l'autre, ton mari paiera le prix lourd de son adultère. L'infidélité conjugale est le fléau moderne. Aussi, en tant que représentant de l'Église à qui il revient de veiller à préserver l'indissolubilité du sacrement du mariage, je te rappelle à tes devoirs. »

Sur la question du divorce, l'Église catholique se montrait intraitable, le chanoine insista là-dessus. Mais la détermination de sa sœur semblait inébranlable. Il devait la convaincre de garder sa place. D'autres femmes avaient traversé cette épreuve chrétiennement. Il admirait leur dignité, vantait leur courage. Il se leva et marcha de long en large dans la pièce. L'expression tendue de son visage trahissait sa pensée. Hortense avait-elle songé à leur vieille mère ? à ses filles ? Jamais elles ne s'en remettraient. Quel avenir leur préparait-elle ? Une vie gâchée, oui. Personne n'avait le droit de sacrifier son foyer pour sauver son amour-propre.

Hortense l'écoutait, incrédule et déçue à la fois. C'était bien là le discours d'un homme, se dit-elle en relâchant son agressivité.

« Maman sait ce que je traverse, se défendit-elle en adoucissant la voix. Elle veut mon bonheur avant tout et elle acceptera que je me sépare de George-Étienne, si tu ne l'en dissuades pas.

— Mais je ne pourrai jamais cautionner pareille décision. Une séparation est envisageable en désespoir de cause seulement, mais un divorce, jamais. Avez-vous pensé à vous en remettre aux lumières d'un prêtre ? Un autre que moi, bien entendu. Quelqu'un qui n'est pas de la famille. La procédure suivie par l'Église est stricte. Avant d'approuver la séparation – je dis bien séparation et non divorce –, on doit explorer la possibilité d'une réconciliation. Tu sais sans doute que, devant les tribunaux, une accusation d'adultère est recevable uniquement si elle est portée par le mari. L'Église est subordonnée au pouvoir civil en cette matière.

— Tu penses vraiment que George-Étienne accepterait de parler de son ménage chancelant avec un prêtre ? de ses exploits extra conjugaux ? de sa liaison coupable avec Luce Cuvillier ? Tu divagues, mon cher frère. »

L'idée d'une opération de la dernière chance ne la rebutait pas, cependant. Elle se garda bien de l'avouer à son frère, mais le caractère définitif du divorce la terrifiait. Ce serait permettre à Luce de s'unir ensuite à Cartier.

« Je te demande d'y réfléchir, insista le chanoine Fabre. Même une séparation de corps vous causerait un dommage irréparable. Ton mari est un homme d'État. Il n'a pas intérêt à ce que vos difficultés intimes se retrouvent sur la place publique. Prenez un peu de distance l'un vis-à-vis de l'autre, tout en restant mariés selon la loi et selon l'Église. N'oublie pas que, légalement, pour qu'une épouse soit autorisée à quitter son mari, l'adultère doit être constaté. Tu imagines votre linge sale étalé dans tout le faubourg?

— Nous devions déménager à Québec pour la durée de la prochaine session, lui annonça-t-elle. Je songe maintenant à rester à Montréal avec les enfants. Est-ce bien ce que je dois faire? Tu comprends, l'abbé, je ne sais plus où donner de la tête.

— Raison de plus pour ne rien précipiter. Pars, installe-toi à Québec avec les petites. Occupe-toi... Le changement de vie te fera le plus grand bien. Par la force des choses, ton mari s'éloignera de notre cousine. Loin des yeux, loin... »

Sa dernière remarque fit sourire Hortense qui se réfugia dans l'ironie cinglante :

« Tu rêves, mon cher frère. Tu penses vraiment que la distance l'empêchera de revoir Luce? C'est un menteur professionnel. Il y a belle lurette que je ne me laisse plus prendre par ses tromperies.

— Voyons, Hortense, il faut savoir pardonner.

— Pardonner à cette traînée qui m'humilie publiquement? Je la hais pour tout le mal qu'elle me fait. Et je méprise Cartier tout autant. »

Elle se mordit la lèvre inférieure. Soulagée d'avoir été au bout de sa pensée, elle ajouta :

« S'il suffisait de pardonner à George-Étienne, j'y arriverais peut-être. Mais ce serait peine perdue. Il n'a jamais eu l'intention de rompre avec Luce, malgré ses promesses. Elle le tient dans ses griffes et fera tout ce qu'il faut pour le garder. Je suis impuissante, l'abbé.

— Ma petite sœur, ne dis pas de sottises. Avec la grâce de Dieu, tu sortiras grandie de cette épreuve, crois-moi. Suis mes conseils et puise ta force dans la sainte communion. »

Hortense détourna la tête, déçue :

« Ce n'est pas des prières que j'attendais de toi.

— Je ne fais pas de miracles. »

Il haussa les épaules. Dix heures sonnèrent. Il enfila son manteau en poursuivant ses recommandations.

« Sois courageuse. »

Avant de prendre congé, il se retourna une dernière fois vers Hortense, qui nota l'hésitation dans sa voix.

« Tu sais que je devrai rapporter notre conversation à monseigneur Bourget ?

— Mais pourquoi ? J'ai demandé conseil à mon frère, pas à toute la confrérie ecclésiastique. Tu n'as pas le droit de trahir ma confiance.

— Je ne la trahis pas, Hortense. Cependant, tu dois comprendre que, s'il éclate, ce scandale rejaillira sur le *dioikêsis*. Je serai éclaboussé. Il vaut mieux que l'évêque l'apprenne de ma bouche. »

Au lieu d'employer le mot diocèse, dont le sens est plus restreint, il avait utilisé *dioikêsis*, le terme grec, afin de donner du poids à son argument, mais la nuance échappa à Hortense. Elle ne souhaitait qu'une chose : qu'il parte. Ses appels à la résignation n'avaient fait qu'augmenter son dépit et l'avaient rendue plus confuse encore.

XX

Accalmie à Québec

Printemps 1861

Pendant que le capitaine roucoulait dans les draps blancs de cousine Luce, j'apprivoisais la vie à Québec, où nous avions débarqué peu après le conciliabule de maman avec le chanoine. Il n'y eut pas de tentative de réconciliation entre nos parents, comme l'abbé l'avait souhaité. Ses appels à la résignation avaient cependant été entendus. Je n'irais pas jusqu'à prétendre qu'Hortense avait tout pardonné, mais j'ai été témoin de ses efforts pour sauver son ménage.

La relative harmonie familiale qui s'ensuivit explique sans doute que j'aie gardé de si merveilleux souvenirs de notre séjour dans la capitale, amorcé peu après mon douzième anniversaire. Même en fermant les yeux, je n'arrive pas à revoir une once de rancœur sur le beau visage de ma mère. Le petit pli qui lui barrait le front depuis qu'elle avait de « gros ennuis » – c'était son expression – avait disparu comme par enchantement. Avec le recul, je pense qu'elle avait enterré la hache de guerre dans l'espoir secret d'amadouer son mari volage. Il lui avait promis mer et monde, elle ne demandait qu'à le croire. N'empêche! Même si Luce ne se montrait plus le bout du nez à la maison, son fantôme continuait de planer sur nos vies. Personne ne daignait éclairer ma lanterne, mais je soupçonnais qu'il se passait des choses pas très catholiques autour de moi.

Je me souviens d'une escarmouche sans conséquence. Cela se passa un dimanche caniculaire. Marie-Anne, la sœur de Luce, venait de mourir en lui confiant Clara, sa fille de seize ans. Pour distraire la tante et l'orpheline, mais au mépris de sa femme, le capitaine proposa de les emmener aux chutes Montmorency. Lorsqu'il nous invita à les accompagner, ma sœur et moi, Hortense sortit de ses gonds :

« Jamais ! La Cuvillier me passera sur le corps avant de s'approcher de mes filles. »

Mon père s'inclina. Tant pis pour les chutes Montmorency ! Sans connaître le fond de l'affaire, je réalisais que Luce n'était plus la bienvenue chez nous. Hortense faisait encore allusion à elle, moins souvent, cependant, et toujours de façon malveillante. Elle nous ordonnait par exemple de ne pas flirter avec les jeunes gens, sinon nous finirions comme Luce. Ma mère avait en réserve une pléthore d'injures pour discréditer sa rivale : dévergondée, visage à deux faces, vipère... C'était si excessif qu'à la longue nous avons pris le parti d'en rire.

Je découvris finalement le pot aux roses l'été qui suivit notre arrivée à Québec. Je ne me souviens plus qui, de l'impératrice ou de maman, avait eu l'idée d'un pique-nique à Lévis. Peu avant midi, nous sommes descendues dans la basse ville pour attraper le dernier traversier de la matinée. Les abords du quai, en face des halles Saint-Louis, étaient malpropres et encombrés. J'étais fébrile, comme chaque fois que je m'aventurais dans la rue des prostituées, reconnaissable entre toutes par ses lupanars lézardés.

De vieux matelots lambinaient devant les tavernes, une chope de bière à la main. Pour rire, je fis semblant d'apercevoir l'abbé à la fenêtre d'une maison close. Cela amusa ma mère et Jos qui se rappelaient les appels à la vertu de notre chanoine préféré. Toujours vigilant au chapitre de la moralité, il nous avait mises en garde contre la tentation d'aller fureter près des lieux de perdition qui pullulaient dans le port. Mieux valait se tenir loin des cabarets où se déhanchaient les filles à la cuisse légère. On aurait pu nous voir...

« Marie, regarde encore, insista maman sur un ton faussement innocent. Tu reconnaîtras peut-être ma cousine parmi ces traînées ?

— Maman, vous n'allez pas recommencer ? » l'arrêta Jos.

Dieu soit loué ! nous arrivions au quai d'embarquement. Le traversier de Lévis accusait un léger retard qu'il rattrapa au milieu du fleuve. Il devait être un peu moins d'une heure lorsqu'il atteignit la rive sud. Nous avons gravi jusqu'à mi-pente la côte du Passage, où nous attendait une vue imprenable du cap Diamant. Pendant que j'étendais la nappe sur la pelouse fauchée à la diable, Joséphine planta son chevalet. Elle voulait immortaliser la falaise abrupte adossée au vieux port de Québec. Son projet s'annonçait ambitieux. Comment réussirait-elle à dessiner, tout en haut du promontoire, le château Haldimand? De fait, notre peintre du dimanche en arracha. C'est à peine si elle s'arrêta pour avaler des petits gâteaux fourrés à la crème. Aussitôt après, elle retourna à ses fusains. Jamais son coup de crayon ne m'avait autant impressionnée.

Madame Raymond n'appréciait pas le penchant de sa petite-fille pour les pinceaux. Jugeant la carrière d'artiste peu convenable pour une jeune fille de bonne famille, elle préférait que Jos s'adonne aux travaux d'aiguille. Hortense pensait tout autrement. Elle avait même engagé un professeur de dessin qui venait à la maison deux après-midi par semaine. Au début, l'impératrice progressa mais, un beau jour, elle supplia maman de le congédier. Je sus après coup que le maître était un dégoûtant satyre à la main baladeuse.

Pendant que la falaise rocheuse prenait forme sur la toile de ma sœur, j'allai cueillir des marguerites pour les offrir à maman, assise à l'écart sous un érable. Elle avait mis la main sur *Les Misérables* de Victor Hugo et voulait échapper à notre verbiage. L'heure de la sieste se prêtait aussi à la réflexion et j'en profitai pour mettre à jour mon journal intime, une habitude que j'ai conservée jusqu'à la mort de mon père, une dizaine d'années plus tard.

Comment en suis-je venue à confier à mon précieux cahier les tourments de ma mère? Sans doute sa remarque fielleuse devant le lupanar, à propos de Luce, me trottait-elle encore dans la tête. Je ne m'habituais pas à ses crises de jalousie. Combien de fois l'avais-je vue fouiller dans les poches du capitaine, renifler ses chemises, lui faire subir un interrogatoire serré et exploser dès qu'elle croyait tenir sa preuve. Cela lui arrivait moins souvent depuis notre déménagement, mais elle n'était pas à l'abri d'une rechute.

«Jos, crois-tu qu'un jour maman cessera d'insulter cousine Luce?» m'enquis-je à brûle-pourpoint.

Ma question la surprit. Par pudeur, nous n'avions jamais abordé ce sujet ensemble. Prenant un air condescendant, elle dit :

«Voyons, Marie, reviens sur terre. Tu ne t'es jamais demandé pourquoi maman était si jalouse de Luce? Penses-tu vraiment qu'elle aime souffrir au point de se forger des chimères?

— Non, bien sûr. Mais je trouve qu'elle exagère. Luce lui sert de bouc émissaire. Pourquoi? Elle ne l'aime plus? Que lui a-t-elle fait?

— Pauvre Marie! tu n'as donc rien compris?

— Comprendre quoi? Où veux-tu en venir?

— Il y a belle lurette que le capitaine trouve le pré plus vert de l'autre côté de la clôture. Et Luce m'a tout l'air de s'abreuver à la même auge.»

Cela m'horripilait lorsqu'elle parlait par paraboles. Je refermai mon journal d'un geste sec et je me laissai choir sur une pierre à côté d'elle.

«Qu'est-ce que tu inventes là? Maman s'imagine tout bêtement que Luce est amoureuse de papa.

— Maman ne s'imagine rien du tout, me corrigea-t-elle. Elle est parfaitement au courant de ce qui se trame dans son dos.

— Tu n'as pas le droit de colporter des choses aussi méchantes! fis-je en essayant de déchiffrer ce que Jos suggérait à demi-mot.

— Ah! laisse tomber, veux-tu. Tu es trop jeune pour comprendre.»

Son impatience me blessa, mais je n'osai pas revenir à la charge, de peur de passer pour niaiseuse. Je rouvris mon cahier. Les phrases se bousculaient dans ma tête. Je notais tout, pêle-mêle, sans me soucier de l'orthographe. Je commençais à saisir le sens de la mélancolie de maman que, jusque-là, j'avais attribuée à l'indifférence de papa. Mon explication simpliste me satisfaisait : la politique était la véritable rivale de ma mère, pas Luce ni aucune autre femme.

L'interprétation de Joséphine, si différente de la mienne, me troubla profondément. Luce, notre chère Luce, serait la cause du chagrin de maman ? Le capitaine la préférait à Hortense ? Impensable. Pourtant, cela aurait expliqué le désespoir autant que les crises de rage de ma mère. Trop de questions, cependant, demeuraient sans réponse dans ma tête. Qu'avait donc Luce de si particulier pour séduire mon père ? Je ne m'expliquais pas non plus son manque de loyauté envers Hortense qu'elle prétendait aimer comme une sœur. Une autre question me taraudait : que fallait-il penser du capitaine ? Il était encore trop tôt pour que s'éveille en moi la rancune tenace qui allait me dresser contre mon père jusqu'à sa mort.

Pour l'instant, je me demandais comment finirait ce roman à deux sous. Si Jos avait raison, qu'adviendrait-il de maman ? de nous ? Seule l'impératrice pouvait me rassurer. Elle avait fini de ranger ses fusains et semblait à des années-lumière de vouloir poursuivre cette conversation. Mon petit doigt me disait qu'elle regrettait de m'avoir confié son lourd secret. J'ai toujours pensé qu'elle avait éprouvé, ce jour-là, un poignant besoin de le partager avec quelqu'un, fût-ce avec sa petite sœur.

La vie continua. *Time flies*, comme disait grand-père Fabre. Montréal ne me manquait pas. La tension qui régnait entre papa et maman dans notre maison de la rue Notre-Dame m'avait dégoûtée. J'étais en train de devenir un paquet de nerfs, ne supportant plus ni l'autoritarisme de mon père ni l'animosité de ma mère. Dès qu'ils se cherchaient noise, je m'enfermais dans ma chambre et je me bouchais les oreilles. À Québec, rien de tout cela n'existait. À croire qu'ils avaient fait la paix.

Les nouvelles fraîches nous arrivaient chaque semaine. Madame Raymond nous apprit que, le dernier dimanche d'avril, le mauvais temps avait pris tout le monde par surprise pendant la grand-messe, à notre ancienne église. La pluie était tombée si abondamment qu'elle avait transformé les rues en rivières. Les paroissiens avaient dû regagner leurs foyers en chaloupe. Grand-mère avait pris froid et traînait depuis un vilain rhume. Jos lui écrivit pour lui recommander de garder le lit et de se serrer contre sa bouillotte. Nous avions si peur de la perdre.

Grand-mère nous annonça aussi la visite à Montréal du neveu de Napoléon III, après un séjour aux États-Unis. Le maire Rodier l'avait reçu sans tout le flafla qui avait accompagné la venue du prince de Galles. En compagnie du fils de George Sand, Maurice, Jérôme-Napoléon était descendu au nouvel hôtel Donegana, en face de notre maison de la rue Notre-Dame. La rumeur voulait qu'ils aient choisi cet établissement parce que les chambres étaient dotées de baignoire, ce qui se voyait rarement dans la vieille Europe.

Par chance, les deux voyageurs s'arrêtèrent à Québec avant de rentrer en France. Maurice Sand nous fut présenté lors d'un dîner offert au Club de la garnison, près de la porte Saint-Louis. Comme seuls les Français savent le faire, il se répandit en éloges dithyrambiques, allant jusqu'à inscrire sur la liste des trésors du monde le cap Diamant et la terrasse Durham surplombant le fleuve.

Cette fois-là encore, le capitaine fit sensation avec son numéro de chanteur de charme. Vêtu d'un habit noir coupé à l'anglaise – il ne s'habillait plus autrement –, cravate et bas de soie, cheveux relevés sur le front et bouffants sur les oreilles, il s'exécuta devant les officiers anglais qui étaient légion dans la salle. Au dessert, il réussit le tour de force de les amener à fredonner *Chante, rossignol, chante…*, pour le plus grand plaisir des jeunes Français qui en connaissaient les paroles.

~

Nous habitions au 51, rue Saint-Louis, tout près de la maison Jacquet où, en 1759, le marquis de Montcalm rendit son dernier soupir, après la chute de Québec. Notre résidence en bardeaux de cèdre, coiffée d'un toit à pente aiguë, se donnait un petit air anglais, comme toutes les habitations récentes de la capitale. Les après-midi, nous jouions au croquet chez les Ursulines, où Jos et moi suivions des cours de piano et de dessin. Je faisais partie de l'orchestre composé de musiciennes touchant la mandoline, l'orgue, la harpe, la guitare et le violon. Je les accompagnais au piano. Ma mère m'a transmis sa facilité à tirer de cet instrument des musiques célestes.

Je rêvais d'apprendre à manœuvrer un vélocipède. Deux Américains venaient d'ouvrir une école dans la rue Saint-Louis, à quelques pâtés de maisons de chez nous. Mes parents refusèrent de m'y inscrire. Une jeune fille distinguée ne devait pas enfourcher un de ces monstrueux engins qui venaient d'apparaître dans le quartier.

Heureusement, il y avait les chevaux. Ma passion pour l'équitation remonte à cette époque. Quelques leçons suffirent à faire de moi une bonne écuyère. Je montais avec aisance une jument rousse à crinière noire. Mon oncle Hector, qui nous avait précédés de quelques mois à Québec, m'introduisit au *Quebec Tandem Club*, le plus huppé de la haute ville. Je reçus pour mes étrennes un costume d'amazone qui me moulait le corps à ravir. Je me coiffais d'un haut-de-forme et chaussais des bottes, fabriquées à New York, qui m'allaient comme une seconde peau. Je remarquai que les jeunes gens commençaient à me lorgner du coin de l'œil. Quand maman insinuait que je n'avais pas atteint l'âge des fréquentations, je lui rappelais que grand-mère Fabre s'était mariée à seize ans et qu'il était grand temps que j'y songe, moi aussi.

Joséphine, elle, venait de fêter son quatorzième anniversaire. Une beauté accomplie! Notre impératrice aurait pu faire craquer n'importe quel officier, mais elle se toquait toujours du plus inaccessible. Il en résultait de longs moments de mélancolie qui la laissaient plus langoureuse que vraiment désespérée.

Au club équestre, nous fîmes la connaissance de Clara Symes, la nièce de Luce. Grande, blonde, des yeux verts aux longs cils recourbés, elle était aussi ravissante que Jos et immensément riche. Son défunt père lui avait laissé sa fortune sous la bonne garde de Luce. Je la trouvais insipide, avec ses airs affectés et sa voix nasillarde, mais l'impératrice recherchait sa compagnie. De deux ans son aînée, Clara l'entraînait dans ses promenades à cheval. Ni l'une ni l'autre n'aimait pousser sa monture au galop. Elles préféraient aller au pas, sans lâcher la bride, plus intéressées à cancaner et à se confier leurs penchants amoureux qu'à battre la campagne. Je m'ennuyais à mourir avec elles. C'était cent fois plus excitant de suivre Hector qui montait un pur-sang rétif, capable de galoper toute la longueur des plaines d'Abraham sans s'échauffer.

~

Notre séduisant oncle Hector venait d'être promu correspondant parlementaire à *L'Ordre*, un journal qui lui donnait carte blanche. Le retour des élus à Québec avait fait de lui le plus heureux des hommes. Après les mornes et interminables sessions à Toronto, loin de sa fiancée, il se sentait comme au paradis. Situé au sommet de la côte de la Montagne, à l'arrière de la basilique et du palais épiscopal, le parlement, qui allait plus tard devenir un bureau de poste, n'avait ni le panache ni la somptuosité de l'ancien, mais Hector lui trouvait un charme fou.

Il avait la plume bien aiguisée, tonton Hector. La politique de l'Angleterre, écrivait-il, « n'était pas faite pour nous permettre de rester français mais pour nous fondre dans la nouvelle majorité anglo-saxonne ». Ses articles les plus polémiques dénonçaient l'ingé-rence de l'Église dans les affaires de l'État. Cela heurtait le chanoine Fabre qui, étonnamment, fermait les yeux. Sans doute était-il recon-naissant à son frère d'avoir appuyé monseigneur Bourget dans sa condamnation de l'Institut canadien. Cela avait sûrement valu au futé scribouilleur quelques bénédictions apostoliques.

Notre reporter avait sur la vie dans la capitale des idées origi-nales qu'il partagea volontiers avec nous. À notre mère, il conseilla de se procurer avant toute chose une paire de chevaux endurants. C'était le secret, si l'on voulait monter sans trébucher les côtes à pic dont Québec s'enorgueillissait. Les habitants de la ville l'avaient compris. Plutôt que de s'acheter des meubles pour garnir leurs maisons, ils enduraient leurs tables branlantes et usaient à la corde leurs vieux fauteuils. Toutes leurs économies servaient à se promener, car la vie mondaine se déroulait dans la rue et non dans les chaumières.

« Ainsi, ironisait Hector, pendant que les Montréalais enveloppent leur mobilier de toile indienne pour les protéger, ne les découvrant que pour recevoir la parenté, les Québécois sillonnent les rues de la capitale dans d'élégantes calèches tirées par des chevaux fringants. »

À peu de chose près, mon oncle voyait juste. Quand j'y repense, Québec m'apparaît avec ses pentes abruptes et ses élégantes maisons de pierre enneigées jusqu'au larmier, sommeillant sous un froid à fendre l'âme. Hiver comme été, l'agitation avait lieu dans les rues et sur les trottoirs de bois. Des centaines de soldats anglais en garnison, épée à la taille, arme en bandoulière ou sabre au poing, patrouillaient la ville murée. On croisait dans le quartier presque autant d'officiers en selle que de troupes à pied. Jamais de ma courte vie je n'avais été témoin d'un tel déploiement militaire. Ici et là, des batteries pointaient leurs canons vers le fleuve. Parades et pratiques de tir se succédaient dans les jardins des Jésuites, dont le collège avait été reconverti en caserne pour l'armée britannique.

Pourtant, malgré cette présence soldatesque voyante, il n'existait pas de ville plus pacifique en Amérique. Seule maman, pour qui les habits rouges évoquaient les troubles de 1837, appréhendait le danger. Afin de le conjurer, elle couvait ses filles comme des poussins.

De fait, tous ces jeunes hommes en uniforme galonné constituaient pour Joséphine et moi une mine de prétendants que nous reluquions sans remords. Chaque jour, comme nous l'avait recommandé Hector, notre élégante calèche bien astiquée circulait à pas de tortue dans la rue Saint-Jean. Parées de nos plus beaux atours, nous en descendions, le temps de déguster une limonade sur la place, en jetant quelques œillades discrètes. En hiver, nous glissions en traînes sauvages. Si l'abbé l'avait su, il nous aurait menacées des feux de l'enfer ! Les glacis de la citadelle offraient une pente sans danger mais ô combien ! rapide. Parfois, nous poussions une pointe jusqu'au fleuve recouvert de glace, où les soldats de Sa Majesté s'adonnaient à leur sport favori : le traîneau à voile. L'embarcation, une large plate-forme posée sur des patins et munie de voiles attachées à un mât, arborait un fanion anglais. Ses passagers portaient la ceinture fléchée sur leurs manteaux de fourrure. Nous assistions ébahies à leurs folles échappées sur le ventre poli du Saint-Laurent. Parfois, elles se terminaient dans un banc de neige.

XXI

Cartier joue et perd

Seule ombre au tableau, l'humeur maussade du capitaine, malmené en Chambre par les rouges. Les coups volaient bas. On l'accusait d'avoir avancé des fonds publics aux promoteurs des chemins de fer sans le consentement des élus. Naturellement, les journaux firent leurs choux gras de cette affaire embarrassante. Ils affirmèrent que «l'avocat du *Grand Trunk*» avait transvidé des millions de piastres des coffres de l'État dans ceux de la compagnie. Si Cartier sut se tirer de ce pétrin, l'incident causa néanmoins un sérieux dommage à sa réputation.

Le pire restait à venir. Je n'ai jamais oublié cet après-midi de mai 1862 qui annonça un nouveau chamboulement dans notre vie. Nous revenions du couvent des Ursulines où Jos et moi avions participé sans briller au tournoi annuel de croquet. Maman nous accompagnait. Notre père nous avait devancées à la maison, ce qui nous avait surprises.

«J'ai remis ma démission», nous annonça-t-il en se laissant tomber sur le canapé à haut dossier qui trônait au milieu du salon.

La nouvelle nous laissa pantoises. Hortense réagit la première, pas très diplomatiquement d'ailleurs :

«Cette histoire de subsides accordés au *Grand Trunk* t'a de nouveau éclaboussé, je suppose? insinua-t-elle.

— Tu n'y es pas du tout. C'est le bill de la milice qui m'a perdu», lâcha-t-il en se prenant la tête à deux mains.

Ma mère lui servit un grog au rhum bien corsé, pendant qu'il nous mettait au parfum. Ce jour-là, les députés avaient débattu d'un projet de loi qui proposait de lever une armée de cinquante mille hommes capable de défendre le pays contre une invasion des États-Unis. Depuis le début de la guerre civile, les nordistes accusaient l'Angleterre de pactiser avec les esclavagistes du sud, leur plus gros fournisseur de coton, et menaçaient d'attaquer sa colonie canadienne en représailles. Convaincu que le pays ne pouvait pas se défendre sans armée, Cartier s'était fait le champion de ce projet dont le coût frôlait le million de dollars. Même des bleus jugeaient la somme exorbitante et avaient voté contre le bill.

« J'ai été battu pour une question de gros sous, conclut-il. Je n'avais pas d'autre solution que de démissionner. »

Hortense hésita avant de livrer le fond de sa pensée.

« J'ai du mal à te suivre, dit-elle. Pourquoi les Canadiens devraient-ils se mêler d'un conflit qui oppose les Anglais aux Américains ? S'ils veulent régler leurs différends par les armes, grand bien leur fasse ! Mais le sang des nôtres n'a pas à couler pour autant.

— Ma chère, défendre son pays, c'est sacré, rétorqua le capitaine dans une envolée lyrique peu commune. Mon grand-père a combattu aux côtés des Anglais durant la révolution américaine. Mon père a fait la guerre de 1812 et moi-même, j'ai servi comme capitaine de milice des Voltigeurs de Montréal. C'est notre devoir de soutenir l'Angleterre quand on l'attaque.

— Mais l'Angleterre n'est pas ton pays. Tu l'as démontré en t'engageant dans la rébellion de 1837 », lui rappela-t-elle avec une pointe d'ironie.

Fidèle à lui-même, le capitaine la rabroua :

« Pauvre Hortense ! Tu mélanges tout, comme d'habitude.

— Ne te fâche pas, fit Hortense qui ne manquait jamais de lui signaler les contradictions de son itinéraire politique. Dis-moi plutôt ce que pense ton ami Macdonald de cette armée.

— Macdonald m'a laissé tomber, reconnut Cartier. Il est fatigué. La moitié du temps, il part avant la fin de nos réunions. Nos besoins militaires ? Il s'en fiche éperdument.

— Il a recommencé à boire ? insinua Hortense.

— Et comment ! C'est pourquoi j'ai dû me battre seul contre tous. Personne n'a voulu comprendre les répercussions d'un vote négatif. »

Car l'affaire était plus embarrassante qu'il n'y paraissait à première vue. Avec ce vote, le Haut-Canada pourrait à loisir accuser les Canadiens français de déloyauté et d'ingratitude.

« Ça aura des répercussions jusqu'à Londres, redoutait-il.

— Tu crois ? J'imagine que tu as discuté de la question avec le gouverneur Monck ? »

Le capitaine avala sa dernière gorgée de rhum et lui tendit son verre à remplir.

« Lord Monck m'a rappelé ce que trop de Canadiens oublient : l'Angleterre ne tient pas à conserver sa colonie à tout prix.

— L'Angleterre ne tient pas au Canada ? répéta Hortense d'un ton dubitatif qui agaça le capitaine. Je n'arrive pas à le croire.

— Ah ! Tu n'arrives pas à le croire. Eh bien ! tu sauras que la colonie coûte cher à la mère patrie et ne lui est d'aucune utilité.

— Vraiment ? L'Angleterre en retire pourtant d'incontestables avantages commerciaux.

— Les membres de la Chambre des communes de Londres n'en sont pas convaincus, rétorqua Cartier sans nier les faits. Je sais pour les avoir entendus l'affirmer qu'ils n'éprouveraient aucun regret à se séparer du Canada. »

Un éclair malicieux traversa le regard d'Hortense :

« Eh bien ! voilà une bonne nouvelle qu'on aurait dû faire circuler depuis longtemps de ce côté-ci de l'Atlantique !

— Au lieu de faire de l'humour, tu serais plus avisée d'écouter ton mari qui a plus d'expérience politique que toi, dit-il sèchement. Les Canadiens français pensent avoir le choix entre l'indépendance et l'Empire. En réalité, ils devront peut-être choisir entre l'Angleterre et les " mange-canayens " du Haut-Canada, comme George Brown, le bon ami d'Antoine-Aimé Dorion, ton maître à penser. »

Hortense préféra en rester là. Le dîner allait bientôt être servi. Elle avait fait préparer un gigot d'agneau et descendit à la cuisine pour en vérifier la cuisson.

~

Tout à coup, sans que rien le laissât présager, Joséphine se mit à pleurer comme une Madeleine. De grosses larmes que le capitaine recueillit dans son mouchoir de batiste. Il n'était pas très adroit pour consoler les chagrins, mais celui de l'impératrice l'émut. Elle ressentait une telle fierté d'être la fille du premier ministre Cartier ! Et voilà qu'il ne serait plus le grand patron qu'elle admirait tant.

« Qu'allons-nous devenir ? lui demanda-t-elle entre deux sanglots.

— Fais-moi confiance, ma petite Jos. Tôt ou tard, il y aura de nouvelles élections. Ton vieux renard de père n'a pas dit son dernier mot. »

L'impératrice lui sourit à travers ses pleurs :

« Mais, papa, vous n'êtes plus aux commandes. Que ferez-vous en attendant ? »

Il se redressa sur son siège. Son visage s'illumina :

« C'est tout simple, je resterai braqué sur mes objectifs jusqu'à ce que je les atteigne. Les échecs ne m'ont jamais arrêté. »

L'échange qui suivit se déroula entre ma sœur et mon père, comme si je n'existais pas. Joséphine eut droit à un cours de patriotisme en règle. De toutes les causes que le capitaine avait faites siennes, aucune ne lui paraissait plus noble que de bâtir un grand pays. Il était né une cinquantaine d'années après la Conquête, il n'avait jamais caché son passé de rebelle – même s'il ne s'en vantait plus – et aujourd'hui, il se croyait apte à remplir une mission hors du commun. Le Canada allait bientôt se joindre au concert des grandes nations et il comptait en être l'artisan. Certes, il était avant tout Canadien français, mais il ne voyait pas pourquoi ses compatriotes auraient dû se contenter d'un petit pain, alors qu'ils n'avaient qu'à tendre les bras pour attraper la grosse miche. Ses adversaires nationalistes avaient beau agiter des épouvantails, il les défiait de prouver que la langue française allait disparaître ou que les institutions catholiques étaient menacées. L'une et l'autre étaient sacrées et il s'en portait garant.

Joséphine écoutait religieusement l'évangile politique de notre père. J'observais la scène, fascinée par l'extraordinaire ressemblance de l'impératrice avec Hortense. Elle souriait de ce même sourire dont maman nous gratifiait si souvent avant que les choses ne se gâtent entre elle et le capitaine. Les yeux plongés dans ceux de ma sœur, la voix d'une douceur inaccoutumée, il lui livrait ses rêves les plus chers.

« Un jour, ma fille, le Canada s'étendra d'un océan à l'autre. Et tu seras fière de ton papa. »

Je ne me rappelle pas avoir été jalouse de Jos, même si notre père n'a jamais caché sa préférence pour elle. J'étais habituée à leurs petits conciliabules et, ma foi, cela me laissait froide. Moi, la cadette, je tenais de ma mère et ne m'y entendais pas en politique, ce que l'impératrice me reprochait parfois de son air supérieur. Je la laissais dire, convaincue que le capitaine n'en pensait pas moins.

J'ai honte de l'avouer mais, ce jour-là, je n'écoutais pas. Pourtant, mon père venait de vivre un échec cuisant et il manifestait un courage admirable dans l'adversité. Il nous décrivait avec la précision d'un mathématicien ce qui allait devenir le grand œuvre de sa vie et j'étais à cent lieues de là, perdue dans mes réflexions.

Bien égoïstement, je redoutais plus le changement dans ma vie que la chute de son gouvernement. Sans attache parlementaire, mon père voudrait sans doute renouer avec son métier d'avocat, du moins jusqu'aux prochaines élections. Dès lors, nous serions forcés de rentrer à Montréal, cette ville de tous nos malheurs. Hantée par le souvenir de Luce, maman se remettrait au piano pour jouer du matin au soir des sonates tristes à pleurer. Et ses affreuses migraines la reprendraient. Je devrais aussi faire une croix sur les *sliding parties* de l'artillerie et les promenades à cheval sur les plaines d'Abraham. Oserais-je l'avouer? Je ne me résignais pas à devoir faire mes adieux aux beaux officiers anglais en dolmans rouges.

Tel était mon état d'esprit, au moment de réintégrer notre maison de la rue Notre-Dame, après quelques années d'un bonheur presque sans faille. Dans mon journal, le soir de la démission du capitaine, je ne notai rien de mes inquiétudes. Depuis un certain temps, je soupçonnais l'impératrice de fourrer son nez dans mes papiers. J'écrivis simplement : « La défaite rend le capitaine plus humain. »

∾

Dans l'escalier de la rue Buade, à mi-chemin entre la haute et la basse ville de Québec, l'auberge du Chien d'or tenait lieu de rendez-vous à la classe politique. Au-dessus de la porte, l'inscription se lisait comme une menace : « Je suis un chien qui ronge l'os,/En le rongeant, je prends mon repos,/Un temps viendra qui n'est pas venu,/Que je mordray qui m'aura mordu. »

L'après-midi tirait à sa fin. Comme d'habitude, les chroniqueurs parlementaires envahissaient le *coffee shop*. Attablés autour d'une bonne bouteille ou devant un café noir, ils commentaient l'actualité. Ce jeudi-là, le gouvernement Cartier/Macdonald venait de tomber et la nouvelle risquait d'alimenter de vigoureux débats.

La salle était enfumée. Sa pile de journaux sous le bras, Hector s'installa à sa table habituelle en faisant signe au garçon de lui servir un porto. Il commença par éplucher le *Morning Chronicle*. La chute de Cartier occupait une page complète. Le journal dénonçait l'indifférence des Canadiens qui s'étaient prononcés contre la levée d'une milice. Hector releva la tête, comme pour saisir une pensée au vol, et griffonna quelques notes dans son carnet. C'est toujours ainsi qu'il commençait l'article à remettre le lendemain. Puis, il retourna à sa lecture. *Le Bas-Canada a refusé de payer quelques piastres et de rendre un léger service comme prix de sa connexion avec la Grande-Bretagne.* Cartier, qu'Hector venait de croiser au parlement, ne pensait pas différemment.

« Une chose me console, lui avait confié le premier ministre démissionnaire. Nous sommes tombés en voulant faire triompher un principe vital pour le Canada. Le pays tout entier finira par le comprendre. »

Hector était loin de partager les vues de Cartier sur la nécessité de lever une armée. Cependant, le moment eût été mal choisi pour amorcer une discussion et chacun s'en était allé à ses affaires.

« Salut, Hector. Tu as l'air fatigué. Le travail de l'esprit t'épuise ? demanda ironiquement un de ses collègues journalistes en lui serrant la main.

— Non, c'est la perspective d'aller travailler qui m'épuise », répliqua ce dernier.

Ses amis s'installèrent autour de la table. S'ils écrivaient pour des journaux rivaux, ils s'appréciaient et n'aimaient rien de mieux que de se disputailler à l'heure de l'apéritif. Deux députés habitués à en découdre avec les reporters se joignirent à eux. Dans le cliquetis des gobelets, la discussion s'anima. L'armée de Cartier les occupa un moment. Le jeune rédacteur du *Courrier de Saint-Hyacinthe*, Honoré Mercier, jugeait que le peu d'empressement de l'Angleterre à délier ses goussets pour développer le pays dispensait le Canada de tout zèle à son égard.

« Nos pères ont signé un pacte de réciprocité avec l'Angleterre, rappela-t-il. En ne remplissant pas sa part des obligations, Londres nous délivre de la nôtre. »

À côté de lui, le député conservateur Thomas D'Arcy McGee avoua avoir voté contre le projet de milice. Ses amis s'en étonnèrent.

« Alors, *mister* McGee, vous êtes la pelure de banane qui a fait tomber votre propre gouvernement ? » lança l'un d'eux.

L'Irlandais, qu'on prenait souvent pour un *wild Indian*, portait son éternel manteau de chasse aussi noir que sa tignasse sur un pantalon en tissu écossais et une veste légère. Son gobelet d'étain au bout du bras, il fit signe au garçon de le remplir.

« Ce bill n'avait aucun sens, se justifia-t-il. Imaginez ! Cinquante mille miliciens. Comme si nous avions les moyens de vider les champs au moment des récoltes ! D'ailleurs, les Canadiens ont une aversion prononcée pour le service obligatoire. Ils acceptent de s'enrôler comme volontaires mais refusent qu'on leur impose les armes. »

Arrivé d'Irlande après une escale à Boston, D'Arcy McGee s'était d'abord illustré comme journaliste. Poète à ses heures et révolutionnaire dans l'âme – il se vantait d'avoir combattu le gouvernement anglais –, il avait fait le saut en politique sous la bannière libérale. Peu après, on l'avait vu traverser l'Assemblée pour se joindre aux bleus.

«Avec ou sans milice, le gouvernement serait tombé quand même, affirma quelqu'un à l'autre bout de la table. Macdonald est toujours entre deux vins. Cartier n'est pas un néophyte. Son administration ne tenait plus qu'à un fil. Tant qu'à démissionner, autant jouer la carte de la loyauté à l'Angleterre. Ça lui fait une sortie plus honorable.»

Restait maintenant à savoir qui avait les reins assez solides pour succéder au tandem Cartier/Macdonald.

«Et Cartier? Qu'adviendra-t-il de lui?» demanda Hector Fabre.

Sa question déclencha le procès de son beau-frère. Après trois ans et demi d'un règne tyrannique, il s'en trouvait plus d'un pour mettre sa chute au compte de l'arrogance.

«Il se prend pour l'empereur, trancha un jeune journaliste rouge. Ce n'est pas un hasard s'il porte au cou un médaillon de Napoléon!

— J'ai toujours trouvé ses discours imbuvables, avança un autre. Incohérents aussi, surtout quand il s'exprime en anglais.»

Prétentieux, violent, grossier… On l'attaquait de toutes parts.

«Vous exagérez, protesta mollement D'Arcy McGee. Cartier arrive à se montrer aimable pendant quatre ou cinq jours. On le croit alors guéri. Et, tout à coup, il nous lance une remarque désobligeante. Et ça recommence.

— Moi, je mets plutôt sa défaite sur le compte de la corruption, dit le vieux journaliste assis à côté d'Hector. Je n'ai jamais vu un patroneux pareil. C'est simple, toutes les nominations passent par son bureau.»

L'argument porta. L'un après l'autre, les collègues énumérèrent les cas de favoritisme dont ils avaient été témoins. Le frère d'un député rouge avait été écarté d'un emploi de maître de poste qui lui revenait de plein droit au profit d'un bleu. Un autre, dont le beau-père militait au Parti libéral, avait vu un contrat de construction lui passer sous le nez. C'était un secret de polichinelle, les sinécures de fonctionnaires étaient réservées à ceux qui votaient « du bon bord ».

« Ne chargez pas trop le baudet ! protesta Hector en s'essuyant les lèvres avec sa serviette. Vous vous acharnez sur un homme à terre.

— Il se relèvera, promit le correspondant de *La Minerve*.

— En tant que valet du *Grand Trunk*, il peut compter sur d'influents hommes d'affaires pour l'aider à regagner son piédestal.

— Il n'a pas son pareil pour charmer les *red necks*, enchaîna son voisin de droite. On l'a déjà entendu croasser *Il y a longtemps que je t'aime* devant des lieutenants britanniques si admiratifs qu'ils ont condescendu à lui donner la réplique. »

L'éclat de rire fut général. Même Hector se bidonnait. Tout le monde s'entendit pour conclure qu'un purgatoire loin des rênes du pouvoir ferait le plus grand bien à Cartier. Le *coffee shop* était maintenant bondé de clients tassés comme des sardines. On ne s'entendait plus parler. Des effluves de cigares cubains montaient aux narines. Il devait être onze heures. Hector se leva :

« J'ai encore deux bonnes heures de travail avant de pouvoir dormir du sommeil du juste », prétexta-t-il.

L'un de ses amis voulut lui arracher son cahier à reliure, histoire de vérifier s'il s'y trouvait bien l'ébauche d'un article. Hector le ramena contre sa poitrine. Ce faisant, il laissa malencontreusement tomber une pile de feuilles par terre. Quelqu'un en attrapa une au vol.

« Écoutez ça, messieurs : " Chère, très chère Flora, les heures passées loin de vous coulent trop lentement. Et mes nuits… "

— Pas mal pour un poète du dimanche !

— Qui est cette Flora, qui habite les nuits de l'ami Hector ? »

Avant qu'on le libère enfin, celui-ci dut répondre à un interrogatoire en règle à propos de sa fiancée. Il s'y plia de bonne grâce, d'autant plus que la belle Flora occupait toutes ses pensées.

XXII

Mission à Washington

Décembre 1862

Luce le savait, elle ne serait jamais la femme de *George*. Sa muse, sa maîtresse, sa complice, oui. Mais elle ne partagerait ni son quotidien ni ses nuits. Tout laissait croire qu'une femme libre comme elle s'accommoderait de la situation. Jusqu'au jour où elle n'arriva plus à s'en contenter. Et le ciel fut témoin qu'elle choisit un bien mauvais moment pour présenter ses doléances à son amant.

Cela se passait après le renversement du gouvernement et l'élection qui suivit. Réélu député, Cartier occupait maintenant les fonctions de chef de l'opposition. Il goûtait enfin à la liberté. Certes, le pouvoir l'avait toujours enivré, mais il pesait sur lui comme une chape de plomb. Dégagé des responsabilités suprêmes, Cartier n'était plus obligé de passer ses journées à « éteindre des feux ». S'il ne pouvait plus, comme auparavant, compter sur l'aide d'un aréopage de secrétaires, il ne s'en trouva pas démuni, car il consultait rarement son entourage, vu qu'il préférait débroussailler lui-même ses dossiers.

Tout compte fait, sa campagne en faveur du bill de la milice avait servi ses intérêts. Londres lui était redevable d'avoir voulu défendre la mère patrie menacée par les Américains. Aussi, lorsqu'il se proposa d'agir comme ambassadeur extraordinaire aux États-Unis, dans le but de rétablir les ponts avec Washington, le *Colonial Office* lui donna le feu vert. L'idée d'aller rencontrer le président Lincoln lui était venue au moment où il avait pris connaissance des menaces dirigées contre les Canadiens dans un journal de New York. Outré de la collusion entre l'Angleterre et les États du Sud, le directeur de la publication avait écrit sur un ton belliqueux : *Attendez que la guerre finisse et on réglera votre compte.*

Ce périple outre-frontière n'enchanta pas Hortense. Elle ne saisissait toujours pas pourquoi il devait se mêler d'une dispute qui concernait l'Angleterre et les États-Unis. Au contraire, Luce l'encouragea à prendre les choses en main. Fort du soutien de Londres et de sa maîtresse, mais faisant fi des réserves de sa femme, Cartier sollicita une rencontre avec le président américain. La réponse ne tarda pas. Le rendez-vous fut fixé au premier de l'An.

« Naturellement, tu m'accompagnes », annonça-t-il à Luce, ravie de cette invitation qu'elle n'attendait pas.

L'un et l'autre s'imposèrent une discrétion absolue. À quoi bon heurter inutilement Hortense et ses filles ? L'absence de Cartier aux fêtes du jour de l'An les contrariait.

De fait, rue Notre-Dame, les choses se passèrent plutôt mal. Lorsque Cartier annonça à sa famille qu'il profitait de l'arrêt des travaux parlementaires pour effectuer un voyage éclair aux États-Unis, Hortense lui fit une scène et Joséphine le bouda. Le matin du départ, pour éviter d'avoir à fournir des détails sur son programme, il glissa ses documents dans sa mallette et fila au bureau sans rien dire. Son cocher passa prendre sa valise à la maison juste avant de le conduire à la gare. Il attrapa le dernier train de l'année.

Luce était partie la veille. *George* la rejoindrait au *Plaza Hotel*, l'un des plus élégants de Broadway. Il aurait préféré descendre comme d'habitude au *Brevoort House*, mais avait finalement choisi un établissement où il ne risquait pas de croiser des connaissances.

New York était en liesse. De grands sapins tout enguirlandés ornaient la façade des magasins. En attendant l'arrivée de son amant, Luce se rendit au couvent des Dames du Sacré-Cœur de Manhattan, afin d'y inscrire Clara pour la prochaine saison. Sa nièce y perfectionnerait son anglais. Dans Broadway, où un taxi-cab la conduisit ensuite, elle se mêla à la foule bigarrée qui se trimballait les bras chargés d'étrennes. À la tombée du jour, elle regagna sa chambre d'hôtel, fourbue et les pieds en compote. Elle alluma la lampe sur le guéridon et se laissa tomber dans un fauteuil vieux rose. La jolie pendule qui trônait sur la cheminée lui rappela que *George* arriverait d'une minute à l'autre.

Passer le jour de l'An seule avec lui la comblait de joie. *George* renoncerait volontiers à la dinde aux atocas de madame Raymond et Luce, à la bénédiction onctueuse du chanoine. De toute façon, il l'aurait refusée à une pécheresse non repentante comme elle. Personne, cette année-là, ne ramerait dans la chaloupe du capitaine en fredonnant des chansons à répondre. Et la tribu des Fabre s'épancherait tout à loisir sur le sort de ses chers patriotes disparus.

N'empêche, Luce avait l'habitude de fêter le Nouvel An avec Hortense. Elle chassa de son esprit le visage chagriné de sa cousine qui, de temps à autre, venait la tourmenter. «Je ne vais pas gâcher mon bonheur», pensa-t-elle en se levant pour faire sa toilette. Sans l'ombre d'une hésitation, elle passa sa robe à queue en taffetas de couleur ambre. C'était la préférée de *George*. Il lui avait promis un dîner d'adieu à l'année 1862 arrosé de champagne. Peut-être trouveraient-ils à New York le *plum pudding* si cher aux Anglais et dont tous deux raffolaient?

~

Luce ne fut pas déçue. La soirée fila comme elle l'avait imaginée. Au matin, plus amoureux que jamais, ils se firent conduire à la gare.

«À nous deux, Washington», lança Cartier en grimpant dans le train.

Ses revenus ne lui permettaient pas de réserver un wagon à son usage personnel. Mais on lui attribua un compartiment spacieux et désert. Il réclama une table pliante afin d'y installer ses papiers. Autant profiter du long trajet pour préparer sa rencontre avec le président Lincoln.

Sur la banquette de cuir en face de lui, Luce sirotait le *julep* qu'un serviteur noir en blouse blanche lui avait apporté. Dehors, même en janvier, le paysage de la Pennsylvanie se donnait des airs de printemps. Adieu le rude hiver canadien! Les pieds posés sur un tabouret, elle ouvrit le livre qu'elle avait choisi la veille dans une librairie de Broadway. C'était le gros succès de l'heure. Publié peu avant le début de la guerre de Sécession, *Uncle Tom's Cabin* décrivait la cruauté des planteurs blancs du Sud qui imposaient des conditions de vie inhumaines à leurs esclaves. L'ouvrage faisait scandale en Louisiane. Dans les États du Nord opposés à l'esclavage, il était bien accueilli.

« Vous avez là un document incriminant pour les sudistes, l'avait prévenu le libraire new-yorkais.

— Peut-on vraiment s'y fier? lui avait-elle demandé. Les journaux prétendent que l'auteure n'a jamais mis les pieds au Sud.

— Tous ceux qui connaissent le Mississippi, l'Alabama et la Louisiane savent qu'Harriet Beecher-Stowe n'a rien exagéré, lui avait-il répondu. D'ailleurs, le président Lincoln l'a surnommée "la petite femme qui a commencé une grande guerre". »

Ignorant les pou!… pou!… pou!… et les tacatac du train, Luce demeura les yeux rivés à son livre tout au long du trajet. Des esclaves ligotés, fouettés, battus à mort défilaient d'une page à l'autre. On vendait séparément les maris, on violait les femmes, on arrachait les enfants à leurs mères. Les maîtres blancs les obligeaient à travailler comme du bétail. Comment un pays qui prônait la liberté pouvait-il soutenir une institution aussi démoniaque? se scandalisa Luce qui faisait de la liberté individuelle l'axe de sa vie personnelle.

Le train s'arrêta à Philadelphie. Le couple en profita pour se délier les jambes sur le quai de la gare. Un incident bouleversa Luce. Deux chasseurs d'esclaves blancs venaient de mettre la main au collet d'un jeune Noir qui avait fui sa plantation pour aller vers le Nord, comme cela arrivait fréquemment. Les yeux braqués sur le fugitif, personne ne leva le petit doigt pour l'aider. Et le malheureux disparut encadré par ses ravisseurs.

Avant de regagner son wagon, Cartier acheta le *Washington Evening Star*. En gros caractères, il lut que le président Lincoln s'apprêtait à signer une déclaration abolissant l'esclavage.

«Ma chère, nous allons assister à un événement historique, s'écria-t-il. Si le journal dit vrai, chaque État sera forcé de libérer ses esclaves.»

La nouvelle avait de quoi surprendre et Cartier s'en ouvrit à Luce. Depuis son accession à la présidence, Abraham Lincoln donnait l'impression d'un homme ambivalent. Il jugeait l'esclavagisme inacceptable du point de vue moral, mais tout à fait légal en vertu de la Constitution américaine. Sa suggestion de renvoyer les Noirs en Afrique avait choqué, comme aussi la tolérance qu'il manifestait à l'endroit des chasseurs d'esclaves dans les États du Nord. Tolérance dont Luce et lui venaient d'être témoins.

«Lincoln n'est pas facile à suivre, observa-t-il. J'ai lu dans le *Time* qu'il considère les Noirs comme des êtres inférieurs. De fait, il leur a toujours refusé le droit de vote. Pourtant, d'après la *Tribune* de New York, il aurait récemment affirmé que tous les hommes devraient être libres.»

Un coup de sifflet et la locomotive repartit dans un nuage de fumée. Luce retourna à sa lecture, pendant que Cartier songeait aux conséquences prévisibles de la déclaration d'émancipation des Noirs de Lincoln sur les affaires canadiennes. Nul doute dans son esprit, la guerre civile entre le Nord et le Sud se durcirait. La conscription deviendrait obligatoire, avec son lot de déserteurs noirs qui traverseraient la frontière. Fallait-il s'en inquiéter? Il n'ignorait pas que nombre d'esclaves en fuite s'étaient déjà installés dans le Haut-Canada.

Le jour baissait. Cartier se laissa distraire par le roulis du train. Le contrôleur l'avertit que le repas allait être servi. Ils se dirigèrent vers le wagon-restaurant éclairé à la lampe à huile. Sous l'étroite table, leurs genoux se touchaient. Ils continuèrent à bavarder. Avec force détails, *George* relata la saga de l'indépendance américaine à Luce subjuguée par ses connaissances. Doué d'une mémoire d'éléphant, il jugeait les faits avec clarté et discernement. Quelle intelligence! Après le dessert, ils commandèrent une fine à l'eau afin de prolonger la soirée. Puis, chacun regagna son divan transformé en lit pour la nuit.

La cloche de la locomotive annonçant l'entrée en gare les surprit au petit matin, alors qu'ils émergeaient du sommeil.

~

Washington avait beaucoup changé. Cartier n'y était pas revenu
depuis son voyage de noces avec Hortense, en juin 1846. La capitale, avec ses avenues trop larges, trop droites et sans surprise, qui
partaient du Capitole et se déployaient en étoile, le laissait froid. Il
lui préférait Londres.

En quittant la *Union Station,* le cab prit *Constitution Avenue*
vers le sud, d'où l'on pouvait apercevoir le Capitole. Ensuite, il
emprunta *Pennsylvania Avenue* qui regorgeait d'hôtels cossus. Un
tramway tiré par des chevaux retarda leur course. De peine et de
misère, ils finirent par aboutir à l'hôtel Willard situé au coin de la
Quatorzième Rue. L'établissement de six étages, à proximité de la
Maison-Blanche, attirait les dignitaires étrangers de passage dans
la capitale américaine. La plupart des cinq cents chambres étaient
occupées en permanence. Des arbustes plutôt mal en point encadraient la porte d'entrée qu'ouvrait un portier noir. Une ambiance
chaotique régnait dans le hall d'entrée. Malgré le tohu-bohu, les
porteurs assis par terre somnolaient en attendant les clients. Derrière son comptoir de marbre, le directeur remit à Cartier la clé de
leur chambre.

Cartier n'avait pas une minute à perdre. Il prit tout de même le
temps de se rafraîchir et d'enfiler une chemise fraîche sous sa redingote anglaise avant d'attraper son porte-documents et de sortir.
Luce l'accompagna. Ils songèrent à demander une voiture, mais
décidèrent finalement de faire le court trajet à pied. La pluie avait
cessé et l'air sentait le printemps, même si janvier débutait à peine.
De loin, Luce aperçut la Maison-Blanche, un édifice bas tout en
longueur et enveloppé de verdure. Ils s'arrêtèrent devant le majestueux portique soutenu par dix colonnes grecques et orné d'un
fronton. Une sentinelle montait la garde.

Ayant reconnu Cartier, l'ambassadeur anglais, un jeune homme
de belle apparence, descendit les marches pour venir à sa rencontre.

«Mes hommages, madame Cartier», dit Lord Lyons en s'inclinant devant Luce qui ne le détrompa pas.

Elle prit congé peu après. Le diplomate exposa le programme de la visite à Cartier. Chaque jour de l'An au matin, le président recevait les vœux du corps diplomatique, des officiers de son armée, des hommes politiques et de quelques distingués invités. Cartier se montra déçu. Il espérait un rendez-vous moins protocolaire. Les problèmes dont il voulait entretenir Abraham Lincoln ne se régleraient pas entre deux poignées de main.

« Le secrétaire d'État vous rencontrera d'abord, le rassura Lord Lyons. Avec lui, vous pourrez discuter des questions que vous voulez soumettre au président. »

Les deux hommes marchaient côte à côte en direction du salon bleu.

« Vous verrez, monsieur Lincoln est très sympathique. Il a, comment dirais-je, un humour particulier. Inoffensif, mais hélas ! pas toujours digne. »

Lord Lyons hésita avant de continuer.

« C'est un gars de l'Ouest, si vous voyez ce que je veux dire. Il n'a pas encore fait la preuve qu'il possédait le talent pour compenser son ignorance de tout ce qui ne relève pas des affaires de son Illinois natal.

— Vous n'y allez pas de main morte, monsieur l'ambassadeur, fit Cartier qui trouvait l'élégant et maniéré représentant de la Grande-Bretagne d'une insolence peu commune.

— J'aimais autant vous prévenir, laissa tomber celui-ci, comme pour excuser son sans-gêne. L'entourage du président n'apprécie guère les Anglais par les temps qui courent. Et votre réputation de chef d'État loyal à la Couronne britannique vous a précédé à Washington. »

Lord Lyons conduisit Cartier dans un bureau adjacent à la salle de réception. Le secrétaire d'État du président les rejoignit. De taille modeste, le teint rosé et les cheveux blancs, William Seward tenait une pipe encore chaude à la main. Il referma la porte derrière lui afin d'atténuer le bruit des voix provenant d'à côté.

« Je regrette d'avoir peu de temps à vous consacrer, monsieur Cartier », dit-il sur un ton à peine affable.

La discussion s'engagea rondement. Cartier, toujours direct dans ses questions, l'interrogea sur une éventuelle attaque américaine au Canada. Sans répondre franchement, l'Américain à la voix grave insista sur l'importance qu'il accordait à la neutralité de la Grande-Bretagne, dans le conflit actuel, et aux relations cordiales déjà bien établies entre le Canada-Uni et son voisin du sud.

Cartier comprit à demi-mot que le danger n'était pas imminent. Il aborda un second point tout aussi préoccupant : le maintien de la loi sur la réciprocité entre les deux pays. William Seward ne mâcha pas ses mots. Tant que les États-Unis seraient en guerre, l'économie américaine aurait besoin des biens et des services canadiens.

« Mais une fois la paix revenue entre le Nord et le Sud, nous devrons privilégier nos industries pour les aider à retrouver leur vitalité passée. Vous comprendrez que je ne peux rien vous promettre de plus. »

Cartier fit valoir ses arguments, mais le secrétaire d'État demeura sur ses positions. L'audience se termina abruptement quand Lord Lyons invita Cartier à le suivre au salon bleu. Le président était disposé à le recevoir. Deux drapeaux posés sur des trépieds encadraient la porte. Les deux hommes pénétrèrent dans la pièce aux murs tendus de soie moirée où se trouvaient déjà nombre d'élégants invités. Abraham Lincoln dépassait d'une tête la plupart d'entre eux. Cartier fut frappé par son physique de paysan, ses énormes mains et son regard franc. L'accueil de ce dernier fut chaleureux, voire amical.

« Monsieur Cartier, je sais que vous êtes un homme influent au Canada-Uni, fit Lincoln en lui tendant la main. On me dit aussi que vous représentez les chemins de fer. J'ai longtemps été, moi aussi, leur procureur.

— Je crois comme vous aux vertus des trains pour faire entrer nos deux pays dans la prospérité, répondit Cartier.

— Vous avez raison. Personnellement, je serai satisfait lorsque les États-Unis seront striés de rails d'un bout à l'autre.

— Monsieur le président, enchaîna Cartier, puis-je vous féliciter ? Vous êtes en train d'écrire l'histoire, si j'en crois les journaux.

— Ah! vous parlez de ma proclamation d'émancipation, dit Lincoln comme s'il tombait des nues. Si mon nom entre dans l'histoire, comme vous dites, ce sera probablement pour cet acte. Je m'y suis résigné pour sauvegarder l'Union. Sachez cependant que si j'avais pu y arriver sans libérer les esclaves, je m'en serais abstenu. »

Le président courba le dos pour saisir les propos de son secrétaire d'État qui l'invitait à le suivre à son bureau.

« Vous m'excuserez, monsieur Cartier, mais l'heure est venue de signer cette fameuse déclaration dont nous parlions justement. J'espère que j'y arriverai. Je serre des mains depuis onze heures ce matin et je ne me sens plus les doigts.

— Ce fut un réel plaisir de faire votre connaissance, monsieur le président. Nous nous reverrons.

— J'y compte bien. »

~

L'annonce de la déclaration d'émancipation des esclaves se propagea dans Washington comme une traînée de poudre. Devant la Maison-Blanche, les Noirs chantaient, dansaient, tapaient des mains en scandant le nom de Lincoln. Le joyeux vacarme gagna bientôt les quartiers voisins.

À l'hôtel Willard, le climat semblait plus tendu. Au fond de la salle à manger, des officiers d'état-major, le visage anxieux, grillaient un cigare en songeant que la guerre civile pourrait connaître une phase plus fratricide encore. Au milieu de la pièce, des sénateurs à la retraite, un gouverneur flanqué de ses aides, des avocats, des médecins, tous parlaient de l'abolition de l'esclavage en attaquant la traditionnelle soupe à la tortue. Pendant ce temps, au bar, des hommes d'affaires fulminaient en avalant leur whisky irlandais. Pour eux, l'esclavage représentait une mine d'or. La dernière trouvaille du président n'avait rien de réjouissant.

La nouvelle ne semblait pas leur couper l'appétit. La table d'hôte du Willard était réputée la meilleure en ville. Luce attendait le retour de *George* dans un profond fauteuil, près de l'entrée. À côté d'elle, un vieux militaire mâchait du tabac qu'il recrachait dans un pot à ses pieds. Il essaya en vain de nouer la conversation avec elle. Les yeux fixés sur la double porte coulissante, elle commençait à trouver le temps long.

Cartier arriva enfin, l'air détendu et joyeux. Luce sut à son air qu'il n'était pas mécontent de sa rencontre. Le maître d'hôtel les invita à le suivre dans un coin retiré de la grande salle, près de la cheminée.

« Et puis? demanda-t-elle en s'assoyant. Comment as-tu trouvé monsieur Lincoln?

— Le président est plus grand que je ne l'avais imaginé, répondit-il en s'accordant une pause entre chaque mot pour la faire languir.

— Mais encore? insista Luce d'un ton suppliant.

— Il a des yeux pénétrants et la poignée de main vigoureuse, c'est le moins que je puisse dire... »

Cartier prenait tout son temps. Il commanda les apéritifs en s'amusant *in petto* des yeux noirs de Luce dans lesquels il lisait l'impatience. Il s'arrêta de nouveau afin de consulter le menu. Potage aux huîtres, dinde farcie, bar grillé... Il avait une faim d'ogre. Après avoir choisi le vin, il lui parla enfin de l'insolence de l'ambassadeur, de la froideur du secrétaire d'État Seward et de l'extrême gentillesse du président.

« Voilà, ma chère Luce. Est-ce que ça répond à tes questions? Tout s'est passé très vite. J'avoue en avoir éprouvé une certaine frustration. Mais pour un premier contact, je suis satisfait. La glace est brisée entre le président et moi. Mon voyage n'aura pas été inutile. Dorénavant, les portes de la Maison-Blanche me resteront ouvertes, tu peux me croire.

— Je n'en doute pas un seul instant, mon chéri. Tu as sûrement envoûté le président.

— J'ai rempli ma mission, remarqua Cartier sans relever la flatterie. Il ne me reste qu'à parachever ma conférence. As-tu eu le temps d'y jeter un coup d'œil? Donne-moi ton avis. Tu sais comme je l'apprécie. »

Bien sûr que Luce l'avait lu, ce discours qu'il devait prononcer le surlendemain, à l'occasion d'un banquet organisé en son honneur et auquel elle assisterait en tant que «madame Cartier». Elle avait griffonné ses commentaires assez critiques dans la marge. Quelques précisions à ajouter, un choix de mot malheureux parfois, mais dans l'ensemble, cela lui paraissait excellent.

«Tant mieux, fit-il, soulagé, en avalant une gorgée de bordeaux. Pourquoi me regardes-tu ainsi ?

— C'est merveilleux de vivre près de toi, répondit-elle. Depuis quelques jours, je me sens comme si j'étais ta femme.»

Elle portait au cou le rang de perles qu'il lui avait rapporté de Paris. Il la trouva jolie. Ce sourire imprimé sur son visage, lorsqu'elle renversait la tête en arrière pour se laisser désirer, lui sembla irrésistible. Il n'avait pas manqué de noter les regards posés sur elle, tandis qu'elle se faufilait entre les tables pour se rendre à la sienne.

«Et moi, je n'ai jamais été aussi heureux que ce soir», confessa-t-il.

C'était vrai, Luce illuminait sa vie. Elle dégustait maintenant sa bouchée de foie gras. Ses yeux noirs l'envoûtaient. Elle agita ses longs doigts avec grâce et lui annonça sans y mettre de condition :

«Je te suivrais au bout du monde, *George*.

— Je t'emmènerais au bout du monde.»

Ils savourèrent ce moment délicieux où ils pouvaient tout se confier. Luce parut hésiter. Elle dit enfin lentement, en mesurant ses mots :

«Je voudrais qu'il en soit toujours ainsi.»

Cartier ne répondit pas, se contentant de sourire tristement. Oubliait-elle qu'il était marié? Alors, Luce poussa plus loin son audace :

«Tu ne crois pas qu'il serait temps d'officialiser notre situation? que nous cessions de nous cacher?»

Cette fois, il la regarda d'un air sévère, comme si elle avait dit une bêtise. Il avala une gorgée de vin et, sans déposer son verre, mais en la fixant, il répondit :

«C'est impossible. Notre amour doit rester secret.»

À son tour, Luce porta le verre à ses lèvres.

« Secret ? Allons, mon chéri, tu sais bien que notre liaison est un fait notoire. Ta famille, la mienne, nos amis, tes collègues… plus personne n'ignore que nous formons un couple.

— Tu oublies Hortense.

— Puisque tu ne l'aimes plus… »

Elle épia sa réaction. Il ne broncha pas. On n'entendait que le cliquetis des ustensiles. Il reprit lentement :

« Si, comme tu dis, notre amour est connu de tous, c'est que nous avons été extrêmement imprudents, remarqua-t-il froidement. Nous sommes impardonnables. Nous avions convenu que ma femme et mes enfants ne devaient plus souffrir de notre liaison. C'était notre entente. »

Les avant-bras posés sur la table, Luce ne remarqua pas qu'il avait reculé sa chaise, comme pour marquer son mécontentement.

« Redescends sur terre, *George*. À Toronto, quand nous sommes ensemble, tu entends comme moi les chuchotements sur notre passage. Enfin, souviens-toi… Même ton collègue Macdonald parle de moi comme de ta femme. »

Elle arrêta net son plaidoyer. Le regard sévère de son amant la glaça. Elle ne lui connaissait pas cette expression. Cartier restait aphone, comme hébété. Dieu merci ! le maître d'hôtel vint à sa rescousse. Debout entre eux, il leur proposa les desserts. Luce le remercia, elle n'avait plus faim, pas même pour un morceau de *plum pudding*. L'intermède donna à Cartier le temps de se ressaisir. Il attaqua sans dissimuler son impatience :

« Tu n'as pas le droit de me demander ça. Je ne t'ai rien promis. »

Luce encaissa. Ce ton de reproche lui transperçait le cœur. S'était-elle à ce point trompée ? Ne lui avait-il pas répété qu'il aurait voulu crier son amour sur les toits ?

« Tu ne m'as rien promis, soit. Que le diable m'emporte, moi et mes caprices de bonne femme. »

Sitôt dit, Luce se redressa sur sa chaise. Non, elle ne lui jouerait pas la carte de la victime éplorée ! Ce n'était pas son genre. Cela l'humilierait.

« Ne sois pas injuste, ma chérie », soupira Cartier.

Sa voix avait retrouvé un peu de douceur. Il prit ses mains dans les siennes et les massa. « Je suis un homme politique. Je ne peux pas m'exposer aux cancans.

— Nous ne sommes plus au dix-huitième siècle, grands dieux ! riposta-t-elle en ricanant. La société a évolué. D'ailleurs, tu n'as rien à craindre, dans ce genre de situation, ce sont les femmes qui sont mal jugées, jamais les maris infidèles. »

Le visage de Cartier se durcit. Cette fois, Luce y décela de l'hostilité. Croyait-il vraiment qu'elle était femme à se contenter des miettes ? C'était mal la connaître. Il lui reprit la main :

« Je te croyais heureuse d'être ici avec moi.

— Justement, c'est parce que je le suis que je te parle ainsi. Je refuse de passer à côté du bonheur par manque de courage. Je ne suis pas une machine à rêver.

— Moi qui te considérais comme une femme émancipée ! »

Ses yeux étonnés fixés sur elle, il se tortillait sur sa chaise. Des musiciens s'approchèrent de leur table pour leur jouer un air à la mode. Luce attendit la fin pour aller au bout de sa pensée :

« Les seules choses que je n'ai jamais regrettées, ce sont mes audaces. Oui, tu as bien compris, mes folies. »

Elle s'arrêta, convaincue d'avoir tout dit. Ils quittèrent le restaurant comme deux amants sur le point d'emprunter des routes différentes. De quoi serait fait le lendemain ? Dans la chambre, le couvre-lit avait été retiré et le drap rabattu en équerre. Sans qu'aucun mot ne fût prononcé, Luce se coucha, cependant que, dans un fauteuil, *George* relisait le texte de sa conférence. Le sommeil la gagna avant qu'il l'ait rejointe sous les couvertures.

Cartier éteignit tard. La chambre était plongée dans la nuit. Cette fois, c'est lui qui n'arriva pas à fermer l'œil.

XXIII

La vengeance d'Hortense

L a rumeur se mit à enfler au début de l'été, peu avant le mariage d'Hector. George-Étienne Cartier complotait avec les ennemis des Canadiens français. À ce qu'on racontait, il se compromettait avec des fanatiques du Haut-Canada, obsédés comme lui par l'idée d'un immense pays à bâtir.

À l'orphelinat, madame Raymond s'en inquiéta devant sa fille :

« Je me suis laissé dire que ton mari s'acoquine avec l'affreux George Brown. »

Hortense s'en trouva agacée :

« Maman ! Pourquoi cherchez-vous toujours à le dénigrer ?

— Je pensais, bafouilla madame Raymond, je pensais…

— Vous pensiez, la coupa Hortense en haussant le ton. Ce sont mes affaires et vous n'avez pas à vous en mêler. »

Madame Raymond n'insista pas. Sa fille était tendue comme une corde de violon et le moindre mot déclenchait chez elle des réactions démesurées. Tantôt elle attaquait son mari, tantôt elle prenait sa défense.

Hortense quitta l'orphelinat sans rien ajouter. Pourtant, elle regrettait son emportement. Sa pauvre mère ne savait plus comment la prendre. Elle songea à faire demi-tour pour aller s'excuser, mais y renonça, car Mae l'attendait au *St. Lawrence Hall*. En visite éclair à Montréal, son amie n'avait qu'une heure ou deux à lui consacrer. Hortense pressa le pas.

Le salon de thé de l'hôtel était presque désert lorsqu'elle fit son entrée. Mae l'attendait déjà. Les deux jeunes femmes ne s'étaient pas revues depuis des mois, mais on aurait dit qu'elles venaient à peine de se quitter. En moins de cinq minutes, Hortense commença à se vider le cœur. Tout y passa. Les attaques contre Cartier, ses mouvements d'impatience, dont sa mère faisait les frais, ses regrets tardifs…

« Pourquoi grands dieux ! as-tu pris si ardemment la défense de George-Étienne devant ta mère ? demanda Mae, intriguée.

— Je défends ma réputation et celle de mes filles, et non celle de Cartier. Cela dit, je serais la première surprise de découvrir qu'il conspire contre les Canadiens français. Mon mari a bien des défauts, mais ce n'est pas un traître. Je le ménage rarement, et tu sais comme je lui en veux, mais je ne supporte pas qu'on l'accuse injustement. »

Injustement ? Le mot sonna terriblement faux à ses oreilles. Jamais Cartier n'avait eu autant l'air d'un conspirateur. À la maison, des députés défilaient tout le jour et même en soirée. Pourquoi les recevait-il chez lui plutôt qu'à son bureau de la rue Saint-Vincent ou à l'hôtel Rasco ? Leurs conciliabules avaient lieu en anglais, derrière les portes closes du salon. Impossible de savoir ce qui s'y tramait. En reconduisant ses invités, Cartier se frottait les mains de contentement, preuve que ses affaires avançaient comme il le souhaitait. Hortense osait-elle l'interroger ? Il posait son index droit sur ses lèvres en lui lançant : « secret d'État ! » Autrement dit : inutile d'insister.

Mae l'écoutait, frappée par la mine affreuse de son amie. Amaigrie, Hortense détournait le regard lorsqu'elle parlait de l'homme qui partageait sa vie. Cela sautait aux yeux, elle crevait de dépit. Un vilain rictus lui barrait le visage. Nul doute, sa situation conjugale continuait à se dégrader depuis la rencontre des « trois grâces ».

« Ton mari te trompe toujours, si je comprends bien ? fit Mae.

— Ça te surprend ? Il n'a jamais cessé de voir la Cuvillier en cachette. Je n'en suis même plus jalouse.

— Tu en es sûre ? Mais alors, où est la femme épanouie et gaie que j'ai connue il y a des lunes ?

— Tu veux savoir ? Ce n'est pas la jalousie qui me tue, c'est l'humiliation. L'impuissance aussi. Je ne sais pas comment me sortir de cette impasse. Mon mariage est à l'eau, mais je n'ai pas le droit de me séparer, encore moins de divorcer. Ma mère s'y oppose. Le chanoine l'a montée contre moi. Tu n'as pas idée de la vie que mène une femme délaissée par son mari. Ce serait moins pire d'être veuve. Je rêve de m'enfuir.

— Ce n'est pas une mauvaise idée. Prends du recul. Viens passer quelque temps chez moi, à New York.

— Tu n'as pas compris. Je veux partir pour toujours. Je suis mûre pour l'exil. C'est la seule issue, si je veux refaire ma vie.»

Comment faire accepter cette idée à Cartier? Hortense l'avait déjà mis devant le fait accompli, comme elle le raconta à Mae. Ce jour-là, elle venait d'apprendre que Luce Cuvillier avait fait le voyage à Washington, où son mari n'avait pas voulu l'emmener, elle.

«Ç'a été la goutte d'eau qui fait déborder le vase. J'ai décidé de partir avec mes filles.»

Elle avait demandé à madame Raymond de les héberger le temps de tirer des plans définitifs. Ensuite, sans rien dire, elle s'était occupée des préparatifs. Elle avait éparpillé ses effets sur le lit et sa malle était grande ouverte sur le plancher. En entendant les pas de son mari dans l'escalier, elle s'était sentie prise de panique.

Cartier l'avait rejointe au milieu de la pièce. Sans se retourner, elle avait fait mine de ranger un flacon dans sa trousse de toilette. Lui, ayant remarqué les tiroirs ouverts et les vêtements épars par terre devant le placard, il avait tout compris : elle préparait sa sortie. Il lui avait saisi le bras délicatement pour la forcer à le regarder. Elle s'était raidie, cherchant à lui cacher la crainte qu'elle éprouvait de lui. La scène avait plongé Cartier dans le désarroi. Il avait prononcé son nom, l'avait répété deux, trois fois, sans rien ajouter d'autre, comme désarmé par sa détermination d'en finir. De sa voix la plus douce, il l'avait suppliée d'attendre après le mariage d'Hector pour prendre une décision aussi lourde de conséquences. Ensemble, ils iraient à Arthabaska, car son frère ne leur pardonnerait pas de lui faire faux bond. Au retour, ils en discuteraient à tête reposée.

«Et alors, qu'est-il arrivé?» demanda Mae.

Hortense enfouit son visage dans ses mains et resta un moment sans rien dire. Et puis, elle poursuivit son récit en hochant la tête.

«Je t'épargne le reste de cette scène absurde. Mon ennuyeuse litanie de reproches et ses excuses cousues de fil blanc. Il a invoqué nos dix-huit ans de vie commune qu'on ne pouvait pas rayer d'un trait et m'a priée de ne pas sacrifier les enfants. Petit à petit, je sentais fondre ma résistance. Tu connais sa belle assurance? Même pris en défaut, il se comporte en vainqueur. Et moi, pauvre idiote, j'ai flanché, comme d'habitude. Si tu savais comme je me méprise! Après, il a quitté la pièce, la tête haute et les épaules bien droites. À aucun moment, ni ce jour-là ni un autre, il ne m'a promis de ne plus revoir Luce.

— Pourquoi as-tu cédé alors?»

Hortense prétendait l'avoir fait pour Hector. Celui-ci avait demandé à Cartier de lui servir de père à son mariage. Jamais elle ne se serait pardonné d'embarrasser son frère un jour pareil.

«Nous en sommes là. Le mariage d'Hector a lieu au début du mois d'août. Que dois-je faire en attendant, dis-moi?

— D'abord, tu vas oublier le prêchi-prêcha de l'abbé. Ne pense qu'à toi, pour une fois. Si tu veux mon opinion de femme, le moment est venu de remettre à ton mari la monnaie de sa pièce.»

Un bruit de voix provenant de l'arrière du salon de thé les força à se retourner. Des hommes d'allure respectable, cravatés malgré la chaleur, poursuivaient une conversation animée. Le plus imposant, en costume pâle, riait à gorge déployée.

«Que veux-tu dire? demanda Hortense pour reprendre le fil.

— Œil pour œil, dent pour dent.»

Au fond de la salle, les rires redoublèrent. Hortense manifesta un certain agacement qui n'échappa pas aux joyeux convives. L'un d'eux, aux cheveux poivre et sel, s'en excusa dans un mauvais français. Les autres l'imitèrent. Ils avaient le même accent nasillard légèrement traînant.

«Ce sont des Américains, murmura Mae. Des planteurs de La Nouvelle-Orléans, probablement.

— Des sudistes? Que font-ils ici?

— Ils sont arrivés à l'hôtel en même temps que moi. D'après ce qu'on m'a raconté, ils viennent à Montréal pour recruter des hommes en âge de se battre dans l'armée du Sud.

— Mais… les Canadiens appuient le Nord.

— Pas tous. Ces hommes d'affaires sont riches comme Crésus. Apparemment, ils réussissent à attirer des jeunes gens sans emploi.

— Ah bon ! Moi qui pensais que la guerre civile achevait.

— Au contraire, elle s'enlise. Les victimes sont légion. Qu'elles soient du Nord ou du Sud, toutes les familles ont des morts à pleurer. »

Le sort des malheureux esclaves durement traités les occupa un moment. Mais Hortense se préoccupait trop de son propre drame pour s'intéresser longtemps à celui des autres.

« Où en étions-nous ? répéta-t-elle.

— Je te suggérais de ne pas te laisser écraser par ton mari.

— Ma pauvre fille ! Je n'existe plus pour lui depuis belle lurette. Je ne suis qu'une ombre à ses côtés. Même si j'élève la voix, il ne m'entend pas. Il se fiche éperdument de ce que je fais. En juin, j'ai été nommée marraine des cloches, à l'église Notre-Dame – mon frère Édouard-Charles ne sait plus quoi inventer pour me sortir de la maison –, eh bien !, tout le faubourg m'en a parlé sauf lui.

— Si j'ai bien compris, tu ne comptes pas pour lui, sauf si tu menaces de le quitter.

— Tu veux savoir pourquoi ? Tout simplement parce que divorcer nuirait à sa carrière politique.

— C'est bien ce que je pensais. Il s'est concocté une vie douillette entre sa femme d'un côté et sa maîtresse de l'autre. »

Hortense eut un rire nerveux.

« Je parie que la Cuvillier se plaint aussi du peu de temps qu'il lui consacre depuis qu'il poursuit sa croisade pour un grand pays. »

Les dernières élections avaient ramené les conservateurs au pouvoir. À présent, Cartier était ministre de la Justice. Il avait décliné le poste de premier ministre adjoint. Cela avait étonné Hortense. Son mari n'était pas du genre à jouer les éminences grises. Mais, pour l'instant, il préférait manœuvrer en coulisse, afin d'avoir les coudées franches pour amorcer les négociations en vue de former une fédération des provinces. Le clan des Fabre, il va sans dire, voyait en ce projet une machine à écraser les Canadiens français.

« Il paraît que Cartier réclame une nouvelle constitution pour mieux nous protéger ! » se moqua Hortense.

Son dédain perçait à chaque instant. Mae avala une gorgée de thé :

« Moi, je n'entends rien à toutes ces subtilités politiques, avoua-t-elle. Depuis que je vis à New York, je ne lis plus les journaux. Mais toi, tu baignes là-dedans depuis ta tendre enfance. Alors, affronte-le. Tu connais les arguments de ses adversaires ? Mets-le en contradiction. Au besoin, fais appel à ton frère Hector. »

Hortense hocha la tête en signe d'impuissance :

« Je ne suis pas de taille à me mesurer à lui sur son propre terrain.

— Ne te sous-estime pas, protesta Mae. De toute façon, c'est ta seule arme. Ça ne le ramènera pas à de meilleurs sentiments, c'est sûr, mais il sera forcé de te respecter. Sinon, il te laissera choir comme une vieille chaussette chaque fois que cela fera son affaire. »

À l'arrière, de nouveaux venus se joignaient aux sudistes et la conversation s'animait. Hortense et Mae réclamèrent l'addition et quittèrent les lieux. Il faisait un temps superbe pour se promener dans le port. À la place Jacques-Cartier, elles empruntèrent le large trottoir de pierre qui longeait le bord de l'eau et marchèrent d'un pas traînant jusqu'à l'arrière de la chapelle Notre-Dame-de-Bon-Secours. Un énorme navire océanique mouillait en rade.

« Tu vois ce vapeur ? dit Hortense. Je m'y embarquerais sans me retourner. Pour aller où ? Je n'en sais rien.

— Allons, Hortense, ne parle pas comme ça. Tu n'es pas seule. Nous sommes là, ta famille, tes filles, tes amies… Il faut te secouer. »

Appuyées au garde-corps, elles passèrent un moment à observer les voiliers amarrés au quai. Des débardeurs musclés déchargeaient une cargaison de bois de corde. Hortense paraissait songeuse.

« Si je t'ai bien comprise, tu me recommandes de me venger de lui.

— Exactement.

— Il y a quelque temps, je m'en serais crue incapable. Je ne suis pas de nature vindicative. Aujourd'hui, je t'avoue que cette idée pourrait me redonner de l'énergie. Je ne supporte plus cette femme pleurnicharde que je suis devenue. Je voudrais pouvoir me regarder dans la glace sans me mépriser. »

La cantine *Joe Beef* était bondée. À côté, la taverne *French Mary* avait l'air abandonnée. Des matelots se chamaillaient devant la porte. Un marchand ambulant arrêta sa voiture à bras devant elles. Sa boîte contenait un barillet entouré de glace rempli de lait congelé et aromatisé. L'invention rapportée d'Italie venait de faire son apparition dans les rues de Montréal.

« *Ice cream*, un sou. *Ice cream.* »

« Je t'offre une glace, fit Mae.

— Ici, on dit lèche-crème. »

Le vendeur empoigna deux tasses qui traînaient sur le couvercle de sa boîte. Elles ne leur inspiraient pas confiance. Après chaque usage, le marchand les plongeait dans un seau d'eau grisâtre avant de les remettre en place. Les mêmes récipients passaient ainsi entre plusieurs mains au cours de la journée.

« Donnez-nous plutôt des verres et des cuillers, exigea Hortense.

— Dans ce cas, ce sera cinq sous pièce. Je réserve mes plus jolis contenants aux personnes du beau sexe, mesdames », fit le marchant en prenant la monnaie.

Mae et Hortense firent une pause devant l'océanique pour déguster leur glace. Deux omnibus, l'un appartenant au *Richelieu Hotel*, l'autre au *St. Lawrence Hall*, attendaient les passagers du bateau pour les conduire à leur établissement. Hortense semblait pensive.

« *A penny for your thought?* demanda Mae.

— Plus j'y pense, plus George-Étienne pourrait regretter amèrement ce qu'il me fait subir », laissa tomber Hortense sans préciser la douce vengeance qu'elle mijotait.

De retour à la place Jacques-Cartier, le commerçant le plus connu du faubourg, Jos Vincent, criait à tue-tête : « Chaloupes à louer ». Les deux femmes pouffèrent de rire.

« Pour l'instant, une chaloupe, c'est tout ce que je pourrais m'offrir », fit Hortense, dont le moral s'améliorait.

Au moment de quitter Mae, pressée d'attraper l'omnibus du *St. Lawrence Hall*, elle ajouta en regardant l'océanique :

« Un jour, je partirai sur ce *packet-boat*. En première classe ! »

À la fin de juin, les journaux confirmèrent l'alliance de Cartier avec le francophobe George Brown. Un bon point pour madame Raymond et le clan des Fabre qui, les premiers, avaient flairé le baiser de Judas. Cette coalition inimaginable scandalisa les rouges. À leur tour, ils accusèrent Cartier de se mettre à genoux devant l'ennemi des Canadiens français et de manger avec volupté la boue qu'il lui avait lancée les dix dernières années.

Hortense évitait ses parents et amis libéraux, de peur de compromettre la fragile trêve qu'elle cherchait à prolonger jusqu'au mariage d'Hector.

À vrai dire, la noce l'occupait plus que les combines politiques du capitaine. Elle redoutait la présence de Luce à la cérémonie. L'idée de voir celle-ci se pavaner dans Arthabaskaville la mettait hors d'elle. Hector la rassura : leur cousine n'avait pas reçu de carton d'invitation.

∼

À la maison, Jos et moi, nous nous chamaillions pour tout et pour rien, ce qui ajoutait au climat de tension. Une rivalité naissante nous opposait. C'était à qui accaparerait la salle de bain ou refuserait de céder le piano. Je vantais mes mérites à cheval, l'impératrice tirait vanité de sa maîtrise de l'allemand. Hortense se reprochait de nous avoir élevées comme des jumelles. Toujours habillées de façon identique, nous fréquentions les mêmes couvents et ne sortions jamais l'une sans l'autre. Si nous étions devenues de belles jeunes filles, nous nous comportions comme des fillettes envieuses.

À dix-sept ans, Jos prenait son envol et trouvait insupportable de m'avoir constamment à ses trousses. Un mois avant le mariage d'Hector, maman nous avait emmenées chez la couturière pour choisir nos toilettes qui furent livrées peu après. Plus élancée, Jos avait opté pour une robe en soie rose pâle qui me faisait envie. Ses chaussures à hauts talons ajoutaient à sa grâce toute naturelle. Elle espérait rencontrer Cupidon sur le perron de l'église d'Arthabaskaville et attraper le bouquet de la mariée, condition essentielle pour avoir l'assurance de se fiancer durant l'année.

« Quel emplâtre ! la raillai-je. Tu n'as même pas d'amoureux !

— Une chose est certaine, j'ai plus de chances d'en dénicher un que toi avec tes airs de garçon manqué. »

Je n'avais pas complètement perdu mes traits d'adolescente. Le geste brusque et la démarche bondissante, j'étais plus encline à jouer des tours qu'à prendre des poses. La flèche de l'impératrice me surprit au moment où j'essayais ma nouvelle tenue. Je ne trouvai rien à répondre. Je commençais à échapper à son emprise mais, côté réplique, elle avait toujours une longueur d'avance. Je tenais cependant de mon père une carapace qui me servait dans les affrontements. Hortense, toujours portée à défendre son bébé, m'assura que j'étais mignonne dans ma jupe blanche à pompons. Comme les hostilités allaient reprendre autour du chapeau que Joséphine avait repéré la première, elle prit un ton sévère :

« Assez ! les filles. Conduisez-vous comme des demoiselles.

— Sinon nous allons ressembler à la Cuvillier », avons-nous répondu d'une seule voix.

Hortense referma la porte de notre chambre et descendit au rez-de-chaussée. La voix puissante du capitaine et celle plus claire d'Arthur Dansereau traversaient la cloison du salon. Enfermés depuis un quart d'heure, les deux hommes poursuivaient une discussion animée. Le jeune et zélé journaliste de *La Minerve* à qui Cartier dictait la plupart de ses articles venait de lui poser une question. Incapable d'en saisir le sens à cause d'un bruit d'ustensiles venant de la cuisine, Hortense s'approcha de la porte et tendit l'oreille, comme elle en avait pris l'habitude. Seul le début de la réponse de Cartier, un « oui » retentissant suivi d'un « pourquoi pas ? » bien articulé, parvint jusqu'à elle. Dansereau réclama des précisions et, cette fois, elle entendit clairement :

« Si je vous ai bien compris, vous êtes prêt à abandonner l'égalité de représentation au Parlement. Ne craignez-vous pas la réaction peuple du Bas-Canada ? »

Cartier se lança dans un long plaidoyer destiné à convaincre le journaliste. Hortense ne perdit pas un seul mot de sa réponse.

« Je fais cette concession pour sauver le pays, admit-il avec l'assurance tranquille du leader qui ne doute de rien. En deux ans, nous avons changé de gouvernement quatre fois. C'est aberrant ! Il faut mettre fin à cette crise ministérielle. J'en ai assez des protestations contre la *french domination* qui empoisonnent la vie parlementaire et paralysent l'union. Seule une confédération basée sur la représentation réelle du Bas et du Haut-Canada nous sortira de l'impasse.

— Mais, ce faisant, monsieur Cartier, ne mettez-vous pas la minorité canadienne-française à la merci du Haut-Canada ?

— Absolument pas, l'assura-t-il. La représentation proportionnelle était inacceptable quand le Québec et l'Ontario étaient seuls dans l'union. Je l'ai combattue pendant quinze ans pour empêcher qu'une province gouverne l'autre. Mais dans une fédération regroupant quatre ou cinq d'entre elles, chacune aura intérêt à s'allier à ses voisines. »

Cartier haussait le ton, ce qui sembla déstabiliser son interlocuteur :

« Dans une négociation, il faut savoir reculer pour mieux avancer, reprit Cartier.

— Je ne me permettrais pas de vous juger, monsieur Cartier, retraita Dansereau. J'essaie simplement de comprendre votre point de vue.

— Je sais où je m'en vais, conclut le capitaine. Vous pouvez dormir sur vos deux oreilles. Si je vous ai fait venir, mon cher Dansereau, c'est pour vous parler de George Brown. Je vous ai préparé un brouillon d'article. Vous n'aurez qu'à broder autour. En un mot, il s'agit de le présenter à vos lecteurs sous son vrai jour et non pas comme l'épouvantail que les libéraux dépeignent dans leurs journaux. Je sais, il n'a jamais ménagé les Canadiens français. Insistez sur son repentir. Dites qu'il m'a tendu la main. Avec lui, je réussirai ce que je ne pourrais pas accomplir seul. »

Des bruits de pas dans la pièce indiquèrent à Hortense que la rencontre tirait à sa fin.

« Naturellement, ajouta Cartier, je n'ai pas à vous rappeler que notre conversation doit demeurer secrète. Il serait prématuré de dévoiler à vos lecteurs ma stratégie sur la représentation au Parlement. Donnez-moi quelques semaines. Je vous préviendrai en temps et lieu. »

La serrure tourna. Hortense remonta en vitesse dans son salon de musique, encore abasourdie par ce qu'elle venait d'entendre.

~

Le lendemain, rue Saint-Laurent, Hector faisait la grasse matinée chez sa mère. Il s'arrachait péniblement du sommeil quand on lui apporta une lettre avec son chocolat chaud. Un messager l'avait livrée une heure plus tôt, mais la bonne n'avait pas osé le réveiller. Il remercia celle-ci avant de briser le cachet, curieux et intrigué. À part sa famille, personne ne savait qu'il séjournait à Montréal. En dépliant la feuille, il reconnut l'écriture toute sage d'Hortense : *Je passerai chez maman au début de l'après-midi*, écrivait-elle. *Débrouille-toi pour être seul. Surtout, ne quitte pas la ville avant de m'avoir parlé.*

Au rez-de-chaussée, l'horloge sonna douze coups. Il lui restait tout juste le temps de faire sa toilette et d'avaler son petit déjeuner. Le mot de sa sœur le laissait perplexe. Il la savait fragile et craignait qu'elle ne veuille lui annoncer son absence au mariage. À moins que ce ne soit Cartier qui ait décidé de lui faire faux bond ? C'eût été dommage, car son futur beau-père, le maire d'Arthabaskaville, était honoré que George-Étienne Cartier ait accepté son invitation. Les hommes politiques ne passaient pas souvent par les Bois-Francs, sauf en période d'élection. Il était encore plus rare qu'un ministre de la Justice daigne se déplacer pour des noces.

Lorsque Hector descendit de sa chambre, sa mère était déjà partie à l'orphelinat. Il n'aurait donc pas à finasser pour se retrouver seul avec Hortense, qui arrivait justement. Il la trouva pâle et trop maigre à son goût. Elle portait une jupe garnie de volants superposés aux couleurs estivales. C'était ravissant. Sa coiffure avait été arrangée à la hâte. Cela le fit sourire. Sa sœur n'avait jamais su relever ses cheveux en chignon.

« Que me vaut cette mystérieuse visite ? s'enquit Hector en lui faisant la bise.

— Tu ne devineras jamais ce qui m'amène. »

Elle l'entraîna sur la galerie. C'était l'une des journées les plus chaudes de l'été. Ils placèrent leurs chaises dans un coin ombragé.

« Vas-y, je t'écoute, fit Hector en allumant une cigarette.

— Nous courons un grand danger. »

Il la regarda, déçu.

« Il va falloir que tu sois plus précise si tu veux m'impressionner.

— Tu es au courant du projet de confédération ? Eh bien, figure-toi que le Bas-Canada sera le grand perdant de cette nouvelle union.

— Cela, ma vieille, on s'en doute. Surtout si ce sont les conservateurs de ton mari qui mènent le bal. Commençons par le commencement. Dis-moi, d'où tiens-tu tes renseignements ?

— De la bouche même de George-Étienne. Il parlait à un journaliste de *La Minerve*, Arthur Dansereau. Tu le connais ?

— Évidemment, c'est un vrai plumitif ! Il écrit ce que ton mari lui dicte. Et que lui disait-il exactement ?

— Il lui a annoncé qu'il allait voter en faveur de la représentation proportionnelle.

— C'est impossible. Ce serait renier vingt ans de vie politique.

— Si j'ai bien compris, plus une province sera peuplée, plus elle aura de représentants à l'Assemblée, fit Hortense, qui réfléchissait tout haut.

— Avec pour conséquence que le Haut-Canada pourra faire la pluie et le beau temps, pendant que le Bas-Canada sera impuissant », précisa Hector. Il n'arrivait pas à y croire : « C'est impossible. Cartier a juré de s'opposer à cette mesure jusqu'à son dernier souffle. Il sait que cela nous mettrait en minorité.

— Eh bien ! Il a tourné jaquette une fois de plus. Même Arthur Dansereau m'a semblé sidéré.

— Si Cartier met sa menace à exécution, les Canadiens anglais vont nous avaler comme des agneaux. Il faut prévenir les rouges. »

Hortense le regarda avec de grands yeux inquiets.

« Je t'en supplie, n'écris pas ça dans ton journal. Si George-Étienne apprend que j'ai vendu la mèche, il me crucifiera.

— Ne crains rien, je ne te mouillerai pas. Mais je vais provoquer une fuite, ça, tu peux en être sûre ! Les soupçons de Cartier se porteront sur ce tordu de Dansereau. Il faut démasquer ton vire-capot de mari avant qu'il ne soit trop tard. »

XXIV

Les noces d'Hector

Une semaine s'écoula avant que la douce mais implacable vengeance d'Hortense n'éclate au grand jour. Hector géra l'affaire de main de maître. Discrètement, il refila l'information au *Pays*, qui en fit sa manchette : *La représentation proportionnelle : Cartier trahit sa parole.* Les épithètes injurieuses ne tardèrent pas à pleuvoir sur lui. Hypocrite, traître, tyran aux mains sacrilèges… Le journal fondé par le libraire Fabre s'acharna sur sa proie. En approuvant la représentation basée sur la population, martelait-il, le ministre de la Justice livrait ses compatriotes du Bas-Canada à l'ennemi orangiste. « Le sacrifice est consommé », écrivait encore l'organe officiel des rouges, alors que leur chef, Antoine-Aimé Dorion, prophétisait qu'une confédération affaiblirait les Canadiens français. D'autres gazettes libérales se mirent de la partie pour servir à Cartier le célèbre *to be or not to be* de Shakespeare. L'union des Canadas n'ayant pas produit l'assimilation espérée, les alliés de Cartier allaient mettre en face d'un Canadien français non pas deux mais sept Canadiens anglais.

Cartier se débattait comme un diable dans l'eau bénite. La controverse le déstabilisa. Devant un adversaire coriace, il savait fourbir ses armes. Mais l'idée qu'un collègue ou un proche ait trahi sa confiance l'ébranla. Il mena son enquête pour découvrir qui avait révélé l'affaire au *Pays*, certain de n'avoir dévoilé sa stratégie qu'à de rares collaborateurs parmi les plus sûrs. À la maison, il interrogea la vieille Alice. Combien de fois ne l'avait-il pas trouvée écorniflant aux portes ? Son cocher ? Muet comme une carpe ! Il l'avait justement choisi pour cette raison. Au bureau, son associé, maître Berthelot, était lui aussi au-dessus de tout soupçon. Il lui avait prouvé sa loyauté à maintes occasions. Quant à Arthur Dansereau, le journaliste de *La Minerve*, Cartier le raya de la liste des suspects. Jamais un bleu comme lui n'aurait fourni des munitions à la presse rouge. Ses doutes auraient dû naturellement se porter sur les Fabre, mais il ne leur avait pas adressé la parole depuis une éternité.

À aucun moment il ne soupçonna Hortense. Elle ne se trompait pas : il se fichait éperdument de ce que sa femme pouvait penser ou dire. Elle, en revanche, avait peine à soutenir son regard. Non pas qu'elle regrettât son indiscrétion – il la méritait bien ! –, mais elle n'était pas très fière d'avoir déclenché un tel torrent de méchancetés envers son mari, car elle se sentait éclaboussée au passage.

Dieu merci ! fidèle à ses nouvelles habitudes, Cartier espaça ses visites à la maison, en ce tumultueux été de 1864. Sur les entrefaites, une nouvelle tuile lui tomba sur la tête. À Belœil, un accident de train précipita dans la mort les quatre-vingt-dix-sept passagers d'un convoi du *Grand Trunk*. Les malheureux périrent noyés dans la rivière Richelieu. On accusa alors le ministre de la Justice de fermer les yeux sur l'insouciance criminelle de la compagnie ferroviaire grassement subventionnée et dont il était toujours l'avocat. Pas un jour ne s'écoulait sans que l'on signalât un déraillement sur la ligne Montréal-Québec. Qu'attendait-il pour y voir, lui, le valet du *Grand Trunk* ?

À la fin de juillet, c'est dans ce contexte hautement explosif que s'organisa le départ pour les Bois-Francs. L'avant-veille, madame Raymond se déclara malade. Hortense la suspecta d'inventer cette excuse cousue de fil blanc pour ne pas se retrouver nez à nez avec son gendre. Prise de panique à l'idée de grimper dans l'un de ces wagons de train qui plongeaient dans la rivière, je piquai une crise. Joséphine me reprocha de faire du boucan pour indisposer le capitaine et me traita d'affreuse petite chipie. Finalement, comme la température était exquise, l'idée de voyager en voiture plutôt qu'en train rallia tout le monde. Même le capitaine ne rechigna pas devant une escapade familiale. Ainsi, la tribu des Cartier arriva à Arthabaskaville reposée et presque sereine.

∽

« Marie-Flora Stein, prenez-vous pour époux Hector Fabre ? »

La mariée prononça un oui bien fort. Et puis, ce fut au tour d'Hector qui ne marqua aucune hésitation non plus. L'émotion était palpable lorsque le chanoine Fabre les invita à échanger les anneaux. Le fiancé fouilla nerveusement dans la poche de son veston à la recherche du précieux jonc. Un murmure inquiet parcourut l'assemblée. Il le trouva enfin et les invités soupirèrent de soulagement. Derrière sa moustache aux fines pointes retroussées, on devinait l'irrésistible sourire du marié. Il y avait fort à parier qu'il avait fait semblant de chercher l'anneau qui l'engageait pour la vie à Flora.

À l'invitation du curé de Saint-Christophe d'Arthabaska, Édouard-Charles Fabre avait accepté de bénir les époux. La famille ne l'avait pas vu dans son costume ecclésiastique d'apparat depuis belle lurette. À peine cacha-t-il sa déception devant les dimensions réduites de l'église, une chapelle de campagne ni plus ni moins. Le bedeau avait tout de même garni le sanctuaire de roses sauvages. Monsieur le maire Stein ne mariait pas sa fille tous les jours.

Flora releva son voile sur sa couronne de fleurs d'oranger et embrassa Hector. Menue dans sa robe à traîne, elle était encore plus jolie que dans le souvenir d'Hortense. Celle-ci reporta ensuite son regard sur son frère, fort élégant dans sa longue redingote noire. Pour la première fois, elle remarqua qu'il commençait à perdre ses cheveux. « Trente ans, c'est bien jeune pour voir son front se dégarnir », pensa-t-elle. Un bruit provenant de l'arrière lui indiqua que les portes de l'église s'ouvraient. Sa jeune épouse à son bras, Hector descendait maintenant l'allée centrale.

Seuls au monde, les nouveaux mariés se dévoraient des yeux. Les illusions de l'amour! songea Hortense. Elle en connaissait, pourtant, des couples assez doués pour triompher des pièges de la vie commune. À commencer par ses parents. Elle n'avait pas cette chance. Au jeu de la vie, elle avait tiré la mauvaise carte. Le bonheur ? Un mot vide de sens pour elle. Deux ou trois années de lune de miel suivies d'une mer de déceptions, de frustrations, d'humiliations. De trahisons aussi. Les mots ne lui faisaient plus peur. Cette impitoyable lucidité acquise dans la douleur lui venait bien tard, hélas! Et la blessure était trop profonde pour qu'elle en guérisse. Elle n'attendait plus rien du destin. La résignation chrétienne que lui prêchait son frère Édouard-Charles lui apparaissait comme une forme de lâcheté. Elle ferma les yeux pour masquer son trouble quand l'organiste attaqua la marche nuptiale. À côté d'elle, Cartier remarqua que ses lèvres tremblaient comme si elle allait pleurer.

Sur le perron de l'église construite sur une colline adossée au mont Christo, plusieurs invités voulurent être présentés à l'honorable Cartier. Celui-ci se prêta volontiers aux chaudes poignées de mains. C'était un 3 août superbe. Une légère brise soufflait depuis la rivière Nicolet. Tout en haut, la croix de la tempérance veillait sur le village. Le cortège fila ensuite au presbytère où le chanoine Fabre demanda aux mariés et à leurs témoins de signer le registre. Puis, on grimpa dans les cabriolets garés rue de l'Église, afin de se rendre chez le maire pour la réception. La caravane traversa le village, une douzaine d'élégantes maisons de style victorien, et tourna à droite en direction du Troisième Rang. Adolphus Stein y avait érigé sa résidence au milieu de la côte, derrière le mont Saint-Michel.

Le curé Philippe-Hippolyte Suzor fit le trajet avec le maire et le ministre Cartier. Leur attelage fermait le cortège qui avançait en bringuebalant sur la route surplombant des terres marécageuses.

« Vous excuserez nos chemins cahoteux, dit poliment Adolphus Stein à l'intention de Cartier. Les pluies abondantes des derniers jours nous les ont massacrés. »

La soixantaine bien entamée, le maire Stein tranchait avec les villageois aperçus à l'église. Grand, les traits taillés à la hache et le visage sanguin, il avait gardé de ses origines franco-allemandes un accent guttural assez marqué.

« Nous sommes encore un pays bien jeune », enchaîna le curé Suzor, un homme à la panse généreuse et aux favoris clairsemés. « Les premiers colons se sont établis dans la région il y a à peine trente ans. »

Son pays! Le curé n'en finissait plus de le vanter. Nichée sur la rive sud du Saint-Laurent, entre Montréal et Québec, Arthabaska-ville tirait son nom d'un mot indien signifiant «là où il y a des roseaux».

«Le chemin de fer qui passe maintenant chez vous va accélérer la croissance de votre région, prédit Cartier.

— Grâce à vous, nous en récoltons déjà les bienfaits, répondit le curé reconnaissant. En dix ans, la population a triplé. Je veille sur trois mille âmes. Des gens qui nous viennent de partout.

— De partout en effet, s'amusa le maire. J'arrive tout droit de Haute-Savoie.

— Tout droit? C'est un peu court, corrigea le curé en riant. Notre bon maire oublie de mentionner qu'avant de prendre racine à Saint-Christophe d'Arthabaska, il a fait escale à Gentilly, le temps de trouver chaussure à son pied. Et deux fois plutôt qu'une. J'ai connu sa défunte. Quant à la seconde madame Stein, la mère de Flora, c'est une petite Buteau du rang Sarasto.

— Notre cher curé vient de Québec, enchaîna le maire, comme si leurs histoires étaient imbriquées. Ses ancêtres ont bourlingué jusqu'en Australie. Ce qui leur a sûrement ouvert l'esprit. Malheu-reusement, l'hérédité n'a pas joué, si j'en juge par les opinions ultramontaines de leur descendant.»

Le curé et le maire prenaient un malin plaisir à se piquer sans malice. Le premier avait le geste pompeux et abusait des tirades fleuries, alors que le second impressionnait par sa gravité. Ensemble, ils formaient un duo des plus colorés.

Cartier s'extasia devant les hêtres au feuillage cendré et les merisiers rougeâtres qui, le long de la route, voisinaient avec les majestueux conifères.

«Vous avez là la source de la fortune personnelle de notre dis-tingué maire, avança le curé.

— Monsieur Suzor, vous importunez notre honorable invité avec mes petites affaires?

— Tutt, tutt, pas de fausse modestie, monsieur Stein. Vous n'avez rien à cacher. Vos potasseries font l'envie de vos voisins.»

Et comment ! Le maire, qui cumulait les fonctions de maître de poste et de marchand général, possédait deux entreprises, l'une au cœur du village, l'autre à Saint-Paul-de-Chester.

« Saviez-vous que la potasse se vend à prix fort ? dit le curé en se tournant vers Cartier. Les manufactures anglaises en achètent à la tonne.

— Votre maire fait bien d'exploiter cette richesse naturelle, le félicita Cartier. Ce sont les colons de toute la région qui en profitent.

— Malheureusement, j'ai peur que nos années de vaches grasses soient comptées, prédit le maire en employant volontairement une des expressions bibliques dont le curé se délectait. De nouvelles techniques de blanchiment des fibres vont bientôt déclasser l'alcali que l'on trouve dans les cendres de nos arbres feuillus. »

Monsieur Stein parla ensuite du gibier dont regorgeaient les Bois-Francs, pour la plus grande joie du curé, grand chasseur devant l'éternel, n'en déplaise au maire, qui trouvait sa passion pour la chasse peu conforme au « tu ne tueras point » si cher aux catholiques.

Le paysage, tout en collines et en vallons, se déroulait sous leurs yeux. Ici, des fermes coquettes poussaient parmi les arbres. Là, au milieu de la côte à Stein, comme on appelait le Troisième Rang, on avait une vue superbe de la rivière qui serpentait tout en bas. La calèche s'immobilisa devant une longue maison victorienne blanche aux volets verts. De construction récente, elle en imposait par sa taille. À grand renfort de civilités, les trois hommes s'aidèrent à descendre. C'était à qui céderait le pas aux deux autres.

« Vous êtes ici sur le flanc des derniers contreforts des Appalaches », annonça fièrement le curé.

Avant d'entrer, le maire Stein invita le ministre à jeter un coup d'œil à son verger. Il avait été le premier à importer et à planter des pommiers dans la région. Sa récolte s'annonçait si impressionnante que ses voisins songeaient à l'imiter.

≈

Au début du dîner de noces, Hector amusa les invités avec ses anecdotes sur le petit saint Jean-Baptiste qu'il personnifiait dans les défilés du 24 juin de son enfance. Ne voulant pas être en reste, Flora raconta qu'au pensionnat elle héritait toujours du rôle de la Sainte Vierge. Le curé Suzor en profita pour lever son verre au jeune couple promu à un saint avenir! Sur quoi Cartier se demanda tout haut lequel des deux époux ferait gagner son ciel à l'autre. Il paria sur Hector, affublé d'un caractère acariâtre bien camouflé derrière ses réparties mielleuses, voire poétiques. Sa douce moitié n'avait qu'à bien se tenir. Et l'on trinqua à leur santé.

Pendant que Cartier déclinait ses amabilités aux nouveaux mariés, Hortense adressa à Hector un regard entendu qui semblait dire : « Il te complimente, donc il ne se doute de rien… »

La mairesse, madame Stein, avait fait dresser d'immenses tables. Les invités se disputèrent les places près du « procureur général », comme on désignait alors le ministre de la Justice. On espérait qu'il se décide à parler de politique avant l'arrivée du gâteau de noces à trois étages.

Dix fois déjà, les mariés s'étaient embrassés, au vif plaisir des convives qui faisaient tinter leurs verres en guise de rappel. Les multiples services se succédèrent jusqu'au dessert et Cartier n'abordait toujours pas les sujets d'actualité, comme le souhaitaient monsieur Stein et le curé. Les jeunes commençaient à se sentir des fourmis dans les jambes. Quelqu'un suggéra de rouler le tapis du salon, mais il faisait trop chaud pour danser à l'intérieur. Le violoneux s'installa plutôt sur la grande galerie et l'on se mit à chanter et à giguer autour de lui.

Cartier, qui avait toujours quelques rimes dans sa poche, n'aurait pas détesté en pousser une « p'tite vite ». Aux premières notes de *V'là le bon vent*, il se retint de se lever de table pour faire son numéro, en compagnie de cette belle jeunesse, comme disait le curé. Mais Joséphine le supplia de se tenir tranquille. Il ne devait ni chanter ses compositions, ni massacrer *C'est l'aviron qui nous mène qui nous mène…*, encore moins faire monter les invités dans son canot ridicule. Cloué à sa place, entre Hortense et le chanoine, il regarda s'éloigner Flora et Hector vers la piste de danse improvisée. Comme on finissait de débarrasser la table, le maire Stein et le curé Suzor se concertèrent avant d'amorcer la discussion.

« Monsieur Cartier, dites-nous ce qui se passe à Québec, fit le premier. On entend toutes sortes de rumeurs à votre sujet. »

Le maire Stein, un vieux rouge, s'adressait à Cartier en surveillant du coin de l'œil la réaction du curé. Ce dernier, ultramontain et conservateur, exécrait les idées libérales du maire. Ni l'un ni l'autre n'avait la langue dans sa poche et l'échange s'annonçait vif. L'occasion leur était enfin donnée de débattre leurs idées en compagnie d'un élu, et pas n'importe lequel. Le numéro deux du gouvernement ! Ils n'allaient pas s'en priver.

« On débite des balivernes sur mon compte, répondit Cartier en s'animant, comme si, lui aussi, attendait ce moment. Il ne faut pas porter attention aux ragots qui circulent dans la presse rouge. »

Hortense regarda son mari avec une sorte d'étonnement amusé.

« Je vous arrête, fit le maire. J'ai moi-même tendance à souscrire aux idées libérales.

— Tendance ? coupa le curé. Notre bon maire en fait son pain quotidien. Je le soupçonne même de prôner les libertés démocratiques, en mon absence, naturellement.

— Vous permettez que j'aille prendre l'air », fit le chanoine en se levant de table.

Hortense hocha la tête. Elle reconnaissait bien là son froussard de frère. Dès que la conversation se corsait, il décampait. Plus tôt, quand le curé Suzor les avait ennuyés avec son sermon sur la chasteté et l'abstinence – « les deux vertus les moins observées », avait-il précisé –, Édouard-Charles avait opiné du bonnet, bien entendu. Maintenant qu'il allait être question de politique, il prenait ses jambes à son cou.

Cartier ne chercha pas à le retenir, désireux d'exposer les grandes lignes de son projet de confédération attaqué de toutes parts. Comment pouvait-on tourner le dos à cette patrie commune dont il rêvait et dans laquelle toutes les minorités seraient protégées ? Anglais, Français, Irlandais, Écossais, catholiques et protestants travailleraient ensemble au bien-être commun. Une grande famille !

Un débat confus s'engagea sur les conséquences d'une association de citoyens aussi disparates. Tout le monde parlait en même temps, en bien ou en mal, de ce qui s'annonçait comme un tournant de l'histoire. Voyant le peu d'effet de son plaidoyer sur les convives qui sirotaient maintenant une fine à l'eau, Cartier haussa la voix :

« Devant le danger qui guette le Canada d'être absorbé par les États-Unis, la confédération est une nécessité absolue. À l'heure actuelle, advenant une attaque américaine, aucune des provinces ne pourrait se défendre seule.

— Justement, les intérêts du Bas-Canada ne seraient-ils pas mieux sauvegardés par l'annexion aux États-Unis ? avança le maire. Mon gendre l'a écrit en toutes lettres dans son journal. Mais où se cache-t-il ? »

Le maire s'étira le cou en espérant qu'Hector viendrait l'appuyer. Il l'aperçut parmi les jeunes gens qui dansaient au clair de lune. Cartier protesta sans plus attendre.

« Écoutez, monsieur Stein, j'ai rencontré le président Lincoln et j'ai vu à Washington le triste spectacle de la démocratie à l'américaine. On ne peut pas fermer les yeux sur ce qui se passe de l'autre côté de la frontière. Un pays déchiré par la guerre civile. »

Hortense ne put s'empêcher de penser que, pendant son petit voyage dans la capitale américaine, son beau parleur de mari ne s'était pas simplement intéressé à la démocratie américaine.

« Vous avez absolument raison, monsieur Cartier », opina le curé qui, lui aussi, redoutait la montée du libéralisme. « D'ailleurs, seuls les socialistes, les démocrates et les annexionnistes rejettent vos idées. »

Dans sa paroisse, le curé avait pris la tête du mouvement qui s'opposait aux annexionnistes. En chaire, il dénonçait aussi le scrutin secret et le suffrage universel que les rouges voulaient mettre en vigueur aux prochaines élections. Et il fustigeait avec autant d'ardeur la séparation de l'Église et de l'État défendue par ceux-ci.

« En effet, les hommes modérés, intelligents et respectables m'appuient, enchaîna Cartier en souriant.

— À commencer par le clergé qui vous approuve unanimement, renchérit le curé Suzor.

— Comprenez-moi bien, monsieur Cartier, je ne suis pas contre votre confédération, expliqua le maire Stein. Mais en Haute-Savoie, d'où je viens, nous avons subi les invasions napoléoniennes. Je sais ce que cela représente d'être dominé par un autre empire. Pouvez-vous me garantir que le Bas-Canada ne sera pas soumis aux volontés du Haut-Canada?

— Je peux vous assurer que jamais, tant que je serai ministre de la Couronne, je ne souffrirai que mes compatriotes canadiens-français soient injustement traités ou privés de leurs droits, parce qu'ils sont de race différente et ne pratiquent pas la même religion que les Canadiens anglais. »

Aussitôt vides, les verres se remplissaient comme aux noces de Cana. Cartier trônait. Il annonça aux invités qu'une conférence réunissant des élus du Canada-Uni et des Maritimes se tiendrait la semaine suivante à Charlottetown et qu'il y participerait avec ses collègues John A. Macdonald et George Brown. Ensemble, ils examineraient les tenants et aboutissants du projet qu'ils avaient à cœur de réaliser.

« Et quand avez-vous l'intention de consulter la population sur vos intentions? demanda le maire. Aux prochaines élections?

— Il n'y aura pas d'appel au peuple, fit Cartier sans l'ombre d'une hésitation. Le temps ne nous le permettra pas.

— Monsieur Cartier, c'est une véritable révolution que vous proposez là, objecta le maire. Une consultation populaire s'impose.

— Écoutez! argumenta Cartier. Un homme dans ma position ne peut pas uniquement chercher à refléter les préjugés populaires, il doit diriger lui-même l'opinion. C'est pourquoi je ne consulte jamais personne quand j'ai une décision à prendre. »

Adolphus Stein secoua la tête énergiquement. Il protestait avec véhémence contre cette assertion. Cartier nuança ses propos :

« Je ne prétends pas que l'on doive ignorer l'opinion publique, mais regardez ce qui se passe aux États-Unis. Les institutions démocratiques se laissent mener par la volonté du peuple. Le pouvoir de la populace a supplanté l'autorité légitime. Pourquoi? À cause du suffrage universel.

— Qu'en pensez-vous, madame Cartier? demanda alors le maire en remarquant la tension grandissante sur le visage de sa voisine de table.

— Ma femme ne se mêle pas de politique», trancha impoliment Cartier, sans attendre la réponse de celle-ci.

Hortense le regarda avec stupéfaction :

«Je ne me mêle pas de politique? Au contraire. Pour peu que tu m'en laisses l'occasion, j'aime bien donner mon avis.

— Mais allez-y, chère madame», l'encouragea le maire.

Hortense s'avança sur son siège. Si elle hésita, personne ne le devina. Elle attaqua en regardant Cartier dans les yeux :

«Personnellement, je redoute comme vous, monsieur le maire, l'affaiblissement du Bas-Canada dans un ensemble anglo-canadien. Et, contrairement à ce que vient de dire mon mari, je crois en la sagesse du peuple pour décider de son sort.»

Cartier la foudroya du regard devant les convives interdits. Dans un nuage de tulle, la mariée fit alors irruption dans la pièce.

«Je vous confie mon mari le temps d'enfiler ma tenue de voyage, dit-elle à son père. Vous n'imaginez pas que je vais le laisser seul avec toutes les jolies filles qui le reluquent?»

Hector prit une chaise, sans se douter de ce qui l'attendait. Cartier avait eu le temps de retrouver son aplomb. Tournant maintenant le dos à Hortense, il aligna de nouveaux arguments en l'ignorant superbement. Le curé Suzor se crut avisé de relancer le débat sur un autre aspect de la question.

«Monsieur Cartier, parlez-nous des liens qui nous unissent à l'Angleterre. Qu'en sera-t-il advenant une confédération?

— Le pays deviendra une vice-royauté gouvernée, j'ose l'espérer, par un membre de la famille royale. L'esprit monarchique doit être conservé à tout prix.»

Cartier pérorait comme s'il s'adressait à un vaste auditoire. Le gouvernement fédéral, expliqua-t-il, aurait la responsabilité de la défense, de la monnaie et du commerce extérieur, tandis que les provinces contrôleraient l'enseignement et les institutions. Pour lui, l'autonomie provinciale était une condition *sine qua non* de la réussite.

« Notre religion, nos écoles, notre langue et nos lois seront à l'abri, conclut-il.

— Sur papier, peut-être. Mais dans les faits, il en ira tout autrement », fit remarquer Hortense en épiant la réaction d'Hector.

Cette fois, Cartier esquissa un sourire condescendant :

« Ma chère, je t'en prie, ne te mêle pas de ça. Tu embrouilles tout. »

Hortense encaissa mal l'insulte. Elle en avala sa salive.

« Tu trouves ? lui rétorqua-t-elle en tripotant le coin de sa serviette de table. Alors j'adresse ma remarque à Hector. Il se montrera plus patient que toi avec une ignare de mon espèce. »

Autour de la table, tout le monde se figea. La situation devenait embarrassante.

« Ça va, ça va, s'énerva Cartier, de plus en plus excédé.

— J'insiste, fit Hortense. J'aimerais qu'Hector m'explique comment un gouvernement peut enrégimenter tout un peuple dans un nouveau pays sans même lui demander son avis.

— Je ne te suis pas, répondit Hector. Explique-moi de quoi il s'agit.

— Ce n'est pas compliqué, enchaîna Hortense, mon mari pense que le peuple n'a pas un mot à dire sur son projet nébuleux de confédération, une décision cruciale qui engage notre avenir. Alors, il ne le consultera tout simplement pas. »

Ahuri par ce qu'il venait d'entendre, Hector fixa son beau-frère d'un air grave :

« Ai-je bien compris ? Monsieur Cartier ne demandera pas l'avis de la population avant de lui imposer un nouveau régime politique ? Vous me faites marcher !

— Apprenez, mon cher beau-frère, qu'en 1782 le Congrès américain a délibéré à huis clos. Si toutes les difficultés qui ont surgi pendant l'élaboration de la Constitution des États-Unis avaient été divulguées, la discussion aurait été sans fin. »

Cartier allait poursuivre sur sa lancée quand la mariée réapparut dans une robe au décolleté carré, en toile de coton imprimé vert tendre. Sur sa tête, une capote aux brides nouées sous le menton était ornée de fleurs et de petits volants de dentelle. Hector se leva. L'heure du départ allait sonner. Il implora Hortense du regard, comme pour se faire pardonner de l'abandonner dans la fosse aux lions. Cependant, dans son for intérieur, il se sentait soulagé d'échapper à ce duel qui augurait mal. C'était le jour de ses noces, bon Dieu !

Un brouhaha s'ensuivit. Flora enveloppa les invités de son merveilleux sourire, puis elle embrassa ses parents et, les yeux fermés, lança son bouquet de muguet. Joséphine le rata de peu.

Décidément, malgré une pleine lune étincelante, les astres ne souriaient à aucun des Cartier, ce 3 août 1864.

XXV

Visite chez la spirite

Octobre 1864

Expédiée de New York, la lettre de Mae passa par Montréal avant de rejoindre Hortense à Québec. Son amie l'invitait à fêter la *Thanksgiving* à Broadway.

Hortense déclina à regret. La Conférence de Québec battait son plein et elle devait faire acte de présence aux activités mondaines organisées pour les épouses des délégués. Depuis plusieurs jours déjà, la pluie et la neige alternaient, c'en était déprimant. Profitant de quelques heures de relâche, elle s'enferma dans sa chambre, à l'hôtel Saint-Louis, et écrivit à la New-Yorkaise pour lui raconter ce qui la retenait dans la capitale.

Ma chère Mae,

Protocole oblige, je suis en service commandé à Québec pour une bonne semaine tout au moins. Après s'être rencontrés à Charlottetown, dans l'Île-du-Prince-Édouard, les délégués des futures provinces unies sous la Couronne de la Grande-Bretagne ont décidé de remettre ça. Me voilà donc obligée de me pomponner pour donner le bras au ministre de la Justice, faire tapisserie au bal pendant qu'il valse avec les Anglaises et me tenir bien droite lorsqu'il chante le God Save the Queen… *en français. Oui, ma chère!*

Ne va pas t'imaginer que c'est la lune de miel entre lui et moi, bien au contraire. Le cher homme ne m'adresse plus la parole, sauf en société, et encore, seulement s'il y est obligé. Le reste du temps, il m'oppose un visage arrogant du lever au coucher. Si je l'accompagne à un dîner où se trouvent ses collègues du Haut-Canada, ceux-ci me font de gros yeux, comme s'ils se demandaient qui est la créature avec monsieur Cartier. Mon petit doigt me dit qu'une autre madame Cartier rôde dans les coulisses du parlement canadien quand je brille par mon absence. Tu devines à qui je pense?

J'ai suivi tes conseils à la lettre. Ma vengeance a été implacable. J'ai laissé savoir aux rouges que Cartier s'apprêtait à troquer l'égalité de représentation en Chambre contre la proportionnelle et j'ai répété sur tous les toits qu'il n'avait pas l'intention de consulter la population sur les changements politiques projetés. Jamais je n'oublierai l'expression sur son visage lorsque je l'ai contredit au mariage d'Hector. La stupéfaction l'a pétrifié. Jamais il ne m'aurait crue capable d'aller aussi loin. Ne va pas t'imaginer que je m'en fais le reproche. L'abcès est crevé. Je marche désormais la tête haute, je dis le fond de ma pensée, c'est irréversible. J'ai effacé de mes souvenirs toutes ces années au cours desquelles ma vie dépendait de sa seule présence à mes côtés. Quand son autoritarisme me glaçait les sangs jusqu'à me faire perdre contenance. Trop longtemps, je suis restée plongée dans un désespoir dont rien ne pouvait me libérer. Désormais, je veux vivre.

Nous logeons à l'hôtel Saint-Louis. Impossible de faire un pas sans tomber sur un des patrons du Grand Trunk. De gros bonnets qui se frottent les mains devant la perspective de voir leurs locomotives quadriller l'Amérique du Nord britannique, de l'Atlantique au Pacifique. Aux frais de la princesse, naturellement. Ils courtisent les délégués parlant tous anglais, qui promènent dans les corridors leurs têtes de francs-maçons tenus au secret. Car la consigne est stricte : pas un mot des délibérations ne doit transpirer. L'honnête citoyen de ce pays n'est pas convié à la table de concertation. L'avenir des Canadiens français sera décidé par une poignée de politiciens et de marchands!

Tu vois, le mystère plane dans le ciel désespérément gris et larmoyant de la capitale. Plus que tout, le climat joue avec nos nerfs. Comme me l'a fait remarquer une dame de la Nouvelle-Écosse, les chemins du Canada sont «in a frightful state». Hier, un éboulement de falaise dû aux pluies diluviennes des derniers jours a provoqué l'ensevelissement de plusieurs maisons dans le Petit-Champlain.

Tu pourrais croire que les bals et les dîners nous consolent de cette désolante température. Et pourtant, non. Des hommes politiques parmi les plus en vue se conduisent d'une manière affligeante. Mercredi soir, lors du dîner offert au Government House, *le jeune Thomas D'Arcy McGee, un* jolly good fellow *irlandais, était tellement soûl qu'il a dû quitter la table entre la perdrix et la salade de homard, laissant en plan son escorte, la charmante fille d'un délégué de l'Île-du-Prince-Édouard. D'autres aussi se sont montrés grossiers, tant et si bien que le désordre a perduré jusqu'à quatre heures du matin.*

Au bal qui a eu lieu deux jours plus tard, c'est le grand John A. Macdonald qui a bu du scotch jusqu'à s'écrouler. Ses collègues ont dû le traîner à sa chambre. Au matin, la belle-sœur du gouverneur Monck, une Anglaise affublée d'un œil de verre, a raconté aux dames réunies pour le petit déjeuner que Macdonald s'était exhibé en chemise de nuit. Quelqu'un l'avait vu debout au pied de son lit, enveloppé dans une couverture de train. Il récitait Hamlet *devant le miroir de sa commode. Avec ses cheveux ébouriffés, il ressemblait à une caricature espagnole. Feo Monck l'a aussi entendu hurler qu'il allait faire sauter la cervelle du lieutenant-gouverneur de la Nouvelle-Écosse avec de la poudre noire. Le veuf a alimenté nos bavardages pendant une demi-heure. Vivement qu'une âme charitable lui dégote une épouse, afin de calmer ses ardeurs belliqueuses.*

Comme tu vois, il y a ici de grands noms, mais peu d'esprit. Un tableau guère édifiant ! Au moins, la conduite de George-Étienne est irréprochable. S'il chante et danse après ses journées de délibérations, jamais il ne se ridiculise à la manière des deux autres. Nous en sommes à la mi-temps de la Conférence et il n'a pas encore fait monter les distingués délégués dans son grotesque canot. Un vrai gentleman ! En passant, sais-tu qu'il ne parle plus qu'en anglais, même à son cocher francophone ?

J'ai peu à te dire au sujet de ce qui se trame derrière les portes verrouillées du parlement, un édifice de style renaissance, en forme de croix, qui a pignon rue Mountain, sur la pointe du cap Diamant. S'ils s'ennuient, les délégués ont toujours le loisir d'admirer l'île d'Orléans et l'estuaire du Saint-Laurent qu'ils aperçoivent de leurs larges fenêtres au deuxième. À en croire certains d'entre eux, le panorama est «magnificent».

Ce conclave se poursuivra encore quelques jours. Qui sera le premier pape de la nouvelle nation? Le diffamateur Brown, le titubant Macdonald ou le damned frenchman Cartier? Même Hector, habituellement bien informé, n'arrive pas à démêler le vrai du faux parmi les rumeurs colportées. Et pour cause! Son réseau d'informateurs est en déroute, l'opposition bas-canadienne n'étant pas admise dans la salle des délibérations. Une décision mesquine de mon mari qui a exclu les rouges de la Conférence pour éviter les fuites. C'est d'autant plus choquant que les autres provinces acceptent dans leurs rangs des membres de leur opposition.

J'ai appris entre les branches que la fameuse rep by pop si décriée naguère par mon mari avait été adoptée sans résistance. À croire que les délégués bas-canadiens dormaient sur leur banquette de cuir! La vérité, c'est qu'ils ont obéi à la consigne de Cartier. Quelle pitié! L'affreux Brown aura finalement gagné son point. Hier soir, dans un corridor de l'hôtel, je l'ai entendu plastronner pour la galerie: «The old french domination is no more.»

Quant à Macdonald, lorsqu'il est sobre, il mène une vigoureuse campagne en faveur d'un gouvernement central fort. Son ami Cartier souhaite au contraire un pouvoir régional. À moins qu'il n'ait changé son fusil d'épaule là-dessus comme sur tout le reste? Il n'en est plus à une trahison près.

Mais je t'ennuie avec mon cynisme politique. Ma chère Mae, je suis triste en pensant au plaisir que nous aurions partagé à New York. Promets-moi que ce sera partie remise.

Ton amie Hortense

Sa lettre terminée, Hortense songea à ses filles restées à Montréal. À l'âge des fredaines, elle n'aimait pas les laisser seules à la maison. Elle se les imaginait sortant à moitié vêtues, mangeant mal, se chamaillant... Comme je suis mère poule! se dit-elle.

~

Pauvre maman ! Si elle avait su comment nous occupions le temps en son absence, elle aurait eu une syncope.

Rue Notre-Dame, l'impératrice en menait large. À dix-sept ans, elle trouvait tout naturel de sortir en ville quand bon lui semblait. Désormais, elle n'avait de comptes à rendre à personne. Sans aucune gêne, elle empruntait des accessoires dans le placard de maman, s'habillait de pied en cap comme une dame et se poudrait plusieurs fois par jour. Forcée de veiller sur moi, à la demande expresse de maman, elle me traînait partout avec elle. J'étais tout excitée de l'accompagner dans ses sorties et très impressionnée par ses audaces.

D'abord, Joséphine relança Clara Symes qui habitait maintenant chez cousine Luce, rue Saint-Denis. L'impératrice s'était mis dans la tête que le froid opposant Hortense et Luce ne devait pas la priver de l'amitié de Clara. Maman n'aurait pas été tranquille de savoir ce que Jos fricotait. Mais puisqu'elle se pavanait à Québec, autant en profiter.

Au Champ-de-Mars, les samedis, se tenait une parade militaire. Les jeunes officiers y participaient en nombre. Depuis le début de la guerre de Sécession, le faubourg regorgeait aussi de beaux Américains réfugiés à Montréal. Clara nous donna rendez-vous sur la grande place, du côté de la rue Craig. Les troupes se déployaient au centre et les jeunes personnes des deux sexes, plus intéressées à jacasser qu'à regarder la parade, se retrouvaient sous les peupliers de Lombardie. Flanquée de son chien de poche – c'est ainsi qu'elle me désignait –, Jos prit le tramway hippomobile qui longeait la rue Notre-Dame d'est en ouest. Rue Saint-Laurent, nous en avons attrapé un second qui nous a déposées au coin de Craig. Pour la première fois depuis trois jours, le soleil perçait les nuages. Les chars étaient bondés. À croire que le tout-Montréal prenait l'air.

Debout sur le devant de la voiture, le charretier agitait sa clochette pour faire reculer les piétons imprudents habitués à traverser la rue sans regarder. Le tramway s'arrêtait à tout moment. À l'époque, les gens pouvaient monter et descendre où bon leur semblait. Je trouvais le trajet interminable. À côté de Joséphine, une dame à crinoline voulut descendre devant le magasin de monsieur Beaudry. Les bras chargés de paquets, elle réapparut une dizaine de minutes plus tard en se confondant en excuses devant les passagers exaspérés. J'étais à un cheveu de me montrer grossière avec elle.

Sur la deuxième ligne, les passagers se firent plus rares. Normalement, le char pouvait aller jusqu'à six milles à l'heure, mais, au milieu de la côte, les chevaux ralentirent. Nouvelle explosion d'impatience. Sac en bandoulière, le percepteur se trimballait sur le marchepied, quand des étudiants bruyants s'avisèrent d'embarquer. Enfin débarrassée de sa corpulente voisine, l'impératrice prenait ses aises, accaparant deux sièges. Mécontents, les jeunes blancs-becs se bousculèrent pour se faire une place sur le banc de bois, non sans se montrer impertinents.

« Allons, ma petite demoiselle, la sermonna le percepteur, vous connaissez la chanson : " qu'on se serre, c'est nécessaire ". Et ce sera cinq sous chacune. »

L'homme avait les dents si horriblement tachées de tabac que Jos et moi avons détourné la tête en même temps. Presque tous les passagers descendirent au coin de Craig et Saint-Laurent. Clara nous attendait à l'entrée du Champ-de-Mars. Elle était tout simplement resplendissante dans son mantelet à volant, vert comme ses yeux. De jolies boucles blondes se devinaient sous son chapeau retenu par une grosse boucle. Joséphine n'était pas mal non plus, enveloppée dans une cape chipée à maman. Je marchais derrière elles, convaincue d'être trop ronde, trop boutonneuse et trop mal attifée pour attirer sur moi les regards masculins. J'avais hâte de me fondre dans la foule déjà dense aux abords de la grande place. Mais Clara avait une autre idée derrière la tête.

« J'ai envie de vous emmener chez madame Richardson.

— La spirite qui fait tourner des tables ?

— Tu as peur ? »

Elle s'adressait à Jos qui se défendit farouchement :

« Pour qui me prends-tu ? Une mauviette ? »

Cela ne m'enchantait guère de rendre visite à ce médium en jupon que l'abbé considérait comme le sous-fifre de Lucifer. Son patron, l'évêque de Montréal, avait d'ailleurs interdit les manifestations de spiritisme voisines du délire. C'était, avait-il décrété, un péché grave de consulter les esprits en faisant parler les tables.

« As-tu déjà tenté l'expérience ? demanda ma sœur à Clara.

— Non, mais je connais quelqu'un qui a déjà parlé à son défunt père par l'entremise d'une table.

— Qui donc ? »

Clara hésita, puis révéla le nom :

« Tante Luce, si tu veux le savoir. »

Ni Joséphine ni moi n'étions étonnées d'apprendre que Luce s'était approchée du royaume des ombres. De nature audacieuse, notre cousine bravait les interdits comme d'autres vont à confesse. Pressée de questions, Clara nous raconta tout. La séance avait eu lieu à Rochester, dans l'État de New York, l'année du choléra. Ayant appris que les esprits entraient en communication avec les humains, Luce s'y était rendue peu après le décès de son père.

« Tante Luce se présenta dans une maison d'apparence normale, dit Clara. Deux demoiselles y habitaient avec leur mère. Quelques mois plus tôt, en se mettant au lit, elles avaient entendu des bruits. Au début, elles avaient cru que des rats causaient ce vacarme d'enfer. Mais, soir après soir, les coups redoublaient, comme un marteau heurtant la porte. D'autres jours, cela ressemblait au claquement d'un fouet dans l'air. Énervée, leur mère s'était risquée à interroger les esprits : " Qui fait ce bruit ? Répondez-moi. Est-ce un mort ? " Un coup s'était fait entendre. " A-t-il vécu dans cette maison ? " Nouveau toc isolé. Et ainsi de suite jusqu'à ce que l'esprit s'identifie. Il s'agissait d'un colporteur tué dans cette chambre cinq ans plus tôt.

— Brrr !, fis-je, peu rassurée à l'idée d'entendre des voix d'outre-tombe dans une maison hantée.

— Et Luce ? demanda Joséphine. Que lui a dit son père ? D'abord, comment peut-elle être sûre qu'elle s'adressait bien à lui ?

— Elle a refusé de m'en parler. Cependant, elle m'a juré qu'elle était bel et bien entrée en communication avec lui. »

Joséphine n'était qu'à moitié convaincue. Elle reluquait les jeunes hommes du côté du Champ-de-Mars. Mais Clara perdait patience.

« Vous venez ou non ? »

Devant le logis délabré de la spirite, je fis mine d'apercevoir un fantôme à la fenêtre. L'impératrice me fusilla du regard. Ce n'était pas le moment de faire la drôle. Clara frappa. Un domestique nous fit passer au salon, après nous avoir réclamé un dollar. C'était un grand gaillard aux cheveux drus, coupés court. Il nous pria de nous asseoir dans un sofa à dossier raide, en attendant « madame », et il referma la porte derrière lui. Afin de maintenir la pièce dans une demi-obscurité, les lourds rideaux demeuraient fermés, même au milieu de l'après-midi. Pour tout éclairage, huit bougies brûlaient dans un candélabre. Je profitai de ce moment d'attente pour regarder sous la table, espérant découvrir un indice, comme le font les gens perspicaces, pendant un tour de magie. Rien de suspect. J'en étais à sonder les murs, question de repérer l'œil invisible nous observant de la pièce voisine, quand deux femmes se joignirent à nous. La plus âgée se présenta comme une habituée de la maison. Tous les jours, elle venait faire la causette avec son défunt mari, fauché au cours d'un duel.

La mystérieuse madame Richardson entra. Vêtue d'une robe aux couleurs vives mettant en évidence sa généreuse poitrine, elle était grimée comme une cocotte. D'un geste sec, elle indiqua à chacune d'entre nous sa place autour d'une table ovale, condition essentielle à la venue des esprits. Un meuble carré les contrarie, nous expliqua-t-elle. On parla de choses et d'autres en attendant un signal prouvant que les disparus étaient au rendez-vous. Je me sentais plus morte que vive, cependant que la femme la plus âgée reprenait contact avec son mari. Après chacune de ses questions, on entendait un coup pour le oui, deux coups pour le non.

Ce fut ensuite au tour de Clara. Je devinais son appréhension. Les mains plaquées sur une planchette de bois en forme de goutte qui glissait sur un plateau, elle guettait le moindre craquement. Joséphine ne la quittait pas des yeux, fascinée par la scène.

« Faites le vide dans votre tête, mademoiselle Clara. Maintenant, allez-y, posez votre question.

— L'esprit de mon père est-il là ? » demanda Clara d'une voix tremblante en fixant la planchette.

Un bruit jaillit du sol. Je me penchai pour regarder sous la nappe, mais ne vis rien ni personne.

« Maman est-elle avec vous ? »

Tout le monde prêtait l'oreille. Un second claquement se produisit, comme une jambe de bois tapant sur le plancher. Lorsque Clara leur demanda s'ils s'ennuyaient d'elle, trois coups distincts se succédèrent. Madame Richardson en conclut que Clara leur manquait énormément. Celle-ci se mit à pleurer sans qu'on puisse la consoler.

« Et vous, jeune demoiselle ? Quelqu'un veille-t-il sur vous de l'au-delà ? »

La question s'adressait à Jos, qui se défila :

« Vas-y, toi », dit-elle en me poussant vers la spirite.

Je sursautai. Avec qui diable allais-je entrer en contact ? Je pensai tout de suite à mon arrière-grand-père, celui-là même qui s'était enlevé la vie dans mon lit. Enfin, dans son lit que j'eus le malheur d'occuper par la suite.

« Moi ? j'aimerais parler à… Joseph Paradis.

— Alors, ce sera cinquante sous supplémentaires. »

Comme je n'avais pas la somme, Joséphine me la prêta.

« Allez-y maintenant, dit madame Richardson, une fois les pièces enfouies dans son sac. Concentrez-vous, c'est essentiel.

— Je voudrais savoir pourquoi il s'est tranché la gorge.

— Jeune fille, les esprits ne répondent que par oui ou par non. D'ailleurs, votre aïeul est tourmenté, je le sens. Il faut le laisser en paix.

— Ça ne fait rien, je n'ai pas peur. »

Je crânais, bien entendu. J'avais les mains moites et je les essuyai discrètement sur ma jupe. La spirite me fixait de ses yeux perçants comme deux épées.

« Je vois le sang gicler, articula-t-elle lentement, sur un ton menaçant. Beaucoup de sang, c'est horrible... Attendez un peu... l'esprit de votre aïeul s'éloigne. Votre question l'a sans doute indisposé, il s'agite, il va peut-être se révéler. »

Mais la table demeura silencieuse. Madame Richardson crut déceler chez moi une tension pouvant nuire à la communication. Elle pria les deux dames inconnues de se retirer dans la pièce d'à côté. L'esprit du défunt souhaitait de l'intimité. Elle m'invita à poser les mains sur une table ronde à trépied, plus petite que celle utilisée jusque-là. Je formulai ma question autrement.

« Esprit de mon ancêtre, dites-moi, regrettez-vous votre geste ? »

Un bruit saccadé retentit. La spirite l'interpréta : mon aïeul avait du remords. Il refusait d'en dire plus. Mais je ne voulais pas lâcher :

« Votre blessure au cou fait-elle encore mal ? »

Silence. Madame Richardson m'expliqua que c'était normal, car les esprits n'ont pas de corps. Elle m'ordonna de rompre la communication, car les mânes du défunt manifestaient une certaine fatigue.

« À votre tour, jolie demoiselle, dit-elle en s'adressant à Jos.

— J'ai quelqu'un à contacter, mais je ne peux pas dire de qui il s'agit.

— Il le faut pourtant. Allez, dépêchez-vous, les esprits s'impatientent, ajouta la spirite en regardant sa montre.

— Impératrice Joséphine, êtes-vous là ? » demanda Jos d'une voix tremblante.

Je faillis pouffer de rire. Je la soupçonnai de vouloir piéger la spirite en appelant la femme répudiée de Napoléon Bonaparte.

« L'esprit de l'impératrice est bien là, mais je ne saisis pas où elle veut en venir, fit notre médium, intriguée par un signe surnaturel qui nous échappait. Interrogeons les cartes. Ce sera soixante sous de plus. »

Jos fit un signe à Clara, qui lui passa la monnaie, et madame Richardson sortit le jeu de tarot. Deux fois, ma sœur pigea une carte, et deux fois, la reine sortit. Cela ne la surprit pas le moins du monde.

« La reine occupe la troisième place dans le jeu, expliqua la spirite. Cela vous donne droit à cinq autres cartes. Brassez le jeu. »

Jos s'exécuta. Elle coupa ensuite le paquet de sa main gauche, celle du cœur. D'autres cartes apparurent qui laissèrent madame Richardson franchement perplexe :

«Tout s'embrouille à votre naissance, annonça-t-elle en sourcillant. Si j'en crois les cartes, vous avez deux mères. C'est ça, oui, répéta-t-elle. Mais l'une n'a pas de visage. Étalez les cartes en demi-cercle devant vous.»

Cette fois, j'en eus le souffle coupé. Comment la spirite pouvait-elle savoir pour Luce? Cela me paraissait inconcevable. Je suppliai ma sœur d'arrêter ce jeu. Je voulais décamper et le lui dis à l'oreille.

«Calme-toi, Marie. Luce n'a rien à voir dans cette affaire. Tu interprètes les signes de travers.»

Jos tournait de nouvelles cartes. Madame Richardson paraissait presque aussi soufflée que moi. À présent, elle s'épongeait le front, comme si cela lui demandait un effort accru.

«C'est bizarre! Vous avez une vie de famille fort compliquée, ma belle demoiselle. Et vous êtes si fragile!» Elle fit une pause avant de poursuivre : «Vous détestez les orages, au propre comme au figuré. Bientôt, vous partirez pour les pays lointains. Méfiez-vous. Certaines personnes de votre entourage ne méritent pas votre confiance.

— J'aimerais savoir si le terrible secret entourant mes origines sera un jour percé.

— Les cartes ne l'indiquent pas. Revenez me voir un autre jour, seule, et nous essaierons d'y voir plus clair.»

∼

Une fois dehors, j'éclatai d'un rire nerveux. J'avais les jambes si molles que je dus m'appuyer sur Jos. Plus calme, ma sœur se reprochait d'avoir posé les mauvaises questions et se promettait de retourner chez la spirite à la première occasion. Moi, je me demandai d'où m'était venue l'idée saugrenue de frotter les oreilles de mon aïeul. Entre nous, personne n'aborda la délicate question des révélations de la spirite à propos de la naissance de Jos. J'apprendrais plus tard le fin mot de cette affaire. Pour l'instant, elle restait muette comme une carpe.

Nous trépignions d'excitation en échangeant nos commentaires quand le coupé des Cuvillier s'arrêta devant nous. Luce ouvrit le carreau et demanda :

« Mais… que faites-vous là ? Je vous croyais au défilé ?

— Nous arrivons de chez madame Richardson.

— Aïe, aïe, aïe, échappai-je. Nous allons nous faire passer un savon. »

Et pourtant non. Luce se contenta d'un doux reproche.

« Clara, je t'avais pourtant prévenue qu'il ne fallait pas. Tes amies sont trop jeunes pour vivre une expérience aussi impressionnante. Regarde-les. C'est à se demander laquelle est la plus fébrile.

— Au contraire, cousine Luce, ç'a été formidable, l'assura Jos.

— Montez, je vous ramène à la maison. Vous me raconterez votre après-midi devant un bon chocolat chaud. »

Je m'empressai de décliner l'invitation qui aurait mis ma mère dans tous ses états. Joséphine me tira par le collet.

« Viens, Marie, Luce ne va pas te manger. Maman n'en saura rien. »

Luce habitait une luxueuse maison entourée d'arbres, dans la Côte-à-Baron. Les pièces étaient décorées avec goût, sans tape-à-l'œil. Moulures de plâtre au plafond, rideaux en dentelle de Nothingham aux fenêtres, éclairage feutré. Des fauteuils en acajou garnis de soie damassée bleu-gris, un legs de ses parents, s'harmonisaient avec les souvenirs de Paris, de Rome et de Londres qui ornaient les étagères en bois de rose. Aux murs, des gravures également achetées en Europe.

Ses domestiques me semblèrent particulièrement bien stylés. Elle-même, d'une élégance hors du commun, allait et venait avec grâce, s'abandonnant parfois un peu plus librement que ne l'exigeaient les convenances. Sa toilette mettait en valeur ses cheveux foncés. Elle ne craignait pas le regard des femmes posé sur elle, sûre de les déclasser toutes. Son aplomb sidérait Joséphine. Tout le contraire d'Hortense qui, elle, manquait d'assurance. Nous l'écoutions énumérer les dangers de s'approcher des tables parlantes. Adossée à la cheminée de marbre noir, elle expliquait d'une voix chaude, empreinte de tendresse :

« Il ne faut pas prendre ces manifestations au pied de la lettre.

— Mais, tante Luce, lui objecta Clara, vous avez fréquenté les esprits.

— Allons, Clara, tu me connais assez pour savoir que je suis demeurée lucide pendant toute la durée de l'expérience. »

Luce comprenait notre désir de renouer avec nos défunts parents, mais on ne pouvait pas exclure la présence de charlatans et d'imposteurs au cœur d'une entreprise aussi lucrative. Elle nous exposa les astuces des spirites pour tromper les gens vulnérables.

« Il vaudrait mieux ne pas parler de notre sortie à l'abbé, fit Joséphine. Il croira que Satan nous a agrippées. »

J'acquiesçai d'un signe de tête en me gavant de friandises.

« Moi, je m'en moque, dit Clara, je ne suis pas catholique. Mais vous deux, monseigneur vous menacera des flammes éternelles.

— Il prétend que les esprits font tourner plus de têtes que de tables », dis-je.

La conversation ne languit pas. Luce paraissait ravie de nous accueillir chez elle après une si longue séparation. Nous commencions à nous détendre. Son salon bleu ciel, que notre père fréquentait assidûment, convenait à cette rencontre. Un ouvrage sur la culture des orchidées traînait sur la table recouverte de marbre, posée sur un socle en bois de rose sculpté. À portée de main, le dernier roman de Victor Hugo. La broderie de Luce l'attendait aussi dans un panier à ouvrage. Au beau milieu de la conversation, elle me prit la tête entre ses mains et me confia qu'elle s'était ennuyée de mes petits yeux pétillants d'intelligence. Elle voulait savoir si je perfectionnais mon piano.

« Allez, joue », insista-t-elle en me conduisant au piano.

J'exécutai une sonate de Bach. Ensuite, elle s'informa de Joséphine, devenue une superbe jeune fille. Suivait-elle toujours ses cours d'allemand ? « Une langue de barbares ! » fit Jos en grimaçant. Mais il fallait persévérer, insista Luce. Qu'elle pense seulement au bonheur d'être comprise lorsqu'elle visiterait un jour l'empire germanique.

Luce ne nous laissa pas partir sans nous arracher la promesse de revenir la voir. J'y consentis du bout des lèvres, en me jurant de n'en rien dire à maman. Il était trop tard pour prendre le tramway. Luce demanda à son cocher de reconduire les demoiselles Cartier.

XXVI

Le cauchemar de Marie

Cette nuit-là, le diable m'est apparu avec son nez busqué et ses longs doigts crochus, comme sur les illustrations. Il me pourchassait dans un tunnel, je courais, je courais, mais je restais figée sur place. Tout à coup, je crus apercevoir mon arrière-grand-père suicidaire. Je le voyais de dos. Nul doute, c'était bien lui, il portait une capote grise. Je voulais crier à l'aide, mais aucun son ne sortait de ma gorge. Je perdais espoir d'être entendue quand il se retourna vers moi. Je vis alors un squelette qui me tendait les bras. Il me souriait de toutes ses dents déracinées. J'entendis ses ossements craquer lorsqu'il bougea. Il tenait dans sa main une lame tranchante et dégoulinante de sang. Cette fois, je hurlai pour vrai.

Joséphine surgit dans ma chambre. J'étais en sueur et je grelottais tout à la fois. La vieille Alice me secoua vigoureusement pour m'arracher à ce vilain cauchemar. Mais les ombres continuaient à sautiller autour de moi. Une danse macabre. Elle voulut mander le médecin. Joséphine s'y opposa. Convaincue que les émotions de la veille expliquaient ce mauvais rêve, elle redoutait que tout le voisinage apprenne notre visite chez un médium. Le mieux, c'était encore d'envoyer un billet à Luce qui accourut. Par chance, elle eut la bonne idée de passer des sels sous mon nez et je repris tout à fait conscience.

Mais alors, de violentes douleurs au ventre apparurent. Je me tordais sous les crampes. Luce les mit sur le compte de l'angoisse et m'assura qu'elles allaient bientôt disparaître. À sa suggestion, je me massai sous les draps depuis le nombril jusqu'au pubis. En ramenant ma main sur la courtepointe, je notai avec effroi que j'avais les doigts tachés de rouge très foncé, presque brun. Je poussai un grand cri. De quoi réveiller les morts ! Luce tira les couvertures et aperçut le filet de sang entre mes cuisses.

« Ne crains rien, ma chérie. Ce sont tes règles. Te voilà une grande fille maintenant. »

J'avais tellement honte d'avoir souillé mon drap ! Elle s'assit sur le bord du lit pour m'expliquer le sens de ce mystérieux écoulement qui reviendrait chaque mois tel un rendez-vous. Maman m'avait déjà prévenue, mais la vue du sang m'avait tout de même effrayée. Luce se dirigea vers le lave-main et fit couler de l'eau tiède dans la cuvette. Elle y trempa une serviette qu'elle utilisa pour essuyer mes doigts et mon entrejambe taché de sang. Je me laissais faire comme une enfant.

« Maintenant, dors un peu, Marie. Je reste là. À ton réveil, la douleur aura disparu, je te le promets. »

～

Pourquoi a-t-il fallu qu'Hortense et le capitaine rentrent de Québec à ce moment précis ? Un train spécial, gracieuseté du *Grand Trunk*, avait roulé toute la nuit pour ramener les délégués de la Conférence à Montréal, où les attendait le banquet de clôture. Ma mère avait espéré y échapper, mais elle avait finalement consenti à faire ce dernier effort pour sauver les apparences. Le chef du protocole l'avait prévenue qu'après la réception organisée par le maire, le gouverneur Monck souhaitait ouvrir le bal à son bras.

J'entends encore le bruit des sabots sous la porte cochère. Mon petit doigt me disait que cela tournerait mal. Dotée d'un sixième sens, Alice faisait le guet à la fenêtre. Elle voulait avertir Hortense qu'une mauvaise surprise l'attendait en haut. N'ayant pas réussi à convaincre mademoiselle Cuvillier de rentrer chez elle, maintenant que je me sentais mieux, elle redoutait les emportements de ma mère en découvrant sa cousine dans ma chambre.

Je n'ai jamais su exactement si Alice avait réussi à la prévenir. Je me souviens cependant de maman grimpant l'escalier comme une folle et faisant irruption dans la pièce en criant « Marie ». Je fis semblant de m'éveiller. Ma courtepointe à fleurs repliée sur les genoux, je m'étirai. J'avais les cheveux en bataille.

« Ma chérie, tu es livide. Que t'est-il arrivé ?

— Je vais bien, maman, ne vous inquiétez pas. »

Soudainement, un bruissement d'étoffe la fit se retourner. Elle vit Luce qui déposait son travail à l'aiguille sur le bras du fauteuil et se levait.

« Que fais-tu ici ? demanda sèchement ma mère.

— Marie a eu un malaise. Je la veille.

— Tu n'as aucune raison d'être chez moi. Sors.

— Maman, intervint Joséphine, Luce n'y est pour rien, c'est moi qui l'ai appelée.

— Je veux qu'elle parte, ordonna-t-elle d'une voix stridente.

— Je vous en supplie, maman, écoutez-moi. Marie a fait un cauchemar. J'ai eu peur alors…

— Tu n'avais qu'à mander le médecin.

— Nous ne voulions pas nous faire pincer, fit l'impératrice en regardant le sol.

— Mais qu'aviez-vous donc à vous reprocher ? Répondez-moi.

— Nous sommes allées chez madame Richardson, la spirite. Ç'a énervé Marie. »

Les traits de maman se crispèrent et sa voix monta d'un cran :

« Quoi ? J'ai dû mal entendre. »

Elle pivota sur ses talons et se dirigea vers Joséphine qui soutenait poliment son regard :

« Je suis responsable de tout, maman, avoua-t-elle simplement. C'est moi qui ai emmené Marie chez cette dame Richardson. Moi aussi qui ai appelé Luce à l'aide. »

L'impératrice va y goûter, me suis-je dit, en observant la colère croissante de maman. Où ai-je trouvé le courage de me soulever pour mettre mon grain de sel ?

« J'ai parlé à notre aïeul, Joseph Paradis. Il m'a l'air remis de sa blessure.

— Avez-vous perdu la tête, toutes les deux ? »

Ce n'était pas brillant de ma part de faire intervenir les esprits dans la conversation. De toute manière, rien de ce que j'aurais pu dire ne pouvait apaiser maman. Je me cachai le visage dans l'oreiller, pendant que Luce s'efforçait de lui expliquer la situation par petites phrases enchevêtrées, hésitant entre ce qu'il fallait et ce qu'il ne fallait pas dire. Mais Hortense s'échauffait :

« Je suppose que c'est toi qui leur as mis cette brillante idée dans la tête? enchaîna-t-elle avec un soupçon d'ironie dans la voix. Ma fille n'a pas seize ans, l'as-tu oublié ?

— Non, maman, tenta d'expliquer Jos. Puisque je vous dis que j'ai tout organisé avec Clara.

— Parce que Clara fait aussi partie du complot. Tu as une belle influence sur ta nièce, ma chère cousine.

— Écoute, ce n'est pas la peine de t'emporter, se risqua Luce dans l'espoir de mettre fin à ce désagréable échange. Marie a une grande nouvelle à t'apprendre. »

De ma nouvelle, Hortense se fichait totalement.

« Ça ne te regarde pas. C'est MA fille. Pour la dernière fois, je te prie poliment de disparaître de ma vue. »

Elle arpentait la pièce d'un pas rageur. Toute son énergie passait à garder le contrôle sur elle-même. Luce prit un air suffisant et dit avec aplomb :

« Ça va, je pars. Calme-toi. Cette scène a assez duré. Au revoir, mes nièces. »

Je l'entendis chuchoter quelque chose à l'oreille de mon père qui, figé sur le pas de la porte, avait assisté à la joute, médusé.

« Tu vas trop loin, comme toujours, reprocha-t-il à Hortense. Puis, en reconduisant Luce, il ajouta comme s'il parlait d'une malade : « Ses nerfs la trahissent de plus en plus souvent. »

∼

Cette terrible dispute, combien de fois l'ai-je revécue dans ma tête ? Je me suis efforcée de la reconstituer avec le plus de détachement possible, bien qu'elle soit restée gravée dans ma mémoire comme un moment charnière de mon existence. Mon enfance a pris fin ce jour-là. J'étais en train de devenir une femme, mais la petite fille en moi a pleuré toutes les larmes de son corps. Car, je le pressentais, je n'étais pas au bout de mes peines.

Luce partie, le capitaine détala en claquant la porte. Il avait besoin de sa tranquillité d'esprit pour répéter le discours qu'il devait prononcer au banquet organisé par la Ville. Les traits crispés, maman s'enferma dans le salon de musique et tapa rageusement sur son piano pendant une heure ou deux. Ensuite, elle s'habilla seule et refusa même l'aide d'Alice pour se coiffer. Un cocher vint la prendre pour la conduire au *St. Lawrence Hall*. À peine nous embrassa-t-elle avant de sortir.

Ni l'un ni l'autre ne reparut du reste de la journée. Lorsqu'ils rentrèrent du bal, peu après minuit, nous dormions déjà. Le bruit de leurs voix me fit sursauter. Le capitaine se vantait d'avoir remporté un franc succès avec son discours à saveur confédérale. Maman le tournait en ridicule.

«Allons donc, ils t'ont hué, mon pauvre ami. Copieusement hué.»

Ce qui s'était réellement passé au banquet, je l'appris plus tard. Le maire de Montréal, Jean-Louis Beaudry, avait proposé un toast aux ministres canadiens de Sa Majesté. Cartier s'était levé pour y répondre en anglais, ce qui lui avait valu un tollé de protestations. Dans la salle, la foule avait scandé : «En français! En français!» Il n'en avait pas moins continué dans la langue de Shakespeare, comme si de rien n'était. Maman trouvait la chose insultante. Je captai tout de mon lit, malgré l'oreiller posé sur ma tête.

«J'ai parlé la langue de nos hôtes par pure politesse et parce que je tenais à être compris, répliqua-t-il à ma mère qui le raillait.

— Avoue-le, tu voudrais tant être Anglais, comme tes collègues, mais tu n'es que leur valet! Ça me fait pitié! Tu penses qu'ils t'admirent? Pouah! Ils te méprisent. Un jour, ils se débarrasseront de toi comme d'une vieille serviette usée.

— Je suis sujet britannique, moi aussi, protesta-t-il. La seule différence, c'est que je parle français.

— Les Canadiens français te maudiront un jour. Tu as entendu leurs cris, lorsque tu leur as annoncé que la confédération se ferait ? Dans la salle, les gens hurlaient : " Jamais ! Jamais ! "

— J'en ai assez ! Tu vas ravaler tes paroles, la menaça-t-il.

— Les protestations ont redoublé quand tu as affirmé que les deux Canadas devaient leur prospérité à l'esprit d'entreprise de la race anglaise.

— C'est la pure vérité.

— Et quand tu as prétendu que l'Union avait accompli des merveilles au Bas-Canada, j'aurais voulu disparaître sous la table. C'est archi-faux, et tu le sais comme moi.

— Tu es pitoyable, lâcha-il avec dédain. Penses-tu que je ne vois pas tes manigances ? C'est toi qui m'as trahi. Ton frère Hector s'en est vanté au *Chien d'or*. J'ai fermé les yeux pour le bien de ma famille. J'ai été assez patient. Trop !

— Tu es mal placé pour m'accuser de trahison ou me faire une leçon de loyauté, rétorqua Hortense. Comment appelles-tu un mari qui trompe sa femme au vu et au su de tous ? un ministre qui sacrifie l'avenir de ses compatriotes pour rehausser son prestige personnel ? Et celui qui conspire avec un fanatique comme l'abominable Brown ? Qui vend nos droits pour un plat de lentilles ? Des droits acquis au prix du sang, je te le rappelle. Tu n'es qu'un médiocre Richelieu.

— Pauvre folle ! lui cria Cartier, excédé par ses propos. Tu es ridicule avec ton réquisitoire loufoque. Mais, je te préviens, un jour tu regretteras le coup de poignard que tu m'as porté en plein cœur. »

Le capitaine quitta la maison en colère. Il venait de perdre sa première bataille. Jamais maman ne lui avait tenu tête d'aussi habile façon. Plusieurs semaines s'écoulèrent avant qu'il ne donne signe de vie. Les journaux nous apprirent qu'il effectuait un second voyage à Washington. Le gouverneur Monck l'avait chargé d'une mission de paix. Outre-frontière, les esprits s'échauffaient à la suite d'un incident impliquant des soldats confédérés accusés de meurtre et cachés à Montréal.

L'affaire causa un vif émoi dans le faubourg. La guerre de Sécession s'éternisait. Depuis leur quartier général, installé au *St. Lawrence*

Hall, de riches sudistes enrôlaient les pauvres diables sans le sou. Les uns allaient se battre aux côtés des esclavagistes, les autres remplaçaient dans les usines les ouvriers partis défendre le Sud. Personne ne s'en plaignait. Après tout, des agents recruteurs du Nord courtisaient aussi les chômeurs.

Jusqu'au jour où les gendarmes arrêtèrent une quinzaine de confédérés. S'étant fait passer pour des Canadiens en voyage de pêche, ceux-ci, dirigés par un certain Bennett Young, avaient attaqué en plein jour trois banques de St. Albans, au Vermont. Pendant la fusillade, un homme avait été atteint mortellement et une vingtaine d'autres avaient subi des blessures. Après avoir réquisitionné des chevaux auprès de la population complètement affolée, ils avaient fui en direction du Canada avec un magot de deux cent huit mille dollars. Les policiers américains n'avaient pas osé les pourchasser au delà de la frontière, de peur que l'Angleterre ne leur déclare la guerre.

Leur procès se déroula à Montréal. Le président Lincoln réclama en vain l'extradition des prisonniers. Invoquant un vice de procédure, le juge Coursol, un ami du capitaine, les acquitta. Pis, il les laissa repartir avec le butin volé. Il n'en fallait pas plus pour que les Américains brandissent leur bonne vieille menace d'envahir le Canada. D'où l'expédition diplomatique de replâtrage des relations canado-américaines confiée à Cartier. À Washington, il devait réitérer la détermination du Canada à demeurer neutre dans cette affaire, malgré les apparences. La suite, nous allions l'apprendre de la bouche même du capitaine lorsqu'il réapparut dans notre vie.

～

L'attelage s'arrêta devant la maison. Le capitaine en descendit et la portière claqua. Les mains enfouies dans les poches de son manteau, il nous attendait sur le trottoir, sans même jeter un regard en direction de nos fenêtres. S'il l'avait fait, il aurait sans doute aperçu le bout du nez d'Alice qui guettait son arrivée, à demi cachée derrière l'épais rideau du salon.

« Vite, les petites demoiselles, votre père vous attend », cria-t-elle.

Son cocher entra par la porte de derrière et réclama la malle de monsieur que son majordome avait préparée le matin même. Alice lui indiqua le vestibule et retourna à son poste d'observation. L'homme sortit avec la malle qu'il boucla à l'arrière de la voiture. Le capitaine tira sa montre de gousset. Il était midi passé.

« Joséphine, Marie, assez lambiné ! Monsieur Cartier va perdre patience », répéta la bonne qui redoutait de voir notre père s'aventurer dans la maison.

Comme deux condamnées, Joséphine et moi avons rejoint maman dans le salon de musique où elle s'était enfermée. Nous l'avons embrassée avant de sortir par la grande porte. En nous apercevant, le capitaine s'avança à notre rencontre.

« Vous voilà enfin ! Montez. » Puis, s'adressant au cocher, il ordonna : « Conduisez-nous chez mademoiselle Cuvillier. Ensuite, vous déposerez ma malle à l'hôtel Rasco. »

Le cocher donna un coup de fouet sec et les chevaux s'ébranlèrent.

« Nous allons chez Luce ? répéta Joséphine, plus anxieuse que ravie.

— Oui, elle nous attend pour le déjeuner. C'est très aimable à elle de nous inviter. »

L'impératrice me jeta un regard complice. Nous étions alors parfaitement au courant des amours adultères de notre père, mais ni l'une ni l'autre n'avions jamais osé aborder le sujet avec lui. On ne parlait pas de ces choses-là. Aussi a-t-il pu trouver ma question déplacée.

« Papa, habitez-vous chez Luce ? »

Mon père resta saisi. Ma voix dut lui paraître inquiète, car il s'empressa de me rassurer.

« Mais non, ma fille. Pour l'instant, je vis à l'hôtel Rasco. En attendant de déménager à Ottawa. J'y ai loué une très jolie maison où vous viendrez quand vous le désirerez. »

Rue Saint-Denis, Luce se montra empressée et chaleureuse, trop même. Nous avions piteuse mine, figées comme deux statues.

Sans perdre une minute, elle nous entraîna vers la salle à manger, une grande pièce ensoleillée orientée plein sud. Les tons de jaune dominaient, ce qui était exceptionnellement clair pour l'époque. Même les moulures ornementales étaient peintes de couleurs vives. Autour de la table recouverte d'une nappe provençale, il y avait quatre chaises de bois à dossier ajouré. Des estampes japonaises datant du début du siècle ornaient les murs. Sur les unes, des portraits de courtisanes aux yeux bridés, et sur les autres, des scènes de la vie quotidienne ou des paysages nippons, dont le célèbre mont Fuji. Luce rêvait de visiter le pays du Soleil levant. Elle avait acheté ces gravures à prix fort au Havre, au moment de s'embarquer pour l'Amérique.

Le buffet à porte vitrée abritait la vaisselle blanche à filet bleu dont Luce se servait tous les jours de la semaine. Son domestique s'approcha avec la soupière. Après le potage, la volaille, puis la salade. Chaque mets était finement présenté.

L'impératrice finit par se détendre, moi pas. Je n'arrivais pas à trouver normale ma présence chez Luce. Je n'avais aucune raison de lui en vouloir, car elle se montrait toujours très gentille avec moi. Pourtant, je me sentais affreusement coupable d'être là. Comme si le simple fait de manger à sa table constituait une trahison. Jamais ma mère ne me le pardonnerait si elle l'apprenait. Faudrait-il le lui dire ? Ou mentir pour ne pas lui faire de peine ? Le capitaine essaya en vain de me dérider avec ses anecdotes truculentes. Puis, il me complimenta sans raison. Ma coiffure était joliment arrangée, le bleu de ma robe rappelait celui de mes yeux, mes manières à table s'étaient grandement améliorées… Mon humeur ne changea pas, même s'il me passait les plats avec un joyeux empressement. Je demeurais impassible par entêtement et je m'appliquais à mastiquer silencieusement. De guerre lasse, il cessa de se soucier de ma personne et se lança dans une conversation avec Luce, ce qui, ma foi, détendit l'atmosphère plus que son faux numéro de charme.

Luce suivait dans les journaux le procès des cambrioleurs sudistes. Elle voulait connaître le fin mot de l'affaire. Qui mieux que le capitaine pouvait éclairer sa lanterne ?

« Je ne m'explique pas la stratégie canadienne, lui avoua-t-elle d'entrée de jeu. Pourquoi avoir libéré des brigands ?

— C'est assez complexe, reconnut mon père. En refusant d'extrader les coupables, comme le demandait le président Lincoln, nous avons indisposé Washington qui nous a accusés de pactiser avec le Sud. Cependant, si nous les avions livrés aux autorités américaines, l'Angleterre nous aurait reproché de nous rallier au Nord. Autrement dit, nous étions pris entre l'arbre et l'écorce. »

Le capitaine lui raconta comment il avait réussi à tirer son épingle du jeu. Il s'était précipité à la Maison-Blanche afin de promettre au président que le Canada respecterait son pacte de neutralité. Il s'était engagé à lui remettre les accusés, à condition que la justice américaine produise les preuves de culpabilité prévues par la loi.

« Pourquoi fallait-il de nouvelles preuves, puisqu'ils sont coupables ? demanda Joséphine. N'ont-ils pas participé à un raid au cours duquel un homme a perdu la vie ?

— En effet. Mais leur pays est en guerre, précisa le capitaine. Toute la question est de savoir s'il s'agit de criminels de droit commun ou si leur crime constitue un acte de guerre. En vertu du traité d'extradition, le Canada n'est pas tenu de livrer aux États-Unis ceux qui ont fait des gestes répréhensibles, même violents, en tant que soldats.

— Et alors, que va-t-il arriver ? demanda Joséphine que cette histoire passionnait.

— Le problème, c'est qu'une fois libérés, les jeunes sudistes se sont évaporés dans la nature. Voilà où nous en sommes, conclut-il. Entre nous, il eût été préférable que notre police ne leur remette pas l'argent volé, mais, vous savez, je ne contrôle pas tout.

— Les Américains ont raison d'être furieux, constata Joséphine.

— Oui, et nous allons sûrement en payer la note.

— Iront-ils jusqu'à nous attaquer ? » s'enquit Luce qui, citant un article publié la veille dans *La Minerve*, nous apprit que l'armée britannique avait dépêché de nouvelles troupes à Montréal. « Apparemment, les casernes de l'artillerie sont pleines de munitions. On aurait même installé des portes de fer aux deux extrémités du pont Victoria.

— Il n'y a pas lieu de s'inquiéter, la rassura-t-il. Le président Lincoln n'a pas intérêt à déclarer la guerre à l'Angleterre. Bien entendu, il protestera, mais de façon pacifique.

— Les Américains obligent maintenant les Canadiens à présenter leur passeport à la frontière.

— Je sais. Cette mesure de représailles provisoire a été adoptée pour nous irriter. Malheureusement, les journaux américains attisent la colère en lançant des appels à l'invasion. À mon avis, les choses en resteront là. »

Le domestique déposa devant moi une coupe de cristal remplie de pudding. Un délice ! Le thé chinois que Luce nous offrit ensuite pour faire passer tout cela ne fut pas de refus. J'eus le malheur d'échapper ma cuiller. En me penchant pour la ramasser, je remarquai le pied de Luce posé sur celui du capitaine. Inutile de dire que le repas s'acheva sans que j'aie desserré les dents.

Sur le chemin du retour, le capitaine se laissa aller aux confidences. Il n'en avait pas l'habitude et cela lui venait difficilement. D'abord, il voulut nous rassurer : nous pouvions compter sur lui en tout temps. Si nous avions besoin de quoi que ce soit en son absence, car il était appelé à voyager fréquemment, il nous recommandait de nous en remettre à son associé. Puis, après une hésitation, il ajouta que Luce lui était très chère (cela, nous l'avions deviné). Leurs vies, insista-t-il, seraient toujours imbriquées, même si les convenances les obligeaient à une certaine discrétion. Il nous remercia de lui conserver notre affection. S'il nous en prenait envie, nous pourrions toujours nous retrouver tous les quatre, tantôt chez elle, tantôt chez lui, à Ottawa.

À propos de notre mère, pas un mot de regret ni de compassion. Elle n'existait plus pour lui.

XXVII

Le journal intime de l'impératrice

Je l'avoue, j'ai commis une faute grave. Si je n'avais pas eu si honte, je m'en serais confessée. Mais, en ce temps-là, la nièce du chanoine Fabre ne fréquentait pas impunément le confessionnal. Les envoyés de Dieu sur terre ne savaient pas toujours garder leur langue.

Donc, je reconnais avoir fouillé dans le tiroir secret de l'impératrice. J'ai découvert son journal intime sous clé, dans un coffre en bois. Je m'attendais à y trouver ses premiers soupirs pour un jeune officier entreprenant, mais c'est le capitaine qui occupait ses pensées. De la première à la dernière page.

Depuis notre déjeuner chez Luce, Joséphine cherchait tous les prétextes pour se retrouver seule avec papa. Elle débarquait à son bureau l'après-midi, soi-disant par hasard. Un jour, elle lui proposa de prendre en dictée les notes de ses allocutions. Elle soignait son écriture, tout le contraire des affreux gribouillages du capitaine. Il acquiesça. Ainsi prépara-t-elle avec lui le discours qu'il devait prononcer à l'ouverture de la législature du Canada-Uni, la dernière à se tenir à Québec. Trop de faussetés et de demi-vérités avaient été dites à propos des résolutions votées à huis clos à la Conférence de Québec. Il voulait remettre les pendules à l'heure.

Ma sœur adorait ses nouvelles responsabilités. Une façon comme une autre d'échapper au sort dévolu aux jeunes filles frivoles de bonne famille. Après une journée bien remplie au bureau, le capitaine la reconduisait à la maison au début de la soirée, avant de filer Dieu sait où. Je la bombardais de questions et elle me racontait tout. Du moins l'ai-je cru, jusqu'à ce que je tombe sur son journal.

Nous partagions la même chambre, une grande pièce qui donnait plein sud. Une table de chevet séparait nos lits placés côte à côte. À la tête, nous avions accroché nos portraits en silhouette exécutés par un tailleur d'ombres très en vue. La mode du papier noir découpé était sur son déclin, mais nous aimions nous voir de profil, Joséphine avec son nez fin et droit, le mien en trompette.

Écrasée dans mon lit, le dos appuyé au creux d'un oreiller, je l'épiais tandis qu'elle se déshabillait, la tête encore pleine de ce qu'elle avait appris au bureau de la rue Saint-Vincent.

« Et alors ? Tu as vu Luce ? lui demandai-je.

— Non. Que veux-tu qu'elle fasse dans un cabinet d'avocat ?

— Je ne sais pas, moi. Je pensais qu'elle rendait visite à papa pour le désennuyer.

— Tu crois vraiment qu'il a besoin de distractions ? Ses obligations ne lui permettent pas de s'adonner au placotage. Aujourd'hui, par exemple, le volet de son discours sur lequel nous avons travaillé portait sur l'histoire avec un grand H. »

L'impératrice me relata presque mot pour mot l'exposé du capitaine à propos de la fidélité des Canadiens à la Couronne britannique. Pour mon malheur, j'émis un doute quand elle m'informa que, depuis la Conquête de 1759, jamais les nôtres n'avaient manqué à leur serment d'allégeance. Cela me semblait difficile à croire. Toute sa vie, grand-père Fabre avait gardé la nostalgie de la *doulce* France à laquelle son père avant lui était demeuré viscéralement attaché, malgré la défaite des Français. D'un air supérieur, elle me chapitra :

« Oses-tu insinuer que papa parle à tort et à travers ? En 1775, me rappela-t-elle, le général Washington a adressé une proclamation aux habitants de la Nouvelle-France fraîchement conquise, pour solliciter leur appui dans sa guerre contre l'Angleterre. Il les a invités à abandonner le drapeau de leurs maîtres anglais, afin de se joindre aux colonies américaines. Or les Canadiens, déterminés à préserver le système monarchique qu'ils avaient connu sous le règne des Français, ont rejeté son appel. Et lorsque, peu après, les Américains ont envahi le Canada, ils les ont combattus aux côtés des Anglais. »

Je lui réclamai des preuves. En quoi le système monarchique était-il préférable à une république démocratique? Elle prit un air hautain pour évoquer la guerre civile qui déchirait les États-Unis. C'était ça, un gouvernement démocratique! Je croyais entendre le paternel à qui elle empruntait même ses intonations.

«Mais alors, maman se tromperait sur toute la ligne? lui lançai-je avec défi et sans en croire un mot.

— Je n'ai pas dit ça. Une chose est certaine, une confédération réglerait tous les problèmes. Papa s'y connaît en la matière.

— Si elle est si merveilleuse, sa confédération, pourquoi la fait-il adopter sans demander l'avis des Canadiens? A-t-il peur qu'ils la rejettent?»

Mal renseignées, nous étions toutes les deux tiraillées entre ces deux versions contradictoires. Jos adoptait le point de vue du capitaine et moi, je défendais celui de grand-père Fabre que s'appropriaient Hortense, madame Raymond et Hector. Nous croyions parler en fin connaisseur, mais nous ignorions l'une comme l'autre l'abc de la science politique. Il eût été plus sage de laisser aux gens informés le soin de démêler cet écheveau.

Deux ou trois jours après, Jos rentra à la maison tout excitée. À table, elle prit sa place en nous annonçant une grande nouvelle : papa voulait l'emmener à Québec pour l'ouverture de la session. Si maman y consentait, bien entendu. Hortense se fit tirer l'oreille. Ses hésitations offusquèrent l'impératrice. Elle avait passé l'âge de demander la permission de suivre son père, protesta-t-elle. Maman y mit une condition : Jos habiterait chez Hector, et non à l'hôtel où descendait le capitaine. Le matin du 6 février, le cocher de ce dernier passa la prendre pour la conduire à la gare. Au moment des adieux, elle promit de m'écrire, mais n'en fit rien.

∾

Quand Joséphine rentra à Montréal au bout d'un interminable mois, je mourais d'impatience d'entendre son récit. À ma grande surprise, elle se montra avare de confidences. À peine me parla-t-elle de Flora, qu'elle considérait maintenant comme une sœur aînée. De ses journées passées au parlement, rien. Quand je la bombardais de questions, elle soupirait hautainement :

« Ah ! la politique ! C'est trop compliqué, tu ne t'y retrouverais pas. »

Elle s'adressait à moi sur un ton de léger agacement, exactement comme le capitaine rabrouait ma mère quand elle lui faisait voir ses contradictions. Là-dessus, l'idée me vint de fouiller dans ses tiroirs. Je pressentais que son journal me révélerait ses secrets intimes. Je le lus d'une traite.

7 février 1865

Il fait un froid de canard. De loin, l'hôtel du parlement a l'air figé dans un bloc de glace sur la pointe du cap Diamant. Tout le contraire du climat enflammé qui prévaut à l'intérieur, où les élus semblent plus intéressés à se chamailler comme des collégiens qu'à débattre leurs idées. Au mur, trône la reine Victoria, dont le portrait en pied a été sauvé des flammes lors de l'incendie du parlement, en 1849.

Les travaux ont débuté avec une heure de retard. John A. Macdonald a parlé le premier, papa en second. Je l'ai trouvé superbe. « La confédération est une nécessité, a-t-il martelé. Pour nous, il s'agit de faire en sorte que cinq colonies habitées par des hommes dont les intérêts et les sympathies sont les mêmes composent une seule et grande nation. »

Depuis les gradins remplis à craquer, je l'ai vu jeter un coup d'œil aux notes que je lui avais transcrites. Il a ensuite cloué le bec à ses détracteurs, dont les propos pernicieux s'étalent dans les journaux depuis un mois. Il a réitéré sa conviction que les droits et privilèges de tous les groupes ethniques seraient sauvegardés. Des protestations se sont élevées des bancs des rouges. Rien cependant pour intimider le capitaine. Je suis très fière de lui.

9 février

Ce soir, Hector et Flora ont reçu à dîner quelques amis, dont monsieur Antoine-Aimé Dorion, le chef des rouges. Quel homme courtois! Dommage qu'il soit l'adversaire de papa. Il a demandé des nouvelles de maman dont il apprécie l'humour (il ne l'a sûrement pas croisée dernièrement!) et m'a dit que je lui ressemblais. Ça m'a flattée.

Flora s'est révélée une parfaite hôtesse. Son intérieur est aménagé avec goût. Nous sommes passés à table sans cérémonie. La conversation a d'abord porté sur la détermination des bleus à faire adopter leur confédération à toute vapeur. Sans être contre le projet de papa, monsieur Dorion s'oppose à ce qu'une révolution de cette ampleur soit déclenchée sans consultation populaire. Il prétend que c'est un coup monté par le Grand Trunk. *Selon lui, les promoteurs comptent sur l'argent des contribuables pour construire leur chemin de fer inter-continental.*

Si seulement le capitaine avait été là pour lui donner la réplique!

Ses remarques visaient mon propre père et, pourtant, je demeurais muette. Intérieurement, je maudissais ma lâcheté. Je ne me suis pas montrée plus brillante lorsque monsieur Dorion a affirmé qu'une confédération obligerait les Canadiens français à payer les dettes des Maritimes, comme ils ont remboursé celles du Haut-Canada au moment de l'Union. Un sentiment d'impuissance m'a envahie. Allait-on interpréter mon silence comme une approbation?

Hector a raillé George Brown, l'ennemi nouvellement repenti des Canadiens français. Il fallait être culotté, prétendait-il, pour saluer comme celui-ci l'a fait en Chambre les fils des vainqueurs et des vaincus de la bataille des plaines d'Abraham «qui siègent maintenant côte à côte, tous attachés à la Couronne britannique». Et alors, Hector a cri-tiqué vertement le capitaine, j'en aurais pleuré:

«Quand j'ai vu Cartier se lever pour prendre la défense de cet affreux bonhomme, a-t-il dit, j'ai failli le huer.»

J'ai baissé les yeux sur mon assiette. Monsieur Dorion a deviné mon trouble:

«Excusez-nous, mademoiselle, nous ne voulions pas vous offenser.»

Hector me fixait de ses prunelles noires, comme s'il implorait mon pardon. Il m'a fait un clin d'œil au moment d'inviter les hommes à passer au fumoir. Je suis restée seule avec Flora à qui j'ai confié mon malaise. Elle m'a rassurée. Je n'avais rien à me reprocher. À part

Jeanne d'Arc, aucune jeune fille de mon âge n'aurait été capable d'affronter des politiciens aussi aguerris et des journalistes aussi bavards.

10 février

Retour à l'Assemblée. Sans le savoir, le capitaine a répondu à plusieurs des inquiétudes exprimées hier par monsieur Dorion. Preuves à l'appui, il a démontré que son projet garantissait à tous les Canadiens leurs lois, leurs langues et leurs institutions religieuses. Il a confiance en l'esprit de justice et d'équité des élus pour protéger les minorités. Je suis portée à lui donner raison. Les rouges ont parfois des allures de Bonhomme Sept Heures. Ils ne voient que le mauvais côté des choses. Si grand-père Fabre m'entendait!

Un mot sur le jeune et séduisant député Thomas D'Arcy McGee. Dommage qu'il soit si petit. Et marié. Papa me dit qu'il est poète. Il a éloquemment parlé de la tolérance dont les Canadiens français ont toujours fait montre dans leurs rapports avec les protestants.

11 février

Discussion cocasse autour du nom que portera le futur pays. J'ai retenu quelques suggestions: Cabotia, en souvenir de l'explorateur Sébastien Cabot, ou Colombia, d'après Christophe Colomb; Alberta, en l'honneur du prince Albert, Britannia, Acadia ou New Britain. Borelia conviendrait parfaitement à un pays nordique comme le nôtre, en opposition à Australia, situé au sud du globe. Mais le plus simple serait Canada, à condition que les Maritimes se rallient. Personnellement, je ne déteste pas Laurentide, à cause du majestueux Saint-Laurent. Quoi qu'il en soit, comme dit mon père, c'est la reine qui tranchera.

16 février

Luce Cuvillier est arrivée à Québec. Je l'ai aperçue de loin, toute pimpante dans sa robe de mousseline noire. M'ayant repérée dans les gradins de l'Assemblée, elle s'est faufilée jusqu'à moi et m'a embrassée sur les deux joues. J'ai entendu des gens papoter autour de nous. Sans doute se demandaient-ils ce que la fille de Cartier fricotait avec la maîtresse *de son père ? J'ai rougi tandis qu'elle s'assoyait sur le banc à côté de moi. J'aurais voulu disparaître. À la fin des débats, papa nous a invitées à déjeuner. Tout au long du repas, il n'avait d'yeux que pour Luce. C'est à peine s'il a remarqué ma présence. Ça m'a coupé l'appétit. Après, il s'est esquivé avec elle. J'ai le cœur gros. Je ne sais trop si c'est l'arrivée de Luce qui m'a mise dans cet état (nous étions si bien, papa et moi). Ou si c'est la pensée de maman dont la vie est brisée à cause de cette femme.*

17 février

À la sortie du parlement, Luce et moi avons croisé un collègue du capitaine qui nous a apostrophées dans son plus bel anglais. « Good day, Mrs. Cartier », a-t-il dit à Luce, avant de se tourner vers moi pour ajouter : « And you must be my friend's lovely daughter. » Luce ne l'a pas contredit. J'enrageais intérieurement.

18 février

Aucune trace de la Cuvillier ce matin. Les débats s'enlisent dans des détails de procédure. J'ai envie de changer d'air. À la pause du midi, monsieur Dorion m'a raccompagnée chez Hector. C'est un homme distingué et bienveillant. Il a l'âge de mon père, un peu plus jeune peut-être. M'ayant félicitée pour mon assiduité au parlement, il s'est étonné qu'une si jeune fille se passionne pour la politique. Je lui ai répondu que l'avenir de mon pays me préoccupait et que j'admirais mon père. Il n'a eu que de bons mots pour lui, le décrivant comme un adversaire redoutable et talentueux. Il déplorait cependant son manque de vision. Un pays qui accorde à son Parlement central le droit de désavouer les lois votées par les provinces fait courir des risques d'injustice à ses citoyens. « L'expérience démontre que les majorités sont toujours portées à être tyranniques », précisa-t-il avant d'ajouter, avec le sourire : « Mais vous en avez assez entendu pour aujourd'hui, mademoiselle Cartier. Allez vous amuser à présent, vous êtes un peu pâle. »

6 mars

Cet après-midi, il y a eu un bras de fer à l'Assemblée entre monsieur Dorion et mon père. Rien de désobligeant n'a été dit. Ils s'adressaient respectueusement l'un à l'honorable député, l'autre à l'honorable ministre. Le capitaine s'est permis des remarques sarcastiques qui ont déridé la salle. Monsieur Dorion lui a répliqué sur le même ton, avant de réitérer son opposition en des termes non équivoques : « Je ne veux pas de cette confédération dans laquelle la milice, la nomination des juges, l'administration de la justice et nos droits civils les plus importants seront laissés au contrôle d'un gouvernement général dont la majorité sera hostile au Bas-Canada. »

7 mars

Congé de parlement. Papa m'a confiée à Luce. Nous avons couru les magasins. Était-ce la fatigue ? Toujours est-il que nous avons ri aux larmes. Luce imitait un député endormant comme la pluie et moi, un autre, tellement mêlé dans ses papiers qu'il manque de cohérence.

Luce m'a annoncé son prochain départ (j'ai honte de l'écrire, mais je suis contente qu'elle s'en aille). Elle emmène Clara en Europe à l'occasion de son vingt et unième anniversaire. « Il est grand temps que je songe à marier cette petite, m'a-t-elle précisé. J'ai l'intention de lui présenter quelques bons partis parmi les jeunes Italiens et Russes de la noblesse qui vivent en France. » Sacrée Clara ! Quelle chance elle a !

9 mars

Triste spectacle. Les rouges se sont mis à trois pour exécuter le capitaine. D'abord, le très prétentieux Henri Joly de Lotbinière l'a accusé d'avoir trahi ses compatriotes. Il l'a comparé à un banquier qui ruine ceux qui lui ont fait confiance, après quoi il s'est lancé dans une longue diatribe contre la confédération. « Ne donnons pas à l'univers le triste spectacle d'un peuple abandonnant sa nationalité. Ce projet serait une erreur fatale. »

Ensuite, l'antipathique député Maurice Laframboise s'est acharné sur mon père. Citant l'ex-gouverneur Durham qui, dans son célèbre rapport, a recommandé à Londres de combler d'honneurs les ambitieux pour se les attacher, ce Mascoutain belliqueux a prédit que Cartier, un rebelle de 1837, obtiendrait bientôt sa récompense royale pour services rendus.

Enfin, un pitoyable minus dont j'oublie le nom lui a reproché de vendre le Bas-Canada à la domination anglaise. Il s'est dit convaincu qu'à cause de Cartier, le français finirait par disparaître dans un Parlement dont les trois quarts ne comprendraient pas la langue.

Loin de désarçonner le capitaine, ces invectives qui le frappaient comme un canon à répétition le rendaient plus énergique. À un moment donné, il s'est croisé les bras et a secoué la tête en martelant : « Go on, I am able to fight you all ! »

En écrivant ces lignes, je pleure. Jamais je n'aurais cru voir mon père bafoué de la sorte. Je joins à ces pages une caricature publiée dans un journal libéral qui le montre en train de vendre aux enchères les comtés du Bas-Canada. Ils sont tous ignobles !

10 mars

Le capitaine était d'humeur exécrable, ce midi. Nous étions au restaurant. Il avait la voix stridente et frappait du poing sur la table. Luce, toute mielleuse, tentait de le calmer. Il a fini par reconnaître que les arguments de ses adversaires commençaient à ébranler ses propres supporteurs. Jamais à court d'idées, Luce lui a suggéré de mettre La Minerve *à contribution. Quelques bons articles reprenant ses arguments influenceraient les tièdes. Il s'est promis d'en parler au jeune Dansereau, un journaliste qui lui est acquis. Cela a paru le détendre.*

La Cuvillier m'a tapé sur les nerfs pendant tout le repas. Je n'ai rien de concret à lui reprocher, elle est toujours bien intentionnée à mon égard. Mais je ne supporte plus ses airs de femme fatale consciente de l'effet qu'elle produit sur son entourage, ni sa morgue d'intellectuelle qui se croit supérieure à nous. En plus, ça m'agace de la voir s'accrocher au bras du capitaine pour faire le moindre pas dans la rue.

Une dame anglaise, lady Frances Monck, est venue faire ses adieux à mon père pendant le déjeuner. Il a promis d'aller la saluer à Londres. Après son départ, j'ai voulu savoir quand aurait lieu ce fameux séjour en Angleterre dont il avait parlé à madame Monck. Il s'est contenté de répéter « bientôt » *en jetant un regard entendu à Luce. Comme j'insistais, il a avoué qu'elle partirait la première et qu'il la rejoindrait à la fin du printemps. Je me suis sentie terriblement jalouse en réali-sant que Clara serait du voyage, moi pas. Encore moins ma mère.*

Je déteste la Cuvillier. Dieu merci ! elle décampe aujourd'hui.

11 mars

À quatre heures trente du matin – j'étais au lit depuis belle lurette –, les députés ont voté majoritairement en faveur d'une nouvelle cons-titution. Le vote a été serré, mais papa a gagné. Les vainqueurs ont chanté le God Save the Queen *en anglais. Je l'ai appris de la bouche d'Hector au petit déjeuner. Il m'a souri derrière sa moustache retroussée, comme il le fait toujours lorsqu'il se sent profondément triste, et m'a dit simplement : « Notre nationalité vient d'être sacrifiée. Dire qu'il n'y aura même pas d'appel au peuple ! Ton père a réussi son forfait. »*

Il affichait une face de carême en ajoutant : « Désormais, c'est Londres qui décidera de notre sort. La politique de l'Angleterre n'a jamais été conçue pour nous permettre de rester français, mais pour nous fondre dans la majorité anglo-saxonne. »

Que faut-il croire ? Les sombres prédictions d'Hector ? Ou les vues optimistes de mon père ? Je ne sais plus où j'en suis. Demain, je rentre à Montréal, plus confuse qu'à mon arrivée.

Ainsi s'achevait son journal de Québec. Glissée entre les pages, je trouvai une coupure de presse du *Pays*, datée du 13 mars 1865. Jos avait souligné trois lignes au crayon noir : *C'est dans cette nuit mémorable qu'aura été commis l'acte le plus inique, le plus dégradant dont le régime parlementaire ait été témoin depuis la trahison des députés irlandais qui ont vendu leur pays à l'Angleterre pour des places, des honneurs et de l'or.*

∽

Sur une feuille à part, pliée en quatre et placée à la dernière page de son cahier, j'ai lu une histoire bien étrange écrite de la main de Jos. J'en livre ici l'essentiel :

Je n'ai jamais raconté à personne ce qui va suivre. Non pas que j'en aie honte, mais cela peut paraître si invraisemblable que je me rendrais ridicule. Pourtant, c'est la pure vérité. J'en ai eu une nouvelle preuve chez la spirite, madame Richardson. Les cartes des tarots ne mentent pas. J'y vois la preuve que mes origines demeurées secrètes n'en sont pas moins réelles.

Mes parents ne sont pas ceux que l'on croit. En réalité, je suis la petite-fille de Joséphine Bonaparte. Ma véritable mère, la fille naturelle de l'impératrice, s'est enfuie de France avant ma naissance. Elle attendait un enfant de l'amour, on le lui aurait arraché. C'était au début de la terrible épidémie de typhus. Atteinte, ma pauvre maman s'est réfugiée à la maternité réservée aux filles tombées de Montréal. Elle a rendu l'âme en me mettant au monde. La sage-femme a eu pitié du petit être sans défense que j'étais. De connivence avec l'aumônier, elle a décidé de mon sort. Par un curieux hasard, cette charitable accoucheuse a été appelée au chevet d'Hortense Cartier la même nuit. Hélas! celle-ci a enfanté un bébé mort-né. Hortense paraissait si faible, si jeune aussi. Sans rien lui dire, la sage-femme lui a retiré son enfant et l'a remplacé par un autre, moi, en l'occurrence. C'est ainsi que je suis devenue Joséphine Cartier, alors qu'aucun de mes gènes ne me relie à cette famille. Le prêtre et la sage-femme ont emporté leur secret jusque dans leur tombe. Comment l'ai-je appris? Je l'expliquerai plus tard. Une chose est certaine, j'aurais pu être l'une de ces petites filles que madame Raymond et Hortense côtoient à l'orphelinat.

J'étais estomaquée. J'ai refermé le journal de l'impératrice. Évidemment, je ne croyais pas un mot de cette histoire à dormir debout. Allons donc! Jos et maman se ressemblaient à s'y méprendre. Personne dans la famille n'avait jamais mentionné le moindre mystère à propos de sa naissance. Jos n'avait aucun lien de parenté avec la vraie impératrice Joséphine, j'en aurais donné ma main à couper. N'empêche, cela m'intriguait. Je cherchais à comprendre ce que signifiait cette confusion entre le rêve et la réalité.

Ma sœur était tombée sur la tête. La liaison de la Cuvillier avec le capitaine la faisait-elle dérailler? Était-elle si dégoûtée de voir notre père s'enticher d'une autre femme qu'elle en avait perdu la boule? Au point de s'inventer une identité pour échapper au drame que vivait notre famille?

Quel malheur! Jos eût été plus avisée de courir les galants autour de la citadelle, plutôt que de s'enfermer pendant des jours à écouter de sinistres hommes politiques s'entre-déchirer à propos d'un pays qui n'existera peut-être jamais. Qu'avait-elle affaire de jouer les voyeuses pour épier notre père et sa maîtresse? La fatigue avait sans doute eu raison de ses nerfs, me suis-je dit. Pourvu qu'elle ne nous claque pas une nouvelle crise de délire, elle si sujette aux hallucinations.

J'ai soigneusement remis le cahier à sa place dans le tiroir, confuse et gênée de mon indiscrétion.

XXVIII

Le calumet de paix

Monsieur de Pominville se fit annoncer à l'heure habituelle. Hortense le rejoignit dans le hall d'entrée. Sa serviette sous le bras, il chercha un endroit où poser sa canne, l'appuya contre la jardinière en cuivre contenant une fougère et s'inclina :

« François de Pominville pour vous servir. »

Hortense détestait cette visite obligée qui revenait le premier jeudi de chaque mois, depuis le départ de Cartier. Le nouvel associé de son mari lui présentait ses hommages en précisant qu'il disposait d'une heure tout au plus. Il s'avançait ensuite au milieu de la salle à manger sans même qu'elle l'en prie, vidait le contenu de sa serviette sur la table et ouvrait son grand cahier noir à la page marquée d'un signet. C'était un homme d'une cinquantaine d'années, gras comme un voleur. Une fois assis, il dégrafait la chaîne de sa montre en or et la déposait devant lui sur la table.

Pressée d'en finir, Hortense alla chercher les factures du mois dans le tiroir du secrétaire et les lui présenta. Elle trouvait humiliant de devoir justifier ses dépenses ménagères devant un pur étranger. Qu'y pouvait-elle ? Cartier ne remboursait que les frais dûment autorisés par lui. Rien, absolument rien n'autorisait son mari à la traiter comme une quémandeuse. Hortense n'avait peut-être pas apporté de dot en se mariant mais, à la mort de son père, elle avait hérité du sixième de sa fortune et ne dépendait de personne pour ses propres dépenses.

« Voyons voir, dit monsieur de Pominville. Maître Cartier me faisait remarquer que le mois dernier le coût du charbon de bois avait singulièrement augmenté.

— Mon mari l'ignore peut-être, mais nous avons connu un vilain printemps. Il a fallu chauffer jusqu'en mai. Comme il se trouvait en France, il n'a pas eu connaissance des inondations et des violentes tempêtes dont Montréal a été affligée. Au fait, quel temps faisait-il à Paris ? Mon mari vous l'a-t-il écrit ? » s'amusa Hortense.

L'associé ignora la question. Madame Cartier s'échappait comme cela de temps à autre. Rien de bien méchant, mais il aurait préféré qu'elle s'abstînt de glisser ces remarques désobligeantes dans la conversation. Après tout, il s'imposait cette corvée pour rendre service à maître Cartier. Minutieusement, il éplucha les comptes les uns après les autres. Livraison de glace pour la saison : dix piastres. Fleur de blé par quintal, farine d'avoine, orge, sarrasin au minot… Tout lui parut conforme.

« Voyons maintenant les dépenses personnelles : leçons de piano particulières pour mademoiselle Marie, cours d'allemand pour mademoiselle Joséphine, théâtre pour les deux…

— Vous voyez ? Je ne fais pas d'excentricités, le taquina Hortense. J'ai acheté des billets à cinquante cents. Pour des places dans une loge, il aurait fallu compter trois dollars.

— Et là, cette somme importante ? Des vêtements, je suppose… Voulez-vous m'expliquer cette dépense ?

— Ce sont des achats faits chez Henry Morgan, répondit Hortense qui commençait à s'impatienter.

— Mais encore, madame Cartier ? Pourriez-vous être plus explicite ?

— Monsieur de Pominville, s'opposa Hortense. Vous n'avez pas à vérifier quelles robes j'achète à mes filles ! Qu'il vous suffise de savoir que je paie mes vêtements et mes chaussures avec mon propre argent. Vous pouvez rassurer votre patron !

— Toutes mes excuses, madame, bredouilla le sous-fifre de Cartier, je ne voulais pas vous offenser. J'obéis aux directives de votre mari. »

Mais elle ne décoléra pas :

« Monsieur Cartier se pavane en Europe avec qui bon lui semble, pendant que j'use mes semelles à courir les aubaines. Et je n'aurais pas le droit de remplacer le rideau de ma chambre ? C'est inconcevable ! Poursuivez ! qu'on en finisse. »

L'associé procéda avec célérité. Il avait hâte de fermer son grand cahier de comptes.

« Maître Cartier me prie de vous faire savoir qu'il sera de retour dans quelques jours, dit-il au moment de prendre congé. Son bateau accostera à Boston le 3 juillet.

— Vous lui remettrez cette lettre, fit Hortense en lui tendant un carton d'invitation reçu la veille. Elle nous a été adressée par son ami Adolphe-Basile Routhier, avocat de Kamouraska. Je préfère que mon mari lui réponde lui-même.

— Puis-je vous suggérer de la lui remettre personnellement ? Il souhaiterait passer voir ses filles en arrivant.

— Dans ce cas, demandez-lui de venir dimanche. Nous le recevrons à dîner. Après trois mois d'absence, les enfants réclament leur père. Mais qu'il vienne seul. Il comprendra. »

~

Le capitaine revint d'Europe sans Luce, qui prolongeait de quelques semaines son séjour en compagnie de Clara. Il se présenta rue Notre-Dame habillé à l'anglaise. Bottes à la Balmoral et gants de chevreau achetés à Londres, d'élégants boutons en émail à son gilet, nœud Windsor en soie... Même sa coiffure avait changé. Son nouveau valet, Thomas Vincent, avait appris d'un grand maître anglais comment le coiffer et le poudrer comme les bourgeois londoniens, dont Cartier imitait les tics jusqu'à la caricature.

En l'apercevant dans le vestibule, les bras chargés de cadeaux, nous avons dégringolé l'escalier pour nous jeter à son cou. Il rapportait une chaîne en or pour Joséphine, une cravache anglaise pour moi. Même Hortense, fort étonnée de recevoir un souvenir de Londres, eut droit à un châle ivoire dont elle devina qu'il avait été choisi par Luce. Il n'avait pas oublié d'acheter les plus récentes parutions, dont *Alice au pays des merveilles*, de Lewis Carroll, en anglais, et *Les Malheurs de Sophie*, de la Comtesse de Ségur, le succès français de l'heure.

« Mais où est Charbon ? demanda-t-il. Habituellement, il me fait une telle fête.

— Notre fidèle Charbon est mort, répondis-je avec des accents de mélancolie dans la voix. J'ai pleuré pendant trois jours.

— Il a vécu onze ans et neuf mois, précisa Jos. C'est surprenant pour un chien. À la fin, il ne voyait plus clair et souffrait de rhumatisme. Comme il voulait nous suivre partout, ça nous crevait le cœur de le laisser derrière.

— Il ne se passe pas une journée sans que je pense à lui. »

Chacune racontait avec émotion, l'une les derniers moments de Charbon, l'autre sa difficulté à plier les pattes ou à avaler la potion que la vieille Alice lui avait concoctée pour le soulager.

Hortense fit servir un dîner léger sur la terrasse. Le fleuve, bien visible en hiver, disparaissait complètement derrière le feuillage touffu de juillet. Cartier nota que le jardin était magnifiquement tenu. Les rosiers grimpaient plus haut que les saisons précédentes. Elle cultivait aussi des tournesols, des pensées, des pâquerettes et des iris. Au fond du jardin flottait le parfum acidulé de ses framboisiers. Le long de la maison, ses fines herbes arriveraient bientôt à maturité : romarin, sauge, sarriette, basilic.

« Tu n'a pas perdu la main », dit-il à Hortense en faisant le tour de ses plantations.

Il s'arrêta devant la balançoire. Il l'avait suspendue à l'arbre quand nous avions six et huit ans. Un nuage passa sur le visage d'Hortense qui l'observait, tandis que sa main glissait sur la corde usée par les années. Elle lui montra les travaux de réfection des dalles que l'homme engagé avait dû effectuer et que Cartier avait déjà payés. Le domestique approcha les fauteuils en osier. C'était comme dans un rêve. Le capitaine, Hortense, Jos et moi allions manger ensemble. Le passé revivait et la gaieté n'avait rien d'artificiel.

On s'attabla autour d'un bouilli persillé. Papa, qui avait une faim de loup, fit honneur aux mets dont Hortense avait suivi la cuisson. Il l'en félicita. Sa bonne humeur persistante nous rassura tout à fait, nous qui ne savions jamais sur quel pied danser en présence de notre père.

« Dites-nous, papa, avez-vous revu le prince Édouard ? demanda Jos.

— Évidemment. Il vous envoie le bonjour. Figurez-vous qu'il ne vous a pas oubliées.

— Ce n'est pas vrai !

— Bien sûr que c'est vrai. Il m'a même demandé comment allait la très belle Joséphine. Ensuite, il a voulu savoir si la ravissante Marie était toujours aussi coquine. »

C'était là pure invention, mais nous trouvions cela tellement amusant que nous voulions y croire.

« Et puis, j'ai dîné avec la reine, poursuivit-il. Nous sommes devenus très intimes. Encore un peu et je l'appelais Vic.

— Nonnnn ! s'exclama Jos. Est-elle jolie comme sur les gravures ?

— Elle a dû l'être, répondit-il, posant à l'expert. Mais, entre nous, je la trouve un peu trop enveloppée à mon goût... »

Nouvel éclat de rire. Même Hortense souriait en chipotant quelques rondelles de carotte dans son assiette.

« Notre bien-aimée souveraine m'a demandé combien de pieds mesurait le pont Victoria. Je lui ai répondu de but en blanc : "Votre Altesse, lorsque nous, Canadiens, construisons un pont en l'honneur de notre reine, nous ne calculons pas en pieds mais en milles." Mon humour lui a plu. »

Cartier revenait avec une moisson d'histoires incroyables. Il avait fait la connaissance de Charles Dickens. Le grand écrivain anglais projetait de donner une série de conférences à New York, l'année suivante. Hortense se promit de le faire savoir à son amie Mae qui ne manquerait pas de mettre la main sur quelques bons billets. Entre deux réunions au *Colonial Office*, nous apprit-il encore, il avait emprunté un chemin de fer souterrain qui traversait la ville du nord au sud. Sans blague ! Londres avait été la première à inaugurer une ligne entièrement enfouie sous terre, deux ans plus tôt, et maintenant les Londoniens ne se déplaçaient plus autrement. On passa ensuite du coq à l'âne, jusqu'à ce que vienne sur le tapis l'assassinat du président Lincoln, cinq jours après la victoire des troupes du Nord.

À Londres, où Cartier poursuivait ses rencontres diplomatiques, la nouvelle s'était répandue comme une traînée de poudre. Grâce aux communications télégraphiques, les journaux européens avaient publié des détails à profusion. L'année 1865 avait pourtant bien commencé pour le président américain. Rien ne laissait présager qu'à Washington, ce 14 avril, sa vie s'arrêterait. Mais on n'échappe pas à son destin. Ce vendredi-là, au théâtre, il se trouvait dans la loge d'État directement au-dessus de la scène. La pièce, un délicieux vaudeville, amusait Abraham Lincoln qui riait de bon cœur. Or, son imprudent garde du corps n'avait pas verrouillé la porte derrière lui avant de se retirer. Pendant le troisième acte, un homme s'était glissé dans sa loge et avait braqué un pistolet de gros calibre sur sa nuque. Le coup de feu avait éclaté et le président s'était écroulé, pendant que son assassin, coiffé d'un feutre noir, des éperons fixés à ses hautes bottes, enjambait la rampe et sautait au milieu du décor en criant : « Le Sud sera libre ! » S'étant foulé la cheville dans sa chute, il prit la fuite en claudiquant, devant les spectateurs ahuris, plus ou moins convaincus que la scène faisait partie de l'intrigue. Entrée derrière l'oreille gauche, la balle s'était logée près de l'œil droit. Quelques heures après, le président mourait.

Cartier ignorait qu'une rumeur tenace circulait à Montréal depuis la mort du président. Son assassin, John Wilkes Booth, un acteur exalté, avait séjourné quelque temps au *St. Lawrence Hall*, rue Saint-Jacques.

« Maman pense qu'elle lui a parlé, lui annonçai-je pour lui prouver qu'il se passait des choses palpitantes dans le faubourg.

— Marie, ne dis pas de sottises, me reprocha gentiment Hortense. C'est vrai, j'ai croisé des sudistes au salon de thé de l'hôtel, mais j'ignore si l'un d'entre eux s'appelait Booth.

— Mais, maman, vous avez reconnu sa photographie, protesta Joséphine. Il avait les cheveux et la moustache noir de jais. Vous étiez avec Mae Bossange. Rappelez-vous, il riait très fort et cela vous a indisposée.

— Mais non, vous affabulez. C'est un fait, Booth fréquentait l'établissement. Mais rien ne prouve que l'assassin de Lincoln soit l'homme qui s'est excusé de m'avoir dérangée.

— Ne te défends pas, Hortense, dit Cartier en souriant. Les filles ont peut-être raison. Après tout, quand on fréquente des endroits malfamés, tout peut arriver.

— Des endroits malfamés? fit-elle faussement scandalisée. Tu as prononcé l'un de tes plus célèbres discours au *St. Lawrence.*»

Même en s'accordant une trêve, nos parents ne résistaient pas à l'envie de se piquer. Le repas s'acheva cependant dans la bonne humeur. Le jour tomba tout à fait. Il fallut allumer des bougies. Quand les cigales se turent, le chant des grillons s'éleva. La fatigue du voyage commença bientôt à se faire sentir et le capitaine annonça son départ. Hortense se rappela alors la lettre de leur ami Routhier.

«J'oubliais, nous avons reçu une invitation d'Adolphe-Basile, il y a quelques jours.»

Elle lui tendit une enveloppe qu'il ouvrit et lut sur-le-champ.

«Ce bon ami se demande si nous irons à Cacouna cet été. Il aimerait nous recevoir chez lui, à Kamouraska.

— Oh oui! dites oui, papa, m'écriai-je d'une voix suppliante. Emmenez-nous à Cacouna.

— Papa, je vous en supplie, enchaîna Joséphine. Il fait si chaud à Montréal. J'ai une folle envie de bains de mer et de soleil. Voyez comme votre fille est pâlotte.

— D'ailleurs il fera beau, repris-je. Comme le veut le dicton, *Au cinq de la lune, on verra quel temps tout le mois donnera.*

— Qu'en pense madame votre mère?»

Hortense se taisait, franchement déchirée. Fallait-il laisser partir ses filles avec leur père et sans doute aussi avec la Cuvillier? – Il avait omis de lui mentionner que Luce se reposait en Italie avec Clara.

«Maman, ma petite maman, ne nous refusez pas ce grand bonheur.

— Si votre père veut vous y emmener, je ne m'oppose pas, finit-elle par laisser tomber, un peu à contrecœur.

— Mais, maman, vous viendrez aussi, fit Jos.

— Mais oui, Hortense, tu nous accompagnes », répéta Cartier qui n'imaginait pas ces vacances sans elle. Comme elle se faisait prier, il ajouta : « Ne refuse pas ce bonheur aux filles. »

Elle céda. N'avait-elle pas grand besoin de repos, elle aussi ? Le capitaine établit les plans. Il pouvait sans problème s'absenter pendant deux semaines. Durant la première, ils iraient à Kamouraska et à Cacouna. On lui avait vanté le nouveau *St. George Hotel*. Ils en profiteraient aussi pour faire une excursion sur la rivière Saguenay. C'était la grande mode. Au retour, ils s'arrêteraient à Saint-Antoine pour leur visite annuelle.

Je rechignai un peu. Les vacances chez l'oncle Côme s'annonçaient mortelles. Mais la perspective d'un séjour sur la Côte-du-Sud l'emporta.

« Marché conclu ? demanda Cartier.

— Ouiiiiii, fit Joséphine.

— Youpi ! » criai-je en sautant au cou de mon père, malgré mes seize ans révolus.

Ce soir-là, en me couchant, j'avais la tête dans les nuages. Ce vieil espoir que je caressais depuis le début du drame de voir mes parents de nouveau réunis devenait enfin possible. Ne venaient-ils pas de fumer le calumet de paix ?

Hortense trouva difficilement le sommeil. Irait-elle réellement en vacances avec Petit Georges ? Perdait-elle la raison ? Comment pouvait-elle oublier, même pendant deux semaines, que son mari se pavanait un peu partout avec sa maîtresse ? Que penserait-on d'elle, l'épouse légitime, lorsqu'on la croiserait à Cacouna avec sa tribu, comme si de rien n'était ?

XXIX

Croisière à Cacouna

Le *Saguenay* vibra, puis s'ébranla au moment où le soleil perçait les nuages. Trop tard! pensa Hortense. Impossible de revenir en arrière. L'embarcation de la *Quebec & Trois-Pistoles Steam Navigation* se fraya un chemin parmi les goélettes amarrées dans le port de Lévis. Il était sept heures du matin. Jusqu'à la dernière minute, elle s'était demandé quelle mouche l'avait piquée. Tout au long de cette croisière sur le fabuleux Saint-Laurent, elle serait sur les dents. Un mot de travers et leurs chamailleries coutumières se rallumeraient. Elle ne pouvait pas respirer longtemps le même air que son mari. Par quel miracle se retrouvaient-ils ensemble sur ce vapeur tout blanc en partance pour Cacouna, la station balnéaire la plus huppée de cette époque? Inimaginable il y a seulement quelques semaines, se répétait-elle.

Appuyé au bastingage, Cartier, muni de cartes géographiques, jouait les guides touristiques devant ses filles littéralement conquises par ses connaissances. À gauche, les chutes Montmorency, plus hautes de trente pieds que les célèbres *Niagara Falls* qu'il avait eu la chance d'admirer avec Hortense. Au centre, l'île d'Orléans et ses champs dorés, où des dizaines de soldats français, dont plusieurs de ses ancêtres, s'étaient établis avant la Conquête. Au nord, la côte de Beaupré, avec ses bosquets touffus et ses maisons ancestrales... Il mariait joliment histoire et géographie.

Un peu en retrait, mais à portée de voix, Hortense regardait l'une après l'autre les deux rives qui enserraient le Saint-Laurent. Les mouettes, presque de la taille des goélands, flottaient sur le fleuve bleuté en lâchant des cris stridents. Ce serait mentir de prétendre qu'elle s'était sentie obligée d'accompagner Joséphine et Marie en vacances. Au contraire, elle avait même préparé sa malle avec entrain. Quelque chose l'attirait comme un aimant dans ce voyage en famille. Comme un retour éphémère sur le passé? Un retour que l'on redoute, mais vers lequel on fonce inexorablement. Advienne que pourra! marmonna-t-elle.

Plus tôt, au quai d'embarquement bondé de villégiateurs excités à l'idée de monter à bord de ce trois-ponts à deux cheminées richement meublé, Hector était apparu au milieu du tohu-bohu de l'appareillage. Il venait prodiguer ses précieux conseils à ses nièces. À la plage, nous avait-il averties, nous ne devions jamais nous étendre sur le sable sans un livre à la main, que nous ayons ou non l'intention de l'ouvrir. Si un indésirable nous reluquait, il nous suffirait de baisser les yeux sur l'imprimé. Rien de plus efficace pour chasser l'intrus. Qui oserait en effet déranger une vacancière aussi sérieuse? Jos avait ri. Et, la main sur le cœur, avait promis d'obéir.

Hector avait répondu poliment au salut glacial de Cartier qui, cela crevait les yeux, n'avait pas fini de couver sa rancune. Puis, un sourire ironique aux lèvres, il avait dévisagé Hortense sans oser lui demander ce que diable elle faisait dans cette galère avec son bourreau de mari. Il avait sorti de sa poche un roman écorné. C'était exactement la lecture qui convenait à cette croisière, lui avait-il précisé, puisque l'intrigue se nouait sur la Côte-du-Sud, dont Cacouna était le point de chute.

«C'est l'histoire d'une amitié impossible entre un jeune orphelin écossais expédié en Nouvelle-France par son oncle jésuite pour y parfaire ses études et un Canadien français de noble souche, dit-il. Cela se passe pendant la guerre de Sept Ans. Ça te plaira, j'en suis sûr. Si je ne me trompe pas, c'est le plus gros succès littéraire canadien des dernières années.»

Hortense lut le titre à haute voix, *Les Anciens Canadiens*, et feuilleta le livre. Quelle bonne idée! Le geste d'Hector la toucha. Autrefois, leur père ne manquait jamais de lui offrir un peu de lecture, au moment des grandes vacances. La tradition se perpétuait.

Avant même que n'apparaissent les cimes de Saint-Ferréol-les-Neiges, elle s'était plongée dans sa lecture. Un steward en uniforme lui avait offert une chaise pliante sur le pont, à l'abri du bruit des machines. Elle pouvait lire et admirer le paysage tout à la fois.

Petit à petit, sa tension s'estompa. Elle fit une pause en apercevant les pics montagneux de Baie-Saint-Paul à peine sortis des brumes matinales. L'éblouissante luminosité combinée à la pureté des couleurs eurent sur elle un effet calmant. Puis, elle se laissa de nouveau absorber par l'intrigue. Le temps de faire la connaissance de Jules d'Haberville, fils d'un seigneur français, et d'Archibald Cameron of Locheil, jeune Écossais beau comme un dieu, les deux héros de la saga qu'elle dévorait maintenant avec avidité, et Les Éboulements surgirent. La voix de George-Étienne tout proche la ramena à la réalité. Il nous racontait comment, des centaines d'années plus tôt, un tremblement de terre avait provoqué un gigantesque éboulis. L'amas de pierres, de souches et de terre avait dégringolé la falaise jusqu'au milieu du fleuve. Et c'est ainsi que l'île aux Coudres était apparue. Joséphine n'en croyait pas ses oreilles.

Accrochés aux caps qui plongent abruptement dans le fleuve, des hameaux somnolaient ici et là le long de la côte. Hortense poursuivait sa lecture. Le bel Écossais de l'histoire était accueilli au manoir d'Haberville tel le fils de la famille. Son camarade Jules l'aimait comme un frère. Mais voilà que la guerre se profilait à l'horizon. Bientôt, ils allaient prendre les armes, le premier sous les couleurs de la France et le second, sous celles de l'Angleterre.

Le quai de La Malbaie était maintenant en vue. Se pouvait-il qu'il soit déjà une heure? Comme le temps avait passé! Plus on s'approchait de la rive, plus on entendait les vagues se briser sur la paroi rocheuse. Un matelot sauta sur le quai. Il attrapa d'une main le câble qu'un autre marin lui lançait et l'enroula autour de la bitte d'amarrage. Le capitaine du bateau empoigna son porte-voix et s'adressa aux passagers. Il leur allouait une demi-heure pour se délier les jambes avant de poursuivre le voyage jusqu'à Tadoussac.

~

Comme un troupeau, les villégiateurs empruntèrent à la queue leu leu le chemin de terre menant à un village d'Indiens d'une vingtaine de tentes, à petite distance de la rive. Devant leur wigwam recouvert d'écorce, des sauvagesses au teint cuivré tressaient des paniers en osier qu'elles vendaient aux touristes. Elles fabriquaient aussi des porte-cigares à vingt-cinq sous, des mocassins et des bijoux.

En compagnie de maman et de l'impératrice, je m'approchai pour examiner l'étalage. Joséphine hésita avant d'arrêter son choix sur des pendants d'oreille assez originaux. Je me laissai tenter par une breloque à accrocher à mon bracelet. Avant de regagner le vapeur, maman nous acheta des paniers d'osier à emporter à la plage. Papa n'avait pas réussi à aller plus loin que le quai. De vieilles connaissances croisées en débarquant du bateau n'en finissaient plus de vanter ce merveilleux palais flottant à bord duquel ils oubliaient leur train-train quotidien.

Le gong retentit et le vapeur repartit. Il longea Cap-à-l'Aigle et poursuivit sa lente descente jusqu'à Tadoussac. Nous nous installâmes toutes trois sur des chaises pliantes. Occupé à vanter les mérites de sa confédération à des passagers anglais déjà convaincus, notre père nous fit faux bond. Joséphine bouda dans son coin un moment, avant de s'intéresser au livre que lisait Hortense.

« Dites donc, maman, votre roman a l'air drôlement intéressant ?

— C'est passionnant, reconnut Hortense. J'arrive maintenant au cœur du drame. Les Anglais ont débarqué en Nouvelle-France. Ils ont déjà incendié tous les villages le long du fleuve : Rivière-Ouelle, Saint-Roch-des-Aulnaies, Kamouraska… Ils s'approchent de Saint-Jean-Port-Joli. Le major anglais vient d'ordonner à l'officier Archibald Cameron of Locheil de mettre le feu " à toutes les habitations de ces chiens de Français ". Alors Archi, qui a gagné ses gallons dans l'armée anglaise, est au désespoir. Vous comprenez ? On lui demande de détruire la seigneurie d'Haberville qui l'a accueilli quand, jeune orphelin, il n'avait ni foyer ni famille.

— Seigneur ! Il ne va pas faire ça ? demandai-je, scandalisée par une telle infamie.

— Hélas! oui, répondit Hortense. Archi considère qu'un soldat se déshonore s'il n'obéit pas aux ordres de son supérieur.

— Tout de même! insistai-je. Notre première loyauté ne devrait-elle pas aller à nos parents et amis?»

Hortense n'arrivait pas à trancher. Elle réclama un peu de silence afin de poursuivre sa lecture, sinon elle ne pourrait pas nous raconter la suite. Le *Saguenay* venait de s'engouffrer dans une baie profonde et accostait à un quai bâti entre les deux caps. Un officier mit ses mains en cornet autour de sa bouche et cria : «Tadoussac». La moitié des passagers débarquèrent. Surplombant l'anse, l'hôtel, un long édifice en clin blanc équipé de persiennes vertes et coiffé d'un toit en bardeaux de cèdre, les attendait.

Un léger vent se leva pendant la traversée vers la Côte-du-Sud. À cinq heures, lorsque le bateau termina sa course à Rivière-du-Loup, le soleil de fin d'après-midi brillait de tous ses feux. Au loin, les montagnes de Charlevoix n'étaient déjà plus qu'un impérissable souvenir. De là, une voiture de louage nous conduisit à la station réputée de Cacouna.

Partie plus tôt avec les malles, la femme de chambre d'Hortense était arrivée au *St. George* quelques heures avant nous. Elle avait eu le temps de ranger la montagne de vêtements de madame et de ses filles dans les penderies. Le majordome de monsieur se chargea du reste.

Thomas, c'était son nom, achevait de tout mettre en ordre lorsque son patron prit possession de ses quartiers. L'aménagement ultramoderne des lieux nous impressionna. Nous disposions d'une chambre spacieuse pour nos parents et d'une seconde, plus petite mais assez confortable, avec deux couchettes, qui nous était destinée. Au centre, un boudoir s'ouvrait sur une longue véranda donnant sur le fleuve. Le point de vue était époustouflant. En retrait, au fond d'un couloir, se trouvaient les pièces réservées aux domestiques.

La fatigue aidant, la visite des lieux se poursuivit dans la confusion. J'ouvrais et fermais tous les placards à la recherche de ma robe de soirée. J'allais assister à mon premier bal et, pour l'occasion,

Hortense m'avait commandé une toilette inspirée d'une gravure française. Allez savoir pourquoi, je m'étais mis dans la tête que la bonne Alice l'avait oubliée à Montréal. Une fois rassurée, je ne retrouvai pas pour autant ma bonne humeur. Cette fois, je tempêtai contre ma couchette. J'aurais préféré dormir près de la fenêtre, mais Joséphine s'était déjà attribué le meilleur lit, comme d'habitude.

Le capitaine entendait à peine notre caquetage. Sur la galerie, les deux bras solidement appuyés au garde-fou, il admirait la boule de feu venue saluer son arrivée à Cacouna. Elle se reflétait dans le Saint-Laurent en un long corridor qui butait contre la falaise à ses pieds. C'est donc ça, le célèbre pont d'or, pensa-t-il. Surnommé le Saratoga canadien, d'après la station d'eau new-yorkaise réputée pour ses vertus curatives, Cacouna pouvait soutenir la comparaison. Mais à deux dollars et demi par jour, le *St. George* demeurait imbattable.

La première, Joséphine se demanda où allait dormir notre père. Il n'y avait qu'un grand lit dans la chambre de nos parents. Ni sofa, ni couchette pliante oubliée dans un coin. À peine deux ou trois fauteuils, moelleux certes, mais sur lesquels on pouvait difficilement passer la nuit. Jos interrogea maman du regard, tandis que le principal intéressé ne semblait aucunement se préoccuper de la question. Hortense souleva les épaules, comme pour avouer son impuissance. Elle songea un moment à faire monter un lit supplémentaire, mais se ravisa. Pour rien au monde elle ne voulait indisposer son mari, dont l'amabilité ne s'était pas démentie depuis le départ. Mieux valait le laisser décider lui-même ce qu'il convenait de faire.

Des femmes de chambre apportèrent de l'eau et des serviettes pour que nous nous rafraîchissions avant de descendre dîner. Joséphine prit le temps de refaire sa coiffure que son chapeau de paille avait aplatie. Moi, j'étais trop affamée pour jouer les coquettes. La salle à manger du *St. George* pouvait accueillir des centaines d'invités. Elle était déjà remplie lorsque le maître d'hôtel nous conduisit à notre table. Le service se fit attendre, ce qui nous contraria. Gorgés de soleil et d'air marin, nous n'arrivions même pas à alimenter la conversation. À peine ai-je fait honneur au copieux repas qu'on finit par nous servir. Tous les quatre, nous tombions littéralement de sommeil.

Hortense monta la première, pendant que Cartier rejoignait au fumoir deux hommes d'affaires rencontrés sur le *Saguenay*. Avant d'aller dormir, Jos et moi avons rôdé autour de l'hôtel, histoire de nous familiariser avec les lieux et de prendre connaissance des activités offertes aux invités. Profitant de ce moment de répit, Hortense enfila sa robe de nuit en coton blanc et se glissa sous les draps, non sans se demander comment elle se comporterait lorsque son mari viendrait se coucher. Le mieux serait de faire semblant de dormir. Par chance, le sommeil la gagna pour de vrai. Elle avait tout juste lu quelques pages de son roman – finalement, le jeune officier de Sa Majesté britannique avait bel et bien promené sa torche incendiaire sur le manoir de sa famille d'adoption – lorsque son livre lui tomba des mains. La bougie sous globe posée sur sa table de chevet resta allumée.

Éveillée en sursaut par nous, ses dignes filles qui, prises d'un fou rire incontrôlable, pénétrions dans l'appartement sans aucune pré-caution, Hortense garda néanmoins les yeux fermés, bien décidée à échapper à notre blabla. Mais la cloison était si peu étanche qu'elle nous entendait placoter dans la chambrette d'à côté. Nous nous posions de bien curieuses questions :

« Crois-tu que je devrais aller me coucher à côté de maman dans le grand lit ? demandai-je à Jos en boutonnant ma chemise de nuit. Ainsi, le capitaine sera forcé de dormir dans le mien et nous éviterions le drame.

— Ils ne vont quand même pas se battre à coup d'oreillers et de traversins.

— Ce serait chouette ! J'aimerais bien sauter dans la mêlée. »

Il y eut une nouvelle crise de fou rire et je chuchotai assez fort pour qu'Hortense m'entende :

« Mon petit doigt me dit que ça va tourner mal.

— Dormez, mes chéries, fit-elle pour couper court à notre bavardage.

— Bonne nuit, maman. »

La chambre baignait dans le silence lorsque le capitaine fit irruption dans la pièce sur le bout des pieds. Hortense simula un profond sommeil qu'il s'efforça de ne pas troubler. À peine couché à côté d'elle, il s'endormit. Un loir! pensa-t-elle. Comme cela lui ressemblait! La joue appuyée sur son bras replié, il respirait béatement. Parfaitement éveillée, elle l'épiait, encore surprise de le voir là, avec elle, sous les draps. Avant – comme cela lui paraissait loin! –, elle se serait lovée contre lui, le bras enroulé autour de sa taille. Pour sentir sa chaleur. Ou simplement parce qu'elle l'aimait.

Cependant, elle restait là, la tête figée sur son traversin, incapable de bouger ne serait-ce que le petit orteil. Elle ressentait malaise et agacement. Franchement, elle aurait préféré qu'il aille dormir ailleurs. Cela lui était insupportable de faire copain-copain avec un homme qui la trompait à la face du monde. Trop de blessures refusaient de guérir. Avait-elle réellement cru que les choses allaient s'arranger avec lui à la faveur des vacances? Cette pensée avait certes traversé son esprit, mais elle l'avait vite écartée.

En effet, la veille de son départ de Montréal, on l'avait prévenue que Luce prolongeait de trois semaines sa flânerie méditerranéenne. C'était ça, la véritable raison de ce voyage familial, que Cartier lui avait si généreusement offert, ainsi qu'à leurs filles. Il était «veuf»…

Elle lui tourna le dos en soupirant et appela le sommeil de toutes ses forces. Au matin de la première nuit, le pire serait passé.

XXX

Le vieux monsieur

Nous n'avions qu'une hâte : nous ébattre dans l'eau salée. Hortense nous accompagna à la plage. Elle resta bouche bée devant cette explosion de lumière marine. De rares nuages s'accrochaient au ciel d'un bleu étincelant. Par temps clair, les montagnes de Charlevoix se découpaient à l'horizon. Le long de la grève, des odeurs d'algues flottaient dans l'air. Les battures s'étiraient à perte de vue. Ici et là, des rochers à demi submergés formaient des îlots qui disparaissaient à marée haute. À cette heure, on devinait encore l'île du Pot à l'Eau-de-Vie et, plus longue, l'île aux Lièvres. Hortense se déchaussa et releva le bas de sa jupe pour marcher sur le sable mouillé, là où les vagues venaient mourir. Malgré un soleil de plomb, l'eau la glaça. J'eus beau la supplier, elle refusa d'enfiler son maillot.

Joséphine accapara la cabine de bain. Elle en ressortit en pantalon de coton bouffant recouvert d'une jupe grise qui lui descendait jusqu'aux genoux. Je portais un costume de bain semblable mais de couleur marine. Nous avons couru sur le sable chaud, puis sautillé dans la mer en émettant de petits cris. Deux grandes filles s'ébrouant comme des enfants, pensa Hortense. Nous avions de l'eau jusqu'à la ceinture. Sans crier gare, j'aspergeai copieusement ma frileuse de sœur. Nos rires redoublèrent et le combat se poursuivit de plus belle. À gauche, dans la section de la plage réservée aux hommes, deux gaillards échangeaient des commentaires en nous observant.

Hortense remonta lentement jusqu'à la terrasse sur la pointe du cap en se demandant pourquoi les baigneurs masculins plongeaient et nageaient dans la vague, alors que les femmes en étaient réduites à barboter comme des canards dans une mare. La falaise lui sembla abrupte. Tout en haut, elle rajusta sa robe et secoua le sable sur ses bottines. Les yeux plissés à cause du soleil, elle chercha un coin où s'asseoir. Des Anglaises occupées à des travaux d'aiguille faisaient cercle sur la terrasse, en attendant les courses de chevaux prévues dans le champ situé en face du *St. George*, de l'autre côté du chemin du Roi. Les *flat races* attiraient une foule bruyante. Aussi préféra-t-elle s'éloigner. Elle emprunta un sentier bordé d'arbustes bien taillés et reluqua un banc inoccupé, à l'ombre d'un chêne solitaire. C'était l'endroit idéal pour retourner aux *Anciens Canadiens*. L'intrigue s'était corsée à la fin du chapitre précédent et elle se mourait de retrouver Jules et Archi qui, elle le devinait, allaient bientôt s'affronter sur les plaines d'Abraham. Deux frères ennemis, le Français et l'Anglais, face à face sur le champ de bataille. Elle referma son ombrelle et la déposa à côté d'elle avant d'ouvrir son livre à la page retenue par un signet.

∼

Un grand vieillard un peu voûté, à l'allure incertaine, s'avançait dans le sentier couvert de cailloux. Il s'arrêtait tous les cinq ou six pas, posait l'une après l'autre ses mains sur le pommeau de sa canne sculptée en bois de merisier et respirait profondément. C'était assurément un gentleman, car il portait des vêtements bien coupés, un peu démodés peut-être mais tout de même élégants. On aurait dit qu'il hésitait avant de poser un pied devant l'autre.

Hortense pouvait tout à loisir le regarder s'approcher. Arrivé jusqu'à elle, l'homme retira son chapeau de paille. Il avait la tête toute blanche, la peau lisse et le teint rosé. Après une hésitation, il lui demanda la permission de s'asseoir.

« Je vous en prie, monsieur, faites.

— Vous êtes bien aimable, ma chère dame. Tous les bancs à l'ombre sont occupés et ma vieille carcasse ne supporte plus le franc soleil. La chaleur m'accable et m'enlève tout courage. »

Ni l'un ni l'autre ne parlèrent pendant les deux premières minutes. Les mains à plat sur son pantalon, l'homme reprenait son souffle. Il en oublia de se présenter. C'est lui qui pourtant amorça la conversation.

« Je serais curieux de savoir ce que vous lisez, dit-il en se raclant la gorge.

— *Les Anciens Canadiens*, de Philippe Aubert de Gaspé.

— Ah! un roman de chez nous, fit le vieillard en levant les yeux au ciel, comme s'il s'agissait d'un livre de second ordre. Je vous imaginais plutôt dévorant Balzac, Hugo ou Lamartine. Les dames préfèrent les grands romantiques français.

— Je les lis aussi, précisa Hortense. Celui-ci est différent. Vous ne le connaissez pas? À Montréal comme à Québec, on se l'arrache, paraît-il.

— Est-ce vrai? s'étonna son interlocuteur avec un sourire affecté. Mais vous, en retirez-vous quelque satisfaction?

— Je n'arrive plus à m'en détacher. Mes filles me reprochent de mener une vie de galerie depuis notre arrivée à la mer. C'est tout le drame de la Conquête qui défile sous mes yeux. »

Hortense referma son livre et le déposa à côté d'elle sur le banc. Elle entreprit de raconter au vieillard la chute de Québec, qu'elle avait apprise autrefois sur les genoux de son père et qu'elle redécouvrait dans ce roman.

« Papa était un érudit, dit-elle. Il aimait tout, les ouvrages français, anglais et canadiens. Il raffolait des livres d'histoire, la nôtre en particulier, mais aussi celle de la France. En lisant *Les Anciens Canadiens*, j'ai l'impression de l'entendre me raconter l'épopée de mes ancêtres.

— L'important, c'est de tomber sur un fin conteur, fit le vieillard qui regardait son interlocutrice avec attendrissement.

— Pour ça, oui, répondit Hortense. Je reproche cependant à monsieur Aubert de Gaspé son interprétation de la Conquête. Il a l'air de penser que la défaite française a été une bonne chose pour les Canadiens. Ce n'est pas mon avis. Et ce n'était pas celui de mon défunt père.

— Vous oubliez qu'en 1759, la mère patrie a abandonné lâchement sa colonie restée sans défense. Rappelez-vous les quelques arpents de neige de monsieur Voltaire.

— Cela ne justifie pas le conquérant anglais d'avoir fait montre de cruauté envers un peuple conquis.

— Mais il a eu aussi des bontés, ma chère dame. La guerre n'est jamais une partie de plaisir. Croyez-en un vieil homme qui a roulé sa bosse : il faut savoir passer l'éponge. Le conquérant ne doit pas se laisser empoisonner la vie par le remords et le conquis par l'instinct vengeur.

— Vous me rappelez cette phrase de monsieur Aubert de Gaspé : "Malheur aux vaincus. Ils ont tort. L'histoire ne consigne que leur défaite." Les Canadiens sont bien placés pour le savoir. »

La conversation se poursuivit pendant une demi-heure sans que l'un ou l'autre ait envie d'y mettre fin.

« Personnellement, dit Hortense, je pense comme Blanche, l'héroïne du roman : certaines blessures ne se referment jamais. Elle en vient même à sacrifier son amour pour sauvegarder son honneur, celui de sa famille et de sa patrie. C'est impressionnant. »

Le vieillard fronça les sourcils, comme s'il avait mal compris.

« Mais dites-moi donc, que fait cette Blanche ?

— Elle refuse d'épouser Archi, le lieutenant irlandais qui a incendié le manoir de sa famille. Pourtant, elle l'aime. »

Hortense lui raconta le drame sans oser avouer qu'elle avait versé quelques larmes lorsque Archi avait formulé sa grande demande. La fumée s'élevait encore des masures en ruine. Blanche avait bondi comme si une vipère l'avait mordue. Jamais une Haberville n'accorderait sa main à celui qui avait détruit sa malheureuse patrie ! Étouffant ses sanglots, elle lui avait répondu : « Il y a maintenant un gouffre entre nous que je ne franchirai jamais. »

Médusé, le vieil homme se laissait conquérir par l'ardeur d'Hortense à défendre la victime de ce fascinant roman.

« Vous m'avez convaincu, ma chère dame, je vous promets de le lire, ce roman. Pour l'instant, laissez-moi prendre congé. Je dois me préparer pour le dîner. Il me faudra une éternité rien que pour me rendre à ma chambre. J'ai de bons yeux, une oreille sur deux qui entend assez bien ; cependant, mes vieilles jambes ne sont plus très alertes. En un mot, je suis malade de mes soixante-dix-neuf ans. Jugez de mon embarras !

— Laissez-moi vous raccompagner, proposa Hortense. Moi aussi, je dois rentrer. Mes filles sont allées se baigner. Elles sont probablement de retour. C'est tout un cérémonial de les aider à s'habiller avant de descendre à la salle à manger. Vous n'imaginez pas comme les jeunes demoiselles d'aujourd'hui sont coquettes. »

Elle passa son bras sous celui du vieillard qui se laissa guider le long des plates-bandes de glaïeuls.

« Êtes-vous de Québec, monsieur… Je crois que nous ne nous sommes pas présentés.

— De Québec, oui, mais je vis retiré à Saint-Jean-Port-Joli. »

Ils arrivaient à la hauteur du jeu de croquet. Cartier venait de terminer une partie avec le jeune avocat Adolphe-Basile Routhier, le propriétaire de l'hôtel, Hugh O'Neill, et l'entrepreneur en bâtiment chargé des travaux au parlement d'Ottawa, Thomas McGreevy. Hortense s'arrêta à quelques pas de son mari. En chemise blanche à col empesé, pantalon blanc et chaussures en cuir rigide de même couleur, il pouvait passer pour un lord anglais en villégiature. Il rangeait son maillet, lorsque Basile reconnut le nouvel ami d'Hortense.

« Monsieur Aubert de Gaspé, s'exclama-t-il, quel bon vent vous amène ? »

Hortense resta saisie en entendant ce nom, cependant que le vieillard répondait :

« Je suis en vacances à Rivière-du-Loup, chez ma fille Anaïs et son mari, William Fraser. Nous passons quelques jours à Cacouna.

— Je vois que vous connaissez déjà madame Cartier. Permettez-moi de vous présenter le ministre de la Justice, George-Étienne Cartier. »

Les deux hommes se serrèrent la main devant Hortense toujours estomaquée.

« J'ignorais que cette charmante dame à qui je fais la cour depuis une heure était madame Cartier, enchaîna Philippe Aubert de Gaspé, en la regardant dans les yeux. Nous étions justement sur le point de nous présenter l'un à l'autre. J'espère, monsieur Cartier, que vous ne m'en voudrez pas de l'avoir retenue loin de son mari. Et vous, madame, pardonnez à un vieillard de rechercher la compagnie des jolies femmes.

— Vous m'avez joué un bon tour, le gronda-t-elle gentiment. Vous devriez avoir honte d'embarrasser ainsi une dame. En tout cas, vous connaissez maintenant mon opinion sur votre roman. Je ne suis pas certaine que j'aurais parlé aussi librement si j'avais su à qui je m'adressais.

— Soyez indulgente envers un auteur comblé. Vos critiques ont trouvé une oreille attentive. J'en ai pris bonne note.

— Vous êtes tout pardonné, puisque vous peignez le passé avec tant de sincérité !

— Je n'ai pas de mérite. Je suis né ainsi. Naturellement véridique.

— J'espère que vous nous préparez un nouvel ouvrage ? »

Philippe Aubert de Gaspé esquissa une moue désabusée. Sa moustache roussie par le tabac cachait mal le rictus qui se dessinait sur sa lèvre supérieure.

« Bah ! C'est bien fini, avoua-t-il enfin. Je viens de publier mes mémoires. Ce sera mon chant du cygne. Vous savez, ma vue baisse. » Il hésita avant d'ajouter, en souriant : « Si j'écrivais encore, j'aurais recours à une plume étrangère. Peut-être voudriez-vous me prêter la vôtre ? »

Il souleva son chapeau, avant de monter lentement, prudemment, les marches du *St. George*.

～

La rencontre fortuite d'Hortense et de monsieur Aubert de Gaspé excita Jos qui apprit la nouvelle de la bouche de notre père, en rentrant de la plage.

«Oh là là! Maman a un soupirant! s'extasia l'impératrice. Et pas n'importe qui. Un écrivain célèbre.

— Ça t'étonne? demanda Hortense. Ne sais-tu pas que j'ai toujours attiré les grands hommes?»

Cartier apprécia la flatterie. Mais Hortense ne se souciait déjà plus de lui. Je toussais à fendre l'âme. Recroquevillée sur moi-même, j'avais les lèvres bleues et elle s'en inquiéta.

«Tu as pris froid, me reprocha Hortense. Vois comme tu grelottes. Je t'avais dit de te couvrir en sortant de l'eau.

— Ce n'est rien, l'assurai-je en refrénant mon envie de claquer des dents. Un rhume attrapé à la campagne, ça ne compte pas. Les bains de mer ont des vertus thérapeutiques, paraît-il.

— À condition de se servir de sa tête, fit Cartier. Tu n'as pas pour deux sous de jugeote.

— Tu sais comme tu deviens maussade lorsque la névralgie se met de la partie, renchérit Hortense. Et puis, tu es rouge comme un homard. As-tu déjà oublié qu'on ne doit pas s'exposer le visage au soleil?

— Elle passait son temps à enlever son chapeau de paille, bavassa Joséphine. J'ai beau lui répéter qu'un teint hâlé lui donnera l'air d'une paysanne, elle n'en fait jamais qu'à sa tête.

— Ce n'est pas vrai, protestai-je vigoureusement. La vérité, c'est que chaque fois que je me penche pour ramasser des coquillages, mon chapeau part au vent.»

La femme de chambre arriva sur ces entrefaites avec nos toilettes fraîchement repassées. Hortense retira sa jolie robe à rayures mauves et fit un brin de toilette, avant d'enfiler une jupe de taffetas pervenche et un corsage de dentelle chantilly. Joséphine la coiffa. Elle avait un don pour relever les cheveux en chignon.

Je finis par me réchauffer tout à fait. Empêtrée dans mon corset baleiné de tiges d'acier, j'appelai à l'aide. La bonne essayait pourtant de m'aider:

«Allez, mademoiselle, respirez profondément et retenez votre souffle que je lace.

— Ça fait mal!

— Courage! Je dois serrer encore. Votre tour de taille fait vingt pouces. Vous connaissez la règle? Seize pouces de tour de taille. Dix-huit tout au plus. »

Je geignais lamentablement. Difficile, la vie de jeune fille! Surtout quand on raffole des petits gâteaux. Quelle drôle d'idée aussi de s'imposer des souffrances dignes des saints martyrs canadiens pour ensuite cacher sa taille fine dans une cage métallique recouverte d'un jupon qui vous fait paraître énooorme!

« Arrête de pleurnicher, Marie, s'impatienta l'impératrice qui avait une misère du diable à natter mes cheveux. Il faut souffrir pour être belle. Et cesse de gigoter. »

Les fers à friser rangés, Joséphine mit sa robe de soie rose garnie d'un volant à la Van Dyck. Comme elle était élégante! Tous les regards seraient pour elle, c'était écrit dans le ciel. J'enviais son corsage bas à courtes manches rayé rose et blanc.

« Joséphine, tu oublies ton éventail.

— Non, maman, je préfère tenir un mouchoir de dentelle à la main. C'est tout aussi élégant et cent fois plus utile. »

L'impératrice avait lu dans une revue française que les mouchoirs possédaient leur propre langage.

« Si je le pose sur mes lèvres, j'indique au jeune homme devant moi que je souhaite faire sa connaissance, expliqua-t-elle. Si je le tourne autour de ma main, je lui signifie mon indifférence. Je l'enroule à mon poignet gauche? Il comprend qu'il doit me laisser tranquille. Et quand le mouchoir m'effleure le menton, je cherche à lui dire que je l'aime.

— C'est trop compliqué, m'impatientai-je en mimant ses gestes avec mon propre mouchoir. Qu'arrive-t-il si je le pose sur mon œil?

— Alors là, tu lui reproches sa cruauté.

— Maintenant, je l'entortille autour de mon doigt. Qu'en pense-t-il?

— Ça dépend quel doigt. À l'index, tu lui apprends que tu es fiancé. À l'annulaire, tu le pries de ne pas t'importuner, car tu es mariée. »

Cartier apparut alors dans ses plus beaux atours : habit noir et chemise blanche amidonnée dont le col haut et serré l'obligeait à garder la tête haute. Il portait aussi la redingote, un chapeau de feutre haut-de-forme et des chaussures à bout carré. La fatigue des yeux qu'il éprouvait au début des vacances avait complètement disparu.

« Venez, les enfants, j'ai une de ces fringales ! Avec ou sans vos mouchoirs, nous descendons dîner. »

∼

Une musique entraînante inondait la salle à manger. Des musiciens engagés pour la saison jouaient un pot-pourri d'airs populaires à la harpe et au violon. L'élite du Bas-Canada s'était donné rendez-vous au *St. George*. Le gouverneur Monck, caressant sa barbe brous-sailleuse, poursuivait une conversation décousue avec sa femme et sa belle-sœur Frances, dont l'œil de verre attirait l'attention. Elle salua Cartier qu'elle n'avait pas revu depuis Londres. Comme l'exi-geait le protocole, l'étrange trio était installé à la table d'honneur. Tout autour, les plus célèbres familles rivalisaient d'élégance. Les dames, parées de somptueuses toilettes, n'auraient pas détonné à Westminster. Il y avait là les Taché et les Chapais de Kamouraska, les Joly de Lotbinière, de Sainte-Croix, les ennuyeux Cauchon de Québec et lady Berthiaume qui semblait partout chez elle. Sans oublier la brochette d'Anglais bien en vue, dont les Galt et les Molson. Ces derniers se faisaient construire une maison à deux pas du *St. George*. Sir Hugh Montrose, déjà établi sur la côte, et l'amusant duc de Cambridge se joignirent à eux un peu plus tard.

Adolphe-Basile Routhier, fort apprécié pour ses talents de plaideur, serra d'innombrables mains avant d'arriver jusqu'à notre table. La veille, nous avions dîné chez lui à Kamouraska. Il était maintenant notre invité. Cheveux très noirs, moustache frisée au fer, il parlait d'une voix claire qui vous perçait les tympans comme une vrille. À vingt-six ans, même s'il brillait au tribunal, il rêvait de sauter dans l'arène politique. D'où la fascination qu'exerçait Cartier sur lui. Étonnamment, ce jeune plaideur en vue, catholique pratiquant et ultramontain, fréquentait surtout les rouges.

« Mon cher Basile, lui répétait inlassablement Cartier, vous êtes un conservateur qui s'ignore. Je ne désespère pas de vous convertir.

— Et moi, je vous considère comme le meilleur maître qui soit, le flatta Routhier. Votre nom est sur toutes les lèvres, dans les journaux comme sur les *hustings*. J'admire votre audace.

— Vos amis, les rouges, pensent tout autrement. Mais je ne m'en plains pas. Ils ne traitent guère mieux mon collègue Macdonald.

— Comment vous entendez-vous tous les deux, maintenant que la confédération est sur le point de se réaliser ?

— Vous savez comment sont les hommes heureux ? fit Cartier en esquissant un sourire sarcastique. Macdonald est si merveilleusement doué qu'il se croit dispensé de travailler. Pendant les débats, il m'invite à parler le premier, afin que j'expose le sujet à fond. Quand j'ai répondu à toutes les objections, il me lance : " *All right*, me voilà suffisamment documenté. " Puis, il écoute nos adversaires et prend quelques notes avant de se lever pour parler. Et il reprend mot pour mot mes arguments. Tout le monde est alors d'avis qu'il a fait le meilleur discours.

— Vous avez l'ironie grinçante, mon cher, observa Routhier en prenant Hortense à témoin.

— C'est là son moindre défaut », acquiesça-t-elle sans arrière-pensée.

L'orchestre exécuta le *Ô Canada, mon pays, mes amours*, composé par Cartier à vingt ans et des poussières. Dans la salle, les convives applaudirent en se tournant vers notre table. Il salua à la ronde d'un geste de la main et fredonna les paroles de sa chanson : *Chaque pays vante ses belles/Je crois bien que l'on ne ment pas/Mais nos Canadiennes comme elles/Ont des grâces et des appas.*

« Votre poésie est un peu trop frivole pour devenir notre hymne national, le taquina Routhier.

— C'est une œuvre de jeunesse, protesta modestement Cartier. Le Dominion du Canada mérite mieux. D'ailleurs, le gouverneur a demandé la collaboration de plusieurs poètes.

— Je sais, oui. Octave Crémazie a été sollicité. Hélas! soupira le jeune avocat, tous les biens de ce monde le fuient en ce moment… même la riche rime!

— Attention, mon cher Routhier, vous devenez cinglant à votre tour. N'a-t-on pas également demandé à Fréchette de proposer un hymne?

— C'est un fait. Malheureusement, les vers de mon ami Louis-Honoré flattent l'oreille, mais ne vont pas au cœur.

— Puisque personne ne trouve grâce à vos yeux, il faudra vous sacrifier, Basile, suggéra Hortense. Un poète fougueux de votre espèce devrait mettre ses talents au service de son pays. »

Basile Routhier la fixa de son regard perçant. Il appréciait ses réparties assaisonnées d'un peu de malice :

« Vous ne seriez pas en train de vous moquer de moi?

— Mais non, mais non, n'allez surtout pas le croire, mon ami, fit-elle en soutenant son regard.

— Ah! madame Cartier, on peut s'attendre à tout d'une femme supérieure comme vous.

— Là, vous cherchez à me flatter. »

Il fit teinter son verre de champagne contre celui d'Hortense en signe de complicité.

« Mais revenons-en à ma poésie. Je songe en effet à proposer quelques rimes patriotiques qui traînent dans mes cahiers. Je compte les envoyer prochainement à Calixa Lavallée, un musicien très apprécié. On l'a pressenti pour signer la musique de notre hymne national.

— Bonne idée, approuva Hortense. Qui sait? Grâce à sa musique, la muse vous sera peut-être plus favorable qu'à Crémazie ou à Fréchette?

— Madame Cartier, cette fois, je n'ai plus aucun doute, vous plaisantez à mes dépens. Mais il ne me déplaît pas d'être moqué par une femme d'esprit. Quant à mes vers, eh bien ! vous verrez, ils pourraient vous surprendre un jour. »

Basile Routhier s'amusait, non sans faire honneur aux timbales de crêtes de coq aux truffes. Lorsque la conversation fléchissait, il la relançait. Il n'en finissait plus de vanter les beautés de Kamouraska qui attiraient, insistait-il, les plus vifs cerveaux de la province. Depuis peu, lui-même était l'heureux propriétaire de la Villa Saint-Louis. Construite quarante-cinq ans plus tôt, cette maison à toit mansardé ressemblait à un manoir seigneurial. Exactement ce qui convenait à un jeune avocat à l'ambition débordante. Kamouraska ne jouissait pas, comme Cacouna, d'une plage sablonneuse – le rivage était couvert de galets –, mais, de sa fenêtre, il ne se lassait pas d'observer les goélettes chargées de bétail vivant et de volailles qui faisaient la navette entre l'île Verte et Québec.

« Savez-vous pourquoi le beurre de Kamouraska est très recherché ? demanda-t-il sans attendre la réponse. Croyez-en le *gentleman farmer* que je suis, nos vaches broutent sur les battures du Saint-Laurent, là où le foin est salé. Cela donne un beurre d'un goût particulier. »

À la table voisine, William Fraser et sa dame encadraient un homme âgé. Même si elle le voyait de dos, Hortense reconnut Philippe Aubert de Gaspé au premier coup d'œil. Comme s'il avait senti son regard posé sur lui, celui-ci se retourna pour la saluer cordialement.

« Votre nouvel ami n'est plus dans sa prime jeunesse, glissa Basile Routhier à l'oreille d'Hortense. Il doit bien avoir soufflé ses quatre-vingts chandelles.

— Je le trouve encore bel homme. Avec sa taille au-dessus de la moyenne et son abondante tignasse blanche, il me fait penser à un seigneur du dix-huitième siècle.

— Aubert de Gaspé est la preuve vivante que le succès vient à qui sait attendre, fit remarquer Cartier.

— Et comment ! Après avoir traversé des années sombres, le voilà maintenant au faîte de la gloire, concéda Routhier. Saviez-vous que ce brigand a fait trois ou quatre ans de prison ?

— Un brigand? répéta Joséphine, incrédule. Vous n'y allez pas un peu fort?

— Il y a une quarantaine d'années, ce digne monsieur a trempé dans une sombre affaire.»

Philippe Aubert de Gaspé, alors shérif de Québec, avait utilisé à des fins personnelles de l'argent dont il était le dépositaire. À l'issue d'un procès retentissant, le jury l'avait reconnu coupable d'un important détournement de fonds. Comme il ne pouvait pas rembourser la Couronne, on l'avait jeté en prison. Une fois libéré, il s'était retiré chez sa mère, à la seigneurie de Saint-Jean-Port-Joli.

«C'est une chance qu'il ait pu consacrer tout son temps à l'écriture», fit remarquer Hortense, qui ne voyait pas l'utilité de rappeler cet épisode peu glorieux de la vie de l'écrivain.

Mais Routhier en rajoutait :

«De peur que ses créanciers ne le pourchassent jusqu'au manoir, il avait fait creuser une trappe menant à la cave. Dès qu'il entendait un équipage remonter l'allée, il s'y terrait.

— Allons, monsieur Routhier, faites preuve de clémence», insista Hortense.

Cartier fit bifurquer la conversation :

«Dis-nous, Hortense, qu'as-tu raconté à monsieur Aubert de Gaspé, cet après-midi?

— Nous avons surtout parlé de son roman. Je lui ai reproché sa complaisance à l'égard des Anglais qui ont conquis la Nouvelle-France.

— Toujours les mêmes vieilles sornettes du bonhomme Fabre! maugréa Cartier en hochant la tête. Tu n'en reviendras donc jamais?»

L'allusion cavalière à son père blessa Hortense.

«Ne sois pas insolent devant notre invité», lui lança-t-elle avec défi.

Cette fois, c'est Routhier qui jugea inconvenant la sortie de Cartier. Le ton cinglant d'Hortense annonçait une dispute à laquelle personne autour de la table n'avait envie d'assister. Il fit signe au serveur d'apporter du vin. L'impératrice m'adressa un regard inquiet. Et pour cause! Nos parents se dévisageaient en chiens de faïence.

Seigneur ! Ils n'allaient pas recommencer à se crêper le chignon ! À ce jour, aucun nuage, au propre comme au figuré, n'était venu assombrir le ciel résolument bleu de Cacouna. Je sautai sur le premier prétexte pour ramener le rire autour de la table :

« Connaissez-vous l'histoire du soldat dont le crâne a été fracassé par une balle ? Le médecin dit : " Je ne peux pas le sauver, on lui voit la cervelle. " En entendant cela, le moribond rouvre les yeux : " Je vous en supplie, écrivez à mon père que vous voyez ma cervelle. Il m'a fait soldat parce qu'il prétendait que je n'en avais pas. "

— Et toi, petite coquine, sais-tu pourquoi les femmes n'ont pas de barbe ? me demanda monsieur Routhier. Parce qu'elles ne pourraient pas se taire pendant qu'on les rase ! »

Une histoire en appelant une autre, l'harmonie se rétablit.

XXXI

Le naturel revient au galop

Un cliché bien net, voilà tout ce qui me reste de nos vacances à Cacouna. En toile de fond, les Laurentides qui basculent dans le Saint-Laurent. Et le pont d'or, cet incomparable coucher de soleil qui réunit en un long et brillant couloir les deux rives du fleuve. À l'avant, sur la gauche, le capitaine avec sa tête des mauvais jours. À droite, Hortense, l'humeur chagrine. Entre les deux, l'impératrice et moi, serrées l'une contre l'autre, comme deux misérables. La photographie a été prise la veille de notre départ. Adieu, la vie de pacha !

Les choses allaient de mal en pis entre nos parents depuis le fameux dîner avec Basile Routhier. Ils avaient recommencé à se disputer pour des broutilles. Oh ! ils se lançaient des « ma chère Hortense » par-ci et des « Petit Georges d'amour » par-là, mais ils le faisaient pour se narguer. La plupart du temps, ils cherchaient à s'éviter. Fatalement, ils se retrouvaient dans la même pièce à un moment ou l'autre de la journée. Ni Joséphine ni moi ne savions à quoi attribuer ce changement d'attitude. Hortense avait-elle éconduit son chaud lapin de mari par une nuit étoilée ? À moins qu'il n'ait lui-même repoussé les avances de sa douce moitié ? Le grand lit à baldaquin du *St. George* n'a jamais livré ses secrets d'alcôve.

Quoi qu'il en soit, Hortense ne supportait plus de l'entendre s'adresser en anglais à son majordome. Cela l'exaspérait. Pourquoi, grands dieux ! devait-il donner ses ordres dans la langue de Shakespeare à un Canadien français pure laine ? Le capitaine ignorait superbement les flèches d'Hortense. Nul doute, il faisait exprès de la provoquer. Même avec nous, ses filles, il avait tendance à parler anglais. Peut-être voulait-il simplement s'assurer que nous maîtrisions bien la langue ? Ne nous répétait-il pas *ad nauseam* que nos cours d'anglais lui coûtaient horriblement cher ?

Nos parents s'asticotaient à qui mieux mieux, mais Joséphine et moi n'en avions cure. À peine les entendions-nous. Nous avions fait la connaissance de deux lieutenants anglais assez bien de leur personne, qui ne nous lâchaient plus d'une semelle. Il pleuvait des cordes depuis deux jours et la file d'attente s'étirait sans fin aux allées de quilles derrière l'hôtel. Le docteur Husbury, le cavalier de Joséphine, médecin dans l'armée, fit jouer ses contacts, ce qui nous permit de faire trois parties d'affilée sans être obligés d'attendre notre tour. Après, comme la pluie ne cessait pas, ils nous raccompagnèrent au *private parlor* du *St. George* pour faire un parchési, jouer aux dragons et flirter, bien entendu. Le lieutenant Walpole, mon soupirant, proposa pour le lendemain une promenade «*never to be forgotten*» sur le Saguenay. Sans réfléchir, nous avons accepté de les accompagner, ce qui devait déclencher l'ire paternelle. Malgré les supplications de l'impératrice, la seule capable de le faire plier, le capitaine n'autorisa pas cette sortie.

Il s'ensuivit une scène pénible à souhait. Jamais je n'avais vu mon paternel s'emporter comme ça auparavant. Encore un peu, et il nous accusait de nous conduire comme des traînées. Recroquevillée sur elle-même, les genoux au menton, Jos tenta d'abord de se justifier. Peu à peu, ses propos cessèrent d'être cohérents. Se sentant impuissante à se sortir du bourbier, elle fondit en larmes. Des sanglots aussi hystériques qu'incontrôlables. Elle hoquetait, la figure écrasée dans ses mains. Puis, brusquement, elle voulut quitter la pièce, mais elle chancela, comme si le sol se dérobait sous ses pieds. Je l'aidai à s'étendre sur son lit. Voyant qu'elle manquait d'air, maman ouvrit la fenêtre. La sensation d'étouffement que Jos éprouvait lui causa une vive inquiétude. Elle songea même à appeler le médecin. Sujette aux étourdissements, ma sœur n'en était pas à sa première crise d'hystérie.

Le capitaine, lui, ne croyait pas à cette indisposition soudaine de l'impératrice. L'âme en paix, il descendit dîner, nous laissant seules avec le problème. Après son départ, Joséphine recommença à respirer plus librement. Maman commanda un léger goûter pour trois qui nous fut servi à l'appartement. Arrosé d'un doigt de champagne, naturellement.

Le lendemain, jour de notre croisière ratée, le soleil dardait ses rayons de feu. Je me revois au bras de mon lieutenant sur le quai flottant de Cacouna. Il était beau comme un Apollon dans son uniforme moulant. Je portais une jolie robe à manches de dentelle mouchetée, la même que sur la photo. Mes cheveux étaient séparés au milieu de la tête et parés de rubans aux couleurs assorties à ma toilette. Joséphine avait retrouvé son beau teint de pêche. Elle brillait comme toujours. Une broche représentant un castor couché sur une feuille d'érable retenait l'encolure de sa veste. C'était la grande mode et les jeunes filles qui attendaient à l'embarcadère la dévoraient d'envie.

Au son de la sirène, nos cavaliers montèrent sur le pont supérieur du bateau, d'où ils nous envoyèrent la main. Au bout du quai, comme deux belles dindes, nous les avons regardés s'éloigner. Après avoir ramassé des coquillages sur la grève, nous avons regagné l'hôtel par la route de gravier. Je n'arrêtais pas de tempêter contre le mauvais sort qui s'acharnait sur nous. Dire que la publicité du *St. George* prétendait qu'à Cacouna tous nos désirs seraient assouvis !

Comment tuer le temps jusqu'au retour de nos prétendants ? L'impératrice installa son chevalet sur la grande galerie devant le fleuve. À défaut de voir les fjords du Saguenay, réputés parmi les plus impressionnants du monde, elle les dessinerait d'après une gravure. Je me rappelle ce croquis à la mine de plomb, avec ses forêts touffues, son rocher géant et ses caps plongeant dans le Saguenay.

Je délaçai mes bottines et m'étendis sur une chaise longue près d'elle, ruminant ma déception. Les fenêtres de l'hôtel étaient grandes ouvertes et on entendait les musiciens interpréter *Rigoletto* et *La Donna è mobile*. Sans égard pour les touristes américains qui jouaient aux charades à côté de nous, je me mis à déblatérer contre le capitaine. J'en avais gros sur le cœur. Je lui reprochais de ne respecter personne, de n'avoir aucune considération pour ma mère, de ne pas nous aimer, nous, ses filles… Tous mes griefs accumulés au fil des mois ressurgirent.

« Tu comprends, ses cris m'exaspèrent, dis-je enfin. Son arrogance aussi. Je n'en peux plus de l'entendre se vanter à tort et à travers. »

Jos acquiesça d'un signe de tête, sans lâcher son crayon.

« Quand j'en ai assez de ses flagorneries, un déclic se produit dans mon cerveau, dit-elle. Et alors, il peut continuer à tempêter, je ne suis plus là. C'est comme si j'étais propulsée ailleurs, dans un autre monde.

— Même ici, au paradis de Cacouna, il cherche la chicane. On se croirait dans un asile de fous, poursuivis-je sur ma lancée.

— Heureusement, ça achève, soupira Joséphine, singulièrement résolue pour une fois. J'ai dix-huit ans et je compte bien tirer ma révérence à la première occasion. Je retournerai d'où je viens.

— Que veux-tu dire ? Tu m'intrigues.

— J'irai vivre en France, là où j'aurais dû grandir. C'est mon pays.

— La France ? Tu n'y as jamais mis les pieds. Là, ma vieille, je ne veux pas te faire de peine mais tu dérailles.

— Laisse tomber, sœurette. Tu ne comprendrais pas, même si je t'expliquais.

— Ah ! c'est donc ça, tu te prends encore pour la petite-fille de l'impératrice Joséphine. Toi et tes idées de grandeur ! »

Cette fois, Jos déposa son crayon. Plantée devant son chevalet, les deux mains sur les hanches, elle paraissait intriguée. J'enfonçai le clou :

« C'est une histoire farfelue. Tu n'es pas apparentée à Joséphine Bonaparte. Mets-toi ça dans la tête, Jos ! Veux, veux pas, tu es la fille de George-Étienne Cartier et d'Hortense Fabre.

— Qui t'a dévoilé mon secret ? me demanda-t-elle vivement. Personne n'est au courant.

— Me prends-tu pour une idiote ?

— Tu as fouillé dans mes affaires ? C'est ça ? Sale chipie. Tu vas me le payer. Déguerpis ! Je ne veux plus te voir. »

Je n'étais pas fière de moi. Quelle idée avais-je eue de lui dire ses quatre vérités ? de la ramener sur cette terre fertile en drames familiaux et dont elle tentait de s'évader en se construisant des châteaux en Espagne ? J'avais réussi à monter contre moi ma seule alliée. Décidément, j'avais le don de me mettre les pieds dans les plats. Assise sur un tronc d'arbre, je profitai seule des derniers rayons de l'été. Je respirai l'air marin, sans savoir que mes vacances tiraient à leur fin.

Quand papa revint des *flat races* qui se tenaient dans le champ devant l'hôtel, il paraissait de meilleure humeur. Suffisamment, en tout cas, pour que nous consentions à déjeuner avec lui. Nous nous préparions – en silence, car l'impératrice ne m'adressait toujours pas la parole –, quand un groom lui apporta un télégramme. Il le lut et, sans un regard, annonça sèchement :

« Nous partons demain.

— Demain ? C'est le grand bal, lui objectai-je.

— J'ai dit demain, un point, c'est tout. »

Je fis une scène mémorable, mais le capitaine ne se laissa pas fléchir. Maman plaida ma cause. Ne pouvions-nous pas rester à Cacouna un jour de plus ? Ce devait être mon premier bal, lui rappela-t-elle, et j'en rêvais depuis si longtemps. À moins, bien sûr, qu'il ne fût rappelé d'urgence pour une question d'État ? Le premier ministre Macdonald réclamait-il son ministre à Québec ? S'il s'agissait d'une décision hors de sa volonté, qu'il s'en explique. On aurait dit qu'elle parlait à un mur. À mon tour, je le suppliai. En vain. J'eus beau pleurer toutes les larmes de mon corps, lui promettre de ne plus jamais le contrarier, il s'entêta.

De guerre lasse, je me résignai à préparer mes bagages en ruminant ma rage. Le lendemain, à l'heure où j'aurais dû sortir les fers à friser et enfiler ma robe de bal, je montais à reculons dans le *coach* de l'hôtel. Nous avons roulé sans desserrer les dents jusqu'au terminus du *Grand Trunk Railway* qui était situé à Rivière-du-Loup, deux lieues plus loin. Une cohue tapageuse entourait la petite gare de style gothique. Rien de plus normal, à l'heure des arrivées et des départs.

∼

Blottie au fond de la banquette, je regardais la pluie tambouriner contre la vitre. Le ciel en crachait des torrents. Les champs d'avoine et d'orge défilaient sous mes yeux. Taciturne, je remuais mes souvenirs sans pouvoir m'en arracher. J'avais raté mon premier bal. Existait-il pire épreuve pour une jeune fille ? Ma jolie robe en soie jaune safran attendrait dans son carton. Le cœur en charpie, j'imaginais le gouverneur Monck ouvrant la danse. Une valse joyeuse assurément. Tous les jeunes gens s'élançaient sur la piste. Mon beau lieutenant enserrait la taille d'une autre. Comme la vie me semblait injuste ! Quel père cruel que le mien !

Assise à côté de moi, l'impératrice m'observait du coin de l'œil. Je la soupçonne d'avoir eu pitié de moi, car elle rompit le silence.

« Tu veux un chocolat ? » demanda-t-elle en me tendant la boîte.

J'en avalai un, puis deux, puis trois, en ressassant nos expéditions dans les rochers. Je revoyais les chauds après-midi à nous rouler sur l'herbe et les promenades sous la pluie. Jos regrettait nos pique-niques à marée basse et les brocs d'eau salée que la femme de chambre en robe noire et tablier blanc amidonné montait dans notre appartement à l'heure du bain. Les senteurs salines et les bouffées d'air frais qui enflent les poumons nous manquaient déjà. Nous apprivoisions la langueur nostalgique des vacances révolues en nous gavant de chocolat.

La panse bien remplie, nous avons somnolé, épaule contre épaule, bercées par la cadence monotone du roulement d'acier. Au réveil, l'odeur du varech avait disparu. Le fleuve nous avait lâchées en cours de route. Pour tout décor, des sapins et des broussailles à perte de vue. Un peu avant Belœil, le train ralentit sa course, avant de s'arrêter dans un grincement. Je commençai à rassembler mes affaires. J'étais loin d'imaginer que notre séjour à Saint-Antoine était à l'eau, lui aussi. Sans daigner nous prévenir, le capitaine avait décidé que nous filerions directement à Montréal.

Franchement, ce changement au programme ne me déçut guère. L'année précédente, l'oncle Damien, mon titubant parrain, avait profité de notre séjour à la maison aux sept cheminées pour passer l'arme à gauche. La vue du frère du capitaine, presque son jumeau tant il lui ressemblait, étendu sur un lit posé au milieu du salon, un chapelet glissé entre ses doigts translucides, m'avait donné des sueurs froides. À genoux devant sa dépouille, ses sœurs récitaient en postillonnant des *Ave* du matin au soir. De quoi me rendre folle ! La nuit, à l'étage, dans le lit de mon aïeul suicidaire, je me débattais contre les cauchemars. Toujours sa lame tranchante me hantait. Jamais je ne réussirais à me débarrasser de ma hantise des morts.

Le train s'ébranla de nouveau. Je songeai à maman, soulagée elle aussi d'échapper à un séjour obligé à Saint-Antoine. Elle n'avait pas apprécié sa dernière visite. Pas tant à cause du cadavre au milieu du salon, ni parce que Damien lui était particulièrement cher – il levait le coude trop allégrement pour lui être agréable –, mais parce que sa belle-sœur Marguerite l'avait exaspérée. Depuis que son cher George-Étienne se couvrait de gloire, l'aînée des Cartier tournait autour de lui comme une toupie, toujours prête à lui apporter un bol de fraises pour ses petits creux ou un tabouret où poser ses pieds fatigués. C'en devenait agaçant.

Avec sa fougue habituelle, le capitaine lui avait raconté son dernier tête-à-tête avec la reine Victoria. Sa Gracieuse Majesté adooorait les Canadiens français, des sujets si loyaux ! Vantard comme toujours, il glissait çà et là le nom du prince de Galles, son vieux copain avec qui il aimait chanter *À la claire fontaine*. Marguerite se pâmait, bien entendu. Décidément, ni ma mère ni moi ne regrettions l'escale manquée à Saint-Antoine.

La dernière étape du trajet se déroula sans anicroche. La pluie dégoulinait toujours. Dieu merci ! Joséphine ne boudait plus. Notre querelle de la veille paraissait oubliée. N'empêche, ce départ en catastrophe de Cacouna m'était resté en travers de la gorge.

« Le capitaine pourrait tout de même nous expliquer pourquoi il fallait décamper de la Côte-du-Sud comme si nous avions la police à nos trousses, remarquai-je.

— Ma pauvre Marie ! Tu es bien la seule à n'avoir rien compris, riposta l'impératrice en se moquant de ma naïveté.

— Puisque tu sais tout, dis-moi pourquoi il a décidé de rentrer subitement à Montréal ? insistai-je.

— Réveille-toi, sœurette ! Papa a reçu un télégramme.

— Et ce télégramme, qui le lui avait adressé ?

— Qui d'autre que la Cuvillier aurait pu le faire revenir aussi vite ? répondit Joséphine en me jetant un regard chargé de dépit.

— Luce Cuvillier ? Mais tu sais bien que tout est fini entre elle et papa, dis-je, sûre de mon fait. Sinon, jamais il n'aurait invité maman à passer les vacances avec lui à Cacouna.

— Cette femme me dégoûte, explosa Jos. Il me prend des nausées quand je pense à elle. »

Ma conversation avec l'impératrice me troubla. Papa toujours amoureux de Luce… Maman trahie encore une fois par lui ! Moi qui croyais cette idylle morte et enterrée. Puisque le capitaine s'était réconcilié avec maman, j'y voyais la preuve que la Cuvillier avait perdu. Ma certitude s'appuyait sur une raison solide : Luce n'était pas rentrée au pays avec lui.

Le cocher nous attendait à la gare Bonaventure. Il nous déposa rue Notre-Dame. Papa nous aida à descendre mais, une fois nos bagages confiés aux domestiques, il retourna à la voiture, nous abandonnant sur le trottoir, Hortense, Joséphine et moi. Je l'entendis ordonner au cocher en grimpant :

« Chez mademoiselle Cuvillier. »

Hortense s'en trouva mortifiée. Lui faire ça devant ses filles ! Je sentis qu'elle fuyait mon regard.

XXXII

Le croc-en-jambe de Macdonald

Décembre 1866

Un épais brouillard enveloppait les bancs de Terre-Neuve. La mer moutonnait faiblement. Cartier prenait l'air sur le pont. Dans une douzaine de jours, l'*Hibernian* atteindrait les côtes anglaises. À peine discernait-on au loin deux ou trois barques de pêcheurs figées dans le décor. Ce moment de paix ravivait en lui les souvenirs doux-amers des derniers jours passés à Montréal avant son départ.

Les yeux de Marie en larmes l'obsédaient. Elle avait tant pleuré quand, bien égoïstement, il l'avait privée de son premier bal. Sur le quai de la gare Bonaventure, elle avait refusé de lui adresser la parole. Jusqu'au départ du train pour Boston, il avait scruté son joli minois sans pouvoir y déceler un soupçon de pardon. Elle était demeurée fermée comme une huître.

Fallait-il blâmer la mer pour ce trop-plein de nostalgie? Cartier n'arrivait pas à apaiser ses remords. N'aurait-il pas pu patienter un jour de plus à Cacouna pour permettre à Marie d'aller au bal? Ce rêve, elle s'en grisait depuis si longtemps! Il la revoyait, les yeux gonflés de chagrin, rangeant sa robe toute neuve dans la grosse malle. Comment avait-il pu lui causer pareille déception? Pure méchanceté de sa part.

Le télégramme de Luce, expédié au *St. George* à son retour d'Europe, avait tout déclenché. « Reviens vite, mon chéri, je t'attends. » Il n'avait pas pu contenir son désir de la serrer dans ses bras, de lui faire l'amour après un mois, presque deux, de séparation. Ses vacances en famille lui avaient semblé interminables.

Loin de Luce, sa vie paraissait terne. Cette femme ensorceleuse l'attirait comme un aimant, avec sa bouche sensuelle et ses yeux noirs magnétiques. Des yeux qui vous dévoraient. À Kamouraska, à Rivière-du-Loup et surtout à Cacouna, où tout l'invitait à la flânerie, il retombait dans ses rêveries d'amour. Sa langoureuse Luce, fili-forme et gracieuse, ne marchait pas jusqu'à lui, elle dansait.

« Grands dieux ! Je l'aime à la folie », pensa-t-il à haute voix en contemplant l'océan qui secouait le navire comme une coquille.

Les yeux fermés, il se représenta sa maîtresse dans son négligé en soie blanc cassé à manches amples, ses pieds fins glissés dans des babouches turques. Il la trouvait tout aussi séduisante vêtue comme un homme, une cravate achetée dans une boutique de Londres ou de Paris passée sous le col de sa chemise. Elle avait fini par admettre qu'ils ne pouvaient déjouer leur destin. Mieux que la vie commune, leur liaison clandestine les enivrait. Ils goûtaient enfin au bonheur.

Les mains croisées dans le dos, Cartier arpentait le pont désert de l'*Hibernian*, en ce matin frisquet de novembre. Toujours le visage joufflu de Marie, avec sa mâchoire autoritaire comme la sienne, venait troubler ses pensées. Et après s'interposaient entre Luce et lui les traits délicats de Joséphine, sa préférée tout de même. Comme un rappel de ses obligations paternelles.

Jos aux nerfs si fragiles, Jos en proie à toutes sortes d'angoisses à la seule pensée de ne pas être aimée de lui. Son aînée lui vouait un véritable culte.

Ce qui lui taraudait l'âme aussi, c'était cet autre geste cruel, injustifié, qu'il avait fait deux jours avant son départ de Montréal. « J'ai laissé un testament de fou », se répétait-il à lui-même. Son associé et l'un de ses exécuteurs testamentaires, monsieur de Pomin-ville, avait cherché à le dissuader de régler ses comptes aussi impi-toyablement. Son frère Côme abondait dans le même sens. Sidéré par les dispositions contenues dans l'acte notarié, il l'avait supplié de le révoquer. Même Luce aurait voulu le convaincre de ne pas pousser sa vengeance aussi loin.

Comment leur faire comprendre qu'il en voulait à mort à Hortense ? Depuis quelque temps, sa femme avait cessé d'être à ses yeux la malheureuse victime de ses amours interdites. Elle avait trop mal agi envers lui pour qu'il lui garde une once d'estime. Jamais il ne lui pardonnerait de l'avoir trahi. Rien, pas même l'échec de leur mariage, ne justifiait l'impardonnable affront qu'elle lui avait infligé. Malgré sa déception, et peut-être même son désespoir, Hortense aurait dû s'interdire de livrer, fût-ce à son propre frère Hector, des secrets d'État. En annonçant aux rouges son intention, surprenante pour qui connaissait mal les rouages de la machine politique, d'accepter la représentation proportionnelle, elle avait failli faire avorter son plan. S'il avait malgré tout réussi à garder le cap, sa réputation en avait bigrement souffert.

Par amour pour ses filles, et comme il n'était pas dénué d'esprit de famille, il avait passé l'éponge, le temps de les emmener en vacances à Cacouna. Pour que leur bonheur soit complet, il avait invité Hortense à les accompagner. Loin de lui en être reconnaissante, celle-ci avait continué à le défier devant son ami Routhier.

La naguère si docile et si muette Hortense ne se gênait plus, désormais, pour répudier ses idées politiques, et cela aussi l'ulcérait. Quelques jours avant son départ pour Londres, où il allait poser les fondements d'un nouveau pays, elle lui avait manifesté sa hargne une fois de trop. La Ville de Montréal avait organisé un banquet en son honneur. À la tribune, le député Thomas D'Arcy McGee avait levé son verre à « l'homme qui a rendu possible la confédération des provinces canadiennes ». Dans un élan formidable, les invités avaient alors scandé « Vive Cartier ! » pendant dix minutes. Le lendemain, ses sympathisants l'avaient accompagné à la gare pour lui souhaiter bonne chance.

Dans la salle des pas perdus, Luce, sa chère Luce, avait réussi à se faufiler incognito parmi la foule pour lui glisser à l'oreille : « Vois comme tout ce beau monde t'aime ! Tu es un bâtisseur. » Hortense, elle, ne s'était pas déplacée. Lorsqu'il était passé à la maison pour lui remettre de l'argent, elle l'avait copieusement insulté. À ses yeux, il représentait le type parfait de l'ambitieux sans scrupules, toujours prêt à manger dans la main des Anglais dont il était le vassal.

Même en pleine mer, à des milliers de lieues de sa femme, la seule évocation de ses injures le mettait hors de lui. C'est elle qu'il visait en apposant sa signature au bas de son abominable testament. Il l'avait rédigé pour ériger un mur entre eux. Un mur qui subsisterait au-delà de sa mort.

Un vent du sud-ouest se leva, chassant du coup le brouillard. Cartier voyait maintenant se découper à la ligne d'horizon les côtes lointaines du Nouveau-Brunswick et de la Nouvelle-Écosse. Son pays. Vaste comme le découvreur Jacques Cartier – dont il se vantait d'être le descendant – l'avait rêvé. Après plus de trois cents ans, lui, George-Étienne Cartier, allait ramener le Canada aux frontières définies par le navigateur malouin en 1534. Si son homonyme sortait aujourd'hui de sa tombe, il l'en féliciterait, bien que le pays ne soit plus qu'à demi français.

Cartier tira la chaîne de sa montre. Huit heures déjà. À regret, il regagna sa cabine. Elle était si exiguë qu'il ne s'y enfermait que pour travailler. Avant de mettre pied à terre, il avait une lourde besogne à abattre. La plupart des délégués canadiens l'avaient devancé à Londres. Ne manquaient plus que John A. Macdonald, parti de New York, et lui, Cartier, qui s'était embarqué à Boston.

Sitôt installé derrière sa table de travail, il s'empara du dossier désigné sous le titre *Conférence de Londres* souligné d'un trait noir. Il l'ouvrit à la page traitant de la protection des minorités. Certains articles méritaient d'être précisés et il s'y attaqua. Il se faisait un point d'honneur de respecter sa promesse aux protestants du Bas-Canada dont les droits scolaires devaient être sauvegardés. Naturellement, il réclamerait les mêmes garanties pour la minorité catholique du Haut-Canada. Une question de justice et d'équité.

Il sourit en songeant au rôle de chien de garde dont il se sentait investi. En son for intérieur, il gardait confiance en l'avenir. Les Canadiens français n'avaient rien à craindre des Anglais. Ces derniers n'étaient pas aussi effrayants que le prétendaient les rouges. Il fallait plutôt admirer leur énergie et leur persévérance. Les nôtres, croyait-il, avaient tout à gagner à imiter les Canadiens de langue anglaise.

~

La traversée se déroula sans incident, à part l'inévitable mal de mer qui frappa la plupart des passagers lorsque le bateau quitta les eaux fluviales pour s'élancer dans l'océan Atlantique, particulièrement agité à l'approche de l'hiver. Quand la nausée s'empara de lui, Cartier mordit à belles dents dans un citron, comme l'équipage le lui avait recommandé. Tout le jour, il demeura étendu sur sa couchette, évitant la salle à manger. Les passagers qui s'y aventuraient en ressortaient titubants, même si les bouteilles de champagne restaient bouchées. Une fois le calme revenu, les rescapés réapparurent sur le pont. Le soir, le capitaine de l'*Hibernian* invitait Cartier à sa table et il n'était pas rare que les deux hommes terminent la soirée en jouant au whist.

Mais on ne voyait plus guère Cartier flâner sur le pont, sauf à l'heure du coucher du soleil. Appuyé au bastingage, il contemplait alors la boule de feu qui jaillissait une dernière fois derrière l'épaisse muraille de nuages, avant de s'enfoncer dans les vagues. Un rendez-vous dont il ne se lassait pas. Durant la journée, il s'enfermait dans sa cabine pour réviser les résolutions approuvées à la Conférence de Québec et qui devaient servir de base à la constitution. Quand apparurent au loin les côtes de l'Irlande, avec leurs verdoyantes falaises, il venait de terminer sa réflexion.

Tout compte fait, Cartier n'était pas mécontent de lui. Il avait mis à profit le temps passé en mer et se sentait fin prêt à affronter ses collègues des provinces anglaises qui, eux aussi, déposeraient leurs requêtes.

Dans un peu plus d'un mois, Luce le rejoindrait à Londres. Les Cuvillier possédaient dans le *West End* une propriété où elle descendait à chacun de ses séjours dans la *City*. Il lui consacrerait tous ses moments libres, comme il le lui avait promis. Entre deux

séances de travail, ils assisteraient à un concert d'orgue à *St. Paul.*
L'hiver, le soleil boudait souvent la capitale anglaise, mais Cartier
comptait profiter des rares éclaircies pour l'emmener se promener
dans *Hyde Park.* Il adorait cette vie en dehors du temps, loin du pays.

Avouerait-il à Luce son espoir secret de s'établir un jour à
Londres? Dans quelques années, si elle voulait toujours de lui, ils y
vivraient ensemble et s'aimeraient sans se cacher. Il soupira. Cela ne
serait possible qu'une fois son beau et grand Canada devenu réalité.
Avant de dire adieu à la politique, il devait aussi s'assurer que le
pays soit gouverné par des hommes animés des mêmes convictions
que lui.

∼

L'imposant *Westminster Palace Hotel,* sis à l'angle des rues Victoria
et Tolhill, dans *Parliament Square,* accueillait la plupart des délégués
du Canada-Uni et des Maritimes. De la fenêtre de sa chambre, qui
voisinait avec celle de John A. Macdonald, Cartier pouvait admirer
les lignes médiévales de l'abbaye de Westminster dont les tours
jumelles pointaient vers le ciel.

Le 4 décembre au matin, après ses ablutions matinales – c'était
son expression –, Cartier rejoignit ses quinze collègues au rez-
de-chaussée. L'hôtel avait mis à leur disposition une salle servant
habituellement de cabinet de lecture. Des colonnes d'inspiration
corinthienne, trop lourdes, conféraient à la pièce une allure théâtrale.
Les très sérieuses réunions de la Conférence de Londres béné-
ficieraient du décor idéal.

Dans le siège du président, John A. Macdonald trônait. Ses
collègues l'avaient choisi à l'unanimité pour diriger les débats. En
trois semaines, quatre au plus, ceux-ci devraient avoir achevé l'étude
du dossier constitutionnel. Leurs propositions seraient ensuite sou-
mises à la Chambre des communes londonienne pour approbation.
Le travail s'annonçait ardu et, dès les premiers jours, les délégués
optèrent pour une vie monastique.

À la fin de la quatrième séance, Cartier monta à sa chambre un peu avant minuit. Une heure plus tard, des cris d'affolement le réveillèrent en sursaut.

« *Help! Help! My room is on fire.* »

Macdonald frappait à grands coups dans la porte de sa chambre. En chemise de nuit, pieds nus sur le parquet glacé, Cartier se précipita chez son voisin. La pièce était horriblement enfumée. Macdonald arrachait les rideaux léchés par les flammes. Cartier s'empara d'un broc et, d'un geste brusque, le versa sur le tissu à moitié consumé.

Autour d'eux, la fumée s'épaississait et les deux hommes cédaient à la panique. Accroupis, ils rampèrent jusqu'au lit, en respirant à grand bruit. Macdonald empoigna les oreillers qu'il vida de leurs plumes sur le matelas, gagné lui aussi par les flammes. Un moment ralenti par la couche épaisse de duvet, le feu crépita à nouveau et se propagea à la chemise de nuit de Macdonald, qui hurlait d'une voix blanche, toussant, crachant ses poumons, à moitié asphyxié. Ses cheveux roux grillaient par plaques. Le temps pressait, Macdonald ne serait bientôt plus qu'une torche vivante. Cartier arracha une couverture pliée en quatre au pied du lit et la jeta brutalement sur lui. Attiré par les cris, des collègues vinrent à la rescousse, munis de bassins remplis d'eau. Il leur fallut une dizaine de minutes pour éteindre tous les foyers d'incendie. Parfois, ils devaient écraser les flammèches de leurs mains nues. Tandis que Macdonald reprenait ses sens, Cartier ouvrit toute grande la fenêtre pour laisser pénétrer une bouffée d'air frais.

Une fois calmé, Macdonald dut admettre qu'il était mal en point. Il avait le visage brûlé, les cheveux roussis et des cloques se formaient sur ses bras. Son omoplate droite paraissait sévèrement atteinte. Malgré la confusion, il réussit à raconter les circonstances du drame. Étendu sur son lit, il s'était assoupi. Son journal lui avait glissé des mains, avant d'aller atterrir sur la bougie restée allumée à côté de lui. Il n'avait eu conscience de rien. Le feu s'était propagé rapidement, le piégeant sous les couvertures. Il lui avait fallu un certain temps avant d'émerger du sommeil et de réaliser la gravité de la situation. Bondissant hors du lit, il avait appelé à l'aide. Par chance, Cartier avait accouru.

Ni l'un ni l'autre n'avait songé à l'extincteur placé dans le hall, à deux pas de leurs chambres.

Cartier insista pour mander un médecin, mais Macdonald refusa. Il ne voulait pas ameuter les pensionnaires de l'hôtel. Même si ses blessures nécessitaient des soins, il se savait hors de danger. Sans sa camisole de flanelle, sous une épaisse chemise de nuit, il aurait pu y laisser sa peau. Sa survie, répétait-il, tenait du miracle. Il remercia Cartier qui, bien maladroitement, l'avait couvert de pansements et alla finir la nuit sur le sofa, dans le salon séparant les deux chambres.

~

Remis de ses émotions, Macdonald s'efforça de faire oublier l'accident. Il redoutait de la part de ses collègues les allusions ironiques à la dive bouteille à laquelle il fallait sans doute attribuer l'imprudence qui avait déclenché l'incendie.

Les jours suivants, les séances se poursuivirent dans une sereine application. Le climat tourna cependant à l'orage lorsque Cartier apprit l'existence d'un complot ourdi contre lui. Un bon samaritain lui confia que Macdonald tentait de convaincre plusieurs délégués de modifier en faveur du Haut-Canada l'entente signée à Québec. Vérifications faites, l'accusation s'avéra. Cartier résolut de confondre l'intrigant.

Un matin désespérément gris, Macdonald se traîna à la salle de réunion en se tordant de douleur. Mal traitée, sa brûlure à l'épaule commençait à s'infecter. Le médecin, consulté trop tard, lui ordonnait de rester au lit jusqu'à Noël. Le *chairman* venait donc prévenir ses collègues qu'il ne participerait pas aux prochaines discussions. Il leur promit toutefois de leur apporter sa contribution depuis son grabat.

Cartier le laissa terminer son laïus sans l'interrompre. Puis il se leva, posa ses deux mains à plat sur la table et attaqua :

« Monsieur Macdonald, avant de vous retirer, auriez-vous l'obligeance de nous dire si vous avez pris l'engagement devant vos contribuables de respecter l'entente signée à la Conférence de Québec ?

— Où voulez-vous en venir, mon cher Cartier ? »

S'efforçant de garder son calme, même si la colère grondait en lui, le chef du Bas-Canada poursuivit sa diatribe :

« N'avez-vous pas, ces jours-ci, tenté de déchirer cette entente ? On m'a rapporté que vous aviez informé le *Colonial Office* de votre intention d'instaurer au pays un parlement unique, dominé par le Haut-Canada, ce qui reviendrait à laisser le Bas-Canada sans voix.

— Je n'ai jamais caché ma préférence pour un gouvernement central fort, répondit sèchement Macdonald. » Dans la salle, un murmure confus s'éleva. « Cette solution m'apparaît la plus prometteuse. Mes collègues du Haut-Canada partagent mes vues.

— Évidemment, ricana Cartier. Le pouvoir que vous convoitez au détriment des autres provinces vous reviendrait sur un plateau d'argent.

— Admettez, *mister* Cartier, que ce système s'avérerait moins dispendieux, lança le chef du Haut-Canada d'un ton plus conciliant.

— Le Bas-Canada n'y consentira jamais, clama Cartier. D'ailleurs, vous avez vous-même reconnu qu'une minorité parlant une langue différente et doté de ses propres institutions en souffrirait. Ce sont là vos paroles. Les niez-vous ? »

L'altercation s'envenimait sans qu'aucun des délégués présents prenne la défense de Cartier. Il avait la réputation de faire naître des tempêtes à propos de rien. Un malaise flottait dans l'air.

« Le Parlement anglais voit des avantages incontestables à la création d'un État unitaire, persista Macdonald.

— Pour la majorité anglaise, assurément, rétorqua Cartier.

— Laissez-moi terminer, *for God's sake*, s'impatienta Macdonald. Le gouverneur Monck, qui m'a reçu dimanche, souhaite que nous explorions cette avenue.

— Ah bon! Vous avez mis Lord Monck à contribution? J'avoue que je ne vous croyais pas capable de telles manigances, l'accusa Cartier.

— Écoutez! tout le monde est de bonne foi dans cette affaire. Nous sommes venus jusqu'ici pour bâtir un grand pays.

— Jamais! vous m'entendez, jamais je ne trahirai la parole donnée à mes compatriotes. La confédération verra le jour uniquement si les autonomies provinciales sont respectées. Je ne livrerai pas les Canadiens français pieds et poings liés à la majorité brutale d'une législature unique. Nous aurons une union fédérale dotée d'un pouvoir central et de gouvernements provinciaux ou le pays ne se fera pas.

— *My friend*, fit Macdonald en s'adoucissant, ne vaut-il pas mieux considérer toutes les possibilités avant de prendre une décision finale? Cessez vos accusations ridicules. Vous me connaissez trop pour penser que je complote dans votre dos. *I have always stood by the French.* Reconnaissez-le, je vous ai toujours mis à l'avant-scène.

— Et pourquoi, je vous le demande? articula Cartier qui sentait la moutarde lui monter au nez. Parce que sans moi vous n'aviez aucune chance de diriger la nation. Votre majorité, vous la devez au Bas-Canada qui m'appuie. Je n'ai qu'un mot à dire et c'est fini. »

Cartier attendit la réplique qui ne vint pas. Il promena un regard sévère autour de la table, avant d'ajouter, menaçant :

« Si vous persistez dans ce dessein, je prendrai le premier bateau pour l'Amérique et je demanderai la dissolution du cabinet du Canada-Uni. Dès lors, la confédération restera lettre morte. Est-ce là ce que vous souhaitez, *mister* Macdonald?

— Épargnez-nous vos menaces, *mister* Cartier. Vous ne m'intimidez pas.

— N'allez pas croire que je me livre à un vulgaire chantage. Je trouve déloyal qu'à la onzième heure vous essayiez de changer les fondements même de notre entente. Je n'ai nulle intention de vous laissez saper ma crédibilité. Sachez-le. »

XXXIII

Lune de miel à Londres

La voiture de louage qui conduisait Luce Cuvillier à la *National Gallery* faillit renverser un piéton. Le poing en l'air, celui-ci maugréa. Le cocher continua son chemin sans se retourner. À l'heure du midi, dans les rues de Londres, se bousculaient gens d'affaires et livreurs enclins à se prendre pour le nombril du monde. Traverser la *City* prenait parfois des allures de course d'obstacles.

Rien, cependant, ne pouvait distraire Luce de ses pensées, pas même le tohu-bohu de la circulation. C'est à peine si elle remarquait les monuments qui défilaient devant ses yeux. Des nappes de brume assombrissaient la ville. Avait-elle jamais vu Londres autrement?

Arrivée la veille, elle profitait de sa première journée pour aller admirer les nouvelles collections du *Museum*. C'est ainsi qu'elle comptait tuer le temps en attendant que *George* se libère. En passant devant le parlement britannique, une série d'édifices coiffés de tours, de clochetons, de pinacles et de niches, elle chercha à distinguer le *Westminster Palace* à moitié caché derrière. Son amant s'y trouvait, tout près et si loin à la fois. Enfermé dans une salle sombre, il s'usait les yeux sur des traités de lois. À moins qu'il ne soit en train de débattre fougueusement de l'avenir de son pays? Avant que la journée ne s'achève, elle le couvrirait de baisers. Ils avaient rendez-vous dans le hall du musée. Pauvre chéri! Comme il devait compter les heures!

À présent, la voiture longeait la Tamise que les pluies automnales avaient fait déborder. Le trafic fluvial semblait presque aussi intense que celui sur terre. Des *steamers*, des trois-mâts, des vaisseaux à roues chargés de marchandises se croisaient sous les ponts. Tout est si sale! se désola-t-elle en songeant à Lord Byron, le plus grand poète anglais de l'heure, qui décrivait Londres comme « une masse énorme de briques, de fumée et de navires ».

Le cocher prit à gauche sur Northumberland. C'était déjà moins bruyant. Et les odeurs d'égout à ciel ouvert s'évaporaient peu à peu. Luce retourna à ses réflexions. Une question la tracassait depuis le matin : devait-elle annoncer sa renversante nouvelle à *George* le jour même? Valait-il mieux attendre à plus tard?

Fébrile, elle n'arrivait pas à trancher, tandis que le cab se rapprochait de la galerie nationale. Ce qu'elle avait à lui raconter allait en effet le sidérer. La veille de son départ de Montréal, elle avait fait la paix avec Hortense. Oh! il ne s'agissait pas de la chaude réconciliation dont elle avait rêvé. N'empêche, sa cousine consentait enfin à les laisser vivre leur vie, *George* et elle. Leur conversation s'était déroulée d'une manière fort civilisée.

Jamais *George* ne me croira, se répétait-elle. Il conclura à un nouveau coup de Jarnac de sa femme, si rapide à exécuter ses plans pervers pour assouvir son implacable rancune. Au contraire, Luce faisait confiance à son intuition. Cet arrangement conclu entre femmes, à l'issue d'un échange imprévu, cadeau du destin, avait toutes les chances de réussir.

Jusque-là, les deux cousines s'étaient évitées soigneusement. Hortense aurait été capable de lui faire une scène en public et Luce refusait de se donner en spectacle. Aussi se tenait-elle loin de l'orphelinat le mercredi, jour qu'Hortense s'était réservé. Mais, peu avant son départ pour l'Europe, la mère supérieure lui avait demandé de mettre les livres à jour et de régler les comptes en souffrance. À son poste, un après-midi lugubre de novembre, sous le portrait sévère de la fondatrice de l'œuvre, mère Gamelin, elle alignait des colonnes de chiffres quand Hortense avait fait son apparition dans la pièce, entourée d'une ribambelle d'orphelins à la crinière rousse, des petits Irlandais qu'elle reconduisait au réfectoire. Ayant aperçu Luce inclinée sur son grand cahier noir, Hortense n'avait pas détourné la tête, comme elle avait l'habitude de le faire quand le diable lui apparaissait. Luce ne s'en serait pas formalisée. Car les réactions excessives d'Hortense ne l'étonnaient plus. Avant même que leurs yeux se rencontrent, la caravane des enfants avait déjà disparu. Quelques instants après, Hortense avait de nouveau traversé la salle, seule cette fois. Comme elle ne se pressait pas, Luce l'avait arrêtée :

« Hortense, puis-je te dire un mot ? »

Elle avait posé sa question avec un soupçon d'anxiété dans la voix. Sans se donner la peine de lui répondre, Hortense s'était croisé les bras sur la poitrine, comme si elle attendait la suite.

« J'aimerais tant que nous fassions la paix, toi et moi, avait proposé Luce sans trop y croire.

— Pourquoi pas ? Qu'on en finisse une bonne fois ! »

La réponse avait fusé. Hortense fixait alors Luce sans animosité, en s'avançant lentement vers elle.

« George-Étienne est à toi, avait-elle dit en s'efforçant de maîtriser son émotion. Prends-le. Je ne l'aime plus. Je ne supporte pas le pantin politique qu'il est devenu. Même le son de sa voix m'est intolérable. En fait, tout chez lui me déplaît désormais. À commencer par son *credo* politique. Il n'est plus l'un des nôtres. »

Hortense avait marqué une pause avant d'ajouter, plus bas cette fois : « Toi aussi, j'ai cessé de t'aimer. Tu ne m'impressionnes plus comme autrefois, malgré tes grands airs. Tu m'as trahie. J'ai perdu bien des illusions ces derniers temps. Et, désormais, j'aspire à la paix et à la sérénité. »

Sa moue dédaigneuse dissimulait mal le mépris que lui inspirait Luce. Celle-ci s'était levée de son siège et avait ajouté après une hésitation :

« Nous pourrions nous revoir quelquefois, seule à seule, suggéra Luce, sans aller jusqu'à lui tendre la main pour sceller leur pacte. En terrain neutre, nous arriverons peut-être à oublier ces douloureux souvenirs.

— N'y compte pas, trancha Hortense en hochant la tête d'un air décidé. Je vous laisserai vivre votre passion, maudite par les hommes et par Dieu, comme bon vous semblera. » Le ton ne souffrait pas de réponse. L'œil chargé de reproches, elle ajouta : « Je ne ferai plus d'histoires, je ne me cramponnerai plus. Toutefois, j'y mets une condition : tu ne t'afficheras pas en public avec mon mari. Je ne veux pas perdre le respect de mes filles, ni celui de mes proches. Si tu refuses, je ne réponds pas de moi.

— Soit. Je m'engage à me montrer discrète, promit Luce.

— À Londres, tu peux faire ce qui te chante, ça me laissse indifférente. Mais ici, à Montréal, à Québec ou à Ottawa, je veux pouvoir marcher dans la rue sans risquer de vous croiser tous les deux. »

Figée sur place longtemps après le départ d'Hortense, Luce n'arrivait pas à le croire. C'était trop beau pour être vrai. Finis les petites mesquineries et les commentaires malveillants qui vous atteignent en plein cœur ? Après cette rencontre fortuite, elle s'était demandé si un gros nuage noir pouvait se dissiper aussi facilement. Même une quinzaine de jours plus tard, elle devait se pincer pour y croire vraiment.

La voiture déboucha dans *Pall Mall Street* et passa devant la statue de l'amiral Nelson. Le vainqueur de Napoléon à Trafalgar trônait au milieu du square, devant la *National Gallery*. Luce descendit et, malgré la fine pluie, monta lentement les marches de l'édifice à colonnade d'apparence quelconque, mais gorgé de trésors. Sans hésiter, elle s'engagea dans l'aile nord, là où se trouvaient les tableaux du peintre hollandais Vermeer, qu'elle allait voir à chacun de ses séjours à Londres. Pendant une heure ou deux, elle oublierait Hortense. Par chance, elle avait cette faculté de pouvoir faire le vide dans sa tête pour profiter du moment présent.

∾

Impatient de retrouver Luce, Cartier s'éclipsa de la réunion pour la rejoindre au *Museum*. Un fiacre le déposa devant l'entrée, moins d'une heure après l'arrivée de celle-ci. Il traversa deux ou trois salles assez achalandées, sans même un regard pour les Rembrandt et les

Botticelli, trop occupé à chercher parmi les visiteurs la longue silhouette de sa maîtresse. Il la trouva devant *La Vénus au miroir*, sa main droite posée négligemment sur le dossier d'une chaise. Elle était si plongée dans la contemplation de l'œuvre, le seul nu du grand peintre espagnol Diego Vélasquez, qu'elle ne s'aperçut pas qu'il l'observait à la dérobée. Planté derrière elle, il attendit qu'elle redescende sur terre, les yeux rivés sur son long cou d'une blancheur éclatante. Son corps gracieux éveilla en lui une sensation érotique familière. Elle se retourna enfin :

«*Geooorge!* Quelle surprise! Je ne t'attendais pas si tôt.

— Je peux revenir plus tard, si tu préfères?

— Ne dis pas de bêtises.»

Elle lui tendit sa main qu'il baisa respectueusement. Il remarqua qu'elle ne portait pas de chapeau, suivant la mode anglaise. Elle était enveloppée dans une mante à capuchon en velours prune bordée de noir. D'un geste mondain, elle lui prit le bras et fit demi-tour. Elle voulait absolument lui montrer *Jeune fille devant un virginal* du magnifique Vermeer. Il la suivit ensuite dans l'aile réservée aux tableaux de la Renaissance. Leonardo da Vinci et Van Dyck étaient bien au rendez-vous, mais les amants manquaient d'enthousiasme devant les plus grands chefs-d'œuvre du monde. Ils finirent par s'avouer qu'après une si longue séparation, ils avaient trop de choses à se raconter pour apprécier toutes ces merveilles. Ils quittèrent la galerie en se jurant d'y revenir ensemble.

Cartier l'emmena dans *St. James Street.* Le *Coconut Tree Coffee Shop*, un établissement sélect fréquenté par les députés tories de l'Assemblée, était à moitié désert en cette avant-veille de Noël. Il repéra une table dans un coin retiré de la salle où ils s'installèrent. Cartier tendit le bras pour aider Luce à retirer le capuchon qui lui enveloppait la tête. Il sentit son haleine fraîche. Toute sa personne embaumait d'un voluptueux parfum rapporté d'Italie. Les premières minutes d'émotion passées, ils sautèrent joyeusement du coq à l'âne en sirotant un *english tea*.

« Et cette traversée, comment s'est-elle déroulée? voulut d'abord savoir Cartier.

— É-pou-van-table! s'exclama Luce. Jamais je n'avais vu une mer aussi furieuse. Les vagues assaillaient le navire en mugissant, le secouaient, l'inondaient d'écume. Plus d'une fois, j'ai craint que nous ne soyons engloutis. Par chance, le commandant de bord m'a rassurée en me montrant les puissantes machines grâce auxquelles une embarcation de cette taille arrivait à traverser les pires tempêtes.

— Tu m'étonneras toujours, lui avoua-t-il, une once d'ironie dans la voix. Sur mer comme sur terre, tu trouves un chevalier servant à qui confier tes frayeurs.

— Tu peux bien rire, le relança Luce. Pendant que tu admirais les charmes généreux de ta chère reine Victoria, je traversais de bien mauvais jours et des nuits sans repos.»

Cartier s'empressa de la détromper. Il n'avait fréquenté ni le palais de Buckingham ni le château de Windsor. De fait, il avait boudé les salons pour mieux se consacrer à sa mission qui avait failli être compromise. Luce réclama des précisions. Il lui confia qu'il était passé à un cheveu de perdre tout espoir de voir un jour la confédération se réaliser.

«Que s'est-il passé de si abominable?»

Elle n'avait pas plus tôt fini de poser sa question qu'il se lançait dans une longue explication parsemée d'accusations. Macdonald avait intrigué dans son dos pour priver les Canadiens français de leurs droits. Sans Cartier pour le défendre, le Bas-Canada deviendrait une province anglaise, sans lois ni institutions françaises. Les mots lui manquaient pour exprimer sa fureur contre cet être déloyal qui se faisait passer pour son frère jumeau.

«Heureusement, je l'ai démasqué. Mais, comme tu l'imagines, j'ai perdu toute confiance en lui. Nous avions un pacte et il ne l'a pas respecté. Jamais je ne lui pardonnerai ce complot.

— J'ai toujours pensé qu'il méprisait les Canadiens français, avoua Luce, peu surprise par le manque de probité de Macdonald. Ne t'ai-je pas souvent conseillé de te méfier de lui?

— J'ai péché par excès de confiance, je le reconnais. Mais on ne m'y reprendra plus.»

Cartier en profita pour lui annoncer qu'il avait l'intention de l'emmener partout avec lui. Depuis son arrivée à Londres, on le bombardait d'invitations. Des lords et des banquiers le conviaient à leur table. Même la cour le priait de bien vouloir dîner au château. Voyant dans ces rencontres l'occasion de déjouer les manœuvres secrètes de ses adversaires – car Macdonald n'était pas le seul délégué à nourrir d'ambitieuses visées –, il comptait désormais n'en refuser aucune. Luce s'en montra absolument ravie. Ayant fait le plein de repos au *Review Cottage* avant son départ, elle se sentait d'attaque.

«As-tu fait tailler tes pommiers et couvrir tes pruniers à l'approche de l'hiver? lui demanda subitement Cartier.

— Oui, mon capitaine.»

Luce savait que Joséphine et Marie avaient surnommé leur père le capitaine ou *el capitan*. C'est elle, du reste, qui le lui avait appris. Le sobriquet lui allait comme un gant, ils étaient tous deux d'accord là-dessus. Parlant de ses filles, Cartier voulut savoir si Luce avait réussi à les voir avant son départ. Elle fut forcée d'admettre qu'elle n'avait pas osé les inviter chez elle, de peur d'indisposer Hortense.

«Mais tout ça va bientôt changer, lui annonça-t-elle tout de go. Ça va te surprendre, mais j'ai fait la paix avec Hortense.

— Qu'est-ce que tu me chantes là? fit-il, incrédule.

— Je vais tout te raconter, à condition que tu ne m'interrompes pas pour me traiter d'incorrigible naïve.»

Cartier consentit, non sans lui avouer qu'il aurait du mal à gober cette histoire de réconciliation. Il connaissait trop Hortense pour s'imaginer que sa rancune puisse s'évaporer miraculeusement. Luce n'omit aucun détail de leur rencontre impromptue. Hortense refusait de se laisser enfermer plus longtemps dans cette situation triangulaire qui la tuait à petit feu. Elle préférait battre en retraite. Libérée de la jalousie, elle ressentait déjà un immense soulagement.

«Hortense est prête à tourner la page, reprit Luce. Elle prétend qu'elle ne t'aime plus. En ce qui nous concerne, toi et moi, nous avons sa bénédiction. Nous sommes libres, tu m'entends, libres de nous aimer sans nous sentir coupables.»

Luce posa sa tasse dans la soucoupe, sur le coin de la table. Cartier demeura muet, abasourdi. Était-il vraiment sur le point de recouvrer sa précieuse liberté? Hortense allait-elle enfin lui ficher la paix? L'avenir le dirait, mais le doute n'en continuait pas moins de planer dans son esprit. En attendant, pour ne pas décevoir Luce, il feignit d'y croire.

« Il va falloir fêter ça! » conclut-il en serrant ses mains dans les siennes.

~

Cloué au lit pendant les vacances de Noël, John A. Macdonald soignait ses brûlures en rongeant son frein. Cartier avait marqué un point. Ses collègues, ceux-là mêmes qui avaient promis de l'appuyer dans sa lutte pour un gouvernement unique, battaient en retraite. Quand, la mine un peu trop triomphaliste, le *damned frenchman* se présenta à son chevet, le convalescent quêta sa pitié comme un pauvre bougre en lui narrant son triste jour de l'An. Seul dans sa chambre d'hôtel, il avait réveillonné d'un bout de pain grillé et, à minuit sonnant, avait levé sa tasse de thé à la santé de la confédération canadienne.

Cartier, au contraire, voguait de succès en succès. Il pouvait d'ores et déjà affirmer que plusieurs riches hommes d'affaires accepteraient de financer le chemin de fer intercolonial de l'Amérique du Nord britannique. En revanche, le peu d'intérêt que suscitait son projet de confédération canadienne auprès du gouvernement de Sa Majesté le désolait. S'il tentait d'en faire miroiter les avantages pour le Royaume-Uni, les parlementaires anglais lui opposaient un silence poli.

Indifférents au sort du Canada, les Anglais débattaient alors d'une question qui passionnait Luce : l'émancipation des femmes. À Manchester, des milliers de militantes avaient manifesté dans la rue pour réclamer le droit de vote, au grand dam de la reine Victoria. Celle-ci claironnait que le sexe faible n'avait pas été créé pour gouverner, même si elle était la preuve vivante du contraire. Luce dévorait les journaux qui rapportaient cette levée de boucliers en jupon. Cartier s'amusait de sa marotte.

« C'est très sérieux, protestait-elle. Ce n'est pas normal qu'une femme comme moi, capable d'administrer ses biens et de gérer ses placements aussi efficacement qu'un homme, une femme qui achète et vend des propriétés, ne soit pas admise à voter. On nous a retiré nos droits il y a quarante ans et, depuis, plus personne ne se soucie de cette injustice. »

Cartier promit de relancer le débat à son retour au Canada. Luce, il le savait, reviendrait à la charge tant qu'il n'aurait pas respecté sa promesse. Elle le ferait subtilement, sans le harceler ni l'exaspérer. Tout le contraire d'Hortense. Il l'encourageait d'ailleurs à défier les conventions sociales. Ne lui achetait-il pas son excellent tabac d'Égypte qu'elle tassait elle-même dans sa pipe en cerisier ? Ce qui ne l'empêchait pas de gratter une allumette et d'attendre que la petite flamme jaune crépite entre ses doigts pour la tendre vers elle, comme un *gentleman*.

Lorsque Luce exprima le souhait d'emprunter la nouvelle voie ferrée souterraine pour traverser la *City*, il se fit un plaisir de la piloter. L'expérience l'enchanta. Il fallait descendre un long escalier en spirale avant d'arriver à l'embarcadère d'où partait un train toutes les cinq minutes. Du jamais vu ! On aurait dit que les wagons qui s'arrêtaient afin de laisser monter les passagers étaient pressés de repartir pour faire de la place aux suivants. C'était impressionnant de voir ces monstres s'élancer dans un lugubre grincement d'acier, puis rouler sous terre à soixante milles à l'heure. Bientôt, à ce qu'on prévoyait, des voies ferrées souterraines serpenteraient dans tout Londres.

Mais Luce voulait parfois satisfaire des caprices purement féminins. Cartier en eut la preuve quand, déambulant dans la rue Oxford, elle insista pour entrer chez *Robert Drake,* marchand de fourrures réputé. Jamais Cartier n'oublierait la scène. Assis dans un élégant canapé placé au milieu de la salle de montre, ils avaient regardé les échantillons que leur présentait la vendeuse, une certaine *Mrs.* Gray. Luce avait fait un premier choix. L'employée s'était alors excusée avant de disparaître derrière un rideau en toile indienne. Peu après, deux mannequins étaient apparues portant les manteaux qu'elle avait retenus.

« *That is very nice*, s'exclamait *Mrs.* Gray devant le premier, puis le second modèle. *It is truly beautiful.* »

Luce hésita entre un manteau d'opossum de Virginie et une zibeline de Mongolie. Elle opta finalement pour cette dernière, mais réclama des modifications. Il n'était pas question qu'elle portât un modèle aussi conventionnel. Elle recherchait le confort avant tout, avec en plus un zeste d'originalité.

~

En hiver, la vie mondaine était effervescente à Londres. Il arrivait à Cartier d'accepter jusqu'à six invitations par jour. Luce l'accompagnait partout. Chez William Gladstone, célèbre libre-échangiste britannique, puis au château du prince de La Tour d'Auvergne, petit-fils du sieur de Vaudreuil, dernier gouverneur français de Nouvelle-France. Aussi, au palais de l'archevêque de Canterbury et même au dîner offert en l'honneur du gouverneur Monck, où il la présenta comme une amie très chère.

Luce en vint à oublier son statut d'épouse illégitime. L'invitation que Cartier reçut de la reine Victoria la rappela à l'ordre. Le ministre de la Justice du Canada-Uni était prié de se présenter seul au château de Windsor. Le carton d'invitation indiquait « uniforme de rigueur ». Luce insista pour que *George* se procure la culotte collante attachée aux genoux, de longs bas de soie noirs et des souliers de satin à boucles dorées. La revue *Etiquette for ladies & gentlemen* publiée par le *London Times* recommandait cette tenue pourtant jugée démodée par la plupart des parlementaires anglais. Macdonald, qui l'accompagna à Windsor, portait la même.

Happé par les princes, les ducs et les lords, Cartier négligeait ses réunions de travail. Ses collègues soupçonnèrent mademoiselle Cuvillier de l'encourager à la distraction.

« Si demain j'en avais les moyens, confia-t-il un soir à Luce, si je pouvais me libérer des remous de la politique, je serais tenté de m'établir ici.

— Je t'imagine très bien secrétaire aux colonies ou ambassadeur du Canada », répondit-elle, comme si cela allait de soi.

Luce avait le pressentiment que ce beau rêve se réaliserait un jour. Cartier lui sourit. Ses intuitions la trompaient rarement. Quel être remarquable ! pensa-t-il en l'écoutant anticiper l'avenir. Tout ce qu'elle désirait lui convenait parfaitement. Elle enchantait son imagination. Que pouvait-il souhaiter de plus ? Une femme en adoration devant lui, une femme à son écoute, qui partageait ses vues sur le Canada, mais aussi – surtout – une femme intelligente, capable de lire dans ses pensées.

Au début de janvier, réconcilié tout à fait avec Macdonald, Cartier assista à son mariage avec Susan Agnes en compagnie de Luce, à *St. George's Church*. Le grand Mac dérida les invités en portant un toast à son pays : « Le Canada m'a mandaté pour réaliser l'union des provinces, dit-il. En conscience, je me suis senti obligé de mettre cette théorie en application dans ma propre vie. »

Puis, en attendant la réponse du Parlement anglais au projet de confédération canadienne, George-Étienne et Luce firent une courte escapade à Rome. Cela leur permit d'échapper à l'incontournable *roastbeef* anglais arrosé de porter ou de gin. Ils se laissèrent ensuite entraîner à Paris où se tenait l'Exposition universelle de 1867, inaugurée par Napoléon III. Au pavillon du Canada-Uni, Cartier apprécia la collection d'insectes et de minéraux qui faisait fureur.

XXXIV

La détresse d'Hortense

Juillet 1867

D'un geste impatient, Hortense repoussa sa lettre sur le coin du secrétaire. Deux fois déjà, elle l'avait relue. Comment avait-elle pu écrire cette chose abjecte? Brusquement, elle se leva et s'approcha du piano dont elle souleva le couvercle. Ses feuilles de musique traînaient pêle-mêle sur la caisse. Rien ne l'intéressait plus, pas même les concertos de Mozart. Mécaniquement, elle commença à jouer. Mais le cœur n'y était pas. Que lui arrivait-il?

Sa lettre à Mae suintait la haine et la vengeance. Page après page, elle employait des mots désobligeants pour dénigrer George-Étienne et son intrigante cousine. Décidément, elle n'était pas guérie. Dire qu'elle prétendait avoir tiré un trait sur les tribulations de sa désolante vie conjugale! Elle avait cru se libérer en faisant la paix avec Luce. Depuis, elle aurait dû se sentir soulagée. Pourtant, la blessure saignait à la moindre occasion.

Que d'illusions! Elle n'arrivait même pas à dissimuler sa jalousie maladive. En ce début de juillet 1867, le pays était en liesse et elle se languissait seule, cloîtrée à la maison. George-Étienne n'avait pas souhaité sa présence à Ottawa pour les célébrations fastueuses entourant la naissance de la Confédération. En revanche, il avait invité ses filles à y assister. Enfoncée dans son fauteuil, Hortense s'abandonnait maintenant au désespoir. Une heure plus tôt, elle tournait en rond comme un lion en cage.

De Paris, Mae lui avait écrit une lettre émouvante, la première depuis son déménagement subit en France. Après des années de vaches maigres dans la jungle new-yorkaise, les affaires d'Eddie avaient commencé à se redresser quand, à la demande de monsieur Bossange père, qui se faisait vieux, il avait dû rentrer à Paris pour prendre la direction de la librairie Bossange. Mae s'adaptait difficilement à la vie européenne. D'où ce long silence auquel elle mettait fin en lui racontant les hauts et les bas de son quotidien, rue de Varennes, à Paris. Elle avait passé d'agréables vacances avec son mari et ses fils au château de Meung-sur-Loire, la somptueuse propriété familiale qui, avant la Révolution française, servait de résidence d'été aux évêques d'Orléans. Cependant, Paris ne l'enchantait guère. Tout était si différent outre-Atlantique, à commencer par l'humidité ambiante, et la famille d'Eddie s'avérait beaucoup trop directive à son goût. Même Eddie s'en plaignait.

Dans sa réponse, Hortense n'avait rien trouvé de chaleureux à dire à Mae pour lui remonter le moral. Comme si les désagréments de sa meilleure amie ne comptaient pas à côté de son drame à elle. Une femme égoïste qui se vautre dans son désespoir, voilà ce qu'elle était devenue. Elle referma son piano, décidée à recommencer sa lettre. Il fallait biffer ce qui concernait l'épouse trompée par son mari infâme et trahie par son immonde cousine. Tout cela ne méritait même pas de figurer dans un roman à deux sous.

Elle s'installa devant le secrétaire de Cartier, qu'elle s'était approprié depuis son départ, et traça un grand trait noir sur les deux premiers paragraphes de sa lettre. Puis, elle trempa sa plume dans l'encrier et, sur une feuille blanche, reprit tout du début.

Chère Mae,

Ta lettre m'a réconfortée. Je n'ai jamais douté que tu sortirais fortifiée de cette expérience. J'ai toujours admiré ta capacité de retomber sur tes pieds. Cela me réjouit d'apprendre que tu apprivoises la vie de château. Et pas n'importe lequel... Celui où François Villon a jadis été emprisonné. Je parie que tu aimes flâner dans le donjon de Meung-sur-Loire où le poète a tant pesté contre le mauvais sort qui s'acharnait sur lui. Te hasardes-tu parfois jusqu'à la salle de torture installée dans la partie souterraine du château?

Hortense s'arrêta et relut. C'était beaucoup mieux. Elle avait abandonné le ton pleurnichard de sa première missive. La suite s'annonçait plus éprouvante. Elle poursuivit en se rappelant constamment à l'ordre : « Cessez vos jérémiades, madame Cartier ! »

À mon tour de te donner les dernières nouvelles, écrivit-elle de sa fine écriture penchée. *À tout seigneur tout honneur, commençons par Cartier, rentré de Londres en triomphe à la mi-mai. Les journaux ont évalué à dix mille le nombre de ses admirateurs venus accueillir le ministre de la Justice à la gare Bonaventure. Il a reçu un traitement princier : coups de canon, feu d'artifice et brillante escorte ponctuée de vivats jusqu'à notre maison de la rue Notre-Dame, encore considérée comme sa résidence. Tu imagines son embarras de se retrouver bien malgré lui face à face avec la femme qu'il a répudiée? Mais, comme les scrupules ne l'étouffent jamais longtemps, il ne s'est pas éternisé au domicile conjugal. La foule n'avait pas sitôt disparu au coin de la rue Berri qu'il demandait à son cocher de le conduire chez Luce Cuvillier. La pauvre devait se morfondre de le savoir chez moi!*

Hortense déposa sa plume et relut ce qu'elle venait d'écrire. Jusque-là, ça pouvait toujours aller. Un peu d'humour sarcastique valait cent fois mieux que sa hargne habituelle. Elle continua sur sa lancée :

Eh oui!, tu as bien lu, ici, l'homme qui vient de vendre ses compatriotes pour un plat de lentilles est considéré comme un héros. De sa mission à Londres, je ne connais que la version officielle. Tu l'auras deviné, je ne suis plus dans les secrets des dieux. Après moult atermoiements, la reine Victoria a fini par approuver la Confédération canadienne. Le nouveau pays s'appellera le Dominion du Canada, plutôt que le royaume du Canada, comme le souhaitait mon cher mari, toujours empressé de flatter sa gracieuse souveraine. Naturellement, nous ferons partie de ce vaste pays sans jamais avoir eu voix au chapitre.

Depuis son retour de Londres, George-Étienne ne tarit pas d'éloges à propos du traitement que les Anglais ont réservé à la délégation canadienne. Des sources plus crédibles affirment plutôt que le gratin londonien n'a guère manifesté d'intérêt pour la Confédération. Hector, toujours bien renseigné, s'est laissé dire que la Chambre des lords avait consacré plus de temps à étudier un projet de loi imposant une taxe spéciale aux propriétaires de chiens qu'à celui du British North American Act.

Comme le craint aussi mon frère, le Canada français va continuer de s'angliciser de plus en plus rapidement. Et mon vénérable époux pourra se vanter d'avoir été l'artisan de notre disparition en tant que peuple de langue française.

Mais sois patiente, ma chère Mae, le meilleur reste à venir. Figure-toi que le vicomte Monck, promu gouverneur général du Canada, a choisi le grand Macdonald pour diriger le pays. Il a préféré un soûlard à un damned frenchman. *George-Étienne a dû se contenter du ministère de la Milice et de la Défense (que les Canadiens exècrent, et pour cause !). Il jure ses grands dieux qu'il souhaitait justement assumer cette responsabilité mais, ici, personne n'est dupe.*

L'assermentation du nouveau Cabinet s'est tenue à l'hôtel du parlement, à Ottawa (en mon absence, bien entendu). Le gouverneur Monck, pour qui Cartier a toujours eu des bons mots, en a profité pour annoncer une nouvelle qui fait jaser dans les chaumières : la reine Victoria a conféré à John A. Macdonald le titre convoité de chevalier commandeur de l'Ordre du Bain. Le voilà promu « sir John ». À son collègue Cartier, qui s'est démené tout autant sinon plus pour réaliser cet immense Canada, Sa Majesté réservait des miettes. Pour un Canadien français, le titre de compagnon du Bain suffisait amplement.

Pauvre Cartier ! L'affront royal l'a atteint dans son orgueil. J'ai honte de l'avouer, mais il méritait la gifle. Quand on lèche les bottes des Anglais, on joue avec le feu. Autant te dire que, de ce côté-ci de l'Outaouais, les gens ne contiennent plus leur indignation devant cette insulte faite à l'un des nôtres (l'est-il vraiment ?). Lui ? Bien qu'il ne soit point « siré » comme son frère Macdonald, il n'a pas encore protesté.

Hortense s'arrêta. Elle était à un doigt de dépasser les bornes. Mais elle conserva ce long exposé qui reflétait la pure vérité. Pour la suite, une page ou deux sur sa vie personnelle, elle se demanda quel ton il fallait emprunter. Elle n'irait pas jusqu'à feindre l'indifférence. Mae la connaissait trop pour s'y tromper. D'une plume d'abord hésitante, elle écrivit :

Tu te demandes sans doute comment vont les amours adultères de mon mari. Grâce à moi, il a pu poursuivre sans mauvaise conscience sa lune de miel en Italie et en France. Eh oui ! peu avant le départ de Luce, j'avais cru bon de la rassurer tout à fait. Désormais, elle n'avait rien à craindre de moi, je ne chercherais plus à m'immiscer dans la vie de cet homme que je méprise autant pour sa conduite à mon égard que pour ses pratiques politiques douteuses.

À Rome, d'après mes filles qui ont recueilli les confidences de leur père, le pape Pie IX l'a félicité pour son rôle dans l'élaboration d'une confédération canadienne. J'ignore si mon mari a présenté Luce au Saint-Père comme son épouse légitime. Je l'en crois capable. Il lui a, paraît-il, acheté un buste dans une échoppe romaine. À Paris, toujours selon Jos, il l'a couverte de bijoux. Enfin, la tenue d'équitation qu'il lui a offerte avant de s'embarquer sur le Vulcanian *pour le retour a fait l'envie de Marie qui a dû se contenter d'un bracelet en or assez quelconque.*

Joséphine et Marie ne supportent plus cette vantarde de Luce Cuvillier. Apparemment, elle ne parle plus que de ce merveilleux voyage avec Geooorge, *des cadeaux que lui a offerts* Geooorge, *de la grande culture de* Geooorge…

Quant à moi, j'ai été bien soulagée d'échapper au cirque des fêtes célébrées à Ottawa…

Hortense déposa sa plume et se croisa les bras. Là, tu mens, ma vieille, pensa-t-elle. Avoue que tu y serais allée en courant, si George-Étienne avait réclamé ta présence dans la capitale. Tu aurais prétendu le faire par devoir. Le protocole t'y obligeait, en effet. Mais, en réalité, cela t'aurait plu de jouer à la grande dame une dernière fois. Tu aurais passé ta robe de soie bordée d'une bande de taffetas. Dans tes cheveux, tu aurais fixé une guirlande de roses sauvages et, autour du cou, tu aurais porté un rang de perles. En déambulant dans les salons au bras de ton mari, tu aurais gratifié de ton plus joli sourire ceux qu'on appelle désormais les Pères de la Confédération. Tant pis pour tes convictions politiques, tu les aurais volontiers glissées sous le tapis pendant un jour ou deux !

Quelle mouche me pique? se demanda-t-elle brusquement. Jamais elle ne pourrait être cette femme hypocrite capable de renier son patriotisme. Debout devant la fenêtre, elle n'en continua pas moins à se charger de tous les péchés d'Israël. Jalouse, déloyale, mesquine... Le jour baissait. Au Champ-de-Mars, on tirait des coups de canon en signe d'allégresse. La direction du *St. Lawrence Hall* avait fait rôtir des quartiers de bœuf pour que tous les Montréalais prennent part aux réjouissances. Hortense avait promis à sa mère d'aller aider les sœurs de la Providence à distribuer la viande aux pauvres de la ville. Son absence avait sûrement déçu madame Raymond. Peut-être s'en était-elle inquiétée?

Non, personne ne se souciait plus d'elle. Qui voudrait fréquenter une femme rejetée par l'homme le plus admiré du Bas-Canada? C'était reparti. Elle se trouvait médiocre. Si on lui témoignait de l'attention, elle flairait le vautour. On l'ignorait? Normal, une laissée-pour-compte ne méritait pas mieux. Jamais son *ego* n'avait été aussi à plat. Secoue-toi, ma vieille, se répétait-elle.

Alice s'approcha sur la pointe des pieds, pour ne pas déranger la réflexion de madame. D'une voix douce, elle l'invita à passer à table. Hortense déclina, elle n'avait pas d'appétit.

«Mais il faut manger. Vous ne voulez pas que je vous serve au jardin? Il fait si doux, ce soir.

— C'est trop bruyant! objecta-t-elle.

— Dans ce cas, je vais vous monter un plateau. Ça n'a aucun bon sens, vous grignotez comme un petit oiseau. Ma foi du bon Dieu, il ne vous reste que la peau et les os.

— D'accord, d'accord, ma bonne Alice. Montez-moi quelque chose de léger.

— La chaleur est insupportable dans cette pièce, bougonna Alice. Permettez que j'ouvre?

— Non, laissez! Je préfère rester dans la demi-obscurité.»

Hortense retourna à sa lettre. Comment expliquer à Mae qu'elle maudissait et aimait éperdument son mari tout à la fois? Elle se sentait toujours follement jalouse de Luce, cela aussi, elle voulait l'avouer, quand cela ne serait que pour exorciser l'image de sa rivale. En ce moment même, Luce brillait aux fêtes dans la capitale ! Sans doute l'appelait-on madame Cartier ?

Et moi, je suis là toute seule à me morfondre dans une maison vide, s'apitoya-t-elle. À Ottawa, le gouverneur Monck avait-il remarqué son absence ? Oserait-il inviter la maîtresse de Cartier à ouvrir le bal avec lui ? Elle soupçonnait Luce de s'exhiber en public, malgré sa promesse. À présent, tout le monde connaissait la liaison de son mari. Le petit drame d'Hortense devait exciter les mauvaises langues. On lui attribuait probablement la responsabilité de l'échec de son mariage. Les femmes délaissées avaient l'immense tort de n'avoir pas su retenir leur homme.

Alice posa le plateau sur la petite table à côté d'Hortense. Celle-ci regarda dédaigneusement le filet d'aiglefin cuit au court-bouillon, aromatisé de rondelles de citron et servi avec des petits légumes.

« Prendrez-vous un peu de vin ?

— S'il vous plaît. Apportez-moi une bouteille de blanc. Et qu'on ne me dérange plus. Vous pouvez prendre votre soirée, Alice.

— Mais, madame Hortense, votre lettre…

— Je la mettrai à la poste demain, décida-t-elle, pressée d'en finir.

— Demain, il sera trop tard. Le paquebot part à l'aurore.

— Alors, tant pis ! s'impatienta Hortense. Laissez-moi maintenant. »

∼

Jalouse, jalouse, jalouse… Le mot résonnait dans la tête d'Hortense. Elle se souvenait de cet après-midi de novembre à l'orphelinat. Luce lui avait tendu la perche et elle avait accepté la trêve que sa rivale lui proposait. À quoi bon s'entêter ? C'était peine perdue. Au début, elle avait cru pouvoir maintenir avec George-Étienne les apparences d'un couple uni. Mais ce ménage à trois la minait.

Devant Luce, Hortense avait crâné, juré qu'elle n'aimait plus son mari. Elle préférait lui laisser le champ libre. Après ce pénible entretien, elle avait couru jusqu'à la maison, s'était enfermée dans sa chambre et avait sangloté jusqu'à l'épuisement. Sur sa table de chevet, le flacon de laudanum l'avait narguée. Incapable de résister à l'attrait du soporifique, elle s'en était versé quelques gouttes dans un verre. Ce sommeil forcé lui avait procuré un répit salutaire.

Depuis, la vie continuait vaille que vaille. De temps à autre surgissait dans son esprit l'image de Luce au bras de Cartier, tantôt sous les marronniers en fleurs des Champs-Élysées, tantôt dans les jardins du Luxembourg. Le dépit l'usait à petit feu. Seul le laudanum lui permettait de s'évader de sa pitoyable réalité. Elle en abusait parfois.

La dernière phrase de Luce, juste avant que les deux femmes se séparent, lui remonta à la gorge. «Nous pourrions nous revoir», avait proposé sa rivale. Comme elle savait se montrer cruelle! Sous son enveloppe d'excentrique, cachait-elle seulement un semblant de cœur?

Que la nuit tombe enfin! C'est tout ce qu'elle souhaitait. Elle n'arrivait pas à avaler une bouchée. Seul l'alcool passait. Bientôt, elle se sentirait assommée, un peu nauséeuse. Ce silence effroyable la terrifiait! Même son piano, muet depuis deux jours, la laissait indifférente. Les soirées de bonheur vécues entre ces mêmes murs lui paraissaient si loin. Hortense mettait ses filles au lit avant de s'installer au piano. Calé dans son fauteuil, George-Étienne parcourait les journaux en écoutant son concert improvisé. Parfois, il réclamait une sonate de Bach, mais, la plupart du temps, il la laissait libre de choisir son répertoire. Alors, ils s'appréciaient mutuellement et n'avaient l'un pour l'autre aucune parole outrageante. Hortense enfouit son visage inondé de larmes dans son mouchoir de dentelle.

Soit, elle avait gâché sa vie. Mais où avait-elle manqué son coup? Pourquoi son mari avait-il reporté sur une autre l'amour qu'il lui vouait? Qu'avait donc Luce de si particulier pour lui faire perdre la tête?

En y réfléchissant, Hortense était forcée d'admettre que, bien avant la trahison, leurs opinions politiques diamétralement opposées semaient déjà la discorde. Elle se servit une nouvelle rasade de vin en se disant : les hommes détestent qu'une femme leur tienne tête. Habituellement, leurs brouilles commençaient par un entretien inoffensif sur un sujet d'actualité. Si elle avait le malheur d'émettre un avis, son mari la rabrouait. Il déplorait tout haut son manque de discernement et, prenant prétexte de leur différence d'âge, jugeait inutile de chercher à lui expliquer son point de vue. Une cruche, ni plus ni moins, voilà comment il la percevait. Tout le contraire de Luce, une femme d'esprit, celle-là. Pour se venger, Hortense s'efforçait de le prendre en défaut. De quoi alimenter une nouvelle tempête verbale !

Trois petits coups dans la porte la ramenèrent à la réalité.

« Tout va bien, Alice, allez vous coucher.

— J'ai préparé votre lit, madame.

— Merci, j'en ai encore pour un moment. Ne vous inquiétez pas pour moi. »

Finissons-en avec cette lettre, se dit Hortense en vidant le reste du vin dans sa coupe. Elle nota ensuite d'une écriture plus chaloupée : *Voilà, ma chère Mae, dans quelle fange je barbote. Si j'osais, je t'annoncerais mon arrivée prochaine à Paris. Te souviens-tu de ce jour de juin, il y a trois ans ? Nous flânions, place Jacques-Cartier, en regardant un vapeur appareiller. J'aurais voulu sauter à bord sans me retourner. J'y pense encore. J'ai collé au miroir de ma commode une gravure reproduisant un transatlantique. L'idée me tourmente de réserver ma place sur le prochain qui s'arrêtera à Montréal. Il ne me manque que le courage.*

Adieu, ton amie Hortense

~

Le lendemain, à quatre heures de l'après-midi, Alice grimpa les escaliers suivie de madame Raymond.

« Si ç'a du bon sens de se mettre dans un état pareil pour un homme qui ne lui va pas à la cheville, fit la vieille servante. Excusez mon franc-parler, madame Raymond, mais monsieur Cartier va nous la tuer, notre Hortense. »

Les deux femmes arrivèrent essoufflées à l'étage. Alice poussa la porte sans prendre la peine de frapper. Recroquevillée sur le canapé, Hortense dormait tout habillée, les épaules recouvertes de son châle. Le bruit des voix la réveilla.

« Ma fille, ma petite fille, tu nous as fait une de ces frousses, soupira madame Raymond en posant la main sur le front d'Hortense. Tu n'as pas de fièvre, au moins ?

— Maman ? Que faites-vous ici ? s'étonna-t-elle en se tenant la tête à deux mains.

— C'est à moi de te poser la question, répliqua sa mère. Tu dors depuis plus de dix heures. Alice t'a secouée, mais tu n'as pas bronché. Alors, elle m'a prévenue et je suis accourue. Es-tu malade ? »

Madame Raymond fixait la fiole de laudanum sur le guéridon. Alice avait fait disparaître la bouteille de vin vide, mais le soporifique lui avait échappé. Notant le reproche affectueux dans les yeux de sa mère, Hortense s'excusa gauchement :

« J'avais besoin d'oublier, voilà tout. N'en faites pas un drame. »

Madame Raymond ne la gronda pas. Cartier méritait tous les blâmes. Mais il appartenait à Dieu de distribuer les châtiments et sa fille devait accepter son sort chrétiennement, même si la résignation était une vertu difficile à pratiquer.

« Les filles sont-elles rentrées d'Ottawa ? s'enquit Hortense en replaçant maladroitement les mèches tombées de son chignon. Il ne faut pas qu'elles me voient dans cet état.

— Remercie le bon Dieu, elles ne sont pas encore de retour, soupira madame Raymond en se signant. Tu as tout juste le temps de faire ta toilette afin de les accueillir décemment. » Se tournant vers Alice, elle ordonna : « Préparez-lui un bain. »

Avant de sortir de la pièce, elle ajouta à l'intention de sa fille, comme si elle parlait à une enfant :

« Et toi, que je ne te reprenne plus à avaler une seule goutte de laudanum. »

XXXV

Le malentendu

L'année de la Confédération, j'avais dix-huit ans et Joséphine, vingt. Nous nous entendions comme des voleurs. Pourtant, nous étions aussi différentes que le jour et la nuit. Ma sœur était très belle et moi, jolie. Elle était mince comme un chicot, j'avais des formes. Elle entretenait des idées de grandeur, et moi, j'avais les deux pieds sur terre. De nature mélancolique, elle sombrait facilement dans la rêverie, alors que j'étais bien éveillée. J'avais la répartie facile, un côté parfois un peu gavroche, elle savait garder sa langue. Nous étions toutes les deux d'une sensibilité à fleur de peau, mais j'avais tendance à pleurer pour un rien et à me consoler rapidement, tandis que l'impératrice pouvait traîner son vague à l'âme pendant des jours. Tout à coup, elle piquait une crise d'hystérie à nous glacer le sang. Sans doute a-t-elle souffert plus que moi du climat familial empoisonné. Les querelles à répétition de nos parents exacerbaient ses nerfs fragiles ou la laissaient effondrée.

Si j'en parle, c'est parce que Jos et moi n'avons pas vécu la suite des événements de semblable façon. Curieusement, nous avions toutes les deux connu le même désarroi et espéré ensemble un miracle qui n'est jamais venu, mais nous en avons gardé des souvenirs différents. À commencer par la terrible colère d'Hortense qui, à mon humble avis, reposait sur un malentendu.

Maman prétendait que Luce avait rompu leur pacte en s'affichant au bras du capitaine. Le tout-Ottawa papotait, elle n'en démordait pas. Joséphine lui donnait raison. La Cuvillier, insinuait-elle, suivait notre père partout comme son ombre. Ça ne prenait pas un observateur futé pour en tirer des conclusions.

Bien que je n'aie guère eu d'estime pour Luce, je trouvais au contraire qu'elle faisait preuve de discrétion. Pendant notre séjour chez le capitaine, nous ne l'avions vue que deux ou trois fois et toujours en présence d'autres gens. Sauf ce fameux lundi, premier juillet 1867, source de nos plus récents malheurs.

Je revois le capitaine, rongeant son frein au milieu du salon, dans sa maison de brique au cœur d'Ottawa. Nous l'avions rejoint dans la capitale pour assister à la naissance du Dominion. C'était son œuvre à lui plus qu'à tout autre. Or, voilà qu'au cours de cette cérémonie historique tenue dans la salle du Conseil privé, sur la colline surplombant l'Outaouais, il avait appris en même temps que les invités qu'il n'avait pas droit aux honneurs conférés à son collègue John A. Macdonald. La reine Victoria considérait ce dernier comme le grand architecte de la Confédération et lui accordait le titre de chevalier du Bain. Cartier, lui, récoltait un prix de consolation.

Joséphine et moi ne savions quoi penser de cette humiliation. Assises aux premiers rangs, entourées de dignitaires triés sur le volet, de haut gradés et d'officiers en uniforme, nous observions notre héros, qui venait d'être relégué au second rang. Sur le coup, il demeura impassible mais, après la cérémonie, il cacha mal sa déception. Le titre de compagnon du Bain dont il venait d'hériter ressemblait à une décoration de pacotille. Nous le sentions blessé. De retour chez lui, il partagea sa déception avec nous.

« Ce n'est pas moi qu'on insulte, déplora-t-il en hochant la tête à répétition, c'est le peuple loyal que je représente. »

Notre séjour avait pourtant commencé dans l'allégresse. À minuit, la veille, un gigantesque feu d'artifice avait illuminé la ville, alors que cent un coups de canon saluaient la naissance du Canada. J'aurais dû être parfaitement heureuse. Mais je me sentais coupable d'avoir laissé maman seule à Montréal. Tout compte fait, je préférais qu'elle ne fût pas à Ottawa. Elle aurait bondi en entendant les invités vanter l'« Amérique anglaise » qu'elle rejetait. Plus que la chaleur suffocante, les centaines de petits drapeaux britanniques distribués aux passants l'auraient indisposée. Surtout, notre mère n'aurait pas eu de compassion pour le capitaine. Elle lui aurait fait sentir qu'il recevait un salaire mérité.

Papa venait tout juste d'emménager rue Maria, à l'angle de Metcalfe. Dans le salon s'entassaient pêle-mêle meubles neufs et bibelots anciens. Luce marchait de long en large parmi les cartons remplis de vieux papiers et les valises à moitié défaites. De temps en temps, elle se laissait tomber dans le gros fauteuil aux bras en chêne, derrière un paysage intitulé *View of Quebec*, puis elle se relevait d'un bond et reprenait sa marche d'une extrémité à l'autre du salon. Elle seule mesurait l'absurdité de la situation :

« Tu dois refuser ce titre, *George* », lui lança-t-elle tout à coup, sûre de ne pas se tromper.

Facile à dire ! pensai-je. On ne décline pas cavalièrement un honneur décerné par Sa Majesté.

« L'accepter équivaudrait à reconnaître que John A. Macdonald a mieux servi l'empire que toi, insista-t-elle. C'est inconcevable. »

Malgré l'affront, notre père refusait de blâmer Victoria. Il préférait croire que la reine avait été mal conseillée par le gouverneur Monck. D'ailleurs, il soupçonnait ce dernier d'avoir comploté avec Macdonald pour le priver d'une récompense équitable.

« Vous pouvez m'en croire, nous assura-t-il, ni l'un ni l'autre ne l'emportera en paradis. »

Jamais je n'avais vu mon père aussi meurtri, pas même le jour de la chute de son gouvernement.

« Qu'est-ce que ça fait, un compagnon du Bain ? lui demandai-je bien naïvement.

— C'est un vieux rite qui remonte au quatorzième siècle, m'expliqua-t-il. Au temps d'Henri IV d'Angleterre, les plus valeureux écuyers du roi avaient le privilège de prendre leur bain en même temps que lui, la veille de son sacre. D'où l'expression " compagnon du Bain ".

— Ouache ! Se laver dans la même eau que la grosse reine ? m'exclamai-je en pouffant de rire.

— Marie ! » me réprimanda le capitaine en pointant l'index dans ma direction.

Luce et Jos souriaient de ma gaminerie. J'étais assez âgée pour savoir que le bain n'avait rien à voir dans cette histoire, mais je cherchais à détendre l'atmosphère. Mon succès fut bien relatif, puisque cette gaieté artificielle retomba aussitôt.

Le capitaine nous relata ensuite sa conversation avec Macdonald cet après-midi-là. Ils venaient tous deux de prêter serment, ce dernier comme premier ministre et papa comme ministre de la Milice et de la Défense. À la sortie du parlement, sir John, comme il convenait désormais de l'appeler, l'avait retenu par le bras pour lui exprimer sa stupéfaction devant ce qu'il appelait une grave erreur dont il blâmait Lord Monck. Il lui jura avoir été tenu dans l'ignorance des intentions de la reine. Eût-il été mis au courant, il se serait opposé résolument à ce traitement en sa faveur.

« Tu ne l'as pas cru, j'espère ? » l'interrompit Luce.

Bien sûr que non. Après les manœuvres londoniennes de son collègue, le capitaine le savait capable des pires manigances, y compris de recommander au gouvernement anglais de lui accorder un titre inférieur au sien. Luce revint alors à la charge :

« Tu ne dois pas tolérer que les Canadiens français soient traités en citoyens de second ordre. »

Le capitaine ne demandait pas mieux que de lui donner raison. Ragaillardi, il disparut, le temps d'écrire à Lord Monck. Lorsqu'il réapparut, il nous lut des extraits de sa lettre particulièrement bien tournée. Il exprimait sa gratitude à la reine, mais réclamait néanmoins la permission de refuser la récompense. Le million de Canadiens français qu'il représentait avaient confiance en lui. Plus que tout autre politicien, il avait eu à lutter pour apaiser la susceptibilité des sujets de Sa Majesté au Bas-Canada. Or, ses compatriotes interprétaient comme un manque d'égards à son endroit le titre inférieur dont Elle le gratifiait. Leur amour-propre s'en trouvait blessé, etc.

Puisqu'il faut rendre à César ce qui appartient à César, je dois à la vérité de dire que, ce jour-là, Luce a sagement conseillé mon père. D'ailleurs, Victoria allait bientôt regretter son indélicatesse et faire amende honorable. Moins d'un an plus tard, elle nomma Cartier baronnet, une distinction supérieure à celle attribuée à Macdonald. À compter de ce jour, il devint officiellement sir George-Étienne Cartier et maman, lady Cartier.

~

À notre retour à Montréal, la future lady Cartier nous sembla mal en point, bien qu'elle s'en défendît. Nous brodions une tapisserie au boudoir lorsqu'elle commença à nous presser de questions. Qu'avions-nous fait à Ottawa ? Qui avions-nous rencontré ? Avec qui étions-nous sorties ? Comme chaque fois que nous rendions visite au capitaine, nous évitions les confidences au sujet de Luce, de peur que maman ne monte en épingle l'incident le plus anodin. Selon son habitude, elle insistait pour tout savoir. Le capitaine avait-il eu des invités ? Quelqu'un s'était-il informé d'elle ? Et Luce, comment se comportait-elle ? Tout cela dit d'un ton neutre. Jos était muette comme une tombe, moi pas. Sans le vouloir, je déclenchai une série de malentendus qui allaient provoquer de grands bouleversements.

Maman et moi avions mis de côté nos travaux d'aiguille pour pianoter en duo. Je lui racontai qu'à Ottawa j'avais chanté *Alouette* avec les amis du capitaine. Un député anglo-saxon qui reprenait le refrain ne comprenait pas les paroles, si bien qu'il chantait « *All wet* ». Elle en rit. Ensuite, j'essayai de lui jouer par oreille en la fredonnant une chanson entendue ce soir-là. Hortense, qui la reconnut, s'en étonna.

« Qui t'a appris ce vieil air ? me demanda-t-elle. Il y a longtemps que plus personne ne s'en souvient. »

J'hésitai, je cafouillai pour finir par lui dire la vérité :

« C'est Luce.

— Où ça ?

— Chez papa.

— Ah bon ! Elle a passé la semaine avec vous ?

— Non, maman, elle est venue un soir et elle est repartie avant minuit.

— Tu peux tout me dire, Marie. D'ailleurs, je suis déjà au courant. »

Elle prétendait qu'une amie – l'épouse d'un député, si je me souviens bien – s'était fait un plaisir de lui rapporter qu'à Ottawa la Cuvillier se faisait passer pour « madame Cartier ».

Naturellement, c'était là pure invention. Ayant saisi que ma mère me poussait à commettre des indiscrétions, je n'ajoutai rien. Mais elle poursuivit son enquête. Dans quelles circonstances Luce m'avait-elle appris cette chanson ? L'avait-elle chantée devant les amis du capitaine ? Étais-je au piano ?

« Oui, j'étais au piano. Oui, Luce chantait… Qu'est-ce que ça peut bien faire ? »

J'avais perdu patience. Déjà, je le regrettais, mais j'en avais trop dit. Ma mère semblait si affligée. Elle savait maintenant que j'avais accompagné Luce au piano, comme elle autrefois, dans nos soirées familiales. Qu'avais-je besoin d'ajouter que les amis du capitaine avaient repris le refrain en chœur ? Un moment ébranlée, le visage assombri, elle afficha ensuite la plus totale indifférence. Mine de rien, elle chercha à obtenir des aveux complets. Je me laissai piéger comme une enfant. Le mal était fait. J'eus beau l'assurer que Luce comptait parmi une vingtaine d'autres invités, maman ne m'écoutait plus, emmurée dans sa certitude : sa cousine n'avait pas respecté leur pacte. Cette femme se croyait tout permis, elle n'hésitait même pas à s'afficher chez son amant devant les filles de celui-ci, en présence d'amis.

« Ils me le paieront », jura-t-elle.

Ce jour-là, elle prit une décison inattendue qui allait chambouler notre vie.

XXXVI

Sir George et lady Cartier

Automne 1871

Hortense avait tout prévu. Des fleurs sur la table, un cigare cubain pour l'abbé et une charlotte russe, le délice de George-Étienne, pour le dessert. Le repas devait se dérouler exactement comme à la belle époque, quand son mariage rimait avec bonheur. Cela faisait partie de son plan.

Elle avait lancé ses invitations à l'avance. Son message piquait la curiosité. Un mot laconique : *J'ai une décision importante à vous communiquer et je tiens à ce que toute la famille soit là pour l'entendre.* Personne n'avait osé l'interroger. Surtout pas Cartier, trop obnubilé par Luce Cuvillier pour prêter attention à ses états d'âme.

Jusqu'à la dernière minute, elle redouta qu'il lui fasse faux bond. Elle avait peut-être éveillé sa méfiance en s'interdisant de lui dévoiler le but de sa convocation inattendue. « Il viendra, se rassura-t-elle enfin. Maintenant que la reine Victoria l'a élevé au rang de " sir ", il ne résistera pas à l'envie de se pavaner chez moi comme un petit coq de village. »

Tous les Fabre viendraient, elle n'en douta pas un instant. Même Hector, propriétaire-directeur du journal *L'Événement*, depuis quatre ans. Malgré la lourdeur de sa tâche, il lui avait promis d'être à Montréal ce dimanche.

Après la grand-messe, madame Raymond sonna la première. Elle arrivait à l'avance, soi-disant pour lui donner un coup de main. En vérité, la vieille dame mourait d'envie de savoir ce qui mijotait dans le cerveau d'Hortense. Elle la soupçonnait de vouloir s'établir dans une autre ville. Laquelle? Ottawa ou Québec? Avec ou sans son mari?

« Ma fille, lui annonça-t-elle, mine de rien, les sœurs de l'orphelinat aimeraient te nommer présidente du comité des fêtes annuelles. »

Hortense haussa les sourcils d'un air dubitatif. Madame Raymond lui sourit :

« Ton titre les impressionne. Elles souhaitent que lady Cartier s'implique davantage dans l'œuvre.

— Mon titre! Si vous saviez comme je m'en balance. Notre " sir George " peut s'enorgueillir d'avoir enfin été anobli par la reine, moi, je ne crois pas qu'accoler le mot " lady " à mon nom change la nature de mes rapports avec la belle société, ni avec les orphelins. Tout cela m'arrive trop tard. Dites aux sœurs que j'ai d'autres chats à fouetter.

— Toi, tu as quelque chose derrière la tête…

— Maman, ne me posez pas de questions. Vous saurez tout en temps et lieu. Soyez patiente. »

À midi pile, le chanoine Fabre débarqua, vêtu de son mantelet ecclésiastique neuf. Il parut surpris d'apprendre que Cartier serait présent, lui qui fuyait les dîners de famille.

« Pourvu qu'il ne m'entraîne pas sur le terrain politique », rouspéta-t-il.

Cartier, il le savait, n'avait pas apprécié la tiédeur de monseigneur Bourget pendant sa croisade en faveur de la Confédération, quelques années plus tôt. L'évêque de Montréal avait recommandé du bout des lèvres aux Canadiens français d'obéir à l'autorité légitime. En privé, il exprimait ouvertement ses craintes. Les droits des catholiques seraient-ils respectés dans ce vaste pays à majorité protestante? Édouard-Charles avait tenté de rassurer son évêque. Comme la plupart des membres du haut clergé, il voyait d'un bon œil cet immense Canada dont rêvait Cartier, à condition que la religion et la langue soient préservées. Certes, il savait son beau-frère ambitieux, peut-être même arriviste, mais de là à le croire capable de tromper les catholiques, c'était pousser trop loin le procès d'intention.

«Comment se porte monseigneur Bourget? lui demanda sa mère, dès qu'ils furent assis au salon.

— Son Excellence se laisse miner par les soucis», répliqua le chanoine en hochant la tête de droite à gauche pour marquer sa désapprobation.

L'évêque de Montréal menait une guerre acharnée contre les responsables d'une brochure infâme – oui, infâme, le chanoine le répéta à deux reprises – qui faisait l'éloge d'une sexualité débridée. Ce torchon se retrouvait dans les foyers chrétiens! Monseigneur Bourget n'aimait pas ce rôle de police des mœurs qu'on le forçait à jouer, mais avait-il seulement le choix?

«Notre évêque comprend mal pourquoi sa croisade lui attire les sarcasmes, commenta le chanoine. Croyez-moi, rien ne l'arrêtera, tant que les ouvrages qui bafouent le caractère sacré de la virginité et du célibat risqueront de tomber entre des mains innocentes.»

Joséphine me lança un regard entendu en écoutant notre oncle pérorer. C'était écrit dans le ciel, nous n'échapperions pas à sa litanie dominicale. Dans un instant, il se lancerait dans une longue diatribe sur le bras vengeur de Dieu, pour ensuite énumérer les châtiments encourus par les pécheurs. Il ressortirait de la poussière Marie-Madeleine, Sodome et Gomorrhe et autres références bibliques, dans l'espoir de troubler la conscience de ses nièces déjà en âge de convoler en justes noces, mais trop superficielles pour discerner le bien du mal. Une pluie de mises en garde allaient se répandre sur nos têtes. Combien de fois avions-nous entendu ses sermons? Une jeune fille est moins exposée à côté d'un serpent venimeux qu'en présence d'un jeune homme; le démon peut se servir de la danse pour perdre les chrétiens; les spectacles profanes altèrent le jugement et façonnent des cerveaux brûlés; les promenades entre jeunes gens sans surveillance sont l'occasion de péchés graves contre la chasteté…

«Vous m'avez bien compris? demanda-t-il en pointant un index sévère en notre direction.

— Oui, mon oncle, répondis-je en soupirant.

— Marie, regarde-moi dans les yeux, insista-t-il. Tu saisis, j'espère, l'importance de mes propos ? Je connais des jeunes filles douées de belles qualités, ayant reçu comme toi une bonne éducation mais qui, hélas ! ne joueront jamais le rôle de mères chrétiennes que Dieu avait prévu pour elles.

— Pourquoi ? Elles n'ont pas réussi à trouver de mari ?

— Sois sérieuse, Marie ! me reprocha tendrement madame Raymond, pourtant habituée à mes gamineries de petite fille qui refusait de vieillir. Écoute ton oncle. C'est pour ton bien.

— Non, Marie, ce n'est pas parce qu'elles n'ont pas trouvé d'époux dignes d'elles, reprit l'abbé sans se laisser impressionner par mon impertinence. C'est parce qu'elles ont flétri la vertu qui faisait leur ornement. Elles ont déshonoré leur nom et celui de leurs parents.

— Ce que tu peux être scrupuleux, l'abbé ! se désola Hortense. Ta crainte du péché de la chair te pousse à imaginer les pires calamités.

— Si je ne mets pas tes filles en garde, qui le fera ? riposta Édouard-Charles en montrant du menton la place vide de Cartier. Devant Dieu, nous avons la responsabilité de ne pas fermer les yeux sur leurs fréquentations. Qui te dit que les jeunes gens qui s'approchent de tes filles ne sont pas des loups ravisseurs cherchant à souiller leur âme ? »

Hortense hocha silencieusement la tête. Le prélat se tourna alors vers Joséphine :

« Et toi, ma grande, dis-moi ce que tu as retenu de l'Évangile, ce matin. »

Au grand soulagement de Jos, la sonnerie annonçant Hector coupa court aux épîtres de notre oncle puritain. Flora n'avait pas pu faire le voyage. Elle attendait un enfant et le médecin lui déconseillait les longs trajets en cet automne maussade.

« Lady Cartier en personne ! s'extasia-t-il devant Hortense.

— Ne te moque pas de moi, répondit Hortense en le débarrassant de son chapeau et de ses gants. Il y a bien assez de maman qui se laisse épater par ce titre de pacotille. »

D'entrée de jeu, le bouillant journaliste avertit sa sœur : il devait impérativement repartir par l'express de nuit. Son journal ne pouvait pas se passer de lui plus d'une journée. Les élections de l'automne 1867 avaient bien servi *L'Événement*. Après la victoire des conservateurs de Cartier, Hector avait eu la brillante idée d'inviter ses lecteurs à lui rapporter les cas de fraude et d'injustice dont ils avaient été témoins. Cela avait donné des pages et des pages remplies d'incidents à faire rougir les honnêtes citoyens. Des années après, le jeune directeur mesurait encore l'effet bénéfique de cette série de reportages sur la santé financière de son journal.

« Vous n'avez pas idée des choses scabreuses qui ont eu lieu au cours de cette campagne électorale, annonça-t-il aux siens, après les embrassades d'usage. À L'Assomption, on a congédié un chantre de la chorale paroissiale sous prétexte qu'un rouge n'est pas digne de chanter les louanges de Dieu à l'église. Ailleurs, des curés conservateurs ont refusé la communion à des sympathisants libéraux. Le vicaire général du diocèse de Québec a même encouragé ses ouailles à se débarrasser de tous ces impies. »

Ce comportement typique des bleus irritait Hector. Il ne tolérait pas davantage les fraudes électorales, peu importait de quel camp elles provenaient. Bon prince, le chanoine Fabre se contenta d'abord de l'écouter. Il commençait cependant à trouver que le fougueux journaliste en faisait peser lourd dans la balance du clergé.

« Écoute, Hector, l'évêque est parfois forcé de rappeler à l'ordre ses fidèles, affirma-t-il calmement. Quand un paroissien frappe son curé à la figure, comme l'a fait le député libéral de Rouville, par exemple...

— Ça n'a jamais été prouvé, l'interrompit Hortense. On dit qu'il a simplement levé la main sur lui. Cela me semble beaucoup moins grave que de priver de sacrements et de sépulture religieuse des électeurs dont l'unique tort est d'avoir voté du mauvais bord. À Saint-Hyacinthe, je me suis laissé dire que...

— Encore des rumeurs sans fondement répandues par les journaux libéraux, l'arrêta à son tour le chanoine qui, de toute évidence, préférait le bleu du ciel au rouge de l'enfer.

— Tu veux un cas concret, l'abbé? demanda Hortense. Eh bien! sache que le curé de Saint-Antoine, monsieur Dupuis, juge plus coupable de voter libéral que de commettre un vol ou un adultère. Il l'a claironné du haut de son perchoir. Bien entendu, il a refusé l'absolution aux rouges de sa paroisse. »

Hector énuméra d'autres cas aussi pathétiques. Un peu partout dans les campagnes, les sympathisants libéraux passaient pour des renégats, des suppôts de Satan. Toutefois, il donna raison à son frère sur un point : l'Église n'était pas seule à blâmer. Ç'avait été l'une des élections les plus malhonnêtes de mémoire d'hommes : émeutes, vols de boîtes de scrutin, coups en bas de la ceinture... À Montréal, le club des « manches de hache » avait semé la terreur dans l'est, alors que la *gang* de Griffintown avait fait du grabuge dans l'ouest.

« Et ça, c'est sans mentionner les cadeaux électoraux dont une pléthore de citoyens ont profité, déclara-t-il enfin.

— Parlons-en, du favoritisme, fit Hortense, contente d'ajouter son grain de sel. Dans Montréal-Est, le comté de George-Étienne, les amis du pouvoir ont reçu leur part du gâteau, vous pouvez me croire. »

Madame Raymond décocha une œillade inquiète à Hortense, comme pour la sommer de mesurer ses paroles devant ses filles. Mais maman l'entendait autrement. Nous connaissions déjà les combines de notre paternel. Combien de fois, devant nous, avait-il encouragé un patron à menacer ses employés de congédiement s'ils votaient rouge? Nous savions pertinemment que, dans certains quartiers populaires, les agents de Cartier payaient dix dollars le vote.

« Maman, plaida Joséphine, ce sont les mœurs électorales. Papa n'est pas pire que les autres. Tous les hommes politiques savent qu'on ne gagne pas les élections avec des prières.

— Je t'en prie, Joséphine, se fâcha l'abbé. Ne mêle pas la prière aux petits scandales de ton père.

— Et la violence? s'écria Hortense. Tu trouves normal qu'on roue de coups un électeur à cause de ses opinions?

— Œil pour œil, dent pour dent, répliqua l'impératrice qui, à force de discuter, améliorait son coup de griffe. Vous oubliez que le tavernier Joe Beef a déchargé son fusil sur les partisans de papa qui ne lui avaient rien fait. »

Hortense avait sa réponse toute prête, mais elle se ravisa. L'excitation de Joséphine montait d'un cran au fur et à mesure que la discussion se corsait. Elle défendait toujours son père bec et ongles, même le sachant coupable.

« L'abbé a raison, ce n'est pas le moment de s'asticoter, concédat-elle en souriant à Jos, surprise de sa propre témérité. Ne m'en voulez pas, je suis la digne fille du libraire Fabre. Je me laisse trop facilement porter par les démons de la politique.

— Bonne idée, changeons de sujet, approuva Hector. Dis-moi, Hortense, Cartier sera-t-il des nôtres ?

— Je l'attends, oui.

— Faudra-t-il l'appeler sir George ou baron ? » s'esclaffa-t-il en faisant allusion au titre de baronnet conféré à Cartier par la reine Victoria pour corriger son impair.

Quelle histoire ! En effet, Cartier avait fait le voyage jusqu'à Londres pour recevoir cet honneur des mains de la souveraine. Les journaux canadiens avaient rapporté que le « baron » Cartier s'était présenté devant la cour comme « un Anglais qui parle français ». Depuis, au pays, on le tournait en dérision, ce dont Hector ne se privait pas non plus.

Quand l'horloge sonna midi trente, la cloche de l'entrée retentit. « Cette fois, ce ne peut être que George-Étienne », supposa Hortense, tout de même étonnée qu'il n'entre pas avec sa clé. Malgré l'angoisse qui l'étreignait, elle ne dérogerait pas de son plan d'un iota.

Mais la bonne lui annonça plutôt l'évêque de Saint-Boniface.

« Monseigneur Taché ? s'exclama madame Raymond. Quel bon vent vous amène dans l'est ? »

Le corpulent prélat parut embarrassé de se présenter à l'heure du repas dominical sans s'être fait annoncer. Jamais il n'aurait osé, s'il n'avait éprouvé un urgent besoin de s'entretenir avec sir George. Il espérait le trouver à la maison.

«Nous l'attendons d'une minute à l'autre, le rassura Hortense. Voulez-vous vous joindre à nous?»

Monseigneur Taché fréquentait les Cartier et les Fabre depuis des années. Derrière ses lunettes rondes cerclées d'or, il cachait une physionomie bon enfant qui le rendait fort attachant. Ce qui ne l'empêchait pas de se montrer énergique. Une fois par année, parfois deux, il quittait les territoires du Nord-Ouest pour venir au Bas-Canada se retremper dans son milieu naturel. Jamais il ne refusait une invitation à dîner. Il profitait de l'occasion pour raconter à ses amis sa vie colorée de missionnaire chargé de veiller sur les âmes des impétueux Métis de Rivière-Rouge.

En toute autre circonstance, Hortense aurait eu envie de lui poser mille questions sur ses passionnantes aventures. Toutefois, le jour était franchement mal choisi. Bien qu'elle s'efforçât de masquer son agacement, il devina que son intrusion n'était pas opportune.

«Croyez bien, lady Cartier, que je n'ai pas l'habitude de forcer la porte des gens. Cependant, l'heure est grave, insista-t-il.

— Ne vous en faites pas, monseigneur, se ressaisit Hortense en rougissant. Vous êtes toujours le bienvenu parmi nous. Vous connaissez mes frères et ma mère, madame Raymond? Venez vous asseoir, c'est un réel plaisir de vous revoir.»

~

À une heure passée, Cartier n'avait toujours pas rappliqué. Les invités d'Hortense avaient épuisé les sujets d'actualité pour l'année 1871 : la mort de Louis-Joseph Papineau, le 23 septembre, à son manoir de Montebello, peu après qu'il eut traité Cartier de traître une dernière fois; la controverse qui entourait le dogme de l'infaillibilité du pape, promulgué par le Concile du Vatican, avec la bénédiction de Pie IX; la chute fracassante de Napoléon III, chassé de France. Après, ils avaient passé en revue les plus récents cataclysmes, dont l'embâcle printanier, rue de la Commune, à Montréal, avec ses glaces amoncelées jusqu'au pied du quai puis débordant dans le port, le tremblement de terre dans les montagnes de Charlevoix et l'incendie meurtrier au Saguenay. Monseigneur Taché avait obtenu des «eurk» et des «ouach» bien nourris de ma part en décrivant l'invasion de sauterelles, dernière plaie d'Égypte à s'être abattue sur l'Ouest. Il y en avait partout : dans la soupe, entre les draps, sous les vêtements, dans les bottes...

Madame Raymond s'informa ensuite des causes de l'assassinat du député Thomas D'Arcy McGee, tué en pleine rue à Ottawa et dont l'assassin avait eu droit à la dernière pendaison publique. Hector ne lui ménagea aucun détail : le drame était survenu à une heure du matin. Après avoir prononcé un vibrant plaidoyer pour convaincre les Irlandais des bienfaits de la Confédération, le député avait quitté le parlement. Il se dirigeait vers sa pension en fumant un cigare quand un immigrant, membre d'une société secrète vouée à la libération de l'Irlande du joug britannique, lui avait tiré une balle dans la tête.

«Papa a perdu un grand ami, révéla Joséphine qui avait fait la connaissance du député à Québec. Saviez-vous que D'Arcy McGee était comme lui un révolutionnaire repenti?

— Et comme lui, papa a reçu des menaces de mort, m'interposai-je à mon tour. À Ottawa, un détective garde sa maison en permanence. Un autre l'accompagne dans tous ses déplacements.»

Malgré ses efforts, Hortense n'arrivait pas à suivre la conversation, pourtant animée. Elle fulminait intérieurement. Son mari n'aurait-il pas pu, une fois dans sa vie, faire passer sa famille avant son travail? Ou sa maîtresse? Elle dépêcha un messager à l'hôtel Rasco pour l'avertir que l'évêque de Saint-Boniface l'attendait impérativement à la maison et retourna au salon en s'efforçant de maîtriser son mécontentement.

«Je suis désolée de ce fâcheux contretemps, dit-elle sans pour autant l'excuser. Si nous passions à la salle à manger?»

Hortense était bien la seule à s'en faire. Les Fabre ne se désolaient nullement de l'absence de Cartier, bien au contraire. Lui à table, ils auraient subi ses interminables monologues. Il s'était toujours pris pour le nombril du monde et rien n'indiquait qu'il changerait ses habitudes, encore moins maintenant qu'il était « siré ».

Comme de coutume, Édouard-Charles se chargea du bénédicité, après quoi il s'adressa à monseigneur Taché :

« Qu'est-ce qui vous ramène d'urgence à Montréal, monseigneur ?

— De bien tristes affaires, en vérité, répondit celui-ci. Mais hélas ! toujours les mêmes. Que voulez-vous ? On a spolié les Métis de leurs terres. On a vendu ces malheureux au Canada comme du bétail et on s'étonne qu'ils se soulèvent. »

L'année précédente, l'évêque avait prévenu Cartier que l'agitation couvait à Rivière-Rouge. Celui-ci l'avait rembarré cavalièrement. « Je suis mieux renseigné que vous sur ce qui se passe là-bas », s'était vanté le ministre de la Milice. Il devait s'en repentir car, peu après, il s'était vu obligé d'implorer l'aide de l'évêque pour apaiser la centaine de Métis ni plus ni moins sur le pied de guerre. Monseigneur Taché avait accepté de jouer le rôle de médiateur, après avoir arraché à Cartier la promesse que les rebelles obtiendraient l'amnistie s'ils déposaient les armes.

« Je reviens quémander, avoua le prélat sans cacher son dépit. L'amnistie promise se fait attendre et les Métis s'impatientent. Sir George me traitera probablement de prophète de malheur, mais je redoute des troubles plus sanglants encore.

— Votre protégé a-t-il encore fait des siennes ? l'interrogea madame Raymond.

— Louis Riel n'est pas un méchant bougre, le défendit l'évêque. Un peu bouillant, certes, parfois difficile à contrôler, mais très dévoué à la cause des siens. » Le prélat s'arrêta et, prenant lady Cartier à témoin, ajouta : « Riel a rendu de précieux services à sir George. Maintenant, il a besoin de son aide. »

Hortense pouvait en attester. Cartier avait bel et bien envoyé Louis Riel aux États-Unis pour espionner les Américains qui songeaient à annexer les territoires du Nord-Ouest. Son mari avait aussi demandé au chef des Métis de convaincre les siens de ne pas s'opposer à l'entrée du Manitoba dans la Confédération. Il jugeait impératif d'implanter une province française à l'ouest de l'Ontario et l'avait convaincu que les Métis y gagneraient.

« Je n'approuve pas leur révolte, mais je la comprends, avoua l'évêque. Les embûches qu'on dresse sur leur chemin depuis l'admission du Manitoba au sein du Canada me crèvent le cœur. »

Monseigneur Taché termina son palpitant récit en évoquant les humiliations subies par ses protégés. Il avait réussi à faire oublier l'absence de Cartier autour de la table. Tout le monde était suspendu à ses lèvres. Seule Hortense paraissait ailleurs. Elle contenait mal sa colère devant l'échec de plus en plus probable de son plan.

Deux heures allaient sonner quand Cartier, se confondant en excuses, se présenta enfin à la salle à manger. Les affaires de l'État, encore et toujours. Macdonald malade, il assumait le rôle de premier ministre du Canada, en plus de ses fonctions de ministre de la Milice.

« Si je comprends bien, le nargua Hector, depuis que le Bas-Canada est marié en secondes noces, vous ne vous appartenez plus.

— Vous n'avez jamais si bien dit, admit Cartier.

— Avouez, mon cher beau-frère, qu'il s'agit d'un mariage de convenances. Nous ne ressentons pas de passion délirante pour notre conjoint. Mais, comme les gens les plus épris ne font pas les meilleurs mariages, il y a de l'espoir.

— Puisque vous êtes là, mon cher Hector, je tiens à vous féliciter. Votre journal appuie toujours la Confédération. Pour combien de temps? ajouta Cartier en haussant les épaules. Nul ne sait à quel moment la girouette que vous êtes professera de nouveau la foi de feu monsieur Papineau, qui veille sur vous de l'au-delà.

— Tant que votre Dominion ne nuira pas aux intérêts des Canadiens français dont vous vous êtes porté garant, je l'appuierai. S'il viole leurs droits, vous me trouverez sur votre chemin, mon cher beau-frère! »

Tout cela avait été dit finement. Entre Cartier et Hector, les passes d'armes ne manquaient jamais d'être policées. Sans doute les deux hommes appréciaient-ils leurs mutuels talents de *debater*.

«Vos menaces me font sourire, répliqua Cartier. Souvenez-vous des préjugés que vos amis colportaient contre la construction du pont Victoria. On prétendait que la digue allait inonder Montréal. Le pont a plutôt inondé Montréal de prospérité. Il en sera de même de la Confédération, clama-t-il sur le ton du prophète.

— Nous verrons bien.»

Cartier s'adressa ensuite à monseigneur Taché.

«Ah! notre prêtre millionnaire est dans les parages! fit-il en serrant la main du prélat réputé pour s'être enrichi en devenant propriétaire.

— Sans terre, vous le savez comme moi, nous ne sommes rien», répondit celui-ci avec un sourire gêné.

Cartier déclina l'assiette froide qu'Hortense voulait lui faire monter de la cuisine. Il avait avalé une bouchée à son bureau. Mais il accepta volontiers un morceau de charlotte russe et une tasse de thé, avant de passer à la bibliothèque pour discuter seul à seul avec monseigneur Taché.

~

«Monsieur le ministre, je viens vous rappeler vos engagements. Vous m'aviez autorisé à promettre l'amnistie aux Métis s'ils déposaient les armes. C'est à cette condition qu'ils vous ont accordé leur appui. Or, ils attendent toujours… Vous n'allez pas les laisser tomber maintenant qu'ils vous ont démontré leur loyauté.»

Cartier esquissa une vilaine moue. Depuis plus d'un an, l'évêque de Saint-Boniface l'inondait de lettres réclamant la fameuse amnistie qu'il avait prétendument promise aux Métis.

«Je vous le répète, monseigneur, il ne m'appartient pas de pardonner aux rebelles. C'est le privilège de la souveraine.

— Vous jouez avec les mots, protesta l'évêque, toujours franc et direct. Vous m'avez assuré qu'ils ne seraient pas poursuivis par la justice. Or, après avoir tout obtenu d'eux, vous les livrez pieds et poings liés à l'ennemi orangiste. Tous les jours, vos soldats les traquent et les emprisonnent. Ils se sentent trahis.

— Qu'attendez-vous de moi ? J'ai menacé de démissionner si on touchait à un cheveu des Métis. Est-ce ma faute si le gouvernement est divisé ? J'ai payé la caution pour faire libérer trois de vos protégés. Et je vous ai indiqué la marche à suivre pour obtenir l'appui du Cabinet.

— Dites plutôt que vous m'avez renvoyé de *Charybde en Scylla*. Sir John noie les Métis dans une mer de colons anglais pour les faire disparaître du Manitoba. Quant à l'attitude du gouverneur général, elle frise l'insolence. Pour lui, les Métis sont des assassins et moi, leur complice.

— Écoutez, monseigneur, vos Métis ont exécuté un soldat ontarien. Ça n'arrange rien.

— Ce soldat a été jugé par le tribunal du gouvernement provisoire de Louis Riel que vous avez été le premier à reconnaître. Bon Dieu ! rappelez-vous vos jeunes années ! Il n'y a pas si longtemps, c'était vous, ce rebelle prêt à tout pour défendre les Canadiens.

— Si la milice m'avait arrêté pendant la rébellion, j'aurais mérité d'être châtié.

— Et les meurtres perpétrés contre les Métis ? Quand êtes-vous monté aux barricades pour réclamer justice en leur nom ? Y aurait-il deux poids, deux mesures ? Saviez-vous que vos soldats ivres ont défoncé la porte de la maison de Riel en criant qu'ils allaient le lyncher ?

— Conseillez donc à Louis de disparaître pendant un an, le temps que les esprits se calment, suggéra Cartier à bout d'arguments.

— Croyez-vous qu'il consentirait à abandonner son peuple au moment où votre gouvernement récompense les soldats ontariens en leur octroyant des concessions au Manitoba " pour services rendus " ? Pensez-vous que Riel prendrait la fuite, alors que les familles métisses voient leurs terres ancestrales passer aux mains des étrangers ?

— Je ne peux rien faire de plus », conclut Cartier, les bras au ciel dans un geste d'impuissance.

Il se leva de son siège pour signifier à l'évêque que la rencontre était terminée.

~

Monseigneur Taché tira sa révérence vers trois heures. Il remercia Dieu de l'avoir fait humble et respectueux des bonnes manières, sans quoi il serait parti sans même saluer lady Cartier.

Celle-ci le reconduisit à la porte, en espérant qu'il ne s'éternise pas sur le perron, même si elle compatissait sincèrement avec ses malheureux Métis abandonnés par son mari. Mais le moment crucial de la journée approchait enfin. Elle craignait que George-Étienne ne reparte en coup de vent, sans même lui laisser le temps d'exécuter son plan. Il avait regagné le salon du pas pressé de celui qui s'apprête à tirer sa révérence. Affalé dans un fauteuil, le chanoine Fabre achevait de déguster un gros cigare.

« Alors, demanda ce dernier à Cartier, avez-vous rassuré notre ami Taché ?

— Comment pourrais-je le rassurer ? Ce n'est pas moi qui dicte sa conduite à la reine. Il y a eu mort d'homme, à Rivière-Rouge, ne l'oublions pas. La loi est la même pour tous, y compris pour Louis Riel. »

Hortense songea à lui rappeler que les troupes anglaises avaient, elles aussi, tiré sur des Métis innocents. Mais chaque minute comptait. Comme elle l'avait prévu, Cartier refusa de s'asseoir, prétextant un rendez-vous urgent. Édouard-Charles s'apprêtait, lui aussi, à filer. Hortense sentit ses forces l'abandonner. Devait-elle s'avouer vaincue ? Ils partiraient donc tous sans même lui demander ce qu'elle avait de si important à leur communiquer ? Prenant son courage à deux mains, elle réclama un moment d'attention, obligeant son mari à prendre un siège malgré lui. Je m'approchai d'elle pour la réconforter. Plus nerveuse, Joséphine redoutait la réaction du capitaine à l'annonce de notre mère.

« Maman, l'abbé, Hector et toi aussi, George-Étienne, je vous ai réunis une dernière fois pour vous annoncer mon prochain départ en France, commença Hortense d'une voix tremblante qu'elle s'efforçait de maîtriser.

— Un voyage ?! Quelle bonne idée ! s'exclama madame Raymond.

— Non, maman, vous m'avez mal comprise, je pars pour une période indéterminée. Pour toujours, s'il n'en tient qu'à moi. Je quitte ce pays où je n'ai plus ma place.

— Qu'est-ce que tu racontes? l'interrompit Cartier d'un ton sec. Et nos filles? Tu as pensé à elles?

— Jos et Marie m'accompagneront, cela va de soi. Tu n'imagines pas que je partirais sans elles? Naturellement, j'ai obtenu leur accord.

— Nous reviendrons, papa», se hâta d'ajouter Joséphine.

Silencieuse, je me serrais contre maman pour lui apporter mon appui.

«Nous irons d'abord à Paris, expliqua calmement Hortense. Mae et Eddie Bossange nous accueilleront chez eux aussi longtemps que nous n'aurons pas trouvé un toit bien à nous. Les filles poursuivront leurs études de musique et de peinture. Elles continueront aussi à suivre des cours d'allemand. Il y a d'excellents professeurs en France.

— Ah! non, pas cette langue de barbares, ironisai-je, espérant détendre l'atmosphère.

— Et qui paiera pour cette vie de princesse?» rugit Cartier.

Hortense lui imposait une rupture définitive, ni plus ni moins. Dans son for intérieur, il avait souvent souhaité qu'elle disparaisse de sa vie. Toutefois, sa situation avait évolué. Il redoutait maintenant de voir ses démêlés conjugaux étalés sur la place publique. Surtout, il avait horreur d'être mis devant le fait accompli.

«Qui paiera? répéta Hortense, comme si la question lui paraissait futile. Leur père, évidemment. À moins que tu ne préfères que tes filles vivent aux crochets des Bossange? Je t'ai invité, ce midi, pour que nous convenions des arrangements. Si tu as encore une minute à m'accorder, nous en discuterons.»

~

Tout compte fait, les Fabre ne réagirent pas trop mal à la nouvelle de son départ. Dans sa naïveté, madame Raymond croyait qu'un changement d'air serait bénéfique à Hortense. Qui sait? La distance aidant, les choses finiraient peut-être par s'arranger entre elle et son mari ? Ne sachant trop s'il devait approuver ou condamner ce qui ressemblait à une séparation, Édouard-Charles se concentra sur l'avenir de ses nièces. Les voyages ne formaient-ils pas la jeunesse ? N'avait-il pas lui-même traversé la France et l'Italie au même âge ? Quelle chance il avait eue de baiser la bague de Pie IX !

Seul Hector comprenait véritablement ce qu'il en coûtait à Hortense de s'imposer un changement de vie aussi lourd de conséquences. Sa situation ne lui laissait pas d'autre choix. Au fond, cela le soulagerait de la savoir à Paris. Connaissant sa passion pour la littérature, il pariait qu'elle ne s'y ennuierait pas. Dans le brouhaha du départ, il trouva le moyen de lui glisser à l'oreille qu'il était fier d'elle. Il fallait du courage pour affronter la famille et elle s'en était tirée haut la main.

Une fois seule avec Cartier – nous avions déguerpi en même temps que les Fabre –, Hortense s'efforça de garder son sang-froid. Elle avait bien manœuvré jusque-là. Pour rien au monde, elle ne devait se laisser intimider par la mauvaise tête de son mari. Une seule chose comptait : il devait accepter de financer son séjour à l'étranger. Autant dire qu'elle lui faisait payer sa liberté retrouvée.

Cependant, rien ne se passa comme prévu. L'humeur belliqueuse de George-Étienne s'estompa presque aussitôt, faisant place à une tristesse profonde. La décision d'Hortense l'atterrait. Il tenta d'abord de la dissuader en faisant appel à son sens des responsabilités. Ne jouissait-elle pas désormais du privilège de s'appeler lady Cartier ? Avec le titre venaient les obligations. Maintenant qu'il était premier ministre, fût-ce par intérim, on attendait de sa femme une présence constante à ses côtés, aux réceptions officielles comme au sein des bonnes œuvres.

« Eh bien, mon cher, tu aurais dû penser à cela avant. C'est toi qui as une double vie. Alors tu feras comme aux fêtes de la Confédération, tu demanderas à Luce Cuvillier de t'accompagner. »

Elle parlait calmement, à voix basse. Esquissant un geste d'insouciance, elle ajouta : « Que le diable emporte les mondanités ! J'ai ma vie à rebâtir sans toi. Joséphine et Marie m'approuvent. »

Justement, c'est là qu'il voulait en venir. Hortense n'avait pas le droit de le priver de ses filles. Cette fois, elle explosa.

« Mon pauvre George-Étienne, tu ne les vois plus qu'en présence de ta maîtresse, tes adorables filles. Penses-tu que ce soit sain pour des demoiselles en visite chez leur père de devoir composer avec une étrangère qui se croit tout permis ? »

Cartier protesta avec véhémence. À Ottawa, Luce était parfois son invitée, mais il vivait seul. Hortense le fixait de ses yeux bleus empreints d'une ironie glaciale. Elle se sentait invincible. Sa décision, elle l'avait arrêtée en apprenant de la bouche de Joséphine que la Cuvillier s'exhibait partout comme la femme de Cartier. Pis, elle jouait à l'hôtesse dans les soirées qu'il donnait les samedis. Surtout, qu'il ne nie pas. N'avait-il pas demandé à Marie d'interpréter des airs connus au piano, afin que sa maîtresse puisse chanter devant ses invités ?

« J'avais conclu un pacte avec Luce, reprit Hortense en le défiant. Elle l'a violé. Je suis libre d'aller où bon me semble, que cela te plaise ou non. J'en ai assez de me cacher.

— Ne pars pas, Hortense, je t'en supplie, tu nous ferais un tort irréparable, à moi et aux filles, la pria Cartier en dernier ressort.

— Sache que ce n'est pas un coup de tête. J'ai eu amplement le temps de mûrir mon projet. Il est irrévocable. »

Cartier mesura alors pour la première fois son impuissance. Hortense en profita pour le narguer :

« Les filles sont ravies à l'idée de voyager. Elles ont la bougeotte comme leur père. Tu verras, tu y gagneras au change. Tu seras enfin libre de vivre ta vie avec ma cousine. Quant à moi, je repars à zéro.

— Que puis-je dire pour te convaincre de réfléchir à nouveau à cette décision aberrante ?

— C'est tout réfléchi. Je te prierais de ne pas me mettre des bâtons dans les roues. S'il n'en tient qu'à moi, mon cher époux, tu ne me reverras pas de sitôt. »

Hortense se trompait, ô comme elle se trompait ! Cartier la reverrait plus vite qu'elle ne l'avait imaginé.

XXXVII

Le beau Henri

Décembre 1871

Ça jouait du coude, au quai d'embarquement de Portland, dans l'État du Maine. Au milieu de la cohue, maman, Jos et moi montions à bord de l'*Hibernian* à la queue leu leu, le pas traînant, la mort dans l'âme. Trois somnambules dans la foule bigarrée et indifférente des voyageurs.

La veille, les adieux à la gare Bonaventure avaient été déchirants. Grand-mère en larmes, la vieille Alice que nous n'allions plus revoir, l'abbé, pour une fois muet, mais qui n'en finissait plus de nous bénir… Jamais je n'oublierai le visage impassible du capitaine. Pas un sourire, à peine un baiser glacial, il avait tourné les talons avant que les moteurs de la locomotive ne vrombissent. Dans le train de nuit qui nous avait emmenées aux États-Unis, aucune de nous trois n'avait fermé l'œil. Le matin s'était levé, lumineux, plein de promesses. Un jour nouveau, une vie nouvelle peut-être? Le train était entré en gare à l'heure dite et un cab nous avait conduites au port.

Il régnait sur le pont une confusion indescriptible. Parents et amis inondaient les passagers de recommandations. Tant bien que mal, nous nous sommes frayé un chemin jusqu'au pont supérieur. Puis le gong du départ a retenti et ceux qui n'avaient pas d'affaire à bord ont disparu. Maman paraissait si affligée! Des larmes ruisselaient sur son visage. Si elle avait su qu'elle ne remettrait jamais les pieds en Amérique, elle aurait sans nul doute dévalé la passerelle pour retourner sur la terre ferme.

À des centaines de milles de Montréal, la pensée de son mari la poursuivait. Qu'allait-il inventer encore, grands dieux! pour l'empêcher d'être heureuse? Jusqu'à la veille du départ, il avait exercé sur elle toutes sortes d'intimidations. Il ne s'opposait pas à un voyage en Europe, mais, lui objecta-t-il, un séjour prolongé mettrait notre avenir en péril. Mieux valait nous décrocher un mari au Canada. Hortense l'avait défié. Or, le capitaine avait la rancœur féroce. Tel elle l'avait connu, tel il demeurait.

Malgré son insistance, il n'avait pas réussi à la fléchir. Elle lui avait cédé sur un seul point : pour protéger sa réputation d'homme politique moralement intègre, elle ne demanderait pas le divorce. À présent, elle tournait la page. Si l'on peut dire, car avec deux filles à marier et des moyens limités, dans une France où tout coûtait horriblement cher, rien ne s'annonçait facile. Les yeux égarés au loin, elle esquissa un sourire timide quand les premières vibrations du transatlantique se firent sentir. Comme si elle jetait ses regrets par-dessus bord, avec son mari, qui lui avait brisé le cœur.

J'observais Joséphine. Sa peine était tout intérieure. De nous deux, c'est elle qui regrettait le plus d'être séparée de notre père. Elle posa sa main sur celle d'Hortense quand le paquebot s'ébranla. Durant les préparatifs, ma mère et ma sœur s'étaient soutenues mutuellement. Quand la crainte m'étreignait, l'une ou l'autre s'efforçait de me rassurer. C'était émouvant de les contempler, belles et tristes à la fois.

Ces derniers temps, elles avaient épuisé le lexique des infamies à débiter sur une personne détestée. J'étais gênée de les entendre médire de Luce. Je n'aimais pas particulièrement cette femme responsable de notre cauchemar familial, mais je n'admettais pas que l'impératrice ait accepté sa main tendue et ses largesses, pour ensuite la diaboliser. Jos n'avait jamais manifesté la moindre animosité envers la maîtresse de notre père en sa présence. Or, devant maman, elle n'en finissait plus de moquer son faux accent anglais et sa façon prétentieuse de relater sa «fabuleuse» visite au *Windsor Palace*, sans jamais mentionner qu'elle s'y était présentée en simple touriste, puisque seul le capitaine était l'invité de la reine Victoria.

Un léger malaise s'installa entre nous. Joséphine me tenait responsable de ce départ précipité sur fond de tempête conjugale. Elle avait beau rêver de Paris depuis belle lurette, elle me reprochait d'avoir rapporté à maman ce qui se passait à Ottawa. D'imaginer Luce chez papa avait déclenché une escalade de disputes entre nos parents et décidé Hortense à prendre la route de l'exil.

Il m'arrivait encore de penser que ma mère exagérait la gravité des faits reprochés à Luce. Peut-être cherchait-elle l'occasion d'en finir une bonne fois avec sa vie de femme trompée au vu et au su de tous? En réalité, Luce ne s'exhibait pas au bras du capitaine, comme maman le soutenait. Et cet unique soir où je l'avais accompagnée au piano, elle avait pris soin de garder ses distances vis-à-vis de mon père.

Hortense ne se trompait pas, cependant, en affirmant que, dans la capitale, leur liaison ressemblait à un secret de polichinelle. Là comme ailleurs, il ne manquait jamais d'âmes charitables pour propager les rumeurs. Du reste, partout où passait Luce, on la jalousait. Elle avait de l'esprit et brillait trop dans les salons pour ne pas éveiller l'envie. J'imaginais mal une femme du monde comme elle, vivant sa vie aussi librement, faire tapisserie dans les salons en se cachant derrière son éventail.

L'impératrice me rejoignait sur un point : ce séjour à l'étranger exercerait une influence bénéfique sur notre mère. Jos aurait cependant voulu éviter les drames et les pleurs. Elle soutenait que le capitaine nous aurait laissées partir avec sa bénédiction si c'était elle qui lui en avait fait la demande. Contrairement à maman et à moi, ma sœur réussissait à le faire plier. À mon avis, cette fois-là, elle s'illusionnait. De toute manière, Hortense n'avait qu'un désir : couper les ponts à tout jamais avec lui.

« Et toi, Marie, ça va ? » me demanda maman en me voyant perdue dans mes pensées.

Ça allait couci-couça. Les derniers jours m'avaient paru pathétiques. J'avais hâte de les oublier. Surtout, ne plus penser à ce père indigne qui gâchait ma jeunesse. Je voulais rayer de ma mémoire Montréal, ville de querelles et de grincements de dents.

À présent, le navire prenait le large. Devant moi, le pays s'éloignait, je le distinguais à peine. Il n'y avait plus de retour possible. Autant profiter de cette superbe journée et attendre que la grande aventure commence. J'avais vingt ans et, comme maman, je souhaitais lancer mon amertume à la mer. Quant à ce qui m'attendait en Europe, j'aurais bien le temps de m'y accoutumer. Pour le moment, je circulais sur le pont à la recherche d'un beau jeune homme avec qui flirter. J'étais folle des garçons et rien d'autre ne m'intéressait.

Nous étions trente-sept passagers en première classe. Quelques militaires anglais, des touristes de Chicago avec femmes et enfants et des négociants cubains. Au premier coup d'œil, personne de bien excitant à bord. Mais j'avais de bonnes raisons d'espérer. Je humais l'air étonnamment doux pour un début de décembre. On se serait cru en octobre. Une espèce d'été des Indiens à retardement.

Je dus à regret mettre fin à ma chasse à l'homme, car nos bagages venaient d'arriver sur le pont. Assises comme de vraies immigrantes sur nos caisses, il nous fallut attendre trente minutes avant qu'un bagagiste consente à porter jusqu'à notre cabine la grosse malle dont nous aurions besoin pendant la traversée et consigner les autres à la cale.

~

Les premiers jours, un fichu mal de mer nous obligea à rester étendues sur nos couchettes. Et puis, ce fut la résurrection, pour reprendre l'expression de Joséphine. Les vents nous étaient contraires, mais le navire fendait les vagues. Point de roulis, un léger tangage. En mer, les heures coulent lentement, c'en est désespérant. Nous avons fait des *puzzles* et lu des poèmes de Byron jusqu'à plus soif. J'ai aussi fumé en cachette, derrière la *wheel house*, en compagnie d'un officier un peu grassouillet à mon goût mais fort sympathique. Pendant ce temps, le capitaine Tyler faisait les yeux doux à maman qui, ma foi, ne s'en plaignait pas, du moins au début. En vue de l'Irlande, nous avons croisé des voiliers et quelques vapeurs. Puis, l'Angleterre dont nous avions tant entendu parler apparut, avec ses châteaux Tudor et ses cottages couverts de lierre.

Dans le port de Liverpool, des embarras aux douanes exaspéraient Hortense. Fort heureusement, le capitaine Tyler nous tira de ce mauvais pas. Il nous accompagna jusqu'à Londres. Le trajet effectué dans un wagon particulier nous réconcilia avec les aléas du métier de voyageuses que nous apprivoisions à la dure. Cette fois, j'ai fumé en présence de maman qui n'osa pas me l'interdire devant le capitaine Tyler épaté par ma témérité.

J'ai adoré Londres au premier coup d'œil, même si le soir, dans les rues, l'éclairage au gaz conférait un aspect lugubre à la ville. J'aurais aimé livrer mes impressions à papa dont c'était la ville fétiche, mais je lui en voulais trop pour lui écrire. Son indifférence, sur le quai de la gare, m'était restée en travers de la gorge. Il ne méritait pas que je lui accorde une seule de mes pensées. Au *Crop Hotel*, j'ai dormi comme un loir, dans une chambre équipée non pas d'une mais de deux cheminées.

Le capitaine Tyler nous prêta sa voiture *brougham* pour faire le tour de la *City*. Rien au monde ne m'a semblé plus saisissant que *Westminster Abbey* dont j'avais vu tant d'illustrations chez le capitaine. Nous avons aussi assisté à une représentation de *Pygmalion* au *Hay Market*. L'actrice, *Miss* Robertson, a joué divinement le rôle de Galatée et le comédien incarnant le roi légendaire de Chypre était magnifique. Au risque de passer pour prétentieuse, je dirais qu'il m'a fait de l'œil, comme j'ai pu l'observer avec ma lunette.

J'aurais voulu planter ma tente à Londres, où la vie me semblait délicieuse. Quel bonheur de prendre *l'afternoon tea* avec des *ladies* et de se laisser courtiser par d'élégants jeunes Anglais! Hélas! il fallut me résoudre à plier bagage. Nos moyens ne nous permettaient pas de nous éterniser en Angleterre, à cause du coût de la vie exorbitant. Maman invoqua une raison secrète de vouloir gagner le continent. Elle désirait échapper à l'emprise du capitaine Tyler qui la poursuivait de ses assiduités. Imaginez! Il avait eu le culot de lui envoyer sa photographie accompagnée d'une invitation à passer la semaine à sa maison de campagne.

Le même jour, le groom nous livra une lettre de Mae expédiée de France. Cela tombait pile. La tribu des Bossange nous attendait à bras ouverts au château de Meung-sur-Loire.

~

Les bateaux-mouches sous le pont d'Austerlitz, les promenades aux Champs-Élysées, les heures à bouquiner le long des quais de la Seine, les affiches de théâtre au coin des rues, le café au lait, les gâteaux moka fourrés d'une crème au beurre parfumée… Voilà les images qui me restent de ma saison parisienne. Que de temps passé les yeux rivés au ciel à compter les dômes, les tours, les flèches et les coupoles, à admirer l'Arc de triomphe et les Invalides, à flâner en galante compagnie dans les jardins du Luxembourg ou à magasiner au Louvre ! Jos et moi pouvions toujours compter sur une escorte en la personne de l'un ou l'autre de nos séduisants cousins Bossange : Paul, Léopold, Gustave, les deux Henri…

Après quelques jours de grisaille hivernale au domaine de Meung-sur-Loire, à petite distance d'Orléans et de Blois, la vie s'annonçait plus palpitante à Paris. Si le château des Bossange, enveloppé dans les conifères et le houx, nous avait impressionnées, l'ambiance tristounette des environs nous poussa à déguerpir. Notre grand-tante Julie, sœur de grand-père Fabre, chercha à nous retenir auprès d'elle pour évoquer le souvenir du libraire, mais maman déclina son aimable invitation en lui promettant de revenir avec le beau temps.

Même maman paraissait contente de reprendre la route. Elle nous avait promis de ne plus jamais sombrer dans la mélancolie et elle ne flanchait pas. Dès notre arrivée à Paris, elle s'activa à organiser notre quotidien, pensant y trouver une consolation. Son amie Mae s'avéra de bon conseil. Pour dénicher une pension convenable, nous avons dû ratisser les beaux quartiers, avant de repérer un appartement minuscule, près du parc Monceau. Avant tout, maman loua un piano, un besoin vital pour elle comme pour moi. Il lui arrivait encore d'interpréter une musique dont les accents poignants nous déchiraient le cœur. Son mari se glissait alors dans ses pensées. Les yeux noyés de larmes, elle se laissait bercer par son concerto. Mais, avant la dernière note, elle se reprenait en main.

Pauvre maman! Si désemparée, si craintive. Elle se méfiait de tout un chacun. On voyait bien qu'elle n'avait pas l'habitude de jouer tous les rôles à la fois. À l'heure des grosses et des petites corvées, sa bonne Alice lui manquait. La pénurie de devises compromettait notre vie mondaine. Pour acheter un parapluie ou une simple paire de gants, nous devions faire d'interminables calculs. Choisir l'un revenait à se priver de l'autre. Les Bossange offrirent à maman de la dépanner, mais elle était trop fière pour accepter la charité. Je sais maintenant que notre séjour à Paris a été pour elle une véritable course d'obstacles. Elle avait surévalué nos ressources et sous-estimé la détermination du capitaine à nous laisser crever de faim dans l'espoir de mettre un terme à notre odyssée.

Joséphine vivait mal cette insécurité. Sa santé en pâtissait. De violentes crises d'angoisse la laissaient dans une torpeur mélancolique. Tard la nuit, elle livrait ses chagrins à son journal. Plus que tout, le silence rancunier du capitaine la minait. Une fois sa bougie éteinte, je l'entendais sangloter. Je m'approchais d'elle dans le lit que nous partagions et je caressais ses longs cheveux dénoués.

«Tu as de la peine, Jos?

— Papa nous a abandonnées, gémissait-elle. Je n'arrive pas à accepter que nous n'existions plus pour lui.»

La veille de Noël, les seules nouvelles qui nous parvinrent du Canada n'avaient rien de réjouissant. Maman avait marché sur son orgueil pour demander un peu d'argent à madame Raymond, mais celle-ci ne pouvait nous être d'aucun secours. Elle avait avancé à l'oncle Hector (il avait les poches trouées, celui-là) les fonds dont il avait besoin pour son journal et elle se trouvait maintenant à court de liquidités. Hortense avait ensuite songé à vendre notre argenterie qu'elle avait eu la bonne idée de faire transporter chez les Fabre, peu avant notre départ. Sans représenter une fortune, le fruit de cette vente nous aurait permis de respirer pendant quelque temps.

Grand-mère refusa. L'étalage au grand jour de notre situation pécu-
niaire, craignait-elle, nous livrerait aux commérages.

J'avoue à ma courte honte n'avoir guère porté attention aux
soucis matériels de ma mère. Ni à l'expression tendue de son visage.
Je me comportais comme une jeune fille insouciante qui se laisse
entraîner un jour chez le bottier et le lendemain chez la couturière,
pendant que Joséphine et maman imploraient les banquiers de
nous consentir un prêt. J'étais terriblement frivole! J'allais chez le
coiffeur où l'on me bichonnait comme une Parisienne, avant de
prendre place dans la loge de mes cousins au Palais-Royal. Entourée
de la crème de la société, j'assistais à une représentation de *Faust*,
légère, romantique et, ma foi, un peu trop désinvolte.

Je ne pensais qu'à m'amuser. J'adorais danser. Je me souviens
de ma première valse, un soir de bal. Dans mon journal, j'ai noté :
It does not come to my expectations. Assurément, on ne sautillait pas
en France comme au Canada. Heureusement, j'avais un excellent
cavalier en la personne d'Henri Salles.

Henri, que j'ai tant aimé! Beau à souhait, de taille élancée et
plutôt mince, il s'habillait comme un *gentleman*. Il avait cet air
distingué des fils de bonne famille. Ses petits yeux gris de myope
clignaient. Dans sa bouche bien dessinée, un compliment n'attendait
pas l'autre. Nous venions de fêter le jour de l'An 1872 lorsqu'il a
commencé à me conter fleurette. Il avait d'abord paru hésiter entre
Jos et moi. Finalement, ma gaieté l'avait emporté sur la mélancolie
de ma sœur, parfois déroutante à cause d'un mal de vivre qui, chez
elle, semblait incurable.

Joséphine fut la première à remarquer qu'Henri montrait sa
préférence pour moi. Elle en prit ombrage.

« Je fais toujours bois vert, se désola-t-elle.

— Tu ne souris pas assez, lui reprochai-je. On dirait que rien
ne t'amuse. Les garçons veulent rire, danser, chanter. Toi, tu te
montres maussade sans raison, hautaine même.

— Hautaine, moi ? »

Je n'insistai pas, de peur de l'indisposer. Du moment qu'elle
acceptait de me chaperonner, c'est tout ce qui m'importait. Si par

malheur elle m'avait fait faux bond, maman ne m'aurait pas laissée sortir seule avec Henri. Jos nous accompagna en excursion à Versailles, jusque dans la chambre à coucher de Louis XIV. Nous visitions souvent le Louvre, où je préférais la *Vénus de Milo* et Henri, la *Psyché*. Un jour, lors d'une promenade «*rather sentimental*» au bois de Boulogne, un ami d'Henri s'intéressa à ma sœur. Il n'en fallut pas plus pour que je m'évanouisse dans la nature avec mon amoureux. J'avais eu un mal de chien à coller mes accroche-cœurs sur les tempes et il s'amusait à les défaire. Comme je m'y attendais, il essaya de m'embrasser, mais je lui échappai au dernier moment. Pour se faire pardonner, il m'emmena manger des fraises à la crème au clair de lune.

Les après-midi de pluie, nous fumions comme des cheminées dans la chambre d'Henri ou dans la mienne, bien que cela lui fût interdit à cause de ses fragiles poumons. Certains jours, il toussait à fendre l'âme. Sa pâleur m'inquiétait. Même après une randonnée à cheval au grand air, il respirait bruyamment. Mais à vingt ans, on se croit invincible. Aussi vivait-il comme tous les jeunes gens de son âge, sans se soucier de sa santé. Je l'aimais à la folie. Nous nous disputions souvent pour avoir ensuite le plaisir de nous réconcilier.

Dear Henry, comme je l'appelais, me fit sa grande demande un dimanche de canicule. Après la messe à la Madeleine, nous marchions au hasard sur la rive droite de la Seine. J'avais ouvert mon ombrelle car, sous ce soleil de plomb, la chaleur m'incommodait. Henri commença par m'annoncer qu'il devait se rendre à Londres pour ses affaires. Cela l'ennuyait de se séparer de moi. À n'en pas douter, il allait se languir d'amour.

«Et vous? me demanda-t-il, comme s'il quêtait une déclaration. Comment emploierez-vous votre temps?

— Ne vous en faites pas pour moi, lui répondis-je, croyant le rassurer. Dimanche, j'irai aux courses à Longchamp. Je prendrai l'omnibus et j'y passerai la journée.

— À Longchamp? répéta-t-il. Moi qui voulais vous y emmener!»

Il paraissait déçu. Sans doute espérait-il que je me morfonde en son absence. J'eus pitié de lui:

«Vous me manquerez aussi, fis-je en passant mon bras sous le sien. Vous occuperez toutes mes pensées depuis l'aurore jusqu'à minuit, je vous le promets.»

Le Paris qui défilait sous nos pas n'avait pas de secret pour Henri. Depuis sa tendre enfance, il en connaissait chaque arrondissement comme le fond de sa poche. Les chics hôtels, les somptueuses boutiques et les cafés à la mode... tout l'incitait à m'inonder d'anecdotes pittoresques. Je m'arrêtai un moment pour délacer ma chaussure qui me serrait le pied. Il m'aida à me relever. Je sentais qu'il manigançait quelque chose. Nous étions alors devant la Bourse. Pendant deux interminables minutes, il détailla avec une curiosité excessive l'édifice qui ressemblait à un temple grec.

«Vous venez?» dis-je pour le ramener à la réalité.

Nous marchions en silence. Au pied de la colonne Vendôme, il se perdit dans des détails plus ou moins ennuyeux. Que m'importait qu'on ait fondu douze cents canons autrichiens, prussiens et russes pour exécuter ce trophée de bronze? En sentant sa main glisser dans la mienne, je tressaillis. Mon cœur battait la chamade. Alors il se tourna vers moi et me dit d'une voix chaude que je ne lui connaissais pas :

«Voulez-vous m'épouser?

— Oui, oui, oui...» répondis-je vivement.

Cela sortit tout naturellement. Je pensais aux héroïnes à qui l'on demandait la main dans les romans : la scène se déroulait de préférence dans un salon bourgeois, elles portaient des toilettes vaporeuses et leur soupirant cachait des fleurs derrière leur dos. La proposition d'Henri n'avait rien de conventionnel. Et ma réponse manquait assurément de décorum. J'avais toujours cru que, le jour venu, je me figerais sur place, incapable d'émettre un son. Craignant d'avoir acquiescé trop précipitamment, j'ajoutai en bredouillant :

«C'est-à-dire... oui, je veux bien devenir votre femme, si vous me le demandez sérieusement.

— Mais je suis très sérieux, protesta-t-il, s'amusant de ma remarque.

— Ne vous fâchez pas. Je voulais simplement m'assurer que ce ne soit pas un coup de tête.»

Alors il fit mine de mettre un genou à terre et réitéra sa demande. De nature impatiente, j'aurais voulu l'épouser tout de suite. L'avenir me souriait. Nous allions vivre à Paris, nous aurions une ribambelle de petits Salles… Maman habiterait tout près. Henri finirait bien par trouver un mari à Jos, elle était si belle, si intelligente. Pour une fois, il était d'accord sur tout. À un détail près :

« Ma petite Marie, il serait plus sage d'attendre l'automne pour nous marier », m'annonça-t-il avec fermeté.

J'acquiesçai en faisant la moue. Henri m'assura qu'en octobre les Bossange rentraient tous à Paris. Il les inviterait à la noce. Il fallait aussi donner à papa le temps de traverser l'Atlantique.

« Croyez-vous qu'il consentira à notre mariage ? » me demanda-t-il.

Sa question me glaça. Le capitaine ne nous avait écrit qu'une seule fois en neuf mois. Henri proposa alors de lui envoyer un mot pour lui demander officiellement ma main. Je m'y opposai. Il valait mieux que Joséphine le prévienne d'abord. Elle saurait trouver les mots pour lui arracher son accord.

L'impératrice accepta de jouer l'intermédiaire. Une seconde lettre du capitaine arrivée la veille lui redonnait espoir. Non seulement il nous accordait la permission de poursuivre notre séjour en Europe, mais il promettait de nous envoyer de l'argent prochainement.

La lettre de Jos au capitaine était sublime : *Cher papa, j'ai une merveilleuse nouvelle à vous annoncer*, commença-t-elle de son écriture chargée de fioritures. *Monsieur Henri Salles veut épouser notre Marie. Il compte vous écrire pour solliciter votre consentement. Il a vingt-deux ans et s'adonne aux affaires avec succès. Vous connaissez l'excellente famille de ce jeune homme, puisqu'il est le petit-fils de notre grand-tante Julie Bossange, la sœur de grand-père Fabre, etc.*

La réponse du capitaine ne tarda pas. Elle était adressée à maman qui me la tendit après l'avoir lue.

« Voilà la dépêche de ton père, me dit-elle. Il eût mieux valu ne pas lui écrire. »

Joséphine lut par-dessus mon épaule. Papa m'ordonnait de ne plus revoir ce jeune Français apparenté aux Fabre. Jamais un membre de la famille d'Hortense ne me passerait la bague au doigt! Si je ne mettais pas fin illico à cette idylle, il menaçait de nous couper les vivres. D'ailleurs, il songeait à nous rapatrier au Canada, sinon nous allions dilapider tout son argent en frivolités et en extravagances.

«Ton père est en colère contre moi, mais il se venge sur toi, ma pauvre chérie», se désola maman, impuissante à me consoler.

Je sanglotai pendant un bon moment. J'étais révoltée contre cette injustice. Maman, elle, en voulait à mort au capitaine et Joséphine, pour une fois, se montrait très dure envers lui.

«Quel argent avons-nous tant dépensé? explosa-t-elle. Papa nous a laissées sans le sou depuis des mois. Dire que nous nous sommes imposé tant de privations pour en arriver là! À la première occasion, il nous ordonne de rentrer au pays. Quel père insensible!

— Maman, ma petite maman, j'ai une idée qui ne vous plaira pas, dis-je à mon tour en pesant chacun de mes mots. Si je demandais à cousine Luce d'intercéder en ma faveur auprès de papa?»

J'avais exprimé cette intention sans penser à mal. Je savais que Luce se trouvait en Angleterre pour le mariage de Clara Symes. Nous n'étions pas invitées à la cérémonie, mais rien ne nous empêchait d'aller la surprendre après la noce.

«Qu'en pensez-vous? Ne me refusez pas cette faveur, c'est ma seule planche de salut.»

Maman réfléchit un moment. Je sentis que mon projet ne lui souriait guère. Mais elle l'approuva finalement.

Je me raccrochai à cet espoir. Si quelqu'un pouvait voler à mon secours, c'était bien cousine Luce.

XXXVIII

La fin du rêve

Septembre 1872

Le mariage inespéré de Clara avec le marquis Napoléon-Joseph de Bassano, un descendant de la noblesse italienne, combla Luce. Quel coup de maître, tout de même, que cette union de sa nièce orpheline et de celui qui avait été le grand chambellan de Napoléon III jusqu'à la défaite des Français contre l'armée prussienne, deux ans plus tôt. L'empereur déchu vivait maintenant retiré à *Camden Place*, en banlieue de Londres. Malgré la maladie de la pierre dont il souffrait, il n'aurait pas raté la noce de son aide qui l'avait suivi en exil. Sa femme, l'impératrice Eugénie, une amie intime de la reine Victoria, l'avait accompagné.

«Comme mon père serait fier de sa petite-fille!» pensait Luce en revivant l'événement. La cérémonie nuptiale avait eu lieu à la fin du mois d'août. Personne n'avait vu autant de carrosses et de laquais en livrées écarlates dans les rues de Londres depuis le mariage de Louise, la fille de la reine Victoria, qui en mars avait épousé le marquis de Lorne. Ni autant d'invités brillants et élégants dans un temple religieux. La chronique londonienne s'en était délectée.

Éblouissante dans sa longue robe en fils de coton crochetés au décolleté carré peu échancré et à traîne allongée, Clara, blonde et mince, avait l'air de sortir tout droit d'un conte de fées.

Par malheur, il y avait un grand absent en ce jour mémorable : *George*. Les élections l'avaient retenu au Canada. Clara aurait tant voulu remonter l'allée au bras de celui qu'elle considérait comme son second père. Luce n'avait pas ménagé sa peine pour combler ce vide qui les affectait toutes les deux. Après avoir vécu à Ottawa presque comme mari et femme pendant un an, jamais elle n'avait imaginé se retrouver sans son amant dans un moment pareil.

Luce se reposait maintenant à Brighton, dans le Sussex. Non loin de la capitale, c'était la station balnéaire la plus en vue des îles britanniques. On l'appelait *London by the sea*. Sa plage sur la Manche courait sur cinq milles.

La lettre de Marie l'avait rejointe chez ses amis anglais. Luce n'avait pas grande envie de répondre à cet appel au secours. Depuis le départ d'Hortense et de ses filles, aucune d'entre elles ne s'était rappelée à son bon souvenir. Le temps avait pansé sa blessure d'orgueil, mais les choses avaient bien changé ces derniers mois. Ses petites-cousines ne semblaient pas au courant de l'épreuve qui frappait leur père. Luce aurait préféré ne pas en être la messagère. Pour Joséphine et Marie, elle incarnait l'oiseau de malheur. Sa réponse au mot de cette dernière s'avéra on ne peut plus laconique : *Je serai à Brighton au cours des prochaines semaines*, écrivit-elle. *Si vous passez par là, toi et ta sœur, je vous laisse l'adresse de mon club équestre.* Elle aurait franchement pu se montrer plus invitante. À tout le moins, elle ne fermait pas la porte.

En septembre, la plage anglaise attirait presque autant de touristes que la Côte d'Azur. Les chauds après-midi, Luce flânait sous un parasol piqué dans le sable, avant d'aller rejoindre ses relations mondaines au pavillon, des ducs et des comtes rencontrés avec *George* et qui appréciaient sa compagnie. Elle se sentait parfaitement à l'aise dans ce monde où elle passait facilement pour une Anglaise. Cartier avait toujours envié sa facilité à s'exprimer dans la langue de Milton. Il avait lui-même acquis un riche vocabulaire, sans jamais parvenir à se débarrasser de son vilain accent.

Chaque matin, elle filait au club équestre où elle avait aussi des amis très chers, bien qu'elle préférât monter à cheval seule. Le cob anglais à la crinière coupée qu'on lui avait attribué convenait parfaitement à son tempérament énergique.

Ce mardi-là, vêtue d'une amazone noire et coiffée d'un haut-de-forme, elle avait parcouru une dizaine de milles dans la campagne anglaise sans chercher à ralentir la course de son cheval. Toutes ses pensées allaient vers *George*. Il ne lui écrivait plus. Pas même un mot pour lui annoncer sa défaite cinglante aux élections de septembre. Comme il devait en être affligé ! pensa-t-elle. Quelle injustice ! Il s'était dépensé sans compter pour ses compatriotes, au point d'y laisser sa santé. Cette humiliation, cette ingratitude, il ne les avait pas méritées. Luce aurait voulu le réchauffer de son amour. Mais il avait coupé les ponts pour des raisons qu'elle n'arrivait pas à accepter totalement.

Au bout d'une heure, sa bête échauffée par le galop déboucha dans une clairière et avança au pas jusqu'à l'écurie. Luce venait de sauter à terre lorsqu'elle reconnut à l'arrière d'un fiacre garé devant le club la tête bouclée de Marie. Le visage radieux, sa petite-cousine agitait la main dans sa direction. Luce tendit la bride de son cheval à un groom et se dirigea vers la voiture en se demandant si Hortense allait aussi en descendre. Dieu merci, elle n'était pas venue.

∾

Je m'avançai vers Luce, suivie de Jos qui n'était pas loin de trouver notre intrusion déplacée.

« Bonjour, mes chouettes, comme disait votre grand-père Fabre, fit Luce. Vous avez fait bon voyage ?

— Pas vraiment », lui répondis-je avec ma franchise habituelle, avant de me lancer dans une longue énumération de tous les pépins que nous avions essuyés depuis notre départ de Paris : une traversée de la Manche orageuse, une pension londonienne bourrée de cafards, la pluie torrentielle et, comble de malchance, des places bon marché dans le train de Brighton...

« Nous sommes descendues au vilain hôtel Albionnade que le cocher nous a recommandé lorsqu'il a compris que nous n'avions pas les moyens de nous offrir des chambres dans un établissement de première classe. C'est ce qui arrive à celles qui font des économies de bouts de chandelles !

— Arrête, Marie ! se fâcha Joséphine qui détestait ma déshonorante habitude d'étaler nos problèmes à tout vent. Laisse plutôt Luce nous parler du mariage de Clara, ce sera cent fois plus intéressant.

— Si vous permettez, je vais d'abord aller faire un brin de toilette, dit Luce. Attendez-moi au *coffee shop*. Demandez qu'on vous conduise à ma table. Je vous y rejoins dans un instant. »

Luce nous trouvait bonne mine. Nous portions de charmantes tenues parisiennes et étions coiffées à la dernière mode. La tournure qui, en France, avait remplacé la crinoline et qui venait à peine d'arriver à Londres rallongeait la silhouette. Le dépaysement leur a fait du bien, se dit-elle en se passant une serviette mouillée dans le cou et sur les joues, avant de rafraîchir son maquillage. Luce ne nous avait pas revues depuis un an. Joséphine ressemblait de plus en plus à Hortense. L'éclat des yeux était le même, le sourire aussi angélique et la réserve distinguée. Moi, toujours bavarde comme une perruche, j'avais mûri quand même. L'adorable espiègle avait cédé la place à une demoiselle accomplie qui n'avait pas froid aux yeux. « Celle-là, c'est une fonceuse comme son père », pensa Luce en rangeant son fard à joues dans son sac. Elle se contempla une dernière fois dans le miroir, espérant trouver dans son apparence le courage qui lui faisait défaut. Puis, elle se dirigea vers le *coffee shop* d'un pas lent, comme pour retarder une rencontre qu'elle redoutait. En passant entre les tables, elle aperçut des visages connus. Elle prit la peine de saluer, parfois même de s'arrêter, le temps de serrer une main. Tant de choses avaient changé, se répétait-elle en s'assoyant avec nous, les filles de son amant. Elle ne savait pas par où commencer. Fallait-il tout nous dire ?

« Alors ? Racontez-moi ce qui vous amène à Brighton, commença Luce, après avoir commandé du thé et des *cookies*. Je t'avoue, Marie, que ta dépêche m'a surprise. Après un aussi long silence, j'ai pensé que cela devait être grave pour que tu te rappelles mon existence, au point de traverser la Manche pour venir me voir. »

Saisissant le reproche à peine voilé mais tout à fait mérité de Luce, Joséphine baissa la tête. Moi, je rougis tout bêtement. Luce avait raison. Comment osais-je venir lui demander de l'aide après m'être montrée si distante ?

« Il m'arrive une chose épouvantable, dis-je, décidée à aller droit au but. Je suis fiancée à Henri Salles, un jeune Français beau comme un dieu grec, intelligent, promis à un bel avenir… L'homme idéal ! Il a tout ce qu'une jeune fille peut désirer. Seulement voilà : le capitaine s'oppose à notre mariage parce qu'Henri est lié à la famille Fabre. Je viens donc vous implorer, chère cousine, d'intercéder en ma faveur auprès de mon paternel. Si quelqu'un peut lui faire changer d'idée, c'est bien vous. D'ailleurs, je suis sûre qu'il ne vous a pas consultée avant de prendre cette décision cruelle et indigne d'un père qui aime sa fille.

— Ne l'accable pas, Marie, c'est toi qui es injuste, me gronda Luce. Ton père traverse une période très éprouvante en ce moment. Mais, tu as raison, il ne m'a pas demandé mon avis.

— Pouvez-vous m'aider, Luce ? l'implorai-je en posant ma main sur celle que ma cousine laissait inerte sur la table.

— Cela me sera difficile », répondit-elle en ne faisant aucun mouvement pour retirer sa main.

À présent, je me tortillais sur ma chaise :

« Je vous en supplie, aidez-moi. Vous saurez le ramener à de meilleurs sentiments, j'en suis convaincue.

— Autant te prévenir, ma petite Marie, ton père et moi avons rompu », avoua Luce après une hésitation.

La révélation, si subite, nous laissa, Jos et moi, interloquées.

« C'est impossible », balbutiai-je en voyant mon dernier espoir fondre comme neige au soleil. Sans Luce, je n'arriverais jamais à ébranler la détermination du capitaine.

« Je ne peux pas le croire ! fit à son tour Joséphine qui fronça les sourcils, comme si la chose n'avait aucun sens. Que s'est-il passé ?

— Il y a plus grave encore, poursuivit Luce en esquivant la question. Ce que j'ai à vous apprendre vous peinera et je vous en demande pardon à l'avance. »

De plus en plus saisies par la gravité de notre cousine, Jos se montrait perplexe et moi, anxieuse. Luce avala une gorgée de thé et nous annonça sans déposer sa tasse :

« Votre père est malade. Très malade. »

~

Tout avait commencé peu après notre départ. À Ottawa, l'hiver avait démarré en lion. Forts vents, froids pénétrants, humidité malsaine. Déjà épuisé par sa tâche, *George* avait abusé de ses forces pendant la session qui s'était terminée dans un indescriptible brouhaha. Il avait attrapé un refroidissement dans le train qui le ramenait à Montréal. Après quelques jours de repos chez Luce, les pieds sur la bavette du poêle, comme il aimait dire, il espérait venir à bout de cette indisposition. Un peu de temps et beaucoup de tranquillité le remettraient sur pied. Mais son mal s'avéra plus pernicieux qu'il ne l'avait d'abord cru. Juste avant Noël, les premiers symptômes d'une néphrite chronique, connue sous le nom de maladie de Bright, étaient apparus.

« Ses chevilles et ses pieds se sont mis à enfler, raconta Luce en imitant avec ses mains la taille anormale de ses membres inférieurs. J'ai voulu mander le médecin. Votre père a refusé. Il se disait victime d'une attaque de goutte combinée à une vilaine grippe. Il m'a assuré que, après deux ou trois bonnes nuits de sommeil, tout rentrerait dans l'ordre. »

À force d'insister, Luce avait réussi à le garder au lit toute une semaine. Cependant, Cartier n'était pas un malade docile. Malgré le sérieux avertissement du médecin qu'il avait finalement consenti à voir, il avait repris le collier trop tôt. Luce, qui l'avait suivi à Ottawa, l'avait exhorté à la prudence jusqu'à en devenir agaçante. Peine perdue. Au parlement, il somnolait durant les débats, ce qui ne lui ressemblait guère. Il n'avait plus l'énergie d'antan. Cela sautait aux yeux, sa résistance s'effritait. Lorsqu'il souffrait trop, il rentrait à la maison, s'installait sur un sofa devant le feu de cheminée et continuait à potasser ses dossiers.

Luce détourna la tête pour échapper au regard consterné de Joséphine. Sa nature de femme forte lui interdisait d'étaler sa peine en présence d'autrui. Personne n'avait à connaître son désespoir.

« C'est donc si grave ? se hasarda Jos.

— Le médecin m'a personnellement prévenue : cette maladie des reins est dangereuse. Pour guérir, il aurait fallu que *George* cesse toute activité. Mais vous le connaissez comme moi, même malade, il n'en fait qu'à sa tête. »

Avec l'arrivée du printemps, l'exercice et le grand air aidant, *George* avait pris du mieux. Luce, qui l'avait traîné presque de force à la campagne, avait sincèrement cru qu'il vaincrait son mal. Ne terrassait-il pas tous les obstacles sur son passage ? Elle sourit en évoquant sa nouvelle passion pour l'horticulture. Ensemble, ils avaient planté une dizaine d'arbres fruitiers sur son domaine du bout de l'île. Que de bons moments ils avaient passés à materner les pruniers, les pêchers et les cerisiers ! Mais le premier ministre Macdonald s'était déclaré malade et Cartier avait dû le remplacer au pied levé. Il avait regagné la capitale où mille soucis l'attendaient. À force de ténacité, la récalcitrante Colombie-Britannique avait fini par entrer dans la Confédération. Pour la convaincre, il avait dû promettre qu'un chemin de fer traverserait les Rocheuses, ce qui n'avait pas eu l'heur de plaire à ses collègues.

« C'est la dernière fois que je l'ai vu heureux, affirma Luce. Son grand Dominion s'étendait enfin de l'Atlantique au Pacifique. Comme un enfant fier de son coup, il a alors inventé un slogan : " *All aboard for the West* ". »

Rue Maria, à Ottawa, *George* avait repris ses fameuses soirées mondaines. Ses adversaires politiques aussi bien que ses amis faisaient des pieds et des mains pour se faire inviter aux « samedis de Cartier ». Il lui arrivait encore de chanter en solo, mais il n'y mettait plus l'ardeur d'antan et, le lendemain, il se retrouvait complètement à plat.

« Et son canot ? demandai-je, fait-il toujours monter ses amis dans son canot ?

— Non, Marie, il n'y a plus de canot », répondit simplement Luce.

Que pouvait-elle encore ajouter ? La veille de son départ pour l'Angleterre, ils s'étaient fait leurs adieux. *George* paraissait mal en point. Il ne lui avait pas donné signe de vie depuis. Désormais, elle comptait sur Maurice pour la tenir au courant de l'évolution de la maladie. Les dernières nouvelles n'étaient pas rassurantes.

« Va-t-il guérir ? demanda Joséphine d'une voix étouffée qu'elle s'efforçait de maîtriser. Je vous en prie, dites-moi qu'il va guérir ? »

Luce sourit tristement à Jos dont le regard errait par-dessus son épaule. Le mal de Bright était incurable. La science pouvait cependant retarder l'échéance. Il fallait s'accrocher à cet espoir.

« Je le souhaite de tout mon cœur, ma chérie, articula-t-elle enfin en posant sa main sur celle de Joséphine. Le sort de ton papa est actuellement entre les mains d'excellents médecins. Je l'ai supplié de venir se faire soigner à Londres. Le grand spécialiste, sir George Johnstone, a conçu un traitement à base de lait et d'œufs qui, paraît-il, fait des miracles. »

Les renseignements que Luce nous livrait au compte-gouttes provoquèrent tout un choc. Un profond désarroi se lisait sur le visage de Jos. Je posai la question qui me brûlait les lèvres :

« Pourquoi l'avez-vous quitté, Luce ? Puisqu'il est si malade, n'a-t-il pas besoin de vous ?

— Ce n'est pas moi qui en ai décidé, c'est lui. »

Luce se tut. Elle se refusait à pousser plus loin la confidence. Ses petites-cousines n'avaient pas à connaître le fin fond de sa rupture. *George* avait mis fin à leur liaison à la demande de son confesseur. L'abbé Joseph-Alexandre Baile, dont elle n'avait jamais pu supporter l'arrogance, l'avait exhorté à mettre son âme en règle avant de rencontrer son créateur. Le prêtre s'était présenté chez Cartier soi-disant pour s'enquérir de l'amélioration de son état. Il s'était fait annoncer et, après avoir obtenu l'assurance que personne ne viendrait les déranger, s'était enfermé avec lui dans le salon pour lui reprocher à mots couverts sa liaison extra conjugale qui faisait jaser en ville, en plus d'offenser Dieu et l'Église. Affaibli par la maladie,

George s'était laissé ébranler par les arguments de son confesseur, sans pour autant se résigner à lui obéir.

Croyant le danger conjuré, Luce avait baissé la garde. Ce moment d'inattention lui avait été fatal car, un mois plus tard, l'abbé Baile était revenu à la charge. Il avait prié Cartier de passer le voir à sa chambre du vieux séminaire de la place d'Armes, à Montréal. Cette fois, il avait fait montre d'autorité pour ramener sa brebis égarée dans le droit chemin. « Vous devez rompre avec cette femme si vous voulez retrouver l'état de grâce », lui avait-il ordonné.

Comme c'était absurde ! Dans la bouche du confesseur, Luce devenait Marie Madeleine et *George*, le pécheur repentant qui devait repousser sa tentatrice. Son pauvre amant était si vulnérable qu'il avait avalé sans discernement le prêchi-prêcha de son ancien professeur du Collège de Montréal. Peu après, il avait annoncé à sa maîtresse que, bien qu'il l'aimât du plus profond de son être, il devait renoncer à elle. Dieu le lui ordonnait.

Effondrée, Luce avait tenté de le raisonner. Comment pouvait-il la congédier ainsi ? Dieu était infiniment bon, lui avait-elle rappelé. Dieu connaissait la pureté de leur amour. Dieu n'avait-Il pas permis qu'ils se rencontrent et s'aiment ? Et maintenant qu'il abordait une page éprouvante de son existence, ce Dieu si compatissant envers les malades ne pouvait pas lui demander de faire le sacrifice de celle qui le chérissait le plus au monde. Il n'était pas assez cruel pour ordonner que *George* se retrouvât seul au moment d'affronter le poison qui le minait.

Luce l'avait supplié de la laisser prendre soin de lui. Elle avait encore tant de bonheur et d'amour à lui donner. Mais sa supplique arrivait trop tard, l'abbé Baile avait réussi à troubler la conscience de *George*. Luce avait pris le bateau, anéantie par le chagrin et redoutant de ne plus jamais revoir son amant. La maladie et les sermons de l'abbé Baile avaient eu raison de leur passion qu'elle croyait éternelle. Naturellement, elle ne nous raconta pas ce désolant épisode.

Dans la grande salle qui ressemblait plus à un restaurant *high class* qu'à un *coffee shop*, toutes les tables étaient maintenant occupées et un léger murmure s'élevait autour de nous. Ni Jos ni moi n'osions insister. Luce, fermée comme une huître, n'entendait pas en dire davantage. Sa lèvre supérieure trembla légèrement lorsqu'elle avança une explication peu convaincante mais ô combien rassurante :

« Je pense que votre père a pris sa décision en pensant à Hortense. Votre mère a beaucoup souffert à cause de lui. Il veut probablement se racheter. »

Je restai sans voix. Se pouvait-il que mon vieux rêve de voir mes parents réunis se réalise ?

XXXIX

La statue déboulonnée

Un cab déposa Hortense devant l'entrée du *Westminster Palace Hotel*, dans *Victoria Street*. Le hall, complètement désert, était illuminé comme un jour de fête. Les voyageurs canadiens argentés s'y donnaient rendez-vous. Rien à voir avec les pensions modestes où lady Cartier et ses filles descendaient à Londres. Elle ralentit le pas, avant de s'arrêter au pied du grand escalier. Ses yeux se posèrent sur un homme âgé. Écrasé dans un fauteuil profond, il paraissait minuscule. À côté de lui, sa canne. Il leva les yeux de son journal et, l'apercevant, lui fit un signe de la main. C'est seulement alors qu'elle reconnut George-Étienne.

Était-ce vraiment lui, cet homme amaigri? Hortense le regarda se lever péniblement. Il chancela. Elle crut qu'il allait perdre l'équilibre. Mais il se redressa. Sous sa redingote prince Albert un peu ample, il portait une chemise blanche à pans coupés et une cravate noire. Son chapeau de soie tournait entre ses mains. Au cou, un cordon soutenait son lorgnon. Ses cheveux coiffés vers l'arrière avaient blanchi en un an. Hortense sentit sa gorge se serrer. Comme il avait changé!

Lui, le regard posé sur elle, il la trouva resplendissante. Puis il la jaugea en se demandant quelle attitude adopter. Sans réfléchir, Hortense se précipita vers lui et l'entoura de ses bras. Il parut surpris par ce débordement d'affection. Ses yeux s'embuèrent. Incapable de prononcer un seul mot, il la fixait tristement.

«Mon pauvre ami!» laissa-t-elle échapper en posant un baiser sur sa joue émaciée.

Par pudeur, elle s'écarta et, regrettant son geste instinctif, coupa court à toute nouvelle effusion de tendresse. Mais la glace était brisée et Cartier en parut soulagé. Ayant proposé à Hortense de s'asseoir, il promena ses yeux alentour. Où était passé Thomas ? Son fidèle valet accourut aussitôt :

« Lady Cartier, mes hommages. » Puis, se tournant vers Cartier, il demanda : « Sir ?

— Thomas, trouvez-nous un coin tranquille, lui ordonna-t-il avant de poursuivre en anglais. *Not too far, I wouldn't have the strenght to walk very far.* »

Hortense pensa : il n'a pas perdu la vilaine habitude de s'adresser à son majordome dans la langue des maîtres. Un sourire gêné éclaira les traits cernés de son mari, tandis qu'elle lui donnait le bras jusqu'à la salle de lecture. Ils s'installèrent l'un en face de l'autre. Thomas referma la porte derrière lui. Cartier s'avisa alors qu'il s'agissait de la pièce dans laquelle Macdonald l'avait trahi, lors de la Conférence de Londres, six ans plus tôt. Il ne jugea pas opportun de s'en ouvrir à sa femme.

« Les filles viendront nous retrouver pour le dîner, lui annonça-t-elle. J'ai pensé que nous avions des choses à régler avant que tu les revoies. En attendant, elles passent l'après-midi au *British Museum*. »

Cartier en convint. Ils devaient réapprendre à se parler. Mais, auparavant, il saisit l'occasion de s'épancher, ce qui consterna Hortense. Il ne l'avait pas habituée à ses plaintes. Relevant le bas de son pantalon, il lui montra l'enflure à sa cheville. Le moindre effort suffisait à provoquer le gonflement de ses membres inférieurs. Ses maux de tête lancinants allaient aussi en empirant.

« *But life goes on !* » conclut-il, pour se faire pardonner cet aveu de faiblesse.

Au bout de quelques minutes, il annonça qu'il avait un urgent besoin d'aller au cabinet de toilette et lui demanda de bien vouloir appeler Thomas. Il urinait jusqu'à un gallon par jour, lui confia-t-il avant de quitter la pièce, flanqué de son valet.

Lorsqu'il eut disparu, Hortense réalisa combien ses muscles étaient tendus. Sa mère l'avait pourtant prévenue du choc qui l'attendait. Madame Raymond avait vu son gendre un mois avant son départ pour l'Europe. C'est à peine si elle l'avait reconnu. « Il n'est plus que l'ombre de lui-même », lui avait-elle écrit. Leurs proches mettaient sur le compte de sa déconfiture électorale la détérioration de son état. À l'évidence, cela n'expliquait pas tout.

Hortense ne put s'empêcher de penser à Joséphine et à Marie, si fragiles en ce moment. Comment réagiraient-elles en voyant leur père dans cet état ? L'annonce de son arrivée à bord du *Prussian* les avait troublées. Impossible de deviner ce qui, des retrouvailles imprévues ou de la confirmation de son mal incurable, les terrifiait le plus.

Au lieu de les rassurer, la visite éclair d'Hector et de Flora à Londres avait ajouté à leur anxiété. Les journaux canadiens qu'ils avaient apportés dans leurs bagages relataient avec force détails la défaite de Cartier aux dernières élections. C'était ahurissant de voir les caricatures le représentant en courtisan prétentieux ou en marionnette ridicule. Les commentaires ne manquaient pas de piquant non plus. Même son complice de toujours, le journaliste Arthur Dansereau, promu directeur de *La Minerve*, avait fini par le lâcher. Selon Hector, Cartier avait finalement rencontré son Waterloo. S'il recouvrait un jour la santé, jamais il ne retrouverait son panache d'antan. Sa carrière s'arrêtait abruptement. On le considérait comme un homme fini.

Dix minutes passèrent avant que Cartier ne réapparaisse dans la salle déserte. Hortense l'observait toujours avec le même sentiment de pitié. Il sembla agacé de voir posé sur lui son regard dans lequel il lisait la compassion, mais ni tendresse ni amitié.

« Ma chère Hortense, dit-il sèchement, ne cherche pas plus loin, ton mari que tu as quitté sans un regret te revient bien mal en point.

— Tu t'es probablement surmené pendant les élections, suggéra-t-elle sans relever l'allusion narquoise.

— Eh oui ! j'ai été battu dans mon propre comté. Je n'ai pas de mal à imaginer ta joie lorsque tu l'as appris, ricana-t-il en la dévisageant.

— Tu crois vraiment que je souhaite ton malheur ? soupira-t-elle, vexée. C'est mal me connaître. Pourquoi tant de méchanceté ? Décidément, tu ne changeras jamais. »

Ignorant sa dénégation, Cartier se crut avisé de la prévenir qu'elle ne devait pas se montrer trop pressée de l'enterrer. Il guérirait et on le reverrait bientôt au parlement. D'ailleurs, il s'était dégoté un nouveau comté. Monseigneur Taché avait convaincu le Métis Louis Riel de se retirer de la course en sa faveur. Il avait réussi à se faire élire au Manitoba sans jamais y mettre les pieds. Tout un exploit !

« Riel peut maintenant exiger de toi le pardon qu'il attend en vain depuis longtemps, dit-elle, cinglante, pour lui rendre la monnaie de sa pièce.

— Autrement dit, tu penses qu'il m'a acheté ? Pauvre Hortense ! Tu n'arrives même pas à être subtile. Sache que Louis Riel m'a envoyé un télégramme de félicitations. Et je ne lui ai rien promis. »

Hortense eut alors envie de plaquer cet homme malade et aigri qui glissait dans la mesquinerie. Diminué physiquement et moralement, il trouvait encore l'énergie de la mépriser. Elle se l'était imaginé brisé, vulnérable et, pour changer, sensible aux autres. Quelle naïveté de sa part. À croire que son instinct de bagarreur lui survivrait ! Cela fit sourire Hortense. D'indifférence, car elle ne voyait plus d'intérêt à le clouer au pilori. Seule la pitié pour cette moitié d'homme qui n'avait plus rien du tombeur d'autrefois la guidait désormais. C'était d'ailleurs l'unique raison de ces retrouvailles londoniennes.

« Je suis venue pour t'apporter mon aide », lui annonça-t-elle d'un ton neutre. Elle s'interrompit, puis retira brusquement son offre : « Comme c'est idiot de ma part ! J'oubliais, tu as Luce... »

Il la regarda avec une sorte de surprise teintée de soupçon et s'interdit de lui répondre. Hortense interpréta mal son silence. Au fait, se demanda-t-elle, qu'en est-il de ses amours avec Luce ? S'ils ont bel et bien rompu, comme celle-ci l'a annoncé aux filles, George-Étienne aurait dû protester. Mais il restait là, immobile, le visage fermé, sans rien dire. Elle le força alors à réagir :

« J'espère au moins que tu n'as pas invité ta maîtresse à dîner avec nous ce soir?

— Faut-il absolument que tu me rabâches encore ta rancune maladive? lâcha-t-il enfin d'une voix dure. Encore une fois, tu n'y es pas du tout. Si je suis venu à Londres, c'est justement pour fuir Luce.

— Drôle de façon de t'éloigner d'une femme en débarquant dans la ville où elle se trouve! observa Hortense d'un ton ironique.

— Luce s'en retourne en Amérique, ma chère. Elle s'embarque ces jours-ci sur le *Prussian*. Je le tiens de la bouche de Maurice. Je ne l'ai pas revue et n'ai pas l'intention de la revoir. »

Hortense lui opposa un visage d'une indifférence inconcevable seulement un an plus tôt. Cartier comprit alors sa méprise. Sa femme n'éprouvait plus de jalousie. Il lui expliqua à voix basse qu'il n'entretenait plus aucun lien avec Luce depuis plusieurs mois déjà, même s'il lui conservait toute son amitié. Hortense baissa les yeux en entendant ce demi-aveu qui lui faisait plaisir, même si elle n'osait pas se l'avouer. Tiens! une réaction, tout de même, pensa Cartier en l'épiant du coin de l'œil. Se sachant observée, Hortense balaya sa robe du revers de la main afin d'en chasser une saleté imaginaire.

« Elle t'a repoussé? persifla-t-elle, pour faire oublier son moment de faiblesse tout à fait involontaire. C'est bien Luce. Elle n'aurait que faire d'un homme malade. »

Cartier serra les poings. Hortense cherchait à le blesser. Il avait fermé cette page de sa vie et n'avait nullement l'intention de la rouvrir. Devait-il se traîner à ses genoux? Incertain de l'avenir, nageant en plein brouillard, il avait décidé de se rapprocher de sa famille, si celle-ci voulait encore de lui. À en juger par l'accueil froid, hostile même, de sa femme, il se demandait s'il n'avait pas présumé de l'affection des siens. Il ne s'attendait pas à ce qu'elle lui ait tout pardonné, mais de là à profiter de sa vulnérabilité physique, il y avait une marge.

« Tu es d'une telle insensibilité! se désola-t-il. N'as-tu aucune commisération pour moi? J'aurais dû me douter que mon épreuve te laisserait indifférente.

— Ne confonds pas tout, lui reprocha-t-elle fermement. Moi aussi, je viens de passer une année abominable. Rappelle-toi, tu m'as humiliée, méprisée, trompée aux yeux de tous. Et tu voudrais que je me comporte avec toi comme si rien ne s'était passé ?

— Crois-tu que je sois le seul homme à entretenir une liaison ?

— J'ai traversé l'océan pour guérir de mes blessures d'amour-propre. Pour reconquérir ma dignité perdue.

— Je ne t'en fais pas le reproche. »

Hortense poursuivit comme s'il ne l'avait pas interrompue :

« Cela ne te suffisait pas de m'avoir tout pris. Il fallait en plus que tu te venges. Pendant des mois, tu nous as laissées sans le sou. J'en ai été réduite à quémander. Tes filles n'ont pas la jeunesse dorée dont j'avais rêvé pour elles. Tu les as fait pleurer, tes chères petites, que tu as négligées pour vivre ta vie avec Luce !

— Bon, bon, c'est encore moi le gros méchant.

— Tu peux rire. Je te demande simplement de me laisser le temps de m'habituer à ce revirement imprévu de tes sentiments. Et de n'attendre ni affection ni tendresse de ma part. Je suis morte en dedans. Tu as tué en moi toute envie d'éprouver quelque sentiment à ton égard.

— Je vous ai envoyé l'argent que j'ai pu, riposta Cartier en détournant la conversation. Ce long voyage était insensé. Bon Dieu ! Je ne suis pas la banque de Rothschild. »

Hortense s'en voulait de s'être laissé entraîner dans un échange lourd de non-dits.

« Je t'en prie, ne nous bagarrons pas, fit-elle en adoucissant le ton. Le passé ne m'intéresse plus. Revenons plutôt à toi. Je te réitère ma proposition. Tu peux venir habiter avec nous dans notre modeste logement. Tu as besoin de repos et de soins. Tes filles te dorloteront jusqu'à ce que tu redeviennes le lion que tu as toujours été. »

Ç'avait été dit sans méchanceté, mais il se méfiait de ses bonnes dispositions. Il secoua la tête :

« Thomas s'occupe très bien de moi. Il cire mes bottes, me rase, nettoie mes costumes, me conduit partout et fait mes commissions.

— Comme tu voudras. Je pensais que tu souhaitais renouer avec tes filles. Tu n'imagines pas comme tu leur as manqué. À Joséphine surtout. Tu es demeuré son héros malgré tout. »

Cartier rejeta la tête en arrière et, les yeux fixés au plafond, demanda presque timidement :

«Tu crois vraiment que ce serait une bonne idée? »

Tout à coup, il lui parut sans défense. Jamais Hortense ne l'avait vu aussi misérable. Puisqu'il quêtait son appui, elle se fit rassurante.

«J'en suis convaincue. Pour Joséphine, pour Marie et aussi pour toi. Crois-moi, je suis franchement désolée de ce qui t'arrive.

— On m'a recommandé un spécialiste réputé mondialement, dit-il en se redressant sur sa chaise. Il me recevra au début de la semaine prochaine. J'y verrai plus clair alors.

— Je pourrais t'accompagner à son cabinet. À deux, nous saisirons mieux ce qu'il convient de faire pour te remettre sur pied. »

Elle paraissait sincère et il s'en émut. Après ce qu'ils venaient de se lancer au visage, c'était inattendu. Peut-être avait-il eu raison d'espérer un moment de répit dans ce mauvais rêve?

«Ta musique me manque, lui avoua-t-il simplement. As-tu un piano? Il te faudra absolument un piano. »

Hortense remarqua le changement dans sa physionomie. Son soulagement devenait perceptible. Il comptait sur sa musique pour guérir. Bach, Schubert, Mozart feraient du bien à son âme, sinon à son corps. Un doute envahit pourtant Hortense. George-Étienne réalisait-il qu'il avait des choses à se faire pardonner? Ses filles nourrissaient des griefs justifiés. Comment se comporterait-il devant Joséphine qu'il avait broyée par son indifférence? Allait-il revenir sur sa décision et permettre à Marie d'épouser Henri Salles? Elle soupira.

~

À présent, nous étions à table tous les quatre. Rien ne pouvait sembler plus irréel que ce dîner en famille. Réfugiée dans le silence,

Joséphine cachait mal son appréhension. Moi, je dissimulais derrière une avalanche d'observations plus ou moins pertinentes l'émotion que j'avais étouffée à la vue de l'état pitoyable du capitaine. Il s'ensuivit une interminable description des squelettes antédiluviens que j'avais examinés sous toutes les coutures au *British Museum*.

«Je n'aurais pas voulu croiser un de ces molochs sur une île déserte! dis-je en évitant de regarder papa, de peur qu'il remarque mon trouble. Encore heureux que le déluge nous en ait débarrassés!»

Les os d'éléphants et de rhinocéros vieux de milliers d'années, retrouvés dans le nord de l'Europe, m'avaient aussi troublée. Comme les momies, qui m'avaient donné des frissons glacés.

«Et toi, Jos, dis-nous ce qui t'a impressionnée? demanda Hortense, cherchant à faire sortir son aînée de sa torpeur.

— Je ne sais pas, balbutia-t-elle en se tamponnant la bouche avec une serviette. Peut-être bien les sarcophages égyptiens couverts de hiéroglyphes. Tout ce qui touche les civilisations primitives m'attire.

— Saviez-vous que le *British Museum* est le plus ancien musée du monde? observa Cartier, désireux de retarder le plus longtemps possible les questions de ses filles au sujet de sa maladie.

— C'est impossible, protestai-je. Le bâtiment est flambant neuf. Enfin presque...»

Le capitaine s'amusa de ma remarque:

«Le *Museum* a déménagé dans l'édifice actuel il y a une vingtaine d'années, mais il existait bien avant. Les trésors que vous avez vus aujourd'hui constituent la collection d'histoire naturelle la plus complète du monde. Nulle part ailleurs on ne peut trouver d'aussi parfaits spécimens de mammifères, de poissons, de serpents, d'insectes, de coquillages et de minéraux.

— J'ai même vu un chat momifié datant d'avant Jésus-Christ, ai-je renchéri.

— Avez-vous rencontré le pharaon Ramsès II? s'enquit le capitaine. Vous avez sûrement vu sa statue monumentale en granit. Elle provient du temple de Thèbes.»

Hortense observait la scène en spectatrice. Autour de la table, la petite famille devisait gentiment, comme autrefois. Chacun s'efforçait d'oublier le drame qui planait au-dessus de sa tête. Son mari faisait étalage de ses connaissances, pour le plus grand bonheur de ses filles, peu pressées d'aborder des sujets qui le touchaient directement.

« Est-ce vrai que les Anglais ont pillé la Grèce, l'Égypte et l'Assyrie pour remplir ce musée ? demanda Joséphine, que l'archéologie fascinait.

— Oui, concéda Cartier. Ils ont rapporté la plupart de ces pièces de leurs expéditions guerrières. Vous savez, aucun vainqueur ne se gêne pour s'approprier du butin de guerre. Les Anglais font pareil. »

Avant d'avoir fini d'avaler mon potage, j'avais épuisé ma banque d'impressions à propos des fossiles. On servit le *roastbeef*. Plus le temps passait, plus les traits de Joséphine se détendaient. Il lui arrivait même de sourire, laissant paraître ses dents d'un blanc éclatant. Elle fit courir un doigt sur le bord de son assiette et, bien qu'hésitante, se décida à interroger papa sur l'issue surprenante des élections. Il reconnut s'être fait battre à plate couture, mais passa sous silence l'hostilité dont il était la cible depuis quelques mois. L'accueil que lui avait réservé Ottawa, au lendemain du scrutin, l'avait ému et il s'en ouvrit. Une procession aux flambeaux l'avait accompagné dans ses déplacements. Ce courant de sympathie s'était répété à Québec. Le jour de son départ pour l'Angleterre, un canon de la citadelle l'avait salué de dix-sept coups. On se bousculait pour lui serrer la main et lui dire au revoir.

« Je ne me décourage pas facilement, nous fit-il remarquer. Les électeurs de Montréal-Est m'ont boudé ? Ceux de Provencher, au Manitoba, m'ont élu par acclamation. Si le Tout-Puissant m'accorde le plein recouvrement de ma santé, je les représenterai bientôt au Parlement.

— Au Manitoba ? Comment est-ce possible ? s'enquit Jos.

— Mon ami de la Rivière-Rouge, Louis Riel, s'est retiré de la course en ma faveur. Il voulait m'exprimer sa gratitude pour l'aide que j'ai apportée aux siens. Contrairement à ce qu'en pense votre mère, j'ai fait pour eux plus que tout autre homme politique. »

Hortense leva les yeux au ciel avec l'air de dire « je t'en prie, ne reprenons pas cette discussion ». Mais Cartier n'avait pas digéré sa remarque à propos du pardon prétendument promis aux Métis impliqués dans la rébellion manitobaine. Elle pouvait encore le faire sortir de ses gonds. Pendant un moment, Joséphine redouta une prise de bec entre nos parents. Leurs querelles commençaient toujours par une petite flèche empoisonnée, lancée par l'un ou par l'autre.

« Vous avez toujours la piqûre de la politique », s'empressa-t-elle de lui faire remarquer en lui lançant un regard complice. « Rien ne peut donc vous en dégoûter ? Pas même le fait d'avoir mordu la poussière ?

— J'avoue que l'ingratitude des Montréalais m'a fait mal. Mais, crois-moi, ils seront les premiers à vouloir corriger leur erreur. Cette défaite est un accident de parcours qui n'aura aucun effet sur ma carrière, j'en suis convaincu. »

Hortense le regarda tremper ses lèvres dans son verre de vin avec contentement. L'ardeur qu'il mettait à redorer son image cachait sans doute un profond désarroi. Elle piqua sa fourchette dans la salade et avala la dernière feuille. N'empêche, il prenait un réel plaisir à échanger avec ses filles. Peut-être lui avaient-elles manqué plus qu'il n'osait l'avouer ? Allait-il enfin leur demander comment elles avaient trouvé Paris ? qui elles avaient fréquenté ces derniers mois ? si leurs études progressaient ? Non, il ne s'intéressait nullement à leur vie loin de la sienne.

Le maître d'hôtel proposa les desserts. Mes yeux pétillants me trahirent. Mon choix arrêté, j'interrogeai mon père, histoire de faire oublier ma gourmandise.

« Vous êtes-vous réellement empêtré dans l'affaire des écoles confessionnelles du Nouveau-Brunswick, comme le prétend Hector ? avançai-je en attaquant ma pointe de *apple pie*. Je n'ai pas très bien compris ses explications. Il paraît que vous auriez laissé tomber les franco-catholiques ? C'est difficile à imaginer.

— Notre cher Hector a voulu me noircir comme d'habitude»,
se désola Cartier en hochant la tête.

Il entreprit alors de nous expliquer son rôle dans cet incident
qui faisait couler beaucoup d'encre. Après tout, il n'avait rien à
cacher. Le gouvernement du Nouveau-Brunswick avait voté une
loi qui ne reconnaissait que l'éducation laïque. Dès lors, les écoles
franco-catholiques se voyaient privées des subventions allouées par
l'État et leur survie s'en trouvait menacée. Il n'approuvait pas cette
décision des élus et aurait souhaité que les catholiques de la province voisine jouissent de droits identiques à ceux qui étaient accordés
aux protestants du Québec. Mais qu'y pouvait-il? La Constitution
canadienne avait cédé l'éducation à la juridiction exclusive des
gouvernements locaux. Par conséquent, le fédéral ne pouvait pas
intervenir dans ce dossier. C'eût été un dangereux précédent.

«*Dura lex, sed lex,* conclut-il dans un latin parfait.

— Tu t'en tires trop facilement, l'interrompit Hortense. Les
francophones du Nouveau-Brunswick attendaient plus que des vœux
pieux de la part du grand défenseur des droits des minorités. »

Son ironie à peine dissimulée, elle lui rappela ses engagements
antérieurs. N'avait-il pas donné aux Canadiens l'assurance que,
dans la Confédération, tous seraient égaux, peu importaient leur
langue et leur religion?

« Vas-tu finir par comprendre? s'impatienta Cartier en rede-
venant soudain l'homme intolérant et méprisant qu'elle exécrait. Si
injuste soit-elle, cette loi adoptée au Nouveau-Brunswick est cons-
titutionnelle. Je ne vois rien qui puisse justifier le gouvernement du
Canada de la désavouer. »

Cartier épia sa réaction, mais elle ne broncha pas. Alors, il se
prit la tête à deux mains. Cette conversation l'avait épuisé. Hortense
jugea plus sage d'y mettre fin, même si les dénégations de son mari
lui semblaient peu convaincantes et, somme toute, assez pitoyables.
Jos l'implora du regard. Alors elle eut pitié de lui.

« Assez parlé politique pour ce soir, décida-t-elle en terminant
son dessert. Mes enfants, j'ai proposé à votre père de venir s'installer

avec nous. Nous serons un peu à l'étroit, mais ça ira. Qu'en pensez-vous?»

Dire que la nouvelle fut accueillie dans l'enthousiasme serait exagéré. Même si elle appréhendait les jours à venir, Joséphine promit cependant au capitaine d'être aux petits soins avec lui. Les yeux rivés sur ma pâtisserie, je me contentai d'acquiescer d'un signe de tête.

Alors, il accepta l'offre d'Hortense. À son tour, il nous rassura : sa guérison complète ne tarderait pas.

«Une fois remis, je vous ferai découvrir tous les secrets de Londres, promit-il. Vous avez affaire à un connaisseur. Bien entendu, vous serez présentées à Sa Gracieuse Majesté.»

XL

Merry Christmas

Notre pension londonienne ne convenait pas au capitaine, habitué au confort des grands hôtels. Jusqu'à son arrivée, nos faibles moyens nous avaient interdit de penser à nous loger dans les quartiers huppés. Maman déclencha une nouvelle opération «*house hunting*» et je la secondai avec enthousiasme. Après avoir usé nos semelles dans les rues de *Cavendish Square*, du côté ouest de la ville, nous avons jeté notre dévolu sur un élégant logis dans *Wilbeck Street*. Et, sans regret, nous avons plié bagage une fois encore.

Plus que le déménagement, c'est la présence accaparante d'un homme malade et capricieux dans notre caverne d'Ali Baba qui bouleversa le quotidien de ses trois esclaves. Naturellement, Hortense lui attribua la chambre la plus spacieuse. En matinée, il y dépouillait son courrier. Des lettres de sir John A. Macdonald, pour la plupart. Son jumeau politique l'exhortait au repos, sans pour autant se priver de ses services. Si les missions secrètes qu'il lui confiait auprès du *Colonial Office* l'épuisaient, elles permettaient néanmoins au capitaine de se sentir utile. Une fois sa correspondance recopiée par les bons soins de Joséphine, il parcourait les journaux anglais et canadiens, les jambes enveloppées dans des couvertures de flanelle sous lesquelles nous poussions de l'air chaud.

Les premiers temps, notre malade garda un moral d'acier. L'épreuve le rendait humain. Il conservait l'espoir de guérir, même si le moindre effort physique devenait un peu plus pénible chaque jour. À la longue, son impuissance commença à l'abattre. Je relayais maman au piano, histoire de lutter contre la morosité ambiante. Ni l'une ni l'autre ne pensions sérieusement que sa vie était menacée.

Nous l'avions connu invincible, nous ne pouvions pas l'imaginer autrement.

Il ne parlait jamais de Luce, comme si elle n'existait plus pour lui, mais je soupçonnais maman de n'en rien croire.

De temps à autre, il paraissait aller mieux et, alors, il nous emmenait visiter l'abbaye de Westminster. Il aimait se recueillir sur le tombeau des rois et voulait nous faire partager les plus belles pages de l'histoire anglaise. Il profita de notre arrêt à la chapelle d'Henri VII pour nous parler de Marie Stuart, décapitée par la reine Élisabeth et qui dormait pour l'éternité à côté de sa meurtrière. Milton, Shakespeare et Dryden reposaient aussi dans cette austère église médiévale, non loin d'un monument de marbre représentant le général Wolfe sur les plaines d'Abraham. Pas de trace, naturellement, du général Montcalm, le vaincu de la fameuse bataille qui scella le sort de la Nouvelle-France.

Les jours de beau temps, s'il s'en sentait la force, il nous entraînait à la cathédrale protestante Saint-Paul dont le dôme domine Londres. Mais comme il pleuvait un jour sur deux, nous avions l'habitude de nous réfugier à la *National Gallery*. Il nous conduisit aussi à *Hampton Court*, là où Henri VIII fit tomber la tête de ses épouses. C'était cent fois plus palpitant que de l'accompagner à *Downing Street* ou au ministère des Colonies. Là, nous poireautions des heures durant pendant qu'il concluait une affaire. Même mal en point, il croulait sous le poids des dossiers qui n'avançaient jamais assez vite à son goût.

Maman reprit sa vie mondaine. À Londres, l'hiver, l'effervescence était grande et les invitations pleuvaient sur « lady Cartier », un titre qui la gonflait d'orgueil, bien qu'elle s'en défendît. Un soir, je la vis partir au bras de sir George. Ils dînaient chez le prince Édouard. J'en crevais de jalousie. Il n'y avait apparemment pas de quoi. Surnommé patapouf en raison de sa corpulence, le dauphin avait hérité des yeux globuleux de sa mère, la reine Victoria. Il ne restait plus trace du beau prince de Galles qui m'avait fait rougir, lors de sa visite au Canada, en 1860.

Nous sortions rarement en famille car, malgré leur bonne volonté, nos chers parents pouvaient difficilement s'endurer plus d'une heure à la fois. Un midi, c'est Joséphine qui déjeunait avec papa au *St. James Palace,* pendant que j'allais voir *Charles I*er au théâtre avec maman. Le lendemain, l'auteur de mes jours m'entraînait en promenade dans *Hyde Park* (à l'entrée du parc, je suis tombée sous le charme d'Achille, nu, les jambes écartées, un bouclier dans son bras gauche). Pendant ce temps, Jos assistait à une représentation du *Stabat Mater* au *Albert Hall,* en compagnie de lady Cartier, jamais à court d'idées quand il s'agissait d'enrichir notre culture.

Ce qui devait arriver arriva. La Cuvillier réapparut. Loin de s'embarquer comme prévu à bord du premier *steamer,* elle s'incrustait dans la *City.* Clara s'ajustait plus ou moins bien à la vie conjugale avec le marquis de Bassano et Luce s'interdit de laisser sa nièce sans appui moral. L'excuse était cousue de fil blanc. Nous savions pertinemment que Luce cherchait à reconquérir le capitaine qui, loin de son confesseur, oubliait ses bonnes résolutions. Tour à tour, Joséphine et moi devions l'accompagner chez sa maîtresse. Hortense, qui n'était pas dupe, se renfrogna. L'expression maussade de son visage traduisait sa déception. Si elle n'aspirait plus au bonheur conjugal, elle croyait avoir conclu avec son mari une paix des braves bien méritée.

Au 47 *Wilbeck Street,* le climat commença à se détériorer une dizaine de jours avant Noël. Maman continuait d'escorter notre paternel chez le docteur Johnstone, dont le cabinet était situé à deux pas, dans *Harley Street.* L'éminent spécialiste des maladies du rein lui avait prescrit un régime lacté sévère qui n'apportait pas d'amélioration. Aussi lui recommanda-t-il de refuser toutes les invitations à dîner, de manière à éviter les tentations. D'où la frustration du malade qui mit nos nerfs à rude épreuve. À la maison, il piquait de saintes colères pour des pacotilles. Maman le surnomma le petit Napoléon, ce qui, ma foi, lui allait comme un gant.

L'argent vint à manquer pour nous chauffer. Il blâma Hortense de puiser dans la caisse pour assouvir ses caprices. Impossible de lui soutirer le moindre *penny,* même pour nous procurer le nécessaire. Ce comportement de grippe-sou, venant d'un homme qui ne se privait jamais de cabs ni de dîners gargantuesques dans les somptueux hôtels, me révoltait.

La mode des sapins décorés de bougies allumées avait envahi Londres une dizaine d'années plus tôt. Le défunt prince Albert, époux de la reine Victoria, l'avait rapportée de son Allemagne natale. Bien entendu, il fut hors de question de nous en procurer un. Nous n'étions plus des gamines, prétexta le capitaine. Il n'allait pas davantage se soucier de nous offrir des étrennes, pas même des friandises enrubannées.

Ce Noël-là, son dernier en ce bas monde, restera dans les annales comme le plus désolant spectacle d'une famille en décomposition. À Londres, le gazon avait beau être vert comme en septembre, je n'avais pas le cœur à la fête. C'est moi, j'en conviens, qui excitai le courroux paternel.

Le dernier dimanche de l'avent, Henri, mon fiancé français, se présenta inopinément à la maison. Sa pâleur anémique et ses yeux mélancoliques me troublèrent. Jamais je ne l'avais trouvé aussi séduisant. Après quelques manifestations de son affection que je repoussai à peine (je fondais en sa présence), il demanda à voir le capitaine pour lui faire sa demande officielle. Celui-ci accepta de mauvaise grâce de le recevoir. J'étais dans mes petits souliers.

Rien ne transpira de leur tête-à-tête. Mon père, je l'appris par la suite, se montra franchement hostile, ce qui contraria Henri. Il quitta Londres sur un coup de tête, sans même chercher à me revoir. Sa lettre, rédigée à bord du traversier qui le ramenait à Paris, laissait peu de doutes sur ses intentions. À moins que monsieur Cartier ne lui présentât des excuses, il ne remettrait jamais les pieds chez moi. Il m'aimait passionnément, mais refusait de laisser piétiner son honneur ainsi.

Je pleurai un bon coup, comme cela arrive habituellement au premier chagrin d'amour. Si je déplorais la mollesse de mon fiancé devant l'adversité, et son manque flagrant de persévérance, j'en voulais surtout au capitaine. Je m'étais juré de lui dire ses quatre vérités. Mes instincts de vengeance prirent rapidement le dessus sur ma déception. Manque de chance, au moment même où je four-bissais mes armes, sa santé commença à se dégrader sérieusement. Je dus ravaler mon désir de vendetta.

J'en étais là, maussade et rancunière, le matin de Noël. Après la grand-messe, nous déjeunions frugalement de pâtes d'amande et de pain d'épices. Forcé de décliner l'invitation au banquet offert par un ministre influent, le capitaine affichait une tête de croque-mort devant ses œufs pochés et son verre de lait. Dehors, il pleuvait des clous et nous songions avec nostalgie à la fine neige et au tintement des grelots attachés au collier des chevaux, dans les rues de Montréal. Joséphine se donnait un mal de chien pour se montrer gaie, même si papa décourageait la conversation. Patiemment, elle s'efforçait de le relancer en multipliant les anecdotes succulentes. Elle venait d'apprendre qu'une de ses anciennes flammes montréalaises, Lewis Drummond, faisait son noviciat chez les Jésuites.

« Voilà un autre de mes prétendants aux pieds du Seigneur ! se désola-t-elle en soupirant comiquement. Je vais devoir redoubler d'efforts si je ne veux pas coiffer Sainte-Catherine. »

Maman exposa pour sa gouverne l'idée qu'elle se faisait du parfait gentilhomme bon à marier, avant de nommer les cinq ou six jeunes gens libres de notre entourage. Le capitaine leva les yeux au ciel, comme s'il doutait de voir un jour Joséphine trouver chaussure à son pied. Jos ne se laissa pas intimider par sa moue méprisante et poursuivit sur sa lancée :

« Papa, qu'attendez-vous pour me présenter votre superbe petit assistant du *Colonial Office* ?

— Si tu n'es pas encore fiancée, ce n'est pas faute d'avoir rencontré des *gentlemen*. »

Le ton était détestable et Joséphine s'en trouva déstabilisée. Mais voilà qu'il la narguait plus méchamment encore :

« Clara a su tirer son épingle du jeu mieux que toi. Tu devrais prendre exemple sur elle. »

Sa remarque atteignit ma sœur en plein cœur. Depuis peu, Jos ne se sentait plus à la hauteur des espérances du capitaine. Il venait de lui en fournir une nouvelle preuve. Incapable de refréner l'irré-sistible envie de voler à son secours, je me jetai dans la mêlée :

« C'est trop fort ! Pourquoi lui faites-vous de la peine ? »

Il m'arrêta sèchement.

« Mon commentaire s'adressait aussi bien à toi, me dit-il. Si le chapeau te va, mets-le. »

J'explosai sans retenue, rouge de colère :

« Vous voulez vous débarrasser de vos filles en les mariant, mais vous mettez leurs soupirants à la porte.

— Tu veux parler du jeune Salles, je suppose, rétorqua-t-il d'un ton méprisant. Ce n'est pas ce que j'appelle un soupirant bien reluisant ! En plus d'être insignifiant, sa santé est compromise. Je doute fort qu'il fasse de vieux os. Un jour, tu me remercieras de l'avoir écarté de ton chemin. Ce jeune homme en veut probablement à ton argent.

— Pouah ! Mon argent ? Quel argent ? Je n'ai même pas de dot !

— Ta mère n'en avait pas non plus, ce qui ne l'a pas empêchée d'épouser un futur premier ministre.

— Pensez-vous vraiment qu'elle s'en félicite ?

— Assez !

— Vous êtes-vous seulement demandé si j'aimais Henri ? Mon chagrin vous laisse indifférent. Vous êtes cruel, vous ne m'avez jamais aimée. Vous pouvez me comparer à Clara, si ça vous amuse de m'humilier, mais tout le monde ici sait que, si je reste vieille fille, ce sera votre faute.

— Tais-toi, s'écria-t-il plus fort encore. Comment oses-tu t'adresser à ton père sur ce ton ? »

J'étais déchaînée. Rien n'aurait pu m'arrêter.

« Vous avez brisé le cœur de maman, et vos deux filles se sentent de trop dans votre vie. Vous nous blâmez pour tout ce qui ne va pas. Il pleut ? C'est notre faute. Nous pataugeons dans la boue ? Encore notre faute. »

Je déterrai de vieux griefs, cependant qu'il tambourinait sur le coin de la table du bout de ses doigts en me fixant, les yeux semblables à des pistolets. Je l'exaspérais, il en perdait ses mots. Dans ses meilleurs jours, il m'aurait servi une volée de bois vert.

« Sachez que vos filles choisiraient le couvent ou la potence, si cela pouvait les soustraire à votre emprise, lançai-je encore. Croyez-vous que c'est de gaieté de cœur que nous passons de longues journées en votre aimable compagnie ? Vous ne cessez de vous vanter de vos bons coups, mais personne ne trouve jamais grâce à vos yeux.

— Marie, ça suffit », m'ordonna maman.

Elle n'en revenait pas de mon effronterie. Sur le fond, elle me donnait raison. Toutefois, elle redoutait une réaction démesurée du capitaine. Elle se trompait. Le vieillard qu'il devenait sous l'effet de la maladie se leva péniblement de table et, sans dire un mot, s'enferma dans sa chambre après avoir fait claquer la porte violemment.

～

Ai-je accablé mon père malade d'aussi amers reproches ? Ai-je réellement tenu ces propos fielleux ? Joséphine, qui perdait parfois contact avec la réalité, surtout quand celle-ci lui déplaisait, a toujours prétendu que non. J'avais effectivement pris la défense de mon fiancé avec une certaine vigueur, elle en convenait. Peut-être avais-je aussi reproché au capitaine de faire fuir nos prétendants ? Mais jamais, au grand jamais, m'assura-t-elle, je ne lui avais lancé au visage combien il nous était pénible de passer notre temps en sa détestable compagnie.

Pourtant, j'ai retrouvé mes doléances noir sur blanc dans mon journal intime. Je les avais notées rageusement le soir même de ce désolant Noël. En conclusion, j'avais écrit : « *This is written on a merry merry Christmas! the 25th of December 1872.* » Mes larmes ont laissé des traces sur la page.

Or, si j'en crois l'impératrice, j'ai presque tout inventé de cette pénible scène que j'ai plusieurs fois racontée par la suite. Sans doute ai-je fini par y croire, à force de la ressasser dans ma tête. Il est vrai qu'en ces lointaines années une jeune fille bien élevée ne se serait jamais permis d'adresser la parole à son père en des termes aussi irrespectueux. Jos pensait même avoir vu notre père pleurer, ce soir-là. Elle jurait ses grands dieux qu'il n'avait pas quitté la table précipitamment. Moi, par contre, j'avais décampé avant la fin du repas.

Même si nous étions d'inséparables complices, Joséphine et moi n'avons presque jamais conservé les mêmes souvenirs des événements marquants de notre existence. Cela m'a toujours renversée. Une chose est certaine, mon père avait raison sur un point : Henri ne vivrait pas longtemps, comme il l'avait insinué méchamment. Mon cher amour devait mourir peu après, des suites d'une fluxion de poitrine diagnostiquée trop tard.

Quoi qu'il en soit, après ce Noël bouleversant, l'année 1873 commença sous des auspices moins funestes. Attiré dans les filets de Luce Cuvillier, le capitaine nous fit faux bond *on New Year's eve*, ce qui, ma foi, nous soulagea. Maman, Jos et moi avons sablé le champagne jusqu'au petit matin, en rêvant de lendemains improbables. Pour se faire pardonner, notre vieux père trouva assez d'énergie pour se rendre à *Marlborough House* afin d'y laisser nos noms, comme le voulait l'étiquette. Nous allions enfin être invitées au château de Windsor.

~

Être présentée à la reine Victoria! C'était, je l'avoue, un rêve. Dans ma prime jeunesse, papa nous avait tant de fois relaté son fabuleux week-end au château de Windsor, avec ses longs dîners pris en compagnie de la souveraine et ses promenades dans les jardins royaux.

Nous n'avions qu'entraperçu la reine dans les rues de Londres. Son carrosse, un landau ouvert tiré par six chevaux, roulait à vive allure vers *Parliament Square*. Toute de noir vêtue, même si le prince Albert était mort depuis onze ans, elle agitait sa main gantée pour saluer ses sujets agglutinés le long des artères principales et auxquels nous nous joignions parfois. Les hommes se découvraient respectueusement sur son passage.

Cependant, la famille royale n'avait plus la cote depuis quelque temps. La chronique mondaine rapportait les frasques du prince de Galles, dont les conquêtes ne se comptaient plus sur les doigts d'une seule main. Les Anglais en avaient assez de payer ses dettes de jeu et les journaux fustigeaient la monarchie, ces mendiants de l'État dont il fallait assurer la subsistance et financer les extravagances.

Notre audience particulière devait avoir lieu au début du mois d'avril. Sur ces entrefaites, le secret entourant les amours cachées de Victoria avec son valet écossais fut éventé. La présence trop voyante de John Brown à ses côtés (il portait le kilt écossais) mit le gouvernement dans l'embarras. On n'allait pas jusqu'à prétendre qu'elle l'accueillait dans son lit, mais des courtisanes proches de la cour l'appelaient «l'étalon de la reine». D'autres comparaient celui-ci à Raspoutine, la désignant, elle, irrévérencieusement, sous le nom de « *Mrs.* Brown».

À ma courte honte, je me délectais de ces cancans que nous entendions au hasard de nos sorties ou lisions dans les journaux londoniens. Jamais je n'aurais osé les évoquer devant le capitaine qui pourfendait les calomniateurs de sa souveraine.

Sur la route nous menant au château de Windsor, je me laissai plutôt envahir par la solennité de l'événement. Il n'était pas donné à tout le monde de fouler le sol d'un palais huit fois centenaire pour y rencontrer l'héritière d'un trône jadis occupé par d'illustres rois.

Au bout d'un long couloir décoré de tableaux de ses prédécesseurs peints par de célèbres artistes, on nous introduisit dans une salle d'audience brillamment éclairée. Les murs étaient couverts de tapisseries des Gobelins. Victoria accueillit sir George avec empressement. Elle venait de fêter son cinquantième anniversaire. Je ne l'imaginais pas aussi obèse. On aurait dit un énorme champignon tout noir. Affublée de sa coiffe de veuve à laquelle était fixée par-derrière une petite couronne de diamants et de saphirs d'où partait un voile de tulle, elle présentait un visage rouge et bouffi. Ses gros yeux bleu pâle me détaillèrent de pied en cap.

Oubliant sa pompe, elle s'entretint avec mon père en français, feignant de ne pas remarquer qu'il avait incroyablement changé. Peu diplomate, elle lui parla de ce pauvre Napoléon III qui venait de succomber à une opération à la vessie. Londres lui avait offert des obsèques grandioses. Le capitaine s'enquit ensuite de la santé de Sa Majesté. Elle l'en remercia. Pour finir, elle lui réitéra sa confiance dans la Confédération. L'indéfectible loyauté des Britanniques d'Amérique à son égard la touchait profondément.

Le moment des présentations arriva. À la suite de Joséphine, je m'agenouillai, selon l'usage, pour baiser la main potelée et couverte de bagues de la souveraine. Elle nous demanda, à Jos et à moi, si nous avions eu la chance d'applaudir notre compatriote, la cantatrice Emma Albani, à *Covent Garden*. Les mélomanes de la *City* n'en finissaient plus de vanter son talent. Nous répondîmes en chœur :

« Oui, Votre Majesté. Elle est merveilleuse.

— Absolument extraordinaire, à ce qu'on m'a rapporté, convint-elle. J'ai l'intention de l'inviter à chanter à la cour. Peut-être même cet été. »

C'était déjà terminé. La reine se retira dans un froufrou d'étoffe. Quand je pense que nous avions dévalisé les magasins d'*Oxford Street* pour nous habiller en prévision de ce bref moment d'audience ! Il m'en reste de bien pâles souvenirs. Jamais je n'oublierai, cependant, l'air triomphant du capitaine, fier comme un paon de montrer à ses filles l'affection de sa chère Victoria pour sa personne.

XLI

Le capitaine s'en va...

20 mai 1873

Elles étaient là, toutes les deux, l'épouse et la maîtresse, dressées l'une contre l'autre. Leur guerre tirait à sa fin.

Hortense avait mauvaise mine. Cartier l'avait tenue éveillée toute la nuit avec ses plaintes. Une semaine plus tôt, il avait fait une rechute. De passage dans les bureaux du *Colonial Office*, il s'était évanoui comme il retirait son manteau. On l'avait ramené à la maison sur une civière. Depuis, son mal empirait. Aucun médicament ne le soulageait plus. Nuit après nuit, il fallait le veiller.

Joséphine venait tout juste de remplacer maman au chevet du malade lorsqu'on sonna. Ce devait être le docteur Johnstone. Hortense se précipita pour lui ouvrir. En apercevant Luce sur le pas de la porte, elle resta figée de surprise. Ses bras se croisèrent instinctivement sur sa poitrine. En un éclair, elle pensa : même dans le malheur, elle trouve le moyen d'être élégante ! Et moi, je suis pitoyable dans cette jupe toute chiffonnée, les yeux cernés, les cheveux en désordre. Qu'est-ce qui lui prend de venir se pavaner devant moi dans un moment pareil ?

Luce n'était pourtant pas à son meilleur. Elle ne dormait pas très bien non plus et cela se lisait sur son visage, malgré un maquillage soigné. *George* ne lui avait pas donné signe de vie depuis une semaine et elle redoutait les complications. L'après-midi, il avait l'habitude de passer chez elle avec Joséphine ou Marie. Elle lui servait une tasse de thé du Ceylan, il la tenait au courant de ses affaires, mais ni l'un ni l'autre n'abordait la question de sa santé.

Cela la mettait au supplice de le voir repartir, appuyé au bras de l'une de ses filles, comme un infirme.

La dernière fois, il lui avait annoncé son prochain départ pour le Canada. Le *Prussian* quittait l'Angleterre le 29 mai et il avait retenu sa place à bord. Elle n'avait pas pu lui dissimuler ses craintes. Était-ce prudent d'entreprendre un si long voyage dans son état? Il avait crâné, lui avait juré qu'il se sentait étonnamment mieux. Naturellement, il comptait bien profiter de ses talents d'infirmière pendant la traversée. Elle lui avait réitéré ses objections et cela l'avait fâché. À tout prendre, s'il était condamné, autant mourir dans son pays, parmi ses compatriotes. Depuis, ce projet insensé tracassait Luce. Malgré sa détermination, *George* n'aurait pas l'énergie de se rendre en Amérique. Elle jugeait la traversée terriblement risquée. En venant frapper chez Hortense, elle voulait s'assurer qu'il avait renoncé à s'embarquer.

Même si sa démarche pouvait paraître inconvenante, Luce s'était fait conduire rue *Wilbeck*. Devant la porte, elle avait hésité. Et si Hortense refusait de la laisser entrer? Tant pis! Elle se mettrait à genoux s'il le fallait. L'accueil froid mais sans surprise ni agacement de sa cousine ne l'émut pas outre mesure. En notant l'expression sur le visage d'Hortense, elle comprit cependant que l'état de son amant s'était dégradé.

« Je voudrais voir *George* », annonça-t-elle en s'avançant dans le vestibule sans y être invitée.

Hortense refusa net en soutenant son regard :

« C'est impossible. Il dort enfin. Voilà des heures qu'il geint. Sa douleur est insoutenable. D'ailleurs, il ne veut voir personne. »

Luce fit quelques pas de plus et se planta devant la fenêtre. Un brouillard opaque assombrissait la journée.

« Il refuserait de me voir? Je n'en crois rien, reprit-elle avec aplomb.

— S'il avait tenu à sa maîtresse, c'est chez toi qu'il se serait réfugié. Puisqu'il est venu mourir ici, auprès de sa femme et de ses filles, aie au moins la décence de respecter son souhait.

— Hortense, je t'en supplie, je sais que tu me détestes. Je comprends ta rancune… Mais tu ne peux pas me refuser de le revoir une dernière fois. »

Les yeux de Luce s'étaient embués et sa voix devenait implorante. Hortense ne répondit pas. Sur la cheminée, le tic-tac de la pendule de bronze résonna dans le silence.

« Je pourrais veiller sur lui pendant que tu te reposes, proposa Luce maladroitement. Tu ne tiens plus sur tes jambes. »

Elle avait emprunté ce ton maternel qui horripilait Hortense. À présent, les deux femmes se mesuraient.

« Joséphine s'occupe de lui, dit enfin Hortense. Reviens plus tard, lorsqu'il se réveillera. Je te ferai prévenir. Pour l'instant, nous n'avons besoin de personne. »

Elle prenait de l'assurance. Luce crut y déceler un soupçon d'indifférence envers elle. Et peut-être aussi envers *George*.

« Je te remercie. Je savais que tu comprendrais. Je repasserai quand tu voudras. »

Elle se disposait à prendre congé. Hortense recula pour lui céder le passage. Luce tourna elle-même la poignée de la porte. Sur le perron, elle demanda de manière un peu abrupte :

« *George* a-t-il lu les journaux, ces derniers jours ?

— Non, il ne les a pas réclamés. Les nouvelles du Canada ne l'intéressent plus. Il est ailleurs… La maladie a pris possession de son esprit comme de son corps.

— Et toi ? Es-tu au courant des rebondissements dans nos affaires ? »

Hortense eut un mouvement d'impatience :

« Quelles affaires ? De quoi parles-tu ?

— Du petit scandale qui vient d'éclater à Ottawa, fit Luce en baissant la voix. *George* pourrait s'être compromis en attribuant un contrat au Canadien Pacifique. On le soupçonne de corruption.

— Je suppose qu'il n'y a pas de fumée sans feu », glosa Hortense.

Luce posa sur elle un regard sévère. Comment pouvait-elle condamner *George* sans connaître le fin mot de l'histoire ?

«Veux-tu que je t'explique? lui proposa-t-elle.

— Non, ce n'est pas la peine, trancha Hortense. Tout cela est derrière moi. Ce qui se passe au Canada me laisse froide.»

Le ton se durcissait. Luce comprit qu'Hortense voulait mettre fin à la conversation. En réalité, sa cousine cherchait à cacher son trouble, mais Luce ne pouvait pas le deviner. Déçue de sa réaction, elle dit :

«Dans ce cas, je me sauve. Toutefois, je ne voudrais pas te laisser sous l'impression que *George* a commis délibérément une faute. S'il a fait un geste malheureux, c'est que la maladie aura altéré son jugement.» Elle fit une pause et reprit d'un ton autoritaire : «Il ne doit pas voir les journaux.

— Ce n'est pas moi qui décide ce qu'il veut ou ne veut pas lire.

— Pardonne-moi de t'avoir dérangée», fit Luce en prenant congé.

Mais Hortense la retint un instant :

«C'est peut-être la dernière fois que nous avons l'occasion de parler seule à seule. Alors, je veux que tu saches : il n'y a aucune chance que je te pardonne un jour pour le mal que tu m'as fait. Je finirai par oublier, oui, avec le temps, mais te pardonner? Jamais.»

Luce ne trouva rien à répondre. Elle acceptait sa responsabilité dans les malheurs d'Hortense. La blessure avait trop meurtri sa cousine pour que l'amitié puisse jamais renaître entre elles, même après la mort de *George*. Luce jugeait inutile d'essayer de se justifier en invoquant sa soif inaltérable de liberté ou leurs conceptions différentes des rapports entre les hommes et les femmes. Oserait-elle l'admettre? Sa passion avait transformé la femme libre qu'elle croyait être en une esclave soumise à son amant. *George* était sa raison d'être, son soleil, sa source... En un éclair, elle mesura tout ce qu'elle avait sacrifié pour lui. L'incommensurable chagrin d'Hortense la rattrapait de temps à autre, mais, devant l'inéluctable, il devenait secondaire.

～

Hortense avait menti. Elle était parfaitement au courant de la commotion qui étourdissait le milieu politique, à Ottawa. Dans une lettre truffée de détails sinistres, Hector l'avait mise au parfum à propos du pacte frauduleux conclu entre Cartier et Hugh Allan, un richissime homme d'affaires. Son frère voulait s'assurer qu'elle ne soit pas prise au dépourvu quand les journaux s'empareraient de l'affaire. De fait, la nouvelle commençait à transpirer même à Londres.

Au Canada, un député libéral accusait le premier ministre John A. Macdonald et son lieutenant, George-Étienne Cartier, de s'être adonnés au favoritisme de manière éhontée. Selon lui, leur ami commun, Hugh Allan, avait financé leur élection. En échange, le Canadien Pacifique, sa compagnie, avait obtenu un alléchant contrat pour la construction du chemin de fer intercontinental. Un cas flagrant de corruption politique.

Pourquoi Hortense avait-elle prétendu tout ignorer? Elle n'avait tout simplement pas envie de discuter de la conduite de Cartier avec Luce, encore moins de prendre sa défense. D'après Hector, il y avait de fortes possibilités que son mari soit coupable. Or, le moment lui semblait mal choisi pour faire le procès d'un homme qui se mourait dans la pièce d'à côté.

Les contributions clandestines à la caisse électorale des partis politiques venant d'entrepreneurs en travaux publics étaient monnaie courante en Angleterre comme au Canada. Cette fois, la rumeur voulait que les sommes en cause soient faramineuses. Hugh Allan aurait déboursé pas loin de trois cent cinquante mille dollars pour le Parti conservateur. Afin d'assurer sa réélection, Cartier aurait reçu à lui seul quatre-vingt-cinq mille dollars. « Cela ne l'a pas empêché d'essuyer la défaite », ironisa Hortense. Elle n'avait que mépris pour les fraudes électorales de son mari.

Hector l'avait mise en garde contre un verdict prématuré. Rien n'était prouvé. L'enquête suivait son cours. Cependant, il avait appris de source sûre que des lettres signées de la main de Cartier circulaient sous le manteau. Dans l'une d'elles, l'imprudent ministre de la Justice avait écrit en toutes lettres à Hugh Allan que ses amis du gouvernement attendaient de lui des fonds en vue de leur réélection.

Hortense soupira. George-Étienne ne verrait jamais la fin de ce scandale. Le docteur Johnstone avait perdu tout espoir de conserver son malade. Il espérait simplement lui épargner la souffrance. Malgré son besoin pressant de sommeil, elle s'installa au piano. Joséphine la rejoignit dans la pièce :

« Que voulait Luce ? lui demanda-t-elle.

— Voir ton père. Mais il dort. Alors je lui ai demandé de repasser plus tard.

— Ah bon ! Vous êtes trop bonne, maman. »

Jos passa sa main dans les cheveux d'Hortense. Elle replaça une mèche qui avait glissé de son chignon. Du bout des doigts, elle lui frictionna délicatement les tempes. Hortense se laissa dorloter, fermant les yeux sous la caresse. Des larmes coulaient doucement sur ses joues. Le chagrin, la fatigue et la pitié tout à la fois.

« Maman, vous devriez aller vous reposer, ordonna Joséphine. Vous êtes livide. Je veillerai papa. »

⌇

Dans la chambre du malade, deux bûches crépitaient dans l'âtre. Cartier dormait d'un sommeil agité. Même en plein jour, on fermait les lourdes tentures pour maintenir un semblant d'obscurité dans la pièce. Un candélabre garni de bougies vacillantes brûlait. Sur une table recouverte d'une nappe blanche, des fioles remplies de médicaments étaient soigneusement alignées.

Étendue sur le canapé fleuri, les jambes repliées sous elle, Joséphine fixait la pile de lettres qui attendaient son père sur sa table de travail. Il n'avait jamais laissé son courrier s'accumuler ainsi. L'avant-veille, il s'était levé pour la dernière fois. Il voulait absolument écrire à sir John A. Macdonald. C'est à peine s'il avait réussi à griffonner trois mots : *Mon cher Macdonald*. Elle avait dû prendre le relais sous sa dictée : *Je suis malade au lit depuis quelques jours, souffrant de rhumatisme à la poitrine. Je me sens tellement faible que je ne puis pas tenir une plume.* Le reste de la lettre portait sur son fameux chemin de fer intercontinental qui agitait Ottawa. À bout de forces et près de rendre l'âme, son grand rêve de voir les rails quadriller le Canada l'habitait encore. Jos posa le regard sur la chaise vide de son père à qui elle n'était pas loin d'avoir tout pardonné. Secouée par les spasmes, elle détourna la tête et pleura à chaudes larmes.

Au cours des derniers jours, elle avait passé par toute une gamme d'émotions. À commencer par le déni. Comment la maladie de Bright avait-elle pu s'introduire dans un corps aussi robuste? Avec sa force de caractère et son courage indéfectible, le capitaine aurait dû la vaincre. Elle voulait encore le croire. Contre tout bon sens.

Jos oubliait l'effet dévastateur du climat londonien, humide et froid, sur la santé précaire de son père. De fortes douleurs qu'il mettait sur le compte du rhumatisme le secouaient jusqu'à lui couper le souffle. Un signe que le corps lâchait, avait prévenu le docteur. Le pouls du malade s'affaiblissait, ses maux d'estomac empiraient et, pour finir, des troubles intestinaux couvaient. Cartier combattait dans la faible mesure de ses forces, mais il n'était plus dupe : la suite s'annonçait horrible. Le docteur Johnstone avait évoqué de possibles convulsions, peut-être même le coma. Combien de temps lui restait-il à vivre? Le médecin n'avait pas voulu se prononcer.

Joséphine contempla le moribond qui dormait placidement. Quel affreux cauchemar! Plus tôt, le matin, le docteur était passé pour le saigner. Il lui avait aussi administré une forte dose de digitaline afin d'atténuer l'inflammation des reins. Le médicament l'avait assommé. Tant mieux! pensa Jos. Son père avait un urgent besoin de quelques heures d'un sommeil réparateur.

Elle se leva pour lui éponger le front. L'expression sur son visage la frappa. Une sorte de paix s'y lisait. Il respirait faiblement. «Papa, vous n'allez pas mourir!» lui murmura-t-elle si bas qu'il n'aurait pas pu l'entendre. Il remua alors, ouvrit les yeux et tenta en vain de se redresser en s'appuyant sur ses coudes. Soudainement, en parcourant la pièce des yeux, il s'énerva :

«Le *Prussian* appareille, Jos, va voir si tous mes effets sont rendus dans ma cabine. Bon Dieu! J'ai égaré mon porte-documents. J'en aurai besoin à Londres.»

Et maintenant, il délirait. Elle tenta de deviner la raison de son agitation. Il revivait en rêve son dernier voyage. Le sentant confus, elle ne lui répondit pas. Cela la gênait d'entrer dans le jeu d'un malade, fût-il son père. Cartier s'impatienta. Qu'attendait-elle pour lui obéir? Il repoussa ses couvertures et chercha à sortir du lit sans y parvenir. Pour le calmer, elle le rassura : il n'avait pas à s'inquiéter, Thomas s'occupait de tout. Le malade se tourna alors vers le mur en disant d'un ton enjoué : «Ah! c'est vous, monsieur Routhier. Quelle belle surprise! C'est gentil d'être venu me serrer la main.» Ensuite, il parut écouter, comme si l'autre lui répondait.

Ses divagations continuèrent pendant un bon moment. Il se croyait à Lévis, juste avant le départ du *steamer*. On le priait de s'avancer vers le podium pour saluer ses sympathisants réunis. Il s'en excusa auprès de son ami Routhier. Tout à coup, il leva les bras en l'air pour faire taire la foule. «Mes amis, mes amis, rien ne saura interrompre ma carrière, s'exclama-t-il de sa voix d'orateur. Ni ma défaite dans Montréal-Est ni la maladie. Rien ne peut me briser!» Jos nota soudain les larmes qui coulaient sur ses joues creuses, pendant qu'il achevait son monologue : «Je vous dis adieu, mes chers amis. Ou plutôt au revoir. Si Dieu me prête vie…» Le reste se perdit dans un flot de paroles incohérentes. Il avait entendu le sifflement du navire et il esquissait un signe de la main, pour saluer une foule imaginaire. Puis, sa tête retomba sur l'oreiller. Il se rendormit.

Apaisée, Joséphine retourna s'étendre sur son divan. Son châle de laine jeté sur les épaules, elle put enfin donner libre cours à l'angoisse qui la torturait. Si elle s'était écoutée, elle aurait pleuré toutes les larmes de son corps. Comme cela l'aurait soulagée! Avec chaque heure qui fuyait, son père se rapprochait un peu plus de la mort. Elle avait fait la paix avec lui. Dans ses moments de lucidité, il paraissait sensible au soin qu'elle prenait à lui épargner le moindre désagrément. Elle devinait ses besoins. Il la laissait le coiffer, lui humecter les lèvres, replacer ses couvertures.

Pendant ce temps passé au chevet de son père, Jos appréhendait la séparation définitive. Elle redoutait de manquer de courage. Parfois, elle cédait à la panique et, alors, elle suffoquait. Ses poumons se comprimaient. Elle respirait à fond, pour reprendre son souffle, en priant le ciel que le capitaine ne la voie pas dans cet état.

~

Le soir descendait. Luce Cuvillier arriverait d'une minute à l'autre. Hortense avait insisté pour qu'on ne la prévienne pas quand sa cousine se ferait annoncer. Enfermée au salon, elle se mit au piano. Dans les moments difficiles, Schubert venait à sa rescousse.

Le valet alla ouvrir. Il aida Luce à retirer sa mante et l'invita à passer dans la chambre de son maître. Cartier semblait émerger d'un profond sommeil.

«Papa, vous avez de la belle visite, annonça Joséphine dont le quart de garde s'achevait. Cousine Luce est passée vous dire un petit bonjour.

— Luce, ma Luce, s'exclama-t-il sans pudeur, je t'attendais. Pourquoi n'es-tu pas venue plus tôt?»

Jos se retira sur la pointe des pieds. Luce prit sa place dans la bergère à côté du malade. Il avait toute sa lucidité. «Je ne t'ai pas oubliée, lui dit-il en cherchant sa main sur le drap blanc. Ce fut une belle histoire d'amour que la nôtre!

— Je t'en prie, *George*, ne parle pas de nous au passé, l'implora-t-elle en glissant lentement ses longs doigts entre les siens devenus translucides. Notre amour n'est pas près de s'éteindre. Tu ne te débarrasseras pas de moi aussi facilement.»

De grosses gouttes de sueur perlaient sur les joues du malade. Luce se leva de son fauteuil et lui essuya délicatement le visage. Le malade ferma les yeux et ne parla plus. Elle s'approcha plus près pour écouter son souffle. Il lui sembla régulier. Le danger reculait. Pour le moment, il somnolait. Elle en fut soulagée. Sur sa table de chevet, elle prit *L'Imitation de Jésus-Christ* qui s'ouvrit naturellement à la fin du livre III. *George* avait souligné un passage au crayon : *Celui qui ne désire pas plaire aux hommes ni ne craint de leur déplaire jouira d'une grande paix.* Elle referma le livre tout écorné. Combien de fois l'avait-il lu ?

Luce remua ensuite les braises dans la cheminée. Elle frissonnait de partout. Même son âme ressentait le froid de la mort qui la défaisait. Que deviendrait le Canada sans son défenseur ? Cartier avait donné sa vie à son pays. Ces derniers temps, aucune épreuve ne lui avait été épargnée. On lui tenait rigueur de ne pas s'être porté au secours des écoles confessionnelles du Nouveau-Brunswick. À l'autre bout du pays, son appui aux Métis du Manitoba choquait les Ontariens, sans pour autant contenter les francophones de l'Ouest. Et maintenant, dernière avanie, on lui reprochait d'avoir remué mer et monde pour obtenir un chemin de fer reliant l'Atlantique au Pacifique.

La politique avait été pour *George* un maître exigeant mais ô combien ingrat ! pensa Luce. Il lui avait tout donné. Son temps, son énergie, sa santé. Jusqu'à la fin, il avait maintenu une cadence qui aurait usé le plus vigoureux des hommes. Combien de fois ne l'avait-elle pas supplié de ralentir ?

La sonate mélancolique jaillissant du piano d'Hortense traversait les murs jusqu'à eux. La musique agissait sur la souffrance de *George* comme une drogue apaisante.

« Joue, Hortense, murmura-t-il à travers son délire. Tu ne sauras jamais combien ta musique m'apaise. »

Il ouvrit soudain les yeux, sourit à son amante.

« C'est toi, Luce ? Tu devrais chanter pour moi, comme tu le faisais jadis. Demande à Hortense de t'accompagner au piano… »

À l'heure du grand départ, les deux femmes qu'il avait aimées se confondaient dans son esprit. Luce replaça sa tête sur l'oreiller. La lassitude se lisait sur le pauvre visage du malade qui la contemplait tendrement, comme pour s'en imprégner. Encore une fois, il ferma les yeux.

Joséphine entra dans la pièce, une carafe d'eau fraîche à la main. Elle la déposa sur la table de chevet.

«Il faudra lui donner un cachet dès qu'il s'éveillera», dit-elle tout bas. Luce acquiesça d'un signe de tête.

Surtout, ne pas fondre en larmes, se répétait-elle en raccompagnant Jos jusqu'à la porte. Celle-ci en profita pour lui communiquer le dernier bilan de santé des médecins. La maladie avait pris une tournure fâcheuse la veille et on avait dû les rappeler. Ils n'avaient rien voulu cacher à Hortense : l'état du malade s'aggravait d'heure en heure. Toutefois, ils n'entrevoyaient pas encore la fin, mais mieux valait s'y préparer. Jos croyait aussi que son père s'en allait tout doucement. Elle referma derrière elle.

Luce se trouvait de nouveau seule avec *George*. Au bout d'un quart d'heure, il émergea du sommeil.

«Va dire à Hortense de jouer le concerto de Mozart que j'aime tant. Elle saura lequel.»

Peu après, l'*adagio* du divin Mozart inonda la pièce. *George* se laissa envahir par les notes cristallines.

«Ma Luce chérie, j'avais tant de projets pour nous deux, s'épancha-t-il. J'étais si sûr que nous vieillirions ensemble, ici même, à Londres.»

Jamais Luce ne cesserait de l'aimer, aussi longtemps qu'elle vivrait. Elle eut envie de lui en faire le serment. Il allait tant lui manquer. Comment concevoir sa vie sans lui? Leur amour s'était approfondi au fil des ans. Une communion parfaite de cœur et d'esprit. «Ne pars pas, *George*, ne me laisse pas, j'en mourrai», pensa-t-elle tout bas, sans oser le lui dire. Elle restait là, figée dans sa douleur, incapable de lui crier son amour. À l'heure de la séparation définitive, sa détresse la rendait muette. Elle savait pourtant qu'il n'y aurait pas de seconde chance.

Au lieu de lui ouvrir son cœur, elle lui débitait des mensonges dont il n'était pas dupe. Non, il ne redeviendrait pas l'homme fort qu'il avait été, comme elle s'évertuait à le lui laisser croire. Ils ne prendraient pas ensemble le prochain *steamer* pour l'Amérique, même si elle lui répétait le contraire. Jamais plus il ne la réchaufferait de son corps, sous l'édredon de plumes, au *Review Cottage*. «Mon pauvre amour! Nous ne dormirons plus ensemble, se dit-elle encore. Le sais-tu? Nous avions tout prévu sauf ta mort. Que Dieu fasse qu'il y ait une autre vie! Même moi, la femme libre qui se permettait de remettre en question l'existence de Dieu, j'en suis réduite aujourd'hui à l'implorer de te laisser vivre.»

Dans la pièce d'à côté, Hortense interprétait Mozart encore et encore. «Elle joue divinement!» balbutia Cartier. Pendant une seconde, Luce en fut agacée. Et leur musique à eux? Avait-il oublié la valse viennoise qui les avait portés comme sur un nuage au bal du prince de Galles? Ma parole! Je deviens ombrageuse, songea-t-elle, étonnée d'éprouver de la jalousie dans un moment pareil. Les rôles s'inversaient. En laissant sa rivale seule avec son mari, Hortense se montrait généreuse. Magnanime même, puisqu'elle avait toutes les raisons du monde de la chasser de sa maison. Au moment de perdre son amant à jamais, Luce avait conscience de sombrer dans l'absurdité. En vouloir à *George* d'apprécier le talent de sa femme, quelle sottise de sa part! Cela surprenait chez une femme habituée à contrôler ses humeurs. Elle n'aimait pas se sentir comme une intruse dans cet univers hostile. Et toujours, ce piano pour lui rappeler l'existence d'Hortense.

Autant l'admettre, la décision de *George* de se réfugier chez Hortense pour mourir l'avait plongée dans le désarroi. Elle comprenait les raisons de son amant, mais ne les admettait pas. Comment pouvait-il partager avec une autre femme cet ultime moment? Il leur restait si peu de temps à tous les deux, avant d'être séparés pour l'éternité.

«Promets-moi de t'occuper de mes filles, articula-t-il faiblement. Guide-les comme tu as guidé Clara. Je compte sur toi. Même là-bas, je continuerai de t'aimer. Puisse Dieu me pardonner ma vie adultère…»

La tête appuyée au dossier du fauteuil, Luce le regardait avec une tendresse empreinte de douleur. Les pensées les plus sombres se bousculaient dans sa tête. Il réclama de l'eau. Elle s'empara de la carafe, remplit à demi un verre, mais comme elle le lui tendait, il s'était rendormi. Elle pensa : ma vie s'arrête ici. Sans lui, je ne suis plus rien. Le temps nous a manqué pour aller au bout de notre amour.

Onze heures sonnèrent et la musique cessa. Elle entendit des pas dans la pièce d'à côté. Hortense souhaitait sans doute son départ. Elle devait s'arracher à *George* pour toujours. Tout son être lui ordonnait de rester auprès de lui encore un instant, pour surprendre un moment de lucidité ou capter son dernier soupir. Il lui revenait à elle, et non à Hortense, de lui fermer les yeux. Elle était la femme qu'il chérissait, la seule qui avait compté. Elle l'embrassa et voulut croire qu'il lui rendait son baiser. Puis, elle passa lentement ses doigts dans son épaisse chevelure, comme une ultime caresse. Au même moment, elle crut l'entendre murmurer : « Laisse-moi partir, Luce chérie. »

Les yeux rougis de larmes, elle sortit en s'appuyant aux meubles qui se trouvaient sur son passage. *George* ne verrait pas le jour se lever, elle en avait acquis la certitude.

~

Hortense reprit son poste au chevet de l'homme qui n'avait pas su l'aimer. Elle avait vu Luce quitter la chambre, le visage décomposé. Le sol se dérobait sous ses pieds. Sa rivale s'était arrêtée devant la porte du salon et avait regardé Hortense comme une désespérée. Ensuite, ses yeux s'étaient posés sur Jos et Marie, comme pour quêter leur compassion. Ni l'une ni l'autre ne s'était levée pour raccompagner la « maîtresse » jusqu'au vestibule. Elle n'avait plus sa place dans cette maison. Le valet de *George*, Thomas Vincent, lui avait tendu sa mante, avant de lui ouvrir la porte qu'elle avait franchie complètement défaite.

Alors, seulement, Hortense réalisa que Luce venait de sortir de sa vie. Dire que, pendant si longtemps, avant l'irrémédiable trahison, elles avaient été inséparables.

L'appartement baignait dans le silence. La nuit s'étirait sans fin. Une odeur de pharmacie imprégnait la pièce. Cartier n'avait pas quitté le lit depuis une semaine et les plaies à vif sur son corps s'étaient infectées. Soutenue par des oreillers, sa tête paraissait enflée. Un rictus se dessinait au coin de sa bouche.

Les calmants ne lui étaient plus d'aucun secours. Il avait du mal à respirer. « Il peut partir d'un moment à l'autre, songea Hortense. Joséphine et Marie affrontaient bravement la mort attendue de leur père. À vingt-six et vingt-quatre ans, elles étaient bien jeunes pour devenir orphelines.

Hortense ne tenait plus sur ses jambes. Les yeux bouffis de fatigue, elle se prit la tête à deux mains. La voix agonisante de George-Étienne la fit sursauter. Il la suppliait de le délivrer. Elle détailla son visage impassible, lui dont les traits, hier encore, s'animaient. Ses yeux brillaient toujours d'intelligence, malgré la douleur. L'homme énergique, parfois rude et toujours sur le qui-vive, qu'elle avait tant aimé et détesté avait disparu. Son mari s'en allait pour toujours.

« J'ai fait un testament de fou, lui confia-t-il dans un moment de lucidité.

— Ne parle pas, l'interrompit Hortense. Tu te fatigues pour rien. »

Malgré l'acuité du moment, Hortense était maintenant tout à fait certaine de ne plus l'aimer. Elle lui conservait simplement un restant d'affection qui se ranimait comme une flamme à l'évocation du passé. Pendant cette longue nuit de veille, elle se laissa envahir par les images heureuses du passé. Les yeux fermés, elle revoyait sa vie de jeune mariée avec celui qu'elle appelait alors Petit Georges, dans un garni minuscule comme un mouchoir de poche, au dernier étage de l'hôtel Donegana. Lui revenait aussi la fierté du nouveau père quand il avait aperçu le bout du nez de Joséphine, mais aussi sa déception à la naissance de leur troisième fille, Reine-Victoria.

« Il m'en a tant voulu de ne pas lui avoir donné un fils à qui il aurait pu léguer son titre », soupira-t-elle.

Les souvenirs se bousculaient dans son esprit. Combien de fois avait-elle dû arbitrer les mésententes entre son fougueux de mari et son entêté de père ? Comme elle les avait aimés, tous les deux ! Elle aurait voulu chasser de sa mémoire ses déceptions les plus amères pour ne conserver que les moments de plénitude. Mais les infidélités de son mari, leurs brouilles acrimonieuses, ces meurtrissures qu'il lui avait infligées reprenaient possession de son esprit malgré elle.

Jamais plus il ne pourra me faire de mal, pensa-t-elle en se recroquevillant comme un animal blessé, dans la bergère placée près du lit. À preuve, la sécheresse de ses yeux, la dureté de son cœur. Elle avait trop souffert à cause de lui, elle n'avait plus de larmes à verser pour lui. Maintenant, il lui inspirait de la pitié. Elle mesura pour la première fois l'incommensurable vide qu'il laisserait. Cette rage qui l'avait poussée un jour à la vengeance, elle avait beau fouiller dans tous les recoins de son âme, jamais plus elle ne se réveillerait.

Soudain, contre toute attente, les larmes inondèrent ses joues. Elle ne pleurait pas George-Étienne mais son bonheur perdu. Comme elle regrettait le mal qu'ils s'étaient fait, cet acharnement qu'ils avaient mis à se combattre! Et la trahison de Luce? Arriverait-elle jamais à s'en libérer? Tout cela est fini, bien fini, se répéta-t-elle avant de sombrer à son tour dans un demi-sommeil.

Éveillée en sursaut moins d'une heure plus tard, elle eut l'intuition que la fin approchait. Les traits du malade s'étaient creusés, sa respiration devenait caverneuse et ses mains commençaient à se violacer. Surtout, pas d'affolement. Elle empoigna ses jupes, grimpa l'escalier et s'élança dans la chambre de Joséphine. « Vite, descends, ton père va mal. Et réveille Marie. » Elle demanda ensuite à Thomas d'aller chercher le médecin. Le prêtre aussi. Puis, elle retourna en vitesse au chevet de son mari. Il venait tout juste de reprendre conscience.

« As-tu mal? lui demanda-t-elle de sa voix la plus douce.

— Je ne veux pas me plaindre, gémit-il.

— Aimerais-tu un peu d'eau? »

Il fit signe que non. La détresse se lisait sur son visage. Il s'obligeait à garder les yeux ouverts. Sans doute craignait-il d'affronter la mort seul. Hortense le rassura. Il pouvait se laisser aller. Jusqu'à son dernier souffle, elle resterait auprès de lui. Il marmonna des mots inintelligibles qui ressemblaient à des remerciements. Il eut encore la force de serrer sa main, soulagé de la sentir là, auprès de lui. Hortense ne l'abandonnerait pas, c'était tout ce qui lui importait au seuil de la mort. Subitement, son pouls faiblit. Hortense sentit son étreinte se relâcher.

« Je meurs », articula-t-il dans un filet de voix.

Ce furent ses derniers mots. Il était six heures du matin. Ses lèvres s'immobilisèrent à jamais et sa tête roula sur l'oreiller. Hortense lui ferma délicatement les paupières, devant Joséphine et moi qui pleurions en silence.

XLII

Le testament

Cannes, août 1919

Mon histoire aurait dû s'achever ici, au moment où George-Étienne Cartier se sépare d'Hortense pour aller rencontrer son créateur dans l'autre monde.

Après tant d'années, je ne pense jamais sans émotion à la main livide du capitaine rejoignant celle de ma mère sur le drap blanc. Ils pleuraient tous les deux, comme si, malgré l'impitoyable guerre qu'ils s'étaient livrée, la mort les rapprochait. La Bruyère n'a-t-il pas écrit que le plus grand signe de la mort prochaine d'un homme malade, c'est la réconciliation ?

Oui, c'eût été une belle fin à mon récit, et j'avoue avoir failli déposer ma plume, pour laisser à la postérité l'image du grand homme venu s'éteindre au milieu des siens. Nous avions tous joué nos rôles admirablement. Lui, héroïque dans la douleur, presque repentant, Hortense, oubliant sa rancœur pour accueillir chez elle la maîtresse de son mari, et Joséphine, tout éplorée et terriblement vulnérable devant l'échéance fatidique.

Ma tâche à moi a consisté à distraire le capitaine, ce qui, dans les circonstances, n'a pas été de tout repos. Son corps ne répondait plus, mais son esprit réclamait toujours de l'action. Je me rappelle comme son visage s'animait pendant mes bavardages. Il me suffisait de lui relater les bêtises de sir John A. Macdonald, *the old fox*, comme il l'appelait, pour que ses yeux pétillent de malice. Cela l'amusait aussi de me voir mimer ses collègues du Parlement, dont j'apprenais les esclandres en lui lisant les journaux. C'est moi qui lui ai annoncé l'entrée de l'Île-du-Prince-Édouard dans le Canada. Sa fierté faisait plaisir à voir.

Pendant mes tours de garde, sa peur de la mort s'évanouissait comme par enchantement et la rage de vivre s'emparait de lui. Je revois son expression tendue se transformer en sourire dès que je pénétrais dans sa chambre. Il redevenait le père attachant qui avait enchanté mon enfance.

Mon histoire racontée, j'avais le sentiment du devoir accompli. Nous avions fait tout ce qui était humainement possible pour alléger les souffrances du capitaine. Si j'avais eu, parfois, des mots durs à son endroit, je croyais sincèrement l'avoir présenté sous son vrai jour. Je pouvais sans arrière-pensée mettre le point final à mon récit. J'inscrivis la date au bas de la dernière page et je refermai mon grand cahier noir à couverture souple.

Mais le répit espéré ne vint pas. Les souvenirs continuaient de tourbillonner dans ma tête, cependant que je marchais comme une âme en peine dans ma villa de Cannes, où j'habite seule depuis la mort de ma mère. Je m'en voulais d'avoir escamoté tel épisode moins reluisant de notre saga familiale, oublié tel détail qui avait eu son importance pour la suite des événements.

On n'écrit pas ses mémoires sans réveiller les morts. Pendant toute la durée de l'exercice, j'ai vu blanchir plus d'une nuit, à me creuser la cervelle pour déchiffrer les secrets de mes chers disparus. Combien d'heures aussi ai-je passées au piano, ce compagnon de mes joies et de mes nostalgies? Mes doigts glissaient sur le clavier, et pourtant ce sont les notes larmoyantes qu'Hortense faisait jaillir du Pleyel que j'entendais. Elles m'atteignaient en plein cœur.

Espérant me délivrer de cet étouffant passé, et comme je pars demain pour l'Amérique, je me suis concentrée sur les derniers préparatifs. Cela m'a distraite pendant deux heures. Manteaux, chapeaux, robes, bas, nécessaire de toilette, tout trouva sa place dans la malle en un tour de main. Je fis porter mes bagages à la gare en fin d'après-midi, de sorte que je me retrouvai libre comme l'air à l'heure du dîner. J'ai rassemblé mes plantes exotiques sous la tonnelle, avant de grignoter une salade niçoise, un bout de pain et une pointe de fromage en sirotant un verre de rosé de Provence. Je me suis ensuite promenée sur la Croisette, en me demandant comment occuper la longue soirée devant moi, la dernière avant le grand départ.

Je me sentais fébrile. Encore une nuit et je quitterais la Côte d'Azur pour le Canada. Ce premier voyage outre-Atlantique depuis notre départ orageux de Montréal, en 1872, aurait dû occuper toutes mes pensées. J'étais conviée à célébrer la grandeur de mon père, à l'occasion du centenaire de sa naissance, ce qui ne me rendait pas peu fière. Prévues en 1914, les fêtes avaient été reportées d'année en année jusqu'à la fin de la guerre. Cette fois, je serais au rendez-vous. En tant qu'invitée d'honneur et unique descendante de George-Étienne Cartier, l'un des Pères de la Confédération, peut-être même son plus ardent artisan, je devais prendre la parole pour rappeler son souvenir. J'allais le dire bien haut, si le Canada existait, c'était grâce à lui. Il en avait rêvé et il l'avait bâti à coup d'audace et de persévérance. Un demi-siècle après sa mort, les Canadiens se le rappelaient enfin. Ce n'était pas trop tôt!

Aussi n'avais-je nulle envie de déterrer les vilains fantômes qui encombraient ma mémoire. Pourquoi ternir la réputation d'un homme qui avait attaché son nom à la naissance d'un grand et beau pays? Il s'agissait de mon père, après tout, je ne devais pas l'oublier. Mieux valait laisser inachevé mon récit, plutôt que d'assombrir le souvenir d'un être qui avait montré un courage indomptable sa vie durant.

Il ne me restait plus qu'à classer dans l'armoire italienne les papiers de famille et les photographies qui avaient servi à établir la chronologie des faits. J'occupai ma soirée à les ranger, les uns dans la boîte à souvenirs de Joséphine, les autres dans le coffre de bois sculpté de maman. Invitations au bal, programmes de théâtre, livrets d'opéra, elles avaient tout conservé. Même les coupures de presse ramassées au fil des ans et glissées dans des enveloppes brunes portant la date.

Avant de refermer l'album de photos, je jetai un dernier coup d'œil sur le cliché de madame Raymond pris en 1902, la veille de son quatre-vingt-douzième anniversaire. Minuscule, elle portait un bonnet de dentelle sur ses cheveux d'un blanc immaculé et tenait un livre à la main. Grand-mère mourut l'année suivante sans que je l'aie revue.

Un incident cocasse me revint à l'esprit. Peu après ses obsèques, Hector, qui occupait alors les fonctions de commissaire du Canada à Paris, sorte d'ambassadeur avant l'heure, s'était arrêté à Cannes pour me raconter les derniers moments de notre chère grand-mère. Il n'avait pas résisté à l'envie de me rapporter les propos du vieux curé montréalais, bien intentionné mais ô combien gaffeur, qui avait officié pieusement la cérémonie funèbre. Désireux de rendre hommage à la très dévouée madame Raymond Fabre, le prêtre avait lancé du haut de la chaire, avec des trémolos dans la voix : « Mes bien chers frères, la paroisse vient de perdre l'une de ses plus vieilles colonnes... »

J'en riais encore en terminant mon rangement. C'est alors que je retrouvai, enveloppé dans du papier de soie, le beau portrait de mes parents, photographiés à Cacouna l'année de mes seize ans. Le capitaine portait une chemise à col empesé sur un pantalon blanc et tenait son maillet de croquet à la main. Son bras droit entourait les épaules d'Hortense, si jolie dans sa robe pastel. On aurait dit des amoureux. Et pourtant, cet été-là, je m'en souvenais clairement, toutes les pensées de mon père allaient à Luce Cuvillier. Il m'avait privée de mon premier bal pour courir la retrouver. En une fraction de seconde, je pris conscience que ma rancune demeurait intacte.

En replaçant le portrait dans son papier de soie, je remarquai au fond de l'emballage le testament du capitaine. Comment avait-il pu m'échapper ? J'avais fouillé dans cette boîte une demi-douzaine de fois au moins. Le document, avec son tampon notarié et son ruban rouge, me sautait aux yeux. Fallait-il voir là un oubli délibéré ? Avais-je plus ou moins consciemment voulu biffer le dernier acte de cette tragédie ?

Je méditais la question en me couchant. La fenêtre de ma chambre demeura grande ouverte. L'air que l'on respire à Cannes apaise l'esprit. L'odeur saline de la Méditerranée, conjuguée au murmure des vagues, aurait dû m'apporter le sommeil. Au contraire, les yeux ouverts, je demeurai étendue à moitié couverte sur mon lit, à écouter les moustiques voler. Je finis par m'avouer que la dernière mesquinerie du capitaine hantait mon esprit. Je me relevai, rallumai ma lampe et passai cette dernière nuit à noircir mon cahier, déterminée à boucler la boucle une fois pour toutes. C'est ainsi que, malgré moi, je me retrouvai en pensée le jour de la mort de mon père, dans la salle à manger de notre appartement londonien, en compagnie de Jos et de maman. Ni elles ni moi n'avions imaginé ce qui nous pendait alors au bout du nez.

~

Vingt-quatre heures s'étaient écoulées depuis le dernier soupir du capitaine. Ma mère l'avait soigné généreusement jusqu'à la fin. Elle avait fait montre d'une patience d'ange, cédant à ses moindres caprices pour éviter de le contrarier. Tous les jours, elle commandait des fleurs pour égayer sa chambre. Aidée d'une domestique, elle le lavait et le changeait, se réservant même la tâche de nettoyer ses plaies de lit. Elle avait partagé dignement son agonie sans faiblir.

Le lendemain de sa mort, elle tomba d'épuisement. Elle n'eut pas la force d'assister au service funèbre célébré à la *French Chapel*, sur *Portman Square*. Un landau officiel fourni par le gouvernement anglais nous y conduisit, Jos et moi. À la porte de l'église, pour notre plus grand déplaisir, la Cuvillier nous attendait.

Hortense dut dormir douze heures d'affilée. Au réveil, elle me parut sereine, comme imprégnée d'une paix intérieure nouvelle. Pas une lueur de colère ou d'amertume dans son regard. Une douce quiétude mêlée de tristesse l'habitait. Une certaine indifférence aussi. L'homme qu'elle avait adoré, qui avait brisé sa vie, ne pouvait plus la faire souffrir. Désormais, elle n'avait rien à craindre. Ni sa mesquinerie, ni ses infidélités, ni leurs querelles sans fin.

C'était mal connaître Cartier qui lui avait réservé une ultime humiliation. Nous allions l'apprendre de la bouche du notaire qui se présenta à la maison pour la lecture du testament. Ce devait être une pure formalité. Nous n'avions aucune attente particulière, car nous savions que la politique, loin d'avoir enrichi notre père, l'avait appauvri. Même si des millions de dollars lui passaient entre les mains, il n'en avait jamais profité personnellement. De fait, il faudrait vendre ses propriétés des rues Notre-Dame et Saint-Paul pour régler ses dettes.

Nous avions toutes les trois pris place dans la salle à manger. Un feutre vert recouvrait la table. La fenêtre à guillotine était légèrement ouverte et une brise printanière gonflait les rideaux. Le notaire, un Anglais s'exprimant en français, avait le nez chaussé de lunettes épaisses et le menton fuyant. Après avoir sorti ses papiers de sa mallette, il nous expliqua que, normalement, tous les héritiers devaient prendre connaissance en même temps des dernières volontés du défunt. Vu les circonstances exceptionnelles de cette mort survenue à l'étranger, il s'autorisait un accroc à la procédure.

D'une manière affectée propre aux notaires, et plus prononcée encore chez les clercs anglais, il rapprocha le document de ses yeux de myope et en commença la lecture d'une voix haut perchée. Je ne quittais pas maman du regard, comme si j'avais l'intuition du pire. Les mains plaquées sur sa jupe, elle semblait détachée, mais je devinais son impatience d'en finir.

Lorsque le notaire mentionna le nom de Luce Cuvillier, elle sursauta. Le capitaine léguait à sa maîtresse cent cinquante livres. Sans que le montant soit exorbitant, le geste ne manquait pas d'audace. Plus choquant, il en profitait pour vanter sa sagesse et sa prudence, l'invitant même à nous dispenser ses précieux conseils, comme elle avait si bien conseillé sa nièce Clara. Cela acheva d'irriter Hortense, mais elle se garda bien de le montrer. Son visage demeura imperturbable durant toute la séance.

Après une courte pause, le notaire l'avisa que son mari l'avait déshéritée. À peine fronça-t-elle les sourcils. Si, pendant une seconde, elle s'inquiéta de son avenir, rien n'y parut. Joséphine et moi héritions d'une modeste rente annuelle notre vie durant. Cependant, le capitaine y mettait une condition si abjecte que j'hésite à la révéler. Je la lirai donc, comme le notaire le fit devant nous : *Je défends et je prohibe qu'aucune de mes filles n'épouse un membre ou un allié de la famille Fabre, soit du côté paternel, soit du côté maternel.* Si Jos ou moi dérogions à cette exigence, nous perdions notre legs au profit de l'autre.

Telles étaient les dernières volontés de George-Étienne Cartier, l'illustre père du Canada. Ses quatre exécuteurs testamentaires, pour ne pas dire ses quatre cerbères, verraient à ce qu'elles soient respectées au pied de la lettre.

Le coup, terrible, anéantit maman qui, une fois le notaire parti, s'enferma dans le mutisme. Joséphine s'effondra. Ce règlement de comptes posthume la brisait. Quant à moi, folle de colère, je me levai d'un bond. L'humiliante trouvaille de mon père pour régenter ma vie, même une fois disparu, me semblait profondément injuste. Je ne pensais qu'à ma petite personne, comme d'habitude.

Maman posa sa main sur mon bras pour me calmer. Ce dernier coup de Jarnac du capitaine n'était pas dirigé contre moi ou ma sœur, mais contre elle. Elle tenait à ce que nous le sachions. Cartier avait fait le nécessaire pour l'empêcher de vivre décemment.

«Comme si j'étais l'unique responsable de l'échec de notre mariage, dit-elle. Sa malveillance n'a d'égale que sa férocité.»

Hortense reconnaissait dans ce geste l'homme mesquin qu'elle s'était efforcée d'oublier pendant sa maladie. Elle avait fini par croire qu'il s'était amendé. Lui revenait maintenant ses sous-entendus méprisants qui annonçaient cette ultime méchanceté. Ne lui avait-il pas confié, dans un moment de faiblesse et d'épanchement, qu'il avait rédigé un testament de fou ? Elle n'avait pas prêté attention à cet aveu, le mettant au compte du délire. Maintenant, elle en comprenait tout le sens.

«Mes pauvres chéries, murmura-t-elle en baissant les yeux pour cacher son trouble, votre père a emporté sa rancune contre moi jusque dans sa tombe. Il vous écorche au passage, mais c'est à moi et à moi seule qu'il voulait faire du mal.»

Prostrée dans le silence, Joséphine se tordait les mains sous la table. Sa lèvre inférieure se mit à trembler.

«Papa n'avait plus toute sa tête, dit-elle. La maladie a altéré son jugement. Il ne faut pas lui en vouloir.»

Jos cherchait désespérément à excuser le geste du capitaine. Nous prenant à témoin de son humeur changeante, pendant les derniers mois de sa vie, elle nous rappelait ses exaltations et ses moments dépressifs, en mettant tout sur le compte du mal de Bright, y compris ses dernières volontés.

«Allons donc, lui objectai-je, papa a rédigé ce torchon en novembre 1866, juste après nos vacances à Cacouna. Il a eu sept ans pour le modifier. S'il ne l'a pas fait, c'est qu'il avait mûri sa vengeance.»

Maman acquiesça d'un signe de tête, avant de nous supplier de ne pas révéler cette affaire :

«Vous ne devrez jamais parler du testament de votre père à qui que ce soit. Ce sera notre terrible secret. J'ai tellement honte ! Être déshéritée par mon propre mari que j'ai soigné jusqu'à son dernier souffle !»

Jos lui en fit la promesse. Je jurai, moi aussi, même si je n'étais pas convaincue de pouvoir tenir ma langue. Je sentais maman vulnérable et je n'osai pas la contrarier. Pour la première fois, je remarquai sa nuque qui commençait à grisonner. Comme elle avait vieilli, elle aussi ! Sa peau de jeune fille conservait tout son éclat et sa beauté restait intouchée, mais la lassitude se lisait sur son visage marqué de pattes d'oie. Devinant sans doute que je l'observais à la dérobée, elle se redressa vivement sur son siège, comme pour me rassurer, et dit :

«N'ayez aucune crainte, mes chéries, je saurai vous rendre heureuses.»

∼

Je nageais en plein irréel. Dans la chambre d'à côté, mon père venait de passer de vie à trépas. Les murs du logis suintaient la mort et les tentures de crêpe noir ajoutaient au caractère lugubre du décor. Les témoignages de sympathie affluaient de toutes parts, tandis que nos amis londoniens défilaient pour offrir leurs condoléances. Des membres du Parlement britannique que nous ne connaissions ni d'Ève ni d'Adam se déplaçaient pour rendre un dernier hommage à ce *colonial* en vue, « siré » par la reine Victoria. De Balmoral, sa résidence secondaire, Sa Majesté envoya un télégramme à lady Cartier. Elle déplorait la perte d'un fidèle et loyal sujet.

On embauma sir George pour le ramener au Canada. Le 29 mai, ses restes mortels quittèrent Liverpool à bord du *Prussian*, sur lequel il avait réservé sa place de son vivant. Il voyagea dans la cale, entre quatre planches, au milieu de la cargaison de spiritueux expédiée au Canada. Sur son cercueil hermétiquement scellé, quelqu'un avait placé le chapeau qu'il portait à la cour, son épée et trois couronnes de fleurs, la première signée « À mon mari », la seconde, « À notre père » et la troisième, « À mon ami ». On voulut nous faire croire que le dernier bouquet provenait du fidèle valet de notre père, Thomas Vincent. Comme s'il pouvait être question d'amitié entre un domestique et sir George. La farce se perpétuait…

Pendant que le corps du capitaine voguait dans sa boîte sur l'Atlantique, je n'arrivais pas à me débarrasser du cauchemar qu'il nous avait fait vivre. Tantôt, je m'abandonnais à la tristesse et c'est à peine si j'arrivais à empêcher mes larmes. Le moment d'après, je pestais contre lui, sans pudeur ni retenue. J'avais beau chercher, je n'arrivais pas à comprendre en quoi j'avais mérité ce châtiment paternel.

Maman songea d'abord à rentrer au Canada, peut-être même à assister aux funérailles d'État du capitaine, en l'église Notre-Dame de Montréal. Mais elle se ravisa et la cérémonie se déroula sans nous. Oncle Édouard-Charles, consacré évêque-coadjuteur du diocèse deux semaines plus tôt, célébra l'absoute, même si dans son testament Cartier maudissait le nom des Fabre. Tout avait été prévu pour offrir à notre père le service funèbre réservé aux plus illustres personnages. Le premier ministre Macdonald ne lésina pas. Huit chevaux noirs précédaient le catafalque géant tendu de soie noire et décoré de ses armoiries. À l'avant du cortège, des ministres du

Cabinet Macdonald suivis d'une pléiade de dignitaires. L'abbé refusa cependant d'accompagner le corps de son beau-frère jusqu'au cimetière de la Côte-des-Neiges. Ni lui ni Hector ne souhaitèrent le voir de leurs propres yeux descendre sous terre.

À ce qu'on nous raconta, il faisait un temps magnifique ce matin-là. L'absence de l'épouse et des filles du grand homme fut cependant remarquée. Ainsi en avait décidé maman, après la lecture du testament. Avant de rentrer au Canada, elle voulait prendre du recul pour juger plus objectivement notre situation. Nous avons donc traversé la Manche. Au château des Bossange, dans la vallée de la Loire, Mae, la bonne fée de maman, nous accueillit comme trois blessées de guerre.

Nous nous réchauffions à la chaude amitié de nos parents français répudiés par notre père, parce qu'apparentés aux Fabre, quand la lettre d'Hector arriva. Elle nous apprit sans ménagement que notre humiliant secret était éventé. En effet, peu après les grandioses funérailles de notre père, les journaux canadiens avaient publié son testament. Tous, même *La Minerve*. Notre intimité avait été livrée à la populace et aux chacals. Les mots me manquent pour qualifier cette indiscrétion perfide! Hortense fulminait. Pourquoi les exécuteurs testamentaires de son mari, nuls autres que son frère Côme, son meilleur ami, Maurice Cuvillier, son associé, monsieur de Pominville et son confesseur, l'abbé Baile, avaient-ils autorisé ce déballage public? Quel intérêt ces hommes avaient-ils à traîner la famille de Cartier dans la boue? à blesser Hortense et à déshonorer ses filles?

Personne ne se porta alors à la défense d'Hortense. Dans les journaux, une seule lettre, signée «une épouse et une mère», exprima l'indignation qui aurait dû soulever nos proches: *La vie de lady Cartier, comme épouse et comme mère, a toujours été irréprochable,* écrivait l'inconnue. *Cela n'est ni juste ni noble, parce qu'un homme, fût-il sir George-Étienne Cartier, s'écarte du sentier du devoir, que l'opprobre retombe sur sa famille et qu'elle soit flétrie devant les hommes comme si elle était coupable et non innocente.* J'ai toujours soupçonné madame Raymond d'en être l'auteure.

⌒

Il est quatre heures du matin. J'écris ces dernières pages au fil de la plume et des émotions, sans prendre le temps de démêler ce qu'il convient ou ne convient pas de raconter. En moi, je sens monter un indicible malaise. L'envie de tout déchirer me tourmente. Les années ont passé et le geste inhumain du capitaine est oublié. Peut-être est-ce mieux ainsi ? Si seulement le souvenir de ma mère ne me hantait pas.

Hortense ne s'est jamais remise entièrement de la cruauté de son mari. Le testament de Cartier fit scandale jusqu'en France. Peu après sa publication dans les journaux, notre mère décida de ne plus jamais remettre les pieds au Canada. L'exil, plutôt que la honte. À sa demande, ses lettres au capitaine lui furent rendues. Elle les brûla sous nos yeux sans en relire aucune.

Nous nous sommes d'abord retirées en Italie, où maman se lia d'amitié avec des membres de la famille royale de Naples. Le comte et la comtesse de Caserta nous introduisirent dans la noblesse italienne. Mais l'étouffant climat napolitain ne convenait pas à son cœur devenu fragile, après cette avalanche d'émotions fortes. Elle préféra alors s'installer à Cannes, station balnéaire très courue en cette décennie soixante-dix. Le voisinage de la mer, ses vivifiantes émanations et son soleil de plomb attiraient les ducs toscans, les barons français, les marquises italiennes et les lords anglais qui y emmenaient leurs familles pour les grandes vacances. Là encore, la belle société accueillit à bras ouverts lady Cartier et ses filles. Nous étions leurs « amies canadiennes ».

Ah ! L'indolence méridionale ! L'après-midi, maman adorait flâner dans les boutiques, avant d'aller se promener sur la Croisette, rendez-vous obligé du monde élégant. Seule la pluie venait interrompre le cours de ses excursions. Elle s'assoyait ensuite une heure ou deux au jardin, à l'ombre d'un des rares pins matures encore debout, qui faisaient jadis la fierté des Cannois. On ne la voyait jamais sans un livre à la main. Des romans d'amour qu'elle dégustait comme du bon pain.

Le scandale du Canadien Pacifique qui éclaboussa la mémoire de sir George-Étienne Cartier, quelques mois après sa mort, fit jaser jusque sur la Côte d'Azur. Notre pauvre père et ses malheureuses folies! Nous avons eu tant de mal à ne pas laisser dans la boue le nom qu'il illustra.

Mince consolation, le déshonneur lui fut épargné, car il avait disparu lorsque cette ténébreuse affaire trouva son dénouement devant les tribunaux. L'enquête démontra hors de tout doute la culpabilité de Macdonald et de Cartier. Ils avaient bel et bien accepté de l'argent à des fins électorales. Macdonald chercha à faire porter le chapeau à son collègue mort et enterré. La maladie avait altéré son jugement, prétendait-il. Sa propre responsabilité le força néanmoins à démissionner.

Conformément au vœu du capitaine, ni l'impératrice ni votre humble servante n'épousèrent un parent des Fabre. Mon cher Henri n'étant plus de ce monde, quelle importance l'odieuse clause du testament paternel pouvait-elle revêtir? À la suite de Joséphine, je coiffai moi aussi Sainte-Catherine. Dans les salons cannois, je fis tapisserie plus souvent qu'à mon tour. Les riches héritières américaines avaient plus de succès auprès des bons partis attirés par le soleil du Midi que deux pauvres Canadiennes sans fortune ni dot. Après avoir mené grand train assez inconsidérément pendant quelques mois, il fallut se résigner à vivre modestement. Je me mis alors à enseigner le piano aux enfants de la bourgeoisie et Jos donna des cours d'allemand.

Ma mère n'accepta jamais son infortune. Elle multiplia les démarches pour obtenir du gouvernement canadien la pension de veuve qui lui revenait de plein droit. Cela l'humiliait de quémander, mais elle refusait d'abdiquer. Il lui fallut attendre neuf ans avant que le gouvernement du Canada consente à lui verser une rente. Ce qui nous permit de faire l'acquisition de *La Liane*, rue d'Antibes, une villa tout à fait convenable.

Pour Joséphine, cela venait trop tard. Ma sœur n'avait pas la santé pour supporter les privations. Peu habituée au dénuement, et trop romantique pour affronter la réalité, l'impératrice considérait comme une déchéance le fait d'être obligée de gagner sa vie. Elle peignait encore, mais ses aquarelles manquaient d'âme. Seuls les tons blafards et grisâtres trouvaient place sur ses toiles. Une bien triste palette de couleurs, en vérité! L'étincelant soleil cannois, pourtant recherché par les artistes, ne réussissait pas à vaincre sa mélancolie. À trente-neuf ans, toujours aussi belle, elle mourut d'une syncope du cœur, sans faire de bruit, prisonnière de ses humeurs mélancoliques.

Elle avait cessé d'écrire son journal la veille de la mort de notre père. Cette perte avait ébranlé ses nerfs fragiles. J'ai retrouvé dans ses tiroirs un carnet barbouillé de croquis. Elle avait dessiné au fusain des petits portraits du capitaine.

Maman l'a suivie dans la tombe en 1898. Elle s'est éteinte avenue d'Antibes, dans sa jolie villa de stuc blanc entourée de palmiers où j'habite toujours. Pour ses funérailles, en l'église Notre-Dame-des-Pins, tout le gratin cannois s'est déplacé. J'ai conservé la coupure du *Littoral* qui mentionne la présence de Son Altesse la comtesse de Caserta, du général et de la baronne de Charrette, de la marquise de Dauvet, du baron de Saint-Genest. Il y avait aussi le duc de Bernaldo, lady Charlotte Dundas et une ribambelle de nobles russes. Ce fut sa douce vengeance sur la société montréalaise qui l'avait injustement montrée du doigt.

Jamais Hortense ne revit Luce Cuvillier. Jamais non plus ne lui pardonna-t-elle d'avoir ruiné sa vie. Prévenue qu'à Montréal les biens du capitaine seraient vendus à l'encan, maman n'avait rien souhaité conserver de ce qui lui avait appartenu, à l'exception d'un médaillon de Napoléon qu'il suspendait à son cou. Luce se porta acquéreur de la plupart de ses tableaux. Elle emporta aussi quelques objets personnels dont un buste de Jacques Cartier et le plan du pont Victoria qui ornait son bureau d'avocat.

Le magnifique piano sculpté d'Hortense, cadeau de son père, le libraire Fabre, aboutit chez la marquise Clara Bassano, devenue propriétaire du *Review Cottage*.

Après, nous n'avons plus entendu parler de la Cuvillier. Madame Raymond qui, bien entendu, refusait de la fréquenter, nous apprit qu'elle vivait seule au milieu de ses souvenirs, dans une élégante maison de la rue Sherbrooke. Une amie de ma mère de passage à Cannes nous raconta que Luce avait fait aménager un oratoire dans son ancien boudoir. Apparemment, elle s'était réfugiée dans la prière. Sans doute voulait-elle se faire pardonner tout le mal qu'elle nous avait causé.

Les premières années, elle se rendait chaque semaine au cimetière de la Côte-des-Neiges, sur le mont Royal. Son cocher la déposait devant la grille d'entrée ornée de sabliers. Elle descendait du cabriolet, se couvrait le visage d'un voile noir et marchait lentement jusqu'au majestueux monument de marbre du capitaine qui éclipsait tous les autres. Ma mère y avait fait graver sa devise : *Franc et sans dol.* Assise sur la dalle de granit, à l'ombre d'un érable argenté, Luce poursuivait un monologue intérieur. L'été, elle faisait pousser des fleurs au pied du socle de pierre grise.

Je crois qu'elle n'a jamais cessé d'aimer mon père. Même la mort n'a pas eu raison de son amour.

À partir de 1898, lorsque, à ma demande, la dépouille de lady Cartier alla rejoindre celle de sir George-Étienne Cartier sur la colline ombragée, Luce ne réapparut plus au cimetière. Un scrupule qui l'honore.

Un peu tard, il est vrai.

Marie-Hortense Cartier

Épilogue

À l'automne de 1919, après son pèlerinage au Canada, Marie-Hortense Cartier regagna Cannes et sa villa sous les palmiers. Que d'images elle en rapportait. Que d'émotions fortes aussi.

Partout, dans ses déplacements, un photographe de chez Pathé et des journalistes de *La Presse*, du *Star* et de *L'Événement* l'avaient suivie pour capter ses réactions devant Montréal, beaucoup plus grande que dans son souvenir. Même le pont Victoria lui semblait transformé. Québec, toujours aussi pittoresque, n'avait pas changé, mis à part la disparition du Château Saint-Louis, remplacé par l'imposant Château Frontenac. Enfin, sur les rives du Richelieu, Saint-Antoine somnolait comme jadis. Hélas! la maison aux sept cheminées si chère à son cœur n'existait plus.

Dans son mot de bienvenue, l'ami de la famille, Adolphe-Basile Routhier, n'avait pas manqué de réveiller quelques fantômes de plus en comparant la vie de George-Étienne et d'Hortense Cartier à une traversée de l'océan qui avait fini comme celle du *Titanic*...

Time flies, disait grand-père Fabre. La vie de Marie-Hortense reprit son cours normal dans le midi de la France. Sur la Croisette, les Cannois saluaient respectueusement cette vieille dame digne qui conduisait elle-même sa victoria tirée par deux petits chevaux. Derrière elle, son cocher en livrée, les bras croisés, surveillait ses moindres gestes.

D'après son fils adoptif, Henri Gras, qu'elle avait recueilli alors qu'il avait neuf ans, jamais Marie-Hortense ne parlait de la séparation de ses parents ni du drame qui avait empoisonné sa jeunesse. Sur sa table trônait le buste de Joséphine que lady Cartier avait commandé, peu avant sa mort. Comme sa mère, Marie passait deux heures par jour au piano. Et, comme son père, elle recevait tous les samedis ses amis de l'élégante société cannoise qui avait si bien accueilli sa famille d'exilées sans patrie. Ces Canadiennes errantes...

Le vendredi, elle prenait le thé à *La Liane* avec le poète québécois Alain Grandbois, comme il l'a raconté dans ses mémoires. «Elle me lisait des lettres jaunies, liées par des rubans de soie, qu'elle tirait d'un grand coffret de bois des Indes, signées par l'impératrice, par sir George, par des personnages illustres de la fin du dix-neuvième siècle. Parfois ses yeux s'embuaient. Alors, elle secouait la tête, renouait ses lettres et me disait : "Si vous me faites le plaisir de revenir vendredi prochain, je vous lirai la suite."»

Et puis, en 1940, au beau milieu de la guerre, personne n'entendit plus parler de mademoiselle Cartier. On savait que sa villa servait d'hôpital pour les blessés français et anglais. La rumeur voulait aussi qu'elle y cachât des résistants. Elle avait alors quatre-vingt-onze ans.

Peu après, elle réapparut en Angleterre. Elle avait réussi à s'embarquer à Marseille à bord d'un cargo qui, au bout d'un mois, et après bien des détours, l'avait amenée à Liverpool. De là, elle fila à Londres où elle vécut à l'hôtel pendant quelque temps. L'année suivante, le 2 janvier 1942, à quelques jours de son quatre-vingt-treizième anniversaire, elle s'éteignit dans une maison pour vieillards, à Beaconsfield, au nord de la capitale. Son corps fut ramené à Montréal. Elle repose au cimetière de la Côte-des-Neiges auprès de lady Cartier, de Joséphine et du capitaine. À quelques tombes de là, Luce Cuvillier dort aussi de son dernier sommeil.

Remerciements

Pour écrire ce roman, j'ai eu la chance de pouvoir compter sur de précieux amis qui m'ont aidée à m'y retrouver dans l'amas de documents à consulter.

Je tiens à remercier Jean Brien Desrochers, politologue, qui a mis la main sur des ouvrages quasi introuvables ayant trait à la naissance de la Confédération, à la révolte des Métis et à la vie à Cannes au XIXe siècle.

Je suis reconnaissante à l'historien Yvan Lamonde de m'avoir mise sur la piste du journal de Joséphine et de Marie-Hortense Cartier. Merci à Sophie Doucet, journaliste et historienne, pour avoir lu et annoté le passage de mon livre qui se déroule à Arthabaska, son coin de pays. Et à Pierre Girouard, pour ses informations sur le maire de ce village d'antan, Adolphus Stein.

Je dois beaucoup à Jean Lamarre, spécialiste de l'histoire des États-Unis, qui a commenté les pages concernant la guerre de Sécession américaine. À Danielle Lachance, qui m'a aidée à décoder les comportements familiaux de mes personnages et à Marthe Godin-Bouchard qui m'a renseignée sur les habitudes alimentaires de l'époque.

Je remercie madame Josette Laberge, descendante des Cartier, qui m'a accueillie chez elle pour me parler de la vie à Saint-Antoine-sur-Richelieu. Quant à l'étrange destin de Joseph Paradis, aïeul de George-Étienne Cartier, c'est Pierre Gadbois de la société d'Histoire de Belœil-Mont-Saint-Hilaire qui m'en a informée. Marcel Fournier, président de la Société de généalogie canadienne-française, m'a fourni copie des actes de naissance des demoiselles Cartier. Et

Georges Aubin, chercheur en histoire, m'a confié sa transcription de la correspondance du libraire Fabre. Il m'a en outre fourni des renseignements sur les Bossange et leur château, à Meung-sur-Loire.

Thomas Piché, régisseur à Parcs Canada et responsable de la maison sir George-Étienne Cartier, à Montréal, m'a offert toute sa collaboration. Je l'en remercie.

Ma gratitude va aussi à mon amie Monique Roy, qui a lu avec attention mon manuscrit, comme elle l'a fait pour chacun de mes livres.

J'aimerais également souligner le soutien indéfectible de l'équipe éditoriale de Québec Amérique, en particulier celui de mon éditeur Jacques Fortin, pour ses conseils judicieux durant la rédaction de ce roman.

Enfin, toute ma reconnaissance va à Pierre Godin, l'homme de ma vie, qui a lu et relu, patiemment, mon manuscrit, en plus d'en suivre l'évolution étape par étape. Je sais la somme de travail que cela représente.

Table des matières